KB253046

개 선 문

레마르크

일신서적출판사

1

　여인은 라빅이 있는 쪽으로 다가왔다. 매우 빠른 걸음이었으나, 이상하게 비틀거리고 있었다. 바로 곁에까지 와서야 라빅은 비로소 여인을 똑바로 보았다. 광대뼈가 나오고 양미간이 넓은데다가 창백한 얼굴이었다. 그 표정은 굳어 있어서, 마치 가면이라도 쓰고 있는 것 같았다. 여인의 눈은 가로등의 불빛을 받아 유리처럼 공허하게 빛나고 있었다.

　여인은 몸이 스칠 만큼 바짝 라빅의 곁을 지나갔다. 그는 손을 내밀어 여인을 잡아 주려고 하였다. 그 순간, 여인은 쓰러질 듯이 비틀거렸다. 만약 그가 붙잡지 않았다면 틀림없이 쓰러졌을 것이다.

　그는 여인의 팔을 꽉 잡았다. 「어디로 가십니까?」잠깐 사이를 두고 그는 물었다.

　여인은 눈을 크게 뜨고 그를 바라보았다. 「이 팔, 놓아 주세요.」여인은 속삭이듯 말했다.

　그러나 라빅은 그대로 여인의 팔을 잡고 있었다.

　「어서 놓아 주세요! 왜 이러세요?」여인은 거의 입을 벌리지 않고 말했다.

　라빅은 여인이 자기를 전혀 보고 있지 않다는 것을 알았다. 여인은 그의 등뒤 어딘가 공허한 밤의 어둠 속을 바라보고 있었다. 여인에게 있어서 그는 자기를 붙잡아세운 그 무엇, 자기에게 말을 건네고 있는 그 무엇에 지나지 않았다. 「놓으세요!」

　창녀가 아니라는 것은 금방 알 수 있었다. 술에 취해 있지도 않았다. 그는 이제 여인의 팔을 그렇게 꽉 붙잡고 있지 않았다. 뿌리치려고만 한다면 쉽게 뿌리칠 수도 있었다. 그러나 여인은 그것을 모르고 있었다. 라빅은 잠시 동안 기다리고 있다가 말했다. 「밤에 혼자서 어디로 가시죠? 파리의 거리를 이런 시각에.」그러고는 그녀의 팔을 놓았다.

여인은 대답하지 않았다. 그러면서도 가버리진 않았다. 일단 멈추면 다시는 걸을 수 없는 것처럼.

라빅은 다리 난간에 몸을 기댔다. 축축히 젖은 거칠거칠한 돌의 감촉이 손바닥에 느껴졌다. 「혹시 저 속으로 뛰어들려는 건 아니오?」 그는 고개를 뒤로 돌려 아래쪽을 가리켰다. 회색빛 센 강이 퐁 드 랄마 다리 아래쪽으로 끊임없이 천천히 흐르고 있었다.

여인은 대답하지 않았다.

「아직은 일러요!」 하고 라빅은 말했다. 「11월엔 좀 일러요. 물이 너무 차죠.」

그는 담뱃갑을 꺼내고 호주머니에서 성냥을 찾았다. 납작한 성냥갑에는 알맹이가 두 개비밖에 남아 있지 않았다. 그는 조심스럽게 몸을 구부리고 두손으로 성냥불을 가려, 강에서 불어오는 미풍에 불이 꺼지지 않도록 했다.

「저도 한 대 주세요.」 여인은 억양이 없는 목소리로 말했다.

라빅은 몸을 펴고 그녀에게 담뱃갑을 보였다. 「알제리 겁니다. 외인부대의 검은 담배죠. 당신에게는 아마 너무 독할 겁니다. 다른 건 없어요.」

여인은 고개를 가로저으며 담배를 한대 뽑아들었다. 라빅은 성냥불을 내밀었다. 여인은 급히 담배를 빨았다. 라빅은 성냥개비를 난간 너머로 내던졌다. 성냥개비는 마치 작은 별똥처럼 어둠 속을 떨어져내려가다가 수면에 닿아서야 꺼졌다.

택시 한 대가 다리 위를 천천히 굴러왔다. 차를 세운 채 이쪽을 보고 잠시 기다리고 있더니 이윽고 액셀레이터를 밟아, 축축히 젖어 검게 번쩍이는 르주 5세 거리로 달려가버렸다.

그 순간 라빅은 피로가 엄습함을 느꼈다. 온종일 바쁜 일에 쫓겨 잠을 잘 틈이 없었다. 하지만 이렇게 깊은 밤의 축축한 냉기를 쐬니, 머리에 자루라도 뒤집어 쓴 것처럼 다시 피로가 몰려왔다.

그는 여인을 쳐다보았다. 나는 무슨 이유로 이 여자를 붙잡았을까? 이 여자는 좀 이상하다. 그것은 확실하다. 그러나 그것이 나와 무슨 상관이 있단 말인가? 좀 이상한 여자쯤은 지금까지 얼마든지 보아왔다. 더구나 밤중에 파리의 거리에서는 더 말할 것도 없다. 지금은 그런 것은 아무래도 좋다. 그저 두서너 시간 잠을 자고 싶을 뿐이다.

「댁으로 돌아가시죠.」 하고 그는 말했다. 「이런 거리에 무슨 볼일이 있읍니까? 기껏해야 언짢은 일이나 생길 겁니다.」

그는 외투깃을 세우고 그 자리를 떠나려고 했다. 여인은 멍하니 라빅을 바라보고 있었다. 그러더니「댁으로?」하고 되풀이했다.

라빅은 어깨를 으쓱했다.「집이든 호텔이든 좋은대로. 아뭏든 어디로든 가야지요. 설마 경찰에 붙잡히고 싶지는 않겠지요?」

「호텔? 오, 하느님!」하고 여인은 말했다.

라빅은 걸음을 멈추었다. 이 여자도 역시 어디로 가야 할지 모르는 모양이로구나, 하고 그는 생각했다. 그 정도는 진작 알고 있어야 했다. 언제나 같은 수법이다. 이들은 밤이 되면 어디로 가야 할지 모른다. 그러나 다음날 아침이면 이쪽이 미처 일어나기도 전에 어디론가 사라져버린다. 아침이 되면 갈 곳을 아는 것이다. 밤과 더불어 찾아왔다가 밤과 더불어 사라지는 흔하고 값싼 암흑의 절망이다. 그는 피우던 담배를 내던졌다. 그런 것쯤은 진저리날 만큼 알고 있다.

「자, 갑시다. 어디 가서 한잔 합시다.」그는 말했다.

그것이 가장 간단한 방법이다. 그러고 나서 계산을 하고 실례하면 그만이다. 그 다음에 어떻게 해야 하는가는 그녀 자신이 잘 알 것이다.

여인은 비틀비틀 걷기 시작했는데, 그러다가 헛발을 디뎠다.

라빅은 그녀의 팔을 잡았다.「피곤합니까?」하고 그는 물었다.

「글쎄, 그런 것 같아요.」

「지나치게 피곤해서 잠이 오지 않지요?」

여인은 고개를 끄덕였다.

「흔한 일이죠. 아뭏든 갑시다. 부축해 드리지.」

두 사람은 마르소 거리를 걸었다. 여인이 라빅에게 기댔다. 마치 쓰러지려다가 무엇인가에 매달려 가누지 않으면 안되는 것처럼 그에게 기대왔다.

두 사람은 피엘 프로시엘 드 세르비에 거리를 건넜다. 세에요 거리 저쪽으로 개선문의 거대한 모습이 비를 품은 하늘을 배경으로 거무스름하게 드러났다.

라빅은 지하실로 내려가는, 불이 켜진 비좁은 입구를 가리켰다.「여깁니다. 여기라면 아직 무엇인가 있을 겁니다.」

그곳은 운전사들이 모이는 술집이었다. 안에는 택시 운전사가 둘, 그리고 창녀가 둘 앉아 있었다. 운전사들은 카드놀이를 하고 있었다. 창녀들은 압상트를 마시고 있었다. 창녀들은 그 여인을 한번 훑어보고는 관심없다는 듯이 고개를 돌렸다. 둘 중 나이 많은 창녀는 큰 소리를 내어 하품을 했다. 또 한 창녀는 귀찮은 표정으로 얼굴 화장을 시작했다. 안쪽에서는 게으른 쥐새끼 같은 얼굴을 한 보이가 바닥에 톱밥을 뿌리고 청소를 시작했다. 라빅은 여자와 함께 입구에서 가까운 테이블에 자리를 잡았다. 그곳이 좋은 듯했다. 재빨리 달아날 수 있을 것 같아서였다. 그는 외투를 벗지 않았다.

「뭘 마시겠소?」하고 그는 물었다.

「뭐든 괜찮아요.」

「칼바도스 두 잔.」라빅은 셔츠 소매를 걷어붙인 보이에게 말했다.「그리고 체스터필드 한 갑.」

「없는데요.」하고 보이가 말했다.「프랑스 담배뿐입니다.」

「그래? 그럼 초록색 로랑으로.」

「그것도 없어요. 청색뿐입니다.」

라빅은 보이의 팔뚝을 바라보았다. 그 팔에는 구름 위를 걷는 발가벗은 여인의 문신이 있었다. 그가 보고 있는 것을 알고, 보이는 주먹을 불끈 쥐어 알통을 만들어보였다. 여인의 배가 음탕하게 꿈틀거렸다.

「그럼 청색으로 하지.」라빅은 말했다.

보이는 히죽 웃었다.「어쩌면 초록이 하나쯤 남아 있을지도 모르겠읍니다.」 그는 이렇게 말하고는 슬리퍼를 끌며 안으로 들어갔다.

라빅은 그 뒷모습을 바라보며 중얼거렸다.「빨간 슬리퍼에다 배를 꿈틀거리는 여자라! 분명히 터키의 해군에라도 복무했겠군.」

여인은 두손을 테이블 위에 올려놓았다. 두번 다시는 들어올리고 싶지 않다는 태도였다. 깔끔한 손이었으나 화사하지는 않았다. 별로 손질이 되어 있지 않았기 때문이다. 라빅은 그녀의 오른손 가운뎃손가락의 손톱이 갈라져 있는 것을 보았다. 아마 깎고 나서 전혀 다듬지 않은 모양이다. 매니큐어가 벗겨진 곳도 더러 있었다.

보이가 술과 담배를 가지고 왔다.

「초록색 로랑입니다. 하나 남아 있었지요.」

「그럴 줄 알았지. 자네 해군에 있었나?」

「아뇨, 서커스 단에 있었죠.」

「그쪽이 오히려 낫지.」라빅은 여인에게 잔을 내밀었다.「자, 마셔요. 이런 시각에는 이게 제일 좋아요. 싫으면 코피로 할까요?」

「아니, 괜찮아요.」

「단숨에 들이켜요.」

여인은 고개를 끄덕이고 잔을 비웠다. 라빅은 여인을 유심히 바라보았다. 여인은 화색이 없는, 창백하고 거의 무표정한 얼굴을 하고 있었다. 입술은 도톰했으나 파랗게 질려 있었고 윤곽도 선명하지 않았다. 그러나 머리카락은 윤기가 흐르는 천성적인 금발로서 매우 아름다왔다. 베레모를 쓰고, 레인코트 밑에는 마춤옷을 입고 있었다. 옷의 재단은 훌륭하였으며, 손에 낀 반지의 초록색 보석은 지나치게 커서 모조품처럼 보였다.

「한 잔 더 하겠소?」하고 라빅은 물었다.

그녀는 고개를 끄덕였다.

그는 보이를 불렀다. 「칼바도스 두 잔 더. 큰 잔으로 주게.」

「더 큰 잔으로요? 더 많이 따를까요?」

「그래.」

「그럼, 칼바도스 더블이 둘이란 말인가요?」

「음.」

라빅은 얼른 마시고 돌아가야겠다고 생각했다. 지루한데다가 몹시 지쳐 있었다. 여느때 같으면 그는 우연히 부딪친 일에는 참을성이 있었다. 그러나 오늘 밤과 같은 일은 이제 신물이 났다. 파리 생활 몇 년 동안 밤에는 거의 잠을 잘 수가 없었다. 그러니까 자연히 여러 가지 일을 겪게 되는 것이다.

보이가 잔을 가져왔다. 라빅은 강한 향기를 풍기는 사과주를 들어 조심스럽게 여인 앞에 놓았다. 「한 잔 더 드시오. 별로 효과는 없지만, 그래도 몸이 훈훈해 집니다. 그리고 무슨 일인지 모르지만 너무 어렵게 생각하지 마시오. 대개는 얼마 안 가 대수롭지 않게 되니까요.」

여인은 그를 쳐다보았다. 그러나 술을 마시지는 않았다.

「그런 겁니다.」라빅은 말을 이었다. 「특히 밤엔. 밤이란 모든 것을 과장시키죠.」

여인은 여전히 그를 쳐다보고 있다가 「그렇게 위로해 주시지 않아도 괜찮아요.」하고 말했다.

「그럼 더 잘됐소.」

라빅은 보이 쪽을 보았다.

이만하면 됐다. 이런 타입의 여자는 얼마든지 있다. 틀림없이 러시아 여자일 것이다. 어디든 앉기가 무섭게, 아직 젖은 옷이 마르기도 전에 잘난 체하고 나서는 것이다.

「당신은 러시아 사람인가요?」하고 그는 물었다.

「아뇨.」

라빅은 계산을 하고, 일어나서 작별인사를 하려고 했다. 그러자 여인도 함께 일어났다. 아무말도 없이 지극히 당연한 일인 것처럼. 라빅은 마음을 정하지 못한 채 여인을 바라보았다. 그러고는 그래도 좋다고 생각했다. 밖에 나가서도 헤어질 수는 있다.

어느 틈엔지 비가 오고 있었다. 라빅은 문 앞에서 걸음을 멈추었다.

「어느 쪽으로 가시죠?」그는 여인과 반대쪽으로 가야겠다고 생각했다.

「모르겠어요. 어느 쪽이든 괜찮아요.」

「도대체 집은 어디요?」

여인은 움찔했다. 「전 그곳엔 못가요! 싫어요! 그럴 순 없어요! 그곳은 싫어요!」

갑자기 그녀의 눈은 격렬한 공포로 가득찼다. 싸움을 했나, 라고 라빅은 생각했다. 한바탕 소동을 벌이고는 밖으로 뛰쳐나온 모양이다. 내일 낮이 되면 생각을 고쳐먹고 돌아가겠지.

「찾아갈 만한 사람이 없나요? 혹시 아는 사람은? 이 술집에서 전화를 걸면 될 텐데.」

「아뇨, 아무도 없어요.」

「하지만 어디든 가야 할 게 아니오? 방값이 없소?」

「아뇨, 돈은 있어요.」

「그럼 호텔로 가시죠. 이 근처 골목엔 얼마든지 있으니까.」

여인은 대답이 없었다.

「어쨌든 어디로든 가야 하잖소?」하고 라빅은 초조하게 말했다. 「그렇다고 비오는 거리에 언제까지 있을 수도 없고.」

여인은 레인코트를 여몄다. 「옳은 말씀이에요.」하고 여인은 마침내 결심을 한 듯이 말했다. 「정말 옳은 말씀이에요. 죄송해요. 이제 제 걱정은 안하셔도 돼요. 어디로든 가겠어요. 감사합니다.」그녀는 다시 코트의 깃을 여몄다. 「여러 가지로 감사했읍니다.」그녀는 처량하기 그지없는 눈초리로 라빅을 보고 미소를 지으려 하였으나 잘 되지 않았다. 여인은 곧 주저하지 않고 이슬비 속을 발소리도 없이 사라져갔다.

라빅은 잠시 가만히 서있었다. 「제기랄!」하고 그는 마음을 정하지 못하고 혀를 찼다. 어쩌다가 이렇게 되었는지, 또 어떻게 된 일인지 도무지 알 수가 없었다. 그 절망적인 미소 때문일까, 아니면 그 눈매 때문일까, 인적이 끊어진 거리 때문일까, 밤이기 때문일까, 오직 알 수 있는 것은 그녀를 혼자 보내서는 안 된다는 것이었다. 안개 속을 터벅터벅 걸어가는 모습이 갑자기 길잃은 어린아이처럼 보였기 때문이다.

그는 그녀의 뒤를 따라갔다. 「함께 갑시다.」하고 그는 무뚝뚝하게 말했다. 「어떻게 되겠죠.」

그들은 에트와르까지 왔다. 광장은 소리 없이 내리는 이슬비 속에 가로누워 있었다. 안개가 짙어서, 광장에서 팔방으로 갈라져 나간 길들은 이제 분간할 수가 없었다. 다만 끝없이 널따란 광장에는 가로등만이 여기저기 흩어져서 희미하게 빛나고 있었다. 석조 아치는 우뚝 솟아 안개 속에 자취를 감추고, 마치 우울에 쌓인 하늘을 떠받들어 그 밑에 자리잡은 무명용사의 묘지에서 타고 있는 외롭고 희푸른 불길을 지키고 있는 것 같았다. 무명용사의 묘지는 밤의 어둠과 고독 속에서 인류의 마지막 묘지처럼 보였다.

라빅과 여인은 광장을 비스듬히 가로질렀다. 라빅은 성큼성큼 걸었다. 너무 지쳐서 무슨 생각을 할 수도 없었다. 그의 곁에서 머리를 숙인 채, 두손을 코트 주머니에 푹 찌르고, 보잘것없는 낯선 생명의 불길처럼 말없이 따라오고 있는 여인의 또박또박 걷는 부드러운 발소리가 들려왔다. 그러자 갑자기 밤이 깊은 광장의 고독 속에서 여인에 대해서는 전혀 아는 바가 없는데도, 아니, 오히려 그때문인지 문득 이 여인이 자기 여자 같은 생각이 들었다. 그는 어디로 가나 자신을 서먹서먹하게 느끼고 있었다. 그와 마찬가지로 이 여인도 자기와는 서먹서먹한 사이다. 그런데 이 사실이 기묘하게도, 많은 말이나 어색한 느낌을 없애주는 오랜 시간의 경과보다도 더, 여인을 자기와 가깝게 하는 것이라고 생각되었다.

라빅은 테르느 광장 옆, 와그람 거리의 골목에 있는 작은 호텔에 유숙하고 있었다. 어지간히 헐어빠진 집으로서, 단 하나 새로운 것이라고는 《오델 엥테르나쇼날》이라고 쓴 출입구 위에 걸려 있는 간판뿐이었다.

그는 벨을 눌렀다. 「비어 있는 방 있나?」 그는 문을 열어 준 보이에게 물었다.

보이는 잠에 취한 눈을 크게 뜨고 그를 보았다. 그러고는 「수위가 없는데요.」 하고 입속으로 중얼거렸다.

「그건 알고 있어. 나는 너에게 빈 방이 있느냐고 묻고 있는 거야.」

보이는 알 수 없다는 듯 어깨를 으쓱했다. 라빅이 여자를 데리고 온 것은 알겠는데, 어째서 방이 하나 더 필요한지 이해할 수가 없었다. 지금까지의 경험에 비추어, 방을 하나 더 빌기 위해서 여자를 데리고 오는 법은 없었다. 「마담은 자고 있어요. 섣불리 깨우다가는 내쫓기고 말아요.」 보이는 이렇게 말하고 한쪽 발로 다른쪽 발을 긁었다.

「그래, 알았다. 그럼 내가 직접 찾아보지.」

라빅은 보이에게 팁을 주고 자기 방 열쇠를 받아들고는 앞장서서 계단을 올라갔다. 그리고 자기 방 문을 열기 전에 옆방 문을 살폈다. 문 밖에는 구두가 놓여 있지 않았다. 두 번 노크를 했다. 대답이 없었다. 그는 살며시 손잡이를 돌려보았다. 문은 잠겨 있었다.

「어젠 이 방이 비어 있었는데.」하고 그는 중얼거렸다. 「한번 반대쪽에서 시험해봅시다. 주인 아주머니가 빈대라도 달아날까 겁이 나서 문을 잠가두었을지 모르니까.」

그는 자기 방 문을 열었다. 「잠깐 앉아 있어요.」그는 말털을 넣은 빨간 소파를 가리켰다. 「금방 돌아올 테니까.」

그는 창문을 열고 쇠로 된 좁은 발코니로 나가서, 이웃 철책을 뛰어넘어 옆방의 발코니로 건너가서 문을 열려고 해보았다. 그러나 그것 역시 잠겨 있었다. 그는 단념하고 돌아왔다. 「틀렸어요, 이곳엔 방이 하나도 없어요.」

여인은 소파 한구석에 앉아 있었다. 「여기 잠깐 앉아 있어도 될까요?」

라빅은 여인을 주의깊게 바라보았다. 그녀의 얼굴은 지쳐서 파리해 보였다. 다시는 일어날 수조차 없을 것 같았다. 「네, 좋습니다.」

「잠깐 동안만……」

「아니, 여기서 자도 좋아요. 그게 제일 간단하겠군.」

여인은 그의 말을 듣고 있는 것 같지 않았다. 천천히, 거의 무의식적으로 고개를 저었다. 「저를 거리에 내버려두었으면 좋았을 텐데 그랬어요. 이젠 정말이지, 이제는 더이상……」

「나도 마찬가지요. 여기서 주무세요. 그게 가장 좋겠소. 내일 일어나면 무슨 수가 생기겠죠.」

여인은 그를 쳐다보았다. 「전 결코 당신을……」

「천만에,」하고 라빅은 말했다. 「방해될 것 하나도 없어요. 갈데가 없어서 여기 묵는 사람이 당신이 처음은 아니오. 아뭏든 여긴 피난민이 살고 있는 호텔이니까요. 이런 일은 날마다 있지요. 당신은 침대에서 자도록 해요. 난 소파에서 잘 테니. 이젠 습관이 되어서 괜찮아요.」

「아니, 전 여기면 돼요. 여기 앉아 있을 수만 있다면 그것으로 족해요.」

「그럼 좋습니다. 좋도록 하세요.」

라빅은 외투를 벗어 걸었다. 그러고는 담요와 쿠션을 침대에서 집어들고, 의자 하나를 소파 옆으로 밀어놓았다. 그리고 욕실에서 가운을 가지고 와서 의자에 걸쳐놓았다. 「자,」하고 그는 말했다. 「이 정도밖에 해드릴 수 없읍니다. 원하시면 파자마도 있읍니다. 저기 서랍에 있어요. 이젠 당신에게 개의치 않겠읍니다. 지금 욕실을 써도 좋습니다. 난 아직 여기서 할일이 있으니까.」

여인은 머리를 저었다.

라빅은 그녀 앞에 서있었다. 「아뭏든 코트는 벗어야죠.」하고 그는 말했다. 「흠뻑 젖었군요. 자, 그 모자도 이리 주시오.」

여인은 둘 다 그에게 내주었다. 그는 소파 구석에 쿠션을 놓았다. 「이것이 베개입니다. 이 의자는 당신이 자다가 떨어지지 않도록 하는 겁니다.」그는 의자를 소파에 붙여놓았다. 「이번에는 구두, 역시 흠뻑 젖었군. 감기들기 알맞겠소.」그는 구두를 벗기고 서랍에서 목이 짧은 털양말을 꺼내어 여인의 발에 신겨 주었다. 「자, 이만하면 조금은 낫겠지. 괴로울 땐 하찮은 일에서도 위안을 찾아내도록 해야 해요. 옛부터 내려오는 병사들의 철칙이랍니다.」

「죄송해요.」하고 여인은 말했다. 「정말 죄송해요.」

라빅은 욕실로 들어가서 수도꼭지를 틀었다. 물이 세면기 안으로 쏟아졌다. 그는 넥타이를 풀고 멍하니 거울 속의 자기 얼굴을 들여다보았다. 그늘이 짙은 움푹 팬 눈자위 속의 살피는 듯한 눈, 죽은 듯 지쳐버린 갸름한 얼굴, 눈만이 살아 있다. 코에서 입으로 내리팬 홈에 비해서 너무나 부드러운 입술, 오른쪽 눈 위에는 긴 흉터가 있고, 머리카락이 그 끝을 감추고 있다.

전화 벨이 찌르릉 울리는 것과 동시에 그의 생각은 멈추었다.

「제기랄.」그는 잠깐 동안 모든 것을 잊고 있었다. 이렇게 완전히 생각에 잠기는 순간이 곧잘 있다. 그렇지, 옆방에 아직 여인이 있었지.

「곧 갑니다.」하고 그는 소리쳤다. 「놀랐소?」하며 그는 수화기를 들었다. 「뭐? 그렇지. 좋아…… 그래…… 물론이지…… 응…… 되겠지…… 응, 어디라구? 좋아, 곧 가지. 따끈한 코피를, 진한 걸로 말이야…… 그렇지.」

그는 수화기를 조용히 놓고서, 잠시 소파의 팔걸이에 앉은 채 생각에 잠겼다. 그러다가 「나는 나가봐야겠소.」하고 말했다. 「지금 곧.」

여인은 곧 일어섰다. 그러나 비틀거리며 의자에 기댔다.

「안돼요, 안돼……」그 순간, 라빅은 그렇게도 순순히 응하는 여자의 태도에 감동되었다. 「당신은 그냥 여기 있어도 괜찮아요. 자도록 해요. 나는 한두 시간 나갔다 와야겠소. 얼마나 걸릴지는 모르겠지만, 그냥 여기 있어요.」

그는 외투를 입었다. 문득 어떤 생각이 머리를 스쳤다. 그러나 이내 떨쳐버렸다. 이 여인은 도둑질을 하지는 않을 게다. 그런 타입의 여자가 아니다. 그런 타입의 여자는 알 만큼 알고 있다. 그리고 별로 훔쳐갈 만한 것도 없다. 문 앞까지 갔을 때, 여인이 물었다.

「함께 가면 안될까요?」

「그건 안됩니다. 여기 그냥 있어요. 필요한 게 있으면 무엇이든 쓰세요. 괜찮다면 침대까지도. 저기 코냑이 있어요. 그럼 잘 자요.」

그는 돌아서서 나가려고 했다. 「불은 그냥 켜두세요.」여인이 재빨리 말했다.

라빅은 잡았던 손잡이를 놓고, 「무서운가요?」하고 물었다.

여인이 고개를 끄덕였다.

그는 열쇠를 가리켰다. 「내가 나간 후에 문을 잠가요. 열쇠는 **빼두도록** 하고. 아래층에 열쇠가 또 있으니까 나는 그것으로 열고 들어오면 돼요.」

여인은 고개를 저었다. 「그게 아네요. 불을 그냥 켜두었으면 해요.」

「아, 그래요!」라빅은 살피듯 그녀를 바라보았다.

「그렇지 않아도 끌 생각은 없었소. 불은 그대로 켜두시오. 그런 기분 이해할 수 있어요. 나도 그런 때가 있었죠.」

그는 아카시아 거리의 모퉁이에서 택시를 잡았다.

「로리스통 가 14번지로, 빨리!」

운전사는 차를 빙 돌려 카르노 거리로 접어들었다.

차가 그랑다르메 거리를 건너가려 할 때, 2인승 승용차가 오른쪽에서 질주해 왔다. 비에 젖어 길이 미끄럽지 않았더라면, 두 자동차는 충돌해버렸을 것이다.

그러나 2인승 승용차는 브레이크를 걸어, 택시의 라디에터에 부딪칠 듯이 아슬아슬하게 길 한복판으로 미끄러져나갔다. 그 가벼운 차는 마치 회전목마처럼 빙글빙글 돌았다. 그것은 소형 르노였으며, 안경을 끼고 검은 실크햇을 쓴 사나이가 운전하고 있었다.

한 번 돌 때마다 사나이의 성난 희멀건 얼굴이 언뜻언뜻 보였다. 이윽고 그 차는 마치 거대한 명부(冥府)의 문처럼 거리 저쪽에 우뚝 솟아 있는 개선문을 향해서 멈추었다. 작은 초록색 벌레처럼. 그리고 그 안에서 창백한 주먹이 밤하늘을 위협하듯 불끈 내밀어졌다.

택시 운전사는 뒤를 돌아보며 말했다. 「저런 녀석을 본 적이 있읍니까?」

「있고말고.」라빅은 말했다.

「그러나 저런 모자를 쓴 녀석이 어째서 이 밤중에 그렇게 차를 마구 몰아야 할까요?」

「저쪽이 옳았어. 큰길을 달리던 것은 저쪽이었으니까 말야. 그런데 왜 그렇게 욕을 하지?」

「물론 저쪽이 옳았지요. 그러니까 욕을 하게 되지요.」

「만약 저쪽이 잘못했다면 어떻게 하겠나?」

「마찬가지로 욕을 하겠죠.」

「자네는 세상사를 무사태평하게 생각하는 것 같군.」

「욕하는 게 아닌데 그랬나보죠?」운전사는 변명하듯 말하고 포슈 거리로 접어들었다.

「그렇게 놀라실 것은 없읍니다.」

「놀라진 않네. 하지만 네거리는 좀더 천천히 몰게.」

「그럴 생각이었죠. 하지만 재수없게 길에 기름이 흘렀던 거예요. 그런데 손님은 제게 묻기만 하고, 어째서 대답을 들으시려고는 하지 않죠?」

「피곤해서.」라빅은 신경질적으로 대답했다.

「밤이라서 그래. 그리고 우리는 알 수 없는 바람에 나부끼는 불꽃 같은 것이기 때문이라고 해도 좋아. 아뭏든 차나 몰게.」

「그러시다면 문제가 다릅니다.」운전사는 모자에다 손을 갖다대고 약간 경의를 표했다.「그렇다면 저도 알 수 있죠.」

「그건 그렇고.」하고 의심스러운 생각이 들어서 라빅은 물었다.「자네는 러시아 사람인가?」

「아닙니다. 하지만 손님을 기다리고 있는 동안에 여러 가지 것을 읽지요.」

오늘은 러시아 사람에게는 운이 나쁘다고 라빅은 생각했다. 그러고는 머리를 뒤에다 기댔다. 코피를 마셔야겠다. 아주 뜨거운 블랙 코피를. 충분히 있었으면 좋겠는데. 절대로 손이 떨려서는 안되지. 만약에 떨린다면, 베베르 녀석에게 주사를 한 대 놓아 달라고 해야지. 하지만 괜찮겠지. 그는 차창의 유리를 내리고 축축한 공기를 서서히 깊숙이 들이마셨다.

2

작은 수술실엔 대낮같이 환하게 불이 커져 있었다. 마치 위생적인 시설을 갖춘 도살장 같았다. 피 묻은 솜이 담긴 바께스가 여기저기 놓여 있었다. 붕대와 탐폰이 어지럽게 흩어져 있었다. 피의 붉은색이 주위의 흰빛에 대해서 큰 소리로 항의를 하고 있는 것 같았다. 베베르는 부속실의 에나멜을 칠한 철제 테이블에 앉아서 노트하고 있었다. 간호원은 수술 기구를 끓이고 있었다. 물은 펄펄 끓어오르고, 전등은 직직 소리를 내고 있는 것 같았다. 다만 수술대 위의 육체만이 완전히 격리되어 누워 있었다. 이젠 아무것도 그것과 상관되는 것이 없었다.

라빅은 비눗물로 손을 씻기 시작하였다. 마치 껍질을 벗기기라도 하려는 듯이, 몹시 거칠게 손을 씻었다.「빌어먹을!」하고 그는 혼자 중얼거렸다.「제기랄, 빌어먹을!」

간호원은 상을 찡그리며 그를 쳐다보았다. 베베르가 얼굴을 들고 말했다. 「참아요, 으제니. 외과 의사는 누구나 욕지거릴 하는 거야. 더구나 뭐가 잘못되었을 땐. 길이 들어야 해요.」

간호원은 수술 기구를 한 줌 듬뿍 집어 끓는 물에 넣었다. 「페리에 교수님은 한번도 욕지거리를 하신 적이 없어요. 그래도 사람만 잘 살려내시던데요?」하고 그녀는 기분이 상한 듯 말했다.

「페리에 교수는 뇌수술의 전문가야. 훌륭한 솜씨를 가졌지, 으제니. 우리는 배를 째는 거야. 그것과는 사정이 달라.」베베르는 장부를 탁 닫고 일어섰다. 「자네는 훌륭하게 해냈네, 라빅. 하지만 돌팔이 의사를 거쳐온 거야 어쩔 수가 없지.」

「아니, 어떻게 할 수 없는 것도 아니지.」라빅은 손을 닦고, 담배에 불을 붙였다.

간호원은 침묵의 항의를 하듯 창문을 열었다.

「브라보, 으제니.」하고 베베르는 추어올렸다. 「언제나 규칙을 엄수한단 말씀이야.」

「제게는 책임이 있어요. 바람에 날려가고 싶지는 않아요.」

「정말 훌륭하군, 으제니. 그래서 안심이 됐어.」

「세상에는 책임을 지지 않는 사람도 있어요. 그리고 지고 싶어하지 않는 사람도요.」

「자네를 두고 하는 말이야, 라빅.」베베르는 소리내어 웃었다. 「우린 슬슬 사라지는 게 좋겠어. 아침이 되면 으제니는 늘 시비조거든. 여기 있어보았자 이젠 할일도 없어.」

라빅은 주위를 둘러보았다. 그리고 직무에 충실한 간호원을 쳐다보았다. 간호원은 거리낌없이 마주 쳐다보았다. 니켈 테의 안경이 그녀의 차가운 얼굴을 무엇인가 불가침의 것으로 보이게 하고 있었다. 그녀도 그와 마찬가지로 인간임에 틀림이 없다. 그런데 그에게는 나무나, 돌보다도 더 인연이 없는 것으로 보였다. 「실례했소.」하고 그는 말했다. 「당신이 옳아요.」

흰 수술대 위에는 두서너 시간 전만 해도 희망하고, 숨쉬고, 고민하고, 생명에 떨고 하던 것이 누워 있었다.

지금은 아무런 감각도 없는 하나의 시체에 지나지 않는다. 그리고 지금까지 한번도 과실을 범한 적이 없다는 것을 자랑으로 삼고 있는 간호원, 으제니라고 불려지는 자동 인형이 그것을 덮어씌워, 수레에 싣고 가버렸다. 이런 치들은 언제까지나 오래 산다고 라빅은 생각했다. 빛은 이런 치들, 이런 목석과 같은 영혼은 사랑하지 않는다. 그러므로 이런 치들의 일은 잊어버리고, 언제까지나 오래 살게 내버려두는 것이다.

「그럼, 안녕, 으제니.」베베르가 말했다. 「오늘은 푹 자요.」

「안녕히 가세요, 닥터 베베르. 감사합니다.」

「잘 있어요.」라빅도 말했다. 「욕지거리를 해서 미안해요.」

「안녕히 가십시오.」하고 으제니는 싸늘하게 대답했다.

베베르는 빙그레 웃었다. 「마치 판에 박은 듯한 성격이군.」

부옇게 날이 새고 있었다. 쓰레기차가 거리를 덜거덕거리며 달려갔다. 베베르는 외투깃을 세웠다. 「날씨가 좋지 않군. 자동차로 함께 가지, 라빅?」

「아니, 괜찮아. 그냥 걸어가겠네.」

「날씨가 이런데? 데려다 줄께. 그다지 돌아가는 길도 아니니까.」

라빅은 고개를 저었다. 「괜찮아, 베베르.」

베베르는 살피듯이 그를 바라보았다. 「수술하다 사람이 하나 죽었다 해서, 언제까지나 홍분하고 있다니 우습지 않나. 15년이나 하고 있는 일이 아닌가. 이젠 어지간히 익숙해졌을 텐데.」

「물론 익숙해졌지. 홍분하고 있는 건 아닐세.」

베베르는 딱 바라진 단단한 몸으로 라빅 앞에 서있었다. 그의 크고 둥근 얼굴은 노르망디의 사과처럼 윤이 났다. 짧게 깎은 검은 콧수염은 비에 젖어 반짝이고 있었다. 길 모퉁이에 세워둔 뷔크도 번쩍이고 있었다. 베베르는 곧 그것을 타고 유쾌하게 집으로 돌아가겠지. 깔끔한 아내와 사랑스러운 두 아이, 그리고 조촐하고 윤기흐르는 생활이 기다리고 있는 교외의 장미빛 인형의 집으로.

바야흐로 메스를 넣어, 가늘고 빨간 핏줄기가 가볍게 누르는 메스의 뒤를 따라 솟아오를 때의 숨막히는 긴장을 그에게 어떻게 설명할 수가 있겠는가. 육체는 클립과 집게 밑에서 몇 겹의 장막처럼 열려, 한번도 빛을 본 적이 없는 기관이 노출되는 것이다. 밀림 속의 사냥꾼처럼 발자국을 밟아가면, 파괴된 조직, 혹, 굳은살, 균열 속에서 돌연 거대한 맹수, 죽음과 부딪친다. 격투가 시작된다. 침묵 속의 미친듯한 투쟁. 무기라고는 오직 가느다란 메스와 바늘 한개, 그리고 지극히 정확한 솜씨밖에 없다. 그때 극도로 긴장한 눈이 부시는 하얀 육체를 스치고, 갑자기 어두운 그림자가 피 속에 어린다. 메스의 칼날을 무디게, 바늘을 무르게, 손을 지치게 하는 장엄한 조소……. 그러면 그 눈에 보이지 않는 불가사의한 것, 맥박치는 생명이 인간의 무력한 손에서 홀연히 물러나 부서지고 손이 닿지도 않고 붙잡아둘 수도 없는 무서운 암흑의 소용돌이 속으로 빨려들어가버린다. 바로 직전까지만 해도 숨을 쉬고 자기라는 존재와 이름을 가지고 있던 얼굴은 굳어버린 이름없는 마스크로 변한다. 저 무의미한 제어할 수 없는 무력, 그것이 어떤 것인지 어떻게 설명할 수 있으랴? 아니, 뭐라고 설명할 것인가?

라빅은 담배를 다시 한 대 붙여 물었다. 「스물 한 살이었지.」하고 그는 말했다.

베베르는 손수건으로 콧수염의 물방울을 닦았다. 「자넨 훌륭했어. 나라면 어림도 없었을 거야. 돌팔이 의사가 완전히 망쳐놓은 것을 살릴 수 없었다고 해서, 자네가 신경쓸 건 없지. 그렇게라도 생각지 않는다면 우리는 어떻게 되겠나?」베베르는 손수건을 주머니에 집어넣었다. 「지금까지 많이 해왔으니까, 이제는 신경도 웬만큼 둔해졌을 텐데.」

라빅은 다소 빈정거리는 눈초리로 그를 쳐다보았다.

「아무래도 그렇게는 안돼. 다만 여러 가지 일에 습관이 될 뿐이지.」

「내 말이 그 말이야.」

「그런데 습관이 될 수 없는 일도 많지. 하지만 난 그런 건 알아내기가 힘들어. 코피 때문이라고나 해둘까? 사실 내 머리가 이렇게 말짱한 것은 코피 때문일 거야. 그래서 그것이 흥분과 혼동된단 말이야.」

「코피는 좋았지, 안 그래?」

「썩 좋았어.」

「난 코피 끓이는 법을 알고 있지. 어쩐지 자네가 코피를 찾을 것 같아서, 내가 손수 끓였지. 으제니가 늘 끓여 내는 그 시커먼 물과는 달랐지?」

「비교가 안되지. 자넨 코피 끓이는 데 있어서는 대가거든.」

베베르는 차에 올랐다. 발동을 걸고 창밖으로 몸을 내밀었다. 「도중까지 태워다 주면 안될까? 몹시 피곤해보이는데.」

마치 해표 같다고 라빅은 생각했다. 건강한 해표 같다. 하지만 그것이 어쨌단 말인가. 왜 또 이런 것이 문득 머리에 떠올랐을까? 어째서 나는 늘 한꺼번에 여러 가지를 생각하는 것일까?

「아니, 피곤하지 않아.」하고 그는 말했다. 「코피 덕분에 정신이 났어. 푹 자게나, 베베르.」

베베르는 웃었다. 검은 콧수염 밑에서 이빨이 하얗게 반짝였다. 「이젠 잘 수도 없어. 정원이나 손질해야지. 튜립과 수선을 심어야 해.」

튜립과 수선이라, 하고 라빅은 생각했다. 깨끗한 자갈을 간 오솔길이 있는, 반듯하게 구분된 화단. 튜립과 수선, 분홍과 황금빛의 봄의 폭풍.

「잘 가게, 베베르.」하고 그는 말했다.「뒷일을 잘 부탁하네.」

「물론이지. 저녁에 전화를 하겠네. 사례금이 적어서 안됐네. 사례금이라고 할 수도 없지. 그애는 가난한데다가 친척도 없는 모양이야. 나중에 알아보겠네만.」

라빅은 몸짓으로 그것을 거부했다.

「그애는 으제니에게 100프랑을 내놓았어. 그게 전재산인 모양이야. 그러니 자네 몫은 25프랑이란 계산이 되지.」

「됐네, 됐어.」라빅은 신경질적으로 말했다.「그럼 또 보세.」

「잘 가게. 내일 아침 8시에.」

라빅은 로리스통 가를 천천히 걸었다. 지금이 여름이라면, 아침 햇살을 쬐면서 불로뉴 숲의 벤치에 앉아 아무 생각도 하지 않고 물속을 들여다본다든가 싱싱한 나무들을 바라보며 긴장이 풀리기를 기다릴 텐데. 그러고는 호텔로 차를 달려, 침대로 기어들 텐데.

라빅은 보아시에르 가의 모퉁이에 있는 술집으로 들어갔다. 노동자와 트럭 운전사 서너 명이 바에 기대 있었다. 그들은 뜨거운 블랙 코피에 브리오쉬를 적셔서 마시거나 먹고 있었다. 라빅은 잠시 동안 그들을 바라보고 있었다. 저것이 확실하고 단순한 생활인 것이다. 두손으로 움켜쥐고, 차근차근 쌓아올리는 생활이다. 저녁이 되면 지쳐서, 식사를 하고 계집을 안고, 그러고는 꿈도 꾸지 않고 잠에 곯아떨어진다.

「키르쉬 한 잔.」하고 그는 말했다.

죽은 처녀는 오른쪽 발목에 가느다란 싸구려 가짜 금사슬을 차고 있었지. 젊고 감상적이며 취미를 모르는 나이에 할 수 있는 철없는 장난이다. 사슬에 붙어 있는 조그만 레테르에는 『영원한 샤를르』라고 새겨져 있었다. 센 강가의 숲속 일요일, 사랑의 불장난과 철없는 청춘, 뇌이 근처의 자그마한 보석상, 다락방에서의 9월의 밤, 이런 것을 말해 주고 있다. 그러다가 갑자기 사내의 외박이 시작되고, 기다리다 지치면 걱정으로 변한다. 영원한 샤를르는 두번 다시 나타나지 않는다. 그래서 결국 친구가 주소를 가르쳐 준 어딘가의 산파, 방수포를 씌운 테이블, 찢어지는 듯한 아픔, 피, 피, 늙은 여인의 당황한 얼굴, 귀찮은 것을 떼어버리려고 황급히 택시로 밀어넣는 사람의 팔, 남의 눈을 피하는 상심의 나날, 결국에는 차를 타고 병원으로, 불덩이같이 뜨겁고 땀에 젖은 손에 구겨쥔 마지막 100프랑……. 하지만 이미 때는 늦었다.

라디오가 소리를 지르기 시작했다. 탱고곡에 맞추어 콧소리로 시시하기 짝이 없는 노래를 부른다. 라빅은 어느덧 머리속에서 아까의 순서를 처음부터 끝까지 되풀이하고 있었다. 하나하나의 순서를 검토해 보았다. 두 시간만 빨랐더라면 살릴 수가 있었을는지 모른다. 베베르가 전화를 걸었을 때, 나는 호텔에 없었다. 내가 알마교 근방을 서성거리고 있었기 때문에 처녀는 죽지 않을 수 없었던 것이다. 베베르는 그런 수술을 혼자서는 해낼 수 없다. 우연히 저지른 어리석은 일. 금사슬을 찬 발——맥이 빠져 안으로 굽었다. 『내 배를 타실 것을, 둥근 달이 빛난다 …….』 하고 낮은 음성의 테너가 꽥꽥 소리지르고 있다.

라빅은 계산을 하고 나왔다. 택시를 잡았다.

「오시리스로.」

오시리스는 이집트 식의 어마어마한 바가 있는 중류 창가(娼家)이다.

「지금 막 끝났읍니다.」 하고 수위가 말했다. 「아무도 없읍니다.」

「안에 아무도 없나?」

「마담 롤랑드가 계십니다. 여자들은 다 돌아갔어요.」

「알았네.」

수위는 언짢은 듯 오버슈즈로 보도를 짓밟았다. 「왜 택시를 대기시키지 않죠? 이따가는 잡기가 어려울 텐데. 우리 집은 이제 끝났어요.」

「그 말은 벌써 들었네. 다른 차를 틀림없이 잡을 수 있을 거요.」

라빅은 담배 한 갑을 수위의 앞호주머니에 찔러넣고 작은 문을 열었다. 휴대품 보관소를 지나서 넓은 홀로 들어섰다. 바는 텅비어 있었다. 바닥에 쏟아져 괸 술, 뒤집힌 의자, 바닥에 널린 담배꽁초, 담배냄새, 달콤한 향수, 사람의 살냄새……. 흔히 볼 수 있는 소시민적인 주연이 끝난 후의 광경이었다.

「롤랑드.」 하고 라빅을 불렀다.

그녀는 핑크빛 비단 내의가 놓여 있는 테이블 앞에 서있었다. 「늦었군요, 라빅. 뭐가 필요하죠? 아가씨, 그렇지 않으면 마실 것? 아니면 양쪽 다?」

「보드카를 줘, 폴란드 것으로.」

롤랑드는 병과 잔을 가져왔다. 「따라 잡수세요. 전 세탁물을 가려서 적어두어야 할 일이 남아 있거든요. 차가 곧 와요. 하나하나 적어두지 않으면 그놈들은 마치 까치떼처럼 다 훔쳐가니까요. 운전사 말이에요. 계집들에게 선사하려고요.」

라빅은 고개를 끄덕였다. 「음악을 틀어 줘, 롤랑드. 소리를 크게 해서.」

「알았어요.」

롤랑드는 스위치를 넣었다. 팀파니와 타악기 소리가 천장이 높고 텅빈 홀에 우뢰처럼 울려퍼졌다.

「소리가 너무 큰가요, 라빅?」

「아니.」

너무 크다구? 뭐가 너무 크단 말인가? 오히려 너무 조용하다. 마치 진공의 방처럼, 몸뚱이가 파열해 버릴 것처럼 조용하다.

「이제 다 끝났어요.」롤랑드는 라빅의 테이블로 다가왔다. 그녀는 살집이 좋은 몸매에 환한 얼굴과 차분한 검은 눈을 하고 있었다. 그녀가 입고 있는 청교도적인 검은 복장이 그녀를 자못 지배인답게 해주고, 또 그녀를 발가벗은 창녀들과 구분지어 주었다.

「한 잔하지, 롤랑드.」

「좋아요.」

라빅은 바에서 잔을 하나 들고와서 따라 주었다.

반 잔쯤 따랐을 때, 롤랑드가 병을 밀었다. 「이제 그만, 더는 못 마셔요.」

「반만 따른 술잔은 보기 흉해. 못마시면 남겨두면 돼.」

「그건 낭비예요.」

라빅은 믿음직스럽고 이지적인 얼굴을 힐끗 쳐다보고는 미소를 지었다. 「낭비라구? 상식적인 프랑스 사람다운 걱정이군. 무엇 때문에 절약을 하는 거지? 자신은 조금도 절약 같은 걸 하고 있지 않으면서.」

「장사니까요. 이것과는 달라요.」

라빅은 소리내어 웃었다. 「그럼 그런 의미에서 축배를 들지! 상도덕이 없다면, 이 세상은 어떻게 될까! 범죄자와 이상주의자, 그리고 게으름뱅이로 가득 찰 거야.」

「당신, 계집애가 필요하군요?」하고 롤랑드가 말했다. 「끼끼를 불러 드릴까요? 참 좋은 애예요. 스물 한 살이죠.」

「또 스물 하나군. 오늘은 필요 없어.」라빅은 다시 잔을 가득 채웠다. 「그런데 롤랑드, 당신은 잠들기 전에 뭘 생각하지?」

「대개는 아무것도 생각하지 않아요. 너무 지쳐 있으니까요.」

「그럼 지치지 않았을 땐?」

「투르 생각을 해요.」

「투르, 왜?」

「그곳에 가게가 딸린 우리 숙모님 집이 있어요. 제가 그 집을 이중 저당을 해두었어요. 숙모가 세상을 떠나면 —— 벌써 일흔 여섯이에요 —— 제것이 되죠. 그렇게 되면, 그 가게를 카페로 만들까 해요. 꽃무늬의 밝은 벽지를 바르고, 피아노와 바이올린과 첼로의 3인조 악대를 두고, 그 안에는 바를 만들겠어요, 아담하고 멋있는. 첫째 장소가 좋거든요. 1500프랑이면 그런 시설을 갖출 수 있을 것 같아요. 커튼과 조명 시설까지 넣어서요. 그리고 처음 두서너 달 몫으로 5000 프랑을 따로 준비하겠어요. 이 층과 삼 층에선 물론 집세가 들어오지요. 제가 생각하는 건 그런 거예요.」

「투르에서 태어났나?」

「네, 하지만 그후에 제가 어디서 살았는가는 아무도 몰라요. 그리고 장사만 잘 되면, 아무도 그런 것은 따지지 않을 거예요. 돈이 모든 것을 가려 주니까요.」

「모든 것은 아니지만, 여러 가지를 감추어 주지.」

라빅은 눈이 무거워져서, 말이 점점 느려졌다. 「이만하면 충분할 것 같군.」 하고 그는 호주머니에서 지폐를 두서너 장 꺼냈다. 「롤랑드, 투르에 가면 결혼할 건가?」

「금방 하진 않아요. 2,3년 지나서 하겠어요. 거기 남자 친구가 있어요.」

「가끔 찾아가나?」

「아니요. 가끔 편지가 와요. 물론 다른 주소로요. 그 사람은 결혼을 했지만, 부인은 병원에 입원해 있어요. 폐병이에요. 길어야 1년이나 2년이라고 의사들이 그런대요. 그럼 그 사람은 자유롭게 돼요.」

라빅은 일어섰다. 「롤랑드, 당신의 행운을 빌겠어. 당신은 건전한 상식의 소유자야.」

그녀는 별로 불쾌하지 않게 생각하고 미소를 지었다. 그의 말이 옳다고 생각한 것이다. 그녀의 밝은 얼굴에는 피로의 흔적이 전혀 없다. 이제 막 잠에서 깨어난 것처럼 싱싱하다. 자기가 바라는 바를 분명하게 알고 있는 것이다. 그녀에게는 인생에 아무런 비밀도 없는 것이다.

어느 새 환한 아침이 되어 있었다. 비는 그쳐 있었다.

공중변소가 포탑처럼 거리의 모퉁이마다 서 있었다. 문지기는 사라졌고, 밤은 물러갔으며, 하루가 시작되고 있었다. 바쁜 사람들의 무리가 지하철 입구에 엎치락덮치락 밀려들고 있었다. 그것은 마치 대지의 뚫린 구멍으로서, 사람들은 암흑의 신의 제물이 되기 위하여 그 구멍으로 뛰어드는 것처럼 보였다.

여인은 소파에서 벌떡 일어났다. 그러나 소리를 지르지는 않았다. 다만 나직하고 억제하는 듯한 소리를 내며 몸을 일으켜 팔꿈치에 의지하고는 잔뜩 움츠렸다.

「염려할 것 없어요.」라빅은 말했다. 「나요. 두어 시간 전에 당신을 여기 데려온 사람이오.」

여인은 다시 숨을 내쉬었다. 라빅은 여인이 어렴풋하게 보일 뿐이었다. 전등은 창에서 새어드는 아침 햇살과 뒤섞여 창백하고 병적인 빛을 내고 있었다. 「이젠 이걸 꺼도 괜찮겠죠?」하고 그는 스위치를 돌렸다.

그는 취기로 해서 관자놀이에 가벼운 망치질이 계속되는 것을 느꼈다. 「아침식사를 하겠소?」하고 그는 물었다. 그는 여인의 일을 전혀 잊고 있었다. 그리고 열쇠를 손에 들었을 때에 틀림없이 가고 없을 것이라고 생각했던 것이다. 그렇다면 다행이다. 술도 충분히 마셨다. 의식의 배경도 사라져 있다. 짤랑대던 시간의 쇠사슬은 토막토막 잘려지고, 기억과 꿈이 강하게 두려움 없이 그를 둘러싸고 있었다. 그는 혼자 있고 싶었다.

「코피를 마시겠소?」하고 그는 물었다. 「이 집에서 좋은 것이라고는 코피밖에 없지만.」

여인은 고개를 저었다. 그는 여인을 더 유심히 쳐다보았다.

「왜 그래요? 누가 왔던가요?」

「아뇨.」

「그런데 무슨 일이 있었던 것 같군요. 당신은 나를 마치 귀신이나 대하듯 보고 있으니 말이오.」

여인은 입술을 움직여「냄새가……」하고 말했다.

「냄새?」하고 라빅은 눈을 크게 뜨고 되풀이했다. 「보드카는 냄새가 안 나요. 키르쉬도, 브랜디도 냄새는 없어요. 담배는 당신도 피우지 않소. 대체 뭐가 그렇게 무서운 거요?」

「그게 아녜요……」

「그럼 대체 뭐요?」

「똑같은, 그것과 똑같은 냄새……」

「아, 에테르인지도 모르겠군.」하고 라빅은 문득 생각이 나서 말했다. 「에테르 냄새 말인가요?」

여인은 고개를 끄덕였다.

「언제 수술을 받은 적이 있나요?」

「아뇨…… 저…….」

라빅은 더 들으려 하지 않았다. 그는 창문을 열었다.

「곧 사라질 겁니다. 그동안 담배나 피워요.」

그는 욕실로 들어가서 수도꼭지를 틀었다. 그리고 거울에 비친 자신의 얼굴을 보았다. 두세 시간 전에도 똑같이 여기 서있었다. 그 사이에 사람 하나가 죽어간 것이다. 그것은 문제가 아니다. 1분마다 수천 명의 사람이 죽어간다. 통계가 나와 있다. 이런 것은 문제가 되지 않는다. 그러나 죽어가는 인간에게는 그것이 전부이며, 여전히 회전하고 있는 온 세계보다도 중대한 것이다.

그는 욕조의 가장자리에 걸터앉아 신을 벗었다. 언제나 마찬가지였다. 여러 가지 일과 그것들의 말없는 강요, 평범한 일상, 도깨비불같이 사람을 홀리는 변화유전 속의 맥빠진 습관, 사랑의 물결이 밀려오는 꽃피는 마음의 기슭…… . 그러나 시인(詩人), 반신(半神), 또는 백치, 무엇이든간에 두세 시간마다 자기 천국에서 불려내려와서 오줌을 누어야 한다. 이것은 어쩔 수 없는 것이 아닌가! 자연의 아이러니다. 선(腺)의 반사작용과 소화운동 위에 떠있는 낭만적인 무지개이다. 자신을 잊는 황홀함을 연출하는 기관이 동시에 배설의 기관일 수 있도록 악마가 마련해 놓은 것이다.

라빅은 신을 구석에다 던졌다. 옷을 벗는다는 불쾌하기 짝이 없는 습관! 이것조차 그만둘 수가 없는 것이다! 이것은 혼자 사는 자가 아니면 이해할 수 없는 것이었다. 그것은 저주받은 인종과 체념이다. 그것이 싫어서 옷을 입은 채로 아무렇게나 잔 적도 한두 번이 아니다. 하지만 결국은 기간을 연기시켰을 뿐이다. 거기서 빠져나갈 수는 없다.

그는 샤워를 틀었다. 차가운 물이 피부를 타고 흘러내렸다. 그는 깊이 숨을 쉬고는 몸을 닦았다. 가벼운 위안이다. 물, 호흡, 밤에 내리는 비. 그것도 또한 혼자 사는 자만이 알 수 있는 것이다. 시원한 피부, 피는 어두운 혈관을 더욱 가볍게 돌아다닌다. 풀밭에 눕는다. 자작나무, 여름철의 흰구름, 청춘의 하늘. 마음의 모험은 어디로 가버렸나? 생존을 위한 어두운 모험 때문에 맞아 죽은 것이다.

라빅은 방으로 돌아왔다. 여인은 담요로 몸을 푹 싸고 소파 한구석에 쪼그리고 앉아 있었다.

「춥습니까?」하고 그는 물었다.

그녀는 고개를 저었다.

「겁이 납니까?」

그녀는 고개를 끄덕였다.

「내가?」

「아뇨.」

「그럼 바깥이?」

「네.」

라빅은 창문을 닫았다.

「고마와요.」하고 그녀는 말했다. 그는 자기 눈앞에 있는 여인의 목덜미를 바라보았다. 양쪽 어깨. 무엇인가 숨을 쉬고 있는 것. 낯선 생명의 한 조각……. 그러나 생명에는 틀림이 없다. 따스함이 있는 것이다. 굳어버린 시체는 아니다. 얼마쯤의 따뜻함을 주는 것 외에 남에게 무엇을 줄 수 있단 말인가? 그 이상의 무엇이 있단 말인가? 여인은 몸을 움직였다. 떨고 있었다. 그는 파도가 물러가는 것을 느꼈다. 짙은 냉기가 무게도 없이 솟아오른다. 긴장은 끝났다. 그의 앞에는 넓은 공간이 펼쳐진다. 마치 다른 천체에서 하룻밤을 지내고, 지금 막 돌아온 것 같은 느낌이다. 갑자기 모든 것이 지극히 간단명료해진다. 아침, 여자……. 이 이상 더 생각할 것은 없다.

「이리 와요.」하고 라빅은 말했다.

여자는 눈을 크게 뜨고 그를 빤히 쳐다보았다.

「이리 와요.」하고 그는 짜증스럽게 다시 말했다.

3

라빅은 눈을 떴다. 누군가 자기를 지켜보고 있는 것 같아서 잠을 깼다. 여인은 옷을 입고 소파에 앉아 있었다. 그러나 그를 보고 있지 않고, 창밖을 내다보고 있었다. 잠을 깨면 이미 가고 없을 것이라고 생각하였던 것이다. 여인이 아직도 있는 것을 보니, 문득 귀찮은 생각이 들었다. 아침에 딴 사람이 옆에 있는 것은 귀찮은 일이었다.

그는 다시 한잠 잘까 하고 생각했다. 그러나 그녀가 자기를 지켜보고 있으려니, 생각하니 마음이 내키지 않았다. 그는 곧 여인을 떼어버리기로 작정했다. 돈을 받으려고 기다리고 있다면 간단하다. 그렇지 않더라도 아뭏든 간단한 일이다. 그는 몸을 일으켰다.

「일어난 지 오래되었소?」

여인은 깜짝 놀란 듯 그를 바라보았다. 「더 잘 수가 없었어요. 저 때문에 깨셨다면 죄송해요.」

「당신 때문에 잠이 깬 건 아니오.」

그녀는 일어섰다. 「돌아가려고 했는데 왜 아직까지 여기 앉아 있었는지 저도 모르겠어요.」

「기다려요. 곧 일어날 테니까. 아침을 먹어야지. 이 호텔의 유명한 코피를 말이오. 그만한 시간은 둘 다 있겠지.」

그는 일어나서 벨을 눌렀다. 그리고 욕실로 들어갔다. 여인이 욕실을 사용했다는 것을 알 수 있었다. 그러나 모든 것이, 사용한 타월까지도 말끔히 정돈되어 있었다. 이를 닦고 있는데 하녀가 아침밥을 날라오는 소리가 들렸다. 그는 서둘렀다.

「어색했소?」하고 그는 욕실을 나오면서 물었다.

「뭐가요?」

「하녀와 마주쳐서. 미처 생각을 못했소.」

「아뇨, 하녀도 놀라지 않았어요.」

여인은 쟁반을 보았다. 라빅은 아무말도 하지 않았는데, 식사는 두 사람분이었다.

「물론이오. 여기는 파리니까요. 자, 코피를 들어요. 머리가 아픈가요?」

「아뇨.」

「다행이오, 난 조금 아파요. 하지만 한 시간만 지나면 괜찮을 거요. 자, 브리오쉬를 하나 드시오.」

「전 못 먹겠어요.」

「아니, 먹을 수 있을 거요. 먹을 수 없다고 생각하고 있을 뿐이지. 한번 먹어 봐요.」

그녀는 브리오쉬를 집었다. 그러나 도로 놓았다. 「정말 못 먹겠어요.」

「그럼 코피를 마시고, 담배나 피우시오. 그것이 군인들의 조반이란 거요.」

「네.」

라빅은 식사를 시작했다. 「아직도 배가 고프지 않단 말이오?」 잠시 후에 라빅이 물었다.

「네.」

여인은 피우던 담배의 불을 껐다. 「전 아무래도⋯⋯.」하고 말하다가 그녀는 입을 다물었다.

「뭐요?」라빅은 흥미없는 표정으로 물었다.

「이제 돌아가야겠어요.」

「길을 알겠소? 여긴 와그람 근처인데.」

「모르겠어요.」

「어디에 살고 있소?」

「오뗄 베르당이에요.」

「거기라면 여기서 몇 분 안 걸려요. 밖에 나가서 가르쳐 드리지. 아뭏든 수위가 있는 곳은 내가 데리고 지나가야 할 테니까.」

「네……. 그런데 그게 아니고…….」

그녀는 다시 입을 다물었다.

돈 이야기구나, 하고 라빅은 생각했다. 항상 돈이지.「곤란하다면, 어떻게 해 드릴 수 있소.」하고 그는 호주머니에서 지갑을 꺼냈다.

「그만두세요! 그건 무슨 뜻이죠?」하고 그녀는 거칠게 말했다.

「아무것도 아니오.」라빅은 지갑을 다시 집어넣었다.

「죄송해요…….」여인은 일어섰다.「당신은……, 전 당신에게 감사를 드려야 해요……. 아무도…… 밤에…… 혼자서 어떻게 해야 좋을지…….」

라빅은 간밤에 있었던 일이 머리에 떠올랐다. 만약 여인이 자기에게 무슨 요구라도 했다면, 우습게 생각했을 것이다. 그러나 설마 고맙다고 인사를 하리라고는 생각하지 못했다. 요구당하는 것보다도 더욱 어색했다.

「전 정말이지 어떻게 해야 좋을지 몰랐을 거예요.」하고 여인은 말했다. 그리고는 결심이 서지 않는 듯, 그의 앞에 그대로 서있었다. 이 여자는 어째서 나가지 않는 걸까, 하고 그는 생각했다.

「그러나 이젠 알겠지요…….」하고 가만히 있을 수도 없어서 그는 말했다.

「모르겠어요.」그녀는 똑바로 라빅을 바라보았다.「아직도 모르겠어요. 어떻게 해야 한다는 것은 알고 있지만요. 그리고 아무래도 저는 도망칠 수 없다는 것도요.」

「그 정도로 됐소.」라빅은 외투를 집어들었다.「자, 아래까지 바래다 드리지.」

「그러실 필요는 없어요. 좀 가르쳐만 주세요…….」

여인은 할말을 찾으면서 망설였다.「아마 당신은 알고 계실 거예요…… 어떻게 하면 좋을지. 만약…….」

「만약?」라빅은 잠시 후에 반문했다.

「만약, 사람이 죽었다면.」하고 여인은 불쑥 말하고는 그대로 주저앉아버렸다. 그러고는 울기 시작했다. 흐느끼지는 않았다. 거의 소리를 내지 않고 울었다.

라빅은 여자가 울음을 그치기를 기다렸다.

「누가 죽었소?」

여자는 고개를 끄덕였다.

「어젯밤에?」

여자는 다시 고개를 끄덕였다.

「당신이 그 남자를 죽였소?」

여인은 그를 빤히 쳐다보았다. 「뭐라구요? 지금 뭐라고 하셨지요?」

「당신이 죽였소? 어떻게 했으면 좋으냐고 내게 묻고 싶다면, 이야기를 해야 할 것 아니오.」

「그이는 죽었어요!」하고 여인은 소리쳤다. 「별안간…….」

여인은 두손으로 얼굴을 가렸다.

「병을 앓고 있었나요?」

「네…….」

「의사에게는 보였소?」

「네, 하지만 그이는 병원에 가는 걸 싫어했어요.」

「어제 그 의사가 왔었소?」

「아뇨. 사흘 전에 왔었어요. 그이는 의사를……. 의사에게 욕지거리를 하고, 다시는 치료를 받으려 하지 않았어요.」

「그럼 그후에는 다른 의사를 부르지 않았소?」

「아는 의사가 있어야죠. 여기 온 지 겨우 3주밖에 안됐어요. 그 의사는 보이가 불러 주었어요. 그런데 그이는 필요없다고 했어요. 그이는 의사에게 보이지 않는 게 더 잘 낫는다고 했어요…….」

「무슨 병이었소?」

「모르겠어요. 의사는 폐렴이라고 했지만…… 그런데 그이는 의사의 말을 믿지 않았어요. 의사는 모두 사기꾼이라는 거예요. 어젠 웬만큼 차도가 있었는데. 그런데 갑자기…….」

「왜 병원으로 데리고 가지 않았소?」

「그이가 가려고 하지 않았어요. 그이는…… 저, 자기가 없는 동안에 내가 배반할 거라고. 그이는…… 당신은 그이를 몰라요. 어쩔 수 없었어요.」

「아직 호텔에 있나요?」

「네.」

「호텔 주인에겐 이야기를 했소?」

「아뇨. 갑자기 그이가 조용해지고, 모든 것이 아주 조용해지고…… 그리고 그이의 눈이…… 저는 더 참을 수가 없어서 도망쳐나왔어요.」

라빅은 어젯밤의 일을 생각해보았다. 난처하게 됐다고 잠시 생각했다. 그러나 일은 이미 벌어진 것이다.

그렇지만 큰 문제는 아니다. 그에게도 그렇지만, 여인에게도. 여인에게는 더욱 그렇다. 어젯밤의 일은 그녀에게는 사실 아무것도 아니다. 중요한 것은 그녀가 이것을 극복하는 일이다. 인생이란 감상적인 비유 이상의 것이다. 라빅은 자기의 아내가 죽었다는 소식을 들은 날 밤, 창녀의 방에서 지냈다. 창녀들이 그를 구해 준 것이다. 그것이 목사였다면 그를 도와서 극복시킬 수 없었을 것이다. 이것은 알 만한 사람은 알 수 있을 것이다. 그것에 대한 설명은 하려 해도 할 수 없는 것이다. 그러나 어쨌든 책임은 져야 한다.

그는 외투를 집어들었다. 「갑시다! 함께 가드리지. 그 사람은 당신 남편이었소?」

「아뇨.」 여인은 고개를 저었다.

오델 베르당의 주인은 몹시 뚱뚱한 사람이었다. 머리카락은 하나도 없었지만, 그대신 검게 물든인 콧수염과 눈썹이 숱이 많았다. 그는 로비에 버티고 서 있었다. 그 뒤에는 보이와 하녀, 그리고 가슴이 밋밋한 여자 경리가 있었다. 주인은 이미 모든 것을 다 알고 있는 것 같았다. 여인이 들어서는 것을 보자 대뜸 욕을 하기 시작했다. 얼굴은 파랗게 질리고, 통통한 작은 손을 휘두르며 분노와 격앙과, 그리고 라빅이 짐작컨대 안도감도 섞어서, 마구 떠들어댔다. 주인이 경찰이니 외국인이니 혐의니 감옥이니 하는 말을 하자 라빅은 그것을 가로막았다.

「당신은 프로방스 출신이오?」 하고 라빅은 조용히 물었다.

주인은 얼른 입을 다물었다. 「아니오, 그게 어쨌단 말이오?」 하고 그는 어리둥절한 표정으로 물었다.

「아무것도 아니오.」 하고 라빅은 대답했다. 「당신의 말을 막으려 했을 뿐이오. 그러자면 아무 의미도 없는 질문을 하는 게 제일이지요. 그렇게라도 하지 않으면, 한 시간은 더 지껄일 테니까.」

「도대체 당신은 누구요? 무슨 볼일이 있소?」

「이제 겨우 사리에 맞는 말을 했군요.」

주인은 정신을 가다듬었다. 「선생은 누구십니까?」

그는 유력한 사람에게는 어떤 경우일지라도 실례를 범해서는 안되겠다는 조심스러운 태도로, 조금전보다는 조용히 물었다.

「의사요.」

주인은 이제 위험할 것은 없다고 느낀 모양이었다. 「의사 따위는 필요 없소.」 하고 다시 소리를 지르기 시작했다. 「필요한 건 경찰이야.」

주인은 라빅과 여인을 뚫어지게 쳐다보았다. 겁을 집어먹고, 항의하고 그리고 사정해 올 것이라고 생각했던 것이다.

「그런데 경찰은 왜 지금까지 오지 않았을까? 그 사람이 죽은 것을 안 지가 지금 벌써 몇 시간이 지나지 않았는가 말이오!」

주인은 아무 대답도 하지 않았다. 점점더 격앙된 표정으로 라빅을 노려볼 뿐이었다.

「내가 대신 그 설명을 해드릴까?」라빅은 한 걸음 앞으로 나섰다. 「당신은 손님들을 생각해서 문제를 일으키고 싶지 않았던 거요. 그런 이야기를 들으면 많은 손님들이 다른 데로 옮겨가버릴 테니까. 하지만 경찰이 안 올 수는 없지. 법률에 정해져 있으니까. 이것을 얼버무리는 것이 당신이 해야 할 일이지. 그런데 당신이 걱정한 것은 그게 아니었어. 당신이 걱정한 것은 모든 것을 당신에게 떠맡기고 도망친 것이 아닌가 하는 점이었어. 그러나 그런 걱정은 할 필요가 없었소. 또 계산도 걱정이었죠. 그것은 다 지불하겠소. 그럼 시체를 좀 보여 주시오. 그 다음에 모든 것을 내가 좋도록 처리하겠소.」

라빅은 주인 앞을 지나 안으로 들어갔다. 「몇 호실이오?」하고 그는 여인에게 물었다.

「14호실이에요.」

「당신은 오지 않아도 좋아요. 나 혼자서 할 수 있으니까.」

「아녜요, 전 여기 있고 싶지 않아요.」

「안 보는 편이 좋을 텐데.」

「하지만 여기 있기는 싫어요.」

「그럼 좋도록 해요.」

그것은 길 쪽을 향한 천장이 낮은 방이었다. 하녀와 수위와 보이 등 몇 사람이 문 앞에 몰려 있었다. 라빅은 그들을 밀치고 들어갔다. 방에는 침대가 둘 있었다.

벽 쪽의 침대에 남자의 시체가 누워 있었다. 붉은 실크 파자마를 입고 검은 고수머리를 한 남자의 시체는 밀초로 만든 인형처럼 누렇게 굳어져 있었다. 그 옆에 있는 테이블에는 얼굴에 루즈가 묻은, 나무로 만든 자그마한 싸구려 성모상이 놓여 있었다. 라빅은 죽은 남자의 얼굴을 살펴보았다. 남자의 입술에는 루즈의 흔적은 없었고, 그런 타입의 남자 같지도 않았다. 눈은 반쯤 뜨고 있었는데 한쪽 눈이 다른쪽 눈보다 더 열려 있었다. 그리고 그것이 영원한 권태 속에서 굳은 것처럼, 무관심한 느낌을 시체에 더해 주고 있었다.

라빅은 시체 위로 몸을 구부렸다. 그리고 침대 곁의 테이블에 놓인 병을 모두 살펴보고, 시체를 검사했다.

폭력을 가한 흔적은 전혀 없었다. 그는 몸을 일으켰다.

「여기 왔던 의사의 이름이 뭐죠?」하고 그는 여인에게 물었다. 「이름을 알고 있소?」

「몰라요.」

그는 여인을 쳐다보았다. 여인의 얼굴은 창백하게 질려 있었다.「자, 저기 가서 앉도록 해요. 저쪽 구석의 의자에. 진정을 해야 하니까. 의사를 불러온 보이가 여기 있나?」

그는 문간에서 들여다보고 있는 사람들을 쳐다보았다. 모두 똑같이 공포와 호기심이 어린 표정을 하고 있었다.「프랑소아가 여기를 맡고 있었어요.」빗자루를 창처럼 꼬나쥔 청소부가 말했다.

「프랑소아는 어디 있지?」

보이 하나가 사람들을 헤치고 앞으로 나왔다.

「여기 왔던 의사의 이름이 뭔지 아나?」

「보네, 샤를르 보네라고 하더군요.」

「전화 번호를 알고 있나?」

보이는 호주머니를 뒤졌다.

「파시이 2743번입니다.」

「됐어.」라빅은 호텔 주인의 얼굴이 사람들 틈에 끼어 있는 것을 보았다.「우선 그 문을 닫도록 합시다. 아니면 거리를 지나가는 통행인들까지 불러들일 셈이오?」

「원, 천만에! 나가! 모두 나가! 너희들 왜 여기서 서성대고 있어. 봉급을 거저 먹을 셈인가?」

주인은 종업원들을 내쫓고 문을 닫았다. 라빅은 수화기를 들었다. 그리고 베베르를 불러 잠시 동안 통화를 했다. 그 다음에 파시이의 전화 번호를 돌렸다. 보네는 그의 진찰실에 있었다. 의사는 여인과 같은 이야기를 했다.

「그 사람이 죽었읍니다.」하고 라빅은 말했다.「잠깐 오셔서 사망진단서를 써주실 수 있는지?」

「그 사람은 나를 내쫓았소. 그것도 모욕적으로.」

「이젠 무례한 짓을 할 수 없게 되었소.」

「그는 아직 왕진료도 지불하지 않았소. 그뿐만 아니라, 나를 욕심 많은 돌팔이 의사라고 했어요.」

「계산은 해드릴 테니 오세요.」

「다른 사람을 보내죠.」

「직접 오시는 편이 낫겠지요. 그렇지 않으면 돈은 지불할 수가 없읍니다.」

「그럼 가죠.」보네는 잠시 망설인 끝에 말했다.「하지만 돈을 받기 전엔 서명을 하지 않겠읍니다. 300프랑입니다.」

「좋습니다. 300프랑 지불하겠읍니다.」

라빅은 수화기를 놓았다. 「이런 이야기를 듣게 해서 미안하오.」하고 그는 여인에게 말했다. 「별도리가 없어요. 아무래도 그 사람이 와줘야 하오.」

여인은 벌써 돈을 꺼내들고 있었다. 「괜찮아요.」하고 그녀는 말했다. 「이런 일을 처음 당하는 건 아니에요. 여기 돈이 있어요.」

「그렇게 급하게 굴 건 없어요. 의사가 곧 올 거요. 그때 의사에게 주면 돼요.」

「당신이 직접 사망진단서에 서명해 주실 수는 없나요?」하고 여인이 물었다.

「그건 안됩니다.」라빅은 말했다. 「프랑스인 의사가 아니면 안됩니다. 치료해 준 의사가 하는 것이 제일 간단합니다.」

보네가 나가고 문이 닫히자 방안은 갑자기 조용해졌다. 단 한 사람이 방에서 나간 것이라고는 생각되지 않을 만큼 조용했다. 거리를 달리고 있는 자동차의 소음도, 마치 무거운 공기의 벽에 부딪혀 간신히 그것을 뚫고 나온 것같이 작아졌다. 죽은 자는 몇 시간 동안 버려져 있다가, 이제 비로소 존재를 나타내기 시작했다. 죽은 사람의 강대한 침묵이 값싼 방안을 가득 채웠다. 타는 듯 빨간 실크 파자마를 입고 있는 것쯤은 문제가 되지 않았다. 그는 죽은 어릿광대처럼 주위를 지배하고 있었다. 이제는 움직이지 않기 때문이다. 살아있는 것은 움직인다. 움직이는 것은 힘을 가지며, 우아하며, 우스꽝스러울 수도 있다. 하지만 이제 다시는 움직이지 않고, 다만 썩어가는 것만이 지니는 이상한 위엄을 지니고 있는 것이다. 그것은 오직 완성된 것만이 가질 수 있다——인간은 죽어서 비로소 완성되는 것이다——그것도 겨우 잠깐이지만.

「당신은 이 사람과 결혼하진 않았지요?」라빅이 물었다.

「네, 그런데 그건 왜 물으세요?」

「유산 문제가 있으니까요. 경찰은 당신 것과 저 사람 것을 구분해서 리스트를 만들 것입니다. 당신 것은 잘 챙겨두어야 하오. 저 사람 것은 경찰이 보관합니다. 저 사람의 일가 친척이 나타나면 내주기 위해서죠. 그런 사람이 있나요?」

「프랑스엔 없어요.」

「당신은 이 사람과 동거했지요?」

여자는 대답하지 않았다.

「오랫동안이었소?」

「2년간이었어요.」

라빅은 주위를 둘러보았다. 「가방 같은 것은 없소?」

「있어요. 여기 놓아두었는데…… 저기 벽 쪽에 두었어요. 어제 저녁까지는.」

「알았소, 주인 녀석의 짓이군.」하고 라빅은 문을 열었다. 비를 든 청소부가 깜짝 놀라 물러섰다.「할머니,」하고 라빅은 말했다.「나이든 분이 너무 호기심이 많군요. 주인을 불러 줘요.」

청소부는 항의를 하려고 했다.

「내 말이 틀렸군.」하고 라빅은 그것을 가로막았다.「당신 나이쯤 되면 호기심 외에는 남는 것이 없는 법이죠. 아뭏든 주인이나 불러 줘요.」

노파는 무엇인지 입속으로 중얼중얼하고는 비를 앞으로 내밀며 가버렸다.

「안됐지만,」하고 라빅은 말했다.「할 수 없어요. 몰인정하게 보일는지 모르지만 지금 곧 처리해 버리는 것이 좋을 것 같소. 그게 간단한 거요. 지금은 이해할 수 없겠지만.」

「이해할 수 있어요.」여인이 말했다.

라빅은 여인을 쳐다보았다.「이해할수 있다고요?」

「네.」

호텔 주인은 계산서를 가지고 들어왔다. 문을 노크하지도 않았다.

「가방을 어떻게 했소?」라빅이 물었다.

「그보다 계산을 먼저 해야죠. 이겁니다. 계산을 먼저 해주십시오.」

「가방이 먼저야. 아무도 돈을 치르지 않는다고 하지 않았어. 방은 아직도 빌고 있는 거니까. 그리고 미리 말해두지만, 다음에 들어올 때는 노크를 하시오. 그 계산서를 이리 주시오. 그리고 가방을 가지고 와요.」

주인은 화난 눈초리로 그를 노려보았다.

「돈을 치르겠단 말이오.」라빅이 말했다.

주인은 문을 쾅 닫고 나갔다.

「가방에 돈이 들어 있소?」라빅이 여인에게 물었다.

「저는 잘……. 아니, 없을 것 같아요.」

「돈 둔 데를 잘 모르시오? 양복? 아니면 돈이 없었소?」

「돈은 지갑에 넣어두었어요.」

「지갑은 어디 있소?」

「베개……」하고 여자는 망설였다.「대개 베개 밑에 넣어두었어요.」

라빅은 일어섰다. 그리고 시체가 베고 있는 베개를 조심스럽게 들어올려 검은 가죽 지갑을 꺼냈다.

그는 그것을 여인에게 주었다.「돈, 그리고 당신에게 필요하다고 생각되는 것을 모두 꺼내시오, 서둘러서. 감상에 젖어 있을 시간이 없소. 당신은 살아야 해요. 그외에 어디다 쓰게 한단 말이오. 경찰에서 곰팡이나 슬게 하겠소?」

그는 잠시 창밖을 내다보고 있었다. 트럭 운전사가 두 필의 말이 끄는 채소 마차의 마부와 다투고 있었다.

운전사는 강력한 모터의 위력을 빌어, 마부에게 마구 욕지거리를 퍼붓고 있었다. 라빅은 돌아섰다.

「끝났소?」

「네.」

「그럼 지갑을 이리 주시오.」그는 지갑을 베개 밑으로 밀어넣었다. 지갑이 아까보다 얇아진 것을 알 수 있었다. 「돈은 핸드백에 넣어두시오.」

여인은 순순히 시키는 대로 했다. 라빅은 계산서를 펴서 훑어보았다.

「계산을 해준 적이 있소?」

「전 모르지만, 아마 해준 적이 있을 거예요.」

「이건 2주일치 계산서야. 계산은…….」라빅은 잠시 망설였다. 죽은 사람을 라진스키 씨라고 부르기는 좀 이상한 생각이 들었다. 「계산은 거르지 않고 꼬박꼬박 했소?」

「네, 그랬어요. 그이는 늘 말했어요……. 우리 같은 처지에 있는 사람은 지불해야 할 것은 언제나 꼬박꼬박 지불하는 것이 중요한 일이라고.」

「주인이 망할 놈이군! 마지막 계산서가 어디 있는지 모르겠소?」

「모르겠어요. 하지만 그이는 그런 쪽지는 모두 작은 가방에 넣어두고 있어요.」

문을 두드리는 소리가 났다. 라빅은 웃음이 나는 것을 참을 수가 없었다. 수위가 가방을 들고 들어왔다. 그 뒤에 주인이 따라들어왔다.

「이게 전부요?」하고 라빅은 여인에게 물었다.

「네.」

「물론 이게 전부지요.」주인이 불쾌한 표정으로 말했다. 「또 무엇이 있다고 생각하셨소?」

라빅은 작은 쪽 가방을 집어들었다.

「이 열쇠를 가지고 있소? 대체 열쇠를 어디다 두었을까?」

「옷장의 양복 호주머니에 있을 거예요.」

라빅은 옷장을 열었다. 안은 비어 있었다. 「이게 어떻게 된 거야!」라빅은 소리를 버럭 질렀다.

「아, 양복은 밖에 있지요.」하고 수위는 더듬거렸다.

「왜?」

「깨끗이 솔질을 하려고요.」

「이젠 그럴 필요가 없을 텐데.」라빅은 말했다.

「얼른 가져와, 이 도둑놈아!」하고 주인은 소리를 질렀다.

수위는 묘한 눈초리로 눈을 껌벅이며 주인을 슬쩍 쳐다보고는 나갔다. 그리고 곧 양복을 가지고 돌아왔다. 라빅은 조끼를 털어보고, 다음에 바지를 털어보았다. 짤랑 소리가 났다. 라빅은 잠시 망설였다. 죽은 사람의 바지 호주머니를 뒤지다니, 이상한 생각이 들었다. 마치 바지도 남자와 함께 죽어버린 것 같았다. 그러나 그런 생각을 하는 것도 이상했다. 옷은 옷에 불과한 것이다.

그는 열쇠를 꺼내 가방을 열었다. 위쪽에 서류철이 있었다.「이것이오?」하고 그는 여인에게 물었다.

여인은 고개를 끄덕였다.

라빅은 계산서를 곧 찾아냈다. 계산은 끝나 있었다.

그는 그 계산서를 주인에게 보였다.「1주일분이 더 계산되어 있군.」

「그래서 어떻다는 거요?」하고 주인은 소리를 질렀다.

「그토록 사람을 화나게 하고, 더럽히고, 소동을 일으키고선! 이건 아무것도 아니란 말이오? 난 다시 속이 뒤집힐 것 같단 말이오. 그것도 계산에 들어가야죠. 손님들이 달아날 것이라고, 당신 자신이 말하지 않았소! 손해는 그것뿐이 아니오! 게다가 이 침대는 어떻게 하지? 이 방도 소독을 해야 해요. 시트도 더럽혀져 있고.」

「시트는 계산에 들어 있어. 게다가 죽은 사람이 25프랑짜리 저녁 식사를 먹은 것으로 되어 있군. 당신 어제 저녁에 무엇을 드셨소?」하고 그는 여인에게 물었다.

「아뇨. 하지만 그대로 지불하면 안될까요? 저…… 전 빨리 끝내고 싶어요.」

빨리 끝내고 싶다, 하고 라빅은 생각했다. 그런 기분은 알 수 있다. 그리고 정적과 죽은 사람, 부어터진 듯한 침묵. 그편이 낫다. 차라리 몰인정하다 하더라도. 그는 테이블에서 연필을 집어들고 계산을 했다. 그러고는 계산서를 주인에게 돌려주었다.

「되었소?」

주인은 마지막 숫자를 슬쩍 훑어보았다.「당신은 내가 미친 줄 아시오?」

「그걸로 됐소?」하고 라빅은 다시 한번 물었다.

「대체 당신은 누구요? 어째서 참견을 하는 거요?」

「우린 형제간이오.」하고 라빅은 말했다.「이젠 알겠소?」

「봉사료와 세금도 가산해야 돼요. 안 그러면 못 받겠소.」

「좋아.」라빅은 그만큼 가산했다. 「292프랑 지불해야 되겠소.」하고 그는 여인에게 말했다.

여인은 핸드백에서 300프랑을 꺼내어 주인에게 주었다. 주인은 그것을 받아 들고는 나가려고 했다. 「방을 여섯 시까지는 비워 주셔야 해요. 그렇지 않으면 하루치로 계산하겠소.」

「8프랑 거슬러 주게.」하고 라빅은 말했다.

「그럼 수위에게는요?」

「그건 우리가 주지. 팁도 우리가 주고.」

주인은 못마땅한 태도로 8프랑을 계산해서 테이블에 놓았다. 「빌어먹을 외국인 같으니.」하고 투덜거리며 그는 방에서 나갔다.

「프랑스의 호텔 주인들 중엔 외국인 덕으로 살아가면서도 외국인을 미워하는 것을 자랑으로 여기는 놈들이 가끔 있어요.」그때 라빅은 팁을 탐하는 표정으로 문 앞에 서있는 수위를 발견했다. 「자, 여기 있네…….」

수위는 얼른 지폐를 내려다보았다. 그러고는 「고맙습니다, 선생님.」하고 나가버렸다.

「이젠 경찰 문제를 해결해야겠소. 그러면 싣고 나갈 수가 있지.」라빅은 여인 쪽을 보면서 말했다. 여인은 서서히 내려앉는 저녁 어스름에 싸여 구석의 가방 사이에 조용히 앉아 있었다. 「사람은 죽으면 커다란 의미를 갖게 되지. 살아있을 때는 아무도 걱정해 주지 않지만.」그는 다시 여인을 쳐다보았다. 「밑에 내려가 있으면 어떻겠소? 사무실 같은 게 있을 텐데.」

여인은 머리를 저었다.

「그럼 나도 함께 가죠. 내 친구가 와서 경찰 관계를 처리해 줄 거요. 닥터 베베르라는 사람이오. 아래로 내려가서 기다립시다.」

「아니, 여기 그냥 있겠어요.」

「할일도 없는데 왜 여기 있으려는 거요?」

「저도 모르겠어요. 저 사람, 이젠 여기 오래 있지 않을 것 아니에요. 저이는 저하고 살면서도 행복하지 못했어요. 저는 늘 나돌아다니기만 하고. 그러니까 지금은 여기 있어 주겠어요.」

그녀는 감정 없는 목소리로 조용히 말했다.

「그래도 이젠 저 사람이 알 리 없지 않소?」하고 라빅은 말했다.

「그런 뜻이 아니고…….」

「좋아요. 그럼 여기서 뭘 좀 마시기로 합시다. 당신은 그럴 필요가 있소.」라빅은 여자의 대답을 기다리지 않고 벨을 눌렀다. 놀랄 만큼 빨리 보이가 나타났다.

「큰 잔으로 코냑을 두 잔 갖다주게.」

「이리 가져올까요?」

「음.」

「알겠읍니다.」

보이는 잔 두 개와 쿠르보아제 병을 가져왔다. 그리고 어스름 속에 침대가 회뿌옇게 보이는 구석을 유심히 바라보았다.「불을 켤까요?」하고 그는 물었다.

「괜찮아. 그런데 병은 여기 두고 가도 좋아.」

보이는 쟁반을 테이블에 놓고, 침대 쪽을 다시 한번 힐끗 보고는 얼른 나가버렸다.

라빅은 병을 들어 잔에 따랐다.「마셔요. 기분이 훨씬 나아질 거요.」

그는, 여인은 싫다고 할 것이다, 그러면 억지라도 권해서 마시게 해야지, 하고 생각했다. 그러나 여인은 망설이지 않고 단숨에 잔을 비웠다.

「당신 것이 아닌, 가방 속에 뭐 중요한 건 없소?」

「없어요.」

「당신이 갖고 싶은 것은? 쓸 만한 것은? 왜 뒤져보지 않소?」

「가방 속엔 아무것도 든 게 없어요. 전 알고 있어요.」

「저 작은 쪽 가방에도?」

「아마 없을 거예요. 전 그이가 뭘 넣어두었는지 몰라요.」

라빅은 그 가방을 창가에 있는 테이블에 올려놓고 열어보았다. 병 두세 개, 내의 몇 벌, 노트 서너 권, 수채화구 한 상자, 화필 몇 개, 책 한 권, 그리고 서류 끼우개 옆에 달린 주머니에 지폐가 두 장 얇은 종이에 싸여져 있었다.

그는 그것을 불빛에 비춰보았다.「여기 백 달러가 있소.」하고 그는 말했다. 「넣어둬요. 이것으로 한동안은 살 수 있을 거요. 이 가방은 당신 것과 함께 놓아둡시다. 당신 것으로 해두는 게 좋을 거요.」

「고마와요.」하고 여인은 말했다.「당신은 아마 이런 짓을 싫어할는지 모르겠소만, 아무래도 하지 않을 수 없는 일이오. 당신을 위해 중요한 일이오. 그것으로 조금은 여유가 생길 테니까.」

「싫어하진 않아요. 다만 직접 할 수 없었을 뿐이에요.」

라빅은 다시 잔을 채웠다.「한잔 더 하시오.」

여인은 천천히 잔을 비웠다.

「기분이 좀 나아졌소?」하고 그는 물었다.

여인은 그를 쳐다보았다.「좋아지지도 나빠지지도 않았어요. 아무렇지도 않아요.」 저녁 어스름이 그녀를 감쌌다. 때때로 네온사인의 빨간빛이 여인의 얼굴과 손을 스쳐갔다. 「아무것도 생각할 수가 없어요.」 하고 여인이 말했다. 「저 사람이 여기 있는 동안은.」

두 사람의 구급차 인부는 담요를 젖히고 들것을 침대 옆에 놓았다. 그리고 시체를 들어올렸다. 그들은 그것을 사무적으로 척척 해치웠다. 라빅은 여인이 기절을 하는 경우 부축할 수 있도록 곁에 바짝 붙어서 있었다. 인부들이 시체를 덮어버리기 전에 그는 허리를 굽혀, 침대 옆의 작은 테이블에 놓인 조그마한 목각 성모상을 집었다. 「이건 당신 것 같은데, 필요 없소?」

「필요 없어요.」

그는 그것을 여인에게 주었다. 여인은 받지 않았다. 그는 작은 가방을 열고 그것을 그 안에 넣었다.

인부들이 시체를 덮어씌웠다. 그리고 들것을 들었다. 입구는 비좁았고 밖의 복도도 과히 넓지 않았다.

그들은 억지로 나가려고 했으나 잘 되지 않았다. 들것이 벽에 부딪혔다.

「시체를 내려야겠어.」 하고 나이 많은 쪽이 말했다.

「이래서야 모퉁이를 돌 수가 있어야지.」

그는 라빅을 쳐다보았다. 「자아,」 하고 라빅은 여인에게 말했다. 「우린 아래로 내려가서 기다립시다.」

여인은 머리를 저었다.

「좋아,」 하고 그는 인부에게 말했다. 「자네 좋도록 하게」

두 인부는 시체의 손과 발을 잡고 시체를 들어올려 마룻바닥에 놓았다. 라빅은 무슨 말을 해주고 싶었다.

그는 여인을 돌아보았다. 그녀는 꼼짝도 하지 않았다.

그도 아무말 하지 않고 가만히 있었다. 인부들은 들것을 현관의 넓은 홀로 가지고 갔다. 그런 다음 어스름 속에 다시 돌아와서, 희미한 불이 켜져 있는 복도로 시체를 들고 나왔다. 라빅은 그들의 뒤를 따랐다. 인부들은 시체를 높이 쳐들고 계단을 내려가지 않으면 안되었다. 시체가 무거워서 인부들의 얼굴엔 불끈 힘줄이 솟고, 땀이 축축히 내배었다. 시체는 인부들의 머리 위에서 무겁게 흔들렸다. 라빅은 그들이 아래층으로 다 내려갈 때까지 지켜보고 되돌아왔다.

여인은 창가에 서서 밖을 내다보고 있었다. 구급차는 길에 서있었다. 인부들은 마치 빵 굽는 사람이 빵을 화덕에 밀어넣듯 들것을 구급차에 밀어넣었다. 그러고는 자기들 좌석으로 기어올랐다. 엔진은 누가 땅속에서 울부짖고 있듯이 요란한 소리를 냈다. 차는 급커브를 돌아 길 모퉁이로 사라졌다. 여자는 돌아섰다.

「좀더 일찍 돌아갈 걸 그랬소.」하고 라빅은 말했다.「왜 마지막까지 지켜보아야만 했죠?」

「그러지 않을 수 없었어요. 그이보다 먼저 나갈 수가 없었어요. 이해 못하시겠어요?」

「이해해요. 자, 이리 와서 한잔 더 드시오.」

「그만 하겠어요.」

경찰과 구급차가 왔을 때, 베베르가 전등을 켜놓았었다. 시체를 들어내고 보니 방이 전보다 더 넓어지고, 더 커지고, 더 조용해진 것 같았다. 마치 시체는 가버리고 죽음만이 남아 있는 것처럼.

「이 호텔에 그대로 묵겠소? 아마 그럴 생각은 없겠지만.」

「네, 싫어요.」

「파리에 누구 아는 사람이라도 있소?」

「없어요.」

「어디 들고 싶은 호텔이라도 있소?」

「없어요.」

「이 근방에 이것과 비슷한 작은 호텔이 하나 있는 데 깨끗하고 점잖은 집이오. 거기면 당신 방을 하나쯤 마련할 수 있을 거요. 오델 밀랑이란 호텔이오.」

「저, 그 호텔로 가면 안될까요? 당신이 계시는…….」

「앵테르나쇼날 말이오?」

「네, 저…… 거기라면 조금은 낯이 익었으니까, 전혀 생소한 데보다는 나을 것 같아요.」

「앵테르나쇼날은 여자가 묵을 호텔이 못되오.」하고 라빅은 말했다. 결코 그렇게는 할 수 없지, 하고 라빅은 생각했다. 같은 호텔에 들다니, 나는 보호자가 아닌 걸. 그런데 이 여자는 내게 벌써 무슨 책임을 지우려고 하는 것 같군.「그곳은 당신에게 권할 수가 없어요.」하고 그는 자기 생각보다 더 냉정하게 말했다.「늘 사람들이 북적거리고 있어요. 피난민들이. 오델 밀랑으로 정해요. 마음에 안 들면, 언제든지 옮기면 되지 않소?」

여인은 그를 쳐다보았다. 이쪽의 속셈을 알고 있는 모양이구나, 하고 그는 생각했다. 그러자 다소 부끄러운 생각이 들었다. 그러나 한때 부끄럽게 생각하더라도 나중에 마음이 편할 수 있다면 그쪽이 훨씬 낫다.

「좋아요.」하고 여인은 말했다.「당신 말씀대로 하죠.」

　라빅은 가방을 택시까지 운반하도록 일렀다. 오델 밀랑은 자동차로 2, 3분밖에 안되는 곳에 있었다. 그는 방을 하나 빌고, 여인과 함께 올라갔다. 방은 삼층에 있었다. 장미꽃 무늬의 벽지에다 침대, 옷장, 테이블 그리고 의자가 두 개 놓여 있었다.

　「이만하면 됐소?」하고 그는 물었다.

　「네, 아주 좋아요.」

　라빅은 벽지를 훑어보았다. 형편없는 것이었다. 「어쨌든 밝기는 한 것 같군.」하고 그는 말했다. 「밝고 깨끗하고.」

　「그래요.」

　가방을 올려왔다. 「자, 이것으로 다 된 것 같소.」

　「네, 고맙습니다. 정말 고마와요.」

　여인은 침대에 걸터앉았다. 그녀의 얼굴은 창백하고 표정이 없었다.

　「잠을 자야지. 어때요, 잠이 올 것 같소?」

　「자도록 해보겠어요.」

　그는 호주머니에 있던 알루미늄으로 된 튜브에서 약을 두 알 꺼냈다. 「이걸 먹으면 잠이 올 거요. 지금 먹겠소?」

　「아니, 나중에 먹겠어요.」

　「좋아요, 그럼 난 가겠소. 2, 3일 후에 다시 오죠. 될 수 있는 대로 빨리 자도록 하시오. 이것이 장의사의 주소요. 무슨 일이 있을지 모르니, 여기 두고 가겠소. 하지만 거긴 안 가는 게 좋을 거요. 자신의 일을 생각해야 하니까. 다시 찾아오겠소.」라빅은 잠시 망설이다가 물었다.

　「당신 이름은?」

　「마두. 조앙 마두라고 해요.」

　「조앙 마두, 알겠소. 기억해두죠.」그는 자기가 이름을 기억해 두지도 않을 것이고, 다시 찾아오지도 않으리라는 것을 알고 있었다. 그러나 그것을 알고 있었기 때문에, 더욱 제스처가 필요했다. 「아니, 적어두는 게 좋겠지.」하고 그는 조끼 주머니에서 처방전을 꺼냈다. 「자, 당신이 직접 적어 주지 않겠소? 그게 간단하지.」

　그녀는 처방전을 받아서 자기의 이름을 썼다. 그는 그것을 들여다보았다. 그러고는 그것을 뜯어서 외투의 옆호주머니에 넣었다. 「곧 자도록 해요.」하고 그는 말했다. 「내일이면 모든 것이 달라져 보일 거요. 이렇게 말하면 어리석고 진부하게 들리겠지만, 사실이 그런 거요. 지금 당신에게 필요한 것은 수면과 얼마간의 시간이오. 시간이 좀 지나면 틀림없이 괜찮아질 거요.」

「네, 알고 있어요.」

「약을 먹고 자도록 하시오.」

「네, 고마와요. 여러 가지로 정말 고마와요. 당신이 안 계셨더라면, 전 어떻게 했어야 할지 몰랐을 거예요. 정말 고마와요.」

여인은 손을 내밀었다. 손은 차가왔다. 여인은 힘을 주어 꼭 쥐었다. 좋아, 하고 그는 생각했다. 벌써 무엇인가 결심이 섰다.

라빅은 거리로 나왔다. 그리고 축축하고 부드러운 바람을 들이마셨다. 자동차, 사람들, 길 모퉁이에는 벌써부터 외국인 창녀가 두서넛, 그리고 비어홀, 카페, 담배냄새, 식욕 증진제, 가솔린……. 변화무쌍하고 바쁜 생활. 겉보기에는 얼마나 멋진가! 그는 호텔의 정면을 올려다보았다. 불이 켜져 있는 창이 두서넛. 그중의 한 방에서, 지금 여인은 앉은 채로 멍하니 허공을 바라보고 있을 것이다. 그는 여인의 이름을 적은 종이쪽지를 호주머니에서 꺼내어 찢어버렸다.

망각, 참으로 멋진 말이다. 그것은 공포와 위안과 망령으로 가득차 있다! 망각이 없이 어찌 살아갈 수 있으랴! 그러나 누가 완전히 망각할 수 있을 것인가? 사람의 마음을 찢어놓는 기억의 잔재, 더이상 살아갈 목표를 잃었을 때, 사람은 비로소 자유로와지는 것이다.

그는 에트와르 쪽으로 걸어갔다. 수많은 사람들이 광장을 메우고 있었다. 개선문 뒤에는 서치라이트가 장치되어 있었다. 묘지 위에서는 청, 백, 홍의 거대한 깃발이 바람에 나부끼고 있었다. 1918년의 휴전 20주년 기념일이었다.

하늘은 구름에 덮여 있었다. 서치라이트의 빛은 흘러가는 구름에 둔하고 희미한, 찢어진 그늘을 던지고 있었다. 갈기갈기 찢긴 깃발이 점점 어두워가는 하늘에 녹아들어가는 것 같았다. 어디선가 군악대가 연주를 하고 있었다. 나약하고 힘이 없었다. 노래를 부르는 사람은 하나도 없었다. 군중은 침묵 속에 있었다.

「휴전!」하고 라빅의 옆에 섰던 여자가 말했다.「저는 지난 전쟁에서 남편을 잃었어요. 이번에는 아들 차례지요. 휴전! 이제 또 무슨 일이 일어날지 누가 알아요…….」

4

침대 위에 붙어 있는 체온표는 새것으로, 아무것도 적혀 있지 않았다. 다만 이름만이 적혀 있었다.

뤼시엔느 마르티네. 뷔트 쇼몽. 클라벨 가.

처녀는 창백하게 질린 채 누워 있었다. 지난밤에 수술을 받은 것이다. 라빅은 처녀의 심장 고동을 주의깊게 들어보았다. 그러고는 몸을 일으켰다. 「좀 나아졌군.」하고 그는 말했다. 「수혈이 작은 기적을 낳았어. 내일까지 견딘다면 살는지도 몰라.」

「그것 잘됐군.」하고 베베르가 말했다. 「축하하네. 아무래도 희망이 없을 것 같았는데. 맥박이 140에다 혈압 180, 카페인에다 코라민…… 정말 위험했어.」

라빅은 어깨를 으쓱했다. 「축하할 것 없네. 애는 요전번 애보다 일찍 왔던 거야. 그 왜 발목에 금사슬을 차고 있던 애 말이야. 그 차이야.」

그는 처녀에게 이불을 덮어 주었다. 「이것이 일 주일 사이에 두번째야. 이런 식으로 나간다면, 뷔트 쇼몽에서 오는 낙태 실패 환자를 위한 병원을 하나 세워야겠군. 요전번 아이도 역시 거기서 왔지?」

베베르는 고개를 끄덕였다. 「그랬어. 그것도 클라벨 가에서 왔었지. 아마 둘은 서로 아는 사이이고, 같은 산파에게 갔을 거야. 그리고 이 처녀도 전번 처녀와 같은 시각에, 밤에 찾아왔어. 자네를 호텔에서 붙잡을 수 있었으니 다행이었네. 없을 거라고 생각했었는데.」

라빅은 그를 쳐다보았다. 「호텔 같은 데에 살고 있으면, 저녁에도 대개 없는 법이야. 베베르, 동짓달의 호텔방이란 과히 쾌적한 곳이 못되거든.」

「알 만하네. 그런데 왜 언제까지나 호텔 생활을 하고 있는 건가?」

「편하고 비개성적인 생활이지. 혼자 살면서도 혼자가 아니거든.」

「그런 생활이 좋은가?」

「음.」

「그런 건 다른 방법으로도 할 수 있지. 작은 아파트를 얻어도 마찬가지 아닌가?」

「그야 그럴지도 모르지.」라빅은 다시 처녀에게로 몸을 구부렸다.

「그렇게 생각하지 않아, 으제니?」하고 베베르는 물었다.

간호원은 힐끗 눈을 들어 쳐다보았다. 「라빅 씨는 그렇게 하지 않을 거예요.」그녀는 차갑게 말했다.

「닥터 라빅이야, 으제니.」하고 베베르는 고쳐서 말했다. 「이 사람은 독일서는 큰 병원의 외과 과장이었단 말이야. 나보다 몇 배나 훌륭한 분이야.」

「여기서는…….」하고 말하며 간호원은 안경을 고쳐썼다.

베베르는 얼른 가로막았다. 「알았어! 그만둬! 누구나 알고 있는 일이지. 이

나라에선 외국의 학위는 인정하지 않아. 한심한 일이야. 라빅이 아파트를 얻지 않을 것을 어떻게 그렇게 잘 알고 있지?」

「라빅 씨는 망각된 사람이에요. 이분은 결코 스스로 가정이라는 것을 꾸미지 않을 거예요.」

「뭐라고?」베베르는 어처구니없는 얼굴로 물었다.「무슨 말을 하는 거야?」

「라빅 씨에게는 신성한 것이란 하나도 없어요.」

「브라보!」라빅은 처녀의 침대 옆에서 말했다.

「원 별소릴 다 들어보겠군.」하고 베베르는 으제니를 쏘아보았다.

「직접 물어보시지요, 닥터 베베르.」

라빅은 미소를 지었다.「정곡을 찔렀군, 으제니. 하지만 신성한 것이 전부 없어지면, 이번에는 다시 모든 것이 인간적으로 신성한 것이 되는 거야. 지렁이도 맥박이 뛰고 있어서 때때로 빛을 찾아 지상으로 기어나오게 하는 생명의 불꽃을 존경하는 거지. 이건 무슨 비유로 하는 말이 아니야.」

「모욕하지 마세요. 당신에게는 신앙이 없어요.」

으제니는 하얀 가운의 가슴에 잡힌 주름을 열심히 펴고 있었다.「하지만 다행히도 저에겐 신앙이 있어요!」

라빅은 외투를 집어들었다.「신앙이란 때때로 사람을 광신적으로 만들지. 그러므로 모든 종교는 그렇게도 많은 피를 흘린 거야.」그는 이를 드러내고 웃었다.「관용이란 회의의 딸이야, 으제니. 망각된 불신의 인간인 내가 으제니에 대해서보다,신앙을 가진 으제니가 내게 대해서 더욱 공격적인 것은 바로 그때문이지.」

베베르는 소리내어 웃었다.「한대 얻어맞았군, 으제니. 대꾸는 하지 마. 더 혼날 테니까.」

「저는 여자로서의 명예…….」

「좋아!」하고 베베르는 그녀의 말을 막았다.「그것을 소중히 지켜요. 언제나 그게 제일이지. 자, 이제 나도 나가야겠어. 사무실에서 할일이 남아 있어. 자, 가세, 라빅. 안녕, 으제니.」

「안녕히 가세요, 닥터 베베르.」

「안녕, 으제니.」하고 라빅은 말했다.

「안녕히 가세요.」하고 으제니는 억지로, 그것도 베베르가 그녀를 돌아보았을 때에야 비로소 대답을 했다.

베베르의 사무실에는 쉽게 부서지는, 흰색과 황금색의 제정시대 가구가 가득 놓여 있었다. 책상 위의 벽에는 자기 집과 정원의 사진이 걸려 있었다. 벽 가장자리에는 폭이 넓은 현대식 긴의자가 놓여 있었다. 베베르는 병원에서 묵을 때는 그 위에서 잠을 잤다. 이 병원은 그의 것이었다.

「뭘로 할까, 라빅? 코냑으로 할까 아니면 뒤보네로 할까?」

「코피로 하겠어. 아직 남아 있다면.」

「있구말구.」베베르는 코피 포트를 책상 위에 놓고서 스위치를 꽂았다. 그러고는 라빅 쪽으로 몸을 돌리고 말했다.

「오늘 오후, 오시리스에 대신 나가 주겠나?」

「가지.」

「지장 없겠나?」

「전혀. 별로 할일이 없어.」

「잘됐어. 그럼 내가 일부러 나오지 않아도 되겠군. 정원 손질을 할 생각이거든. 포숀에게 부탁할까 했는데, 마침 휴가중이란 말이야.」

「별소리를 다 하는군.」하고 라빅은 말했다.「지금까지 몇 번이나 내가 하지 않았나.」

「그야 그렇지만…….」

「그렇지만이라니. 지금에 와서 무슨 소리야, 적어도 나에게.」

「그렇지. 자네만한 기술을 가진 사람이 여기서 정식으로 일을 할 수 없어서, 유령 의사가 되어 숨어 있어야 하다니. 정말 한심해.」

「하지만 베베르! 그건 벌써 옛이야기가 아닌가. 독일에서 도망나온 의사는 다 그렇지.」

「그렇긴 하지만 말이야! 기가 막히는 일이지 뭔가! 자네는 뒤랑의 병원에서 가장 어려운 수술을 해주고, 뒤랑은 그 덕으로 명성을 얻고 있어.」

「그자가 직접 하는 것보다는 낫겠지.」

베베르는 웃었다.「이런 말을 하는 게 아니었어. 자네는 내 일도 해주고 있으니 말이야. 아뭏든 나는 부인과가 주업이고, 외과 전문은 아니거든.」

코피가 끓기 시작했다. 베베르는 스위치를 끄고, 선반에서 찻잔을 내려서 코피를 따랐다.

「한 가지 아무래도 알 수 없는 것은 말이야.」하고 그는 말했다.「왜 자네가 언제까지나 저 앵테르나쇼날 같은 시시한 데 살고 있느냐는 거야. 왜 보아 근방에 있는 깨끗한 새 아파트를 얻지 않나? 가구 따위는 어디서나 싸게 구할 수 있어. 그렇게 하면, 적어도 자기의 소유물이라는 것이 어떤 것인가를 알 수 있게 돼.」

「그렇겠지.」하고 라빅은 말했다. 「그렇게 하면 자기 소유물이 어떤 것인가를 알게 되겠지.」

「그럼 그렇고말고. 그런데 왜 그렇게 안하나?」

라빅은 코피를 한 모금 마셨다. 코피는 쓰고 진했다. 「베베르,」하고 그는 말했다. 「자네는 안일무사주의의 사고방식이라는, 현대 질병의 훌륭한 표본이야. 내가 여기서 불법적으로 일을 하고 있다고 동정을 하는가 하면, 곧 어째서 깨끗한 아파트를 얻지 않느냐고 묻거든.」

「그게 어떻다는 건가?」

라빅은 참을성 있게 미소를 지었다. 「만약 내가 아파트를 얻게 되면, 경찰에 신고를 해야 돼. 그러자면 여권과 비자가 필요하지.」

「그렇군, 그 생각을 미처 못했어. 그럼 호텔이면 필요 없단 말이지?」

「역시 필요하지. 하지만 다행히도 파리에는 신고 같은 것을 별로 따지지 않는 호텔이 한두 집 있거든.」

라빅은 자기 코피에 코냑을 몇 방울 떨어뜨렸다.

「그중의 하나가 앵테르나쇼날이란 말이야. 그래서 거기 살고 있지. 주인 아주머니가 어떻게 얼버무리고 있는지는 나도 몰라. 아마 좋은 줄이 있는 모양이지. 경찰은 전혀 모르고 있든가, 아니면 뇌물을 먹고 있든가 둘 중에 하나야. 아뭏든 나는 아무런 방해도 받지 않고, 상당히 오래 거기서 살고 있어.」

베베르는 의자 등에 몸을 기댔다. 「라빅,」하고 그는 말했다. 「그런 줄은 몰랐어. 난 자네가 여기서 일만 못하게 되어 있는 줄 알고 있었네. 정말 딱한 처지군.」

「그래도 여긴 천국이지. 독일의 강제수용소에 비하면.」

「그런데 경찰은? 만약 느닷없이 들이닥친다면?」

「만일 붙잡히면, 한두 주일 감옥살이를 하고 나서 국외로 추방되지. 대개는 스위스로 가게 돼. 재범일 경우에는 6개월 징역이지.」

「뭐라고?」

「6개월이란 말이야.」하고 라빅은 말했다.

베베르는 눈을 크게 뜨고 그를 쳐다보았다. 「아니, 그럴 수가? 그런 몰인정한 일이 어디 있나.」

「나도 직접 경험해 보기 전엔 그렇게 생각했지.」

「경험해 보다니? 그럼 자네도 그런 일을 당해 보았단 말인가?」

「그것도 한 번이 아니라 세 번씩이나. 그런 꼴을 당한 사람이 나 이외에도 수백 명이나 돼. 처음에는 잘 몰라서, 소위 인도주의라는 것을 믿고 있었지. 그후에 나는 스페인으로 갔어. 거기선 여권 같은 게 필요 없었거든. 그리고, 이번에는 응용인도주의라는 것을 배웠지. 독일과 이탈리아의 비행사로부터 말이야. 그후 프랑스로 되돌아왔을 때는 물론 모든 것에 통달해 있었지.」

베베르는 일어섰다. 「정말 놀랐어.」그는 수를 헤아렸다. 「그렇다면 자네는 아무 죄도 없이 1년 이상이나 감옥살이를 한 셈이군.」

「그렇게 길진 않아. 겨우 두 달이야.」

「왜? 재범인 경우는 6개월이라고 하지 않았나?」

라빅은 빙그레 웃었다. 「경험을 쌓으면 재범이란 것이 없어지거든. 한 이름으로 추방되었다가 딴 이름으로 돌아오면 그뿐이지. 될 수 있는 대로 다른 국경 지점으로 말이야. 우린 그렇게 해서 피하고 있지. 우리는 증명서라는 것은 하나도 가지고 있지 않기 때문에, 누군가에게 직접 다시 붙잡히기 전에는 알 수가 없지. 그런 일은 좀처럼 없거든. 라빅이라는 것은 나의 세번째 이름이야. 이 이름을 벌써 이럭저럭 2년이나 쓰고 있지. 그동안엔 아무일도 없었어. 이 이름이 나에게 행운을 갖다준 것 같아. 날이 갈수록 마음에 든단 말이야. 이젠 내 본명은 거의 잊어버렸어.」

베베르는 고개를 저었다. 「그런데 이 모두가, 자네가 나치가 아니라는 것 때문이라니!」

「물론이지. 나치는 최고급 증명서를 가지고 있지. 비자도 얼마든지 받을 수 있고.」

「기막힌 세상이군. 그런데도 정부는 손 하나 까딱하지 않는단 말이야.」

「몇백만이라는 사람이 실직을 하고 있으니, 정부는 우선 그것을 걱정해야 하거든. 게다가 이런 일은 프랑스에만 있는 게 아니야. 어디서나 비슷한 일이 벌어지고 있거든.」

라빅은 일어섰다. 「그럼 실례하네, 베베르. 두 시간 후에 다시 그 처녀를 보러 오지. 그리고 밤에 다시 한번.」

베베르는 문 앞까지 따라나왔다. 「그런데, 라빅」하고 그는 말했다. 「언제 시간 있을 때 저녁에 우리 집에 오지 않겠나? 저녁이나 같이 하세.」

「그렇게 하지.」라빅은 가지 않으리라는 것을 알면서 대답했다. 「가까운 시일에 가지. 그럼 잘 있게, 베베르.」

「잘 가게, 라빅. 꼭 와야 해.」

라빅은 가장 가까운 술집으로 들어갔다. 그리고 길을 내다볼 수 있는 창가에 앉았다. 그는 그러기를 좋아했다. 아무 생각도 하지 않고, 지나가는 사람들을 바라볼 수 있으니까. 파리에서는 아무것도 하지 않고 있는 것이 가장 좋은 시간

소비였다.

보이는 테이블을 훔치며 주문을 기다리고 있었다.

「페르노 한 잔.」하고 라빅은 말했다.

「물을 탈까요?」

「아니, 잠깐 기다리게!」라빅은 생각에 잠겼다.「페르노는 그만두게.」

뭔가 시원스럽게 씻어내리고 싶은 것이 있었다. 쓰디쓴 맛이다. 그것을 씻자면 달콤한 아니스 술 따위로는 약하다.「칼바도스를 주게.」하고 그는 보이에게 말했다.「더블로.」

「알겠읍니다.」

씻어내리고 싶었던 맛은 베베르의 초대였다. 동정심이 엿보여서 싫은 것이다. 누군가를 가족들 틈으로 하루 저녁 초대한다. 그보다는 차라리 레스토랑 같은 데서 때워버린다. 그는 아직 베베르의 집에 가본 적이 없었다. 호의는 알 수 있지만 도저히 참을 수가 없었다. 모욕에 대해서는 저항할 수도 있지만, 연민에 대해서는 어찌할 도리가 없다.

그는 칼바도스를 한 모금 마셨다. 왜 나는 앵테르나쇼날에 살고 있는 이유를 베베르에게 들려주어야만 했을까? 그럴 필요가 없는 것이다. 베베르는 알아야 할 건 죄다 알고 있다. 그는 내가 수술을 해서는 안된다는 것을 알고 있다. 그것으로 충분하다. 그런데도 그가 나와 함께 일을 하고 있다는 것은 그에 관한 문제이지 나와는 상관이 없다. 그렇게 해서 그는 돈을 벌며, 자기가 할 수 없는 수술을 내가 하도록 수배한다. 그것을 아는 사람은 아무도 없다——나와 간호원이 알고 있을 뿐이다——그 간호원은 입을 봉하고 있다. 뒤랑도 마찬가지다. 그 녀석은 좀더 격식을 차릴 뿐이다. 그는 수술을 할 때면 언제나 환자가 마취되었을 때까지 붙어 있다. 그런 다음에 라빅이 나타나서, 뒤랑이 너무 늙어서 할 수 없는 수술을 맡아 하는 것이다. 나중에 환자가 깨어났을 때는 뒤랑이 자랑스러운 수술의로서 침대 옆에 서있다. 라빅은 다만 덮어씌운 환자를 볼 뿐이다. 그가 알고 있는 것은 오직 수술을 하기 위해 드러낸 요드를 칠한 몸의 작은 일부분뿐이다. 대체 누구를 수술하고 있는지도 모르는 것이 보통이다. 뒤랑은 진단의 결과를 그에게 일러준다. 그러면 그는 절개를 시작한다. 뒤랑은 수술료의 약 10퍼센트를 라빅에게 지불한다. 라빅은 별로 불만스럽게 생각하지 않는다. 수술을 전혀 하지 않는 것보다는 낫다. 베베르와는 좀더 우정적인 조건으로 일하고 있다. 베베르는 수술료의 4분의 1을 그에게 지불한다. 이쪽이 공평한 셈이다.

라빅은 창 너머로 밖을 내다보았다. 그외에 무슨 할일이 있단 말인가? 남은 일은 별로 많지가 않다. 그러나 자기는 살아있다. 그것으로 충분하다. 모든 것이 뒤흔들리고 있는 때, 곧 붕괴하리라는 것을 뻔히 알면서 새삼스럽게 건설해 보고 싶은 생각은 없다. 정력을 낭비하기보다는 차라리 물결이 흐르는 대로 몸을 맡기는 편이 낫다. 정력만이 단 하나, 무엇과도 바꿀 수 없는 중요한 것이다. 견뎌내는 것이 가장 중요하다. 어딘가에 목표가 다시 뚜렷이 보일 때까지는 정력을 적게 쓰면 적게 쓸수록 좋다. 그렇게 하면 나중에 필요할 때 쓸 수가 있다. 모든 것이 산산이 무너져가는 세기에 부르조아 생활을 건설하려고, 개미처럼 몇 번이고 반복하는 노력…… 많은 사람이 그렇게 하나, 실패하는 것을 수없이 보아왔다. 애처롭기도 하고, 서글프기도 하고, 동시에 우스꽝스럽기도 하다. 그러나 헛된 일이다. 사람을 실망시킨다. 한번 눈사태가 일어나면 걷잡을 수 없다. 그런 짓을 하려다가는, 그야말로 자기도 모르는 사이에 그것에 휩쓸리고 만다. 차라리 때를 기다려서, 나중에 희생자를 파내 주는 편이 낫다. 장거리 행군을 하려면 가볍게 차려야 한다. 도망쳐다닐 때도 마찬가지다.

라빅은 시계를 보았다. 뤼시엔느 마르티네를 보아 줄 시간이다. 그러고 나서 오시리스로 가야지.

오시리스의 창녀들은 벌써 기다리고 있었다. 그녀들은 공의에게 정기적으로 검진을 받고 있었으나, 주인 마담은 그것으로 만족하지 않았다. 마담은 자기 가게에서 누가 병에 전염되었다는 소리를 듣기 싫어했다. 그래서 베베르와 계약을 맺고, 매주 목요일마다 사적으로 다시 검진을 받도록 하고 있었다. 라빅은 자주 그의 대리를 맡아왔다.

마담은 이층의 방 하나를 검진실로 고쳐 설비를 갖추었다. 그녀는 벌써 일 년 이상이나 자기 가게에서 병에 걸린 손님이 하나도 없다는 것을 자랑으로 여기고 있었다. 그러나 여자들이 그렇게 조심을 하고 있는데도, 손님에게서 병을 옮겨 받은 환자가 17명이나 있었다.

지배인 롤랑드는 브랜디 병과 잔을 라빅에게 가지고 왔다. 「아무래도 마르트가 전염된 것 같아요.」 하고 그녀는 말했다.

「알았어. 검사해보지.」

「그래서 어제 저녁부터 그앤 일을 시키지 않고 있어요. 물론 자기는 그렇지 않다고 하지만. 그런데 그애의 세탁물이…….」

「알겠어, 롤랑드.」

여자들은 속옷만 걸치고 차례로 들어왔다.

거의 대부분은 라빅이 알고 있는 여자들이었다. 단 둘만이 새로 온 얼굴이었다.

「저는 보실 필요 없어요, 선생님.」빨강 머리의 카스코뉴 출신인 레오니가 말했다.

「왜?」

「꼬박 일 주일 동안 손님을 받지 않았거든요.」

「마담이 뭐라고 안 그래?」

「아무말도 없었어요. 대신 샴펜을 잔뜩 팔아 주었으니까요. 매일 밤 일곱 병씩이나요. 툴루스에서 온 장사꾼 세 명이었어요. 결혼한 사람들이었죠. 세 사람이 다 생각은 있었는데, 다른 사람 보기가 무엇해서 결단을 내리지 못했어요. 집에 돌아가서 나머지 두 사람이 소문을 낼까 그것이 겁이 났던 거지요. 그래서 술만 마셨지요. 서로 나머지 두 사람을 취하게 만들려는 심산이었죠.」레오니는 깔깔 웃고는 귀찮은 듯이 몸을 긁적거렸다. 「마지막까지 남았던 사람은 일어설 수도 없게 되어 있었어요.」

「알았어. 그래도 검사는 해야지.」

「좋도록 하세요. 선생님, 담배 있어요?」

「응, 여기 있어.」

라빅은 분비물을 찍어서 착색을 했다. 그러고는 유리판을 현미경 밑에 밀어넣었다.

「아무래도 알 수 없는 일이 있어요, 선생님.」레오니는 라빅을 빤히 쳐다보며 말했다.

「뭘?」

「선생님은 이런 일을 하시면서도, 여자하고 자고 싶어지는지 말예요.」

「나도 몰라. 넌 괜찮아. 다음은 누구지?」

「마르트예요.」

마르트는 창백하고 날씬한 금발의 처녀였다. 보티첼리가 그린 천사와 같은 얼굴을 하고 있었지만, 블롱델 사투리를 썼다.

「전 아무렇지도 않아요, 선생님.」

「그럼 좋지. 어디 좀 볼까?」

「하지만 정말 아픈 데가 전혀 없어요.」

「그렇다면 더욱 좋지.」

그때 롤랑드가 불쑥 들어왔다. 그녀는 마르트를 쳐다보았다. 마르트는 말을 끊었다. 그녀는 걱정스러운 듯이 라빅을 바라보았다. 그는 그녀를 자세히 검사했다.

「글쎄, 아무렇지도 않아요, 선생님. 제가 얼마나 조심하고 있는지 선생님도 아실 거예요.」

라빅은 대답하지 않았다. 마르트는 계속 말을 늘어놓았다. 라빅은 분비물을 두 번 검사했다.

「넌 병에 걸렸어, 마르트.」

「뭐라고요?」그녀는 펄쩍 뛰었다. 「그럴 리가 없어요.」

「정말이야.」

그녀는 그를 쳐다보았다. 그러다가 왈칵 얼굴을 붉히며 저주와 욕설을 퍼부어 댔다. 「그 돼지 같은 새끼! 전 처음부터 믿지 않았어요. 입만 나불거리고! 자기는 학생이니까 그런 건 알고 있다고 했어요. 의과 대학생이라나? 그 더러운 새끼!」

「왜 조심하지 않았지?」

「조심은 했어요. 하지만 순식간에 일어난 일이었어요. 게다가 그 새끼가 자기는 학생이니까……」

라빅은 고개를 끄덕였다. 있을 수 있는 일이다. 임질을 옮아가지고는 스스로 치료를 한 의과 대학생. 2주 후에 나았다고 생각한 것이다. 검사도 해보지 않고.

「치료하는 데 얼마나 걸릴까요, 선생님?」

「6주.」라빅은 더 오래 걸린다는 것을 알고 있었다.

「6주? 한푼 벌이도 없이 6주라고요? 입원을 해야만 되나요?」

「그건 두고 보기로 하지. 나중엔 집에서 치료할 수도 있을 거야. 만약 네가 약속만 한다면……」

「뭐든지 약속하겠어요. 입원만 하지 않게 해주세요!」

「처음엔 아무래도 입원해야 돼. 다른 도리가 없어.」

그녀는 라빅을 쏘아보았다. 창녀는 누구나 병원을 무서워한다. 병원은 감독이 아주 엄하기 때문이다. 그러나 달리 어쩔 수도 없는 일이다. 집에 내버려두면 며칠이 못 가서 약속 같은 것은 팽개치고, 돈을 벌기 위해 사내를 물색하여 병을 옮기고 마는 것이다.

「비용은 마담이 대줄 거야.」하고 라빅은 말했다.

「그렇지만 저는! 저는! 6주간 동안 한푼도 벌이가 없으니 어떻게 해요! 마침 여우 목도리를 월부로 샀는데! 그렇게 되면 월부금을 못 내고 모든 일이 엉망이 돼요.」

그녀는 울기 시작했다.

「이리 와, 마르트.」하고 롤랑드가 말했다.

「당신은 저를 다시는 받아 주지 않을 거예요! 전 알고 있어요!」마르트는 점점 크게 훌쩍거렸다. 「다시는 받아 주지 않을 거예요! 절대로 받아 주지 않을 거예요! 그렇게 되면 저는 거리로 나서게 돼요. 이게 모두 그 입만 나불거리던 개새끼 때문이야…….」

「다시 있게 해주지. 넌 일을 잘했으니까. 우리 집 손님들은 모두 너를 좋아해.」

「정말이세요?」마르트는 울음을 그쳤다.

「그럼 정말이지. 자, 이리 와요.」

마르트는 롤랑드와 함께 나갔다. 라빅은 그녀를 바라보았다. 마르트는 다시는 돌아오지 못할 것이다. 마담은 아주 조심스러운 사람이니까. 그녀의 다음 무대는 아마도 블롱델 거리의 싸구려 창가가 될 것이다.

그 다음은 길거리. 다음이 코카인, 병원, 꽃장수 아니면 담배장수. 만일 운이 좋으면 정부가 생길지도 모른다. 두들겨맞고, 착취당하고, 결국은 내쫓기고 마는 것이다.

앵테르나쇼날의 식당은 지하실에 있었다. 투숙자들은 그곳을 카타콤(지하 묘지)이라고 부르고 있었다. 낮에는 안뜰로 난 몇 개의 크고 두꺼운 우유빛 창문에서 흐릿한 빛이 들어왔다. 겨울에는 하루 종일 전등을 켜놓아야 했다. 이 방은 동시에 끽연실, 사무실, 홀, 회의실이기도 하고, 여권을 가지지 않은 피난민들의 은신처이기도 했다. 경찰에서 임검을 나오면, 그들 피난민은 안뜰로 해서 차고로 가서, 거기서 건너편 거리로 달아날 수가 있었다.

라빅은 여주인이 종려나무 방이라고 명명한 카타콤의 한쪽 구석에서, 나이트 클럽 세라자드의 도어맨 보리스 모로소프와 함께 앉아 있었다. 다리가 가느다란 테이블 위에는 마졸리카 식의 커다란 화분에 심은, 보기에도 애처로운 종려나무 한 그루가 간신히 생명을 이어가고 있었다. 모로소프는 제1차 대전시의 피난민으로 벌써 15년이나 파리에 살고 있다. 러시아의 피난민으로 황제의 근위병이었다거나 귀족 출신이라고 들먹이지 않는 사람은 드문데, 모로소프는 그 드문 러시아 사람 중의 하나였다.

두 사람은 체스를 두고 있었다. 카타콤은 텅비어 있었다. 다른 테이블 하나에 몇 사람이 앉아서 열심히 마시며 떠들어대고 있을 뿐이었다. 그들은 2,3분마다 요란스럽게 축배를 들었다.

모로소프는 화가 난 듯 사방을 둘러보았다. 「라빅, 오늘밤은 왜 저 야단들인가? 저 사람들은 왜 잠을 자지 않지?」

라빅은 웃었다. 「저쪽 구석의 피난민들은 나와는 상관이 없네. 그들은 이 호텔의 파시스트들이지.」

「스페인 사람인가? 자네도 스페인에 있었지?」

「그래. 하지만 난 반대편이었어. 더구나 의사로서 말이야. 저 녀석들은 파시스트의 장식을 붙인 스페인 왕당파들이야. 왕당파의 잔재지. 다른 패들은 벌써 옛날에 돌아가버렸네. 저 녀석들은 아직도 결심을 못하고 있는 거야. 녀석들에겐 프랑코로는 부족한 모양이야. 무어 놈들이 스페인 사람들을 때려잡아도 물론 녀석들은 눈 하나 깜짝 않을 테지.」

모로소프는 자기의 체스 말을 늘어놓았다. 「그렇다면, 녀석들은 게르니카의 학살이라도 축하하고 있는 모양이군. 아니면 광부와 농민에 대한 이탈리아와 독일의 기관총의 승리든지. 난 지금까지 한번도 녀석들을 여기서 본 적이 없었어.」

「저들은 벌써 몇 해 전부터 여기 살고 있네. 자네는 여기서 식사를 하지 않았으니까 보지 못했지.」

「자넨 여기서 식사를 하나?」

「아니.」

모로소프는 빙긋 웃었다. 「알았어.」 하고 그는 말했다. 「나의 다음 질문과 자네 대답은 덮어두기로 하세. 필경 실례가 되는 말이 나오게 될 테니까. 나야 녀석들이 태어났을 때부터 이 더러운 호텔에 살고 있었대도 상관이 없어. 단, 좀 더 조용하게 이야기를 해야 할 게 아닌가. 자, 그리운 여왕님의 희생타를 받게나.」

라빅은 그것과 대치하고 있는 졸을 움직였다. 초반전은 재빠르게 진행되었다. 그러다가 모로소프가 생각에 잠기기 시작했다. 「이젠 알레힌의 변법을 써야겠는데……」

스페인 사람 하나가 이쪽으로 건너왔다. 양미간이 몹시 좁은 사나이였다. 그는 두 사람이 앉아 있는 테이블 옆에서 걸음을 멈추었다. 모로소프는 불쾌한 표정으로 그를 쳐다보았다.

스페인 사람은 꼿꼿한 자세를 풀고「신사님네들,」하고 공손하게 말했다. 「저쪽의 고메스 대령님이 두 분과 함께 포도주를 한잔 드시자는데요.」

「하지만 선생,」하고 모로소프 역시 공손하게 대답했다. 「지금 마침 우리는 파리 제17구의 선수권 대회를 하고 있는 중입니다. 호의는 감사합니다만, 응할 수가 없겠읍니다.」

스페인 사람은 태연자약하게 얼굴 하나 찡그리지 않았다. 마치 필립 2세의 궁정에라도 있었는지 예절바르게 라빅 쪽으로 몸을 돌렸다. 「당신은 언젠가 고메스 대령님께 우정을 표시해 주셨지요. 대령님은 출발하기에 앞서, 감사의 표시로 당신과 한잔 나누었으면 하십니다.」

「저의 상대가 지금 말씀드린 바와 같이,」하고 라빅도 역시 예절바르게 말했다. 「우리는 오늘 이 시합을 끝내야만 합니다. 고메스 대령님께 감사하다고 전해 주십시오. 실로 유감천만입니다.」

그러자 스페인 사람은 허리를 굽히고는 돌아가버렸다.

모로스프는 빙그레 웃었다. 「처음 무렵의 러시아 사람들과 똑같군. 마치 구명대에 매달리듯, 자기들의 직함이나 예절에 매달려 있단 말이야. 도대체 자네는 호텐토드에게 어떤 우정을 보였나?」

「언젠가 설사약을 처방해 준 일이 있어. 라틴 민족은 소화가 잘되는 것을 존중하거든.」

「그럴 듯하군.」하고 모로소프는 눈을 껌벅거렸다. 「민주주의의 낡은 약점이야. 만약 파시스트였다면 민주주의자에게 비소라도 처방해 주었을 텐데.」

그 스페인 사람이 다시 왔다. 「저는 나바로 중위라고 합니다.」하고, 잔뜩 취해 있으면서도 그것을 모르는 사람에게서 흔히 볼 수 있는 귀찮을 만큼 열성적인 태도로 말했다. 「저는 고메스 대령님의 부관입니다. 고메스 대령님은 오늘 파리를 출발하십니다. 대령님은 프랑코 총통의 영광스러운 군대에 참가하기 위하여 스페인으로는 가시는 것입니다. 그래서 대령님은 스페인의 자유와 스페인의 군대를 위하여 두 분과 함께 한잔 드시겠다는 것입니다.」

「나바로 중위님,」하고 라빅은 무뚝뚝하게 말했다. 「나는 스페인 사람이 아닙니다.」

「그건 알고 있읍니다. 당신은 독일 사람입니다.」나바로는 엉큼한 미소를 지었다. 「고메스 대령님이 청하시는 것도 바로 그때문입니다. 독일과 스페인은 우방국이지요.」

라빅은 모로소프를 쳐다보았다. 이것은 너무도 명백한 야유였다. 모로소프의 입 언저리에 경련이 일었다. 「나바로 중위님,」하고 그는 말했다. 「미안하지만 나는 닥터 라빅과 이 한 판을 꼭 끝내야 합니다. 승부의 결과를 오늘밤에 뉴욕과 캘커타에 전보로 알리게 되어 있기 때문입니다.」

「네,」하고 나바로는 쌀쌀하게 말했다. 「우리는 당신이 거절하실 것으로 생각했읍니다. 러시아는 스페인의 적국입니다. 초대는 닥터 라빅 한 분으로 생각했던 것입니다. 당신이 박사와 함께 계시기 때문에 당신도 함께 초대하지 않을 수 없었던 것입니다.」

모로소프는 자기가 잡은 나이트를 커다란 손바닥에 놓고 라빅을 쳐다보았다.

「어때, 이젠 이런 시시한 연극은 그만두는 게?」

「그러지.」하고 라빅은 나바로를 돌아다보았다.「여보시오, 가장 간단한 것은 당신이 잠자코 돌아가는 일이오. 당신은 소비에트의 적인 모로소프 대령을 이유도 없이 모욕하고 있소.」

그러고 나서 그는 대답도 기다리지 않고 장기판 위에 몸을 구부렸다. 나바로는 어쩔 줄 몰라 잠시 그대로 서있다가 돌아가버렸다.

「저 녀석은 취한데다가 농담도 모른단 말이야. 대개의 라틴 사람이 그렇지만.」하고 라빅은 말했다.「그렇다고 해서 우리도 농담을 하지 못할 이유는 없지. 그래서 나는 지금 자네를 대령으로 승진시켜 준 거야. 내가 알고 있는 바에 의하면 자네는 불쌍한 중령님이지. 하지만 자네가 저 고메스와 같은 계급이 아니라니, 난 참을 수가 없었네.」

「여보게, 너무 떠들지 마. 그 녀석의 방해로 모처럼의 알레힌 변법이 형편없이 되어버렸어. 이 졸은 아무래도 죽은 것 같아.」모로소프는 얼굴을 들었다. 「아니, 또 한 녀석이 오는데. 다른 부관이야. 원 무슨 놈들이 저렇게 끈덕져!」

「고메스 대령 당사자시군.」하고 라빅은 유쾌한 듯 허리를 폈다.「자, 드디어 대령과 대령의 대결이 시작되겠군.」

「간단히 해치우세.」

대령은 나바로의 갑절이나 격식을 차렸다. 그는 먼저 모로소프에게 부관의 잘못을 사과하였다. 모로소프는 사과를 받아들였다. 그러자 고메스는 모든 장애가 제거되었으니, 화해하는 뜻으로 프랑코를 위해서 함께 축배를 들자고 두 사람을 초대했다. 이번에는 라빅이 거절했다.

「하지만 동맹국인 독일 사람으로서…….」대령은 분명히 얼떨떨한 모양이었다.

「고메스 대령님,」차츰 신경질이 나기 시작한 라빅은 말했다.「그만해 둡시다. 당신은 누구든간에 좋아하는 사람을 위해서 드십시오. 나는 체스를 둘 테니까.」

대령은 이해가 가지 않는 것 같았다.

「그럼 당신은…….」

「아무말도 안하는 게 좋습니다.」하고 모로소프는 퉁명스럽게 말을 막았다. 「그렇지 않으면 싸움이 납니다.」

고메스는 더욱더 어리둥절한 표정을 지었다.

「하지만 백계 러시아 인이며, 황제의 장교인 당신은…….」

「우린 아무것도 아니오. 구식 인간에 지나지 않소. 정치적인 견해는 다르지만, 그렇다고 서로 머리통을 부수지는 않는단 말이오.」

고메스도 그제야 알아차린 것 같았다. 그는 몸이 굳어졌다. 그러고는「알았어.」하고 비꼬는 어조로 말했다.「나약해진 민주주의적…….」

「이봐,」하고 모로소프는 갑자기 험악하게 말했다.「썩 꺼져버려! 너 따위는 벌써 옛날에 없어졌어야 했어! 스페인으로 말이야. 전쟁을 하기 위해서지. 거기선 독일 사람과 이탈리아 사람이 너희들 대신 전쟁을 하고 있어. 잘 가게!」

그는 일어섰다. 고메스는 한 걸음 뒤로 물러섰다. 그러고는 모로소프를 노려보다가 홱 돌아서서 자기 테이블로 갔다. 모로소프는 다시 자리에 앉았다. 한숨을 쉬고, 벨을 눌러서 하녀를 불렀다.「클라리스, 칼바도스를 더블로 두 잔 가져와.」

클라리스는 고개를 끄덕이고 갔다.

「용감한 군인 정신이지.」하고 라빅은 소리내어 웃었다.「머리가 단순하고 명예심만 가득찬 녀석들이 술만 취하면 세상을 어렵게 만들거든.」

「그렇다니까. 저 보게, 벌써 다음 녀석이 오는군. 행렬을 이루었군. 이번엔 어떤 녀석일까? 프랑코 자신인가?」

그것은 나바로였다. 그는 테이블에서 두 걸음쯤 떨어진 곳에 서더니 모로소프에게 말을 걸었다.「고메스 대령님은 유감스럽게도 당신에게 도전하실 수가 없읍니다. 대령님은 오늘밤 파리를 떠나시기 때문입니다. 더구나 대령님의 임무는 극히 중대해서, 경찰과 마찰을 일으킬 위험을 범하고 싶지 않으시기 때문입니다.」

그러고 나서 이번엔 라빅 쪽으로 몸을 돌렸다.「고메스 대령님은 아직 당신에게 진찰료를 지불치 못했읍니다.」

그는 꼬기꼬기 접은 5프랑짜리 한 장을 테이블에 내던지고 돌아서려 했다.

「잠깐!」하고 모로소프가 말했다. 그때 마침 클라리스가 쟁반을 들고 그의 옆에 서있었다. 그는 칼바도스 잔을 집어들고 잠깐 보다가는 고개를 젓고 다시 놓았다. 그러고는 물이 든 잔을 하나 집어들더니 그 물을 나바로의 얼굴에다 홱 뿌렸다.「머리를 식혀 주는 거야.」하고 그는 침착하게 말했다.「돈이라는 것은 그렇게 내던지는 것이 아니란 걸 잘 알아둬. 자, 이제 됐으니 꺼져버려, 이 중세기의 천치 같은 놈아!」

나바로는 깜짝 놀란 듯 서있다가 얼굴을 닦았다. 다른 스페인 사람 네 명이 다가왔다. 모로소프는 천천히 일어섰다. 그는 스페인 사람들보다도 목 하나만큼 더 컸다. 라빅은 앉은 채로 고메스를 쳐다보고 있었다.

「사람 웃기는 짓은 안하는 게 좋아.」하고 그는 말했다.「너희들 제정신이 있는 놈들인가? 눈 깜짝할 사이에 뼈가 부러져서 드러눕게 돼. 아니, 제정신이 있다 해도 어림없어.」그는 일어나서 나바로의 양쪽 팔꿈치를 재빠르게 잡고 번쩍 들어올려 고메스의 바로 옆에 내려놓았다. 고메스는 옆으로 물러날 수밖에 없었다.

「자, 이젠 우리를 가만히 내버려두란 말이야. 우린 방해해 달라고 부탁한 일이 없어.」그는 테이블에서 5프랑짜리 지폐를 집어서 쟁반에 놓았다.「너 가져, 클라리스. 이 신사분들이 주시는 거다.」

「이분들이 돈을 준 것은 이게 처음이에요.」하고 클라리스가 말했다.「고맙습니다.」

고메스가 스페인어로 뭐라고 말했다. 다섯 사람은 뒤로 휙 돌아서 제자리로 돌아갔다.

「애석한데.」하고 모로소프가 말했다.「녀석들을 늘씬하게 때려 주고 싶었는데, 자네 때문에 그러지 못했어. 이 불법적인, 버림받은 친구야. 때때로 그렇게 못해서 분할 때가 없나?」

「저런 녀석들은 아무래도 좋아. 그래 주고 싶은 놈은 따로 있어.」

구석의 테이블에서 스페인 말이 몇 마디 들려왔다.

다섯 사람이 일어서서 만세 삼창을 하였다. 잔들을 소리나게 내려놓고, 다섯 사람은 씩씩하게 방을 나갔다. 모로소프는 잔을 들어 단숨에 마셨다.「하마터면 이 좋은 칼바도스를 녀석의 얼굴에 끼얹을 뻔했지. 저런 녀석들이 오늘밤 유럽을 지배하고 있다니! 우리도 옛날엔 저런 바보였을까?」

「물론이지.」하고 라빅은 말했다.

그들은 한 시간쯤 체스를 두었다. 이윽고 모로소프가 얼굴을 들었다.「샤를르가 오는군.」하고 그는 말했다.「자네를 찾고 있는 것 같은데.」

라빅은 얼굴을 들었다. 접수부의 보이가 두 사람 쪽으로 오고 있었다. 보이는 손에 작은 꾸러미를 들고 있었다.「이걸 선생님께 드리라고 놓고 갔읍니다.」하고 그는 라빅에게 말했다.

「내게?」

라빅은 꾸러미를 보았다. 작은 꾸러미였다. 얇고 투명한 흰 종이에다 말아서 끈으로 묶은 것이었다. 주소는 적혀 있지 않았다.「이런 꾸러미를 받을 데가 없는데. 잘못된 거겠지. 이걸 누가 가져왔던가?」

「여자, 부인이에요.」보이는 더듬거렸다.

「여잔가, 아니면 부인인가?」하고 모로소프가 옆에서 물었다.

「글쎄요, 그 중간쯤이에요.」

모로소프는 빙긋이 웃었다. 「제법 똑똑하군.」

「이름이 씌어 있지 않은데. 그 사람이 날 주라고 하던가?」

「그렇게는 말하지 않았어요. 선생님의 이름은 대지 않았죠. 여기 계신 의사 선생님께 드리라고 했어요. 그리고……, 선생님은 그 부인을 아실 텐데요.」

「그 사람이 그렇게 말하던가?」

「아뇨,」하고 보이는 느닷없이 말했다. 「하지만 며칠 전 밤에 선생님과 함께 오셨지 않습니까?」

「때로는 여자하고도 같이 올 수가 있지.」하고 라빅은 말했다. 「그런데 호텔의 종업원이 첫째로 갖추어야 하는 미덕은 신중한 태도라는 것을 알아둬. 경솔한 태도는 상류사회의 기사들에게만 통용되는 거야.」

「어서 꾸러미나 풀어보게, 라빅.」하고 모로소프는 말했다. 「자네에게 보낸 것이 아니라도 상관 없어. 변변치도 못한 인생을 살면서, 우리 둘 다 더 나쁜 짓도 해오지 않았나.」

라빅은 웃으며 꾸러미를 풀었다. 그리고 자그마한 물건을 싼 종이를 풀었다. 그것은 그 여인의 방에서 본 목각의 성모상이었다. 그 여인——그는 기억해 내려고 했다——이름이 뭐였더라? 마드레느……. 마드……. 까마득히 잊은 것이다. 뭐 그런 이름이었는데.

그는 얇은 포장지를 살펴보았다. 아무런 종이쪽지도 들어 있지 않았다.

「알았어.」하고 그는 보이에게 말했다. 「내것이 틀림 없어.」

그는 성모상을 테이블 위에 놓았다. 체스의 말과 함께 놓아두니 통 어울리지가 않았다.

「러시아 여잔가?」하고 모로소프가 물었다.

「아니야. 나도 처음엔 그렇게 생각했었지.」라빅은 붉은 루즈가 지워져 있는 것을 알았다. 「도대체 어떻게 해야 한담?」

「아무데나 놓아두게. 대개의 물건은 어디다 두어도 좋은 거야. 세상은 넓으니까 무엇이든 놓아둘 수 있지. 다만 사람이 있을 곳이 없을 뿐이야.」

「그 남자는 벌써 매장했을 테지?」

「그게 그 여자인가?」

「응.」

「그후에 다시 만났었나?」

「아니.」

「이상한 일이야.」하고 모로소프는 말했다. 「우리들은 언제나 사람을 도와주었다고 생각하면서, 그 사람이 가장 어려움을 겪고 있을 때는 손을 떼어버린단 말이야.」

「난 자선사업을 하고 있는 건 아니야, 보리스. 게다가 더 지독한 것을 보고서도 아무런 손을 쓰지 않았던 일도 있어. 왜 이 여자가 지금 가장 어려움을 겪고 있다는 거야?」

「지금 그녀는 외로우니까 그렇지. 지금까지는, 죽긴 했지만 그 남자가 함께 있었잖아. 그는 이 땅 위에 살고 있었지. 그런데 지금은 땅 밑에 있어—— 세상을 떠나고, 이젠 이 세상에 없단 말이야. 여기 이건…….」모로소프는 성모상을 가리켰다. 「감사의 표시가 아니라, 구원을 청하는 절규야.」

「나는 그녀하고 잤단 말이야.」하고 라빅은 말했다. 「무슨 일이 있었는지도 모르고. 난 그걸 잊고 싶은 거야.」

「별소리를 다 하는군. 애정이 얽혀 있지 않는 한, 그런 일은 이 세상에서 문제가 되지 않아. 내가 알고 있는 어떤 여자는 사내하고 자는 것쯤은 사내의 이름을 부르는 것보다 더 쉬운 일이라고 했어.」모로소프는 앞으로 몸을 내밀었다. 그의 큼지막한 대머리가 빛을 받아 번쩍였다. 「한마디 해두겠는데, 라빅, 만약 할 수 있다면, 그리고 할 수 있는 한은 우린 남에게 잘해 주어야 하네. 우리는 앞으로도 살아가는 동안에 소위 범죄라는 것을 한두 번은 범하게 될 테니까. 적어도 나는 그래. 아마 자네도 그럴걸?」

「그야 그렇지.」

모로소프는 볼품없는 종려나무가 서있는 화분에 팔을 감았다. 종려나무가 가볍게 흔들렸다. 「생활이란 남의 힘으로 사는 거야. 우리는 모두 서로를 잡아먹고 있어. 가끔 가다 번쩍 하는 인정의 작은 불꽃, 이것을 쉽사리 없애버려서는 안되네. 살아가기가 괴로울 때, 그것이 힘을 주니까.」

「알았어. 내일 그녀를 만나러 가지.」

「좋아.」하고 모로소프가 말했다. 「내가 말한 것도 바로 그거야. 그런데 이젠 그만 지껄이기로 하지. 자, 누가 백(白)이지?」

5

호텔 주인은 라빅을 곧 알아보았다. 「부인은 방에 계십니다.」하고 그는 말했다.

「내가 여기 와있다고 전화로 알려주시오.」

「그 방엔 아직 전화가 없읍니다. 올라가서도 될 것 같습니다.」

「몇 호실이죠?」

「27호실입니다.」

「이름을 잊어버렸는데, 뭐죠?」

주인은 별로 놀라는 것 같지 않았다.

「마두, 조앙 마두입니다.」 하고 나서 그는 덧붙였다. 「본명이 아닌 것 같아요. 아마 예명이겠죠.」

「왜 예명이라고 하죠?」

「숙박부에 여배우라고 기입했으니까요. 그렇게 들리지 않습니까?」

「글쎄, 알 수 없는데. 내가 알고 있는 배우는 구스타프 시미트라고 하고 있었소. 본명은 삼보나의 백작 알렉산더 마리라고 하지. 구스타프 시미트는 그 사람의 예명이지요. 그렇게 들리지는 않지요?」

주인은 그래도 손을 들지 않았다. 「요즘엔 별일이 다 많으니까요.」 하고 변명을 했다.

「뭐, 그렇게 별다른 일이 많은 것도 아니오. 역사를 살펴보면, 우린 비교적 평온한 시대에 살고 있다는 걸 알 수 있소.」

「고마운 말씀이지만, 저로선 그만하면 충분합니다.」

「나 역시. 하지만 가능할 때 즐겨두는 게 좋아요. 27호실이라고 했지요?」

「네, 그렇습니다.」

라빅은 문을 두드렸다. 대답이 없었다. 다시 한번 노크를 하자 가는 소리가 들렸다. 문을 여니 여인이 눈에 띄었다. 그녀는 간막이 벽에 붙어 있는 침대 위에 앉아서, 천천히 눈을 들었다. 단정하게 외출복을 입고 있었다. 라빅이 처음 만났을 때 입고 있던 하늘색의 그 마춤옷이었다. 만일 여인이 잠옷 같은 것을 아무렇게나 걸치고 누워 있었더라면 그렇게까지 외롭게 보이진 않았을 것이다. 그러나 이렇게 누구를 위해서도 아니며 무엇을 위해서도 아닌, 지금은 무의미하게 되어버린 단순한 습관에서 단정히 옷을 차려입고 있는 것을 보니, 라빅은 웬지 가슴이 뭉클하였다. 흔히 보는 광경이다——그는 이렇에 앉아 있는 사람을 수백 명이고 보아왔다. 낯선 이국의 하늘로 아무런 목표도 없이 쫓겨난 피난민. 불안한 생활의 작은 섬——어디로 가야 할 목표도 없이 그들은 그렇게 앉아 있었다——다만 습관적으로 살아가고 있을 뿐이었다.

라빅은 손을 뒤로 돌려 문을 닫았다. 그리고「방해가 되진 않소?」라고 말하고는 곧 무의미한 말을 했다고 생각했다. 도대체 이 여자에게 있어서 방해가 되는 것이 아직도 남아 있단 말인가? 그런 것은 없다.

그는 모자를 의자 위에 놓았다.「다 처리되었소?」하고 그는 물었다.

「네, 별일이 있어야죠.」

「뭐 귀찮은 일은 없었소?」

「없었어요.」

라빅은 그 방에 단 하나 있는 안락의자에 앉았다. 스프링이 삐걱거렸다. 한 개가 망가져 있다는 것을 알 수 있었다.

「지금 나가려던 참이오?」

「네. 하지만 갈데도 없어요. 그냥 나가보는 거죠. 달리 할일이 없으니까요.」

「그렇겠죠. 2, 3일 동안은 말이오. 파리에 아는 사람이 없소?」

「없어요.」

「아무도?」

여인은 맥이 풀린 듯 고개를 들었다.「아무도 없어요. 당신하고, 호텔 주인과 보이 그리고 하녀뿐이에요.」여인은 슬픈 듯이 미소를 지었다.「많지 않지요?」

「많지 않군요. 저…….」라빅은 죽은 남자의 이름을 생각해 내려고 했다. 그러나 기억이 나지 않았다.

「없어요.」하고 여인이 말했다.「라진스키가 아는 사람도 이곳엔 없어요. 혹시 있는지 몰라도 저는 만난 적이 없어요. 여기 도착하자 이내 병이 들었으니까요.」

라빅은 오래 앉아 있을 생각이 아니었다. 그러나 그녀가 그렇게 앉아 있는 것을 보자 생각이 달라졌다.

「저녁 식사는 했소?」

「아뇨, 배가 고프지 않아요.」

「대체 오늘 먹은 것이 있소?」

「네, 오늘 낮에. 낮엔 그래도 괜찮아요. 그런데 밤이 되면…….」

라빅은 방안을 둘러보았다. 살풍경한 작은 방에 암담과 11월의 냄새가 감돌고 있었다.「이젠 여길 나가도 좋을 시각이군. 갑시다. 저녁이나 함께 합시다.」

여인이 거절할 것이라고 생각했다. 무슨 일이 있어도 다시는 기분을 돌리게 할 수 없을 것 같은 무관심한 모습을 하고 있었다. 그런데 여인은 곧 일어나서 레인코트를 집어들었다.

「그건 안돼. 그 코트는 너무 얇아요. 좀더 따뜻한 것 뭐 없나요? 밖은 추위요.」

「조금 전엔 비가 오고 있었는데…….」

「비는 아직도 오고 있어요. 하지만 추워요. 속에다 뭘 더 입을 게 없소? 다른 외투나 아니면 스웨터라도.」

「스웨터가 있어요.」

여인은 큰 가방이 놓인 데로 걸어갔다. 라빅은 여인이 짐을 하나도 풀지 않고 있다는 것을 알았다. 여인은 가방에서 검은 스웨터를 꺼내어, 재킷을 벗고 그것을 입었다. 여인의 어깨는 미끈하고 아름다왔다. 다음에 베레모를 쓰고, 재킷과 외투를 입었다. 「좀 나은가요?」

「훨씬 낫구료.」

두 사람은 계단을 내려갔다. 호텔 주인은 이제 없었다. 그대신 수위가 열쇠걸이 옆에 앉아 있었다. 그는 편지를 분류하고 있었다. 마늘냄새가 났다. 그 곁에 얼룩 고양이 한 마리가 꼼짝도 않고 앉아서, 그를 지켜보고 있었다.

「아직도 뭐 먹고 싶은 생각이 없소?」밖에 나와서 라빅이 물었다.

「모르겠어요. 많이는 못 먹을 것 같아요.」

라빅은 손을 들어 택시를 불렀다. 「그럼 벨 오로르로 갑시다. 거기라면 정식으로 저녁을 안 청해도 되니까.」

벨 오로르로서는 늦은 시각이었다. 그들은 이 층의 천장이 낮은 작은 방에 식탁을 하나 찾아냈다. 그들 외에는 한 쌍의 남녀가 창가에서 치즈를 먹고 있었고, 여윈 사나이가 혼자서 굴을 산더미처럼 쌓아놓고 있을 뿐이었다. 보이가 들어와서, 체크 무늬의 식탁보를 물끄러미 들여다보았다. 이윽고 그는 그것을 갈아씌우기로 결심했다.

「보드카 두 잔.」하고 라빅은 일렀다. 「찬 것으로……. 조금 마시고 나서 오르되브르를 먹기로 합시다.」하고 그는 여인에게 말했다. 「당신에겐 그게 가장 좋을 거요. 이 레스토랑은 오르되브르가 유명해요. 그외는 별로 먹을 것이 없죠. 아뭏든 그 전에 배가 불러서, 다른 것을 먹을 수가 없게 되죠. 수십 종류가 되거든요. 더운 것도 있고 찬 것도 있고. 그게 또 모두 맛이 기막히지요. 한번 시험해봅시다.」

보이가 보드카를 가져왔다. 그리고 메모책을 꺼내들었다.

「병으로 뱅 로제 하나.」하고 라빅은 말했다. 「앙쥬 있나?」

「앙쥬, 잔으로, 로제. 잘 알았읍니다.」

「됐어. 큰 병으로 얼음에 채워서 주게. 그리고 오르되브르를.」

보이는 물러갔다. 문간에서 그는 마침 계단을 뛰어올라온 붉은 깃털 모자를 쓴 여자와 부딪칠 뻔했다. 그녀는 보이를 밀치고, 굴을 먹고 앉아 있는 여윈 남자에게로 다가섰다.

「알베르,」하고 그녀는 말했다.「돼지처럼…….」

「쯧, 쯧.」하고 알베르라고 불린 남자는 혀를 차며 주위를 둘러 보았다.

「쯧쯧이 뭐예요!」여자는 젖은 우산을 식탁 위에 놓고, 씩씩거리며 자리에 앉았다.「아, 당신.」하고 나서 그는 나직이 소곤거리기 시작했다.

라빅은 빙긋 웃으며 잔을 들었다.「자, 단숨에 쭉 비웁시다, 살뤼트.」

「살뤼트.」라고 조앙 마두는 말하고 술을 마셨다.

오르되브르가 작은 손수레에 실려왔다.

「뭘 들겠소?」라빅은 여인을 바라보았다.「내가 집어 주는 게 제일 간단할 것 같군.」

그는 접시 가득 담아서 그녀에게 주었다.「구미에 맞지 않는 게 있어도 상관 없어요. 나중에 또 다른 수레가 올 테니까. 이건 시작에 불과하오.」

그는 자신의 접시에도 담아서, 여인에겐 더이상 신경을 쓰지 않고 먹기 시작했다. 문득 그녀도 먹고 있다는 것을 느꼈다. 그는 새우의 껍질을 벗겨 그녀에게 내밀었다.「먹어봐요. 왕새우보다는 맛이 나으니까. 이번엔 파테 메종. 거기다 흰 빵을 조금 곁들이면 좋아요. 그리고 포도주를 약간. 산뜻하고, 떫고, 시원하지.」

「폐가 많아요.」하고 여인은 말했다.

「그래, 급사장처럼 말이오.」하고 라빅은 소리내어 웃었다.

「그런 게 아녜요. 정말 폐를 너무 많이 끼쳐요.」

「난 혼자 식사하기를 싫어해요. 이유는 그것뿐이죠. 별것 없어요. 마치 당신처럼.」

「저는 좋은 상대자가 못될 거예요.」

「그렇지 않아요.」하고 라빅은 말했다.「식사를 하기엔 좋은 상대죠. 최고급이오. 말이 많으면 질색이니까요. 큰 소리로 떠드는 것도.」

그는 방 저쪽의 알베르를 건너다보았다. 붉은 깃털 모자는 그가 돼지 중에서도 상돼지라는 이유를 큰 소리로 지금 누누이 늘어놓고 있는 중이었다. 그러면서 연방 우산으로 박자를 맞춰가며 식탁을 또닥거리고 있었다. 알베르는 듣고는 있었지만 별로 귀를 기울이고 있는 것 같지는 않았다.

조앙 마두는 미소를 지었다.「저도 그런 건 싫어요.」

「자, 다음 수레가 왔소. 곧 들겠소? 아니면 한 대 피우고 나서 하겠소?」

「먼저 한 대 피우겠어요.」

「좋아요. 오늘은 다른 담배를 가지고 있죠. 그 검은 것 아닌 걸로.」

그는 불을 붙여 주었다. 여인은 뒤로 몸을 기대고, 연기를 깊이 빨아들였다. 그러고 나서 그를 똑바로 쳐다보았다. 「이렇게 앉아 있으니까 참 좋아요.」하고 그녀는 말했다. 그런데 그 순간 그녀의 눈에선 눈물이 쏟아질 것만 같았다.

그들은 콜리제에서 코피를 마셨다. 샹젤리제를 향한 큰 홀은 손님으로 붐볐지만, 아래충 바에서 테이블을 하나 찾아낼 수가 있었다. 벽의 위쪽은 유리로 되어 있었다. 그속에 앵무새와 잉꼬가 웅크리고 앉아 있고, 온갖 색채를 지닌 열대 지방의 새들이 이리저리 날고 있었다.

「이제부터 어떻게 할 것인지 생각해보았소?」하고 라빅이 물었다.

「아뇨, 아직.」

「이곳으로 올 때, 무슨 결정된 일이라도 있었소?」

여자는 망설였다. 「아뇨, 별로. 아무것도.」

「호기심에서 묻는 게 아니오.」

「알고 있어요. 당신은 제가 뭘 해야 한다고 생각하고 계신 거예요. 저도 그래야겠다고 생각하고 있어요. 날마다 제 자신에게 그렇게 말하고 있어요. 하지만 …….」

「호텔 주인은 당신이 여배우라고 하더군요. 내가 물어본 건 아니지만, 당신 이름을 물어보니까 그런 이야기를 하더군요.」

「잊으셨군요.」

라빅은 슬쩍 여인을 쳐다보았다. 여인은 조용히 그를 쳐다보고 있었다. 「그렇소.」하고 그는 말했다. 「쪽지를 호텔에 놓고 와서, 생각이 나야죠.」

「지금은 아세요?」

「알고 있소. 조앙 마두.」

「전 좋은 여배우가 못돼요.」하고 여인은 말했다. 「전 단역만 맡아 했어요. 그나마도 2, 3년 동안은 하지 않았어요. 그리고 프랑스 말도 제대로 못하고.」

「그럼 어느 나라 말을 하죠?」

「이탈리아 말. 거기서 자랐거든요. 그리고 영어와 루마니아 말을 약간 해요. 아버지가 루마니아 사람이었어요. 지금은 세상을 떠났지요. 어머니는 영국 사람이에요. 지금도 이탈리아에 있는데, 어디서 살고 있는지는 몰라요.」

라빅은 반쯤밖에 듣고 있지 않았다. 지루해서, 더이상 무슨 말을 해야 할지 모르게 되어 있었다.

「그외에 다른 일은 해본 적이 없소?」 잠자코 있을 수도 없어서 물었다. 「아까 말한 단역인가 하는 것 외에 말이오.」

「단역과 관계되는 것뿐이에요. 춤이라든가, 노래 따위지요.」

라빅은 의심스러운 듯 여인을 바라보았다. 그런 것을 할 수 있을 것같이는 보이지 않았다. 어딘가 흐릿하고, 선이 약해서 매력적인 데가 없었다. 도무지 배우처럼 보이지 않았다. 배우라는 것과는 거리가 멀어보였다.

「그렇다면 여기서 일자리를 얻을 수 있을지도 몰라요.」하고 그는 말했다. 「그런 일에는 굳이 말이 완전해야 할 필요가 없으니까.」

「그래요? 하지만 우선 무엇이든 찾아야겠어요. 그런데 아는 사람이 없으니, 그게 어렵군요.」

모로소프라면, 하고 라빅은 문득 생각했다. 세라자드, 그렇지! 그런 일이라면 모로소프가 알고 있을 것이다. 거기에 생각이 미치자 기운이 났다. 모로소프 때문에 이런 따분한 저녁을 보내게 되었지. 이번에는 이 여인을 모로소프에게 떠맡겨도 좋겠지. 보리스는 크게 실력을 발휘할 수 있을 거야.

「러시아 말을 할 줄 알아요?」

「약간. 노래를 한두 가지. 집시의 노래예요. 루마니아 노래와 같아요. 그건 왜 물으시죠?」

「그런 일에 잘 통하는 사람을 알고 있어요. 아마 도움이 될는지도 모르겠소. 그 사람의 주소를 가르쳐 드리죠.」

「별 도움이 안될 거예요. 중개인이란 어디나 다 한가지예요. 소개 같은 것 거의 소용이 없죠.」

이 사람은 가장 간단한 방법으로 나에게서 벗어나려 하고 있다. 여인이 이렇게 생각하고 있는 것을 라빅은 알았다. 그렇다면 가만히 있을 수가 없다. 「내가 말하는 사람은 중개인이 아니고 세라자드의 도어맨이오. 몽마르트에 있는 러시아 식 나이트 클럽 말이오.」

「도어맨요?」조앙 마두는 고개를 들었다. 「그렇다면 사정이 달라요. 도어맨은 중개인보다는 잘 알고 있어요. 어떻게 할 수 있을지도 몰라요. 잘 아시는 분인가요?」

「물론이오.」

라빅은 깜짝 놀랐다. 여인이 별안간 직업 여성 같은 말을 했기 때문이다. 타산이 너무 빠르군, 하고 그는 생각했다.

「내 친구죠.」하고 그는 말했다. 「보리스 모로소프라고 하는데, 벌써 10년이나 세라자드에서 일하고 있지요. 거기서는 언제나 상당히 규모가 큰 쇼를 하고 있소. 프로그램을 자주 바꾸지요. 보리스는 그 집 지배인하고 친해요. 설령 세라자드에 자리가 없더라도 그 친구라면 틀림없이 딴 데라도 알고 있을 거요. 한 번 가보겠소?」

「네. 언제쯤 가면 될까요?」

「저녁 아홉 시쯤이 가장 좋소. 그때쯤이면 바쁘지 않으니까 당신하고 이야기할 시간이 있을 거요. 내가 잘 말해 두죠.」라빅은 모로소프의 얼굴을 볼 일이 벌써부터 즐거웠다. 갑자기 그는 기운이 났다. 지금까지 마음에 걸리던 가벼운 책임감도 사라졌다. 나는 할 수 있는 일을 다 했다. 다음 일은 여인이 알아서 해야지.

「피곤하오?」하고 그는 물었다.

조앙 마두는 그의 눈을 똑바로 마주보았다. 「피곤하진 않아요.」하고 여인은 말했다. 「하지만 저하고 여기 함께 앉아계시면서도, 전혀 즐겁지 않으시다는 것을 전 알고 있어요. 당신은 저를 동정하신 거지요. 정말 고마왔어요. 방에서 데리고 나와, 이렇게 이야기를 해주시니. 저로선 정말 고마운 일이에요. 벌써 며칠째 아무하고도 말을 해본 일이 없거든요. 이젠 돌아가겠어요. 당신은 제게 너무나 잘해 주셨어요, 그동안 줄곧. 당신이 안 계셨더라면 전 어떻게 되었을지 모르겠어요.」

허 참, 또 시작됐군! 라빅은 불안한 마음으로 자기 앞의 유리벽을 보았다. 통통한 비둘기 한 마리가 잉꼬를 덮치고 있었다. 잉꼬는 이제 지쳐버렸는지, 비둘기를 등에서 떨쳐 버리려고도 하지 않았다. 모르는 체하고 모이만 쪼며, 비둘기를 무시하고 있었다.

「동정을 한 게 아니오.」하고 라빅이 말했다.

「그럼 뭐예요?」

비둘기는 단념했다. 잉꼬의 넓은 등에서 뛰어내려, 깃을 닦기 시작했다. 잉꼬는 시치미를 뗀 채 꽁지를 추켜들고 똥을 누었다.

「이번엔 어디 오래 묵은 좋은 아르마냑을 마십시다.」하고 라빅은 말했다. 「그게 제일 좋은 대답이오. 하지만 잘 들어요. 나는 그다지 각별한 박애주의자도 아니오. 혼자서 멍하니 앉아 있는 밤도 많소. 그렇게 하는 것이 특별히 재미있는 일이라고 생각하오?」

「그렇게는 생각하지 않아요. 저는 좋은 상대가 못돼요. 혼자 계신 편이 더 나아요.」

「나는 상대를 이것저것 고르지 않게 되었소. 자, 여기 당신의 아르마냑이 왔소, 살뤼트!」

「살뤼트!」

라빅은 잔을 내려놓았다.「자, 그럼 이제 이 동물원에서 떠나기로 합시다. 아직 호텔로 돌아가고 싶지는 않겠죠?」

조앙 마두는 고개를 저었다.

「좋소. 그럼 어디 다른 데로 갑시다. 세라자드로 가지 않겠소? 거기서 한잔 합시다. 아무래도 두 사람이 모두 그렇게 할 필요가 있을 것 같군. 그리고 거기서 무슨 쇼를 하고 있는지 당신도 알 수 있게 될 테고.」

벌써 그럭저럭 새벽 3시였다. 두 사람은 오델 밀랑 앞에 서있었다.「충분히 마셨소?」하고 라빅은 물었다.

조앙 마두는 망설였다.「그 세라자드에 있을 때는, 이제 실컷 마셨다고 생각했어요. 그런데 이렇게 여기 와서 이 문을 바라보니, 아직 충분하지가 않군요.」

「그것쯤은 어떻게 되겠죠. 틀림없이 호텔에 아직은 뭔가 있을 거요. 없으면 어디 술집에라도 가서 한 병 사옵시다. 자, 들어갑시다.」

여인은 그를 쳐다보았다. 그러고 나서 입구를 바라보았다. 그리고「좋아요.」하고 결심한 듯이 말했다. 그러나 선 채로 움직이지 않았다.「저 텅 빈 방으로 들어가야…….」

「나도 함께 들어가겠소, 한 병 가지고 말이오.」

수위가 잠을 깼다.「뭐 마실 것 없소?」하고 라빅은 물었다.

「샴펜 칵테일은 어떻습니까?」하고 수위는 즉시 사무적으로, 그러나 여전히 졸린 듯이 하품을 하면서 되물었다.

「고맙소. 하지만 좀더 강한 게 좋겠어. 코냑 한 병.」

「쿠르보아제, 마르텔, 에네시, 비스퀴 뒤부세?」

「쿠르보아제를 주시오.」

「알았읍니다. 마개를 뽑아서 가지고 가겠읍니다.」

두 사람은 계단을 올라갔다.

「열쇠를 가졌소?」하고 라빅은 여인에게 물었다.

「방을 잠그지 않았어요.」

「잠그지 않으면 돈이나 서류를 도둑맞을 거요.」

「잠가둬도 도둑맞으려면 맞아요.」

「이런 자물쇠라면 그럴지도 모르겠군. 그래도 잠가두면, 좀 낫겠죠.」

「그럴지도 모르죠. 하지만 혼자 밖에서 돌아와 열쇠로 문을 열고, 텅 빈 방에 들어가고 싶지 않은 걸요——마치 무덤을 여는 것 같아요. 이 방에 들어가는 것만으로도 지긋지긋해요——가방이 한두 개 있을 뿐, 절 기다려 주는 건 하나도 없어요.」

「어딜 가도 기다려 주는 건 하나도 없소.」하고 라빅은 말했다. 「우린 언제나, 무엇이든 자신이 가지고 가야 하거든요.」

「그럴지도 모르지요. 그렇지만 자비로운 환상이라는 것이 역시 있겠지요. 그런데 여긴 아무것도 없어요.」

조앙 마두는 코트와 베레모를 침대 위에 내던지고 라빅을 쳐다보았다. 창백한 얼굴에 박힌 그 눈은 맑고 컸으며, 마치 미칠 듯한 절망 속에 응고해 있는 것 같았다. 여인은 그렇게 잠깐 동안 서있었다. 그러고는 재킷의 호주머니에 두손을 찌른 채 좁은 방안을 이리저리 거닐기 시작하였다. 돌아설 때마다, 몸에 탄력을 주어 유연하게 빙글 돌았다. 라빅은 주의깊게 여인을 지켜보았다. 여인은 갑자기 힘이 솟아서 놀랄 만큼 유연해지고, 방이 비좁은 듯하였다.

문을 노크하는 소리가 들렸다. 수위가 코냑을 가지고 왔다. 「식사는 어떻게? 콜드 치킨이나 샌드위치 같은 것은……」

「시간 낭비요, 영감님.」라빅은 돈을 지불하고 방에서 내쫓았다. 그리고 두 잔에 술을 가득 따랐다. 「자, 간단하고 야만적이긴 하지만……. 그러나 괴로울 때는 원시적인 게 제일이지. 점잖은 것은, 평온무사한 때나 하는 거요. 자, 듭시다.」

「그리고, 다음에는요?」

「다음에 또 마시는 거요.」

「저도 그렇게 해보았어요. 하지만 소용 없었어요. 혼자 있을 때 취한다는 건 좋은 일이 못되는 것 같아요.」

「취하도록 마시지 않기 때문이오. 그렇게 하면 잘 될 거요.」

라빅은 침대의 반대편 벽에 놓여 있는, 좁고 흔들거리는 긴의자에 앉았다. 이것은 전엔 보지 못한 것이다. 「이건 당신이 올 때부터 있었던 거요?」

여인은 고개를 저었다. 「제가 들여놓았어요. 침대에서 자기가 싫어서요. 쓸데없는 일이란 생각이 들어요. 침대라든가, 옷을 벗는다든가 그런 게 무슨 소용이 있겠어요? 아침이나 낮이라면 그것도 좋겠지만. 하지만 밤에는……」

「당신, 아무래도 무슨 일을 해야겠소.」라빅은 담배에 불을 붙였다. 「모로소프를 못 만나서 유감이군. 오늘은 그 친구가 노는 날이라는 걸 몰라서. 내일 밤에 꼭 가봐요. 아홉 시쯤에. 틀림없이 무엇이든 일자리를 구해 줄 거요. 하다못해 주방 일이라도. 그렇게 되면, 어떻든 밤에는 바쁘게 되지. 당신도 그걸 바라고 있지 않소?」

「그래요.」조앙 마두는 걸음을 멈췄다. 그리고 코냑을 단숨에 마시고 침대에 가서 앉았다. 「전 매일 밤 바깥을 쏘다녔어요. 걷고 있는 동안은 마음이 편해요. 그런데 앉아서, 천장이 머리 위에 떨어지려고 하면…….」

「거리를 걸어다녀도 별일 없었소? 뭐 도둑맞거나 하진 않았소?」

「아뇨, 아무것도. 아마 저 같은 것은, 훔칠 만한 것도 없는 여자로 보이는 모양이지요.」여인은 빈 잔을 그에게로 내밀었다. 「그리고 다른 일은……. 저는 은근히 기대하고 있었어요. 누가 말이라도 걸어 주는 사람은 없을까 하고요. 아무일도 없이 그냥 걷고만 있기가 싫었어요! 그래도 어떤 사람의 눈이 저를 보아 주었으면 하고요. 돌 같은 것이 아니고 사람의 눈이 말이에요. 내쫓긴 것처럼 그렇게 돌아다니지 않아도 좋게요. 딴 별에 살고 있는 사람처럼!」여인은 머리카락을 뒤로 젖혀 넘기고, 라빅이 내미는 잔을 받았다.

「제가 왜 이런 말을 하고 있는지 모르겠군요. 이야기를 하고 싶지 않은데도. 아마 며칠 동안이나 말을 하지 않고 있어서 그런가봐요. 아마 오늘 저녁 처음으로.」여인은 이렇게 꺼내다가 말을 끊었다. 「제 말을 듣지 않으셔도 좋아요.」

「나는 술을 마시고 있소.」하고 라빅은 말했다. 「당신은 하고 싶은 말을 하면 돼요. 밤인데 어떻소. 아무도 당신 말을 듣고 있는 사람은 없소. 나는 내 자신에게 귀를 기울이고 있소. 내일이면 모두 잊어버릴 거요.」

그는 뒤로 몸을 기댔다. 호텔의 어디선가 물이 쏟아지는 소리가 들렸다. 라디에이터가 달가닥거렸다. 비가 부드러운 손으로 창문을 조용히 두드리고 있었다.

「돌아와서 불을 끄고, 어둠이 마치 클로로포름에 적신 솜뭉치처럼 내려앉고, 다시 불을 켜고, 언제까지나 멍하니 바라보고 있는…….」

벌써 취했군. 오늘은 다른 때보다 술이 빨리 도는데. 불이 침침해서 그럴까? 아니면 양쪽이 다 원인일까? 이 여자는 이제 그 보잘것없는, 퇴색한 여자가 아니다. 딴 사람이다. 갑자기 눈이 있다. 얼굴이 있다. 무엇인지 나를 빤히 보고 있다. 아마 그림자일 것이다. 내 이마 속에 있는 조용한 불길이 이 여자를 비추고 있는 것이다. 취하면 나타나는 최초의 빛이다.

그는 조앙 마두가 말하고 있는 것을 듣고 있진 않았다. 그런 것은 다 알고 있는 일이었고, 새삼스럽게 듣고 싶지도 않았다. 혼자 있다는 것, 그것은 인생의 영원한 후렴이다. 다른 여러 가지에 비해서 좋을 것도 없다. 사람들은 그것을 너무 자주 입에 올린다. 사람은 항상 혼자 있는 것이며, 그렇다고 혼자인 것은 아니다. 어디선가 어스름 속에서 바이올린 소리가 들린다. 부다페스트를 둘러싸고 있는 언덕 위의 어느 정원. 강한 밤나무냄새. 바람. 그러면 꿈이, 어린 부

엉이처럼 어깨 위에 웅크리고 앉는다. 그 눈은 어스름 속에서 점점 빛을 더
한다. 절대로 밤이 되지 않는 밤. 모든 여자가 아름다와지는 시간. 초저녁의, 큼
직한 갈색 나비의 날개.

그는 눈을 들었다. 「고마와요.」하고 조앙 마두는 말했다.

「어째서?」

「제 맘대로 지껄이게 해줘서요. 속이 후련해요. 전 그게 필요했어요.」

라빅은 고개를 끄떡였다. 그는 여인의 잔이 또 비어 있는 것을 보았다. 「됐소.
병은 당신이 마시게 여기 두고 가겠소.」

그는 일어섰다. 방, 여인. 그밖에는 아무것도 없다. 창백한 얼굴. 이제는 한
가닥의 빛도 남아 있지 않다. 「정말 가시겠어요?」하고 조앙 마두는 물었다. 그
러고는 누가 방안에 숨어 있기라도 한 것처럼 주위를 둘러보았다.

「이게 모로소프의 주소요. 이름도 적어 두었소. 잊지 말아요. 내일 밤 아홉
시.」라빅은 처방지에 적었다. 그리고 그 쪽지를 뜯어서 가방 위에 놓았다.

조앙 마두도 일어섰다. 그리고 외투와 베레모를 집어들었다. 라빅은 여인을
쳐다보았다. 「바래다 주지 않아도 좋소.」

「그런 게 아니라, 여기 남아 있고 싶지 않아요. 좀더 어딜 돌아다니고 싶어
요.」

「하지만 어차피 나중에 다시 돌아와야 하지 않소. 같은 것을 되풀이할 뿐이
오. 어째서 여기 남아 있기를 싫어해요? 이젠 괜찮지 않소?」

「곧 날이 새요. 돌아올 때쯤엔 아침이 될 거예요. 그러면 견디기가 쉬워요.」

라빅은 창가로 갔다. 비는 아직도 오고 있었다. 노란 가로등 주위에, 젖은 회
색 머리카락 같은 빗발이 바람에 불려 나부끼고 있었다. 「자, 그럼 한잔 더 합
시다. 그리고 당신은 자는 거요. 이런 날씨에 산보도 할 수 없지 않소?」

그는 병을 집어들었다. 조앙 마두는 갑자기 그에게 바싹 다가섰다.

「절 여기 혼자 두고 가지 마세요.」하고 여인은 다급하고 절박하게 말했다. 그
는 여인의 입김을 느꼈다. 「저를 여기 혼자 두고 가지 마세요. 오늘밤만은, 웬지
모르지만 오늘밤만은 싫어요! 내일이면 용기가 날 것 같아요. 하지만 오늘밤은
안되겠어요. 전 이제 지치고 기진해서 쓰러질 것 같고, 힘이 빠졌어요. 저를 데
리고 나간 게 잘못이었어요. 오늘밤만은 안되겠어요. 지금은 아무래도 혼자 있
을 수가 없어요.」

라빅은 술병을 가만히 테이블에 놓고, 자기의 팔을 붙잡고 있는 여인의 손을
풀었다. 「당신은 어린애로군,」하고 그는 말했다. 「우린 언젠가는 모든 것에 익
숙해져야 하오.」하며 그는 긴의자를 힐끗 쳐다보았다. 「나는 이 의자에서 자도

좋소. 이 시간에 나가봐야 별수 없소. 난 한두 시간 푹 자야 할 필요가 있소. 아침 아홉 시에 수술을 해야 하니까요. 여기서 자든 내 방에서 자든 마찬가지요. 야근을 하는 게 처음은 아니니까. 그러면 됐소?」

여인은 고개를 끄덕였다. 여전히 그의 옆에 바싹 붙어 있었다.

「난 일곱 시 반에 나가야 해요. 몹시 이르지. 당신의 잠을 깨우게 될지도 모르겠소.」

「상관 없어요. 제가 일어나서 아침 식사를 차려 드리겠어요. 뭐든…….」

「그렇게 할 필요는 없소.」하고 라빅은 말했다.「아침은 근처의 카페에서 하겠소. 재치 있는 근무자처럼 말이오. 럼 주를 탄 코피에다가 크르와상으로. 나머지는 병원에 가서 다 할 수 있지. 으제니에게 목욕 준비를 부탁하는 것도 괜찮겠군. 됐어, 여기서 자기로 하지. 11월의 버림받은 두 영혼 당신은 침대에서 자요. 원한다면 준비가 될 때까지 난 저 수위 영감에게 내려가 있어도 좋소.」

「그럴 필요는 없어요.」

「도망가진 않아요. 그렇지 않아도 필요한 물건이 있을 것 아니오. 베개라든가 이불 같은 것 말이오.」

「벨을 누르면 돼요.」

「내가 불러 드리지.」라빅은 벨을 찾았다.

「이런 건 남자가 하는 일이오.」

수위는 곧 왔다. 코냑을 또 한 병 들고 있었다.

「과분한 대접이군.」하고 라빅은 말했다.「아니, 고맙소. 우린 전후파거든. 이불과 베개 그리고 시트가 있어야겠소. 여기서 자야겠으니까. 바깥은 너무 춥고, 비가 몹시 쏟아지고 있으니. 지독한 폐렴을 앓다가 겨우 이틀 전에 일어났거든. 어떻게 할 수 없을까?」

「할 수 있고말고요. 그렇지 않을까 생각하던 참이죠.」

「됐어.」라빅은 담배에 불을 붙였다.「난 복도로 나가 있겠소. 어디 문 앞의 신발이나 구경해 볼까? 옛날부터 내 취미거든. 도망가진 않아요.」하고 그는 조앙 마두의 표정을 살피며 말했다.「난 이집트의 요셉이 아니오. 외투를 남겨두고 도망치진 않을 테니까.」

부탁한 물건을 가지고 수위가 돌아왔다. 그는 라빅이 복도에 서있는 것을 보자 얼른 걸음을 멈췄다. 그리고 얼굴이 환해지며「이런 일은 좀처럼 없는 일이라서.」하고 그는 말했다.

「나도 이런 일은 좀처럼 없지. 생일이든가 크리스마스 때나 그럴까. 그걸 이리 주시오. 내가 가지고 들어가지. 그건 또 뭐요?」

「탕파입니다. 폐렴이라고 하시기에.」

「친절하군! 그런데 나는 폐를 코냐으로 데우기로 하고 있거든.」라빅은 호주머니에서 지폐를 두어 장 꺼냈다.

「선생님은 아마 파자마가 없으실 텐데요. 한 벌 드릴까요?」

「고맙소만,」하고 라빅은 노인을 바라보았다. 「내겐 작을 것 같은데.」

「천만에요! 선생님에게 꼭 맞을 겁니다. 게다가 완전히 새것이지요. 이건 비밀입니다. 어떤 미국 사람이 선물로 준 겁니다. 그분은 어떤 부인에게 선물로 받았지요. 전 그런 건 입지 않거든요. 그냥 속옷 바람으로 자지요. 아주 새것입니다.」

「알았소. 가져오시오. 어디 한번 봅시다.」

라빅은 복도에서 기다리고 있었다. 방문 앞에는 세 켤레의 신발이 놓여 있었다. 한 켤레는 창이 닳은 작은 고무 구두. 그 방에서는 우뢰 같은 코고는 소리가 들렸다. 다른 두 켤레는 갈색의 남자 단화와, 단추가 달린 에나멜 가죽의 하이힐이었다. 이 두 켤레는 같은 방문 앞에 놓여 있었다. 가지런히 놓여 있는데도 이상스럽게 외로와보였다.

수위가 파자마를 가지고 왔다. 훌륭한 물건이었다. 푸른 인조견에다 황금색 별 무늬가 있었다. 라빅은 말문이 막힌 채 잠시 그것을 바라보고 있었다. 그는 그 미국 사람의 심정을 이해할 수가 있었다.

「훌륭하죠?」하고 수위는 자랑스러운 듯 말했다.

물론 파자마는 새것이었다. 그것을 산 루브르 백화점의 상자에 담긴 채로였다.

「유감스럽군.」하고 라빅은 말했다. 「이걸 골라서 산 부인을 한번 보았으면 좋았을걸.」

「오늘밤에 입으시죠. 사시지 않아도 좋습니다.」

「삯은 얼마나 드릴까?」

「좋도록 하십시오.」

라빅은 호주머니에서 돈을 꺼냈다.

「그럼 받아두겠읍니다.」라고 수위는 말했다.

「당신은 프랑스 사람이 아니오?」

「아뇨, 프랑스 사람입니다. 생 나제르 태생이죠.」

「그럼 미국 사람하고 사귀는 바람에 버렸군그래. 아뭏든 이런 파자마라면 돈을 얼마든지 내도 좋지.」

「맘에 드신다니 기쁩니다. 안녕히 주무십시오, 선생님. 내일 부인께로 찾으러 오겠읍니다.」

「내일 아침에 내가 직접 돌려주겠소. 일곱 시 반에 깨워 주시오. 하지만 노크는 조용히. 그래도 알아들을 테니까. 그럼 잘 자요.」

「이것 좀 봐요.」하고 라빅은 조앙 마두에게 파자마를 보였다. 「산타클로스의 옷이오. 저 수위는 요술장이야. 여기에 여러 가지 장식품까지 붙어 있다면 더욱 좋겠군. 우스꽝스러운 일을 하려면, 용기가 있어야 할 뿐만 아니라, 그걸 순진하게 받아들여야 해요.」

그는 긴의자 위에 모포를 폈다. 자기 호텔에서 자건 여기서 자건, 그에게는 아무래도 좋았다. 그럭저럭 견딜 만한 욕실이 있다는 것을 복도에서 보아두었고, 새 칫솔도 수위에게 얻었다. 그외의 것은 아무래도 좋았다. 여인은 말하자면 환자였다.

그는 물잔에 코냑을 따르고, 수위가 가지고 온 작은 잔을 하나 집어서 함께 침대 옆에 놓았다. 「이것만 있으면 충분하겠지. 이러는 편이 간단하지. 일부러 일어나서 따라 주지 않아도 될 테니까. 술병과 또 하나의 잔은 내가 이리로 가져가겠소.」

「작은 잔은 필요 없어요. 물잔으로 마시겠어요.」

「그러면 더욱 좋지.」라빅은 긴의자 위에서 모포로 몸을 감쌌다. 여인이, 잠자리가 어떠냐고 꼬치꼬치 묻지 않아서 좋았다. 여인은 소원을 이룬 것이다. 다행히 쓸데없는 주부 같은 시중은 들지 않았다.

그는 잔을 채우고, 술병을 방바닥에 놓았다. 「살뤼트!」

「살뤼트! 감사해요.」

「천만에. 그렇지 않아도 비를 맞으며 가고 싶진 않았소.」

「아직도 비가 오나요?」

「그렇소.」

바깥의 정적을 뚫고, 나직하게 창문을 두드리는 소리가 들려온다. 마치 무엇인가가 방안으로 들어오고 싶어하는 것처럼, 잿빛의 음산하고 형태가 없는 것, 슬픔보다도 더 슬픈 것, 먼 옛날의 아득하기만 한 기억. 밀려와서는, 어느덧 어느 작은 섬에 밀어올려놓고는 그대로 잊어버리고 만 것, 인간과 빛과 토막 생각들, 이것을 되찾아서 묻어버리려고 끊임없이 밀려오는 파도.

「술 마시기에 좋은 밤이군.」

「그렇군요. 하지만 혼자 있기엔 괴로운 밤이에요.」

라빅은 잠시 말하지 않았다. 「우린 그것에 익숙해져야 하오.」이윽고 그는 말했다. 「이전에 우리를 잡아매고 있던 것이 지금은 파괴되어버렸소. 우리는 오늘날, 줄이 끊어진 유리알 목걸이처럼 산산이 흩어져 있는 거요. 든든한 것이라곤 하나도 없소.」그는 다시 술을 따랐다. 「나는 어릴 때, 목장에서 하룻밤을 지낸 적이 있었소. 여름이었는데, 하늘이 맑게 개어 있었소. 잠들기 전에 보니, 오리온 성좌가 지평선의 숲 위에 걸려 있었소. 그러다가 밤중에 잠을 깨어보니, 뜻밖에도 오리온 성좌는 바로 내 위에 높이 걸려 있지 않겠소? 나는 그때 일을 잊어버린 적이 없소. 지구는 유성이며, 돌고 있다는 것은 배워서 알고 있었지만, 그저 책에 적혀 있는 것을 그런 대로 배우고 있었을 뿐, 그걸 생각해 본 적은 없었소. 그때 비로소 난 정말 그렇다고 느꼈소. 지구는 묵묵히 무한의 공간을 날고 있다는 걸 느꼈소. 뭐든 붙잡고 있지 않으면 밀려 나가떨어질 것만 같이, 강렬하게 그걸 느꼈소. 아마도 깊은 잠에서 깨어나서, 한순간 기억과 습관을 잃은 채, 이동해서 위치가 변한 하늘을 바라보았기 때문인지도 모르오. 지구가 갑자기 불확실한 것이 되어버린 것이오. 그후로, 지구는 두번 다시 완전하고 확고한 것이 되어본 적이 없소…….」그는 잔을 비웠다. 「그때문에, 어떤 것은 더욱 어렵게 되고, 어떤 건 쉬워지지요.」그는 조앙 마두를 쳐다보았다. 「당신이 얼마나 취했는지 난 모르겠소. 피곤하면 대답을 하지 않아도 괜찮아요.」

「아직 멀었어요. 곧 취할 것 같아요. 아직도 어디 한 군데가 깨어 있어요. 눈을 뜬, 차가운 데가 있어요.」

라빅은 술병을 바로 옆의 방바닥에 놓았다. 방안의 온기에서, 갈색의 피로가 그의 몸속으로 천천히 스며들어온다. 그림자가 다가온다. 펄렁이는 날개. 이상한 방. 밤. 바깥에는 멀리에서 들려오는 북소리처럼 창문을 두드리는 비의 단조로운 소리……. 혼돈의 절벽에 있는, 어렴풋이 불이 켜진 오두막. 의미가 없는 황야의 작은 불. 낯선 얼굴. 그 얼굴을 향해서 말을 붙인다.

「당신은 그런 걸 느낀 적이 있소?」

여인은 잠시 말이 없었다. 「있어요. 꼭 그대론 아니지만. 좀 달라요. 며칠 동안이고 이야기할 상대도 없고, 밤이면 밤마다 쏘다니기만 하면, 그리고 어딜가나 저마다 자기의 있을 곳을 가진 사람들뿐, 모두가 다 어디건 갈 곳이 있고, 어딘가에 자기의 집을 가지고 있는데, 저만 그게 없어요. 그럴 때, 모든 것이 점점 거짓말처럼 여겨져요. 마치 제 자신이 물에 빠져서, 물속의 이상한 거리를 걷고 있는 듯한 기분이 되어…….」

누군가 바깥 계단을 올라왔다. 열쇠소리가 나고 문이 쾅 닫혔다. 바로 이어서 수도에서 쏴 하고 물 쏟아지는 소리가 들렸다.

「아는 사람도 없는데. 왜 파리에 남아 있소?」하고 라빅이 물었다. 그는 아물 아물 졸음이 왔다.

「다른 데, 어디로 갈 데가 없소?」

「없어요. 아무 데도 돌아갈 데가 없어요.」

바람이 불어서 창문에 비가 휘몰아쳤다.

「어째서 파리에 왔소?」하고 라빅이 물었다.

조앙 마두는 대답이 없었다. 그는, 이젠 잠이 들었나보다 하고 생각했다.

「라진스키와 저는 헤어지고 싶어서 파리에 왔어요.」이윽고 여인은 말했다.

라빅은 그런 말을 듣고도 놀라지 않았다. 무슨 말을 들어도 놀라지 않는 시간이 있는 법이다. 맞은편 방에서, 지금 막 돌아온 사나이가 토악질을 시작했다. 끙끙거리는 소리가 어렴풋이 문틈으로 들려왔다.

「그럼 왜 그렇게 자포자기하였소?」

「그이가 죽었기 때문이에요! 죽어버렸어요! 갑자기 사라진 거예요! 다시는 불러올 수 없게 된 거예요! 죽어버렸어요! 이젠 어쩔 수도 없게 되어버렸어요! 모르시겠어요?」조앙 마두는 침대에서 몸을 일으키고, 라빅을 뚫어지게 바라보았다.

「알겠소.」하고 그는 생각했다. 그렇지 않다. 사내가 죽어서가 아니다. 네가 사내를 버리기 전에, 사내가 너를 버렸기 때문이다. 네가 미처 마음의 준비를 하기 전에 사내가 너를 버렸기 때문이다. 네가 미처 마음의 준비를 하기 전에 사내가 너를 혼자 내버리고 갔기 때문이다.

「저는…… 저는 그이에게 좀더 달리 대해 주었어야 했을 거예요. 저는…….」

「잊어버려요. 후회라는 건 이 세상에서 가장 무익한 것이오. 되찾을 수 있는 것이란 하나도 없소. 물론 보상할 수도 없소. 그렇게 할 수 있다면, 우린 모두 성인이 되죠. 인생은, 우리를 완전한 것으로 만들겠다고는 추호도 생각지 않는단 말이오. 완전한 인간이 있다면, 그야말로 박물관의 표본감이죠.」

조앙 마두는 대답이 없었다. 라빅은 여인이 코냑을 마시고, 다시 베개를 베고 눕는 것을 보았다. 아직도 무엇이 남았다. 하지만 그는 피곤해서 더이상 그것을 생각할 수가 없었다. 그는 잠들고 싶었다. 내일은 수술을 해야 한다. 이런 일은 내가 상관할 문제가 아니다. 그는 빈 잔을 술병과 가지런히 방바닥에 놓았다. 인간이란 때로는 이상야릇한 곳에 내려앉는 것이구나, 하고 그는 생각했다.

6

라빅이 들어가보니, 뤼시엔느 마르티네는 창가에 앉아 있었다.

「처음으로 자리를 뜨게 되니 기분이 어떻소?」하고 그는 물었다.

처녀는 그를 쳐다본 다음, 창밖의 회색 오후의 하늘로 눈을 돌렸다가 다시 라빅을 쳐다보았다.

「오늘은 날씨가 별로 좋지 않군.」하고 그는 말하였다.

「좋은 날씨예요.」하고 처녀는 말했다.「제게는 말이에요.」

「어째서?」

「밖에 나가지 않아도 되니까요.」

처녀는 양귀비꽃 무늬의, 값싼 무명으로 만든 일본옷을 어깨에 걸치고, 의자에 쪼그리고 앉아 있었다.

이가 좋지 않은, 깡마르고 볼품이 없는 처녀였다. 그러나 이 순간, 라빅에게는 트로이의 헬레나보다도 더 아름다와보였다. 그녀는, 그가 자기 손으로 구해 낸 하나의 생명이었다. 그렇다고 각별히 자랑할 만한 것은 아니다. 바로 전에 하나의 생명을 잃은 것이다. 이 다음에 손댈 생명도 역시 잃게 되는지도 모른다. 그리고 결국은 모든 생명을, 자기 자신까지도 잃게 될 것이다.

그러나 이 처녀는 우선은 구제되어 있는 것이다.

「이런 날씨에 모자를 끌고다녀봐도 별 재미가 없어요.」하고 뤼시엔느는 말했다.

「아가씨는 모자 배달을 했었나?」

「네. 마담 랑베르 밑에서 일했죠. 마티뇽 거리에 있는 가게예요. 저희들은 다섯 시까지 일을 해야 해요. 그후에 손님들에게 모자 상자를 배달해야 돼요.. 지금 다섯 시 반이지요. 지금쯤은 배달하고 있을 때죠.」처녀는 창밖을 내다보았다.「비가 좀더 많이 오지 않아서 시시해요. 어젠 참 좋았어요. 내리퍼부었거든요. 오늘은 누군가 딴 사람이 비오는데 다녀야 되겠죠.」

라빅은 창가의 의자로 가서 그녀와 마주앉았다. 이상한 일이라고 그는 생각했다. 죽음을 벗어난 사람은 무한히 행복할 것이라고 사람들은 늘 생각한다. 그런데 사실은 거의 그렇지가 않다. 여기 이 처녀도 그렇다. 이 처녀에겐 조그만 기적이 일어난 것이다. 그런데도 그것에 대한 이 처녀의 흥미는 고작 비를 맞으며 걷지 않아도 된다는 것뿐이다.

「그런데 어떻게 해서 이 병원에 오게 됐지, 뤼시엔느?」

처녀는 경계하는 눈초리로 그를 보았다.「어떤 사람이 일러주었어요.」

「누구지?」

「아는 사람이에요.」

「어떻게 아는 사람이지?」

처녀는 망설였다.「역시 여기 왔던 사람이에요. 제가 그 사람을 이리로 데리고 왔었어요. 문 앞에까지요. 그래서 알고 있었어요.」

「언제쯤이었지?」

「제가 오기 일 주일 전.」

「수술중에 죽은 사람인가?」

「그래요.」

「그런데도 아가씬 이리 왔단 말이지?」

「그래요.」하고 뤼시엔느는 아무렇지도 않다는 듯이 말했다.「오면 안되나요?」

라빅은 말을 하려다 그만두었다. 라빅은 자그마하고 차가운 얼굴, 한때는 부드러웠으나 인생이 너무 일찍 굳어버리게 만든 그 얼굴을 쳐다보았다.「역시 같은 산파에게 갔었나?」

뤼시엔느는 대답하지 않았다.「아니면 같은 의사에게 갔었나? 두려워하지 말고, 마음놓고 이야기해 봐요. 나는 그것이 누군지 모르니까.」

「마리가 처음에 거길 갔어요. 일 주일 전에요. 아니, 열흘 전이었어요.」

「그런데 그 처녀가 어떻게 됐다는 것을 알면서도, 아가씬 역시 거길 찾아갔단 말이지?」

뤼시엔느는 어깨를 으쓱 들었다 놓았다.「어떻게 했으면 좋았겠어요? 해볼 수밖에 없었어요. 아는 사람도 하나도 없고요. 태어날 아기. 그 아기를 제가 어떻게 할 수 있겠어요?」처녀는 창밖을 내다보았다. 건너편 발코니에 멜빵을 한 남자가 우산을 받쳐들고 서있었다.

「아직 얼마나 더 여기 있어야 될까요, 선생님?」

「이 주일쯤.」

「이 주일을 더요?」

「긴 게 아니야. 왜 그러지?」

「자꾸 돈이 들어서…….」

「하루 이틀쯤은 단축시킬 수 있을지 모르지.」

「월부로 지불하면 안될까요? 돈이 넉넉하지 않아요. 하루에 30프랑이라니, 비싸서요.」

「그런 말을 어디서 들었지?」

「간호원에게요.」

「어느 간호원? 물론 으제니일 테지?」

「네. 그 사람은 수술비와 붕대료는 별도 계산이라고 했어요. 그게 아주 비싼가요?」

「수술비는 벌써 냈잖아.」

「간호원은 그것만으로는 어림도 없다고 했어요.」

「간호원은 그런 걸 잘 몰라, 뤼시엔느. 나중에 베베르 선생님께 물어보도록 해.」

「빨리 알고 싶어요.」

「왜?」

「그래야 몇 달 일하면 다 지불할 수 있을지 계획을 세울 수 있으니까요.」뤼시엔느는 자기의 손을 들여다보았다. 그 손은 마르고 거칠었다.「방세도 한 달치 지불해야 해요. 여기에 온 것이 13일이었어요. 15일에 방을 비웠어야 했어요. 이렇게 됐으니, 한 달치를 더 물어야죠. 거저 내는 셈이죠.」

「도와줄 사람은 아무도 없나?」

뤼시엔느는 얼굴을 들었다. 그 얼굴이 10년이나 늙은 것처럼 보였다.「아시면서 그러세요, 선생님! 그이는 화만 냈어요. 그이는 제가 이렇게 무지하다는 걸 몰랐대요. 그런 줄 알았으면 제게 손을 대지 않을 걸 그랬다고 했어요.」

라빅은 고개를 끄덕였다. 이런 말을 처음으로 듣는 것은 아니다.「뤼시엔느,」하고 그는 말했다.「낙태시킨 그 여자한테서 조금은 받아낼 수 있을지 모르겠어. 그 여자의 잘못이었으니까. 그 여자의 이름만 가르쳐 주면 돼.」

처녀는 벌떡 몸을 일으켰다. 그리고 갑자기 저항하는 기색을 보였다.「경찰? 안돼요. 그렇게 하면 저까지 끌려들어가요.」

「경찰엔 알리지 않아. 약간 을러대기만 하면 돼.」

그녀는 씁쓸하게 웃었다.「그래보았자 그 사람한테선 한푼도 끌어낼 수 없어요. 마치 강철 같은 여자예요. 300프랑이나 내라고 했어요. 그런데도 그 결과가……」그녀는 일본옷의 주름을 폈다.「결국 운이 나빴어요.」별로 체념한 것 같은 기색도 보이지 않고, 마치 자기 일이 아니라 남의 일인 것처럼 말했다.

「그렇지 않아.」하고 라빅은 대답했다.「아가씨는 아주 운이 좋았어.」

으제니는 수술실에 있었다. 그녀는 마침 니켈 그릇들을 닦고 있었다. 그것은 그녀의 취미였다. 너무 열심히 닦고 있었기 때문에, 그가 들어가는 것도 모르고 있었다.

「으제니.」

그녀는 깜짝 놀라며 돌아보았다. 「아, 당신이로군요. 늘 사람을 놀라게 하지 않으면 속이 시원치 않으시겠죠?」

「설마. 그렇게 이상한 사람이라고만 생각지 말아요. 그런데 당신이야말로 붕대료니 수술비니 떠들어대서 환자를 놀라게 해선 안되지 않을까?」

으제니는 행주를 손에 든 채 몸을 일으켰다. 「물론 그 매춘부가 떠들어댔겠지요.」

「으제니, 매춘부는 남자와 함께 자고서 겨우 입에 풀칠을 하는 여자보다도, 한번도 남자하고 자본 일이 없는 여자 중에 더 많은 법이야. 결혼한 여자는 전혀 다르지만. 그런데 그 처녀는 떠들어대지도 않았어. 당신은 그 처녀의 하루를 망쳐버렸단 말이야. 그뿐이지.」

「아무러면 어때요! 그렇게 마음이 약하고서, 어떻게 그런 생활을 할 수 있겠어요?」

도덕 교과서 같은 계집애구나, 하고 라빅은 생각했다. 구역질이 나도록 정조 자랑이나 하는 계집이구나. 저 모자 만드는 어린 처녀의 외로운 심정을 너 같은 것이 알 리가 있나! 저 어린 처녀는, 자기 친구를 잘못 다룬 산파에게 용감하게도 찾아갔고, 그리고 그 친구가 죽은 바로 그 병원을 찾아온 것이다. 그러면서도「어떻게 했으면 좋았겠어요?」「어떻게 돈을 치러야 하지요?」라고만 할 뿐, 원망스러운 소리 하나 하지 않는다.

「결혼을 해야 되겠군, 으제니.」하고 그는 말했다. 「어린애가 딸린 홀아비나 장의사 주인하고 말이야.」

「라빅 씨.」하고 간호원은 위엄을 갖추고 말했다. 「제 개인적인 문제는 걱정하지 말아 주세요. 그렇잖으면 닥터 베베르께 말씀드리겠어요.」

「그러지 않아도 하루 종일 말씀드리고 있지 않나?」라빅은 간호원의 광대뼈가 상기된 것을 보고 유쾌하게 생각했다. 「경건한 체하는 사람치고 성실한 사람이 드물다는 사실은 무엇을 뜻할까, 으제니? 가장 훌륭한 성격의 소유자는 비꼬기를 잘하는 사람이야. 이상주의자란 정말 참을 수 없는 것들이지. 그렇게 본다면 생각할 점이 없나?」

「천만에요.」

「그러리라 생각했지. 난 지금부터 죄 많은 애들을 찾아가겠어. 오시리스에 말이야. 닥터 베베르께서 내게 볼일이 있을지도 모르니까 일러두는 거야.」

「닥터 베베르께서 당신에게 볼일이 있진 않을 거예요.」

「처녀라고 해서 천리안은 될 수 없지. 일이 있을지도 몰라요. 다섯 시경까지는 거기 있겠어. 그후는 호텔에 있겠고.」

「훌륭한 호텔이죠. 유태인 소굴이지 뭐예요!」

라빅은 돌아섰다. 「으제니, 피난민 전부가 유태인은 아니야. 유태인이라고 해서 모두가 다 유태인은 아니지. 설마 하는 사람 중에 유태인이 많지. 난 니그로의 유태인을 알고 있어. 그는 무척 괴로와하는 사람이었어. 그가 좋아하는 단 한 가지는 중국요리였지. 세상이란 그런 거야.」

간호원은 대답하지 않았다. 그녀는 번쩍거리는 니켈 접시를 계속 닦고 있었다.

라빅은 보아시에르 거리의 술집에 앉아서, 비 때문에 흐려진 창 너머로 멍하니 밖을 내다보았다. 그때 밖을 지나가는 그 사나이를 보았던 것이다. 마치 명치를 되게 한 대 얻어맞은 것 같았다. 처음에는 어떻게 된지도 모르고, 다만 충격을 느꼈을 뿐이었다. 그러나 다음 순간, 그는 테이블을 밀치고 의자에서 벌떡 일어나 사람들이 들끓고 있는 방안을 마구 헤치며 입구 쪽으로 돌진했다.

누군가 팔을 꽉 붙잡았다. 그는 돌아다보았다. 「왜 그래?」 그는 영문을 몰라서 물었다. 「왜?」

그것은 보이였다. 「계산을 아직 안하셨어요.」

「뭐라구? 아, 그래. 돌아올 거야.」 그는 팔을 뿌리쳤다.

보이는 얼굴이 벌겋게 되었다. 「여기선 그렇게는 안됩니다! 손님은…….」

「자, 여기 있어.」

라빅은 호주머니에서 지폐를 한 장 꺼내어 보이에게 내던지고는 문을 와락 밀어젖혔다. 그러고는 인파를 밀어헤치고 길 모퉁이를 돌아 보아시에르 거리를 뛰었다.

뒤에서 누군가가 욕을 퍼부었다. 그는 마음을 가라앉히고, 뛰는 것은 그만두고, 남의 눈에 띄지 않게 될 수 있는 대로 빠른 걸음으로 걸었다. 그럴 리가 없다. 절대로 그럴 리가 없다. 내가 미쳤나보다. 그럴 수가 없다! 얼굴, 바로 그 얼굴——내가 잘못 본 게지, 제기랄, 잘못 본 게지, 어리석은 신경의 장난이겠지——그 얼굴, 그것이 파리에 있을 리가 없다. 그곳은 독일이다, 베를린이다. 창문은 비에 젖어 흐려 있었다. 그 창 너머로 분명히 볼 수는 없다. 내가 잘못 본 것이다. 틀림 없어.

그는 클레베 거리의 교차로에서 걸음을 멈추었다.

갑자기 생각이 났다. 여자, 삽살개를 데리고 가는 여자, 바로 그 뒤를 그 사나이가 따라가고 있었던 것이다.

삽살개를 데리고 가는 여인이라면 벌써 앞질러 왔다. 곧 되돌아섰다. 멀리서 그 여자를 보고 그는 보도의 가장자리에서 걸음을 멈추었다. 호주머니 속에서 주먹을 불끈 쥐고, 지나가는 사람을 놓치지 않고 지켜보았다. 삽살개는 가로등의 기둥에서 걸음을 멈추고 킁킁거리며 냄새를 맡은 다음, 언제까지나 유유히 뒷발을 들고 있었다. 그러더니 요란스럽게 보도를 긁어대고는 달려가버렸다. 라빅은 문득 목덜미가 땀에 축축히 젖어 있음을 느꼈다. 그는 계속해서 몇 분간을 더 기다렸다. 그 얼굴은 나타나지 않았다.

그는 서있는 자동차 안을 들여다보았다. 아무도 없었다. 그는 다시 되돌아서서, 클레베 거리의 지하철로 걸어갔다. 입구를 급히 뛰어내려가 표를 사고, 플랫폼으로 가보았다. 플랫폼에는 많은 사람이 붐비고 있었다. 채 끝까지 살펴보기도 전에 열차가 들어와서 정차하고, 그러고는 곧 터널 속으로 사라져버렸다. 플랫폼은 텅 비어버렸다.

그는 천천히 그 술집으로 되돌아왔다. 그리고 아까 앉았던 테이블에 다시 앉았다. 칼바도스가 반쯤 든 잔이 아직 그대로 있었다. 잔이 아직 거기 있다는 것이 이상스럽게 생각되었다.

보이가 발을 질질 끌며 라빅에게로 다가왔다. 「죄송합니다. 잘 몰라서 그만……。」

「괜찮아!」 라빅은 말했다. 「칼바도스를 또 한 잔 주게.」

「또 한 잔요?」 보이는 테이블 위의 반쯤 차있는 잔을 보았다. 「이것을 먼저 드시지 않고요?」

「그래. 다시 한 잔 가져오게.」

보이는 잔을 집어들고 냄새를 맡아보았다. 「이건 좋지 않으십니까?」

「아냐. 그런 게 아니고, 딴 것을 마시고 싶어서 그래.」

「알겠읍니다.」

내가 잘못 본 거야, 라고 라빅은 생각했다. 비에 젖어서 반쯤 흐린 이 유리창문. 어떻게 똑똑히 보였겠는가? 그는 유리창을 통해서 뚫어지게 지켜보았다.

마치 매복하고 있는 사냥꾼처럼 열심히 밖을 내다보고 있었다. 지나가는 사람들을 하나하나 살펴보았다——그런데 그와 함께, 그림자처럼, 회색으로, 선명하게, 영화의 필름이 창을 스치고 달음질쳤다. 토막난 기억이……。

베를린. 1934년 어느 여름밤. 게쉬타포의 건물. 피. 창문이 없는 텅 빈 방. 벌거숭이 전구의 날카로운 광선. 죔쇠가 달린 혁대와 붉은 얼룩투성이의 테이블. 바께스의 물에 틀어박혀, 질식하다가는 몇 번이고 실신 상태에서 감짝 깨어나던 철야의 고문, 맑아오는 머리. 심하게 얻어맞아 이제는 아픔도 느끼지 않게 된 몸. 자기 앞에 있는 시빌의 일그러지고 정신나간 얼굴. 그녀를 붙잡고 있는, 제복을 입은 두 사람의 고문자——만약 자백하지 않으면, 여자의 신상에 어떤 일이 일어날 것인가를 친절하게 설명해 주는 미소 띤 얼굴, 목소리——시빌은 그런 지 사흘 후에 목을 매어 자살한 시체로 발견되었다고 했지.

보이가 나타나서 테이블에 잔을 놓았다. 「이것은 레테르가 다릅니다. 카안의 디디에지요. 오래된 것입니다.」

「됐어, 됐어. 고맙네.」

라빅은 잔을 비웠다. 그리고 호주머니에서 담뱃갑을 꺼내어 한 개비 뽑아서 불을 붙였다. 손은 아직도 안정되어 있지 않다. 그는 성냥을 바닥에 내던지고, 다시 한 잔 칼바도스를 주문했다. 그 얼굴, 지금 막 보았다고 믿었던, 그 미소 띤 얼굴. 내가 잘못 보았음에 틀림없다. 하케가 파리에 있다니, 있을 수 없는 일이다. 그럴 리가 없다! 그는 기억을 떨쳐버렸다. 어떻게 할 수도 없는 때에, 그런 일로 미친다는 것은 무의미하다. 독일이 망해서 다시 한번 돌아갈 수가 있게 된다면, 그때야말로 그렇게 할 수가 있는 것이다. 그때까지는…….

그는 보이를 불러서 계산을 했다. 그러나 길에서 마주 스쳐가는 얼굴을 하나하나 살펴보지 않을 수 없었다.

그는 카타콤에 모로소프와 함께 앉아 있었다.

「그놈이 아니란 말이지?」 하고 모로소프가 물었다.

「아냐. 하지만 그놈처럼 보였어. 놀랄 만큼 닮았단 말이야. 그렇지 않으면 내 기억이 이제는 믿을 수 없게 되어버렸든가…….」

「술집 같은 데 있는 게 잘못이었어.」

「그렇지.」

모로소프는 잠깐 동안 말이 없었다. 「괜히 흥분만 시키는군.」 이윽고 그는 말했다.

「그렇지도 않아. 왜?」

「알지 못하겠으니까 말이야.」

「알고야 있어.」

모로소프는 대답이 없었다.

「귀신이었어.」 하고 라빅이 말했다. 「이제는 그런 것쯤 벌써 극복했다고 생각하고 있었는데.」

「결코 그렇게는 되지 않아. 나도 그와 같은 경험을 했어. 특히 처음에 그랬어.

처음 5년이나 6년째야. 나는 러시아에 있는 작자들 중의 세 놈을 지금도 기다리고 있어. 놈들은 일곱이었지. 네 놈은 벌써 죽었어. 그중 두 놈은 그들의 당에 의해서 총살당했지. 나는 벌써 20년 이상이나 기다리고 있어. 1917년부터니까. 아직도 살아있는 세 놈 중의 하나는, 이미 일흔 살일 거야. 나머지 둘은 마흔이나 쉰 살쯤이고. 나는 아직도 그들을 잡아보려 하고 있어. 아버지의 원수야.」

라빅은 보리스를 쳐다보았다. 건장한 사나이지만, 이미 예순 고개를 넘고 있었다. 「자네는 틀림없이 잡을 거야.」 하고 그는 말했다.

「그럴 거야.」 모로소프는 큼직한 두손을 쥐었다폈다 했다. 「그것을 기다리고 있는 거야. 그래서 더욱 조심스럽게 살고 있지. 지금은 그렇게 자주 마시지도 않아. 좀더 세월이 걸릴는지도 모르니까 말야. 그러니 나는 힘이 강해야 하거든. 총이나 칼로 해치우고 싶지는 않아.」

「나도 역시 그래.」

그들은 잠시 앉아 있었다.

「체스나 한판 둘까?」 하고 모로소프가 물었다.

「좋지, 그런데 판이 빈 게 없군.」

「저기 교수님이 끝났군. 레비이하고 두었어. 여느때처럼 교수가 이겼나보군.」

라빅은 판과 말을 가지러 갔다. 「오래 걸렸군요, 선생님. 오후 내내 걸렸어요.」

노인은 고개를 끄덕였다. 「심심풀이가 되니까요. 체스는 어떤 카드놀이보다도 완전하지요. 카드에는 아무래도 운 불운이 있어서 재미가 없거든. 그런데 체스는 그것만으로 하나의 세계지요. 두고 있는 동안은 다른 세계의 일은 잊게 돼요.」 노인은 충혈된 눈을 들었다. 「그 다른 세계라는 게 과히 완전한 것이 못되어서.」

상대했던 레비이가 느닷없이 염소 울음 같은 소리를 질렀다. 그러고는 말도 없이 놀란 듯 사방을 두리번거리다가 교수를 따라나갔다.

두 사람은 두 판을 두었다. 그리고 모로소프는 일어섰다. 「이젠 가야지. 인간의 꽃들을 위해서 문을 열어 주러. 요즈음 세라자드에 통 들르지 않는데, 웬일인가?」

「모르겠어. 우연이지.」

「내일 저녁은 어때?」

「내일은 안돼. 맥심에서 저녁을 하기로 되어 있어.」

모로소프는 씩 웃었다. 「불법 입국한 망명객치곤 대단한 배짱이군. 파리에서 가장 멋진 곳만 돌아다니니 말이야.」

「완전히 안전한 곳은 그런 곳뿐이야, 보리스. 피난민처럼 행세하다간 당장 붙잡히고 말지. 자네 같은 난센 여권의 소유자라도 그 정도는 알고 있어야지.」

「그래, 알았어. 그런데 누구하고 가지? 독일 대사라도 호위로 데리고 가나?」

「케이트 헤그슈트룀하고 같이 가네.」모로소프는 휘파람을 휙 불었다.「케이트 헤그슈트룀이라……. 돌아왔나?」

「내일 아침에 도착하네, 빈에서.」

「그거 좋군. 그렇다면 어차피·나중에 세라자드에서 만나게 되겠군.」

「아마 안될걸?」모로소프는 손을 저었다.「그럴 수야 없지! 케이트 헤그슈트룀이 파리에 있는 동안은 세라자드가 단골이 아닌가? 자네도 그건 알고 있지 않나.」

「이번엔 달라. 입원하러 온 거야. 2, 3일 내에 수술을 받게 돼.」

「그렇다면 더더구나 올 거야. 자네는 여자라는 것을 모른단 말이야.」모로소프는 눈을 가늘게 떴다.「아니면 자네가 못 오게 하고 싶은가?」

「내가? 왜?」

「자네가 그 여자를 보낸 후로는, 전혀 세라자드에 오지 않는다는 것이 문득 생각나서 그러네. 조앙 마두 말이야. 단순한 우연이라고는 생각되지 않아.」

「쓸데없는 소리. 난 그 여자가 자네 가게에 있는 줄 아직 몰랐어. 쓸만하던가?」

「쓸만해. 처음에는 합창부에 들어 있었지만 지금은 간단한 독창을 맡고 있어. 한두 곡 노래를 부르고 있지.」

「그동안에 좀 익숙해졌나?」

「물론. 그럴 수 없을 것 같았나?」

「몹시 자포자기하고 있었거든. 불쌍한 여자야.」

「뭐라고?」모로소프는 되물었다.

「불쌍한 여자라고 했네.」

모로소프는 미소를 지었다.「라빅,」하고 그는 아버지 같은 말투로 말했다. 갑자기 그 얼굴에, 스텝과 광야와 초원과 인생의 온갖 경험이 나타났다.「어리석은 소리 말게. 그녀는 닳고 닳은 여자야.」

「뭐라고?」하고 라빅은 물었다.

「여간내기가 아니란 말이야. 창녀는 아니지만 닳았어. 자네가 러시아 사람이라면 알 수 있을 텐데.」

라빅은 소리내어 웃었다. 「그렇다면 아주 달라진 모양이군. 보리스, 그럼 실 례하네. 자네 눈을 소중하게 하라 고 ! 」

7

「언제 병원에 가야 되죠, 라빅 ? 」하고 케이트 헤그슈트룀이 물었다.

「언제든지 당신 좋을 때 오시오. 내일도 좋고 모레도 좋고. 언제라도 좋아요. 하루쯤은 문제가 안되지. 」

여자는 그의 앞에 마주섰다. 연약하고, 소년 같고, 자신만만하고, 아름다왔 으나, 이제 젊다고는 할 수 없었다.

라빅은 2년 전에 그녀의 맹장을 잘라냈다. 그것은 파리에서 한 그의 최초의 수술이었다. 그때 두 사람은 서로 좋아해서, 그후 줄곧 친구로 지내왔다. 여자 는 때때로 몇 달씩이나 나타나지 않다가, 어느 날 느닷없이 나타나곤 했다. 그 녀는 그에게 행운을 가져다 주었다. 그후로 그는 쭉 일을 해오고 있었지만 경찰 과 아무런 마찰도 일어나지 않았다. 그녀는 그의 마스코트와 같은 것이었다.

「이번엔 걱정이 돼요. 」하고 그녀는 말했다. 「웬지 모르지만, 걱정이 돼요. 」

「걱정할 것 없어요. 뻔한 수술이니까. 」

여자는 창가로 걸어가서 밖을 내다보았다. 오델 랭커스트의 안마당이 보 였다. 커다란 밤나무 고목이 벌거숭이 팔을 젖은 하늘로 뻗치고 있었다. 「이 비 는, 」하고 여자는 말했다. 「빈을 떠날 때도 오고 있었어요. 취리히에서 잠을 깼 을 때도 여전히 오고 있었고. 그런데 여기에 와도……. 」여자는 커튼을 젖혔다. 「전 제 몸이 어떻게 되었는지 알 수가 없어요. 점점 늙어간다는 생각이 들어요. 」

「가끔 아무렇지도 않을 때도 그런 생각이 드는 법이오. 」

「전, 사람이 좀더 달라져 있어야 할 거예요. 두 주일 전에 이혼을 했어요. 기 분이 좋아야 할 텐데도 이렇게 피곤하기만 해요. 모든 것이 되풀이되고 있으 니. 왜 그렇죠, 라빅 ? 」

「되풀이되는 것은 하나도 없소. 우리 자신이 스스로 되풀이하고 있을 뿐이 지. 」

여자는 빙긋 웃고서, 모조 난로 곁의 소파에 앉았다. 「돌아오길 잘 했어요. 」 하고 여자는 말했다. 「빈은 마치 군대 막사처럼 되어버렸어요. 재미가 하나도 없어요. 독일 사람이 와서 짓밟아놓았어요. 게다가 오스트리아 사람까지 한패가 되어서. 오스트리아 사람까지도 말예요, 라빅. 처음에는 저는, 그런 것은 없다고 생각했어요. 오스트리아의 나치라니요. 그러나 그것을 제 눈으로 보고 왔어요.」

「그렇게 놀랄 것 없어요, 케이트. 권력이란 전염력이 가장 강한 병이니까.」

「그래요. 그리고 사람을 가장 추하게 만드는 병이죠. 그래서 저는 이혼을 하자고 했어요. 내가 2년 전에 결혼한 그 매력적인 게으름뱅이가, 갑자기 돌격대의 대장인가 뭔가가 돼서는 호통을 치고 있어요. 그리고 연로하신 베른쉬타인 교수에게 거리 청소를 시키고, 자기는 그 옆에 서서 웃고 있지 않겠어요? 1년 전에 그 게으름뱅이의 신장염을 고쳐 준, 그 베른쉬타인 선생님을 말예요. 치료비를 너무 비싸게 받았다는 구실을 내세워서요.」케이트 헤그슈트룀은 입술을 비쭉거렸다.「그 치료비도 제가 낸 거지, 자기가 낸 것도 아닌데.」

「귀찮은 걸 털어버렸으니, 기뻐나 해야죠.」

「그자는 25만 실링의 위자료를 내라고 했어요.」

「싸군.」하고 라빅은 말했다.「돈으로 해결할 수 있는 것이라면 뭐든 싼 거죠.」

「그러나 한푼도 받지 못했죠.」케이트 헤그슈트룀은 갸름하고, 마치 보석처럼 홈 하나 없이 다듬어진 얼굴을 들었다.「저는 그 사람에게 내가 생각하고 있는 것을 모두 말해 줬어요. 그 사람과, 그 사람의 당과, 지도자에 대한 것을. 그리고 이제부터 그것을 많은 사람 앞에서 말하겠다고요. 그 사람은 게쉬타포니 강제수용소니 하며 저를 협박했어요. 그래서 저는 비웃어 주었죠. 난 이래봬도 아직 미국 사람이며, 대사관의 보호 아래 있다고요. 저는 아무일 없겠지만, 그 사람은 저와 결혼을 했거든요.」여자는 소리내어 웃었다.「그 사람도 그 점은 미처 생각을 못했죠. 그후로 다시 귀찮게 굴지 않았어요.」

대사관, 보호, 비호, 하고 라빅은 생각했다. 모두가 딴 세상의 일같이 생각되었다.「베른쉬타인은 지금도 개업하고 있소?」

「지금은 못해요. 처음 출혈했을 때 몰래 그분의 진찰을 받았어요. 다행히도 저는 어린애를 가질 수가 없어요. 나치의 아이를 갖다니…….」여자는 몸서리를 쳤다.

라빅은 일어섰다.「이젠 가봐야겠소. 오후에 베베르가 다시 한번 진찰을 할 거요. 그저 형식적이지만.」

「알고 있어요. 하지만……, 그래도 이번만은 불안해요.」

「케이트, 이번이 처음은 아니지 않소. 2년 전에 맹장을 잘라낼 때보다 더 간단해요.」라빅은 살며시 그녀의 어깨를 안았다. 「당신은, 내가 이곳에서 처음으로 수술한 사람이오. 첫사랑 같은 것이지. 십분 조심해서 하겠소. 게다가 당신은 나의 마스코트란 말이오. 나에게 행운을 가져다 주었소. 앞으로도 그래야 할 게 아니오?」

「그렇죠.」하고 그녀는 그를 쳐다보았다.

「그럼 됐어. 안녕, 케이트. 오늘밤 8시에 데리러 오겠소.」

「안녕, 라빅. 전 지금부터 멘보세로 야회복을 사러 가겠어요. 이런 노곤한 기분을 털어버려야겠어요. 그리고 거미줄에 걸린 것 같은 기분도요. 저, 빈.」하고 여자는 쓰디쓴 미소를 짓고 말했다. 「꿈의 도시…….」

라빅은 엘리베이터로 내려와서 홀을 거쳐 바를 지났다. 미국인이 두서넛 바에 앉아 있었다. 한가운데의 테이블에는, 붉은 글라디올러스의 큼직한 꽃다발이 꽂혀 있었다. 잿빛의 흐릿한 빛을 받아, 그것이 갑자기 피처럼 거무죽죽하게 보였다. 가까이 가서야 비로소 그것이 갓 잘라온 싱싱한 꽃이라는 것을 알 수 있었다. 밖에서 비치는 광선 때문에, 그렇게 보이는 것이었다. 그는 잠시 동안 그 꽃을 바라보고 있었다.

앵테르나쇼날의 삼 층은 복작거리고 있었다. 방이 여러 개 열린 채로 있고, 하녀와 보이들이 이리저리 뛰고 있었다. 여주인이 복도에서 부산하게 그들을 지휘하고 있었다.

라빅은 계단을 올라갔다. 「웬일이오?」하고 그는 물었다.

여주인은 가슴이 풍만하고 힘이 세어보이는 여자였다.

짧고 검은 고수머리의 머리통이 지나치게 작아 보이기도 했다.

「스페인 분들이 가버렸어요.」하고 여주인은 재빠르게 말했다.

「알고 있소. 그런데 왜 이렇게 늦게 방들을 치우는 거요?」

「내일 아침에 필요해서요.」

「독일에서 또 새로 피난민이라도 오나요?」

「아뇨, 스페인 분들이에요.」

「스페인 사람?」라빅은 여주인이 하는 말에 이해가 가지 않아서 되물었다. 「그건 또 어째서? 막 떠난 참이 아니오?」

여주인은 빛나는 검은 눈으로 그를 쳐다보며, 이런 빤한 것을 모르느냐는 듯이 미소를 지었다. 「다른 사람들이 돌아오는 거예요.」

「다른 사람들이라니, 누구 말이오?」

「물론 반대파지요. 언제나 그런 걸요.」하고 약간 자랑스러운 듯이 말했다.

「손님들은 돌아오고 싶어하지요. 전에 들었던 방이 비기를 여태까지 기다리고 있었던 거죠.」

「여태까지 기다렸다니?」라빅은 이상하게 여겨 되물었다. 「누가 여태까지 기다렸단 말이오?」

「반대파 사람들이지요. 대개는 전에 여기 들었던 일이 있거든요. 몇몇 사람은 물론 그동안에 살해됐지만요. 하지만 다른 분들은 비아리츠나 생 장드뤼이에서 방이 비기를 기다리고 있었지요.」

「그럼 전에도 여기 있은 적이 있단 말이오?」

「아니, 라빅 씨!」여주인은 라빅이 이내 알아듣지 못하는 것을 보고 놀랐다. 「물론 프리모 데 리베라가 스페인의 독재자였던 때지요. 그때 그분들은 망명하지 않을 수 없어서 여기서 살고 있었지요. 그리고 스페인이 공화국이 되자 그분들은 돌아가고, 왕당파와 파시스트가 찾아왔지요. 이번에 이 사람들이 돌아갔으니까 공화주의자들이 다시 돌아오는 거예요. 말하자면 아직 살아남은 분들이 말이에요. 마치 회전 무대 같아요.」

「그렇군요. 설마 그러리라고는 생각 못했어.」

여주인은 어떤 방을 들여다보았다. 전 국왕인 알폰스의 채색한 초상화가 침대 위에 걸려 있었다. 「저것을 내려요, 잔느.」

계집아이는 그 초상화를 가지고 왔다. 「이리로, 이리 줘요.」여주인은 초상화를 오른쪽 벽에 세워놓고 저쪽으로 걸어갔다. 다음 방에는 프랑코 장군의 초상화가 걸려 있었다. 「이것도 다른 것과 함께 놔둬요.」

「그 스페인 친구들, **왜** 그림을 갖고 가지 않았을까?」

「망명객들은 돌아갈 때 좀처럼 그림 같은 것은 가지고 가지 않아요.」하고 여주인은 말했다. 「그림이야 외국에 있을 때 위안이 되는 거지요. 조국으로 돌아갈 때는 그런 것은 소용이 없지요. 게다가 액자는 끌고다니기에 불편하고, 유리는 깨지기 쉬우니까요. 그림은 대개 호텔에 두고 간답니다.」

여주인은 비대한 총통의 초상화를 두 폭, 알폰스의 것을 하나, 퀴에포 데라노의 작은 것을 하나 더 꺼내어 복도의 다른 액자와 함께 놓았다. 「성인들의 그림은 그대로 두어도 좋아.」야한 색채의 성모상을 보자 그녀는 그렇게 결단을 내렸다. 「성인들은 중립이니까.」

「늘 그렇다고는 할 수 없지요.」하고 라빅은 말했다.

「어려울 때는 믿게 되는 거예요. 저는 무신론자들이 여기서 기도드리는 것을 본 적도 있어요.」여주인은 정력이 넘쳐흐르는 듯한 몸짓으로 왼쪽 가슴팍을 매만졌다. 「물이 목까지 찼을 때는, 당신도 기도를 드렸겠지요?」

「물론이죠. 하지만 나는 무신론자는 아니오. 다만 그렇게 간단히 믿지 않을 뿐이지.」

보이가 계단을 올라왔다. 그는 그림을 한아름이나 안고, 복도를 걸어왔다.

「바꾸어 걸게요?」하고 라빅은 물었다.

「물론이지요. 호텔 영업을 하려면 여러 가지로 재치가 있어야 해요. 그래야만 좋은 평판을 받게 돼요. 우리 집 손님 같은 분들은 특히 그래요. 아뭏든 이런 일에 대해서는 몹시 예민한 분들이니까요. 자기들의 원수가 울긋불긋한 색으로, 혹은 금박 액자에 끼워져 거만하게 손님을 내려다보고 있는 방을 누가 좋아하겠어요? 그렇게는 안돼요. 안 그래요?」

「옳은 말씀이오.」

여주인은 보이를 돌아다보았다. 「그 그림은 여기에 놔라, 아돌프. 그렇게 말고 밝은 쪽을 향해서 차례로 벽에 세워라. 잘 보이도록.」

보이는 투덜대면서 허리를 구부리고 진열할 준비를 했다.

「이번엔 뭘 걸려고 하오?」라빅은 흥미가 동해 물었다. 「사슴이나 풍경, 또는 베수비오 화산 따위인가요?」

「부족하면 그렇게 해야죠. 하지만 우선은 전의 그림을 다시 걸어야겠어요.」

「전의 그림이라니요?」

「전에 걸렸던 것 말이에요. 그분들이 정권을 잡았을 때 팽개치고 간 것 말이에요. 이게 바로 그것이죠.」하고 그녀는 복도의 왼쪽 벽을 가리켰다.

보이는 방에서 떼어낸 그림들의 반대쪽에 새 그림들을 한 줄로 세웠다. 마르크스의 초상이 두 개, 레닌의 것이 세 개——그중의 하나는 반쯤 종이가 발려 있었다——트로츠키의 것이 하나, 그리고 작은 액자에 든 네그린과 스페인의 다른 공화파 지도자의 채색하지 않은 그림이 서너 개 있었다. 모두가 수수하고, 어느 것을 보아도 그것과 마주보고 오른쪽에 서있는 알폰스, 프리모, 프랑코의 것처럼 색채나 훈장 또는 문장으로 호화로운 것은 하나도 없었다. 상반되는 두 개의 세계관이, 전등불이 희미한 복도에 두 줄로 서서 묵묵히 서로 노려보고 있었다. 그리고 그 사이에 재치와 경험과 그 민족 특유의 아이러니칼한 예지를 가진 프랑스 인 여주인이 있었다.

「그분들이 떠났을 때, 이렇게 보관해 두었죠. 요즈음은 정권이 오래 계속되지 못하니까요. 제 생각이 옳았지요? 이번에는 이것이 소용에 닿게 되지요. 호텔 영업은, 앞을 내다보지 못하면 못해요.」

그리고 나서 그녀는 그림을 걸 장소를 지시하고 있었다. 트로츠키의 그림은 돌려보냈다. 트로츠키에 대해서는 분명하게 아는 바가 없었기 때문이다. 라빅은 반쯤 종이로 가려진 레닌의 판화를 살펴보았다. 레닌의 얼굴과 같은 높이의 종이를 약간 긁어서 떼어보니, 그 종이 밑에서 또 하나의 얼굴, 레닌에게 미소를 보내고 있는 트로츠키의 얼굴이 나타났다. 아마 스탈린주의자가 풀로 붙여놓았을 것이다.

「이것 좀 봐요.」하고 라빅이 말했다. 「여기 또 하나의 트로츠키가 숨어 있소. 우정과 동지애로 맺어진, 그리운 옛날 그림이오.」

여주인은 그 그림을 집어들었다. 「이건 내버려도 되겠군. 전혀 가치가 없어요. 반쪽이 다른 반쪽을 언제까지고 욕하고 있으니 말이에요.」그녀는 그것을 보이에게 넘겨주었다. 「액자는 그대로 보관해라, 아돌프. 질이 좋은 참나무니까.」

「남은 것은 어떻게 하죠?」하고 라빅은 물었다. 「알폰스와 프랑코는?」

「지하실로 가야죠. 언젠가 다시 필요하게 될 테니까요.」

「당신 집 지하실은 참 이상한 곳이겠구료. 그야말로 현대의 영묘라 할 수 있겠군. 거기 또 다른 그림도 있소?」

「물론 있죠. 러시아의 그림이 있어요. 그리고 값싼 레닌의 그림이 두서넛. 판지 액자로 된 거죠. 그리고 마지막 황제의 그림. 여기서 죽은 러시아 사람이 가지고 있던 거예요. 그중 하나는 육중한 금박 액자에 끼운 원화인데, 자살한 남자의 것이었죠. 그리고 이탈리아의 그림이 있죠. 가리발디가 둘, 왕의 그림이 셋, 무솔리니가 사회주의자로서 취리히에 있던 무렵의 신문에서 오려낸 것이 하나, 이것은 조금 상했지만요. 물론 이런 것은 흔하지가 않다는 것뿐이지, 전혀 가치가 없죠. 걸어놓고 싶어하는 사람이 없으니까요.」

「독일 것도 있소?」

「마르크스의 것이 두서너 개 더 있죠. 가장 흔한 거죠. 라살레가 하나, 베벨이 하나 그리고 에베르트, 샤이데만, 노스케……. 그외에 여럿이 함께 찍은 사진이 한 장 있는데, 노스케의 사진이 잉크로 지워져 있어요. 손님들 이야기로는 노스케는 나중에 나치가 되었다고 하더군요.」

「그렇소. 그건 사회주의자 무솔리니의 그림과 함께 걸면 되겠지. 독일의, 그 반대파 그림은 한 장도 없소?」

「아뇨! 힌덴부르크가 하나, 빌헬름 황제가 하나, 비스마르크가 하나.」그리고 여주인은 미소를 지었다. 「레인코트를 입은 히틀러의 그림도 한 장 있어요. 꽤 구색을 갖춘 셈이지요?」

「뭐라고요?」하고 라빅은 물었다. 「히틀러라고요? 어디서 입수했소?」

「동성애를 하던 남자에게서요. 그 사람은 1934년, 룀과 그밖의 사람들이 그곳에서 살해되었을 때 도망쳐왔어요. 겁이 많은 그는 기도만 드리고 있었어요. 그 후에 아르헨티나의 부자가 데리고 갔죠. 푸치라는 사람이었어요. 그 그림을 보시겠어요? 지하실에 있는데요.」

「지금은 그만두겠소. 호텔의 방이 모두 그런 그림으로 장식되었을 때 보기로 하죠.」

여주인은 잠시 날카로운 눈초리로 그를 쳐다보았다. 그러다가 「아,」하고 말했다. 「그러니까, 그 사람들이 망명객이 되어 왔을 때, 보자는 거군요?」

보리스 모로소프는 금실로 수놓은 제복을 입고 세라자드의 입구에 서있었다. 그리고 택시의 문을 열었다. 라빅이 차에서 내렸다. 모로소프는 빙긋 웃었다.

「오지 않을 줄 알았지.」

「사실 올 생각은 없었네.」

「겨우 데리고 왔어요, 보리스.」케이트 헤그슈트룀은 모로소프를 포옹했다. 「정말 기뻐요, 다시 당신 가게에 오게 되어서 말이에요!」

「당신은 러시아 사람의 넋을 가지고 있어요, 카차. 왜 보스턴 같은 데서 태어났을까! 자, 들어가세, 라빅.」모로소프는 문을 밀어젖혔다. 「인간이라는 것은, 생각은 위대하지만 실행하는 데는 약하단 말이야. 바로 그 점에 우리의 불행도 있고 매력도 있지만.」

세라자드는 코카서스의 천막처럼 장식되어 있었다. 보이들은 러시아 인으로, 붉은 체르케스 족의 제복을 입고 있었다. 오케스트라는 러시아와 루마니아의 집시차림의 악사들로 구성되어 있었다. 손님들은 벽 쪽 좌석 앞에 놓인 작은 테이블을 향해 앉아 있었다.

테이블에는 유리가 깔려 있었고, 그 밑에 조명 장치가 붙어 있었다. 방은 어둠침침하고, 상당히 붐비고 있었다.

「뭘 들겠소, 케이트?」라빅은 물었다.

「보드카, 그리고 집시들에게 음악을 청해 주세요. 그 군대 행진곡인 《비인의 숲》은 이제 지긋지긋해.」그녀는 신을 벗고 의자에 앉았다. 「자, 이젠 조금도 피곤하지 않아요, 라빅.」하고 그녀는 말했다. 「파리에 와서 두서너 시간밖에 안 됐는데도, 벌써 기분이 달라졌어요. 하지만 강제수용소에서 도망쳐나온 것 같은 기분이 아직은 있어요. 이런 기분을 아시겠어요?」

라빅은 그녀를 쳐다보았다. 「어느 정도는.」

체르케스 인 차림의 보이가 보드카의 작은 병과 잔을 가지고 왔다. 라빅은 잔에 따라서, 하나를 케이트 헤그슈트룀에게 주었다. 그녀는 매우 목이 마른 듯이 급하게 들이마시고 잔을 내려놓았다. 그리고 주위를 둘러보았다.

「먼지 낀 노점 같아요.」하고 그녀는 미소를 지었다.「그러나 밤이면, 피난과 꿈의 동굴이 되는군요.」

그녀는 몸을 뒤로 젖혔다. 테이블에 깔린 유리 밑에서 나온 부드러운 광선이 그녀의 얼굴을 환하게 비추었다.

「이유가 뭘까요, 라빅? 밤이 되면 모든 것이 아름답게 보여요. 어려운 일이라곤 하나도 없고, 무엇이든 할 수 있을 것 같은 기분이 들어요. 할 수 없는 것은 꿈이 보충해 주고. 왜 그럴까요?」

라빅은 미소를 지었다.「우리가 꿈을 가지는 건, 꿈이 없으면 진실을 견디어 낼 수 없기 때문이지.」

오케스트라가 악기를 조율하기 시작했다. 바이올린의 최고음과 급한 연속음의 진동소리가 들렸다.

「당신은 꿈으로 자신을 속이는 사람처럼 보이진 않는군요.」

「진실로 자신을 속일 수도 있죠. 그게 오히려 더 위험하지.」

오케스트라가 연주를 시작했다. 처음엔 심벌즈만이 소리를 냈다. 천으로 싼 부드러운 해머가 어스름한 속에서 낮고 들릴락말락하는 선율을 잡아내어, 그것을 갑자기 부드러운 글리산도로 높이 치던지고, 그리고 머뭇거리며 바이올린에게 넘겨준다.

집시가 댄스홀을 가로질러 두 사람이 있는 테이블로 천천히 다가왔다. 그리고 바이올린을 어깨에 대고 미소를 지으며 서있었다. 눈빛은 무례했고 표정은 탐욕스러울이만큼 멍청했다. 바이올린을 가지고 있지 않았더라면 아마 가축 상인처럼 보였을 것이다. 바이올린을 손에 드니, 대초원, 광막한 저녁 무렵, 지평선 그리고 결코 현실일 수 없는 온갖 것의 사자가 되어버린다.

케이트 헤그슈트룀은 그 선율을, 마치 4월의 샘물처럼 피부에 느꼈다. 문득 그녀는 온몸이 메아리처럼 되어버렸다. 그러나 누구도 그녀에게 소리치는 사람은 없다. 속삭이는 소리가 들렸다가도 사라져버린다. 아련한 기억의 실마리가 하늘거린다. 때때로 금실같이 번쩍거리지만, 이내 소용돌이치며 사라져버린다. 아무도 그녀를 부르는 사람은 없다. 누구 한 사람 불러 주는 사람이 없다.

집시는 허리를 굽혔다. 라빅은 테이블 밑으로 그의 손에 지폐 한 장을 쥐어 주었다.

케이트 헤그슈트룀은 몸을 좌우로 움직이며 말했다.「당신은 행복했던 적이 있었어요, 라빅?」

「여러 번 있었지.」

「아니, 그런 의미가 아네요. 숨이 막힐 정도로, 정신을 잃을 정도로 정말 행복했던 적이 있었느냐고 묻는 거예요.」

라빅은 자기 앞에 있는, 감동에 넘친 갸름한 얼굴을 들여다보았다. 그것은 행복의 단 하나의 의미, 모든 것 중에서 가장 변하기 쉬운 것, 즉 사랑밖에는 모르는 얼굴이었다. 「여러 번 있었어, 케이트.」하고 그는 말했다. 하지만 그 의미는 그녀와는 전혀 달랐다. 그리고 그것도 역시 참된 의미의 행복이 아니라는 것을 알고 있었다.

「당신은 제 말을 이해하려고 하지 않는군요. 아니면 그런 이야기는 하고 싶지 안든지. 지금 오케스트라에 맞춰서 노래하는 여자는 누구죠?」

「글쎄, 모르겠는데. 오랫동안 여길 오지 않았었거든.」

「여기선 그녀의 모습이 보이지 않아요. 집시와 함께 있진 않아요. 틀림없이 어느 테이블에서 노래하고 있는 모양이에요.」

「그렇다면 아마 손님이겠지. 여기선 그런 일이 흔히 있으니까.」

「참 묘한 목소리군요.」하고 케이트 헤그슈트룀은 말했다. 「슬프면서도 반항적인 데가 있어요.」

「노래가 원래 그런 거요.」

「아니면 내 심정이 그래서 그럴까. 무슨 노래를 부르는지 아세요?」

「야아 바스 루빌, 〈나는 지난 날 너를 사랑했었지〉하는 푸시킨의 시에 곡조를 붙인 거지.」

「러시아 말을 아세요?」

「모로소프에게 약간 배웠지. 대개는 욕지거리야. 러시아 말은 욕을 하기에는 희한한 말이거든.」

「당신은 자신에 대해서 이야기하는 걸 싫어하는군요?」

「자신의 일은 생각조차 하기 싫소.」

그녀는 잠시 그대로 앉아 있었다. 「저는 가끔 생각해요, 옛날은 이제 지나가 버렸다고요.」그녀는 말을 이었다. 「아무 걱정도 없는 한가로운 기분과 무엇을 잔뜩 기대하고 있는 기분…… 이런 것은 모두가 옛날이 되어버렸어요.」

라빅은 미소를 지었다. 「지나가버리진 않아요, 케이트. 인생이라는 것은, 우리가 숨을 그치기 전에 지나가버리기엔 너무나도 위대한 거요.」

그녀는 그의 말을 귀담아 듣고 있지 않았다. 「때때로 무서워질 때가 있어요.」하고 그녀는 말했다.

「문득 까닭도 없이 무서워져요. 여기서 나가면, 바깥 세상이 갑자기 무너져 있지 않을까 하는 따위의 공포예요. 당신도 그럴 때가 있나요?」

「누구나 그럴 때가 있어요, 케이트. 유럽적인 병이지, 20년 전부터 생긴.」그러자 그녀는 입을 다물었다.

「그런데 저건 이제 러시아의 노래가 아니군요.」이윽고 그녀는 이렇게 말하며 음악에 귀를 기울였다.

「이탈리아의 노래지. 산타루치아 룬타나야.」

스포트라이트가 바이올린 연주자에게서 오케스트라 곁의 테이블로 옮겨졌다. 이번엔 라빅에게도 노래하는 여자가 보였다. 그것은 조앙 마두였다. 그녀는 테이블에 한 팔을 괴고, 마치 주위에는 아무도 없고 자기 혼자 생각에 잠겨 있는 것처럼, 앞쪽을 바라보고 앉아 있었다. 흰 불빛을 받은 그 얼굴은 몹시 창백했으나, 그가 알고 있는 평범하고 윤기 없는 표정은 찾아볼 수가 없었다. 그것은 남의 마음을 설레게 하는, 시름에 잠긴 절망적인 아름다움이었다. 그는 언젠가 그와 같은 아름다운 표정을, 그것도 순간적으로 본 적이 있었음을 생각해냈다——그것은 그녀의 방에서 지낸 날 밤이었다——그러나 그때 그는 그것을 취중의 착각이라고만 생각했다. 그것은 그후 곧 흐려져서 사라지고 말았다. 그것이 지금, 완전히 되살아난 것이다. 그때보다도 더욱 뚜렷하게.

「무슨 일이에요, 라빅?」하고 케이트 헤그슈트룀이 물었다.

그는 고개를 저었다. 「아무것도 아니오. 저 노래를 알고 있을 뿐이지. 나폴리적인 슬픈 사랑의 노래야.」

「추억이 있나요?」

「아니, 내겐 추억 같은 건 없어.」뜻하지 않게 격한 말투가 되었다.

케이트 헤그슈트룀은 그를 빤히 바라보며 말했다. 「때때로 저는, 당신에게 무슨 일이 있었는지 몹시 알고 싶을 때가 있어요.」

라빅은 어처구니없다는 듯한 몸짓을 했다. 「다른 사람과 조금도 다를 게 없어요. 지금 세상은 할일 없는 모험가들로 가득차 있소. 누구의 경험담이든 그것을 알렉산드르 뒤마나 빅토르 위고에게 들려주면 틀림없이 센세이션을 일으키게 될 거요. 그런데 우리는 그런 이야기가 아직 시작되기도 전에 벌써 하품이 나온단 말이야. 자, 케이트, 보드카를 한잔 더 하지. 오늘날의 최대의 모험은, 단순하고 조용한 생활이오.」

오케스트라는 재즈의 블루스를 연주하기 시작했다. 댄스 음악은 별로 신통치 못했다. 몇몇 손님들이 춤을 추기 시작했다. 조앙 마두는 일어서서 출입구 쪽으로 걸어갔다. 그녀는 마치 텅빈 방안을 혼자 걷는 것 같았다. 라빅은 문득 모로소프가 그녀에 대해서 하던 말이 생각났다. 마두는 라빅의 테이블 바로 곁을 지나갔다. 그는 여인이 자기를 보았다고 생각했다. 그러나 여인의 눈길은 곧 그를 넘어서 앞쪽으로 무관심하게 미끄러져 갔고 여인은 방에서 나가버렸다.

「저 여자를 아세요, 라빅?」그를 지켜보고 있던 케이트 헤그슈트룀이 물었다.

「아니, 몰라.」

8

「보이나, 베베르?」라빅이 물었다. 「자, 여기도……, 여기도…….」

베베르는 클램프로 젖혀놓은 절개구 위에 몸을 굽혔다. 「아, 보이는군.」

「이 작은 혹……. 여기도, 여기도 있군. 이건 유종(乳腫)도 유착(癒着)도 아니야.」

「응, 아니군.」

라빅은 몸을 똑바로 일으켰다. 「이건 암이야.」하고 그는 말했다. 「분명히 암이야! 의심할 여지가 없어. 이렇게 답답한 수술은 몇 년째 한 적이 없어. 스펙큘럼으로 보아도 아무것도 보이지 않고, 골반 검사도 한쪽이 조금 무르고 약간 부었을 뿐이야. 낭종이나 근종이 있을지도 모르지만, 대수롭진 않을 거라고 생각했어. 밑으로부터는 일을 할 수 없어서 절개를 했는데, 절개해 보니 이 꼴이야.」

베베르는 그를 쳐다보았다. 「그럼 어떻게 하지?」

「빙결체를 만들어야지. 현미경 검사의 결과를 확인해야지. 보아송은 아직 연구실에 있을까?」

「아마 있을 거야.」

베베르는 간호원에게 연구실에 전화를 걸라고 일렀다. 소리가 나지 않는 고무 장화를 신은 간호원이 급히 나갔다.

「좀더 절개해 봐야겠어. 자궁 절개를 하세.」하고 라빅은 말했다. 「다른 건 해봐야 소용 없어. 딱한 건 환자가 아무것도 모르고 있다는 거야. 맥은 어떤가?」하고 그는 마취 담당 간호원에게 물었다.

「정상, 90.」

「혈압은?」

「120이에요.」

「됐어.」라빅은 수술대 위에, 머리를 낮추고 트렌텔렌부르크 자세로 누워 있는 케이트 헤그슈트룀의 육체를 바라보았다. 「미리 알렸어야 했어. 승낙을 받아놓아야 했어. 그렇게 마구 여기저기 절개할 수는 없지. 어떨까?」

「법률상으론 안되지. 하지만 이미 시작을 해버리지 않았나?」

「어쩔 수가 없었지. 밑으로 긁어낼 수는 없었으니까. 그런데 이건 그것과는 다른 수술이거든. 자궁을 잘라내는 것은 긁어내는 것과는 달라.」

「이 여자가 자네를 믿고 있다고 생각해, 라빅.」

「글쎄, 그럴지도 모르지. 하지만 승낙할는지 어떨지…….」그는 흰 가운 위에 걸친 고무치마를 팔꿈치로 매만졌다. 「아뭏든 좀더 조사를 해보지. 자궁 절개 여부는 그 다음에 정하고, 메스, 으제니.」

그는 배꼽 아래까지 절개하고, 작은 혈관은 클램프로 죄고 큰 혈관은 이중매듭을 지어서 막아놓았다. 그리고 다른 메스로 황색 근막을 절단하고, 그 아래 붙은 근육을 메스의 등으로 눌러서 떼어놓고, 복막을 끄집어올려 젖힌 다음 클램프로 졸라놓았다.

「다음엔 견인기!」

조수인 간호원은 이미 견인기를 손에 들고 기다리고 있었다.

그녀는 추가 달린 사슬을 케이트 헤그슈트룀의 양쪽 다리 사이에 던져넣고서 블라젠플라테를 후크로 잠갔다.

「가제!」

그는 축축히 젖은, 따뜻한 가제를 밀어넣고, 복장을 헤치고 조심스럽게 집게를 댔다. 그리고 홀끗 위쪽을 쳐다보았다. 「자, 여기를 좀 보게, 베베르. 자, 여기도. 이렇게 넓게 인대가 되어 있어. 이렇게 두껍고 딱딱한 덩어리가 되어 있어. 코헤르 집게로도 집을 수가 없어. 너무 퍼졌어.」

베베르는 라빅이 가리키는 곳을 응시하고 있었다.

「이걸 보게.」하고 라빅은 말했다. 「이렇게 되면, 동맥을 클램프로 죌 수도 없어. 터지고 말지. 여기도 벌써 퍼져 있군. 희망이 없어……..」

그는 조심스럽게 한 조각을 도려냈다. 「보아송은 연구실에 있나?」

「네.」하고 간호원은 대답했다. 「전화를 해뒀읍니다. 기다리고 계십니다.」

「됐어. 이것을 보아송에게 보내 주시오. 결과를 기다리기로 하지. 10분 이상은 걸리지 않겠지?」

「전화를 걸라고 해요.」베베르가 말했다. 「곧 말이야. 수술을 중지하고 기다리고 있으니까.」

라빅은 몸을 일으켰다. 「맥박은?」

「95！」

「혈압은？」

「115！」

「좋아, 베베르. 승낙 없이 수술을 하느냐 마느냐를 결정할 필요조차 없을 것 같아. 이 이상 어떻게 할 도리가 없어.」

베베르는 고개를 끄덕였다.

「봉합하지.」하고 라빅은 말했다. 「태아만 꺼내면 그만이야. 봉합해 버리고, 아무 말 안하면 되는 거야.」

그는 잠시 선 채로, 흰 시트 밑에 벌어져 있는 육채를 바라보고 있었다. 휘황한 불빛을 받고 있는 시트는 더욱 희어, 마치 갓 내린 눈처럼 보였다. 그 밑에 붉은 상처가 입을 쩍 벌리고 있었다. 서른 넷, 다감하고, 화사하며, 갈색으로 그을린 살려는 의지에 가득차 있는 케이트 헤그슈트룀……. 그녀는 그녀의 조직을 파괴해 온, 이 안개와 같은, 눈에 보이지 않는 손에 사로잡혀 죽음의 선고를 받은 것이다.

라빅은 다시 허리를 굽혔다. 「아직도 해야 할 일이 남아 있어…….」

어린애, 무너져가는 이 육체 속에서, 암중모색을 하는 생명이 아직도 맹목적으로 성장하고 있는 것이다.

그리고 모체와 더불어 죽음의 선고를 받고 있는 것이다. 아직은 먹고 빨고 탐욕스러운, 성장하려는 충동에 지나지 않는다. 언젠가는 정원에서 뛰어놀고 싶어하고, 무엇이 되고 싶어할 것이다. 기술자가, 목사가, 군인이, 살인자가, 하나의 인간이 되고 싶어하는 것. 살아서, 고민하고, 행복해지고 그리고 허물어져 버리고 싶어하는 그런 것이다──기구는 조심스럽게 눈에 보이지 않는 벽을 따라 미끄러져 간다──저항을 느낀다, 조심스럽게 그것을 부수어서 끄집어 낸다──그것으로 끝이 난다. 무의식의 투쟁은 끝났다. 끝내 살아보지 못한 호흡, 환희, 비탄, 생장, 생성은 끝났다. 이제는 죽어서 창백해진 한 조각의 살덩이와, 약간의 흐르는 피에 불과한 것이다.

「보아송으로부터는 아직 보고가 안 왔나？」

「아직 없읍니다. 곧 올 겁니다.」

「아직 2, 3분은 기다릴 수 있어.」라빅은 뒤로 물러섰다. 「맥박은？」

그는 낮은 간막이 저쪽에 있는 케이트 헤그슈트룀의 눈을 보았다. 그녀는 그를 쳐다보았다. 빤히 응시하는 것이 아니고, 모든 것을 다 알고서, 그냥 그를 쳐다보고 있는 듯이. 눈을 떴구나 하는 생각이 언뜻 그의 머리를 스친다. 그래서 그는 한 발 앞으로 내딛다가 멈추어섰다. 그런 일은 있을 수 없어！ 도대체 나는 무슨 생각을 하고 있는가? 우연이다. 불빛 때문이다. 마취 상태로 동공이 빛에 반사운동을 한 것이다.

「맥박은 어떤가?」

「100. 혈압, 112. 내렸읍니다.」

「시간이 없어.」하고 라빅은 말했다.「보아송은 벌써 끝냈을 텐데.」

아래층에서 통화하는 소리가 나직하게 들렸다. 베베르는 입구 쪽을 바라보았다. 라빅은 눈을 들지 않았다.

문 열리는 소리가 났다. 간호원이 들어왔다.「역시 그렇군.」하고 베베르가 말했다.「암이야.」

라빅은 고개를 끄덕이고, 다시 일을 시작했다. 그는 집게를 풀고, 클립을 치웠다. 견인기를 풀고, 가제를 치웠다. 그 옆에서 으제니가 기계적으로 기구의 수효를 세고 있었다.

그는 꿰매기 시작했다. 재치 있게, 순서대로, 정확하게, 온 정신을 집중하고. 아무런 집념도 없다. 무덤은 닫혀진다. 피부는 마지막 맨 위의 표피까지 맞꿰매졌다.

그는 클립을 풀고서 몸을 일으켰다.「끝났어.」

으제니는 발로 크랭크를 돌려서 수술대를 수평으로 해놓고, 환자 위에 시트를 덮어씌웠다. 세라자드, 하고 라빅은 생각했다. 그저께였다. 멘보세의 야회복, 당신은 행복했던 적이 있었어요? 자주, 전 무서워요, 뻔한 수술이지, 집시가 음악을 연주하고 있다……. 그는 문 위에 걸린 괘종시계를 보았다. 열 두 시, 정오다. 밖에서는 사무실이나 공장의 문이 열리고, 건강한 사람들이 물밀듯이 쏟아져나온다. 점심때다.

두 명의 간호원이 수평으로 된 수레를 수술실에서 밀고 나간다. 라빅은 고무장갑을 벗고 세면실로 가서 손을 씻기 시작한다.

「자네 담배가,」하고 그와 나란히 서서, 다른 세면대에서 씻고 있던 베베르가 말했다.「입술을 태우겠어.」

「알았어, 고맙네. 그런데 누가 얘기를 하지, 베베르?」

「자네가 해야지.」베베르는 잘라 말했다.

「왜 절개 수술을 해야 했는가를 설명해 주어야 돼. 밑으로부터 할 수 있다고 생각하니까 말이야. 하지만 사실을 이야기할 수는 없지 않나?」

「무슨 좋은 생각이 나올 거야.」하고 베베르는 자신있게 말했다.

「그럴까?」

「물론이지. 오늘밤까지는 시간이 있어.」

「그럼, 자네는?」

「내 말은 믿지도 않을 거야. 자네가 수술한 걸 알고 있으니까, 자네에게서 듣고 싶어할걸. 내가 말했다가는 의심만 살 거야.」

「그래, 알았어.」

「어떻게 그렇게 짧은 시간에 진전이 되었는지 알 수가 없군.」

「그럴 수가 있지. 뭐라고 하면 좋을지, 알고 싶은데?」

「무슨 좋은 생각이 떠오를 거야, 라빅. 낭종이라든가 아니면 근종이라든가.」

「그래.」하고 라빅은 말했다.「낭종이라든가, 아니면 근종이라고 말하지..」

밤에 그는 다시 한번 병원에 가보았다. 케이트 헤그슈트룀은 자고 있었다. 그녀는 저녁녘에 깨어나서 토했다. 한 시간쯤 진정하지 못했으나, 이윽고 다시 잠이 들었다는 것이다.

「뭘 묻던가?」

「아뇨.」하고 볼이 발그스름한 간호원이 말했다.

「아직 마취가 덜 깨서, 아무것도 묻지 않으셨어요.」

「아마 아침까진 자게 될 거야. 만약 잠이 깨서 묻거든, 모든 일이 잘 되었다고 말해야 해. 좀더 자야 하니까. 필요하면 무엇이든 약을 주도록 하고. 만약 안정을 못하거든 닥터 베베르나 나를 부르도록. 내가 가는 곳은 호텔에 일러두겠어.」

라빅은 가까스로 다시 도망쳐나온 사람처럼 거리에 서있었다. 믿고 있는 얼굴을 보고 거짓말을 하지 않으면 안된다. 그때까지 아직 몇 시간이 남아 있다.

갑자기 밤이 훈훈하고 빛나는 듯한 느낌이 들었다.

생명의 회색 부스럼 딱지를, 비둘기처럼 날아올라간 선사받은 두세 시간이 자비롭게 덮어 준다. 그것도 역시 거짓이다. 거저 얻은 선물이 아니다. 약간 연기되었을 뿐이다. 하지만 그렇지 않은 것이 있단 말인가? 모든 것은 연기, 자비로운 연기가 아닐까? 멀고도 먼, 그러나 가차없이 다가오는, 검은 문을 감추는, 다채롭고도 아름다운 깃발이 아닐까?

그는 어떤 술집으로 들어가서, 창가의 대리석 테이블에 자리를 잡았다. 방안은 담배 연기가 자욱하게 들어차 있었고, 몹시 시끄러웠다. 보이가 왔다.「뒤보네하고, 식민지 담배 한 갑.」

그는 담뱃갑을 열고, 검은 담배를 한 대 꺼내 불을 붙였다. 옆 테이블에서 서너 명의 프랑스 사람들이 정부의 부패와 뮌헨 협정을 논하고 있었다. 라빅은 그것을 반쯤밖에 듣고 있지 않았다. 전 세계가 우둔하게도 새로운 전쟁 속으로 뛰어들고 있다는 것을 누구나 알고 있다. 그러나 아무도 저지시키려는 사람은 없다──연기, 일 년간의 연기──정신을 가다듬고 일어나서 싸운다 해도, 그저 그럴 뿐이다. 여기서도 또 연기.

그는 뒤보네 잔을 비웠다. 아페리티프의 달콤하고 아련한 향기가 입속에 퍼져서, 김이 빠진 불쾌한 맛이 났다. 왜 또 이런 걸 주문했을까? 그는 손짓으로 보이를 불렀다. 「고급으로 하나 주게.」

그는 유리창 너머로 밖을 내다보며 잡념을 털어버렸다. 어떻게 할 수도 없다고 해서 미쳐서는 안된다. 그는 이 교훈을 배웠던 때의 일을 생각했다. 일생을 살면서 배운, 위대한 교훈의 하나다.

1916년 8월, 이페른 근처였다. 중대는 그 전날 일선에서 돌아왔던 것이다. 그것은 그들이 전선으로 배치된 후에 처음으로 배속된 평온한 참호였다. 아무일도 없었다. 그래서 그들은 따뜻한 8월의 햇볕을 쬐면서 작은 모닥불 가에 드러누워서, 밭에서 주워온 감자를 굽고 있었다.

그것이 1분 후에는 흔적도 없이 사라지고 말았다. 갑자기 포격이 시작된 것이다. 포탄이 모닥불 한가운데에 떨어졌다. 이윽고 정신을 차리고 보니, 자신은 무사하고 작은 상처 하나 없었으나 전우가 둘 죽어 있었다. 그리고 저쪽에는 친구인 파울 메스만, 걸음마를 시작했을 때부터의 친구이며, 함께 놀고, 함께 학교에 다녔던, 끊을래야 끊을 수 없는 친구인 메스만이, 배가 찢긴 채 쓰러져 있었다. 창자가 쏟아져나오고 있었다.

그들은 그를 천막천으로 만든 들것에 실어, 가장 가까운 길인 밀밭의 비탈을 올라가서, 야전 병원으로 운반해 갔다. 네 귀퉁이를 한 사람씩 들고 갔다. 메스만은 흙빛 천막천의 들것에 누워 있었다. 두손으로 희고 기름진, 피투성이가 된 창자를 누르고, 입은 헤벌린 채, 눈은 멍하니 아무것도 보지 못했다.

그는 두 시간 후에 죽었다. 그중 한 시간은 고래고래 소리를 질렀다.

자기들이 돌아왔을 때의 일이 생각난다. 맥이 풀려 정신 나간 사람처럼 막사 안에 앉아 있었다. 그런 광경을 본 것은 그때가 처음이었다. 그때 마침, 고향에서는 구두 수선을 하던 분대장 카친스키가 왔다. 「함께 가세.」 하고 카친스키가 말했다. 「오늘은 바이에른 주보에 맥주와 브랜디가 있어. 소시지도 있지.」

라빅은 그를 물끄러미 쳐다보았다. 그토록 무딘 신경을 이해할 수가 없었다.

카친스키는 잠시 동안 그를 쳐다보고 있더니, 이렇게 말했다. 「넌 오늘 나하고 함께 가야 돼. 두들겨패서라도 데리고 가겠어. 오늘 너는 먹고, 마시고, 그리고 계집을 찾아가야 돼.」

그는 대답하지 않았다.

카친스키는 그의 옆에 와서 앉았다. 「네 기분은 알아. 네가 지금 나를 어떻게 생각하고 있는지도 알아. 하지만 나는 여기 온 지 2년이 되었지만, 넌 2주일밖에 안되었어. 잘 들어보게! 도대체 메스만을 위해서 더이상 무엇을 해줄 수 있단 말인가? 할 수가 없지. 그 녀석을 살려낼 가능성이 조금이라도 있다면, 우리가 무슨 짓이라도 하리라는 것을 너도 알고 있지?」

그는 얼굴을 들었다. 그렇지, 그것은 알고 있지. 카친스키라면 그렇다는 것을 알고 있지.

「하지만 그 녀석은 죽어버렸어. 이젠 어쩔 수 없게 되었어. 그러나 우리는 이틀 후면 여기를 떠나서 일선으로 가야 한단 말이야. 이번 전선은 그렇게 평온한 데가 못된단 말이야. 지금 여기 앉아서 메스만의 일만 생각하고 있으면, 완전히 기가 죽고 말 거야. 신경이 파괴된단 말이다. 신경과민이 되고 만다니까. 그 결과로 일선에 나가서 다시 포격을 받게 되면 민첩하게 움직일 수 없게 돼. 그렇게 되면 바로 메스만을 운반해 왔듯이, 이번엔 너를 운반해야 하지. 대체 그것이 누구를 위하는 일이 된단 말인가? 메스만? 아니지. 다른 누구를 위한 것이 될까? 그것도 아니지. 너만 쓰러지는 거야. 그뿐이야. 이젠 알아듣겠나?」

「알았어. 하지만 나는 못하겠어.」

「안 될 게 뭐야! 다른 놈들은 다 했어. 네가 처음 당하는 건 아니란 말이야.」

그날 밤부터 나아졌다. 그는 카친스키와 함께 가서 최초의 교훈을 배웠다. 가능할 때는 해주어라. 그때는 무슨 짓이든 해주어라. 그러나 어쩔 수 없게 되었을 때는 잊어버려라! 그리고 돌아서는 거야! 기운을 내야 해. 동정이라는 건 평온무사한 시대의 것이다. 생명이 왔다갔다 하는 판에 할 짓은 아니다. 죽은 자는 묻어버리고, 그리고 삶을 만끽하라! 삶은 틀림없이 다시 쓸데가 있을 것이다. 죽음을 슬퍼하는 것과 사실과는 별개다. 사실을 보고, 그것을 받아들였다고 해서, 죽음을 슬퍼하는 정이 적다는 것은 아니다. 그렇게라도 하지 않으면, 도저히 살아남을 수가 없는 것이다.

라빅은 코냑을 마셨다. 옆 테이블의 프랑스 사람들은 아직도 정부에 대한 이야기를 하고 있었다. 프랑스가 실패했다는 것을, 영국에 대한 이야기를, 이탈리아에 관한 것을, 쳄벌린에 대한 것을. 말, 말. 단 하나 행동하고 있는 것은 상대편뿐이다. 상대편이 이쪽보다 더 강한 것은 아니지만, 결단을 내리고 있다는 점이 다를 뿐이다. 그들은 이쪽보다 용감하지는 않지만, 이쪽이 싸우지 않으리라는 것을 내다보고 있는 것이다. 연기하겠지만, 연기해서 어쩌자는 건가? 그동안에 무장을 한다는 건가? 상실한 시간을 보충하자는 건가? 다시 한번 분기하자는 건가? 상대편이 계속 무장을 증강하는 것을 지켜보고 있을 뿐이다. 그리고 기다리고 있다. 새로운 연기에 희망을 걸고서, 아무것도 하지 않고 기다리고 있다. 해마(海馬)들의 이야기. 수백 마리의 해마가 해변에 우글거리고 있었다. 사냥꾼이 그속에 뛰어들어와서, 몽둥이로 하나하나 때려잡는다. 단결하면 그런 사냥꾼 하나쯤 문제없이 밟아죽일 수가 있다. 그러나 그들은 드러누워 빈둥거리며, 사냥꾼이 와서 죽이는 것을 보면서도 꼼짝도 하지 않는다. 사냥꾼은 옆에 있는 놈을 죽이고 있을 뿐이다. 한 마리씩. 유럽 해마의 이야기다. 문명의 일몰(日沒). 피곤하고 형체가 없는 신(神)들의 황혼. 속이 텅 빈 인권의 기치. 대륙의 투매(投賣). 닥쳐오는 노아의 홍수. 최후 가격을 흥정하는 문답. 분화구 위에서의 여전한 탄식의 무도. 많은 국민들은 다시금 서서히 도살장으로 끌려가고 있다. 양이 제물로 바쳐져도 벼룩은 살아남는 것이다. 언제나 그러했던 것처럼……

라빅은 담배를 비벼 껐다. 그리고 주위를 둘러보았다. 도대체 어떻게 됐다는 건가? 밤은, 전에는 비둘기, 순한 회색 비둘기 같지 않았던가? 죽은 자는 묻어버리고, 삶을 만끽하라. 세월은 짧다. 견디어낼 따름이다. 어느 땐가는 다시 필요할 때가 올 것이다.

그때를 위하여 건강을 유지하고, 만반의 준비를 갖추어놓아야 할 것이다. 그는 보이를 불러 계산을 했다.

그가 들어갔을 때, 세라자드는 몹시 어두웠다. 집시들이 음악을 연주하고 있었다. 스포트라이트의 불빛이 오케스트라 옆의, 조앙 마두가 앉아 있는 테이블을 비추고 있을 뿐이었다.

라빅은 문을 들어서서 그 자리에 서있었다. 보이 하나가 다가와서 테이블을 고쳐놓아 주었다. 그러나 라빅은 우뚝 선 채 조앙 마두를 바라보고 있었다.

「보드카를 드릴까요?」 하고 보이가 물었다.

「그래, 한 병 가져와.」

라빅은 자리에 앉았다. 그리고 보드카를 잔에 따라서 급히 마셨다. 밖에서 생각하던 여러 가지 잡념을 털어버리고 싶었다. 과거의 찌푸린 얼굴과 죽음의 찌푸린 얼굴……. 포탄에 찢어진 배와 암이 좀먹은 배. 그는 자기가, 이틀 전에 케이트 헤그슈트룀과 함께 앉았던 바로 그 테이블에 앉아 있다는 것을 알았다.

옆 테이블이 마침 비었다. 그러나 그쪽으로 옮기지는 않았다. 여기에 앉아 있건 옆자리에 앉아 있건 마찬가지다. 그것이 케이트 헤그슈트룀을 살려낼 수는 없다. 언젠가 베베르가 말했었지. 수술이 절망적이라고 해서, 그렇게 당황할 필요는 없지, 할 수 있는 데까지 하고는 집으로 돌아가면 되는 거지. 그러지 않고 어쩌겠나……. 그렇지, 어쩔 것인가? 조앙 마두의 목소리가 오케스트라에 섞여 들려온다. 케이트 헤그슈트룀이 말한 대로다. 사람의 마음을 뒤흔드는 목소리다. 그는 손을 내밀어, 맑은 브랜디가 들어 있는 병을 집어들었다. 무력한 손아귀 속에서 빛이 바래고, 인생이 회색으로 변한다. 그 순간, 신비로운 썰물, 호흡과 호흡 사이의 소리없는 정지, 서서히 마음을 씹는 시간의 어금니, 산타루치아 룬타나를 오케스트라에 맞추어 저 목소리가 노래하고 있다. 그 목소리는 마치 바다를 건너, 이름모를 꽃이 만발한, 잊어버린 먼 해변에서 들려오듯이 그의 귀에 들려왔다.

「저애, 어떻습니까?」

「누구 말인가?」라빅은 일어섰다. 지배인이 옆에 서있었다. 그는 조앙 마두를 몸짓으로 가리키고 있었다.

「좋군, 아주 좋아.」

「센세이션이라고까지는 할 수 없지만, 다른 쇼의 막간에는 충분히 쓸 수 있읍니다.」

지배인은 미끄러지듯 가버렸다. 잠시 동안 그의 턱수염이 흰 불빛을 받아 시커멓게 보였다. 이윽고 그는 어둠 속으로 사라져버렸다.

스포트라이트의 불빛이 꺼졌다. 오케스트라는 탱고를 연주하기 시작했다. 테이블의 유리 바닥에 다시 불이 들어오고, 그 위에 손님들의 얼굴이 어렴풋이 떠올랐다. 조앙 마두는 일어서서 테이블 사이를 누비며 걸었다. 여러 쌍의 남녀가 댄스홀로 몰리고 있기 때문에 그녀는 몇 번이고 걸음을 멈추지 않을 수 없었다. 라빅은 그녀를 보았다. 그녀도 그를 보았다. 그녀의 얼굴엔 조금도 놀란 빛이 없었다. 그녀는 그가 있는 곳으로 곧장 걸어왔다. 그는 일어나서 테이블을 옆으로 밀었다. 보이가 와서 도우려고 했다.

「괜찮아.」하고 그는 말했다.「내가 하겠네. 잔만 하나 더 갖다주면 돼.」

그는 테이블을 제자리로 다시 돌리고, 보이가 가지고 온 잔에 보드카를 따랐다. 「이건 보드카요. 당신이 보드카를 마실는지 모르지만.」

「마시죠. 전에도 함께 마신 일이 있잖아요. 벨 오로르에서.」

「참, 그랬었지.」

우리는 여기도 함께 온 일이 있었지, 하고 라빅은 생각했다. 먼 옛날에, 아니, 3주 전이다. 그때 너는 마치 불행과 패배의 덩어리처럼 레인코트 속에 웅크리고, 그 어렴풋한 어둠 속에 앉아 있었지. 그런데 지금은.

「살뤼트.」하고 그는 말했다.

여인의 얼굴에 언뜻 빛이 스치고 지나갔다. 웃은 것이 아니고, 다만 그 얼굴이 약간 밝아졌을 뿐이었다.

「그 소리 참 오랜만에 듣겠군요.」하고 여인은 말했다. 「살뤼트.」

그는 술잔을 비우고 여인을 바라보았다. 높은 이마, 양미간이 넓은 두 눈, 입 ……. 전에는 인상이 흐릿하고 서로 연관성 없이 흩어져 있던 것이 지금은 하나로 연결되어, 밝고 신비스러운 얼굴――밝은 것이 그대로 비밀이기도 한 얼굴――을 형성하고 있었다. 그것은 아무것도 감추지도 않을뿐더러, 또한 아무것도 나타내지도 않는다. 아무것도 약속하지 않으면서, 오히려 그때문에 모든 것을 약속한다. 이상하다, 전에는 몰랐었는데, 하고 그는 생각했다. 그러나 그때는 아마 곤혹으로 가득차 있었을 것이다.

「담배 가진 것 있으세요?」하고 조앙 마두는 물었다.

「알제리밖에 없소. 그 독한 흑담배 말이오.」

라빅은 보이를 부르려고 했다.

「괜찮아요.」하고 조앙 마두는 말했다. 「전에 한번 주신 일이 있어요. 퐁 드 랄마에서요.」

「그랬었지.」

그렇기도 하고, 그렇지 않기도 하다고 그는 생각했다. 그때는 창백하고, 쫓기는 사람이었지. 지금의 네가 아니지. 우리들 사이에는 그밖에도 여러 가지 일이 있었지.

라빅은 눈을 들었다. 그리고 여인을 보았다. 이마에 가벼운 열기가 돌았다.

그는 여인이 그렇게 말하는 기분을 알 수 있었다. 그러나 여인이 그렇게 말해주어서 마음이 가벼워졌다.

여인은 자기의 말이 상대방에게 어떤 기분을 주는가에 대해서는 전혀 신경을 쓰지 않는 것 같았다. 이 초라한 술집에, 꼭 자기 혼자 있는 것처럼 앉아 있다. 갓도 씌우지 않은 벌거숭이 전등불은 무자비했다. 그 빛 아래서는, 두서넛 떨어진 저쪽 테이블에 앉아 있는 두 명의 창녀가 마치 이 여인의 할머니처럼 보였다.

그러나 여인은 아무렇지도 않았다. 아까 나이트 클럽의 어스름 속에 있었던 것은, 여기서도 없어지지 않고 남아 있었다. 한마디도 묻지 않고, 그대로 거기 앉아서 기다리고만 있다. 차갑고 맑은 얼굴, 공허한 얼굴, 어떠한 표정의 바람에도 이내 변하는 얼굴이라고 그는 생각했다. 무슨 꿈이든 불어넣을 수가 있다. 양탄자와 그림이 장식되기를 기다리고 있는, 아름다운 빈집과도 같다. 그녀에겐 온갖 가능성이 있다. 궁정이 될 수도 있고, 매음굴이 될 수도 있다. 무엇이 되느냐 하는 것은 그것을 이루는 사람에게 달려 있다. 이것에 비한다면, 이미 잔뜩 채워져서 하나의 레테르가 붙여진 것은 얼마나 한정된 것으로 보이겠는가

…….

그는 여인의 잔이 비어 있는 것을 보았다. 「굉장하군요! 칼바도스 더블이었는데. 한 잔 더 하겠소?」

「네, 하겠어요. 시간이 있으시다면.」

어째서 또 나에게 시간이 있느냐고 묻는지 모르겠다고 그는 생각했다. 그러자 요전에 자기가 케이트 헤그슈트룀과 함께 있는 것을 이 여인이 보았다는 사실이 머리에 떠올랐다. 그는 눈을 들었다. 그러나 여인의 얼굴에는 어떤 표정도 나타나 있지 않았다.

「시간은 있소. 내일 아침 아홉 시에 수술을 해야 하지만, 그 일이 전부일뿐이오.」

「이렇게 밤샘을 하고도 수술을 하실 수 있나요?」

「할 수 있지요. 밤을 새워도 상관 없어요. 습관이니까. 그리고 날마다 수술을 하는 건 아니니까.」

보이는 두 사람의 잔에 다시 가득 따랐다. 그는 병과 함께 담배를 한 갑 가지고 와서 테이블에 놓았다. 로랑 초록이었다.

「전번에도 이것을 주문하셨지요?」 하고 그는 득의만면하여 라빅에게 물었다.

「잘 모르겠는데. 자네가 나보다도 잘 알고 있군. 자네를 믿겠네.」

「맞아요.」 하고 조앙 마두가 말했다. 「로랑 초록이었어요.」

「그것 보세요. 부인께서 더 기억력이 좋으십니다, 손님.」

「그건 아직 모르지. 아뭏든 담배는 피우기로 하지.」

라빅은 담뱃갑을 열어서 여인에게 내밀었다. 「아직 그 호텔에 살고 있소?」

「네, 좀더 큰 방으로 옮겼을 뿐이에요.」

택시 운전사들이 한 패 몰려들어왔다. 그리고 옆 테이블에 앉아서 큰 소리로 이야기를 시작했다.

「나갈까요?」

여인은 고개를 끄덕였다. 그는 보이를 불러서 계산을 했다.

「정말 세라자드로 돌아가지 않아도 되오?」

「네, 괜찮아요.」

그는 여인의 외투를 집어 주었다. 그러나 여인은 그것을 입지 않고, 그냥 어깨에 걸치기만 했다. 그것은 값싼 담비 코트였다. 모조품 같았다. 그러나 여인이 입으면 싸구려로는 보이지 않았다. 자신을 가지고 입지 않는 것만이 값싸게 보이는 것이라고 라빅은 생각했다. 그러고 보니, 언젠가 아주 값싸게 보이는 왕

관표 검은색 족제비 코트를 본 적이 있었다.

「그럼 호텔까지 바래다 드리죠.」문 밖에 나서서, 내리는 듯 마는 듯한 보슬비 속에 섰을 때 라빅은 말했다.

여인은 천천히 그에게로 몸을 돌렸다.「우리, 당신 계신 데로 가는 게 아닌가요?」

여인의 얼굴은 그의 얼굴 바로 밑에 있었다. 반쯤 젖혀져서 그를 향하고 있었다. 입구의 정면에 달린 전등빛이 그 얼굴을 환히 비추고 있었다. 작은 빗방울이 여인의 머리에서 반짝이고 있었다.

「그럼 그렇게 합시다.」

택시 한 대가 다가와서 멎었다. 운전사는 잠시 기다리고 있었다. 그러다가 혀를 차고는, 소리내어 기아를 넣고서 가버렸다.

「전 줄곧 당신을 기다리고 있었어요. 아세요?」

「아니.」

여인의 눈이 가로등의 불빛을 받아 반짝거렸다. 그 눈은, 깊숙이 들여다보아도 그 바닥이 보이지 않을 것 같았다.

「나는 당신을 오늘 처음 만났소.」하고 그는 말했다.

「전에 만난 건 당신이 아니었어.」

「네, 그랬어요.」

「지나간 일은 모두가 없는 거야.」

「그래요. 전 잊어버렸어요.」

그는 여인의 가벼운 숨결을 느꼈다. 눈에 보이지 않는 숨결은 그를 향해 떨고 있었다. 부드럽고, 조금도 무게가 없는, 언제라도 응하는, 완전히 믿고 있는 숨결. 이상한 밤의 이상한 생명. 갑자기 피가 끓어오르는 것을 느꼈다. 잇달아 끓어오르는 피. 이미 단순한 피만은 아니다. 생명이다. 천 번이나 저주하고, 기쁨으로 맞이하던 생명, 몇 번이고 되찾은 생명. 한 시간 전만해도 여전히 메마르고, 지난 날로만 가득찼던, 아무런 위안도 없는, 풀 한 포기 없는 불모의 황야. 그것이 지금 다시, 마치 무수한 샘에서 솟구치듯 쏟아져나와 다시는 믿지 않으려던 저 불가사의한 순간을 연상케 한다. 자신은 다시 최초의 인간으로 돌아가서 바닷가에 서있다. 물결 사이에서 하얗게 빛나면서 물음과 대답이 하나가 되어 나타나고, 피는 한없이 끓어올라 눈에서 폭풍우가 일어난다……

「저를 붙잡아 주세요.」하고 조앙은 말했다.

그는 여인의 얼굴을 내려다보며 한쪽 팔로 여인을 껴안았다. 배가 항구에 들어와서 닻을 내리듯이, 여인의 어깨는 그에게 바짝 다가붙었다.

「붙잡아 주어야만 하오?」하고 그는 물었다.

「네.」여인의 두손이 그의 가슴에 찰싹 붙는다.

「내가 붙잡아 주지.」

「네.」

또 다른 택시 한 대가 와서 보도에 바싹 대며 끼익 소리를 내고 멈추었다. 운전사는 아무런 감정도 보이지 않고 두 사람 쪽을 건너다보았다. 그의 어깨 위에는 털조끼를 입은 강아지가 앉아 있었다.「택시!」하고 그는 긴 아마색 수염 밑에서 목쉰 소리로 외쳤다.

「봐요.」하고 라빅은 말했다.「저 친구는 아무것도 모르고 있어. 무엇이 우리의 마음을 스치고 갔는지를. 우리를 보고는 있지만, 우리가 변했다는 것을 모르고 있지. 세상이 미쳤다는 증거지. 당신이 천사로 변하건 바보로 변하건 범죄자로 변하건, 아무도 알아보는 사람은 없어. 그런데 당신 옷의 단추가 하나 떨어져 있으면 다들 안단 말이야.」

「미친 게 아녜요. 그것으로 됐어요. 우리를 가만히 놓아두니까요.」

라빅은 여인을 쳐다보았다. 우리를? 하고 그는 생각했다. 참으로 놀라운 말이다! 세상에 이렇게도 야릇한 말이 또 있을까.

「택시?」하고 운전사는 끈질기게, 그리고 더 큰 목소리로 외치고는 담배에 불을 붙였다.

「자, 갑시다.」하고 라빅은 말했다.「아무래도 피할 수가 없겠어. 저 친구, 장사의 요령을 알고 있어.」

「타고 싶지 않아요. 걸어가요.」

「비가 오기 시작했어.」

「비가 아니에요. 안개예요. 택시는 타고 싶지 않아요. 당신하고 걷고 싶어요.」

「좋아. 하지만 지금 여기서 무슨 일이 있었는가를 저 친구에게 알려주고 싶은데.」

라빅은 운전사에게 가서 이야기를 주고받았다. 운전사는 더없이 상냥한 미소를 짓고는, 이런 때 프랑스 사람만이 할 수 있는 몸짓으로 조앙에게 인사를 보내고, 차를 몰고 가버렸다.

「어떤 방법으로 이해시켰지요?」여인은 라빅이 돌아오자 물었다.

「돈이지. 가장 간단한 방법이야. 밤에 일하는 사람은 모두가 빈정대기를 잘하는데, 저 친구도 그렇더군. 곧 알아듣던데. 다정하고, 그러면서도 호인다운 경멸감을 약간 섞어서 말이야.」

여인은 살짝 웃었다. 그는 여인의 어깨에 팔을 감았다. 여인은 그에게 기대왔다. 그는 자기의 내부에서 무엇인지 활짝 열려서, 훈훈하고 부드럽게 크게 퍼져나가는 것 같은 느낌이 들었다. 그리고 그것이 무수한 손으로 자기를 밑으로 끌어내리는 것 같았다. 둘이서 나란히, 밤이라는 좁다란 발판 위에서 몸의 균형을 잡으며, 우스울이만큼 꼿꼿하게 서있다는 것이 갑자기 참을 수가 없게 되었다. 그런 것은 다 잊고 그대로 쓰러져서 피부의 흐느낌, 두뇌도 물음도 고뇌도 의혹도 아직 아무것도 없었고, 오직 어두운 피의 행복밖에 없었던 천 년 전 옛날의 부르는 소리에 몸을 완전히 내맡기지 못하고…….

「자, 갑시다.」하고 그는 말했다.

두 사람은 보슬비가 내리는, 사람의 그림자 하나 없는 회색의 거리를 걸어갔다. 거리의 끝까지 이르자, 두 사람 앞에 다시 광장이 끝없이 퍼져나갔다. 흐르는 은빛 실 속에서, 육중한 회색의 개선문이 공중에 높이 떠있었다.

9

라빅은 호텔로 돌아왔다. 아침에 그가 호텔을 나올 때 조앙 마두는 잠들어 있었다. 한 시간이면 돌아올 줄 알았는데, 벌써 세 시간이나 늦어 있었다.

「아니, 선생님!」하고 누가 삼 층으로 올라가는 계단 중간에서 말했다.

라빅은 그 사람 쪽을 보았다. 창백한 얼굴, 부스스한 검은 머리, 안경. 낯선 사람이었다.

「알바레스입니다.」하고 그는 말했다. 「하이메 알바레스입니다. 기억 못하시겠읍니까?」

라빅은 고개를 저었다.

그 남자는 허리를 구부리고 바지를 걷어올렸다. 기다란 흉터가 정강이에서 무릎까지 나있었다.

「이래도 생각이 안 나십니까?」

「내가 그 수술을 했던가?」

사나이는 고개를 끄덕였다. 「일선 근처의 부엌 식탁에서 했지요. 아랑훼스 근처의 임시 야전 병원 말이에요. 편도밭 가운데 있는 작은 흰 별장 말입니다. 이젠 아시겠어요?」

갑자기 라빅은 편도꽃의 짙은 향기를 느꼈다. 달콤하고 썩은 듯한 그 향기는, 마치 어두운 계단을 올라온 것처럼 더욱 달콤하고, 더욱 썩은 듯한 피의 냄새와 완전히 뒤섞여서 코를 찔렀다.

「그래, 이제야 생각이 나는군.」하고 라빅은 말했다.

부상자들은 달빛이 환한 테라스에 줄을 지어 나란히 누워 있었다. 독일과 이탈리아의 비행기 몇 대가 한 짓이었다. 폭탄의 파편에 찢긴 어린애, 여자, 농부, 얼굴이 없는 아이, 가슴팍까지 찢어진 아이 밴 여자, 한쪽 손에서 떨어져나온 다섯 손가락들을 다른 한쪽 손으로 걱정스럽게 쥐고 있는 노인, 아마 그 노인은 손가락을 다시 꿰맬 수 있다고 생각한 모양이었다. 온 누리에 촉촉한 밤의 냄새가 들어차고, 맑은 이슬이 내리고 있었다.

「다리는 제대로 나았나?」하고 라빅은 물었다.

「그럭저럭. 완전히 구부릴 수는 없지만요.」사나이는 미소를 지었다.「그러나 피레네 산맥을 넘기에는 충분했어요. 곤잘레스는 죽었고요.」

라빅은 곤잘레스가 누구였는지 기억이 나지 않았다. 그대신 그때 자기의 조수일을 보던 젊은 학생이 생각났다.「막놀로는 어떻게 되었는지 모르나?」

「감옥에 끌려갔다가 총살당했지요.」

「그리고 세르나는? 여단장 말이야.」

「죽었어요. 마드리드 못미처서.」사나이는 다시 미소를 지었다. 그것은 아무런 감동도 없는 반사적으로 떠오르는 마비된 자동적인 미소였다.「무라와 라 페나는 포로가 되어 총살당했죠.」

라빅은 무라와 라 페나가 누구였는지 생각이 나지 않았다. 그는 6개월 후에 전선이 무너져서 야전 병원이 해체될 때 스페인을 떠났던 것이다.

「카르네로, 오르타, 그리고 골트쉬타인은 강제수용소에 들어가 있지요.」하고 알바레스는 말했다.「프랑스의 강제수용소지요. 블라츠키도 무사해요. 국경을 넘어서 숨었지요.」

골트쉬타인만은 생각이 났다. 당시에 워낙 많은 얼굴을 대했기 때문에 일일이 기억할 수가 없었다.

「자넨 지금 이 호텔에 묵고 있나?」하고 라빅은 물었다.

「네, 우리는 그저께 이리로 이사했읍니다. 저깁니다.」사나이는 삼 층의 방들을 가리켰다.「국경의 수용소에 오랫동안 갇혀 있었어요. 간신히 석방되었읍니다. 아직 돈이 남아 있었거든요.」그는 다시 미소를 지었다.

「침대, 제대로 된 침대. 훌륭한 호텔입니다. 벽엔 우리 지도자의 그림까지 걸려 있고요.」

「그럴 거야.」하고 라빅은 비꼬지 않고 말했다. 「그쪽에서 혼이 난 끝이니까, 아마 기분이 좋을 거야.」

그는 알바레스와 헤어져서 자기 방으로 갔다.

방은 말끔히 청소된 채 비어 있었다. 조앙 마두는 가고 없었다. 그는 방을 둘러보았다. 그녀는 아무것도 남겨놓지 않았다. 그도 무엇을 남겨놓고 가리라고는 생각하지 않았다.

그는 벨을 눌렀다. 잠시 후에 하녀가 왔다.

「여자분은 가셨읍니다.」하고 묻기도 전에 하녀는 말했다.

「그건 알고 있어요. 대체 여기 누가 있다는 것을 어떻게 알았지?」

「아이, 라빅 선생님도.」하고 하녀는 말끝을 맺지 못한 채 마치 심한 모욕이라도 당한 듯이 입을 다물었다.

「아침은 먹고 갔나?」

「아뇨, 저는 보지 못했어요. 보았다면 드렸을 텐데. 그런 건 진작부터 알고 있어요.」

라빅은 하녀를 쳐다보았다. 마지막 말이 기분에 거슬렸다. 호주머니에서 몇 프랑 꺼내어 하녀의 앞치마 호주머니에 질러넣어 주었다. 「좋아요. 다음에도 그렇게 해야 돼. 내가 분명히 부탁했을 때만 아침을 가져오도록 해. 그리고 방에 아무도 없다는 것을 분명히 알기 전에는 청소를 하러 오지 말아요.」

하녀는 알았다는 듯이 미소를 지었다.

「네, 알았읍니다. 라빅 선생님.」

그는 하녀의 뒷모습을 못마땅한 눈초리로 바라보았다. 하녀가 무엇을 생각하고 있는지 알 수 있었다. 조앙은 남편이 있는 여자라, 남의 눈에 띄는 것을 꺼린다고 생각하고 있는 것이다. 옛날 같으면 이런 것은 웃고 넘겼을 것이다. 그러나 지금은 몹시 거슬렸다. 그는 어깨를 으쓱하고 창가로 갔다. 호텔은 호텔이다. 어쩔 수 없다.

그는 창문을 열었다. 집들을 덮고 있는 한낮의 하늘은 흐려 있었다. 처마끝에서 참새들이 지저귀고 있었다. 바로 아래 이 층에서는 싸우고 있는 두 목소리가 들려왔다. 골트베르크 부부가 틀림없다. 남편은 아내보다도 스무 살이나 나이가 많다. 브레슬라우의 곡물 도매상이다. 아내는 망명객인 비젠호프와 관계를 하고 있다. 계집은 아무도 모르는 줄로 알고 있지만, 모르는 것은 남편뿐이다.

라빅은 창문을 닫았다. 그는 오늘 아침에 담낭 수술을 했다. 뒤랑 대신으로, 이름모를 담낭을 말이다. 그를 대신해서, 알지도 못하는 사나이의 배를 일부분

절개한 것이다. 보수는 200프랑. 그런 후에 케이트 헤그슈트룀을 보러 갔다. 그녀는 열이 있었다. 고열이었다. 그는 한 시간 동안 그녀와 함께 있었다. 그녀는 잠을 제대로 자지 못하는 것 같았다. 별로 걱정할 만한 일은 아니었지만, 그래도 열이 없는 편이 나았다.

그는 창 너머로 멍하니 밖을 내다보았다. 일이 끝난 후의, 이상하게 공허한 감정. 아무런 의미도 없어져버린 침대. 영양의 껍질을 물어뜯는 재칼처럼, 무침하게 찢어발긴 하루. 마치 마술과도 같이 어둠 속에서 생겨난 밤의 숲. 그것이 지금은 다시 시간의 사막에 아른거리는 신기루처럼 끝이 먼 것이 되고 말았다.

그는 돌아섰다. 테이블 위에는 뤼시엔느 마르티네의 주소를 적은 쪽지가 놓여 있었다. 얼마 전에 퇴원하였던 것이다. 퇴원할 때까지 애를 많이 먹였다. 그는 이틀 전에 가보았다. 다시 가볼 필요는 없었지만, 별로 할일도 없어서 가보기로 했다.

집은 클라벨에 있었다. 아래층은 푸줏간이었다. 억세게 생긴 여자가 큰 칼을 휘두르며 고기를 팔고 있었다. 그녀는 지금 상중이었다. 2주 전에 남편이 죽었던 것이다. 지금은 조수 하나를 데리고 가게를 맡아 하고 있었다. 라빅은 지나치면서 그녀를 보았다. 어디 방문이라도 가는 모양이었다. 길게 늘어진 검은 베일이 달린 모자를 쓴 채, 애교를 피우며 단골손님에게 돼지다리를 베어 주고 있었다. 베일이 쪼개 놓은 돼지의 동체 위에서 하늘거렸다. 그녀는 번쩍거리는 칼을 선뜻 아래로 내리쳤다.

「한 번만 치면 되지요.」하고 과부는 만족스러운 듯 말하며, 돼지고기를 저울 위로 휙 던져올렸다.

뤼시엔느는 맨 위층의 작은 방에 살고 있었다. 혼자가 아니었다. 스물 다섯쯤 된 젊은이가 의자에 앉아 있었다. 젊은이는 사이클 선수용 모자를 쓰고, 손으로만 담배를 피우고 있었다. 말을 할 때마다 담배가 윗입술에 들러붙었다. 라빅이 들어가도 그는 앉은 채 일어나지도 않았다.

뤼시엔느는 침대에 누워 있다가 당황하여서 얼굴을 붉혔다. 「아니, 선생님……. 오늘 오실 줄은 몰랐어요.」

그녀는 젊은이 쪽을 보았다. 「이 사람이…….」

「누구든 상관 없잖아.」하고 젊은이는 그녀의 말을 거칠게 가로막았다. 「남의 이름을 함부로 부를 필요는 없잖아.」그는 몸을 뒤로 젖혔다. 「그러니까 당신이 의사 선생이군요?」

「좀 어때, 뤼시엔느?」젊은이는 거들떠보지도 않고 라빅이 물었다. 「자리에 누워 있으니, 철이 들었군.」

「일어나려면 벌써 일어날 수 있었지.」하고 젊은이가 말했다.「이젠 아픈 데도 없는 것 같은데. 일을 하지 않으면 돈만 들 뿐이지.」

라빅은 돌아서서 그를 쳐다보았다.「자넨 잠깐 나가 있게.」

「뭐라고?」

「나가라니까, 문 밖으로. 뤼시엔느를 진찰해야겠어.」

젊은이는 웃음을 터뜨렸다.「내가 여기 있어도 상관 없지 않소? 우린 그렇게 점잖은 사람이 아니란 말이오. 그런데 진찰은 왜 하는 거요? 당신은 엊그제 다녀가지 않았소? 과외로 왕진료가 붙는단 말이지, 그렇지요?」

「이것 봐.」하고 라빅은 침착하게 말했다.「자네는 돈을 낼 것같이 보이지도 않는데? 그리고 돈이 들고 안 들고는 별문제야. 자, 썩 나가란 말이야.」

젊은이는 히죽 웃으며, 양쪽 다리를 편하게 쭉 뻗었다. 그는 끝이 뾰족한 에나멜 구두에다 자주빛 양말을 신고 있었다.

「보보, 제발.」하고 뤼시엔느가 말했다.「잠깐 동안이야.」

보보는 그녀의 말은 들은 척도 하지 않고 라빅을 노려보았다.「당신이 이리로 와주어서 천만다행이오. 바로 대답을 들려줄 수 있으니까 말이야. 당신은 입원이다 수술이다 뭐다 하고 우리 돈을 긁어낼 수 있다고 생각하는지 모르지만, 그렇게는 안될걸! 우리가 이애를 입원시켜 달라고 부탁한 적은 없어. 더구나 수술이란 말도 안되지. 그러니까 돈 이야기라면 하나마나요. 배상금을 요구하지 않는 것만도 다행으로 알란 말이야. 강제 수술이지 뭐야.」하고 그는 더러운 이빨을 드러냈다.「어때, 놀랐지? 이 보보는 다 알고 있단 말이야. 그렇게 간단하게 넘어가진 않을걸.」

젊은이는 몹시 만족한 표정을 지었다. 멋있게 해냈다고 생각하는 모양이었다. 뤼시엔느의 얼굴은 새파랗게 질렸다. 그녀는 걱정스러운 듯이 보보에게서 라빅에게로 눈을 돌렸다.

「어때, 알았어?」하고 보보는 신바람이 나서 말했다.

「이 사람인가?」하고 라빅은 뤼시엔느에게 물었다.

뤼시엔느는 대답이 없었다.「이 사람이군.」하고 그는 보보를 훑어보았다.

비쩍 마른 키다리였다. 인조견 목도리를 말라빠진 목에다 두르고 있었다. 후골이 오르락내리락하고 있었다. 축 늘어진 어깨, 무섭게 긴 코, 쪽 빠진 턱……. 책에 나오는 변두리의 뚜장이 그대로였다.

「그게 어쨌다는 거야?」보보는 대들듯이 소리쳤다.

「나가라고 몇 번이나 말했잖아. 진찰을 해야 한다니까.」

「빌어먹을!」

라빅은 천천히 그에게로 다가갔다. 보보는 벌써 준비가 되어 있었다. 젊은이는 벌떡 일어나서, 뒤로 물러섰다. 어느 틈엔가 1미터쯤 되는 노끈을 쥐고 있었다. 그것으로 어쩌자는 것인지 라빅은 잘 알고 있었다. 라빅이 가까이 오면 훌쩍 옆으로 비켜서 재빨리 뒤로 돈 다음, 노끈을 목에다 걸고 뒤에서 목을 조르자는 것이다. 상대가 그런 수를 모르거나 주먹으로 대든다면 계산대로 될 것이다.

「보보!」뤼시엔느가 소리를 질렀다.「보보, 제발 그만둬요!」

「이 코흘리개 녀석아!」하고 라빅은 말했다.「그런 노끈 수작은 낡았어. 좀 더 나은 수를 모르는 모양이지?」

보보는 일순간 얼떨떨했다. 눈 깜짝할 사이에 라빅은 두손으로 그의 재킷을 어깨에서 밑으로 끌어내려 팔을 들 수 없게 해버렸다.

「이런 수가 있는 줄은 몰랐겠지?」하고 그는 재빨리 문을 열고 어리둥절하여 덤비지도 못하고 있는 젊은이를 난폭하게 밖으로 밀어냈다.「이런 짓을 좋아하거든 군인이나 될 것이지. 이 덜떨어진 건달 녀석! 하지만 어른은 건드리지 말란 말이야.」

그는 안에서 문을 잠가버렸다.「자, 뤼시엔느.」하고 그는 말했다.「어디 봅시다.」

그녀는 떨고 있었다.

「진정해, 진정하라니까. 다 끝났어.」그는 다 해진 솜이불을 걷어서 의자 위에 놓았다. 그러고는 초록색 담요를 들어올렸다.「파자마 아냐? 왜 이런 걸 입고 있지? 몹시 불편할 텐데. 아직은 몸을 너무 움직이면 안돼.」

그녀는 잠시 말이 없었다. 그러다가「바로 오늘 입었어요.」하고 말했다.

「잠옷은 가진 게 없나? 병원에서 두 벌쯤 보내 줄 수 있는데.」

「아녜요, 그런 게 아녜요. 이걸 입은 것은, 저…….」

그녀는 문 쪽을 보고는 목소리를 낮추어 말했다.「저 사람이 올 줄 알고 있어서 그랬어요. 전 이제 다 나았다는 거예요. 더 기다려 주지 않을 거예요.」

「뭐라고? 그렇다면 애석하게 됐는데.」하고 라빅은 못마땅한 듯 문 쪽을 바라보았다.「기다리게 해야 돼!」

뤼시엔느는 빈혈증의 여자가 흔히 그렇듯이, 새하얀 피부를 갖고 있었다. 엷은 표피 밑에 정맥이 파랗게 드러나 보였다. 고운 몸매에 골격은 가늘고 날씬했다.

그렇다고 살이 빠진 데는 한 곳도 없었다. 거의 빠짐없이, 이런 여자들은 말로가 어떻게 된다는 것을 알고 있으면서도, 왜 자연은 일부러 이렇게도 아름답게 만들어놓았는지 이상하게 생각하지 않을 수 없다. 이런 여자들은 그릇되고 건전치 못한 생활을 하여 과로 끝에 어느덧 그 아름다운 몸매를 잃고 마는 것이다.

「일 주일은 더 자리에 누워 있어야 해, 뤼시엔느. 일어나서 방안을 걸어다니는 것쯤은 상관 없지만, 그래도 조심해야 돼. 물건을 들어올린다든가 해서는 안돼. 그리고 며칠 동안은 계단을 오르내리면 안돼. 누가 봐줄 사람은 있나, 저 보보 말고?」

「집주인 아주머니가 있어요. 하지만 벌써부터 투덜대고 있는걸요.」

「그밖엔?」

「없어요. 전에는 마리가 있었지만, 죽었어요.」

라빅은 방안을 둘러보았다. 아무것도 없었지만 정갈했다. 창가에는 후크시아 꽃이 몇 송이 꽂혀 있었다.

「그럼 보보는,」하고 그는 물었다. 「만사가 다 끝난 후에야 다시 슬금슬금 나타난단 말이지……?」

뤼시엔느는 대답하지 않았다.

「어째서 쫓아버리지 않지?」

「그렇게 나쁜 사람은 아녜요, 선생님. 그저 사나운 것뿐이에요…….」

라빅은 그녀를 보았다. 사랑이다. 이것도 역시 사랑인 것이다. 기적. 그것은 현실이라는 회색 하늘에 꿈의 무지개로 다리를 놓을 뿐만 아니라 거름 더미 위에도 낭만적인 빛을 쏟는 것이다. 기적이기도 하고, 미친 듯한 조롱이기도 하다. 갑자기 그는 자신이 간접적인 공범자가 된 것 같은 묘한 기분이 들었다. 「괜찮겠지, 뤼시엔느. 걱정할 건 없어. 우선 건강해져야 돼.」

그녀는 마음이 놓이는 듯 고개를 끄덕였다. 「그리고 그 돈 말인데요.」하고 그녀는 망설이다가 느닷없이 말했다. 「아까 그건 괜한 소리예요. 그 사람은 입으로만 그렇게 말했을 뿐이에요. 제가 모두 지불하겠어요. 모두요. 월부로요. 언제부터 다시 일할 수 있겠어요?」

「만약 어리석은 짓을 하지 않는다면, 2주쯤 지나면 될 거야. 그리고 보보하고 무슨 짓을 해서는 안돼! 절대로 하면 안돼, 뤼시엔느! 그렇지 않으면 죽게돼. 알겠어?」

「네.」그녀는 확신 없는 목소리로 대답했다.

라빅은 가냘픈 그녀의 몸에 담요를 덮어 주었다. 그녀는 울고 있었다.

「좀더 빨리 나을 수는 없을까요?」하고 그녀는 말했다. 「앉아서도 일을 할 수가 있어요. 전 아무래도……」

「그렇게 될 수 있을지도 모르지. 두고 보기로 하지. 몸을 조심하느냐, 안하느냐에 달려 있어. 뤼시엔느, 낙태 수술을 한 그 산파의 이름을 가르쳐 줘.」

그녀의 눈에 거절하고 싶은 눈치가 보였다.

「경찰에 고발하지는 않을 테니까.」하고 그는 말했다. 「절대로 그러진 않을 거야. 다만 산파에게 준 돈을 되찾자는 것뿐이야. 그러면 뤼시엔느도 좀더 조리를 할 수 있지. 얼마나 되지?」

「300프랑. 도로 찾다니, 그렇게는 안될 거예요.」

「한번 해보는 거지. 이름은 뭐고, 어디에 살고 있지? 뤼시엔느, 그 산파에게 다시는 볼일이 없을 거야. 뤼시엔느는 이제 어린애를 낳을 수 없으니까 말이야. 그러니 그 산파는 아가씨를 어떻게 할 수가 없지.」

그녀는 망설였다. 그러다가「저 서랍 속에 있어요.」하고 말했다. 「오른쪽 서랍에요.」

「여기 있는, 이 쪽지 말인가?」

「네.」

「좋아. 2, 3일 중에 가보기로 하지. 걱정할 것은 없어.」라빅은 외투를 입었다. 「왜 그래? 왜 일어나려고 하지?」

「보보! 선생님은 보보를 모르세요.」

그는 빙긋 웃었다. 「난 그 친구보다 더 질이 나쁜 녀석을 알고 있어. 그대로 누워 있어요. 그 정도라면 걱정할 것은 없어. 그럼 안녕, 뤼시엔느. 곧 다시 오겠어.」

라빅은 자물쇠와 손잡이를 동시에 돌려서, 문을 홱 열었다. 복도에는 아무도 없었다. 아마 그럴 거라고 그는 생각하고 있었다. 보보와 같은 타입을 그는 잘 알고 있었다.

아래층 푸줏간에는, 이번에는 조수가 나와 있었다. 그는 누런 얼굴을 하고 있었다. 주인 마누라와 같은 정열은 조금도 없는 것 같은 사내였다. 그는 시들한 모습으로 고기를 썰고 있었다. 주인이 죽은 후로 유난히 수척해졌다.

주인 마누라와 결혼할 수 있는 희망은 거의 없었다.

건너편에 있는 술집으로 들어가니 솔 만드는 직공이 큰 소리로 그렇게 단언하고, 또 그렇게 되기 전에 그 마누라는 그자도 무덤으로 보내고 말 것이라고 말하고 있었다. 그리고 그 조수는 벌써 무척 수척해지고 그 반면 과부는 무섭게 젊어졌다고도 말했다. 라빅은 카시스를 마시고 계산을 했다. 보보가 와있을지도 모른다고 생각했지만, 그는 거기에 없었다.

조앙 마두는 세라자드에서 나와 라빅이 기다리고 있는 택시의 문을 열었다.
「자, 여기서 도망해요. 당신 집으로 가요.」

「무슨 일이 있었나?」

「아뇨. 아무일도 없었어요. 그저 이런 나이트 클럽이 싫어졌을 뿐이에요.」

「잠깐만 기다려.」라빅은 입구에 서있는 꽃장수 여인을 손짓으로 불렀다.

「아주머니, 아주머니가 가지고 있는 장미를 모조리 주시오. 얼마죠? 하지만 바가지를 씌우면 안돼요.」

「60프랑만 내세요. 선생님이시니까요. 류머티즘의 처방을 써주신 적이 있거든요.」

「그래, 효험이 있었소?」

「아뇨. 밤비를 맞으며 서있는데 효험이 있겠어요?」

「아주머니같이 사리 밝은 환자는 처음 보겠소.」

그는 장미꽃을 받아들었다. 「자, 이게 오늘 아침 당신을 혼자 눈뜨게 한 사과의 표시요.」 하고 그는 꽃을 택시의 바닥에 놓았다. 「어디 가서 조금 마실까?」

「싫어요. 당신 방으로 가고 싶어요. 꽃은 여기 시트 위에다 놓아요. 바닥에 그냥 놓지 말고요.」

「아니, 꽃은 바닥에 놓는 게 좋아. 꽃을 사랑할지어다, 그러나 지나치게 소중히는 다루지 말지어다.」

「그럼 사랑하는 것을 너무 애지중지해서는 안된다는 말인가요?」여인이 물었다.

「그게 아니야. 아름다운 것을 극화시키면 안된다는 거지. 그리고 이 순간에는 우리들 사이에 꽃 같은 것은 없는 편이 나아요.」

조앙은 한동안 의심스러운 듯이 그를 쳐다보았다.

이윽고 그녀의 얼굴이 환하게 밝아졌다. 「오늘 제가 무엇을 했는지 아세요? 전 오늘 살아났어요. 다시 한번 숨을 쉴 수가 있었어요. 전 태어났어요. 다시 한번 태어났어요. 처음으로. 다시 손이 생겼어요. 그리고 눈이, 입이.」

비좁은 길에서 복작대고 있는 많은 자동차 사이를 간신히 빠져나온 운전사는 갑자기 기세좋게 달리기 시작했다. 그 여세를 받아 조앙은 라빅 쪽으로 쓰러졌다. 그는 잠깐 동안 그녀를 두 팔로 안고 있었다. 절절하게 여자를 느낄 수 있었다. 마치 훈훈한 바람이 욕정을 돋구고 있는 것 같았다.

여인이 그 바람을 일으켜서, 오늘 하루의 껍질을 녹여버리는 것 같았다. 그러면서도 그의 마음은 이상하게도 냉정하여 그것에 말려들지 않으려 했다.

여인은 옆에 앉아서, 자신의 감정과 자기 자신에 취한 듯 지껄이고 있었다.

「하루 종일. 마치 어느 곳이나 모두가 샘이 된 듯 콸콸 흘러내려서 제 목에도 가슴에도 튕겨오는 거예요. 마치 저를 파랗게 싹트게 하여, 잎이 나고, 꽃을 피우게 하려는 듯이 저를 꼭 붙잡고 놓지를 않아요. 그리고 지금 저는 이렇게 여기 있고, 또 당신도…….」

라빅은 여인을 쳐다보았다. 여인은 때가 낀 가죽 시트에 구부리고 앉아 있었다. 검은 야회복에서 비어져나온 어깨가 빛났다. 그녀는 거리낌도 주저하는 빛도 없이, 조금도 부끄러워하지 않고 자신의 느낌을 그대로 말했다. 그녀에 비하면, 자신은 참으로 빈약하고 메말라 있다는 생각이 들었다.

오늘 나는 수술을 했다. 나는 너를 잊어버리고 있었다. 나는 뤼시엔느의 방에 가 있었다. 나는 과거를 생각하고 있었지. 너를 빼놓고서. 그런데 저녁이 되자, 무엇인가 훈훈한 것이 서서히 찾아들었던 것이다. 나는 너와 함께 있지 않았다. 케이트 헤그슈트룀을 생각하고 있었던 것이다.

「조앙.」하며 그는 좌석 위에 놓인 여인의 손 위에 자신의 두손을 얹었다. 「우린 지금 곧장 내 방으로 갈 수가 없어. 먼저 병원으로 가야 돼. 한 2, 3분이면 돼.」

「당신이 수술한 여자를 보러 가야 하나요?」

「오늘 아침에 수술한 사람이 아니야. 다른 사람이야. 어디서 좀 기다려 주겠어?」

「지금 곧 가야 해요?」

「그러는 게 낫지. 나중에 불려나가는 건 더욱 싫으니까.」

「당신 방에서 기다리겠어요. 당신 호텔로 돌아서 갈 시간이 있을까요?」

「있지.」

「그럼 그리로 가요. 당신은 나중에 오시면 돼요. 기다리고 있겠어요.」

「됐어.」

라빅은 운전사에게 자기 주소를 일러주었다. 그러고는 뒤로 기대 앉았다. 좌석 끝에 목이 닿는 것을 느꼈다. 손은 조앙의 손에 그대로 얹고 있었다.

여인이 자기가 무슨 말을 하기를 기다리고 있는 듯한 생각이 들었다. 자기와 여인에 대한 것을. 그러나 아무말도 할 수가 없었다. 여인이 벌써 다 말해버린 것이다. 그렇게 대단한 일도 아닌데, 하고 그는 생각했다.

차가 멈추었다.

「그대로 가세요.」하고 조앙은 말했다. 「무서울 것 없어요. 열쇠만 주세요.」

「열쇠는 호텔에 있어.」

「그럼 달라고 하지요. 그런 것도 배워둬야죠.」

그녀는 바닥에서 꽃을 집어들었다. 「제가 잠자고 있는 사이에 가버리고, 뜻하지 않은 시각에 느닷없이 나타나는 사람하고 같이 지내려면 여러 가지를 배워야겠어요. 지금 당장 시작해야지요.」

「나도 함께 가겠어. 무엇이든 도가 넘치면 못써. 이렇게 금방 당신을 혼자 있게 하다니, 정말 안됐는데.」

여인은 웃었다. 아주 젊게 보였다.

「잠깐 기다려 주시오.」하고 라빅은 운전사에게 말했다.

운전사는 한쪽 눈을 지그시 감아 보였다. 「천천히 하십쇼.」

「열쇠를 이리 주세요.」조앙은 계단을 올라가며 말했다.

「왜?」

「이리 주세요.」

여인은 문을 열었다. 그리고 멈추어섰다. 「참 멋있어요.」하고 그녀는 어두운 방을 들여다보며 말했다. 희미한 달빛이 방안으로 비쳐들어오고 있었다.

「멋있다고? 이렇게 굴 속 같은 곳이?」

「네, 아주 멋져요. 모두가 다 멋있어요.」

「지금은 그럴지도 모르지, 어두우니까. 하지만……」라빅은 스위치로 손을 내밀었다.

「그냥 두세요. 제가 하겠어요. 자, 이젠 가세요. 하지만 내일 정오쯤에나 겨우 돌아오시면 싫어요.」

여인은 어두운 문간에 서있었다. 창문으로 비쳐드는 은빛이, 뒤에서 여인의 어깨와 머리를 비추고 있었다. 여인은 선정적이며 신비로운 분위기에 싸여 있었다. 외투가 미끄러져 여인의 발밑에, 덩어리진 검은 거품처럼 깔려 있었다. 여인의 한쪽 팔이 복도 저쪽에서 비쳐오는 한 줄기의 빛을 붙잡고 있었다.

「다녀오세요.」하고 그녀는 문을 닫았다.

케이트 헤그슈트룀의 열은 내려 있었다. 「잠을 깨었었나?」라빅은 졸린 듯 보이는 간호원에게 물었다.

「네, 열 한 시에요. 선생님이 계시냐고 물으셨어요. 선생님 말씀대로 이야기했어요.」

「붕대에 대한 말은 하지 않던가?」

「네, 하셨어요. 절개할 수밖에 없었다고 말씀드렸어요. 간단한 수술이라고요. 내일 선생님께서 말씀이 계실 거라고 해두었어요.」

「그뿐이었나?」

「네. 선생님이 좋다고 생각하신 것이면 무엇이든 걱정할 필요가 없다고 하시더군요. 저녁에 선생님이 오시면 인사를 드려 달라고 하시며, 선생님을 믿고 있다고 말씀드려 달라고 하셨어요.」

「그래…….」

라빅은 잠시 선 채로 간호원의 양쪽으로 갈라붙인 검은 머리를 내려다보고 있었다.「몇 살이지?」

간호원은 이상하다는 듯이 고개를 들었다.「스물 셋이에요.」

「스물 셋이라. 간호원이 된 지는 얼마나 되나?」

「2년 반 됐어요. 1월이면 2년 반이 돼요.」

「이런 일을 좋아하나?」

간호원은 능금 같은 얼굴에 하나가득 미소를 지었다.

「네, 아주 좋아해요. 물론 개중에는 애를 먹이는 환자도 있지만, 대개는 좋은 분들이에요. 브리스 부인은 어제 아주 고운, 아직 새것인 비단옷을 선물로 주었어요. 그리고 지난 주일에는 레느네 부인에게서도 에나멜 구두를 한 켤레 얻었어요. 그후에 자택에서 돌아가신 분 말예요.」그녀는 다시 생긋 웃었다.「저는 옷은 거의 사지 않아도 돼요. 대개는 늘 무엇인가 얻게 되니까요. 제게 필요없는 것은, 가게를 내고 있는 친구들과 바꿔 쓰지요. 덕택에 큰 도움이 돼지요. 헤그슈트림 부인께서도 늘 후하게 해주세요. 돈을 주시지요. 전번에는 100프랑이었어요. 열 이틀밖에 안되었는데요. 이번에는 얼마 동안이나 계시게 되나요, 선생님?」

「전보다는 길지. 두서너 주일은 계실 거야.」

간호원은 행복에 겨운 얼굴을 하고 있었다. 맑고, 주름살 하나 없는 이마 속에서 돈이 얼마나 들어올는지 계산하고 있는 것이다. 라빅은 다시 한번 케이트 헤그슈트림 위로 몸을 구부렸다. 그녀는 조용히 숨을 쉬고 있었다. 상처에서 나는 희미한 냄새가, 머리카락의 건조된 냄새와 뒤섞였다. 그는 갑자기 참을 수가 없었다. 그녀는 자기를 믿고 있다. 믿음. 작은, 절개된 자궁. 그속에서 짐승이 파먹고 있다. 그것을 어떻게 할 수도 없이, 그대로 꿰매버리고 만 것이다. 믿음.

「그럼 부탁해요.」

「안녕히 가세요, 선생님.」

건강해 보이는 간호원은 방 한구석의 의자에 앉았다. 그리고 침대 옆의 등불을 가리고, 담요로 발을 둘둘 만 다음에 잡지를 집어들었다. 추리 소설이나 영화의 사진이 실려 있는 싸구려 잡지였다. 그녀는 자리를 고쳐잡고 읽기 시작했다. 곁에 놓인 자그마한 테이블에는 초콜렛 상자가 열려 있었다. 라빅이 보고 있으려니까 그녀는 얼굴도 들지 않고 한 개를 집었다. 인간이란 가장 간단한 일조차도 이해 못할 때가 있는 법이로군. 같은 방안에서, 한 사람은 그런 것은 전혀 아랑곳없다. 그는 문을 닫았다. 그러나 나도 마찬가지가 아닌가? 나는 이 방을 나와서 다른 방으로 가려고 하지 않는가? 그 다른 방에는…….

　방은 어두웠다. 욕실의 문이 조금 열려 있었다. 욕실에 불이 켜져 있었다. 라빅은 망설였다. 조앙이 아직 욕실에 있는지 알 수가 없었다. 그러자 그때, 여인의 숨소리가 들려왔다. 그는 방을 가로질러 욕실로 갔다. 그는 아무말도 하지 않았다. 여인이 거기 있으며, 자지 않고 있다는 것을 알고 있었다. 그러나 여인도 아무 말이 없었다. 갑자기 그 방은 침묵과 기대와 긴장으로 가득찼다. 소리도 없이 유혹하는 소용돌이처럼. 사고를 넘어선 미지의 심연이다. 그 심연에서 새빨간 양귀비 아편의 현기증이 구름처럼 뭉게뭉게 피어올라온다.

　그는 욕실 문을 닫았다. 흰 전구의 밝은 빛 속에서, 모든 것은 이미 잘 알고 있는 정든 것이 되었다. 그는 샤워를 틀었다. 그것은 이 호텔에 있는 단 하나의 샤워였다. 라빅은 자기 돈으로 그것을 가설했다. 라빅은 그가 외출중에 여주인이 친척이나 친구인 프랑스 사람에게 이런 훌륭한 것이 있다고 보여 주곤 한다는 것을 알고 있었다.

　뜨거운 물이 피부를 타고 흘러내린다. 옆방에는 조앙 마두가 누워서 자기를 기다리고 있다. 매끈한 피부에 머리카락은 마치 격랑처럼 베개 위에 넘실거리고 있다. 눈은 방이 어두운데도 반짝이고 있다. 마치 창 너머로 흘러들어오는 겨울별의 어렴풋한 빛을 받아 반사하고 있는 것처럼. 여인은 거기에 누워 있다. 변하기 쉬울 듯, 몸도 마음도 설레이도록. 한 시간 전과는 완전히 달라져서, 그때의 모습은 흔적도 없다. 여인은 사랑이 없어도 매혹과 유혹 바로 그것이다. 그런데도 그는 갑자기, 웬지 그녀에 대한 혐오감, 갑자기 미칠 듯한 매혹이 뒤섞인, 이상한 반응을 느꼈다. 그는 자기도 모르게 주위를 둘러보았다. 만약 욕실에 문이 또 하나 있었다면, 그는 옷을 입고 술을 가지러 나갔을 것이다.

　그는 몸을 닦았다. 그리고 잠시 동안 망설이고 있었다. 이상하다, 이건 또 무슨 생각이 어디에서 뛰어들었단 말인가! 어떤 그림자, 허무. 아마 케이트 헤그슈트룀에게 다녀왔기 때문일 것이다. 아니면, 조앙이 아까 택시에서 그런 말을 했기 때문인지도 모른다. 이렇게 순식간에, 이렇게도 어처구니없이. 아니, 그게 아니고——내가 기다리는 것이 아니라——누군가가 기다리고 있기 때문인지도 모르겠다. 그는 입을 꼭 다물고 문을 열었다.

　「라빅.」하고 조앙이 어둠 속에서 말했다. 「칼바도스는 창가의 테이블에 있어요.」

그는 가만히 서있었다. 모르는 사이에 긴장하고 있었던 것이다. 여인이 다른 말을 했다면 그는 참을 수 없었을 것이다. 그러나 지금 한 말은 괜찮다. 긴장은 풀리고, 가볍고 차분한 기분이 되었다.

「술병을 어떻게 찾아냈지?」하고 그는 물었다.

「쉽게 찾았어요. 바로 거기 있던데요. 그리고 제가 마개를 따놓았어요. 다른 물건 속에 오프너가 있었어요. 제게도 한 잔만 더 주세요.」

그는 두 잔을 따라서 하나를 여인에게 갖다주었다.

「자, 여기 있어…….」산뜻한 사과 브랜디는 감촉이 좋았다. 조앙이 적절한 말을 해준 것도 고마웠다.

그녀는 머리를 뒤로 젖히고 마신다. 머리카락이 양쪽 어깨 위로 떨어졌다. 이 순간, 여인은 모든 것을 잊고, 마시는 데에 몰두하고 있는 것 같았다. 라빅은 전에도 그녀의 이런 태도를 본 적이 있었다. 그녀는 무엇을 하든, 그것에 완전히 몰두해 버린다. 이것은 이 여인의 대단한 매력이기도 하지만, 위험한 것이기도 하다고 그는 막연히 생각했다. 이런 여인은 술을 마실 때는 술이 전부요, 사랑을 할 때는 사랑이 전부고, 절망할 때는 절망이 전부다. 그리고 잊어버릴 때에는 완전히 잊어버리고 만다.

조앙은 잔을 내려놓고 갑자기 웃어댔다. 「라빅,」하고 그녀는 말했다. 「당신이 지금 무슨 생각을 하고 있는지 전 알아요.」

「정말?」

「그럼요. 당신은 벌써 반쯤 결혼한 기분이에요. 저도 그래요. 문 앞에서 혼자 내버리고 가다니, 별로 달가운 일이 못돼요. 장미꽃을 팔에 안고 혼자 남다니. 칼바도스가 있어서 정말 다행이었어요. 그렇게 술병을 끼고 있지만 말아요.」

라빅은 여인의 잔에 다시 한 잔 따랐다. 「당신은 대단한 사람이야.」하고 그는 말했다. 「정말이야. 욕실에 있을 때는 당신이 견딜 수 없이 혐오스러웠는데, 지금은 당신이 아주 멋있게 보이는군. 살뤼트!」

「살뤼트!」

그는 칼바도스를 쭉 들이켰다. 「오늘로 두번째 밤이지. 위험한 밤이야. 미지에 대한 매력은 사라졌는데, 신뢰하는 것에 대한 매력은 아직 생겨나지 않았으니 말이야. 우리는 오늘밤을 잘 넘겨야 돼.」

조앙은 잔을 내려놓았다. 「당신은 모든 것을 다 알고 있는 것 같아요.」

「나는 아는 게 하나도 없어. 입으로 말만 할 뿐이야. 인간이란 아는 것이 없어. 모든 것은 언제나 다르단 말이야. 지금도 그래. 두번째 밤이라는 것은 결코 있을 수 없어. 언제나 첫날밤이지. 두번째의 밤이란 것은 마지막 밤을 뜻하고 있지.」

「다행이에요! 그렇지 않다면 어떻게 되겠어요? 마치 산술처럼 되어버리겠죠. 자, 이리 오세요. 아직 잠들고 싶지 않아요. 당신과 좀더 마시고 싶어요. 저 추운 밤하늘에 별들이 벌거벗은 채 떨고 있어요. 혼자 있으면 얼마나 추운지 몰라요! 더울 때도 그래요. 하지만 둘이 있으면, 절대로 춥지 않아요.」

「둘이 함께 있어도 얼어 죽는 수가 있지.」

「우린 그렇지 않아요.」

「그건 그렇지.」하고 라빅은 말했다. 어둠 때문에 그녀는 라빅의 얼굴을 스쳐간 표정을 보지 못했다.

「우리는 안 그렇지.」

10

「전 어떻게 된 거죠, 라빅?」케이트 헤그시트룀이 물었다.

그녀는 머리맡에 베개를 두 개 포개놓아, 약간 몸을 높이 두고 침대에 누워 있었다. 방에는 소독약과 향수 냄새가 풍기고 있었다. 창문은 위쪽만 약간 열려 있었다. 맑고, 약간 싸늘한 공기가 밖에서 흘러들어와, 마치 1월이 아니라 4월과 같은 따뜻한 방의 공기와 뒤섞였다.

「열이 있었소, 케이트. 2, 3일 동안. 그리고 잠을 잤었지, 거의 24시간이나. 이젠 열도 내리고, 만사가 잘 되고 있소. 기분은 어떻소?」

「피곤해요. 늘 피곤해요. 하지만 전과는 달라요. 전처럼 그렇게 켕기지는 않아요. 거의 아프지도 않아요.」

「나중에 좀 아플 거요, 대단치는 않지만. 그러나 우리가 돌봐줄 테니까 참아낼 수는 있을 거요. 하지만 지금과는 다를 테지. 그건 당신도 알겠지만……」

그녀는 고개를 끄덕였다. 「절개 수술을 했지요, 라빅……」

「그래요, 케이트.」

「불가피했나요?」

「그랬죠.」

그는 기다렸다. 여자에게 묻게 하는 편이 낫다.

「얼마나 누워 있어야 하죠?」

「두어 주일.」

여자는 잠시 말이 없었다. 「저에겐 오히려 잘된 일인지도 모르겠어요. 좀 안정할 필요가 있어요. 지긋지긋해요. 이제야 알겠어요. 전 지쳐 있었어요. 그것을 스스로 인정하고 싶지는 않았지만. 그렇게 피곤했던 것은, 이것과 무슨 관계가 있었던 건가요?」

「그야 있었죠.」

「그리고 가끔 하혈이 있었는데, 그것도 그런가요? 주기적인 것 말고 말이에요.」

「그것도 관계가 있지요.」

「그럼 마침 시간 여유가 있어서 잘됐군요. 아마 불가피했겠지요. 이에 다시 일어나서, 다시 한번 처음부터 시작한다는 건 아무래도 불가능할 것 같아요.」

「그런 건 잊어버려요. 그리고 바로 눈앞에 있는 것만 생각해요. 예를 들어 아침 식사라든가…….」

「알았어요.」여자는 힘없이 미소를 지었다. 「그럼 그 거울이나 이리 좀 주세요.」

그는 나이트 테이블 위의 손거울을 집어서 그녀에게 주었다. 그녀는 거울 속의 자기 얼굴을 주의깊게 들여다보았다. 「이 꽃은 당신이 갖다주셨나요, 라빅?」

「아니, 병원에서 준 거요.」

그녀는 거울을 침대 위에 놓았다. 「병원에선 1월에 라일락을 꽂아 주지는 않아요. 준다면 애스터 같은 것이겠지요. 그리고 병원에서 제가 라일락을 가장 좋아한다는 것을 알 리가 없어요.」

「그런데 여기서는 알고 있거든. 여기서는 당신이 단골이니까 말이오, 케이트.」라빅은 일어섰다. 「이제 가야겠어. 여섯 시쯤에 다시 한번 와서 보겠소.」

「라빅…….」

「왜요?」

그는 돌아섰다. 자, 드디어 시작하겠구나, 하고 그는 생각했다. 이번에는 물어보겠지.

그녀는 손을 내밀었다. 「감사해요.」하고 여자는 말했다. 「꽃, 감사해요. 그리고 저를 걱정해 주시는 것, 고마와요. 전 당신 곁에만 있으면, 언제나 안심할 수 있을 것 같아요.」

「괜찮아요, 케이트. 별것 아니오. 걱정할 것은 하나도 없어요. 자, 잘 수만

있다면 잠을 자도록 해요. 혹 아프거든 간호원을 불러요. 약을 준비하도록 일러
둘 테니까. 오후에 다시 한번 오겠소.」

「베베르, 브랜디는 어디 있지?」
「그렇게 나빴나? 자, 여기 으제니, 잔을 하나 줘요.」
으제니는 마지못해 잔을 한 개 가져왔다. 「그건 골무가 아냐?」하고 베베르
는 야단을 쳤다. 「진짜 술잔을 가져와요. 아니, 그만둬요. 손을 다치면 안될 테
니 내가 가져오지.」
「웬일이시지요, 베베르 선생님?」하고 으제니는 비꼬듯 말했다. 「라빅 씨가
들어오시기만 하면, 선생님은 언제나…….」
「알았어, 알았어.」하고 베베르는 그녀의 말문을 막았다. 그리고 잔에 코냑을
따랐다. 「자, 라빅. 그래, 어떻게 생각하고 있던가?」
「아무것도 묻지 않았어.」하고 라빅은 말했다. 「묻지도 않고, 그저 나를 믿고
만 있어.」베베르는 그를 슬쩍 쳐다보았다. 「그것 보게.」하고 그는 의기양양해
서 대답했다. 「내가 말한 대로지 뭔가.」
라빅은 잔을 비웠다. 「아무것도 해줄 수가 없는데, 환자에게서 고맙단 말을
들어본 적이 있나?」
「얼마든지 있지.」
「모든 것을 믿고서 말이야.」
「물론.」
「그럴 때 기분이 어떻던가?」
「마음이 놓였지.」하고 베베르는 의아스러운 듯 말했다. 「정말 마음이 놓이
지.」
「나는 구역질이 날 것 같더군. 사기를 친 기분이었어.」
베베르는 웃었다. 그리고 술병을 옆으로 치웠다.
「구역질이 난다니까.」하고 라빅은 되풀이했다.
「저는 처음으로 당신에게서 인간적인 감정을 발견했어요.」하고 으제니가 말
했다. 「물론 당신의 말투는 말고요.」
「넌 발견자가 아니라 간호원이야, 으제니. 너는 그것을 곧잘 잊어버려서 탈이
야.」하고 베베르는 타일렀다. 「그럼 문제는 해결된 셈이군, 라빅?」
「그렇지, 우선은.」
「잘됐어. 퇴원하면 곧 이탈리아로 가고 싶다고, 오늘 아침 간호원에게 말하더
라는데. 그렇게 되면, 우리는 책임을 면하게 되는 셈이지.」베베르는 두손을 비

벗다. 「다음 일은 그쪽 의사가 처리할 테지. 아뭏든 여기서 죽으면 난처해. 평판이 나빠지거든.」

라빅은 뤼시엔느를 낙태시킨 산파의 집 초인종을 눌렀다. 오랫동안 기다리게 한 후에 거무스름한 얼굴의 한 남자가 문을 열었다. 라빅을 보고서도 그대로 문을 붙잡고 있었다.

「무슨 일이오?」하고 남자는 으르렁대듯 말했다.

「마담 부셰를 만나고 싶소.」

「지금 몹시 바쁜데.」

「그럼 기다리겠소.」

남자는 문을 닫으려고 했다.

「기다리는 게 싫다면, 15분쯤 후에 다시 오겠소. 그땐 혼자 오지는 않겠소. 마담이 꼭 만나야 할 사람을 데리고 오지.」

남자는 그를 뚫어지게 노려보았다. 「그게 무슨 뜻이오? 대체 볼일이 뭐요?」

「벌써 말하지 않았소. 마담 부셰를 만나고 싶다고.」

남자는 잠깐 생각하다가 「기다려봐요.」하고 문을 닫았다.

라빅은 양철로 만든 우편함과, 에나멜을 칠한 둥근 문패가 붙은, 갈색 페인트가 벗겨져나간 문을 바라보고 있었다. 수많은 불행과 공포가 이 문을 지나간 것이다. 한두 줄의 무의미한 법률, 그것이 얼마나 많은 생명을 의사가 아닌 엉터리 의료업자에게로 보내고 있는가. 그때문에 이젠 어린애를 못 낳게 되는 것이다. 어린애를 원하지 않는 사람은 법률이 있건 없건 낳지 않는 방법을 찾아낸다. 다만 다른 것은 해마다 수천 명의 어머니가 파멸되고 있다는 점이다.

문이 다시 열렸다. 「경찰에서 오셨소?」하고 면도도 하지 않은 그 남자가 물었다.

「경찰에서 왔다면, 이런 데서 기다리지 않아요.」

「들어오시오.」

남자는 어두운 복도를 지나서, 가구들을 잔뜩 늘어놓은 방으로 라빅을 안내했다. 플러시의 소파, 누렇게 도금한 의자, 가짜 오비송 융단, 호도나무로 만든 찬장, 벽에는 전원 풍경의 판화, 창문 앞에는 금속제의 스탠드가 있고, 그 위에 카나리아가 든 새장이 놓여 있었다. 그리고 여기저기 빽빽하게 온통 도자기와 석고상이 놓여 있었다.

이윽고 마담 부셰가 들어왔다. 무섭게 뚱뚱한 여자였다. 그녀는 헐렁헐렁한 일본옷을 입고 있었는데, 그것이 좀 깨끗하지가 못했다. 마치 괴물 같았지만,

얼굴만은 반질반질하고 깔끔했다. 눈은 차분하지가 못하고 두리번거리고 있었다.

「용건은?」마담은 선 채로 사무적인 투로 말했다.

라빅은 일어섰다. 「뤼시엔느 마르티네 때문에 왔는데, 당신이 그애를 낙태시켰죠?」

「어리석은 소리 마세요!」여자는 침착하게 말했다. 「뤼시엔느 마르티네란 사람은 알지도 못하고, 낙태 같은 것은 하지도 않아요. 당신이 잘못 들었거나, 아니면 누가 당신에게 거짓말을 한 거예요.」

마담은 그것으로 일은 끝났다는 듯이 방에서 나가려고 했다. 그러나 나가지는 않았다. 라빅은 기다리고 있었다.

마담은 돌아섰다. 「또 다른 일이 있나요?」

「낙태 수술은 실패했소. 그애는 출혈이 심해서, 하마터면 죽을 뻔했소. 수술을 하는 수밖에 없어서, 내가 그 수술을 했소.」

「거짓말에요! 쥐새끼 같은 게! 제 입으로 떠벌이고 다니고선, 이젠 다른 사람까지 끌어들이려고 하는군. 하지만 단단히 버릇을 가르쳐 주겠어요. 쥐새끼 같은 것들! 변호사에게 처리시키겠어요. 이래봬도 나는 이름이 알려져 있는 사람이고, 세금도 꼬박꼬박 내고 있어요. 어디 두고 봅시다. 여기저기 몸이나 팔고 다니는 그런 앙큼한 풋나기 계집년이…….」

라빅은 감탄을 금치 못하며 마담을 바라보고 있었다. 그렇게 분통을 터뜨리면서도, 얼굴은 조금도 변하지 않았다. 여전히 반질반질하고 깔끔했다. 다만 입만을 오므리고 기관총처럼 쏘아대고 있었다.

「그애는 별로 큰 요구를 하고 있지 않아요.」하고 그는 마담의 말문을 막았다. 「다만 당신에게 지불한 돈을 돌려달라는 것뿐이오.」

마담 부세는 소리내어 웃었다. 「돈을 돌려달라고요? 도대체 내가 언제 그애에게 돈을 받았던가요? 영수증이라도 가지고 있나요?」

「물론 그런 건 없지. 당신이 설마 영수증을 주지는 않았겠지.」

「그런 애를 보지도 못했으니까요! 그런데 그애가 한 말을 믿는 사람이라도 있단 말이에요?」

「증인이 있지요. 그애는 닥터 베베르의 병원에서 수술을 받았는데, 진찰 결과가 확실했지요. 분명한 기록이 있어요.」

「기록쯤은 얼마든지 만들 수 있어요! 대체 내가 손을 댔다고 어디에 써있어요? 병원! 닥터 베베르! 우스워 죽겠군! 그런 쥐새끼 같은 년이 훌륭한 병원엘 다 갔다니. 할말은 그것뿐인가요?」

「더 있소. 들어보시오. 그애는 당신에게 300프랑을 지불했소. 그애는 당신을 상대로 손해 배상 청구 소송을 할 수 있소…….」

문이 열렸다. 거무스레한 얼굴의 남자가 들어왔다.

「무슨 일이 있나요, 아델?」

「아니, 아무일도. 손해 배상 청구 소송을 하겠대요? 법원에 간다면, 그 계집애 자신이 벌을 받을 뿐이에요. 먼저 그 계집애가 말이에요. 왜냐하면 자기가 낙태 수술을 받았다고 말해야 할 테니까요. 내가 했다는 것에 대한 증거를 대야만 하거든요. 그애는 그렇게 할 수 없을걸요.」

거무스름한 남자는 염소 같은 소리를 내며 웃었다.

「조용히 해요, 로제.」하고 마담 부셰는 말했다. 「저리로 가있어요.」

「브뤼니에가 밖에 있어요.」

「알았어요. 기다리라고 해요. 알고 있잖아…….」

남자는 고개를 끄덕이고 물러갔다. 그와 동시에 짙은 코냑 냄새도 사라졌다. 라빅은 코를 킁킁거렸다.

「꽤 오래된 코냑이로군.」하고 그는 말했다. 「적어도 30년, 아니 40년은 됐겠어. 대낮에 이런 고급 술을 마실 수 있다니, 복받은 친구로군.」

마담 부셰는 어이가 없다는 듯 잠시 동안 그를 노려보고 있었다. 그러고는 천천히 입술을 오므렸다. 「맞았어요. 마시겠어요?」

「나쁠 것 없지요.」

그녀는 뚱뚱한 데 비해서 놀랄 만큼 민첩하게, 소리도 내지 않고 문 쪽으로 갔다. 「로제!」

거무스름한 남자가 들어왔다. 「또 그 좋은 코냑을 마셨군! 거짓말할 생각은 말아요. 냄새로 다 아니까! 병을 가져와요! 군소리 말고 병이나 가지고 와요!」

로제는 병을 가지고 왔다. 「브뤼니에 녀석에게 조금 주었지요. 사실은 녀석이 억지로 같이 하자고 해서.」

마담 부셰는 대답하지 않았다. 문을 닫고, 호도나무 찬장에서 위로 굽은 모양의 잔을 하나 꺼냈다. 라빅은 불쾌한 듯 그것을 바라보고 있었다. 잔에는 여자의 머리가 새겨져 있었다. 마담 부셰는 한 잔 따라서, 잔을 그의 앞, 테이블 클로드의 공작 무늬 위에 놓았다.

「당신, 제법 말이 통할 것 같아요.」하고 그녀는 말했다.

라빅은 그녀에게 약간의 경의를 표하지 않을 수 없었다. 이 여자는 뤼시엔느가 말한 것처럼 무쇠로 된 여자는 아니다. 더욱 질이 나쁘다. 고무 같은 여자다.

무쇠라면 부러뜨릴 수나 있지만, 고무는 그럴 수도 없다. 손해 배상 청구에 대한 항변은 당당한 데가 있다.

「당신의 수술은 실패했소. 그래서 중대한 결과가 생겼단 말이오. 그것만으로도 돈을 돌려줄 충분한 이유가 될 거요.」

「당신은 수술 후에 환자가 죽으면, 돈을 돌려주나요?」

「그렇지는 않지. 그러나 수술을 하고도 돈을 받지 않는 수가 있지. 이를테면 뤼시엔느와 같은 경우.」

마담 부세는 그를 쳐다보았다. 「그것 보세요. 그럼 왜 그애는 쓸데없는 짓을 하지요? 기뻐해야 마땅해요.」

라빅은 잔을 들었다. 「마담, 경의를 표합니다. 당신을 혼내 줄 수는 없을 것같소.」

여자는 천천히 술병을 테이블에 놓았다. 「이런 일은 여러 번 당했어요. 그러나 당신은 다른 사람들보다는 말이 통할 것 같군요. 도대체 당신은 이 장사가 취미나 아니면 몽땅 남는 것인 줄로 아세요? 그 300프랑만 해도, 100프랑은 경찰에 뺏긴단 말예요. 그렇게 하지 않으면 장사를 할 수 없어요. 지금도 돈을 달라고 저 밖에 앉아서 기다리고 있어요. 뇌물을 주지 않을 수 없어요. 노상 뇌물을 주어야 해요. 그렇게 하지 않으면 일을 할 수 있어야죠. 이건 우리끼리 하는 이야기예요. 당신이 그것을 문제삼으려 한다면 전 그런 것은 모른다고 잡아떼겠어요. 그러면 경찰은 모르는 척할 거예요. 이건 틀림없는 일이지요.」

「알고 있어요.」

마담 부세는 흘끗 그를 쳐다보았다. 그가 비꼬아서 하는 말이 아니라는 것을 알자, 의자를 잡아당겨 앉았다. 그것이 마치 깃털이라도 움직이는 것 같았다. 두터운 기름덩이 속에 무서운 힘이 숨어 있는 것 같았다. 그녀는 뇌물용 코냑을 다시 한 잔 그의 잔에 따랐다. 「300프랑이라고 하면, 큰돈같이 보이지만, 돈이 들어가는 곳은 경찰뿐만이 아니에요. 첫째로 집세——아뭏든 딴데보다도 비싸게 먹혀요. 세탁비, 기구대——이게 또 보통 의사들의 갑절이나 들지요. 커미션에다 뇌물——누구하고나 잘 지내야 하니까요——술값, 그리고 새해나 생일날에는 관청 직원과 그 부인들에게 선물도 해야지요. 이것저것 해서, 남는 것이 거의 없을 때가 많아요.」

「그런 걸 말하는 게 아닙니다.」

「그럼 뭐가 문제란 말예요?」

「뤼시엔느가 당한 것과 같은 경우가 자주 일어난다는 것이지요.」

「의사 선생님이라면 그런 일이 절대로 일어나지 않는단 말예요?」 마담 부세는 재빠르게 되물었다.

「있기는 해도, 훨씬 적지요.」

「여보세요!」그녀는 꼿꼿하게 몸을 일으켰다.「전 정직해요. 전 이곳을 찾아오는 사람들에게 모두, 잘못하면 큰일이 날는지도 모른다고 말해 주지요. 그러나 돌아가는 사람은 하나도 없어요. 제발 해달라고 졸라대는 거예요. 엉엉 울며, 결사적이에요. 만약 제가 해주겠다고 하지 않으면, 정말 자살이라도 하고 말 거예요. 이 융단 위에서 뒹굴며 졸라대는 거예요. 저기 저 찬장 귀퉁이의 니스가 벗겨져 있죠? 저건 어떤 유복한 부인이 절망 끝에 저질러놓은 거예요. 제가 살려주었지만요. 좋은 것을 보여 드릴까요? 그 부인이 10파운드나 되는 자두 잼을 어제 보내 주어서, 부엌에다 두었지요. 대금을 깨끗이 치르고서도, 진심으로 고마와서 보낸 거지요. 분명히 말씀해 두겠읍니다만…….」마담 부셰의 목소리가 높아졌다.「당신이 저를 낙태 수술자라고 하건 말건, 다른 사람은 저를 생명의 은인, 천사라고 한단 말이에요.」

그녀는 일어나 있었다. 일본옷이 당당하게 물결치고 있었다. 새장 속의 카나리아가 마치 명령이라도 받은 듯이 노래를 부르기 시작했다. 라빅은 일어섰다. 그는 연극이라는 것을 곧 알 수 있었다. 그러나 마담 부셰의 말이 과장이 아니라는 것도 알고 있었다.

「잘 알았소.」하고 그는 말했다.「그럼 이만 실례하겠소. 뤼시엔느에게는 당신이 꼭 그렇게 생명의 은인은 아니었지요.」

「수술 전의 그애를 보았다면, 알 수 있을 거예요! 대체 그 이상 무엇을 바라는 거지요? 몸은 성하고, 어린애는 처리했고…. 그애가 바랐던 것은 그것뿐이었지요. 게다가 병원에는 돈을 내지 않아도 된다지 않았어요?」

「그애는 이제 어린애를 가질 수가 없게 됐소.」

마담 부셰는 움찔했으나, 그것도 일순간에 지나지 않았다.

「오히려 잘됐군요.」그녀는 태연하게 말했다.「그럼 그 풋나기 매춘부년은 아주 좋아하겠군요.」

라빅은 더이상 어떻게 할 수가 없다는 것을 알았다.

「안녕히 계십시오, 마담 부셰.」하고 그는 말했다.「만나뵈어서 아주 즐거웠읍니다.」

그녀는 그의 곁으로 바싹 다가왔다. 라빅은, 악수를 하자고 한다면 거절할 생각이었다. 그러나 그녀는 그런 생각이 아니었다. 속셈이라도 털어놓듯이 목소리를 죽이고 말했다.「당신은 사리가 밝아요. 대부분의 의사보다는 훨씬 말이 통하는군요. 정말 안됐어요. 당신이…….」그녀는 망설이면서 부추기듯이 그를 바라보았다. 「때때로 아주 곤란할 때가 있거든요. 그럴 때, 마음이 통하는 의사가 있다면 정말 도움이 되겠는데요…….」

라빅은 곧 반대하지는 않았다. 좀더 들어보고 싶었던 것이다.

「당신에게는 조금도 손해가 가지 않지요.」하고 마담 부세는 덧붙였다. 「특별한 경우에만 말이에요.」그녀는 마치 새를 좋아하는 척하는 고양이새끼처럼 그의 표정을 살폈다. 「가끔 부유한 손님이 있어요. 물론 대금은 선불이고, 그리고 경찰은 염려없어요. 조금도 걱정할 것은 없지요. 당신 같으면, 200이나, 300 정도의 용돈 벌기란 쉬울 것 같은데요…….」그녀는 그의 어깨를 툭 쳤다. 「당신 같은 미남자라면 말이에요…….」

그녀는 활짝 웃으며 술병을 집어들었다. 「자, 어떠세요?」

「아니, 고맙소.」하고 라빅은 술병을 도로 밀었다. 「이제 그만하겠소. 별로 많이 하는 편이 아니라서.」코냑이 상당히 고급이어서 거절하기가 좀 괴로웠다. 병에 레테르가 붙어 있지 않는 것으로 보아, 제일급의 개인 저택 술창고에서 나왔음에 틀림 없다. 「한번 생각해보지요. 다시 한번 오겠소. 당신의 기구를 한번 구경하고 싶군요. 기구에 대한 것이라면, 충고를 해줄 수도 있을 테니까요.」

「다음에 오시면 기구를 보여 드리지요. 그때 당신의 증명서도 보여 주세요. 신용에는 신용으로 대해야지요.」

「당신은 벌써 나를 다소 신용하고 있지 않소.」

「아뇨, 조금도.」마담 부세는 생긋 웃었다. 「저는 아직은 당신에게 제안을 했을 뿐, 이것은 언제든지 철회할 수 있지요. 당신은 프랑스 사람이 아니군요. 말은 잘하지만, 들어보면 알아요. 보아서도 알 수 있고요. 당신은 아마 망명한 분이겠지요.」그녀는 전보다 더 거리낌없이 웃으며, 차가운 눈초리로 그를 쳐다보았다.

「당신의 말을 믿을 사람은 아무도 없어요. 그럼 당신의 면허장이나 좀 보여 주실까요, 하는 것이 고작이지요. 그런데 당신은 그게 없어요. 바깥 방에는 경찰이 앉아 있어요. 원하신다면 지금이라도 곧 저를 고발해 보시죠. 아마 그렇게는 하지 않겠지요? 하지만 제가 제안한 것은 한번 생각해 보세요. 그런데 성함과 주소를 가르쳐 주진 않으실 테죠?」

「사양하겠소.」라빅은 얻어맞은 것 같은 기분으로 말했다.

「그럴 줄 알았어요.」마담 부세가 이번에는 정말로 통통하게 살이 찐 고양이 같이 보였다. 「안녕히 가세요, 무슈. 제가 말한 것을 한번 생각해 보세요. 망명한 의사하고 같이 일을 했으면 하고, 전부터 생각하고 있었어요.」

라빅은 미소를 지었다. 이유는 명백하다. 피난온 의사라면 완전히 그녀 맘대로 되는 것이다. 만일의 경우에는, 죄를 그 의사에게 뒤집어씌우면 되는 것이다.

「한번 생각해 봅시다.」하고 그는 말했다. 「안녕히 계십시오, 마담.」

그는 어두운 복도를 걸었다. 어느 방안에서 누군가의 신음소리가 들렸다. 방은 모두 침대가 있는 작은 침실같이 꾸며져 있는 듯했다. 여자들은 두서너 시간 거기서 누워 있다가, 이윽고 비틀거리며 집으로 돌아가는 것이다.

대기실에는 수염을 짧게 기르고 올리브빛 피부를 한, 홀쭉한 사나이가 앉아 있었다. 사나이는 라빅을 유심히 쳐다보았다. 그 옆에는 로제가 앉아 있었다. 테이블에는 또 다른 오래된 코냑 병이 놓여 있었다. 라빅을 보자, 무의식중에 그것을 감추려고 했다. 그러나 이윽고 히죽히죽 웃으며 손을 내렸다.

「봉소아르, 닥터.」하고 그는 누런 이빨을 드러내 보였다. 문 밖에서 엿듣고 있었던 모양이다.

「봉소아르, 로제.」라빅은 친한 척하는 것이 좋겠다고 생각했다. 교활하기 짝이 없는 그 여자는, 단 반 시간도 안되는 사이에 불구대천의 원수인 나를 거지반 공범자로 만들어버렸다. 그러므로 로제에게 너무 딱딱하게 대하지 않는 것이 사실 마음도 편해진다. 어떻든간에 로제는 놀랄 만한 인간미를 가지고 있으니까.

아래층에서 그는 처녀 둘과 마주쳤다. 둘은 이 문 저 문을 찾아다니고 있는 참이었다.

「저어.」하고 그중 한 처녀가 용감하게 물었다. 「마담 부셰가 이 집에 사시나요?」

라빅은 망설였다. 무슨 말을 하든 그게 무슨 소용이 있겠는가. 아무 소용도 없는 것이다. 두 사람은 그래도 갈 것이다. 그렇다고 다른 데로 가라고 가르쳐 줄 곳도 없다. 「사 층이오. 문에 문패가 붙어 있소.」

시계의 야광 문자판이 어둠 속에서 작은 모조 태양처럼 빛났다. 새벽 다섯 시였다. 조앙은 세 시에 오기로 되어 있었다. 아니, 어쩌면 안 올는지도 모른다. 너무 지쳐서 곧장 자기 호텔로 가버렸는지도 모른다.

라빅은 몸을 쭉 펴고, 다시 자려고 했다. 그러나 잠이 오지 않았다. 오랫동안 눈을 뜬 채 누워서, 건너편 옥상의 붉은 네온사인이 규칙적으로 간격을 두고 천장을 스치며 지나가는 것을 보고 있었다. 몹시 허전하였다. 그러나 이유는 알 수 없었다. 마치 몸의 따뜻한 기운이 피부에서 서서히 빠져나가 어디론가 사라져버리는 것 같았다. 피가, 여기에는 없는 어떤 무엇에 기대고 싶어하고, 편안하고 쾌적한 어떤 곳으로 자꾸만 떨어져가는 듯했다. 그는 두손을 머리 밑에 괴

고 조용히 누워 있었다. 자신은 기다리고 있다는 것을 알았다. 그리고 자기의
의식뿐만 아니라, 자기의 손이, 자기의 혈관이, 자기 마음속의 이상하고도 알
수 없는 부드러운 감정이 조앙 마두를 기다리고 있다는 것을 알았다.

그는 일어나서 가운을 걸치고 창가에 앉았다. 부드러운 털실의 따스한 기운이
피부에 느껴졌다. 가운은 낡은 것이었다. 벌써 여러 해 동안을 입고 있었다. 도
망다닐 때는 그것을 입고 잤다. 스페인에서는, 추운 밤에 지칠 대로 지쳐 야전
병원에서 자기 막사로 돌아와서는 그것을 입고 몸을 녹였다. 나이는 겨우 열 둘
이면서도 마치 팔십 노파 같은 눈을 하고 있던 후아나는 마드리드의 파괴된 병
원에서 이 옷을 덮고 죽어갔다. 언젠가는 자기도 이런 부드러운 털실옷을 갖고
싶다, 그리고 자기 어머니가 강간당하고, 아버지가 짓밟혀 죽던 광경을 잊어버
리고 싶다는 소망을 품은 채……

그는 주위를 둘러보았다. 방, 트렁크가 두서넛, 약간의 물건, 몇 번이고 읽어
넘긴 낡은 책이 너덧 권……. 인간이란, 살아가는 데에 필요한 것은 얼마 되지
않는다. 생활이 안정되지 않을 때에는, 많은 것에 습관이 되지 않는 것이 좋다.
그런 것들은 노상 버려야만 하든가, 빼앗기든가 한다. 유사시에는, 언제든지 곧
준비가 되어 있어야 한다. 이렇게 혼자 살고 있는 것도 그때문이다. 돌아다니고
있을 때에는 몸을 묶어둘 만한 것을 가져서는 안된다. 마음을 뒤흔들어 놓는
것도 결코 가지면 안된다. 정사(情事)……. 그러나 그 이상은 안된다.

그는 침대를 보았다. 구겨진, 창백하게 보이는 시트. 기다리는 것은 아무것도
아니다. 여태까지도 여자를 기다린 적은 얼마든지 있었다. 하지만 이렇게 기다
리던 기분과는 달랐다. 단순하고, 명백했으며, 잔인한 기분이었다. 그리고 또
욕정을 은빛으로 장식하는, 그 이유도 모르는 상냥한 감정으로 기다리고 있은
적도 있다. 그러나 오늘과 같은 기분으로 기다린 적은, 벌써 오랫동안을 두고
없었던 일이다. 자신도 전혀 모르는 사이에, 무엇인가가 자신의 마음속으로 숨
어들어온 것이다. 다시 꿈틀거리기 시작한 걸까? 움직이기 시작한 걸까? 그것
은 언제였던가? 잊어버린 과거의 세계에서, 푸른 심연에서, 무엇인가가 또다
시 부른 것이 아닐까? 지평선에는 포플러가 늘어서고, 4월의 숲이 풍기는 냄
새, 페퍼민트의 산뜻한 목장의 미풍 같은 것이 벌써 불어온 것이 아닐까. 그런
것은 이제 필요가 없다. 그런 것은 이제 갖고 싶지 않다. 사로잡히기도 싫다. 나
는 떠돌아다니고 있는 것이다.

그는 일어나서 옷을 갈아입었다. 인간은 독립해 있어야 한다. 무슨 일이든,
처음에는 약간 의존하는 것에서 일이 벌어진다. 처음엔 그것을 모르고 있다. 문
득 정신을 차리고 보면, 벌써 타성이라는 그물에 꼼짝없이 걸려 있는 것이다.

타성……. 이것에는 여러 가지 이름이 붙어 있다. 사랑도 그것의 하나이다. 어떤 일에도 습관이 되어서는 안된다. 육체에도 물론 안된다.

그는 문을 잠그지 않았다. 조앙이 오더라도, 나는 이미 없을 것이다. 여기 있고 싶으면 있으라지. 그는 쪽지를 써둘까 어쩔까 한참 생각했다. 하지만, 말을 하고 싶지는 않았다. 그렇다고 가는 곳을 그녀에게 알리고 싶지도 않았다.

그는 아침 8시경에 돌아왔다. 아침의 추위 속을 걸어와서 머리가 맑았고, 긴장감이 풀려 있었다. 그러나 호텔 앞에 서니 다시 긴장감을 느꼈다.

조앙은 없었다. 물론 그럴 줄 알고 있었다고 스스로 타일렀다. 그러나 방은 여느때보다 허전한 감이 들었다. 그는 방안을 둘러보고서, 여자가 있었던 흔적은 없나 하고 찾아보았다. 아무것도 발견하지 못했다.

그는 벨을 눌러 하녀를 불렀다. 잠시 후에 하녀가 들어왔다. 「아침 식사를 했으면 하는데…….」

하녀는 그를 쳐다보았다. 그러나 아무말도 하지 않았다. 하녀에겐 아무것도 묻고 싶지 않았다. 「코피와 크르와상을 갖다줘요.」

「알았읍니다, 라빅 선생님.」

그는 침대를 보았다. 설령 조앙이 왔었다고 해도, 설마 구겨진 빈 침대에 드러눕지는 않았을 것이다. 이상한 일은, 사람의 육체와 관계가 있는 것은 사람의 온기가 빠지면 마치 죽은 것처럼 되어버린다. 침대도, 내의도, 목욕탕까지도 그렇다. 일단 온기가 빠져버리면 섬뜩할 만큼 싫어지는 것이다.

그는 담배에 불을 붙였다. 자기가 환자 때문에 불려간 것이라고 여자는 생각했을지도 모른다. 하지만 그렇다면 자신은 쪽지를 써두고 갔을 것이다. 문득 자기 자신이 어리석게 생각되었다. 독립하고 싶어하면서도, 지각없는 짓을 한 것이다. 생각이 모자라고 바보 같다. 마치 뽐내고 싶어하는 열 여덟 살짜리 소년 같다. 잠자코 기다리고 있는 것보다도, 이런 짓이 얼마나 남에게 의지하고 있는 것인지 모른다.

하녀가 아침 식사를 가져왔다. 「잠자리를 고쳐 놓을까요?」

「왜, 지금 해야 되나?」

「더 주무시지 않나 해서요. 깨끗하게 손질한 침대가 주무시기에 더 편하니까요.」하녀는 무표정한 눈으로 그를 쳐다보며 말했다.

「누가 여기 왔었나?」

「모르겠어요. 전 일곱 시나 돼서 처음 와봤으니까요.」

「에브,」하고 그는 말했다. 「아침마다 얼굴도 모르는 사람들의 침대를 정리하자면, 어떤 생각이 드나?」

「아무렇지도 않아요, 라빅 선생님. 남자분들이 딴 짓만 안하시면요. 하지만 딴 짓을 하려는 분이 몇 사람은 있거든요. 파리는 유곽이 그렇게도 싼데 말예요.」

「아침부터 유곽에 갈 수야 없잖아, 에브. 그리고 사람에 따라서는 아침에 더욱 힘이 나거든.」

「그런가봐요. 노인들은 특히 그래요.」그녀는 어깨를 으쓱했다.「그런 짓을 하지 않으면 팁을 받을 수 없고, 그리고 어떤 사람은 나중에 가서 일일이 잔소리를 하고요. 방이 깨끗하지 못하다느니, 너는 풋나기라느니. 물론 화를 내면서 말예요. 어쩔 수 없어요. 세상이 그러니까요.」

라빅은 지폐를 한 장 꺼냈다.「오늘은 그런 세상을 좀 편하게 해볼까, 에브? 이것으로 모자라도 사 쓰지. 아니면 털자켓이라도.」

에브의 눈에 생기가 돌았다.「고맙습니다, 라빅 선생님. 오늘은 일진이 좋아요. 그럼 자리는 나중에 치울까요?」

「그렇게 하지.」

그녀는 그를 쳐다보았다.「그 부인은 참 재미있는 분이에요. 그 왜 요새 자주 오시는 부인 말이에요.」

「한 마디만 더 하면, 그 돈을 도로 빼앗을 테야.」라빅은 에브를 문 밖으로 밀어냈다.「늙은 호색가가 기다리고 있어. 그들을 실망시켜선 안돼.」

그는 테이블에 앉아 식사를 했다. 아침은 별로 맛이 없었다. 그는 일어나서 선 채로 먹었다. 그편이 다소 맛이 좋았다.

해가 지붕 위로 빨갛게 솟았다. 호텔은 잠을 깼다. 바로 아래층의 골트베르크 노인이 아침 음악을 시작했다. 마치 폐가 여섯 개나 있는 듯이 콜록콜록 기침을 시작하며 끙끙거렸다. 망명객인 비젠호프는 창문을 열고 휘파람으로 행진곡을 불렀다. 위층에서 쏴 하고 물 내려가는 소리가 들렸다. 여기저기의 방문이 쿵쾅 열렸다가 닫혔다. 오직 스페인 사람들만이 조용했다. 라빅은 기지개를 켰다. 밤이 지났다. 어둠의 추행은 끝났다. 그는 2, 3일 혼자 있기로 작정했다.

밖에서는 신문팔이 소년들이 아침 뉴스를 소리 높이 외치고 있었다. 체코슬로바키아의 국경에서 일어난 사건, 독일군이 쉬테이튼 전선으로 진격! 위기를 맞은 뮌헨 협정!

11

소년은 소리지르지 않았다. 그저 의사들을 뚫어져라 바라보고 있을 뿐이었다. 아직도 놀라움이 완전히 가시지 않아, 아픔을 느끼지 못하고 있는 것이다. 라빅은 으스러진 다리를 홀끗 쳐다보았다.

「몇 살입니까?」하고 그는 소년의 어머니에게 물었다.

「네?」하고 무슨 말인지 못 알아듣고 여자가 되물었다.

「몇 살이죠?」

머리에다 두건을 쓴 여자는 입술을 움직였다. 「이 다리를! 이애 다리를! 트럭이었어요.」

라빅은 소년의 가슴에 청진기를 댔다. 「이애는 병이 난 적이 있었나요, 전에?」

「이애의 다리! 이애의 다리라니까요!」

라빅은 몸을 일으켰다. 심장은 마치 참새의 그것처럼 빨리 뛰고 있었지만, 걱정할 만한 소리는 들리지 않았다. 마취시키는 동안 계속 주의를 해야겠다. 몹시 쇠약한데다가 구루병인 것 같다. 곧 시작해야 되겠다. 으스러진 다리에는 거리의 먼지가 잔뜩 묻어 있었다.

「내 다리를 잘라버리나요?」

「아니야.」하고 라빅은 대답했다. 그러나 확신은 없었다.

「뻣뻣하게 굳어버리는 것보다는, 차라리 잘라버리는 게 좋아요.」

라빅은 조숙한 소년의 얼굴을 찬찬히 바라보았다. 고통스러운 표정은 아직 없었다.

「어디 두고 보자구나.」하고 그는 말했다. 「지금부터 너를 마취시켜야 돼. 아주 간단하지. 무서울 건 없어. 꼼짝 말고 가만히 있으면 돼.」

「잠깐 기다리세요, 선생님. 번호는 FO 2019예요. 어머니에게 적어 주실 수 없을까요?」

「뭐라고? 뭐라고 했니, 잔노?」모친은 깜짝 놀라서 물었다.

「난 번호를 봐두었어요. 자동차 번호 말이야. FO 2019야. 바로 눈앞에 왔을 때 보았어요. 빨간 불이 켜있었어요. 운전사가 잘못했어.」소년의 호흡이 빨라지기 시작했다. 「보험 회사에서 돈을 받아야 돼. 번호는……..」

「내가 적어뒀어.」하고 라빅은 말했다. 「조용히 해. 내가 모조리 적어뒀으니까.」그는 마취를 시작하도록 으제니에게 눈짓을 했다.

「어머니는 경찰에 가야 해. 보험 회사에서 돈을 받아야 돼…….」소년의 얼굴엔 마치 물방울 같은 땀이 맺혔다.「다리를 자르는 편이 돈을 더 많이 받을 수 있어. 굳어……버리는 것보다는…….」

소년의 눈은, 마치 더러운 연못처럼, 피부에 뚜렷이 나타난 검푸른 고리 속으로 가라앉아버렸다. 소년은 신음을 하며, 재빨리 무슨 말인가를 하려고 했다.「어머니는……아무것도 몰라요……어머니를 도와줘요…….」그는 더 말을 못하고 울부짖기 시작했다. 마치 그 내부에 고문당한 짐승이 웅크리고 있는 것 같은, 둔하고 짓눌린 소리였다.

「바깥은 어때요, 라빅?」케이트 헤그슈트룀이 물었다.

「어째서 그런 걸 알고 싶어하지, 케이트? 좀더 즐거운 일을 생각하는 편이 좋은데.」

「전 벌써 여기서 몇 주일이나 지낸 것 같아요. 다른 것은 모두 멀리 가버리고, 가라앉은 것 같아요.」

「잠시 가만히 가라앉혀 둬요.」

「안돼요. 바로 이 방이 최후의 방주 같고 대홍수가 바로 창 밑까지 밀려온 것 같은 생각이 들어서 무서워요. 바깥 세상은 어때요, 라빅?」

「아무일도 없소, 케이트. 세상은 열심히 자살 준비를 하고 있지. 그러면서도 한편으로는 스스로 그것을 속이고 있소.」

「전쟁이 일어날까요?」

「누구나 전쟁이 일어날 거라고 생각하고 있소. 아직 모르는 것은, 언제 일어나느냐 하는 것이지. 누구나 기적을 기대하고 있소.」라빅은 미소를 지었다.「지금의 프랑스나 영국처럼 많은 정치가가 기적을 믿고 있는 것을 본 적은 없소. 그리고 독일처럼 기적을 믿는 정치가가 적은 것도.」

여자는 잠시 잠자코 누워 있다가「그런 일이 일어난다고 생각하면…….」하고 말했다.

「그렇지, 언젠가 그런 일이 일어날지도 모른다는 것이 거짓말처럼 생각되지. 모두가 그런 일은 불가능하다고 생각하고는, 자구책을 강구하지 않기 때문이지. 아파요, 케이트?」

「참을 수 없을 정도는 아니에요.」그녀는 머리 밑의 베개를 고쳐놓았다.「전 이런 모든 것에서 도망치고 싶어요, 라빅.」

「물론…….」그는 확신도 없이 대답했다.「누구나 그렇게 생각하지.」

「전 퇴원하는 대로 곧 이탈리아로 가겠어요. 휘에졸레로. 거기, 정원이 있는 조용한 집이 있어요. 얼마 동안 거기 있을까 해요, 아마 아직 시원할 거예요. 희고 명랑한 태양이 있고, 대낮에는 남쪽 벽에 도마뱀이 기어나오지요. 저녁이 되면 플로렌스의 종이 울리고, 밤이면 실버들 그늘에 달과 별이 나와요. 집에는 책도 있고, 커다란 석조 난로도 있고요, 그 주위에 나무 벤치를 쭉 놓아두었어요. 거기 앉아서 난로불을 쬘 수가 있어요. 쇠로 만든 장작 받침대에다 선반을 달아놓아서, 술잔을 올려놓을 수 있지요. 그렇게 해서, 붉은 포도주를 데우거든요. 집안일을 돌보는 늙은 부부가 있을 뿐, 아무도 없어요.」

여자는 라빅을 쳐다보았다.

「멋지군.」하고 그는 말했다.「조용하고, 난로에 불이 타고, 책이 있고, 평화가 있고. 옛날에는 그런 것은 부르조아적이라고 생각했죠. 하지만 지금은 잃어버린 천국의 꿈이지.」

여자는 고개를 끄덕였다.「전 얼마 동안 그곳에 있으려고 해요. 2, 3주 동안. 어쩌면 한 두서너 달 있게 될지도 몰라요. 조용히 살고 싶어요. 그런 후에 다시 와서 미국으로 돌아가겠어요.」

라빅은 저녁 식사가 복도로 운반되어 가는 소리를 들었다. 달그락거리는 접시 소리가 들렸다.「그렇게 하는 게 좋겠소, 케이트.」

여자는 망설였다.「전 다시 어린애를 가질 수 있을까요, 라빅?」

「금방은 곤란해요. 우선 몸이 튼튼해져야 하니까.」

「그게 아네요. 언젠가는 될까요? 그런 수술을 한 뒤에도? 저…….」

「아니, 아무것도 잘라낸 건 없소. 전혀!」

여자는 깊이 숨을 쉬었다.「전 그걸 알고 싶었어요.」

「하지만 아직 오래 있어야 돼요, 케이트. 우선 당신 몸이 완전히 달라져야 돼요.」

「아무리 오래 걸린다 해도 괜찮아요.」여자는 머리를 쓰다듬어 넘겼다. 손에 낀 보석이 어스름 속에서 빛났다.「그런 것을 묻다니, 제가 좀 우습지요?」

「아니, 흔히 있는 일이오.」

「문득 이런 것이 지긋지긋해졌어요. 고향에 돌아가서 옛날처럼 정식으로 결혼해서, 어린애를 낳고, 조용히 하나님을 찬양하며 생활을 사랑하고 싶어요.」

라빅은 창밖을 내다보았다. 지붕 위로 새빨갛게 놀이 져 있었다. 그때문에 네온사인은 퇴색해서, 핏기 없는 빛깔의 그림자처럼 보였다.

「저를 잘 알고 있는 당신에겐 어리석게 보이겠지요.」하고 케이트 헤그슈트룀은 그의 등뒤에서 말했다.

「아니, 조금도 그렇지 않아요, 케이트.」

「전 요 이틀 동안 그런 생각을 하고 있었어요.」

조앙 마두는 새벽 네 시에 찾아왔다. 문간에 누가 온 소리를 듣고 라빅은 잠을 깼다. 여인이 오리라고는 기대하지 않고 그냥 자버렸던 것이다. 여인은 열려 있는 입구에 서있었다. 엄청나게 큰 국화꽃을 한아름 안고, 간신히 들어오려고 하고 있는 참이었다. 여인의 얼굴은 보이지 않았다. 여인의 모습과, 크고 밝은 빛의 꽃이 보일 뿐이었다.

「뭐야, 그게 ? 마치 국화의 숲 같군. 도대체 어떻게 된 거지 ?」

조앙은 꽃을 안은 채, 겨우 문을 빠져들어와서, 방안을 한번 휘 둘러보고는 침대 위에 꽃을 내던졌다. 꽃은 축축하고 차가왔다. 잎새에서 가을과 흙 냄새가 풍겼다.

「선물이에요.」 하고 여자는 말했다. 「당신을 알게 된 후부터 전 선물을 받게 되었어요.」

「저리 치워 줘. 난 아직 죽지 않았어. 꽃 같은 것에 파묻혀 누워 있다니, 더군다나 국화꽃에…… 오델 앵테르나쇼날의 내 정든 침대가 관처럼 보이는군.」

「그만둬요 !」 조앙은 격렬한 기세로 꽃을 홱 채더니 방바닥에 내동댕이쳤다. 「그렇게 말하면 안돼요, 절대로 안돼요 !」

라빅은 여인을 보았다. 그는 두 사람이 처음 만났던 때의 일을 잊고 있었다.

「잊어버려 ! 어떤 일을 생각하고 한 말은 아니니까.」

「다시는 그런 말 하지 마세요. 농담이라도 싫어요. 약속해 주세요.」 그녀의 입술이 떨고 있었다.

「아니, 조앙……. 정말 그렇게 놀랐어 ?」

「그럼요. 놀란 것보다 더 심해요. 이유는 나도 모르겠어요.」

라빅은 일어났다. 「다시는 그런 농담을 하지 않겠어. 이젠 됐나 ?」

그녀는 그의 어깨에 기대면서 고개를 끄덕였다. 「어쩐지 참을 수가 없었어요. 마치 어둠 속에서 손이 쑥 나와서 저를 붙잡으려고 하는 것 같아요. 무서워요, 무서워요. 어디선지 저를 노리고 있는 것 같아요.」 그녀는 그의 몸에 찰싹 매달렸다. 「그러지 마세요, 다신.」

라빅은 그녀를 꼭 껴안았다. 「알았어……. 이젠 안 그러지.」

그녀는 다시 고개를 끄덕였다. 「당신은 할 수 있어요…….」

「할 수 있지.」 하고 그는 케이트 헤그슈트룀의 일을 생각하면서, 비통과 자조에 찬 목소리로 말했다. 「나는 할 수 있지. 물론 할 수 있지…….」

그녀는 품안에서 몸부림쳤다. 「전 어저께 여기 왔었어요…….」

라빅은 움직이지 않았다.「여기 왔었다고?」

「네.」

그는 잠자코 있었다. 갑자기 무엇인가가 날아가버렸다. 나는 얼마나 유치했던가! 기다리건 안 기다리건……. 도대체 그게 무슨 짓인가? 장난을 모르는 자를 상대로, 어리석은 장난을 하다니!

「당신은 여기 없었어요…….」

「없었지.」

「당신이 어디 갔었는지 묻지 않는 게 좋겠죠?」

「음.」

여인은 그의 팔에서 몸을 풀었다. 그러고는「목욕을 하고 싶어요.」하고 완전히 달라진 목소리로 말했다.「밖에는 눈이 오고 있어요. 지금도 추워요. 지금 목욕을 해도 괜찮을까요? 모두 잠을 깨지 않을까요?」

라빅은 미소를 지었다.「어떤 일을 하기 전에 결과를 생각해선 안되지. 그런 생각을 하면 아무일도 할 수 없어.」

여인은 그를 쳐다보았다.「자질구레한 일은 물어보는 게 좋아요. 큰일은 절대로 물으면 안되지만.」

「그것도 그렇군.」

여인은 욕실로 들어가서 물을 틀었다. 라빅은 창가에 앉아서 담배 상자를 끌어당겼다. 바깥 지붕 위에 눈이 소리도 없이 소용돌이치고, 거기에 거리의 붉은 빛이 비치고 있었다. 택시가 한 대 소리를 내며 거리를 달려갔다. 국화꽃은 바닥에서 화사하게 빛나고 있었다. 소파에 신문이 한 장 놓여 있었다. 그가 저녁에 가지고 온 것이다. 체코슬로바키아 국경에서의 전투, 중국의 전쟁, 최후 통첩, 내각의 붕괴, 그는 신문을 집어서 국화꽃 밑에 깔았다.

조앙이 욕실에서 나왔다. 그녀는 김이 나는 몸으로 그의 옆에 놓인 꽃 속에 쪼그리고 앉았다.「어젯밤에 어디 가셨었어요?」

그는 담배를 집어 주었다.「정말 알고 싶어?」

「네, 알고 싶어요.」

그는 조금 망설이다가 말했다.「난 여기서 당신을 기다리고 있었어. 그러다가 오지 않을 것 같아서 나갔었지.」

여인의 담배가 어둠 속에서 환하게 밝아졌다가 다시 꺼졌다.

「그것뿐이야.」

「술 마시러 갔었어요?」

「그래…….」

조앙은 몸을 돌리고 그를 쳐다보았다. 「라빅,」하고 그녀는 말했다. 「당신은 정말 그래서 나간 거예요?」

「그렇다니까.」

여인은 팔을 그의 무릎에 올려놓았다. 가운을 통하여 여인의 따뜻한 체온이 느껴졌다. 그것은 여인의 체온과 가운, 자기 생애의 긴 세월보다도 자신과 더욱 친숙해진 가운의 온기였다. 이 둘이, 벌써 오랫동안 함께 있었던 것처럼 문득 생각되었다. 조앙이 그녀 자신의 생애 어디선가로부터 자기에로 돌아온 것처럼 생각되었다.

「라빅, 전 매일 밤 당신에게 왔었어요. 제가 어제도 온다는 것을 당신은 알고 있었을 거예요. 당신은 저를 만나고 싶지 않아서 외출한 건가요?」

「그렇지 않아.」

「만나고 싶지 않을 때는, 그렇게 말해 주세요.」

「그러지.」

「그럼, 그렇지 않았단 말이죠?」

「그렇지 않았어. 정말 그런 게 아니었어.」

「그렇다면 전 행복해요.」

라빅은 여인을 보았다. 「뭐라고 그랬지?」

「전 행복해요.」하고 여인은 되풀이했다.

그는 잠시 잠자코 있었다.

「당신은 자기가 하고 있는 말뜻을 정말 알고 있는 거요?」

「네, 알고 있어요.」

밖에서 들어오는 창백한 빛이 그녀의 눈에 반사되었다. 「그런 말은 그렇게 함부로 하는 게 아냐, 조앙.」

「전 함부로 하고 있진 않아요.」

「행복이라…….」하고 라빅은 말했다. 「도대체 그것은 어디서 시작해서 어디서 끝나는 거지?」

그의 발이 국화꽃에 닿았다. 행복, 하고 그는 생각했다. 청춘의 푸른 지평선, 금빛찬란한 삶의 균형. 행복! 오, 신이여, 지금 너는 어디로 가버렸는가?

「그것은 당신에게서 시작하고, 당신에게서 끝나는 거예요. 간단해요.」

라빅은 대답하지 않았다. 이 여자는 무슨 말을 하고 있는 것일까, 하고 그는 생각했다.

「당신은 곧 나를 사랑한다고 말하게 되겠군.」이윽고 그는 말했다.

「전 당신을 사랑하고 있어요.」

그는 어깨를 으쓱했다. 「당신은 아직 나라는 인간을 잘 몰라, 조앙.」

「그게 무슨 상관이에요?」

「상관이 있지. 사랑이라는 건 같이 늙어보겠다는 사람들이 하는 거야.」

「전 그런 건 몰라요. 사랑이란, 그 사람이 없으면 살 수가 없는 느낌을 말하지요. 전 그건 알아요.」

「칼바도스는 어디 있지?」하고 라빅은 물었다.

「테이블에 있어요. 갖다드릴 테니, 그냥 계세요.」

여인은 병과 잔을 가져와서 꽃과 함께 방바닥에 놓았다. 「당신이 절 사랑하지 않는다는 것은, 저도 잘 알고 있어요.」

「그럼 당신은 내가 모르는 것까지도 알고 있는 셈이군.」

여인은 힐끗 그를 쳐다보았다. 「아마 당신도 저를 사랑하게 될 거예요.」

「잘됐군. 그런 의미로 한잔 들지.」

「기다려요.」그녀는 잔을 가득 채워서, 그것을 들이켰다. 그리고 다시 한 잔 따라서 그에게 주었다.

그는 잔을 받아서 잠깐 동안 손에 들고 있었다. 이것은 모두가 진실이 아니다, 라고 그는 생각했다. 퇴색되어가는 밤의 어렴풋한 꿈이다. 어둠 속에서 주고받는 말, 그런 것이 어떻게 진실일 수 있겠는가! 진실한 말은, 많은 빛을 필요로 하는 것이다.

「당신은 어떻게 그렇게 모든 것을 명확하게 알고 있을까?」

「당신을 사랑하기 때문이에요.」

이런 말을 어쩌면 이렇게도 함부로 할 수 있을까, 하고 라빅은 생각했다. 마치 빈그릇을 가지고 놀 듯, 아무런 생각도 없이 말하고 있다. 이 여자는 그속에 무엇을 담아서 그것을 사랑이라고 부르고 있는 것이다. 지금까지 얼마나 많은 것이 이 빈그릇에 담겨졌을까! 혼자 있다는 것에 대한 두려움, 타인으로부터 자아에 자극되어 생긴 흥분, 자의식의 증가, 공상의 눈부신 반영……. 그러나 과연 누가 정말 알 수 있을 것인가? 나는 아까 함께 나이를 먹는 것이라고 말했지만, 그것이야말로 세상에서 가장 어리석은 짓이 아닐까? 아무것도 생각하지 않고, 마음내키는 대로 행동하는 이 여자가 훨씬 옳은 것이 아닐까? 그런데 전쟁과 전쟁 사이의 겨울 밤에 이런 곳에 앉아서, 나는 마치 학교 선생님처럼 군소리만 늘어놓고 있다. 도대체 나는 어떻다는 건가? 나는 왜 믿지 못하는 대로 뛰어들지 않고 저항을 하고 있는 걸까?

「어째서 당신은 저항을 하는 거죠?」하고 조앙은 느닷없이 물었다.

「뭐라고?」

「왜 저항을 하세요?」하고 그녀는 되풀이했다.

「저항하지 않아. 도대체 내가 무엇에 저항한다는 거야?」

「그런 건 몰라요. 하지만 무엇인가 당신 마음속에 도사리고 있어서, 사람이든 무엇이든 그것을 절대로 당신 속으로 들여놓지 않으려고 해요.」

「자,」하고 라빅은 말했다.「한 잔 더 주시지.」

「전 행복해요. 당신도 행복하게 되었으면 해요. 전 정말 행복해요. 당신과 함께 눈을 뜨고, 당신과 함께 자는 거예요. 그밖의 일은 아무것도 몰라요. 우리 두 사람의 일을 생각하면 제 머리는 은과 같이 돼요. 때로는 바이올린처럼 되기도 하고. 온 거리가 우리들로 가득차요. 마치 음악으로 가득차듯이. 때로는 다른 사람이 파고들어와서 말을 건네지요. 그리고 영화처럼 여러 가지 모습은 사라져 가지만, 음악처럼 나중까지 남아요. 음악은 언제까지라도 남아요.」

불과 두어 주일 전까지 너는 불행했었다. 그리고 나를 몰랐다, 라고 그는 생각했다. 손쉬운 행복이다! 그는 칼바도스 잔을 비웠다.

「당신은 행복했던 적이 여러 번 있었소?」

「자주 있었다고는 할 수 없어요.」

「하지만 가끔은 행복했겠군. 이전에 당신 머리가 은이 된 것은 언제였지?」

「왜 그런 것을 물으시죠?」

「그냥 물어보는 거야. 이유는 없어.」

「잊어버렸어요. 그리고 이젠 그런 것을 생각하고 싶지도 않아요. 완전히 달랐어요.」

「언제나 다른 법이야.」

그녀는 그에게 미소를 보냈다. 그 얼굴은, 감출 잎사귀가 하나도 없는 꽃처럼 맑고 개방적이었다.「2년 전이에요. 오래가진 않았어요. 밀라노에서였죠.」

「그때, 혼자였었나?」

「아니, 어떤 남자와 함께 있었어요. 그 사람은 아주 불행한 사람이었어요. 질투만 하고, 이해심이 없었어요.」

「물론 없었을 테지.」

「당신이라면 이해할 거예요. 그 사람은 때때로 지독한 짓을 했어요.」그녀는 자리를 고쳐앉고, 소파에서 쿠션을 집어 등에 댔다. 그러고는 소파에 몸을 기댔다.「그 사람은 제게 욕을 막 했어요. 창녀라느니, 정조 관념이 없다느니, 은혜를 모른다느니 했어요. 그것은 사실이 아니에요. 저는, 그 사람을 사랑한 동안은 줄곧 충실했어요. 그 사람은, 제가 이제 자기를 사랑하지 않는다는 것을 이해하지 못했어요.」

「그런 건 별로 이해되지 못하는 법이야.」

「당신이라면 이해할 거예요. 하지만 전 언제까지나 당신을 사랑하겠어요. 당신은 달라요. 그리고 우리는 모든 게 달라요. 그 사람은 저를 죽이려고 했어요.」 그녀는 웃었다. 「그 사람들은 언제나 죽이고 싶어했어요. 두어 달 후에는 딴 사람이 저를 죽이려 했어요. 하지만 절대로 죽이진 못해요. 당신은 결코 저를 죽이려고 하지 않을 거예요.」

「기껏 칼바도스로나 죽이려고 하겠지.」 라빅은 말했다. 「술병을 이리 주지. 이야기가 제법 인간적으로 되어가니 다행이로군. 좀전에는 정말 무서웠어.」

「제가 당신을 사랑하고 있어서?」

「이젠, 그런 말은 하지 않기로 하지. 그건 프록코트와 가발로 산책을 하는 식이야. 우리는 함께 있어. 오래 계속될지 어떨지는 아무도 모르지. 우리가 함께 있다는 것만으로도 충분해. 거기에다 레테르 같은 것을 붙일 필요가 있어?」

「오래 계속될지 어떨지란 말은 싫어요. 하지만 다만 말뿐이겠지요. 당신은 저를 버리지는 않겠죠? 이것도 역시 말뿐이겠지요. 당신은 잘 알고 있어요.」

「물론이지. 여태까지 당신이 사랑한 사람 중에서 당신을 버린 사람이 있었나?」

「있었죠.」 그녀는 그를 바라보았다. 「사람은 언제나 상대를 버리기 마련인가 봐요. 때로는 상대가 이쪽보다 먼저 버리게 되는 수도 있지요.」

「그래서 당신은 어떻게 했지?」

「별짓 다 했지요!」 그녀는 그의 손에서 잔을 빼앗아 나머지를 꼴깍 들이켰다. 「별짓 다 했어요! 하지만 아무 소용도 없었어요. 전 아주 불행했어요.」

「오랫동안?」

「일 주일쯤요.」

「길진 않군.」

「진실로 불행하면, 일 주일도 영원과 같아요. 그런 상태로 일 주일이 지나자 완전히 녹초가 되어버렸어요. 머리카락도, 피부도, 침대도, 제가 입는 옷까지도 불행했어요. 저는 온통 불행으로 가득차 있어서, 불행 이외에는 아무것도 가진 것이 없었어요. 불행밖에는 가진 것이 없게 되면, 이번에는 불행이라는 것이 불행이 아니게 돼요. 불행과 비교해 볼 것이 하나도 없기 때문이에요. 그렇게 되면 남는 것이라곤 완전한 허탈뿐이에요. 그것으로 끝장이 나죠. 슬슬 다시 살기 시작하죠.」

그녀는 그의 손에 키스했다. 부드럽고 조심스러운 입술이었다. 「뭘 생각하고 계시죠?」여인이 물었다.

「아무것도. 당신은 야성적인 순진성을 가지고 있다는 것을 생각했을 뿐이야. 완전히 퇴폐적이면서도, 조금도 퇴폐되어 있지 않거든. 세상에서 가장 위험한 거지. 잔을 이리 줘요. 나는 인간의 마음의 감정가인 나의 친구 모로소프를 위해 축배를 들고 싶어졌어.」

「전 모로소프가 싫어요. 다른 사람을 위해 축배를 들지 않겠어요?」

「물론 당신은 그 사람을 싫어하겠지. 눈이 날카로우니까. 그럼 당신을 위해 축배를 들지.」

「절 위해서요?」

「음, 당신을 위해서.」

「전 위험한 인간이 아니에요.」하고 조앙은 말했다.「위험에 처해 있지만, 위험한 인간은 아니에요.」

「당신이 그렇게 생각하고 있다는 그 자체가 벌써 위험하다는 증거야. 당신에게 아무일도 일어나지 않을 거야. 살뤼트!」

「살뤼트. 하지만 당신도 저를 이해하지 못하고 있군요.」

「도대체 누가 이해 같은 것을 하고 싶어하지? 그것이야말로 세상의 모든 오해의 원인이야. 술병을 이리 내요.」

「당신, 너무 많이 마셔요. 왜 그렇게 많이 마시죠?」

「조앙,」라빅은 말했다.「당신이, 이제 그만!이라고 말할 날이 올 거야. 내가 너무 많이 마신다고 당신은 말하는군. 그리고 다만 내가 잘되기만을 바란다고 생각하고 있겠지. 하지만 사실은, 당신은 당신이 감시할 수 없는 세계로 내가 달아나버리는 것을 막으려고 하고 있을 뿐이야. 살뤼트! 우리는 오늘을 축하합시다. 우리는 마치 무서운 구름처럼 창밖에 자욱한 비창감에서 훌륭히 빠져나온 거야. 우리는 그것을 비창감으로 때려죽인 거야. 살뤼트!」

그는 여인이 몸을 움찔하는 것을 느꼈다. 여인은 반쯤 몸을 일으키고, 두손으로 방바닥을 짚고 그를 쳐다보았다. 눈을 크게 뜨고, 잠옷은 어깨에서 미끄러지고, 머리카락이 목덜미에 흘러내려져 있었다. 어둠 속의 여인은 흰하고, 젊은 암사자 같았다.

「알고 있어요.」하고 여인은 조용히 말했다.「당신은 저를 비웃고 있어요. 전제가 살아있다는 것을 느끼고 있어요. 전 그것을 저의 존재 전체에 느끼고 있어요. 저의 호흡이 달라졌어요. 저의 잠은 이젠 죽은 게 아니에요. 온몸의 관절은 다시 의미를 갖게 되었고, 손도 비어 있지 않아요. 당신이 어떻게 생각하든, 무슨 말을 하든 아무렇지도 않아요. 전 아무런 생각도 없이 날고 뛰고 몸을 내던지고 할 거예요. 전 행복해요. 그리고 제가 행복하다고 말하는 것을, 조심하지도 겁내지도 않아요. 설사 당신이 비웃어도, 조롱해도 좋아요.」

라빅은 잠시 잠자코 있다가 말했다. 「당신을 조롱하지는 않아. 난 나 자신을 조롱하고 있는 거야, 조앙…….」

여인은 그에게 몸을 기댔다. 「왜요? 당신의 머리속에는 무엇인가 저항하는 것이 있군요. 왜 그럴까요?」

「저항하는 건 아무것도 없어. 다만 당신보다 느릴 뿐이야.」

여인은 고개를 저었다. 「그것만은 아니에요. 무엇인지 혼자 있고 싶어하는 것이 있어요. 전 그걸 느낄 수 있어요. 울타리 같은 거예요.」

「울타리 같은 건 없어. 다만 당신보다 15년 더 살았기 때문이야. 누구의 생활도, 모두 자신의 기억이라는 세간으로 점점 풍성하게 장식해 나갈 수 있는 자기의 집이라고는 할 수 없지. 그중에는 호텔에 살고 있는 사람도 있지. 그것도 여러 호텔을 전전하면서 말이야. 세월은 마치 호텔의 방문처럼, 이런 사람의 등뒤에서 꽝 하고 닫쳐버리는 거야. 단 하나 뒤에 남아 있는 것은, 얼마 되지도 않는 용기와 후회 없는 마음뿐이지.」

여인은 잠시 말이 없었다. 라빅은 여인이 자기의 말을 듣고 있는지 어떤지 알 수가 없었다. 그는 창밖을 내다보았다. 그리고 혈관 깊숙이 스며드는 칼바도스의 열기를 조용한 기분으로 느꼈다. 맥박은 잔잔하고, 확 트인 정적이 왔다. 그런 정적 속에서, 기관총처럼 끈임없이 시간을 재는 소리도 침묵했다. 몽롱하게 붉은 달이, 반쯤 구름에 가린 회교도 사원의 등근 지붕이 천천히 솟아오르듯, 지붕 위로 떠올랐다. 그와 동시에 대지는 흩날리는 눈보라 속에 가라앉았다.

「알아요.」 조앙은 두손을 그의 무릎 위에 얹고, 그 위에 턱을 괸 채 말했다. 「이런 제 옛날 이야기를 당신에게 하다니, 어리석지요. 말하지 않든가, 거짓말을 할 수도 있었어요. 하지만 그러고 싶지는 않았어요. 저의 지난 생활을 모조리 당신에게 털어놓는 것이 왜 나쁜가요? 그리고 그것을 뭣 때문에 중요하게 생각해야 하나요? 저는 오히려 하찮은 일이라고 생각하고 싶어요. 그런 일은 지금의 저로선 우스꽝스럽기만 하고, 저 자신도 이젠 이해할 수 없게 되어버렸으니까요. 당신은 그런 일을, 그리고 저를 맘대로 웃으셔도 좋아요.」

라빅은 여인을 보았다. 그녀의 한쪽 무릎은 그가 받친 신문지 위에 놓인 크고 흰 꽃송이를 짓누르고 있었다. 이상한 밤이다, 라고 그는 생각했다. 지금도 어디선가에서는 총을 쏘고, 사람들이 체포되고, 투옥되고, 고문을 당하고, 학살을 당하고 있을 것이다. 평화로운 세계의 어느 한구석은 유린당하고 있는 것이다. 사람들은 그것을 목격하고, 그것을 알면서도 어찌할 수가 없는 것이다.

거리의 밝은 술집에서는 생활이 화려하게 영위되고, 근심하고 슬퍼하는 것 없이 사람들은 조용히 잠자리에 든다. 나 자신만 하더라도, 여기서 여자와 함께, 새하얀 국화꽃과 칼바도스의 병 사이에 앉아 있는 것이다. 그리고 떨면서 사랑의 망령이 고독하게 나타나는 것이다. 그것 역시 과거의 안전했던 화원에서 쫓겨난 피난민이다. 아무런 권리도 갖지 못한 것처럼 수줍고, 격렬하고, 성급한 것이다.

「조앙,」하고 라빅은 천천히 말했다. 생각과는 전혀 다른 말을 하고 싶었다. 「당신이 여기 있어 주다니, 정말 멋진 일이야.」

여인은 그를 쳐다보았다.

그는 여인의 두손을 꽉 잡았다. 「그게 무슨 뜻인지 알겠지? 천 마디 말보다도 ……. 」

여인은 고개를 끄덕였다. 갑자기 여인의 눈에 눈물이 가득 괴었다. 「아무런 의미도 없요.」하고 여인은 말했다. 「알고 있어요.」

「그렇지 않아.」하고 라빅은 대답했다. 하지만 그녀의 말이 옳다는 것을 알고 있었다.

「그래요, 아무런 의미도 없어요. 당신은 저를 사랑해 주어야 해요. 그것뿐이에요.」

그는 대답을 하지 않았다.

「당신은 절 사랑해 주어야 해요.」하고 여인은 되풀이했다. 「그렇지 않으면, 전 망하고 말아요.」

망한다, 그런 말을 이 여자는 어쩌면 그렇게 함부로 할 수 있을까! 진실로 망한 자는 말을 하지 않는 것이다.

12

「제 다리를 잘라냈나요, 선생님?」하고 잔노는 물었다.

소년의 얼굴은 핏기가 없고, 낡은 집의 벽처럼 희다. 주근깨가 하도 시커멓게 돋아 있어서, 마치 페인트라도 튀겨놓은 것같이 보였다. 다리의 절단한 부분에는 대신 철사로 엮은 바구니가 들어 있었고, 그 위에 담요가 씌워져 있었다.

「아픈가?」라빅이 물었다.

「네, 다리가 몹시 아파요. 간호원에게 물어봤지만, 도무지 알려주어야지요.」

「다리를 잘랐어.」라빅은 말했다.

「무릎 위예요, 아니면 아래인가요?」

「10센티쯤 위를. 무릎이 으스러져 있어서, 살릴 수가 없었어.」

「잘됐군요.」잔노는 말했다. 「그러면 보험 회사에서 15퍼센트쯤 더 받을 수 있죠. 참 잘됐어요. 무릎 위건 아래건 의족은 의족이죠. 하지만 매달 15퍼센트씩 돈이 더 들어와요.」그러다가 소년은 잠시 망설였다. 「그렇지만 어머니에게는 당분간 말하지 말아 주세요. 자른 자리에다 이렇게 앵무새장을 씌워놓았으니, 보이지도 않겠지만요.」

「어머니에게는 아무말 않겠어, 잔노.」

「보험 회사는 제게 일생 동안 연금을 지불해야 되죠, 그렇지요?」

「아마 그럴 거야.」

치즈 같은 얼굴이 일그러졌다. 「놀랄 거야. 난 열 세 살이니까, 회사는 오랫동안 지불해야 될 거야. 어느 보험 회사인지 이제 아시죠?」

「아직 몰라. 하지만 자동차의 번호를 알고 있거든. 네가 잘 기억해 둔 덕택이야. 경찰에서 벌써 여기를 다녀갔다. 너에게 묻고 싶다고 하더군. 넌 오늘 아침에 아직 자고 있었어. 오늘 저녁에 다시 올 거다.」

잔노는 생각에 잠겼다. 「증인이 문젠데.」이윽고 그는 말했다. 「증인이 있어야 할 텐데, 증인이 있나 모르겠군요.」

「너의 어머니가 두 사람의 주소를 갖고 있는 것 같더군. 쪽지를 쥐고 있었어.」

소년은 초조해 하였다. 「어머니는 잘 잃어버려요. 벌써 잃어버렸는지도 모르지. 노인들은 할 수 없어요. 어머니는 지금 어디 있지요?」

「너의 어머니는 밤새껏, 그리고 오늘도 점심때까지 네 옆에 앉아 계셨다. 점심때가 되어서야 간신히 돌아가시도록 했단다. 곧 다시 오실걸?」

「아직 잃어버리지나 않았으면 좋겠는데. 경찰 같은 건…….」그는 여윈 손으로 가냘픈 제스처를 썼다. 「사기꾼예요. 보험 회사와 한패가 되어 있어요. 하지만 확실한 증인만 있으면…… 어머니는 언제 오나요?」

「곧 오실 거야. 그런 일로 너무 흥분해서는 안돼. 잘 될 테니까.」

잔노는 무엇을 씹고 있는 듯이 입을 움직였다. 「보험 회사는 한꺼번에 다 지불할 때도 있어요. 화의금조로 말예요. 연금 대신에요. 그러면 우리는 그것으로 장사를 시작할 수 있는데.」

「지금은 안정을 해야 해.」하고 라빅은 말했다. 「그런 건 나중에 얼마든지 생각할 시간이 있으니까.」

소년은 고개를 저었다.

「시간은 충분해.」하고 라빅은 되풀이했다. 「경찰이 왔을 때 기운을 내야 할 게 아니냐?」

「그렇군요. 옳은 말씀이에요. 어떻게 하면 좋지요?」

「자야 해.」

「하지만 그렇게 되면……」

「깨워 줄 거야.」

「빨간 불이었어요. 틀림없이 빨간 불이었어요.」

「틀림없어. 그럼 이젠 자도록 해. 무슨 일이 생기거든 이 벨을 눌러라.」

「선생님……」

라빅은 몸을 돌렸다.

「모든 게 잘되면……」잔노는 베개를 베고 누웠다. 미소와 같은 것이, 그의 일그러지고 조숙한 얼굴을 슬쩍 스치고 지나갔다. 「이따금 좋은 때도 있군요, 그렇죠?」

저녁녘에는 공기가 습하고 따뜻했다. 하늘에는 조각구름이 낮게 떠있었다. 푸케 레스토랑 앞에는 둥근 석탄 난로가 설치되어 있었고, 그 주위는 두서너 개의 테이블과 의자가 놓여 있었다. 모로소프는 그중 한 의자에 앉아 있었다. 그는 라빅에게 눈짓을 했다. 「이리 오게, 한잔 하자고.」

라빅은 그의 옆에 앉았다.

「우린 방안에 너무 틀어박혀 있어. 자넨 그렇게 생각한 적 없나?」

「하지만 자네는 다르지. 언제나 세라자드의 입구에 줄곧 서있지 않나?」

「그런 시시한 이론은 집어치우게. 난 밤마다, 말하자면 두 다리를 가진 세라자드의 문이 되어 서있는 거야. 그렇다고 밖에서 사는 사람은 아니지. 우리는 너무 방안에서 살고 있다는 말이야. 방안에서 너무 생각을 하고, 방안에서 너무 사랑을 하고, 방안에서 너무 절망을 한단 말이야. 도대체 자네는 집 밖에서 절망을 할 수가 있겠는가?」

「얼마든지 할 수 있지!」

「그것은 방구석에서만 살고 있기 때문이야. 밖에서 사는 데 습관이 되면, 그렇게 안되지. 부엌이 딸린, 방 두 개의 아파트 안에서보다는, 자연의 풍경 속에서 좀더 점잖게 절망할 수 있지. 그리고 더욱 기분좋게 말이야. 반대는 하지 말게. 반대하는 것은, 서구식 정신이 편협하다는 증거야. 아뭏든 좋아. 내 주장이 반드시 옳다는 건 아니니까. 오늘밤은 나의 휴일이야. 실컷 삶을 즐기고 싶다네. 그건 그렇고, 우리는 너무 방구석에서만 마시고 있어.」

「그리고 또, 방안에서 오줌을 너무 누고 있지.」

「육체를 비꼬는 짓은 그만두게. 무릇 삶의 진실이라는 것은 단순하고 평범한 거야. 다만 우리들의 상상력만이 여기에 생명을 부여하는 거지. 사실은 바지랑 대일지라도 상상으로 꿈의 깃대가 될 수도 있거든. 어때, 내 말이 옳지?」

「옳지 않아.」

「물론 옳지 않겠지. 나도 그렇게 생각해.」

「물론 자네가 옳아.」

「좋아, 우리는 방안에서 너무 잠을 자고 있어. 우리는 가구의 하나가 되어버렸어. 석조 건물이 우리들의 등뼈를 부숴놓았어. 우리는 걸어다니는 소파, 걸어다니는 화장대, 걸어다니는 금고, 임대 계약, 월급장이, 남비, 수세식 변소가 되어버렸단 말이야.」

「맞았어. 걸어다니는 당헌(黨憲), 걸어다니는 군수 공장, 걸어다니는 맹아학교, 걸어다니는 정신병원이 되었지.」

「그렇게 자꾸 따라하지 말게. 자, 마시게. 그리고 얌전하게 사는 거야. 이 메스를 든 살인자야. 우리가 어떻게 되어버렸나를 좀 보란 말이야! 내가 아는 한, 술과 인생의 희락의 신들을 가지고 있었던 것은 고대 그리스 사람들뿐이었어. 바커스와 디오니소스지. 그대신, 지금 우리는 프로이드를 가졌고, 열등의식과 정신분석을 가지고 있거든. 우리는 사랑에 대해서는 어떠한 과장된 말도 예사로 쓰고 있어. 개탄하지 않을 수 없는 세대가 아닌가!」 모로소프는 눈을 꿈벅거렸다.

라빅도 눈을 꿈벅거렸다. 「자네는, 지상에서 잠시 동안 라빅이라고 불리는, 환상을 모르는 불쌍한 로맨티시스트⋯⋯.」

라빅은 웃었다. 「잠시 동안. 이름으로 말하자면, 이것이 나의 세번째 인생이지. 그건 그렇고, 이건 폴란드의 보드카인가?」

「아니, 에스토니아 걸세. 리가에서 온 거지. 특상품이야. 한잔 하게나. 그리고 여기 조용히 앉아서, 세계에서 가장 아름다운 거리를 바라보며, 이 온화한 저녁을 찬양하고, 태연히 절망의 콧대에 침이나 뱉기로 하세.」

석탄 난로의 불이 바지직거렸다. 바이올린을 가진 사나이가 보도 끝에 자리를 잡더니, 《나의 금발 처녀 옆에서》를 연주하기 시작했다. 통행인들이 그와 부딪쳤다. 활이 긁히는 소리가 났다. 그러나 사나이는 자기 혼자 있는 듯 연주를 계속했다. 메마르고 공허한 소리밖에 나지 않았다. 마치 바이올린이 얼어붙은 것 같았다. 두 사람의 모로코 인이 테이블 사이를 누비며 칙칙한 인조견 융단을 팔고 다녔다.

신문팔이들이 새로 나온 신문을 가지고 왔다. 모로소프는 〈파리 수와르〉와 〈앵트랑지앙〉을 샀다. 그리고 제목만 훑어보고는 옆으로 밀어놓았다. 「모조리 화폐 위조범뿐이야.」하고 그는 투덜거렸다. 「자네는 현재 우리가 화폐 위조 시대에 살고 있다고 생각해 본 적이 있나?」

「아니, 우리가 통조림 시대에 살고 있다고는 생각했었지.」

「통조림? 무슨 뜻인가?」

라빅은 신문을 가리켰다. 「통조림이지. 우리는 이젠 아무것도 생각할 필요가 없어. 만사가 모두 미리 생각되고, 미리 씹혀지고, 미리 느껴지고 있어. 통조림이야. 다만 그것을 열기만 하면 돼. 날마다 세 번씩 집까지 배달되어 오니까. 자기가 직접 배달을 하고, 길러서 질문과 의혹과 소원의 불에 올려놓고 끓인다든가 할 것은 하나도 없어. 통조림이지.」그는 히죽 웃었다. 「우리는 편안하게 살고 있는 게 아니야, 보리스. 값싸게 살고 있을 뿐이야.」

「우린 화폐 위조범이 되어 살고 있는 거야.」모로소프는 신문을 높이 쳐들었다. 「이걸 좀 보게. 놈들은 무기 공장을 세우면서, 평화를 원하기 때문이라고 하지. 강제 수용소를 만들고는, 진리를 사랑하기 때문이라고 하지. 정의는 모든 당파적인 미친 짓을 덮어 주는 가면이 되어버렸어. 정치적인 갱이 구세주가 되어 있어. 위조지폐야! 정신의 위조지폐야! 사기 선전이지. 부엌데기들의 마키아벨리즘이지. 암혹 세계의 손아귀에서 노는 이상주의란 말이야. 이것들이 하다못해 정직하기나 했으면…….」그는 신문을 꾸깃꾸깃 뭉쳐서 내던졌다.

「아마도 우리는 방안에 틀어박혀 너무나 많은 신문을 너무 많이 읽고 있는 거겠지.」라고 말하고 라빅은 웃었다.

모로소프도 따라 웃었다. 「그건 그렇지, 밖에서라면 저런 건 불을 지피는 데 필요…….」

모로소프는 문득 말을 멈췄다. 라빅이 어느새 그의 옆에서 없어졌다. 라빅은 벌떡 일어나서, 카페 앞의 혼잡을 밀어붙이며 조르주 5세 거리 쪽으로 돌진해 가고 있었다.

모로소프는 얼빠진 얼굴로 잠깐 그대로 앉아 있었다. 이윽고 그는 호주머니에서 돈을 꺼내 술잔을 받쳐놓은 사기 접시에 던져넣고, 라빅의 뒤를 쫓았다. 무슨 일이 일어났는지 알 수 없었지만, 필요하면 도와줄 수 있도록 아뭏든 그의 뒤를 따랐다. 경관은 보이지 않았다. 그렇다고 사복 형사가 라빅을 뒤쫓고 있는 것 같지도 않았다. 보도는 사람들로 가득했다. 천만다행이라고 그는 생각했다. 경관에게 발견됐다 해도 쉽게 도망칠 수가 있었다. 조르주 5세 거리까지 왔을 때 비로소 라빅의 모습이 보였다. 그 순간에 교통신호가 바뀌어, 밀렸던 자동차의 장사진이 질주하기 시작했다. 라빅은 그래도 길을 건너려고 했다. 택시 하나가 하마터면 그를 칠 뻔했다. 운전사는 소리소리 질렀다. 모로소프는 등뒤에서 라빅의 팔을 잡아당겼다.

「자네 미쳤나?」하고 그는 소리쳤다.「자살할 생각은 아니겠지?」

라빅은 대답하지 않았다. 다만 건너편만을 노려보고 있었다. 자동차가 폭주하고 있었다. 넉 줄로 꼬리를 물고 달렸다. 길을 건너간다는 것은 말도 안되는 소리였다.

모로소프는 그를 흔들었다.「왜 그래? 경찰인가?」

「아냐.」라빅은 지나가는 자동차에서 눈을 떼지 않았다.

「그럼 뭐야? 무슨 일이야, 라빅?」

「하케…….」

「뭐라고?」모로소프의 눈이 가늘어졌다.「어떤 모습이었지? 어서 말해봐!」

「회색 외투…….」

교통순경의 날카로운 호각소리가 샹젤리제의 한가운데서 들려왔다. 라빅은 마지막 차들 사이를 뚫고 달렸다. 짙은 회색 외투……. 그가 알고 있는 것은 그것뿐이었다. 그는 조르주 5세 거리와 바사노 거리를 건넜다. 문득 정신을 차려보니, 회색 외투를 입은 사람이 수십 명이나 있었다. 그는 욕지거리를 내뱉으며, 될 수 있는 대로 빨리 걸었다. 갈릴레 거리에 이르자, 교통이 차단되어 있었다. 그는 급히 그곳을 건너지른 후, 마구 사람들을 밀어붙이며 샹젤리제를 따라서 앞으로 달려갔다. 프레스부르 거리까지 와서 네거리를 건너선 그는, 갑자기 걸음을 멈추었다. 그의 앞엔 에트와르 대광장이 훤히 가로놓여 있었다. 혼잡하고, 자동차가 폭주하고, 길은 방사선처럼 팔방으로 나있었다. 틀렸군! 이렇게 되면 찾아낼 도리가 없지.

그는 천천히 돌아섰다. 그래도 군중의 얼굴을 조심스럽게 살폈다. 그러나 흥분은 가라앉았다. 갑자기 맥이 풀리고, 허전한 느낌이 들었다. 또 잘못 보았구나. 그렇지 않다면, 하케 녀석은 다시 한번 내 손을 벗어난 것이다. 그렇지만 두번이나 잘못 볼 수가 있을까? 아뭏든 골목길은 얼마든지 있다. 하케는 그런 골목으로 들어갔는지도 모른다. 그는 프레스부르 거리를 훑어보았다. 자동차와 사람들, 저녁 러시아워다. 이런 시간에 더 찾아보았자 별수가 없다. 이번에도 또 너무 늦어버렸다.

「못 찾았나?」모로소프가 다가와서 물었다.

라빅은 머리를 저었다. 「아마 또 귀신을 본 거겠지.」

「분명히 보았나?」

「그렇다고 생각했어. 아까까지는 말이야. 그러나 지금은……. 지금은 뭐가 뭔지 알 수가 없어.」

모로소프는 그를 쳐다보았다. 「닮은 얼굴은 얼마든지 있지.」

「그렇겠지. 하지만 잊을 수 없는 얼굴도 있는 법이야.」

라빅은 우두커니 서있었다.

「어떻게 하자는 건가?」 모로소프가 물었다.

「모르겠어. 지금 내가 어떻게 할 수 있겠는가?」

모로소프는 붐비는 사람들을 멍하니 바라보았다. 「아뭏든 운수가 나빠! 하필 이런 시각에! 마침 퇴근 시간이 아닌가. 모조리 섞여서…….」

「그렇군.」

「게다가 어둡기까지 하니. 자네, 그놈을 똑똑히 봤나?」

라빅은 대답하지 않았다.

모로소프는 그의 팔을 잡았다. 「여보게.」 하고 그는 말했다. 「길거리를 뛰어다녀 보았자 이젠 소용이 없어. 한 군데를 찾고 있다가는, 혹시 저쪽에 있지 않을까 하는 생각이 들거든. 틀렸네. 푸케로 돌아가세. 거기가 가장 좋은 장소야. 뛰어다니는 것보다는 거기 앉아 있는 편이 훨씬더 효과적으로 감시를 할 수가 있지. 만약 그놈이 되돌아온다면 그곳에 있기만 하면 알 수가 있지.」

두 사람은 보도 끝에 놓인 테이블에 앉았다. 거기서는 사방이 환히 내다보였다. 오랫동안 그들은 앉아 있기만 했다.

「그놈을 만나면 어떻게 할 셈인가?」 모로소프가 물었다. 「그 점에 대해 생각해 두었나?」

라빅은 고개를 저었다.

「그것을 잘 생각해 두어야 해. 미리 정해 두는 게 좋아. 별안간 마주쳐서 어리석은 짓을 하면 그야말로 꼴이 아니지. 더구나 자네의 입장에서는 말이야. 몇 년 동안 감옥살이할 생각은 없겠지?」

라빅은 얼굴을 들었다. 대답은 하지 않고, 그냥 모로소프를 물끄러미 쳐다볼 뿐이었다.

「난 아무래도 좋지만.」 하고 모로소프는 말했다. 「나라면 말이야. 하지만 자네의 경우는 그래서는 안되지. 만약 자네가 본 것이 바로 그놈이고, 그놈을 저쪽 모퉁이에서 붙잡았다면, 자네는 어떻게 할 셈이었나?」

「모르겠어, 보리스. 정말 모르겠어.」

「자네, 아무것도 가지고 있지 않지? 그렇지?」

「응, 아무것도 안 가졌어.」

「아무 계획도 없이 무작정 덤벼들었다간, 사람들이 당장 떼어놓고 말 거야. 그렇게 되면, 지금쯤 자네는 경찰에 끌려갔을 게고, 그놈은 한두 군데 멍이나 들었을 뿐, 그대로 달아나버렸을 거야. 이건 자네도 알고 있지?」

「알고 있어.」 라빅은 거리 쪽을 말없이 노려보고 있었다.

모로소프는 말을 이었다. 「네거리에서 자동차 밑으로 밀어넣는 정도가 고작이겠지. 하지만 그것도 확실하지가 않아. 한두 군데 상처나 생길 뿐, 살아날는지도 모르지.」

「난 자동차 밑으로 밀어넣거나 하지는 않겠어.」 라빅은 길에서 눈을 떼지 않고 대답했다.

「그야 나도 그렇게는 하지 않아.」

잠시 말이 없던 모로소프가 다시 입을 열었다. 「그놈이 정말 그놈이고, 만약 그놈을 만나면 어떻게 할 것인가를 확실하게 정해 두어야 하는데, 그것은 알고 있겠지? 기회는 단 한번밖에 없다는 것 말이야.」

「그래, 알고 있어.」 라빅은 여전히 길 쪽만 바라보고 있었다.

「만약 그놈을 보게 되면, 뒤를 밟게. 하지만 딴짓을 하면 안돼. 뒤만 밟아야 해. 그래서 어디 살고 있는지 알아내란 말이야. 딴짓은 절대 하지 마. 그밖의 일은 나중에 생각하고, 어리석은 짓은 결코 하지 마. 알았나?」

「알았어.」 라빅은 정신없는 사람처럼 말하고는, 다시 길을 노려보았다.

피스타치오 장수가 두 사람의 테이블로 다가왔다. 장난감 쥐를 가진 사내아이가 그 뒤를 따라왔다. 그는 대리석 테이블 위에서 쥐를 춤추게 하고, 소매로 기어올라가게 했다. 다음엔 바이올린을 켜는 사람이 다시 나타났다. 그는 모자를 쓰고, 《내게 사랑을 속삭여 다오》를 연주했다. 그 다음엔 매독 환자 같은 코를 한 노파가 오랑캐꽃을 팔러 왔다.

모로소프는 시계를 들여다보았다. 「여덟 시군. 더이상 기다려보아도 소용없겠어. 우린 벌써 여기서 두 시간 이상이나 앉아 있었어. 그놈은 이제 돌아오지 않을 거야. 이 시간에는 프랑스의 모든 사람들이 어디선가 저녁을 먹고 있지.」

「걱정 말고 자네 먼저 가게나, 보리스. 무엇 때문에 여기서 나와 함께 멍하니 앉아 있나?」

「괜찮아. 난 말이야, 싫증이 날 때까지 자네하고 여기 앉아 있겠어, 아뭏든 자네가 정신없이 잘못을 저지르지 않기를 바라는 거야. 몇 시간이고 여기서 기다린다는 것은 무의미해. 이쯤되면, 그놈을 만날 가능성은 어디에 있으나 마찬가

지야. 아니, 레스토랑이나 나이트 클럽, 아니면 유곽 쪽이 더 가능성이 많을지
도 몰라.」

「알고 있네, 보리스.」

모로소프는 크고 털이 많은 손을 라빅의 팔에 올려놓았다.「라빅, 알겠나?
자네가 그놈을 만날 운명이라면 반드시 만나게 돼. 그렇지 않다면, 몇 년이고
기다릴 수밖에 도리가 없지. 내 말 알아듣겠지? 언제나 눈을 뜨고 있게. 어디
에서나 말이야. 그리고 모든 준비를 해두어야 해. 그러나 그밖의 일에서는, 잘
못 본 것으로 생각하고 살아가야 해. 그렇게 할 수밖에는 없지. 그렇게 하지 않
으면 몸을 버리게 돼. 나도 전에 그런 것을 경험한 적이 있지. 20년 전이지. 아
버지를 죽인 놈들 중에 한 놈을 보았다고 늘 생각했었지. 그런데 그것은 망상이
었어.」그는 잔을 비우고 말을 이었다.「지긋지긋한 망상이었어. 자 이젠 같이
가세. 어디 가서 뭘 좀 먹기로 하지.」

「먼저 가게, 보리스. 난 나중에 가겠어.」

「여기 남아 있을 건가?」

「조금만 더 있다가 호텔로 돌아가겠어. 가서 할일이 좀 있어.」

모로소프는 그를 쳐다보았다. 라빅이 호텔에서 무엇을 하려는지 그는 알고 있
었다. 하지만 자기로서는 어떻게 할 수가 없다는 것도 알고 있었다. 이것은 라
빅 혼자만의 일이다. 다른 사람이 관여할 게 못된다.

「좋아. 난 메르 마리로 가겠네, 그 다음은 부빌시키로 가고. 전화를 하든가 오
든가 하게.」그는 짙은 눈썹을 모았다.「그리고 위험한 짓을 해선 안돼. 필요없
는 영웅이 돼선 안돼! 쓸데없이 미련한 짓은 해서는 안돼. 달아날 자신이 있을
때만 쏘란 말이야. 어린애 장난도, 갱 영화도 아니니까 말이야.」

「알고 있어, 보리스. 걱정 말게.」

라빅은 오델 앵테르나쇼날에 갔다가, 다시 곧 나왔다. 도중에 오델 밀랑을 지
나쳤다. 시계를 보니 8시 30분이었다. 아마 조앙 마두는 아직 집에 있을 것이다.

여인은 그를 맞았다.「라빅!」하고 여인은 깜짝 놀라며 말했다.「당신이 어떻
게 여길 다 오셨어요?」

「그래……」

「당신은 한번도 여기 오신 적이 없어요. 아세요? 저를 데려다 준 후로는.」

그는 넋을 잃은 듯 미소를 지었다.「그랬었군, 조앙. 우린 묘한 생활을 하고
있는 셈이군.」

「그래요, 두더지처럼 말이에요. 아니면 박쥐나 부엉이 같아요. 어두워져야만

만나니 말이에요.」

여인은 자늑자늑하게 넓은 걸음으로 방안을 왔다갔다 했다. 그녀는 짙푸른색 화장옷을 입고 있었다. 그것은 남자옷처럼 재단되어 있어서, 허리를 띠로 질끈 졸라매고 있었다. 세라자드에서 입는 검은 야회복이 침대 위에 놓여 있었다. 그녀는 매우 아름다왔으며, 무한히 멀리 떨어져 있는 것 같았다.

「아직 괜찮아요. 30분 후에 나가요. 지금이 저의 제일 좋은 시간이에요. 나가기 전의 한 시간이 말이에요. 제가 뭘 가지고 있는지 아세요? 코피와 온 세계의 시간을 모두 가지고 있어요. 게다가 당신까지 오시고. 칼바도스도 있어요.」

그녀는 병을 가지고 왔다. 그는 그것을 받아 마개도 따지 않고, 그대로 테이블에 놓았다. 그러고는 조심스럽게 그녀의 손을 잡았다.「조앙,」하고 그는 말했다.

여인의 눈빛이 흐려졌다. 그녀는 그에게 다가섰다.「무슨 일인지 어서 말해 봐요.」

「왜?」

「뭔가 있었어요. 당신이 이럴 때는 반드시 무슨 일이 있어요. 그래서 오셨나요?」

그는 그녀의 손이 자기에게서 빠져나가려 하는 것을 느꼈다. 그녀는 꼼짝도 하지 않았다. 손도 움직이지 않았다. 다만 무엇인가 그녀의 손 안에 있는 것이 자기에게서 빠져나가려고 버둥거리고 있는 것 같았다.

「오늘밤은 오지 마, 조앙. 오늘밤은 안돼. 아마 내일도. 아니, 2, 3일은 안될 거야.」

「병원에서 주무셔야 되나요?」

「아니, 다른 일이야. 이야기할 수는 없지만, 하지만 당신과 나 사이와는 관계가 없는 일이야.」

그녀는 잠시 꼼짝도 하지 않고 서있었다.「좋아요.」이윽고 그녀는 말했다.

「이해하겠어?」

「아뇨, 하지만 당신이 말씀하는 것이면 정말이겠죠.」

「화를 내는 건 아니겠지?」

그녀는 그를 쳐다보았다.「아이 참, 라빅. 무슨 일이든 제가 당신에게 어떻게 화를 내겠어요?」

그는 얼굴을 들었다. 마치 어떤 손이 심장을 꾹 누르는 것 같았다. 조앙은 아무런 생각도 없이 말한 것이었다. 그러나 설령 그녀가 어떤 짓을 했다고 해도 이보다 더 그의 가슴을 울릴 수는 없었을 것이다. 그는 밤에 그녀가 무슨 말들을 지껄이든 속삭이든 간에 아무렇게도 생각하지 않았다. 창밖에서 뿌옇게 동이 트기 시작하면 곧 잊어버리고 마는 것이었다. 그녀가 자기 옆에 쪼그리고 앉거나 누워 있을 때의 이를데없는 황홀감은, 같은 정도로 그녀 자신에 대한 황홀감이기도 하다는 것을 알고 있었다. 그리고 그런 것은 그 순간의 도취와 황홀한 고백이라고나 생각했고, 그 이상으로 생각해 본 적은 한번도 없었다. 그런데 지금 처음으로 마치 광선이 숨바꼭질을 하고 있는, 눈부시게 반짝이는 구름 사이로 갑자기 초록색과 갈색으로 빛나는 대지를 내려다본 비행사처럼, 그 이상의 것을 그는 본 것이다. 그는 황홀감 속에서 헌신을, 도취 속에서 감정을, 시끄러운 말 속에서 단순한 신뢰감을 보았다. 그는 불신과 질문과 몰이해를 각오했던 것이다. 이런 것은 예기치도 못했다. 뜻밖의 사실을 계시해 주는 것은 언제나 보잘것없는 사소한 것이지 결코 커다란 것은 아니다. 커다란 것은 연극적인 몸짓이나 거짓말에 대한 유혹과 너무나도 굳게 결합되어 있다.

방, 호텔의 방, 두서너 개의 트렁크, 침대, 불빛, 창밖에는 밤과 과거의 시커먼 적막……. 그리고 여기엔 회색 눈과 높은 눈썹과 대담하게 물결치는 머리를 가진 밝은 얼굴……. 생명, 협죽도(夾竹桃)가 빛을 향하듯이 거리낌없이 그를 향해 오는 생명, 그 생명이 여기에 있다. 여기 있는 것이다. 묵묵히 기다리며, 저를 받아 주세요! 저를 붙잡아 주세요! 라고 그에게 소리치며. 내가 붙잡아 주겠다고, 훨씬 전에 나는 말하지 않았던가?

그는 일어섰다. 「잘 있어, 조앙.」

「안녕히 가세요, 라빅.」

라빅은 카페 푸케에 앉아 있었다. 전번과 같은 테이블이었다. 복수에의 희망이라는 단 하나의 희미한 등불만 켜져 있는, 과거의 어둠 속에 잠겨들면서 벌써 몇 시간이나 거기 앉아 있었다.

그들은 1933년 8월에 그를 체포했다. 그는 게쉬타포에 쫓기고 있는 친구 둘을 자기 집에 2주일 동안 숨겼다가, 그들이 도망하는 것을 도와주었다. 그중 하나는 1917년에 플랑드르의 빅스스코테에서 그의 생명을 구해 주었던 것이다. 무인지대에 쓰러져서, 출혈 때문에 서서히 죽어가고 있던 그를, 기관총의 엄호 사격을 받으며 업어 내왔던 것이다. 또 한 사람은 여러 해를 두고 사귀어왔던 유태인 작가였다. 라빅은 심문을 받기 위해 끌려갔다. 그들은, 두 사람이 어느 방면으로 도망쳤으며 어떤 증명서를 가지고 있는가, 그리고 도중에서 어떤 사람들의 도움을 받을 것인가를 알아내려고 했다. 하케가 그를 심문했다. 처음으로 인사불성이 된 후에, 그는 하케의 권총을 빼앗아 쏘아죽이든가 때려죽이려고 했다.

그 순간, 꽝 하고 시뻘건 암흑 속으로 뛰어들고 말았다. 무장한 다섯 명의 억센 사나이들과 대적해서 그런 짓을 한다는 건, 의미가 없는 것이었다. 사흘간의 실신, 서서히 돌아오는 정신, 미칠 듯한 고통 속에서 차갑게 미소짓는 하케의 얼굴이 떠올랐다. 사흘 동안 똑같은 질문, 사흘 동안 상처투성이가 되어 이제는 고통을 느낄 힘마저 없어진 것 같은 육체. 그렇게 해놓고 사흘째 되던 날 오후에 시빌을 불러왔다. 그녀는 아무것도 몰랐다. 여자에게 자백시키려고, 여자에게 그를 보였던 것이다. 그녀는 하는 일 없이 놀고 먹는 생활을 해온, 사치스럽고 아름다운 여자였다. 그는 여자가 틀림없이 비명을 지르고 실신할 것이라고 생각했다. 하지만 그녀는 실신하지 않았고, 고문하는 작자들에게 덤벼들었다. 그리고 목숨이 위태롭게 될 무서운 욕설을 퍼부었다. 그녀의 생명에 관계되는 위험한 말이었다. 그녀는 그것을 잘 알고 있었다. 하케의 얼굴에서 미소가 사라졌다. 그리고 갑자기 심문을 중단했다. 다음날, 그놈은 라빅에게 만약 그가 자백하지 않으면 여자 강제수용소에 있는 그녀의 신상에 어떤 일이 일어날 것인가를 들려주었다. 라빅은 대답하지 않았다. 그러자 하케는 그에게 강제수용소로 가기 전에, 신상에 어떤 일이 일어날 것인가를 설명했다. 그래도 라빅은 자백하지 않았다. 자백할 것이 없었기 때문이다. 그는 하케에게, 그녀가 아무것도 알지 못한다는 것을 이해시키려 했다. 자기는 그녀에 대해서 피상적으로만 알고 있을 뿐, 그녀는 그의 생활에 있어서 한 폭의 아름다운 그림일 뿐이며, 자기가 그녀에게 무엇 하나 알려줄 리가 결코 없다는 것을 말했다. 그것은 모두 사실이었다. 하케는 다만 미소짓고 있을 뿐이었다. 그런 후 사흘만에 시빌은 죽었다. 여자 강제수용소에서 목을 맨 것이다. 그 다음날, 도망자의 한 사람이 붙들려 왔다. 그는 유태인 작가였다. 라빅이 그를 만났을 때, 그는 하도 변해서 그 목소리를 들어도 알아볼 수가 없을 정도였다. 하케의 심문이 일 주일 동안 더 계속된 끝에 결국 그 작가도 고문에 못 이겨 죽고 말았다. 그후 라빅은 강제수용소로 옮겨졌다. 그리고 병원. 병원에서의 탈출…….

개선문 위에 차가운 달이 걸려 있었다. 샹젤리제의 가로등이 바람에 흔들거리고 있었다. 밤의 불빛이 테이블에 놓인 유리잔에 비치고 있었다. 라빅은 현실이 아닌 것같이 생각되었다. 이 잔도, 저 달도, 저 거리도, 오늘밤도 현실이 아니다. 마치 언젠가 여기 있었던 것처럼 다른 생활, 다른 별에 있었던 것과 같이, 이상하고 그러면서도 정답게 생각되는 지금 이 순간도 현실이 아닌 것이다. 이젠 사라졌고, 가라앉아버렸으며, 살고 있으면서도 동시에 죽어버린, 그리고 다만 내 머리속에서만 지금도 빛을 발하고 있을 뿐, 말이라는 것으로 굳어버린,

세월의 이러한 기억도 역시 현실이 아닌 것이다. 내 혈관의 어둠 속을 쉴새없이 온도 36.7도의, 약간의 염분이 섞인 냄새를 풍기면서 꿈틀꿈틀 흐르고 있는 이 액체 시리터의 비밀과 촉진, 피. 이것도 현실이 아니다. 기억이라고 불리는 중추신경의 반사작용. 눈에 보이지 않는 허무의 저장실. 긴 세월 동안 잇달아 떠오르는 별과 별. 하나는 밝게 빛나고, 다른 하나는 베라가 위의 화성처럼 피비린내가 나고, 많은 것들은 희미하게 빛나며, 사방에 가득 흩어져 있는 기억의 하늘. 그 하늘 밑에서 현재가 혼돈된 생활을 계속하고 있는 것이다.

복수의 초록색 광선, 깊은 밤의 달과 자동차의 질주하는 소리 속에 조용히 펴 있는 대도시. 끝없는 줄지어 있는 집들, 거리 끝까지 늘어진 창문의 행렬, 그 속에 갇힌 무수한 운명, 수백만 인간의 심장의 고동. 수백만의 모터와 같이 쉴새없이 뛰는 심장의 고동. 인생의 갈림길을 서서히 서서히 앞으로 나아간다. 한번 고동칠 때마다 조금씩, 1밀리미터만큼씩 죽음에 가까이 다가가면서.

그는 일어섰다. 샹젤리제에는 인적이 드물었다. 길 모퉁이마다 창녀들이 한둘 오락가락하고 있을 뿐이었다. 그는 거리를 걸어내려갔다. 피에르 샤르동 가, 마르뵈프 가, 마리냥 가를 지나 롱 포앙까지 가서, 거기서 되돌아서서 개선문으로 나왔다. 그는 쇠사슬 울타리를 넘어서 무명전사의 묘지 앞에 섰다. 어둠 속에서 작고 푸른 불꽃이 깜박거리고 있었고, 그 앞에는 다 시든 화환이 놓여 있었다. 그는 에트와르를 가로질러, 처음에 하케를 보았다고 생각되는 술집으로 갔다. 택시 운전사 두서너 명이 아직도 앉아 있었다. 그는 전에 앉아 있었던 창가에 자리를 잡고 코피를 마셨다. 거리에는 인적이 없었다. 그들은 그 녀석은 어리석은 자라고 말하며, 만약 마지노 선에 접근해 온다면 당장 끝이 날 것이라고 예언하고 있었다. 라빅은 길을 응시하고 있었다. 나는 왜 이런 곳에 앉아 있을까? 파리의 다른 어느 곳에 앉아 있어도 마찬가지가 아닌가. 기회는 어디서든지 똑같다. 그는 시계를 보았다. 3시가 조금 못되었다. 너무 늦다. 하케는——정말 그놈이라 해도——이런 시각에 거리를 방황하지는 않을 것이다.

밖에 창녀가 하나 서성거리고 있었다. 창문으로 안을 들여다보고는 그냥 지나가버렸다. 저 여자가 되돌아오면 나는 가야지, 하고 그는 생각했다. 창녀가 되돌아왔다. 그러나 그는 일어나지 않았다. 만약 다시 한번 되돌아오면 틀림없이 가야지, 하고는 그는 결심했다. 그렇게 되면, 하케는 파리에는 없는 것이다. 여자가 또 되돌아왔다. 그리고 고개짓을 하고는 지나갔다. 그는 그대로 앉아 있었다. 창녀는 다시 한번 되돌아왔다. 그래도 그는 일어서지 않았다.

보이가 의자를 테이블 위에 올려놓기 시작했다. 운전사들은 계산을 끝내고 술집을 나갔다. 보이는 카운터 위의 불을 껐다. 방은 지저분한 어둠 속에 떨어지고 말았다. 라빅은 주위를 둘러보았다.

「계산서를 가져와요.」하고 그는 말했다.

밖은 바람이 불어 몹시 추워졌다. 구름은 전보다도 높은 곳을 더욱 빨리 흘러가고 있었다. 라빅은 조앙의 호텔 앞을 지나다가 걸음을 멈추었다. 호텔은 캄캄했지만, 단 한 군데 창문의 커튼 뒤에 희미하게 불이 켜져 있었다. 그것은 조앙의 방이었다. 그는 그녀가 캄캄한 방에 혼자 들어가는 것을 싫어한다는 걸 잘 알고 있었다. 오늘은 그에게 오지 않기 때문에, 마냥 불을 켜놓은 모양이다. 그는 창문을 올려다보았다. 그러자 갑자기 자기 자신을 이해할 수가 없어졌다. 왜 나는 그녀를 만나려 하지 않는 걸까? 다른 여자에 대한 기억은 벌써 사라진 지 오래이다. 다만 그 여자의 죽음에 대한 기억만이 아직 남아 있을 뿐이 아닌가.

그리고 또 하나의 여자는? 그것이 저 여자와 무슨 관계가 있단 말인가? 그럼 나 자신과는 또 무슨 관계가 있단 말인가? 환상을 뒤쫓다니, 얼기설기 얽힌 시커먼 기억의 반사작용, 어두운 반응을 뒤쫓다니. 정말 어처구니없는 짓이 아닐까. 재수없게 닮았다는 우연한 사실에 뒤흔들려, 사라진 세월이 남긴 재 속을 다시 헤치기 시작하다니. 썩어빠진 과거의 한 조각, 간신히 아문 신경쇠약의 연약한 상처를 다시 터뜨리게 하다니. 그리고 내가 나 자신 속에 쌓아올린 모든 것을, 나 자신을 과거의 나에게서 격리시킨 생활의 한 조각, 내가 나 자신과 나와 가장 가까운 유일한 사랑을 위하여 만들어낸 생활을 위태롭게 한다는 것은, 그야말로 어리석은 일이 아닐까? 그것과 이것이 무슨 관계가 있다는 것인가? 그것은 벌써 몇 번이나 나 자신에게 들려준 것이 아닌가? 그렇지 않다면, 나는 어떻게 살아나올 수가 있었단 말인가? 그리고 지금쯤 나는 어떻게 되었겠는가? ……

온몸에서 납덩어리가 녹아내리는 것 같았다. 그는 깊이 숨을 들이쉬었다. 바람이 거리를 휩쓸고 지나갔다. 그는 다시 한번 불이 켜진 창문을 올려다보았다. 나에게서 어떤 의미를 찾고자 하는 사람이 있다. 나를 소중히 여기는 사람, 나를 보면 곧 눈빛이 달라지는 사람……. 그런데 나는 그 사람을 일그러진 환상 때문에, 퇴색한 복수의 희망에서 나온 성급하고 냉정한 교만 때문에, 제물로 삼으려고 하였던 것이다.

대체 어쩌자는 건가? 나는 어째서 스스로 저항하는 걸까? 한 생명이 자기를 바치겠다고 하는데, 나는 그것에 이의를 달고 있다. 너무 적어서가 아니라, 너무 많다고 해서. 그렇다면 나는 과거의 피비린내나는 폭풍이 지나가지 않으면 이것을 인정할 수가 없다는 것인가? 그는 어깨를 으쓱했다. ·마음이라고 그는 생각했다. 마음! 그것은 활짝 열려 있다! 몹시 두근거리고 있다! 창문! 밤중에 단 하나 외롭게 불이 켜진 창문. 정열적으로 이 나에게 바쳐진 또 하나의 생명의 반영. 그것이 그도 또한 마음을 활짝 열 때까지 열린 채로 기다리고 있을 것이다. 욕정의 불꽃, 성 엘모의 사랑의 불꽃, 번쩍 하고 일어나는 피의 전광. 그것은 잘 알고 있다. 그것은 모조리 다 알고 있다. 너무나 잘 알고 있기 때문에, 설마 이 부드러운 황금빛 혼란이 두번 다시 머리속에 범람하리라고는 꿈에도 생각하지 않고 있다. 그럴 때면 느닷없이, 어느 날 밤 삼류 호텔 앞에 우뚝 서게 되는 것이다. 그것은 아스팔트에서 마치 안개처럼 피어오른다. 그리고 마치 지구의 한쪽 끝에서, 초록이 무르익는 코코넛의 섬에서, 뜨거운 열대지방의 봄에서 건너온 듯이 해양과 산호초, 용암과 암흑을 뚫고 갑자기 파리에, 초라한 풍슬레 거리에 솟아오르는 것이다. 복수와 과거와 그리고 저항할 수도 반대할 수도 없는 수수께끼와 같은 정열의 부활로 가득찬 밤에 알테아와 함수초의 향기를 뿌리며.

세라자드는 손님들로 붐비고 있었다. 조앙은 라빅을 곧 알아보았다. 라빅은 출입구 근처에 서있었다. 방안은 담배 연기와 음악이 자욱하였다.

여인은 손님들에게 뭐라고 말하고는, 그에게로 달려왔다.

「라빅…….」

「여기 더 있어야 되나?」

「왜요?」

「함께 가고 싶어서.」

「하지만 당신은…….」

「끝났어. 아직 볼일이 있나?」

「없어요. 잠깐, 돌아가겠다고 말하고 오겠어요.」

「빨리 해요. 밖에서 택시를 타고 기다리고 있을 테니까.」

「알았어요.」 그녀는 그대로 서있었다. 「라빅…….」

그는 그녀를 쳐다보았다.

「저 때문에 오셨어요?」 하고 그녀는 물었다.

그는 잠깐 망설였으나 「물론.」 하고 자기 앞으로 내민 그녀의 얼굴에다 대고 나직이 말했다. 「물론, 조앙. 당신 때문에 왔지! 순전히 당신 때문에 온 거야.」

그녀는 서둘렀다. 그러고는, 「자, 어서 가요! 여기 남아 있는 사람들은 우리와는 상관이 없지요.」

택시는 리에주 거리를 달렸다. 「무슨 일이 있었어요, 라빅?」

「아무일도 없었어.」

「전 몹시 불안했어요.」

「잊어버려. 아무것도 아냐.」

조앙은 그를 쳐다보았다. 「전 당신이 다시는 돌아오지 않을 거라고 생각했어요.」

그는 그녀 쪽으로 몸을 기울였다. 그녀는 떨고 있었다.

「조앙,」 하고 그는 말했다. 「아무 생각도 하지 마. 그리고 아무것도 묻지 말고. 저기 가로등의 불빛과 화려한 네온이 보이지? 우리는 죽어가는 시대에 살고 있는 거야. 그리고 이 도시는 생활이 무서워서 떨고 있지. 우리는 모든 것에서 격리되어 있어. 우리에겐 이제 마음밖에 남은 것이 없어. 나는 달세계에 갔다가 방금 돌아왔어. 돌아와보니 당신이 그대로 있더군. 당신은 생명이야. 이젠 아무것도 묻지 마. 천 가지의 질문보다도 당신의 머리카락이 더 많은 비밀을 간직하고 있지. 지금 우리 앞에는 밤이 있어. 아침이 떠들썩하게 창문을 두드릴 때까지의 서너 시간. 그러나 그것은 영원이야. 인간이 서로 사랑한다는 것, 이것이 전부야. 기적이며 동시에 세상에서 가장 자명한 것이지. 그것은 나는 오늘, 밤의 어둠이 꽃피는 수풀 속에서 녹아없어지고, 바람이 딸기냄새를 풍길 때 느꼈어. 사랑이 없다면, 인간은 휴가중인 죽은 사람에 지나지 않지. 두어 가지 약속 날짜와, 우연한 이름 하나밖에 적혀 있지 않은 종이 쪽지와 같아. 그렇다면 차라리 죽는 게 낫지…….」

빙글빙글 돌아가는 등대의 불빛이 선실의 어둠을 스치고 지나가듯, 가로등의 불빛이 택시의 창문을 획획 스치고 지나갔다. 조앙의 눈은, 그 창백한 얼굴 속에서 번갈아가며 아주 투명하게 보이기도 하고, 몹시 어두워 보이기도 했다.

「우린 죽지 않아요.」 하고 그녀는 라빅의 품속에서 속삭였다.

「그래, 우리는 죽지 않아. 다만 시간만이 죽는 거야. 시간은 언제나 죽어가거든. 우린 살아있어. 늘 살아있지. 당신이 눈을 뜰 때는 봄이고, 잠들 때는 가을이야. 그 사이에 몇천 번이나 겨울과 여름이 지나갔지. 그리고 우리가 깊이 사랑하고 있을 때, 우리는 영원이며 불멸이야. 마치 심장의 고동이나 비, 바람처럼. 이건 굉장한 거야. 우리는 매일같이 승리자가 되고, 귀여운 애인이 되는 거야. 해마다 우리는 패자가 되지만, 그런 것을 누가 알고 싶어하며, 또 누구와 관계가 있겠어? 일각이 인생이지. 일순간은 영원과 같아. 당신의 눈이 빛나고, 유성은 무한한 공간을 떨어져내리고, 신들도 늙어가지. 하지만 당신의 입술은 젊고, 수수께끼는 우리들 사이에서 떨며, 황혼에서, 어둠 속에서 모든 애인들의 황홀경에서, 당신과 나, 부르는 소리와 답하는 소리……. 격렬한 정화의 아득한 부르짖음에서, 황금빛 폭풍우에 압착되어, 아메바에서 루트나 에스테르나 헬렌이나 아스파시아로, 도중의 예배당에 있는 푸른 마돈나들에 이르는 끝없는 도정이 생겼소. 뻗어가는 덩굴과 짐승에서 당신과 내게로……」

여인은 꼼짝도 하지 않고, 창백한 얼굴로 허탈한 듯이 완전히 몸을 내맡기고 그의 품에 안겨 있었다. 그는 그녀에게 몸을 구부리고, 언제까지나 이야기를 계속했다. 처음에는 누군가 어깨 너머로 들여다보고 있는 듯한 생각이 들었다. 하나의 그림자가 희미한 미소를 띠며, 소리도 내지 않고 함께 지껄이고 있는 듯했다. 그는 한층더 몸을 구부렸다. 그녀가 자기 쪽으로 마주 움직여 오는 것을 느꼈다. 그래도 그림자는 아직 사라지지 않고 있었다. 그러나 그것은 마침내 사라지고 말았다.

13

「추문(醜聞)이야.」하고 케이트 헤그슈트룀과 마주앉은, 에메랄드를 단 여자가 말했다. 「기막힌 추문이지! 파리 사람들이 모두 웃고 있어. 루이가 동성애를 하고 있다는 것, 알고 있었니? 몰랐겠지? 우리도 몰랐어. 정말 잘도 숨겨왔더군. 모두들 리나드느부르가 그 사람의 공공연한 애인이라고만 알고 있었지. 그런데 그게 아니었어. 루이는 일 주일 전에 로마에서 돌아왔어. 예정보다 사흘이나 빨리 말이야. 그리고 그날 밤 곧장 니키의 아파트로 갔지. 니키를 놀라게 해주려고. 그런데 거기 누가 있었는지 알아?」

「자기 마누라겠죠.」하고 라빅은 말했다.

에메랄드를 단 여자는 라빅을 흘끗 쳐다보았다. 그녀는 갑자기 당신의 남편은 파산했읍니다, 라는 말을 지금 막 들은 것 같은 얼굴을 했다.

「벌써 그 이야기를 알고 계세요?」하고 그녀는 물었다.

「모르지만, 그럴 것 같았어요.」

「전 아무래도 모르겠어요.」그녀는 못마땅한 듯 라빅을 노려보았다. 「아뭏든 그럴 수가 없어.」

케이트 헤그슈트룀은 미소를 지었다. 「라빅 선생님은 한 가지 이론을 가지고 계셔, 데이지. 우연의 이론이라는 거야. 그것에 의하면, 가장 있을 수 없는 일이 언제나 가장 논리적이라는 거야.」

「재미있군.」데이지는 공손하게, 그러나 조금도 재미없다는 듯이 웃었다. 「아무 일도 일어나지 않았을 거야.」하고 그녀는 말을 이었다. 「루이가 엄청난 소동만 벌이지 않았다면, 그런데 루이는 머리끝까지 화가 치밀었대. 지금 그 사람은 크리용에서 지내고 있지. 이혼한다는 거야. 양쪽이 다 증거가 나오기를 기다리고 있어. 그녀는 기대에 가슴이 부풀어, 의자에 등을 기댔다. 「어떻게 생각하니?」

케이트 헤그슈트룀은 라빅을 쳐다보았다. 그는 테이블 위의 모자 상자와, 포도와 복숭아가 든 과일 바구니 사이에 놓여 있는 난초 가지를 바라보고 있었다. 선정적이며 붉은 점이 드문드문 박힌 꽃술을 가진, 나비 같은 흰꽃이었다.

「믿을 수 없어. 데이지.」하고 그녀는 말했다. 「정말 믿을 수 없어!」

데이지는 자기의 승리에 만족한 것 같았다. 「선생님도 이건 미처 몰랐겠지요?」하고 그녀는 라빅에게 물었다.

그는 난초 가지를 조심스럽게 가느다란 커트 글래스의 화병에 도로 꽂았다. 「네, 그건 전혀 몰랐읍니다.」

데이지는 만족한 듯 고개를 끄덕이고 나서, 핸드백과 콤팩트와 장갑을 집어 들었다. 「이제 그만 가 봐야겠어. 루이제가 다섯 시에 칵테일 파티를 연대. 그 애의 신부님도 온댔어. 별 소문이 다 돌고 있지.」그녀는 일어섰다. 「그건 그렇고, 페리와 마르트는 또 헤어졌어. 마르트는 그이에게 보석을 모두 돌려주었다는군. 이번이 세번째야. 그렇게만 하면, 페리는 또 맥을 못 춘대. 불쌍한 사람이야. 자기에게 반하고 있다고 생각하는 거야. 두고 보렴. 이제 보석을 모두 그애에게 돌려줄 테니. 그것뿐만 아니라, 보답으로 다른 것도 더 사가지고 말야. 늘 그래. 그 사람은 모르지만, 마르트는 오스테르타하에서 사고 싶은 보석을 벌써 봐두었어. 그 사람은 언제나 그 집에서 물건을 사거든. 루비 브로치라더군. 커다랗고 네모진 보석인데, 비둘기의 피 같은 빛이라고 하더군. 정말 빈틈없어.」

그녀는 케이트 헤그슈트룀에게 키스를 했다. 「잘 있어. 이젠 너도 세상 돌아가는 것을 조금은 알았겠지. 곧 퇴원할 수는 없나요?」하고 그녀는 라빅을 쳐다보았다.

라빅의 눈이 케이트 헤그슈트룀의 눈과 마주쳤다. 「곧 할 수는 없죠.」하고 그는 말했다. 「유감스럽지만.」

그는 데이지의 외투를 입혀 주었다. 그것은 깃이 없는 검은색 밍크였다. 조앙에게 어울리는 외투라고 그는 생각했다.

「차라도 들게 케이트하고 한번 오세요.」하고 데이지는 말했다. 「수요일에는 늘 손님이 적으니까 마음놓고 이야기할 수 있어요. 전 수술이라는 것에 대해 꽤 흥미를 느끼고 있거든요.」

「고맙습니다.」

라빅은 그녀가 나간 문을 닫고 돌아왔다. 「멋있는 에메랄드군.」

케이트 헤그슈트룀은 웃었다. 「저것이 이전의 제 생활이었어요, 라빅. 이해하시겠어요?」

「이해해요. 좋지 않소? 할 수만 있다면, 멋있지. 여러 가지로 도움이 될 테니까.」

「전 이제 이해할 수가 없어요.」

그녀는 일어나서 조심스럽게 침대 쪽으로 갔다.

라빅은 그녀를 쳐다보았다. 「사람은 어디서 살거나 마찬가지요, 케이트. 물론 좀더 살기 좋은 곳도 있긴 하지만. 하지만 그런 것이 중요한 문제는 아니지. 보다 중요한 것은 어떻게 생활해 나가느냐 하는 거지. 그것도 언제나 그렇게 되는 건 아니지만.」

그녀는 길고 아름다운 다리를 침대 위에 뻗었다. 「모든 것이 시들하게 보이는군요.」 하고 그녀는 말했다. 「두어 주일이나 자리에 누워 있다가, 다시 걸어다닐 수 있게 되니까.」

라빅은 담배를 집어들었다. 「싫으면 이제 여기 있을 필요가 없어요. 간호원만 데리고 간다면, 랭커스터에서 살 수도 있지.」

케이트 헤그슈트룀은 고개를 저었다. 「전 여행을 할 수 있을 때까지 여기에만 있겠어요. 여기 있으면, 데이지 같은 여자들을 많이 만나지 않아도 되니까요.」

「오면 내쫓아버려요. 잔소리보다 더 신경이 쓰이는 건 없으니까.」

그녀는 침대 위에 조심스럽게 몸을 뉘었다. 「당신이 믿을지 모르지만, 데이지는 저렇게 수다스럽기는 해도 어머니로서는 아주 훌륭해요. 두 아이의 교육에는 아주 그만이에요.」

「그럴지도 모르지.」 하고 라빅은 시들하게 대답했다.

케이트 헤그슈트룀은 담요를 끌어다 덮었다. 「병원이란 곳은 마치 수도원 같군요. 가장 단순한 것들의 가치를 다시 알게 되니까요. 걷는 것, 숨쉬는 것, 보는 것…….」

「그래요, 행복이란 어디서나 볼 수 있는 거요. 그것을 집어 올리기만 하면 되는 거요.」

그녀는 라빅을 쳐다보았다. 「전 정말 그렇게 생각해요, 라빅.」

「나도 그렇게 생각해요, 케이트. 단순한 것만이 우리들을 절대로 실망시키지 않지. 그리고 행복은 아무리 낮은 곳에도 있는 법이오.」

잔노는 침대에 누워 있었다. 담요 위에는 팜플렛이 흩어져 있었다.
「왜 불을 안 켜지?」하고 라빅은 물었다.
「아직 잘 보여요. 전 눈이 좋거든요.」
팜플렛은 의족에 대한 설명서였다. 잔노는 그것을 갖은 수단을 다해서 주워모았던 것이다. 마지막 몇 가지는, 어머니가 갖다주었다. 그는 라빅에게 천연색의 의족 그림을 보였다. 라빅은 불을 켰다.
「이게 제일 비싼 거예요.」하고 잔노는 말했다.
「제일 좋은 건 아니군.」하고 라빅은 대답했다.
「하지만 이것이 제일 비싸요. 전 보험 회사에 절대로 이것이라야 된다고 말하겠어요. 물론 그런 걸 갖고 싶지는 않지만요. 다만 보험 회사에게 돈을 쓰게 하려고 그래요. 전 목제 의족과 돈만 있으면 돼요.」
「보험 회사엔 전속 의사가 있어서, 하나하나 다 조사를 하게 돼, 잔노.」
소년은 몸을 일으켰다. 「그럼 저에게 의족을 주지 않을 거란 말인가요?」
「주긴 주겠지. 하지만 제일 비싼 건 안 줄걸. 그리고 돈으로 주지도 않을 거야. 네게 정말 의족을 가질 수 있도록 해주긴 하겠지만.」
「그렇다면 그걸 받아서 곧 되팔아야겠어요. 그럼 물론 손해는 보게 되겠지만, 20퍼센트쯤 손해보면 되겠지요, 선생님? 처음에는 10퍼센트로 하자고 해야죠. 미리 상인하고 이야기를 해보는 편이 좋을지도 모르겠군요. 제가 의족을 받건 안 받건, 그건 회사와는 상관이 없겠지요? 돈만 치르면 되겠지요. 그 다음 일은 회사에서 관여할 바가 아니지요. 그렇지 않을까요, 선생님?」
「그렇고말고, 한번 해보는 거지.」
「꽤 될 거라고 생각되는데요. 그 돈으로 작은 밀크 홀의 카운터와 시설을 살 수 있을 거예요.」잔노는 능청스럽게 웃었다. 「이렇게 관절이고 뭐고 다 갖추어진 의족은 꽤 비싸군요. 정교한 물건이군요. 정말 멋져요.」
「보험 회사에서 벌써 누가 다녀갔나?」
「의족이나 보상금 때문에는 아직 오지 않았어요. 수술과 병원 문제 때문에 왔을 뿐이에요. 변호사를 대야 할까요? 어떻게 생각하세요? 빨간 신호였었어요. 그것은 틀림 없어요. 경찰은…….」
간호원이 저녁 식사를 가지고 와서, 잔노 곁의 테이블 위에 놓았다. 소년은 간호원이 나갈 때까지 한 마디도 하지 않았다.

간호원이 나간 다음 소년은「음식은 듬뿍 주어서 좋아요.」하고 말했다.「이렇게 많이 먹어본 적은 없어요. 혼자선 다 먹지 못해요. 언제나 어머니가 와서 나머지를 먹지요. 넉넉히 두 사람 분이 돼요. 어머니는 그렇게 해서 절약을 하거든요. 그렇지 않아도 이 방값은 비싸더군요.」

「보험 회사에서 내는 거야. 넌 어디에 있든 마찬가지야.」

소년의 창백한 얼굴에 약간 생기가 돌았다.「베베르 선생님하고 이야기를 했어요. 선생님은 10퍼센트를 저희에게 되돌려주기로 했어요. 소요된 비용만큼 회사에 청구해서 회사가 계산해 주면, 그 10퍼센트를 현금으로 저희에게 돌려주신다고 했어요.」

「넌 매우 영리하구나, 잔노.」

「가난하면 머리를 써야 하거든요.」

「옳은 말이다. 아프냐?」

「잘라낸 다리가 아파요.」

「아직도 신경이 남아 있어서 그런 거야.」

「알고 있어요. 하지만 참 이상해요, 이미 없어져버린 게 아프다니요. 아마 제 다리의 넋이 아직도 남아 있는가보죠?」잔노는 히죽 웃었다. 멋진 익살을 부렸다고 생각한 것이다.

소년은 저녁 식기의 뚜껑을 열었다.「수프와 닭고기와, 야채와 푸딩, 이건 어머니 몫이에요. 어머닌 닭고기를 좋아하거든요. 집에서는 좀처럼 먹을 수가 있어야죠.」그는 편안하게 몸을 뒤로 기댔다.「때론 밤에 잠이 깨면 여기 비용은 모두 우리가 물어야 된다는 생각을 할 때가 있어요. 밤에 잠이 깨면 맨 먼저 그런 생각이 들어요. 그러다가 차차 생각이 나요. 나는 부자집 도련님처럼 여기 누워 있구나, 그리고 뭣이든지 달라고 할 권리가 있어, 벨을 눌러서 간호원을 부르면 간호원은 와야 하지, 그런데 그 돈은 다른 사람이 모두 지불해 준다고요. 어때요, 정말 신나는 일이지요?」

「그렇군.」하고 라빅은 말했다.「신나는 얘기로구나.」

라빅은 오시리스의 검진실에 앉아 있었다.

「누가 또 남았나?」하고 그는 물었다.

「네.」하고 레오니가 말했다.「이본느가 있어요. 그애가 맨 마지막이에요. 그 앨 보내 줘. 넌 나쁜 데가 없어, 레오니.」

이본느는 스물 다섯 살로, 포동포동하고 금발에다 납작한 코, 대개의 창녀들이 그렇듯이 짧고 굵은 팔과 다리를 하고 있었다. 우쭐대는 얼굴로 건들건들 들어오더니, 입고 있던 얇은 천조각 같은 비단옷을 훌렁 걷어올렸다.

「그쪽 말이야.」하고 라빅은 말했다.

「이렇게는 안되나요 ?」이본느가 물었다.

「왜 그러지 ?」

이본느가 대답 대신 잠자코 홱 돌아서더니, 육중한 엉덩이를 들이댔다. 엉덩이엔 시퍼렇게 매맞은 자국이 나있었다. 누구에게 무섭게 맞았음에 틀림없다.

「이 꼴로 만들고, 손님은 돈을 듬뿍 냈겠지 ? 이건 장난이 아니야.」

이본느는 고개를 저었다. 「한푼도 안 받았어요, 선생님. 손님이 아니었으니까요.」

이본느는 만족스러운 듯, 수수께끼 같은 미소를 띠며 다시 고개를 저었다. 라빅은 그녀가 이 장면을 재미있어 하고 있다는 것을 알았다. 이 여자는 자기가 대단한 존재가 된 줄 알고 있는 것이다.

「전 매저키스트가 아니에요.」그녀는 매저키스트라는 말을 알고 있다는 것을 자랑으로 여기고 있는 것 같았다.

「그럼 왜 그랬지 ? 한바탕 한 건가 ?」

이본느는 잠자코 있다가「사랑이에요.」하고 기분좋은 듯이 어깨를 폈다.

「질투 ?」

「네.」이본느의 얼굴이 갑자기 환해졌다.

「꽤 아플 텐데 ?」

「아프지 않아요.」그녀는 조심스럽게 앉았다.「선생님, 아세요 ? 마담 롤랑드는 처음엔 제게 일을 시키지 않으려고 했어요. 한 시간만 하겠다고 졸라댔지요. 한 시간만 시험해 보라고요 ! 그런데 이 엉덩이의 시퍼런 맷자국 때문에, 전보다도 더 많이 벌었거든요.」

「그건 또 왜 ?」

「저도 몰라요. 이것을 보곤 미쳐버리는 사람이 있어요. 흥분시키는 모양이에요. 지난 사흘 동안에, 보통 때보다 200프랑이나 더 벌었어요. 이건 얼마 동안이나 더 남아 있을까요 ?」

「적어도 2주일이나 3주일은 남아 있을 것 같은데.」

이본느는 혀를 찼다.「이대로 간다면 털외투를 살 수 있겠는데. 여우털로 된 것을. 윤이 잘 나는 고양이 가죽에다 말예요.」

「그게 없어지면, 네 애인에게 다시 한번 때려 달라고 하면 간단하잖아.」

「그렇게는 안돼요.」라고 이본느는 신바람이 나서 말했다.「그 사람은 그렇게는 안돼요. 타산적인 놈팡이와는 달라요, 아시겠어요 ? 정말 미쳤을 때가 아니면, 그렇게 안해요. 그렇게 됐을 때가 아니면 말예요. 그렇지 않을 때는, 무릎을 꿇고 애걸해도 해주지 않아요.」

「이상한 성미로군.」라빅은 슬쩍 눈을 들었다. 「너는 아무탈도 없어, 이본느.」

그녀는 몸을 일으켰다. 「그럼 일을 계속할 수 있겠군요. 늙은이 하나가 벌써 밑에서 절 기다리고 있어요. 허연 턱수염을 기른 영감이에요. 그 영감에게 이 맷자국을 보여 주었지요. 그랬더니 아주 미쳐버렸어요. 집에선 찍소리도 못하는 모양이죠? 그래서 자기 마누라를 이렇게 되도록 두들겨 주었으면 어떨까 하고 생각하는 것 같아요.」그녀는 갑자기 맑은 종소리 같은 웃음을 터뜨렸다. 「세상이란 참 묘하죠, 선생님?」이렇게 말하며, 그녀는 매우 만족스러운 듯 몸을 뒤흔들며 나가버렸다.

라빅은 손을 씻었다. 그리고 사용한 기구를 치우고 창가로 걸어갔다. 저녁 어스름이 건물들 위에 은회색으로 내려와 있었다. 앙상한 가지만 남은 나무들이 죽은 사람의 검은 손처럼 아스팔트를 뚫고 나와 서있었다. 매몰된 참호에서 가끔 이런 손을 볼 수 있었다. 그는 창문을 열고 밖을 내다보았다. 낮과 밤이 바뀔 때 떠오르는 현실같지 않은 한때. 작은 호텔에서의——결혼하고, 밤에는 위엄있게 가족들이 앉은 식탁의 상석에서 자리잡은 사람들의——사랑의 한때. 롬바르디아의 저지대에 사는 이탈리아의 여인들이 『행복한 밤』이라고 말하기 시작하는 시간. 절망의 시간과 꿈의 시간…….

그는 창문을 닫았다. 갑자기 방안이 더 어두워진 것 같았다. 그림자가 하늘하늘 날아들어와서, 방구석에 쭈그리고 앉아 침묵의 수다를 늘어놓는다. 롤랑드가 갖다놓은 코냑 병이 황옥처럼 테이블에서 반짝이고 있다. 라빅은 잠깐 그대로 서있다가 밑으로 내려왔다.

축음기가 울리고 있는 넓은 홀은 벌써 불이 밝혀져 있었다. 여자들은 짧은 핑크색 실크 시미즈를 입고 방석 위에 두 줄로 앉아 있었다. 모두 유방을 드러내놓고 있었다. 손님이라는 것은, 우선 계집을 본 다음에 사고 싶어하는 법이다. 벌써 여섯 명쯤은 와있었다. 대개는 중년의 소시민이었다. 모두 조심성 있는 전문가들이어서, 언제 검진이 있다는 것을 알고 있고, 임질에 걸릴 위험성이 전혀 없는 이때쯤에 찾아오는 것이다.

이본느는 바로 그 노인과 함께 있었다. 노인은 뒤보네를 앞에 놓고, 테이블에 앉아 있었다. 이본느는 한쪽 발을 의자에 올려놓고 노인 옆에 서서 샴펜을 마시고 있었다. 그녀는, 한 병을 터뜨릴 때마다 1할을 받는 것이다. 노인이 그렇게 돈을 쓰고 있는 것을 보니, 그야말로 미쳐버린 것 같다. 이런 일은 외국인이나 할 일이다. 이본느는 그것을 알고 있었다. 그리고 마치 친절한 서커스의 조련사 같은 태도를 하고 있었다.

「끝났어요, 라빅?」하고 롤랑드가 문간에 서있다가 물었다.

「그래, 모두 이상이 없더군.」

「뭘 좀 드시겠어요?」

「아니, 롤랑드. 호텔로 가야겠어. 뜨거운 물에 깨끗이 목욕이나 해야겠어. 지금 내게 필요한 건 그거야.」

그는 바 옆의 휴대품 예치소를 지나서 밖으로 나왔다. 저녁이 바이올렛 눈을 하고 문 앞에 머물러 있었다. 외로운 비행기 한 대가 재빠르게 푸른 하늘을 날아갔다. 검은 몸빛의 작은 새 한 마리가 앙상한 나무의 삭정이에서 울고 있었다.

눈도 없는 회색 동물이 육체를 갉아먹는 암이라는 병을 가진 여인, 자기 보험금만을 계산하는 다리 병신이 된 소년, 돈을 벌어들이는 엉덩이를 가진 창녀, 나뭇가지에서 지저귀는 철이른 지빠귀……. 이런 것들이 차례로 머리속을 스쳐 지나갔다. 그러나 지금 이 모든 것에 아랑곳없이, 따스한 잠자리냄새를 풍기는 황혼 속을 천천히 걸어 한 여인에게로 갔다.

「칼바도스를 한 잔 더 하겠어?」하고 라빅은 조앙에게 물었다.

조앙은 고개를 끄덕였다. 「네, 한 잔 더 주세요.」

그는 보이를 불렀다. 「이보다 더 오래된 칼바도스는 없나?」

「그건 안 좋은가요?」

「그게 아니라, 술창고에 혹시 다른 게 있지 않나 해서 물어보는 거야.」

「찾아보죠.」

보이는 여주인이 고양이를 안고 졸고 있는 계산대로 갔다. 그러고는 우유빛 유리문을 열고, 주인이 계산서와 함께 자리잡고 있는 방으로 들어갔다. 그는 잠시 후에 의젓하고 침착한 표정으로 돌아와서, 라빅 쪽은 거들떠보지도 않고 술창고로 가는 계단을 내려갔다.

「잘되어가는 것 같군.」

보이는 마치 어린애라도 안고 오듯이, 술병을 안고 돌아왔다. 지저분한 병이었다. 관광객용 그림으로 아름답게 장식한 병이 아니라, 몇 년이고 술창고에 그냥 내버려뒀기 때문에 먼지투성이가 되어 더러워진 병이었다. 그는 조심스럽게 병마개를 뽑아서, 코르크의 냄새를 맡아본 다음, 커다란 잔 둘을 가지고 왔다.

「자, 들어보시지요.」하고 보이는 라빅에게 말하며 두어 방울 떨어뜨렸다.

라빅은 잔을 들어서 향기를 맡아보았다. 그러고는 그것을 마시고 몸을 뒤로 기대며 고개를 끄덕였다. 보이도 정중하게 고개를 끄덕이고는, 양쪽 잔에다 3분의 1 정도씩 따랐다.

「한번 마셔봐요.」하고 조앙에게 말했다.

그녀는 한 모금을 머금고는 잔을 내려놓았다. 보이는 그녀와 표정을 살피고 있었다. 그녀는 깜짝 놀란 듯이 라빅을 쳐다보았다.

「전 지금까지 이런 것을 마셔본 적이 없어요.」하고 그녀는 다시 한 모금을 마셨다.「이것은 마시지 말고 그냥 숨쉬듯 해야겠군요.」

「그렇습니다, 마담.」보이가 만족스럽게 말했다.「잘 아시는군요.」

「라빅,」조앙이 말했다.「당신이 하는 짓은 위험해요. 이런 칼바도스를 마시고 나면, 다른 것은 절대로 마시지 못할 것 같아요.」

「원 천만에. 다른 것도 마실 수 있어.」

「하지만 전 언제나 이걸 생각할 거예요.」

「좋지. 그렇게 되면 당신은 로맨티시스트가 될 거야. 칼바도스적 로맨티시스트가.」

「그럼 다른 것은 맛이 없어질 게 아녜요?」

「정반대지. 다른 것까지도 제 맛보다 더 맛이 나게 되지. 다른 칼바도스를 동경하는 칼바도스가 된단 말이야. 그것만으로도 칼바도스가 예사 것이 아니라는 걸 알게 되지.」

조앙은 소리를 내어 웃었다.「어리석은 소리 마세요. 다 알고 계시면서.」

「그야 어리석은 소리지. 하지만 우린 그 어리석음으로 살아가고 있는 거야. 사실이라는 말라빠진 빵조각으로 살아가는 게 아니야. 그렇지 않다면, 사랑이라는 건 어떻게 되지?」

「그게 사랑하고 무슨 관계가 있나요?」

「대단히 많지. 영원한 관계가 있지. 그렇지 않다면, 우리는 단 한번만 사랑을 하고, 그 다음은 모두 거절하게 될 거야. 그런데 자기가 버린 사람 또는 자기를 버린 사람에 대한 동경의 찌꺼기가 새로 나타나는 사람의 머리에 감도는 후광이 되는 거야. 이전에 누구를 잃어버린 적이 있다는 그 경험 자체가 새 사람에게 일종의 로맨틱한 빛을 더하게 하는 거야. 이건 후광을 가진 오래된 환영이지?」

조앙은 그를 쳐다보았다.「이런 말을 듣고 있으면 전 소름이 끼쳐요.」

「나도 그래.」

「그런 말 하면 싫어요. 농담이라도요. 기적을 요술로 바꾸어버리는 것이에요.」

라빅은 대꾸하지 않았다.

「그리고 당신은 벌써 제게 싫증이 나서, 저를 버릴 궁리를 하고 있는 것처럼 들려요.」

라빅은 아련한 애정을 담은 눈초리로 그녀를 바라보았다. 「그런 걸 생각할 필요는 없어, 조앙. 만약 그렇게 된다면, 당신이 나를 버릴 거야. 내가 당신을 버리는 게 아니고. 그것만은 확실해.」

그녀는 잔을 탁 내려놓았다. 「무슨 어리석은 말을 하세요! 저는 결코 당신을 버리지 않을 거예요. 당신은 지금 저를 슬슬 구슬리려는 거예요?」

저 눈, 하고 라빅은 생각했다. 마치 번개가 번쩍이고 있는 것 같다. 촛불의 뇌우 속에서 번쩍이는 부드럽고 빨간 번개.

「조앙,」하고 그는 말했다. 「결코 당신을 구슬리려는 게 아니야. 파도와 바위 얘기를 하나 들려 주지. 옛날 이야기지. 우리들보다 더 오래된 이야기야. 옛날에 바다속의——카프리 만이라고 해두지——바위를 사모하는 파도가 있었어. 파도는 바위 주위에서 거품을 내고, 소용돌이치며, 밤낮으로 바위에 입을 맞추고, 그 하얀 팔로 얼싸안고 있었어. 그리고 한숨을 쉬고, 흐느껴 울며 자기에게 와달라고 애걸했지. 파도는 바위를 사모하여, 그 둘레를 미친 듯 돌아다녔어. 이리하여 차츰 그 바위 밑을 파헤쳤단 말이야. 어느 날 바위는 결국 굴복하고 완전히 파헤쳐져서, 파도의 품으로 가라앉아버렸다는 거야.」

그는 칼바도스를 한 모금 마셨다.

「그래서요?」하고 조앙은 재촉했다.

「그러자 어느덧 바위는 이제 희롱하고 사랑하고 슬퍼할 수 있는 바위가 아니더란 말이야. 그리고 파도 속에 빠져서 바다속에 뒹구는 하나의 돌덩이에 지나지 않게 되었지. 파도는 실망을 하고, 속았다는 생각이 들어서 다시 다른 바위를 찾게 되었지.」

「그래서요?」조앙은 미심쩍은 눈으로 라빅을 쳐다보았다. 「그게 무슨 뜻이죠? 바위는 언제까지나 바위라야 해요.」

「파도는 그렇게 말하지. 하지만 움직이는 것은 움직이지 못하는 것보다 강한 법이야. 물은 바위보다 강하단 말이야.」

그녀는 답답하다는 몸짓을 했다. 「그게 우리하고 무슨 상관이 있어요? 아무런 의미도 없는 이야기 아녜요? 그렇지 않다면 당신은 또 저를 놀리고 있는 거예요? 일이 그렇게 되면, 당신은 저를 버리겠군요. 그것만은 저도 분명히 알겠어요.」

「당신이 가버릴 때는,」하고 라빅은 웃으며 말했다. 「마지막에 그런 말을 하고 가겠지. 당신은 틀림없이 나에게, 당신이 저를 버린 거예요, 라고 말하겠지.

당신은 그 이유를 찾아내서, 그것을 믿을 테지. 그리고 세상에서 가장 오래된 법정, 즉 자연 앞에서는 당신이 옳다는 결말이 나올 거야.」

그는 보이를 불렀다. 「이 칼바도스를 병째로 팔겠나?」

「가지고 가시게요?」

「음.」

「그건 저희 영업 방침에 어긋나는 일이에요. 병째로 팔진 못하게 되어 있읍니다.」

「주인에게 물어봐 주게.」

보이는 신문지 한 장을 가지고 돌아왔다. 〈파리 수아르〉였다.

「주인이 특별 대우를 하시겠답니다.」 보이는 이렇게 말한 후 코르크 마개를 단단히 막고, 신문의 스포츠란을 접어 주머니에 넣은 다음 나머지로 병을 쌌다. 「여기 있읍니다. 서늘하고 어두운 곳에 보관하시는 것이 제일 좋습니다. 이 술은 주인의 조부님 농장에서 만든 겁니다.」

「고맙네.」 라빅은 돈을 치렀다. 그리고 병을 손에 들고 한참 바라보았다. 「더운 여름과 푸른 가을 동안 노르망디의 바람부는 오랜 과수원에서 자란 사과에 줄곧 내리쬐던 햇빛이여, 자, 함께 가세! 우린 네가 필요해.」 우주의 어딘가에서는 지금 폭풍우가 몰아치고 있는 것이다.

그들은 밖으로 나왔다. 비가 내리고 있었다.

조앙은 걸음을 멈추었다. 「라빅, 당신은 절 사랑하세요?」

「물론이지, 조앙. 당신이 생각하고 있는 이상으로.」

그녀는 그에게 몸을 기댔다. 「가끔 그렇게 보이지 않을 때가 있어요.」

「정반대요. 그렇지 않다면, 어떻게 이런 말을 할 수 있겠나.」

「다른 이야기를 해주시는 게 좋겠어요.」

그는 내리는 비를 바라보며 웃었다. 「사람이라는 것은, 들여다보면 언제나 자기 그림자가 비치는 연못은 아니야. 사랑에는 사랑의 밀물과 썰물이 있는 거야. 그리고 난파선과 침몰한 도시와 낙지와 폭풍우와 황금과 진주 상자가……. 그러나 진주는 아주 깊은 곳에만 있지.」

「전 그런 건 몰라요. 사랑은 두 사람이 함께 있는 것이라고 생각해요. 영원히.」

영원히, 하고 그는 생각했다. 낡은 동화로군. 단 일 분의 시간도 붙잡아둘 수가 없는데!

조앙은 외투의 단추를 끼웠다. 「여름이면 좋겠어요. 올해처럼 여름이 기다려진 적은 없어요.」

여인은 옷장에서 검은 야회복을 꺼내어 침대 위에 내던졌다.

「때때로 이 옷이 몹시 싫어져요. 언제나 똑같은 검은 옷! 언제나 똑같은 세라자드! 언제나 똑같아요! 똑같아!」

라빅은 얼굴을 들어 옷을 바라보았다. 그러나 아무말도 하지 않았다.

「이해 못하시겠어요?」

「아니.」

「그럼 왜 저를 데리고 가지 않으세요, 여보?」

「어디로?」

「어디라도 괜찮아요! 어디라도!」

라빅은 칼바도스 병을 풀고, 마개를 뽑았다. 그리고 잔에다 가득 따랐다. 「자, 이걸 마셔요, 조앙.」

그녀는 고개를 저었다. 「소용 없어요. 이따금 술을 마셔도 소용 없을 때가 있어요. 뭘 해도 소용이 없을 때가요. 오늘밤은 거의 가고 싶지 않아요. 그 바보 같은 작자들이 있는 데 말이에요.」

「그럼 여기 있지.」

「그러고요?」

「몸이 불편하다고 전화를 걸면 되잖아.」

「그래도 내일은 가야지요. 오히려 더 나빠요.」

「며칠 동안 아프다고 해두지.」

「그래도 마찬가지죠.」 그녀는 그를 쳐다보았다. 「정말 왜 이럴까요? 전 왜 이럴까요, 여보? 비가 오는 탓일까요? 이렇게 습하고 어둡기 때문일까요? 가끔 관 속에 누워 있는 것 같은 생각이 들어요. 흐린 오후에 빠져죽는 것 같아요. 아까는 잊어버리고 있었어요. 그 작은 레스토랑에서 당신과 둘이 있었을 때는 행복했어요. 왜 당신은 버린다느니, 버림을 받는다느니 하는 이야기를 하셨죠? 그런 이야기는 알고 싶지도 않아요! 슬퍼져요. 보기도 싫은 광경이 눈앞에 떠올라 불안해지기만 해요. 그런 생각으로 말씀하시지 않았다는 것은 저도 알아요. 하지만 전 가슴에 맺혀요. 가슴에 맺히는데다가, 이렇게 비가 오고, 어둡고……. 당신은 모를 거예요. 당신은 강하니까요.」

「강하다고?」 라빅은 조앙의 말을 되풀이했다.

「그래요.」

「그걸 어떻게 알지?」

「당신에겐 불안이라는 게 없으니까요.」

「내겐 이제 불안이라는 것이 남아 있지 않지. 하지만 그것과 이것은 같지 않아, 조앙.」

그녀는 그의 말을 듣고 있지 않았다. 그녀는 성큼성큼 방안을 거닐었다. 바람을 안고 걸어가는 것 같은 걸음걸이다.

「전 이런 것에서 영 떠나고 싶어요. 이 호텔에서도, 탐욕스러운 눈초리들로 쳐다보는 나이트 클럽에서도 도망하고 싶어요!」그녀는 걸음을 멈추었다.「라빅, 우린 이대로 살아야 하나요? 우리도 서로 사랑하고 있는 다른 사람들처럼 살 수는 없나요? 같이 살면서, 우리들의 물건을 가지고, 밤에도 안전하게 함께 살 수는 없을까요? 이런 트렁크나, 공허한 나날, 언제까지나 정이 들지 않는 이런 호텔은 싫어요.」

라빅은 막연한 표정을 하고 있었다. 기어이 왔구나, 라고 그는 생각했다. 언젠가는 닥쳐오리라고 예기하고 있던 일이었다.「당신은 정말 그게 우리의 생활이라고 생각하나?」

「왜 그렇게 하면 안돼요? 다른 사람들은 그렇게 하고 있지 않아요? 훈훈하게 서로 같이 있을 수 있고, 방이 두서넛에다, 문을 닫으면 불안이 어디론가 사라져서, 여기처럼 벽을 뚫고 기어드는 일은 없을 거예요.」

「당신은 정말 그렇게 생각하나?」라빅은 같은 말을 되풀이했다.

「그래요.」

「깨끗하고 작은 아파트에, 깔끔한 소시민 생활. 밑바닥 없는 심연의 언저리에 매달린, 쾌적하고 조촐한 안정성. 정말 그것을 원하나?」

「그렇게 말하지 않아도 좋지 않아요?」하고 그녀는 서러운 듯이 말했다.「그렇게까지 멸시하지 않아도 사랑할 때는 달리 말하는 방법도 있잖아요?」

「같은 거야, 조앙. 당신은 알고 있어? 우리 두 사람은 그렇게 할 수 없게 되어 있는 것 같은데.」

그녀는 걸음을 멈추었다.「전 그렇게 되어 있어요.」

라빅은 미소를 지었다. 그 미소에는 애정과 아이러니와 일종의 비애가 깃들여 있었다.「조앙, 당신도 그렇지 못해. 나 이상으로 그렇지 못하단 말이야. 하지만 이유는 그것뿐만이 아니야. 또 다른 것이 있어.」

「그러시겠죠.」그녀는 쓸쓸하게 대답했다.「알고 있어요.」

「아니, 조앙. 당신은 몰라. 내가 말해 주지. 그편이 나을 거야. 당신이 지금 그런 생각을 해선 곤란하니까.」

그녀는 여전히 그의 앞에 서있었다.

「이런 얘긴 빨리 해버리는 게 좋겠지.」하고 그는 말했다.「나중에 이것저것 묻지 말아 줘.」

그녀는 대답이 없었다. 멍한 얼굴이었다. 그 얼굴은 어느덧 보통때의 얼굴로 변해 있었다. 그는 그녀의 두손을 잡았다. 「나는 프랑스에서 불법적으로 살고 있는 거야. 증명서라곤 하나도 없이. 그게 진짜 이유야. 그래서 난 아파트를 빌 수가 없어. 그리고 누구를 사랑한다 해도 결혼할 수가 없어. 그렇게 하려면, 신분증명서와 비자가 필요한데, 나는 그게 없단 말이야. 나는 일도 해서는 안되게 되어 있어. 그러므로 비합법적으로 일을 해야만 돼. 나는 지금처럼 살아갈 수밖에 없어.」

여인은 그를 뚫어지게 바라보았다. 「그게 정말이에요?」

그는 어깨를 으쓱했다. 「나처럼 살고 있는 사람이 수천 명이나 되지. 당신은 아마 알고 있을 거야. 이젠 누구나 다 알고 있지. 나는 그런 사람 중의 하나야.」 그는 미소를 지으며 그녀의 손을 놓았다. 「모로소프의 말처럼 미래가 없는 사나이지.」

「그렇지만…….」

「그래도 나는 형편이 좋은 축이지. 일을 할 수 있고, 생활을 하고, 당신이라는 사람도 있고……. 좀 불편한 점이 있다고 해도, 그것쯤은 아무것도 아니야.」

「그럼 경찰은?」

「경찰은 그런 일에 별로 신경을 쓰지 않아. 설사 붙잡혔다 해도 추방당할 뿐이지. 하지만 그런 일은 거의 없어. 자, 나이트 클럽에 전화를 걸어서 갈 수 없다고 해. 오늘밤은 우리끼리만 지내기로 하지. 밤새도록 아프다고 해둬. 만약 증명서가 필요하다고 한다면, 베베르에게 얻어올 테니까.」

그녀는 움직이지 않았다. 「추방된다고요?」 하고 그녀는 한참 후에야 겨우 이해가 가는 듯 말했다. 「추방된다고요? 프랑스에서? 그렇게 되면, 당신은 떠나야 하는군요?」

「잠시 동안.」

그녀는 그의 말이 들리지 않는 것 같았다. 「떠나야 한다고요?」 그녀는 되풀이했다. 「떠나야 한다고요! 그럼 저는 어떻게 하죠?」

라빅은 미소를 지었다. 「그렇지. 그렇게 되면 당신은 어떻게 하지?」

그녀는 몸이 굳어버린 듯이, 두손을 괴고 그 자리에 주저앉아버렸다.

「조앙,」 하고 라빅은 말했다. 「난 벌써 여기서 2년 동안이나 살고 있지만, 그런 일은 한번도 없었어.」

그녀의 표정은 변하지 않았다. 「만약 그런 일이 일어나면?」

「그러면 곧 다시 돌아오지. 1주일이나 2주일쯤 지나면 돌아올 수 있어. 여행 같은 것이지. 아무것도 아니야. 자, 이제 세라자드에 전화나 걸지.」

그녀는 망설이며 일어났다. 「뭐라고 하면 좋아요?」

「기관지염이라고 해. 약간 쉰 듯한 목소리로 말을 해요.」

그녀는 전화가 있는 곳으로 갔다. 그러나 곧 돌아왔다. 「라빅……」

그는 살며시 몸을 뗐다. 「자, 잊어버려요.」하고 그는 말했다. 「이건 오히려 축복이기도 하지. 우리가 정열의 연금 생활자가 되어버리는 걸 막아 주니까. 사랑을 언제까지나 순수하게 유지시켜 주는 거야. 사랑은 언제까지나 불꽃 그대로 있지. 가족의 요리나 끓이는 스토브는 되지 않지. 자, 어서 전화나 걸어요.」

그녀는 수화기를 들었다. 그는 그녀가 전화로 이야기를 하고 있는 동안, 그녀를 쳐다보고 있었다. 그녀는 처음엔 건성으로 이야기를 하고 있었다. 그리고 그가 당장에 체포되기라도 하는 듯이 그에게서 눈을 떼지 않았다. 그러나 이윽고 싹싹하고 그럴 듯하게 거짓말을 하기 시작했다. 사실 필요 이상으로 거짓말을 하고 있었다. 얼굴에는 생기가 돌아서, 지금 막 이야기하고 있는 가슴의 고통을 그대로 잘 나타내고 있었다. 목소리는 점점 쉬어서 마침내 콜록콜록 기침까지 하기 시작했다. 이제는 라빅을 쳐다보지도 않았다. 똑바로 앞만 바라보고, 자기가 맡고 있는 배역에 완전히 몰두하고 있었다. 그는 말없이 그녀를 쳐다보고 있다가, 이윽고 칼바도스를 한 모금 들이켰다. 콤플렉스라고는 조금도 없는 것 같다고 그는 생각했다. 희한하게 잘 비치는 거울이다. 하지만 무엇 하나도 붙잡아두지는 못한다.

조앙은 수화기를 내려놓고, 머리를 뒤로 쓸어넘겼다. 「내 말을 다 믿어 주었어요.」

「연극은 그야말로 일급이었어.」

「자리에 누워 있어야 한대요. 그리고 내일도 낫지 않으면, 꼭 누워 있으라고 했어요.」

「그것 보라니까. 그러니 내일 문제도 해결된 셈이군.」

「그렇군요.」하고 그녀는 일순간 어두운 목소리로 말했다. 「그렇게 생각하면 그렇지요.」그러고는 그에게로 돌아왔다. 「정말 놀랐어요, 라빅. 그건 정말이 아니라고 말해 주세요. 당신은 그저 무슨 말을 해야겠다는 생각에서 말을 하는 적이 가끔 있어요. 그것은 정말이 아니라고 말해 주세요. 아까 말한 대로가 아니라고.」

「그건 정말이 아니었어.」

그녀는 그의 어깨에 머리를 얹었다. 「정말일 수가 없어요. 전 다신 혼자가 되고 싶지 않아요. 당신은 제 곁에 있어야 돼요. 전 혼자 있게 되면 아무것도 못해요. 당신이 없으면 전 끝이에요, 라빅.」

라빅은 그녀를 내려다보았다. 「조앙.」하고 그는 말했다. 「당신은 어떤 땐 수위의 딸 같고, 어떤 땐 숲속의 다이아나 같아. 또 어떤 때는 양쪽을 겸하기도 하고.」

그녀는 그의 어깨에 기댄 채 꼼짝도 하지 않았다. 「그럼 지금의 저는 어느 쪽이에요?」

그는 미소를 지었다. 「은으로 만든 활을 가진 다이아나 같아. 불사신이면서도 죽을 수 있는…….」

「그런 말을 자주 해주세요.」

라빅은 잠자코 있었다. 이 여자는 내 말을 이해하지 못한다. 또 그럴 필요도 없다. 자기에게 솔깃한 것을 자기 좋을 대로 받아들이고, 다른 것은 전혀 걱정도 하지 않는다. 하지만 그렇기 때문에 나는 이 여자에게 매력을 느끼는 것이 아닌가? 자기와 똑같은 사람에게 매력을 느낄 수 있을까? 그리고 사랑을 하는데 도덕을 찾는 바보가 어디 있을까? 도덕이란 약자가 생각해 낸 것이다. 희생을 서러워하는 만가(挽歌)이다.

「뭘 생각하세요, 라빅?」

「아무것도.」

「아무것도?」

「조앙,」하고 그는 말했다. 「2,3일 어디 가볼까? 어디든 태양이 있는 곳으로. 칸이나 안티브 같은 데로. 조심 같은 건 해서 뭘 해! 방 셋 달린 아파트의 꿈도, 소시민적인 독수리의 부르짖음도 악마에게나 주라지! 그런 건 우리에게 소용이 없어. 당신은 부다페스트와 꽃피는 밤나무의 향기가 아냐? 온 세상이 열을 토하며 여름을 동경하면서도, 달을 안고 잠을 자고 있어. 밤마다 말이야. 당신 말이 옳았어! 이렇게 어둡고, 이렇게 추운, 비내리는 세계에서 벗어나자고! 하다못해 2,3일만이라도.」

그녀는 얼른 몸을 가누면서 그를 쳐다보았다. 「정말이에요?」

「그럼.」

「그렇지만 경찰이…….」

「경찰 같은 건 될대로 되라지! 거기가 여기보다 위험하다고는 할 수 없어. 관광지에서는 그렇게 까다롭게 조사하지 않아. 특히 일류 호텔은 말이야. 당신은 거기 가본 일이 없나?」

「아뇨. 이탈리아의 아드리아 해안에 가본 적은 있어요. 언제 떠나요?」

「2,3주일 내에 떠나지. 그무렵이 가장 좋은 때야.」

「돈은 있나요?」

「가진 것도 있고, 두 주일이면 충분히 마련되지.」

「작은 하숙집에 묵을 수도 있어요.」

「당신은 작은 하숙집에 묵을 사람이 아니야. 이런 동굴 같은 데서 살든가, 아니면 일류 호텔에서 살 사람이야. 안티브의 카프 호텔에 들기로 하지. 그런 호텔이면 절대로 안전하고, 아무 증명서를 보자고도 하지 않아. 2,3일 중에 난 어떤 유명한 사람의 위장을 수술해야 돼. 어떤 고관이야. 그 녀석이 모자라는 돈을 내줄 거야.」

조앙은 얼른 일어섰다. 얼굴이 환하게 빛나고 있었다. 「자, 저 칼바도스를 좀 더 주세요. 정말 꿈의 칼바도스 같아요.」 그녀는 침대로 가서, 야회복을 높이 쳐들었다. 「큰일났어요. 전 이런 검은 누더기 두 벌밖에 없거든요!」

「그것도 어떻게 될 거야. 두 주일이면 여러 가지 일이 일어날 수 있지. 상류 계급 사람의 맹장이라든가, 백만장자의 복잡한 골절이라든가…….」

14

앙드레 뒤랑은 정말 화가 나 있었다. 「이젠 당신과는 일을 할 수 없겠소.」 하고 그는 분명하게 말했다.

라빅은 어깨를 으쓱했다. 그는 뒤랑이 이 수술에서 1만 프랑을 받게 되어 있다는 것을 베베르에게서 들어 이미 알고 있었다. 이쪽에서 얼마를 받아야 하는가를 미리 정해 두지 않으면, 뒤랑은 단 200백 프랑밖에는 주지 않을 것이다. 요전번에도 그랬다.

「수술 30분 전에, 당신이 설마 그런 말을 할 줄은 몰랐소, 닥터 라빅.」

「나 역시 마찬가지죠.」 하고 라빅은 말했다.

「당신도 알고 있다시피 난 당신에게 늘 후하게 대해왔소. 그런데 이제 와서, 어째서 그렇게 사무적으로 나오는지 알 수가 없구료. 자기 목숨이 우리들 손에 달려 있다는 것을 환자가 알고 있는 지금, 돈 이야기를 하다니 정말 딱하군요.」

「난 딱할 게 없소.」

뒤랑은 잠깐 그를 쳐다보았다. 허연 염소 수염을 기른, 주름살투성이의 그의 얼굴에 위엄과 격분이 나타나 있었다. 그는 금테 안경을 고쳐썼다. 「대체 얼마나 달라는 거요?」 하고 그는 못마땅한 듯 물었다.

「2천 프랑.」

「뭐라고?」뒤랑은, 총을 맞은 사람이 그런 자신을 아직 믿을 수 없다고 생각할 때와 같은 표정을 지었다. 그러고는「농담이시겠지.」하고 잘라 말했다.

「그럼 좋습니다.」라빅은 대답했다.「대신 할 사람은 얼마든지 있을 테니까요.」

그는 외투를 집어들었다. 그리고 모자를 집어들자 뒤랑은 눈을 크게 뜨고「좀 기다려요.」하고 말했다.「그렇게 나를 버리고 가면 안돼! 그렇다면 왜 어제 말해 주지 않았소?」

「당신은 어제 시골에 가계셨으니, 연락할 수가 없었지요.」

「2천 프랑이라고? 나도 그렇게 많이 청구할 수 없다는 걸 모르시오? 환자는 내 친구니까, 실비로 청구할 수밖에 없단 말이오.」

앙드레 뒤랑은 아이들의 동화책 속에 나오는, 사랑하는 하나님 같은 얼굴을 했다. 그는 일흔 살이었다. 진단은 상당히 정확했으나, 수술은 형편이 없었다. 그의 빛나는 영업 성적은, 주로 전에 있던 조수 비노의 덕이었다. 비노는 2년 전에 드디어 독립해서 개업할 수가 있었다. 그후로 뒤랑은 어려운 수술에는 라빅을 이용하고 있었다. 라빅은 수술 자국을 아주 조그맣게, 그리고 흉터도 거의 보이지 않게 하는 기술을 가지고 있었다. 뒤랑은 보르도 와인의 훌륭한 감정인이었기 때문에 상류사회의 파티에서 인기가 있었다. 그래서 환자는 대개 그런 방면에서 모여들었다.

「이미 그런 줄 알았더라면…….」하고 뒤랑은 중얼거렸다.

그는 언제나 미리 알고 있었다. 그래서 큰 수술이 있을 때는 2,3일 전에 반드시 시골집에 가있는 것이다. 수술 전에 보수에 대한 이야기가 나오는 것을 피하고 싶었기 때문이었다. 수술이 끝난 후에는 문제가 간단하다. 다음번에는 많이 주겠지, 하는 희망을 갖도록 하면 된다. 그리고 다음번에는, 그때 가서 같은 짓을 되풀이한다. 그런데 이번엔 놀랍게 라빅은 수술 직전에 오지 않고, 약속 30분 전에 와서는 환자를 미처 마취도 시키기 전에 붙잡혔던 것이다. 그래서 마취를 시켜놓았다는 이유로 이야기를 빨리 끝내자고 할 수도 없었다

간호원이 문으로 머리를 디밀었다.「선생님, 마취를 시작할까요?」

뒤랑은 간호원을 쳐다보았다. 그리고 호소하는 듯한 다정한 눈초리로 라빅을 쳐다보았다. 라빅은 그 눈을 동정적인, 그러나 확고부동한 눈초리로 마주 쳐다보았다.「어떻게 하지, 닥터 라빅?」

「선생님이 결정하셔야죠.」

「잠깐 기다려, 간호원. 아직 순서가 정해지지 않았어.」

간호원은 물러갔다.

뒤랑은 라빅 쪽으로 몸을 돌렸다. 「그럼 어떻게 하나?」하고 그는 책망하듯 물었다.

라빅은 두손을 호주머니에 넣었다. 「수술을 내일까지 연기하시죠. 아니면 한 시간쯤, 그리고 비노에게 시키시지요.」

비노는 20년 동안 뒤랑의 수술을 거의 도맡아서 했지만, 아무런 보답도 받지 못했다. 뒤랑은 그가 독립할 수 있는 기회를 계획적으로 방해하고 언제까지나 그를 착한 조수 노릇만 시켰던 것이다. 그는 뒤랑을 미워하고 있다. 적어도 5천 프랑은 요구할 것이다. 라빅은 그것을 알고 있었다. 뒤랑도 그것은 알고 있었다.

「닥터 라빅.」하고 뒤랑은 말했다. 「우리의 직업을 그 사무적인 논쟁으로 더럽힌다는 건 좋지 않은데.」

「동감입니다.」

「어째서 이 문제를 내 판단에 맡겨 주지 않소? 지금까지 줄곧 그것으로 만족했지 않소?」

「한번도 만족한 적이 없는데요.」

「그런 말은 한번도 하지 않았지 않소?」

「말해야 소용이 없었기 때문이죠. 그리고 별로 관심도 없었고요. 하지만 이번 에는 지대한 관심이 있거든요. 돈이 필요해서요.」

간호원이 다시 들어왔다. 「환자가 조바심을 하고 있는데요, 선생님.」

뒤랑은 라빅을 노려보았다. 라빅도 마주 노려보았다. 프랑스 사람에게 돈을 받아내기란 매우 어렵다. 그것은 알고 있었다. 유태인에게 받아내는 것보다도 더 힘이 든다. 유태인은 홍정을 할 줄 안다. 하지만 프랑스 인은 자기가 내놓아 야 할 돈만 생각한다.

「간호원, 잠깐 기다려.」하고 뒤랑은 말했다. 「맥박과 혈압과 체온을 재요.」

「벌써 쟀는데요.」

「그럼 마취를 시켜요.」

간호원이 나갔다.

「그럼 좋도록 합시다.」하고 뒤랑은 말했다. 「천 프랑 내지.」

「2천 프랑입니다.」하고 라빅은 정정했다.

뒤랑은 승락하지 않고, 염소 수염을 쓰다듬고 있었다. 「여보게, 라빅.」하고 그는 인심을 쓰듯이 말했다. 「일을 해선 안되는 망명객으로서 말이야……」

「선생님 대신 제가 수술을 해서는 안된다는 말씀이죠?」라빅은 침착하게 말했다.

그는 바야흐로, 이 나라에서 사는 것만도 감사하게 여겨야 한다는, 언제나 늘 어놓는 뒤랑의 그 낡아빠진 설교를 듣게 되리라고 생각했다.

그러나 뒤랑은 그것을 단념했다. 그런 말을 해도 아무 소용이 없고, 한편으로는 사간이 없다는 것을 알고 있었다.

「2천 프랑.」그는 마치 그 말 한 마디가 목구멍에서 날아나오는 지폐이기라도 하듯이, 쓰디쓰게 말했다. 「이건 내 주머니에서 나가야 돼. 난 그래도 내가 당신을 위해 해준 일을 당신이 알아 줄 것으로 생각했지.」

이 흡혈귀가 도덕론을 내세우다니, 이상한 일이라고 라빅은 생각했다. 단추 구멍에 레종 도뇌르 훈장의 약장을 단 이 능구렁이가 창피해서 진땀을 흘리는 대신 나에게 착취당하고 있다고, 오히려 나무라고 있다. 더구나 정말로 그렇게 믿고 있는 것이다.

「그럼 2천 프랑으로 하지.」하고 마침내 뒤랑은 말했다. 「2천 프랑.」하고 그는 다시 한번 되풀이했다. 마치 고향, 사랑하는 하느님, 푸른 아스파라거스, 어린 자고, 유서 깊은 생 테밀리옹, 이라고나 말하듯이. 「그럼 시작해 볼까?」

그 사나이는 기름진 배에 팔 다리가 가느다랐다. 라빅은 우연히 그가 누군가를 알고 있었다. 이름은 르발, 피난민 관계의 사무실을 취급하고 있는 관리주였다. 베베르는 그것을 특별한 익살로써 이야기해 주었다. 르발이란 사람은 앵테르나쇼날의 피난민이면 모르는 사람이 없었다.

라빅은 서둘러서 첫 칼을 댔다. 피부는 마치 책장처럼 펼쳐졌다. 그는 그것을 클립으로 단단히 고정시키고 나서, 불쑥 솟은 노란 지방층을 모았다.

「이것을 두어 파운드 잘라내서, 좀 가볍게 해줍시다. 그럼 다시 한번 그것을 먹고 살이 찌겠지요.」하고 라빅은 뒤랑에게 말했다.

뒤랑은 대답하지 않았다. 라빅은 근육을 찾아내기 위해, 여러 겹의 지방층을 도려냈다. 이것이 저 피난민들의 작은 하나님이구나, 하고 그는 생각했다. 이것이 수백 명의 운명을 손아귀에 쥐고 있는 사나이다. 지금 죽은 듯이 여기 누워 있는, 이 희고 포동포동한 손아귀, 이것이 저 마이어 노교수를 추방한 사나이다. 마이어는 십자가를 짊어진 가시밭길을 다시 한번 걸어갈 힘이 없어서, 추방되기 전날, 오멜 앵테르나쇼날의 자기 방 옷장 속에서 목을 맨 것이다. 옷장 속에만 갈고리가 있었기 때문이다. 마이어는 먹지 못해서 여위어 가벼웠으므로, 옷을 거는 갈고리로도 충분했던 것이다. 다음날 아침에 하녀가 발견했을 때는, 질식한 생명을 담은 한 주먹의 누더기에 지나지 않았다. 만약 이 배뚱뚱이가 자비심을 가지고 있었더라면 마이어는 아직 살아있을 것이다.

「클립!」하고 라빅은 말했다. 「탐폰!」

　그는 수술을 계속했다. 예리한 메스의 정확성, 날카로운 절개의 감동, 복강, 하얗게 서려 있는 창자, 배를 절개당하고 누워 있는 사나이. 이 사나이는 마이어와 동시에, 그의 소위 애국적인 의무라는 것도 느꼈을 것이다. 사람은 언제나 장막이 있어서 그 뒤에 숨을 수가 있는 것이다. 상관은 상관대로, 또 자기의 상관을 모시고 있는 것이다. 명령, 훈장, 의무, 지시……. 그리고 마지막에, 대가리가 많은 괴물인 도덕, 불가피성, 가혹한 현실, 책임. 어떻든 무엇이라고 이름을 붙일 수 있는 장막이 언제나 있어서, 그 뒤에 숨어서 인간성의 단순한 법칙을 회피해 버리는 것이다.

　담낭이 나왔다. 썩어서 병들어 있다. 헤아릴 수 없이 많은 투르느도 롯시니, 키엔 식 내장요리, 오리의 압착요리, 기름진 소스……. 그것이 불쾌한 심술과 고급 보르도 포도주 몇 리터와 합쳐서, 사나이를 이렇게 만들어놓은 것이다. 늙은 마이어는 그런 걱정을 할 필요가 조금도 없었다. 만약 지금 잘못 잘라서 너무 많이 자르거나, 너무 깊이 자르거나 하면, 일 주일 후에는 피난민들이 떨면서 생사의 결정을 기다리고 있는 서류와 좀내가 가득한 답답한 그 방에는 혹 좀더 나은 사람이 앉아 있게 될까? 좀더 나은 사람……. 어쩌면 이자보다 더 악한 사람일는지도 모른다. 지금 이 수술대 위에 눈부신 전등빛을 받고 누워 있는, 이 의식을 잃은 육십 세의 육체는, 의심할 나위 없이 자신을 인정 많은 사람으로 여기고 있을 것이다. 분명히 그는 다정한 아버지이며, 선량한 남편이다. 그러나 일단 사무실에 들어가면 「우리는 그렇게 할 수 없다.」라든가 「우리는 대체 어떻게 되겠어? 만약…….」이라는 입버릇 뒤에 숨은 폭군으로 돌변해 버리는 것이다. 설령 마이어가 그 보잘것없는 식사를 지금까지 계속하고 있었다 해도, 프랑스가 망하지는 않았을 것이다. 가령 로젠탈 미망인이 앵테르나쇼날의 하녀들 방에서 참살된 아들이 돌아오기를 기다리고 있었다고 해도, 폐를 앓는 포목상인 시탈만이 불법 입국 죄로 6개월이나 감옥살이를 한 끝에 겨우 석방되자마자 다시 국외로 추방되기도 전에 죽어버리지 않았다고 해도, 프랑스가 망하지는 않았을 것이다. 잘 됐다. 절개는 성공이다. 너무 깊지도 않고 넓지도 않다. 봉합실, 매듭, 담낭. 그는 그것을 뒤랑에게 보였다. 흰 불빛 아래서 기름지게 번쩍이고 있다. 그는 그것을 바께스에 던져넣었다. 자, 계속하자. 프랑스에서는 왜 르베르댕 같은 것으로 꿰매는 걸까? 클립은 빼어버려라! 고작해야 연봉 3만 프랑이나 4만 프랑밖에 받지 못할 이 관리의 따뜻한 배때기, 이 수술에 어떻게 1만 프랑이나 지불할 수 있을까? 나머지는 어디서 버는 것일까? 이 배뚱뚱이도 줄타기 곡예를 했겠지. 훌륭하게 꿰맸다. 한 바늘 한 바늘. 뒤랑의 염소 수염은 가려서 안 보이지만 그 얼굴에는 아직도 2천 프랑이 역력히 나타나 있다. 두 눈에 나타나 있다. 눈 하나가 1천 프랑씩이다. 사랑은 인간의 성격을 망쳐놓는다. 그렇지 않다면, 내가 어떻게 이 금리 생활을 하는 자를 착취해서 신성한 착취의 엄연한 체계에 대한 이 영감의 신념을 뒤흔들어놓을까? 내일이면 이에 대한 치사를 받을 것이다. 가만 있자, 조심해야지. 클립이 또 하나 있었지! 이 배뚱뚱이는, 조앙과 나에게는 안티브에서 지낼 일 주일을 의미한다. 지금 회색의 비가 내리는 속에서, 얻어내는 일 주일의 빛이다. 뇌우가 오기 전의 한 조각 푸른 하늘이다. 자, 이젠 복막의 봉합이다. 2천 프랑을 위해서 특별히 잘해 주자. 마이어의 추억을 위해서 가위라도 한 자루 넣고 꿰맬까? 웅웅거리는 전등의 백광, 왜 이렇게 뒤죽박죽 생각을 하는 걸까? 아마도 신문, 아니면 라디오 때문일까? 사기꾼과 비겁자들의 끊임없는 규환, 말의 눈사태로 인한 주의력의 산만, 두뇌의 혼란. 온갖 테마의 찌꺼기를 그대로 받아들이고 있는 것이다. 지식의 딱딱한 빵을 단단히 씹는 버릇은 잊은 지 오래다. 이빨 없는 두뇌. 어리석다. 자, 드디어 끝났다. 아직도 피부가 느슨하다. 그러나 두어 주일 지나면 다시 덜덜 떠는 피난민을 국외로 추방할 수 있을 것이다. 담낭이 없어졌으니까 혹시 좀더 관대해질까? 혹 죽지 않는다면 말이다. 하지만 이런 녀석은, 팔십 세나 돼서 남에게 존경을 받으며 자신도 그렇게 생각하며, 거만한 자손들에게 둘러싸여 죽어가게 마련이다. 자 끝났다. 어서 데리고 가렴!

라빅은 장갑을 벗고, 얼굴의 마스크를 벗었다. 고급 관리는 소리가 나지 않는 수레에 실려 수술실에서 미끄러져 나갔다. 라빅은 그것을 보고 있었다. 르발 녀석, 네가 이것을 안다면! 하고 그는 생각했다. 너의 완전히 합법적인 담낭이, 이 비합법적인 망명자인 나에게 리비에라에서의 지극히 비합법적인 며칠을 지내게 해주었다는 것을 안다면 말이다.

그는 손을 씻기 시작했다. 그의 옆에서 뒤랑이 천천히 세심하게 손을 씻었다. 고혈압인 노인의 손이다. 손을 정성껏 문지르면서, 그는 아래턱을 천천히, 마치 곡식을 깨물어 부수듯 규칙적으로 움직이고 있었다. 문지르기를 중단하면 씹는 것도 중단한다. 다시 문지르기 시작하면 씹는 것도 다시 시작된다. 이번엔 더 천천히 오랫동안 씹었다. 2, 3분이라도 더 오래 2천 프랑을 쥐고 있고 싶은 모양이로구나, 하고 라빅은 생각했다.

「또 뭘 기다리고 있소?」 잠시 후에 뒤랑이 물었다.

「수표지요.」

「돈은 환자가 지불하는 대로 곧 보내겠소. 퇴원하고 두어 주일 지나야겠지.」

뒤랑은 손을 닦기 시작했다. 그러고는 오드 콜롱도로세 병을 집어 손에 문질렀다. 「그 정도는 나를 신용하겠지. 어때?」하고 그는 물었다.

이 사기꾼아, 하고 라빅은 생각했다. 「환자는 선생 친구라 실비밖에는 내지 않을 거라고 하셨죠?」

「그랬지.」하고 뒤랑은 무뚝뚝하게 말했다.

「그렇다면 경비는 재료비와 간호원비로 겨우 몇 프랑밖에 안되죠. 병원은 선생의 것이고. 모두 합쳐서 백 프랑이라고 친다면, 그것만 빼고, 나중에 제게 주시면 되지요.」

「경비는 말이야, 닥터 라빅.」하고 뒤랑은 딱 잘라 말하며 몸을 꼿꼿이 폈다. 「유감스럽게도 내가 생각했던 것보다 훨씬 많이 들었어. 당신에게 줄 2천 프랑도 그 일부지. 그래서 그것도 환자에게 청구해야겠어.」그는 두손에 문지른 오드 콜롱의 냄새를 맡았다. 「그러니까…….」

그는 미소를 지었다. 누런 이빨이 눈같이 흰 수염과 뚜렷한 대조를 이루었다. 마치 눈 속에 오줌을 눈 것 같다고 라빅은 생각했다. 그렇지만 줄 것은 주겠지. 베베르는 그것을 담보로 돈을 돌려주겠지. 제발 지금 좀 주시오, 하고 머리를 숙여서 늙은 염소를 우쭐하게 해줄 필요가 없다.

「좋습니다. 그렇게 어렵다면 나중에 보내 주십시오.」

「뭐 그렇게 어려운 건 아니지. 하기야 당신의 요구가 너무 갑작스러워서 놀라긴 했지만, 다만 순서를 밟기 위해서 그러는 거요.」

「좋습니다. 그럼 순서를 밟기 위해 그렇게 하기로 합시다. 이러나 저러나 마찬가지니까요.」

「결코 마찬가지가 아니지.」

「결과는 같죠. 그럼 실례합니다. 한잔하고 싶어서요. 안녕히 계십시오.」

「잘 가게.」하고 뒤랑은 놀란 듯 말했다.

케이트 헤그슈트룀은 생긋 웃었다. 「어째서 저와 함께 안 가시죠, 라빅?」

그녀는 곧 긴 다리로 그의 앞에 섰다. 두손은 외투 주머니에 넣고 있었다. 「휘에졸레엔 지금쯤 개나리가 활짝 피어 있을 거예요. 정원의 담이 노란 불덩이가 되지요. 난로, 책 그리고 평화가.」

바깥 길을 트럭 한 대가 요란하게 지나갔다. 그 진동으로 병원의 조그만 응접실에 걸린 유리 액자가 덜거덕거렸다. 그것은 사르트르 성당의 사진이었다.

「밤엔 조용하고, 모든 것에서 멀리 떨어져 있어요.」하고 케이트 헤그슈트룀은 말했다. 「어때요, 좋지 않으세요?」

「난 아무것도 원하고 있지 않다는 걸 알고 있지. 그건 조용한 것과 같은 거요.」

「그럼 당신은 자신이 뭘 원하고 있는지 모르세요?」

「난 아무것도 원하고 있지 않소.」

케이트 헤그슈트룀은 천천히 외투의 단추를 끼웠다.

「그렇다면 그건 뭘 의미하죠, 라빅? 행복? 아니면 절망?」

그는 답답한 듯 미소를 지었다.「아마 양쪽 다겠지. 언제나 마찬가지로 양쪽이지.」

「그럼 뭘 하지요?」

「즐겁게 지내야지.」그녀는 그를 쳐다보았다.「즐기는 데는 다른 사람이 필요 없소.」

「즐겁게 지내려면 언제나 다른 사람이 필요해요.」하고 그녀는 말했다.

그는 잠자코 있었다. 도대체 나는 무슨 말을 하고 있는가, 하고 그는 생각했다. 여행담, 이별의 곤혹, 목사의 설교.

「언젠가 당신이 말한 조촐한 행복을 위해선 필요 없어요.」하고 그는 말했다. 「그런 행복은 타버린 집 주위에 피는 오랑캐꽃처럼, 어디든지 피는 법이오. 아무것도 기대하지 않는 사람은 결코 실망하지 않는다. 이것은 훌륭한 기초가 돼요. 후에 생기는 일은 모두 조금씩 이 기초를 튼튼하게 해주지.」

「그런 건 아무 소용도 없어요.」하고 케이트 헤그슈트룀은 말했다.「침대에 누워서, 만사를 조심스럽게 생각할 때만 그렇게 생각되죠. 걸어다닐 수 있게 되면 그렇겐 되지 않지요. 그런 생각은 다시 잊고 다 욕심을 내거든요.」

창문으로 햇빛이 비스듬히 들어와서 그녀의 얼굴에 닿았다. 눈은 그늘이 지고, 다만 입이 빛을 받아 일시에 환해졌다.

「플로렌스에 아는 의사가 있소?」하고 라빅은 물었다.

「아뇨, 의사가 필요한가요?」

「언제라도 이런저런 사소한 일이 일어날 수 있는 거요. 그곳에 당신이 아는 의사가 있다면, 나로서는 더욱 안심이 되지요.」

「전 퍽 기분이 좋아요. 그리고 만약 무슨 일이 있으면 다시 돌아오겠어요.」

「물론 그렇지. 단지 조심하기 위해서지. 플로렌스에 좋은 의사가 한 사람 있소. 피올라 교수라고 하는데, 기억해 둬요. 피올라요.」

「잊어버릴 거예요. 그런 건 조금도 중요하지 않아요, 라빅.」

「내가 편지를 해두지. 그 사람이 봐줄 거요.」

「왜 그러시요? 전 아픈 데가 없어요.」

「직업상 조심하는 거요, 케이트. 그뿐이오. 당신에게 전화를 걸도록 편지해

두지.」

「좋을 대로 하세요.」그녀는 핸드백을 집어들었다.

「안녕, 라빅. 이제 가겠어요. 아마 플로렌스에서 곧장 칸으로 갈 거예요. 그리고 거기서 콩테 디 사보야 호를 타고 뉴욕으로 가요. 혹시 당신이 미국에 오게 되면 남편과 어린애들 그리고 말이나 개와 시골집에서 살고 있는 여자를 만나게 될 거예요. 당신이 알고 있는 케이트 헤그슈트룀은 여기에 두고 가겠어요. 세라자드에 조그만 무덤이 있어요. 거길 가시거든 가끔 그 무덤을 위해서 술잔을 들어 주세요.

「알았소. 보드카로 들지.」

「네, 보드카로요.」그녀는 방안의 그늘 속에서 결단을 내리지 못한 채 서있었다. 이제 한 줄기 빛은 그녀의 등뒤에 있는 사르트르 성당 사진의 한 곳을 비추고 있었다. 십자가의 높은 제단.

「이상하군요.」그녀는 말했다.「기뻐해야 할 텐데, 조금도 기쁘지가 않아요.」

「헤어질 땐 으레 그런 거요. 절망과 헤어질 때도.」

그녀는 그의 앞에 서있었다. 망설이며……

「헤어질 때의 가장 간단한 방법은 그냥 떠나는 거요.」하고 라빅은 말했다.「자, 갑시다. 내가 조금 바래다 주지.」

「네.」

공기는 부드럽게 축축했다. 하늘은 지붕 사이에 시뻘겋게 달아오른 쇠와 같이 드리워 있었다.

「택시를 불러올까?」

「싫어요, 저 모퉁이까지 걸어가겠어요. 거기서 잡지요. 밖으로 나가는 건 이게 처음이에요.」

「기분은?」

「포도주 같아요.」

「택시를 안 불러도 좋을까?」

「괜찮아요. 그냥 걷겠어요.」

그녀는 축축히 젖은 길을 내려다보았다. 그러고는 생긋 웃었다.「한구석에 약간 걱정이 남아 있어요. 그런 걸까요?」

「그렇지, 그런 거지.」

「안녕, 라빅.」

「안녕, 케이트.」

그녀는 무슨 말을 더 할 듯이 잠깐 서있었다. 그러다가 한 걸음 한 걸음 조심스럽게 계단을 내려가서는, 오랑캐꽃 빛깔의 저녁놀 속으로 자신의 파멸을 향하여 걸어갔다. 다시 뒤돌아보지도 않은 채.

라빅은 돌아왔다. 케이트 헤그슈트룀이 지금까지 있던 방 앞을 지날 때, 음악 소리가 들렸다. 그는 깜짝 놀라서 걸음을 멈추었다. 그 방에 아직 다른 환자가 들어 있지 않다는 것을 알고 있었기 때문이다.

가만히 문을 열어보니, 간호원이 전축 앞에 무릎을 꿇고 있는 것이 보였다. 간호원은 인기척이 나자, 벌떡 일어났다. 전축에는 〈최후의 원무곡〉이라는 옛날의 판이 돌아가고 있었다.

처녀는 옷을 매만졌다. 「헤그슈트룀 부인이 이 전축을 선물로 주셨어요. 미제예요. 여기선 살 수 없는 물건이에요. 파리에는 아무데도 없어요. 이것 하나뿐이에요. 곧장 시험해 보고 있는 거예요. 자동식으로 한꺼번에 다섯 장을 계속 들을 수 있어요.」

처녀의 얼굴이 자랑으로 빛났다. 「아마 3천 프랑은 할 거예요. 그리고 레코드도 그대로 있고요. 모두 쉰 여섯 장. 게다가 라디오까지 붙어 있어요. 이런 걸 행운이라고 하나봐요.」

행운, 하고 라빅은 생각했다. 여기서도 튀어나왔다. 여기선 전축이 행운이다. 그는 그대로 서서 들었다. 바이올린 소리가 흐느끼듯 센티멘탈하게, 오케스트라를 누르고 비둘기처럼 날아올랐다. 그것은, 때로는 쇼팽의 모든 야상곡보다도 더 강하게 사람의 마음을 사로잡는, 그런 오뇌에 찬 곡의 하나였다. 라빅은 방을 둘러보았다. 침대는 걷어치웠고, 매트리스는 세워져 있었다. 눈앞에는 세탁물이 쌓여 있었다. 창문은 열어놓은 채였다. 저녁 어스름이 방안을 빈정거리듯 들여다보고 있었다. 사라져가는 향수냄새와, 희미해지는 원무곡의 선율이, 케이트 헤그슈트룀이 남기고간 모든 것이었다.

「아무래도 한꺼번에 다 가지고 갈 수는 없겠어요.」 하고 간호원은 말했다. 「꽤 무겁거든요. 우선 전축을 가져가고 다음에 레코드는 두 번으로 나누어 가져가야 되겠어요. 세 번은 와야 할 것 같아요. 정말 신나요. 이것으로 카페도 차릴 수 있을 거예요.」

「그거 좋은 생각이군.」 하고 라빅은 말했다. 「고장내지 않도록 조심해요.」

15

　라빅은 천천히 눈을 떴다. 그러고도 얼마 동안은 여전히 꿈과 현실 사이의 묘한 혼미 상태에 빠져 있었다. 꿈은 조금씩 흐려지면서도 여전히 이어지고 있었다. 그와 동시에, 자기는 지금 꿈을 꾸고 있다는 것을 이미 알고 있었다. 그는 독일 국경에 가까운 슈바르츠발트의 작은 정거장에 있었다. 근처에서 폭포소리가 요란하게 들리고 있었다. 산에서 전나무 향기가 흘러나왔다. 여름이었다. 골짜기는 송진과 풀 냄새로 가득했다. 철로는 석양에 붉게 빛나고 있었다. 그 위를 기차가 피를 흘리며 지나간 것 같았다. 나는 여기서 무엇을 하고 있는 걸까? 하고 라빅은 생각했다. 지금까지 프랑스에 있었을 텐데. 틀림없이 파리에 있었는데. 그는 부드럽고 눈부신 파도를 타고 미끄러지고 있었다. 그리고 그 파도가 그에게 점점더 잠을 퍼붓는 것이었다. 파리——그것은 차츰 녹아서 안개가 되고, 끝내 사라져버렸다. 그는 파리에 있는 것이 아니라, 독일에 있었다. 그런데 어째서 여기에 다시 돌아온 걸까?

　그는 작은 정거장의 플랫폼을 걷고 있었다. 신문을 파는 매점 옆에 차장이 서 있었다. 그리고 《푈키셔 베오바하터》를 읽고 있었다. 중년 남자였다. 살찐 둥근 얼굴과, 짙은 블론드의 눈썹을 하고 있었다.

　「다음 기차는 몇 시에 떠납니까?」하고 라빅은 물었다.

　차장은 귀찮은 듯이 상을 찡그렸다. 「어디로 가죠?」

　라빅은 갑자기 심한 공포를 느꼈다. 도대체 나는 지금 어디에 있는 걸까? 여기는 뭐라고 불리는 곳일까? 프라이부르크로 간다고 하면 될까? 제기랄! 자기가 있는 곳도 모르다니, 어찌된 노릇이냐? 그는 플랫폼을 쭉 훑어보았다. 표지가 하나도 없다.

　그는 미소를 지으며, 「지금 휴가중이죠.」라고 말했다.

　「대체 어디로 가십니까?」차장이 물었다.

　「그냥 이렇게 타고 돌아다니죠. 그래서 여기서도 잠시 내려본 거요. 창으로 본 경치가 맘에 들어서요. 그런데 벌써 싫어졌지요. 폭포라는 것을 도무지 참을 수가 있어야지요. 그래 이젠 떠나려고 해요.」

　「대체 어디로 가는 거요? 자기가 갈곳쯤은 알고 있을 게 아니오.」

　「모레는 프라이부르크에 가있어야 해요. 그때까진 시간 여유가 있죠? 이렇게 정처없이 타고 돌아다니는 것도 퍽 재미있는 일이군요.」

　「이 노선은 프라이부르크로 가지 않소.」차장은 이렇게 말하고 그를 쳐다보

190

았다.

정말 어리석은 짓을 하는구나, 하고 라빅은 생각했다. 왜 물어보았을까? 왜 그냥 기다리고 있지 않았을까? 왜 이런 곳에 와있을까?

「알고 있어요.」하고 그는 말했다. 「시간은 얼마든지 있어요. 여기 어디 키르쉬를 파는 곳은 없읍니까? 쉬바르츠발트의 진짜 키르쉬 주 말입니다.」

「정거장 식당에서 팔고 있소.」하면서 차장은 여전히 그를 쳐다보고 있었다.

라빅은 플랫폼을 천천히 걸어갔다. 그의 구두소리가 지붕 없는 플랫폼의 시멘트 바닥에 쿵쿵 울렸다. 1,2등 대합실에 남자 둘이 앉아 있었다. 그는 두 사람의 시선을 등에 느꼈다. 정거장 지붕 밑을 제비가 서너 마리 날고 있었다. 그는 그것을 바라보는 체하면서, 그 차장을 살폈다. 차장은 신문을 접고 있는 참이었다. 그러고 라빅의 뒤를 따랐다. 라빅은 식당으로 갔다. 식당에선 맥주냄새가 났다. 아무도 없었다. 라빅은 다시 밖으로 나왔다. 차장이 밖에 서있었다. 라빅이 나오는 것을 보자, 대합실로 들어갔다. 라빅은 걸음을 빨리했다. 의심을 받고 있다는 것을 느꼈다. 건물 모퉁이에서 그는 돌아다보았다. 플랫폼에는 아무도 보이지 않았다.

그는 소화물 발송소와 임시 예치소 사이를 급히 지났다. 그리고 우유통이 서너 개 놓여 있는 화물용 플랫폼 밑을 빠져나와, 안에서 송신기가 재깍재깍 소리를 내고 있는 창문 밑을 기어서 건물의 반대쪽으로 나왔다. 거기서 조심스럽게 뒤를 돌아보았다. 그러고는 급히 선로를 건너고, 꽃이 피어 있는 목장을 가로질러 전나무 숲을 향해 뛰었다. 목장을 가로질러 뛰어가는 그의 발밑에서 민들레의 먼지 같은 화관이 날아올랐다. 전나무 숲까지 와서 돌아다보니, 차장과 두 사나이가 플랫폼에 서있었다. 차장이 그를 가리키자, 두 사나이는 뛰기 시작했다. 라빅은 숲속으로 뛰어들어갔다. 가시돋친 가지들이 얼굴을 때렸다. 그는 커다란 원을 그리며 뛰다가, 이윽고 들키지 않으려고 가만히 있었다. 두 사나이가 전나무를 헤치고 뛰어오는 소리가 들렸다. 한순간도 놓치지 않고 가만히 귀를 기울였다. 가끔 아무 소리도 들리지 않는다. 그럴 때는 그대로 기다릴 수밖에 없었다. 이윽고 다시 나뭇가지가 꺾이는 소리가 들려왔다. 그러면 그도 될 수 있는 대로 소리가 나지 않도록 엎드려서 기었다. 귀를 기울여 듣고자 할 때는, 두손을 움켜쥐고 숨을 죽였다. 벌떡 일어나서 뛰고 싶은 충동을 경련처럼 느꼈다. 하지만 그런 짓을 하면 자기가 있는 장소를 들키게 된다. 그는 상대가 움직일 때만 움직일 수 있었다. 그는 푸른 오이풀 덤불 속에 엎드렸다. 헤파티카 트릴로바구나, 하고 그는 생각했다. 헤파티카 트릴로바, 오이풀 숲은 끝이 없는 것 같았다. 이번엔 사방에서 가지 부러지는 소리가 났다. 온몸에서 땀이

비오듯 땀구멍으로부터 흘러내려서 쏟아지는 것을 느꼈다. 관절이 흐늘흐늘해
진 것처럼, 갑자기 두 무릎에서 힘이 빠져나갔다. 그는 일어나려고 했다. 그러
나 땅속으로 빠져들고 말았다. 땅이 마치 수렁 같았다. 그는 땅바닥을 내려다보
았다. 단단했다. 다리 때문이었다. 다리가 마치 고무 같았다. 추적자가 다가오
는 소리가 들렸다. 그들은 곧장 그를 향해 달려오고 있었다. 몸을 벌떡 일으켰
으나, 그 고무다리 때문에 다시 주저앉고 말았다. 그는 다리를 질질 끌며, 안간
힘을 쓰며 앞으로 휘청휘청 걸어갔다. 나뭇가지 부러지는 소리가 점점 가까와
졌다. 그러자 갑자기 나뭇가지 사이로 푸른 하늘이 조금 내다보였다. 공지로 나
온 것이다. 만약 이곳을 단숨에 뛰어가지 못한다면 만사가 끝장이다. 그는 몸을
질질 끌며 앞으로 나아갔다. 그러다가 되돌아보니, 바로 등뒤에 음흉한 미소를
짓고 있는 얼굴이 있었다. 하케의 얼굴이었다. 그는 막을 수도, 어떻게 할 힘도
없이, 점점 깊숙이 빠져들어가기만 했다. 숨이 콱콱 막혔다. 꺼져들어가는 가슴
을 자기 손으로 쥐어뜯었다. 그리고 신음소리를 냈다…….

　내가 신음소리를 낸 건? 나는 어디에 있는 걸까? 그는 자신의 두손이 목을
조르고 있는 것을 느꼈다. 손은 땀에 젖어 있었다. 목도 젖어 있었다. 눈을
떴다. 지금 자신이 어디에 있는지 확실치가 않았다. 전나무 숲속의 수렁인지,
아니면 어디 다른 곳인지 알 수가 없었다. 파리에 있다는 것은 전혀 느끼지 못하
고 있었다. 창백한 달이 낯선 세계 위의 십자가에 걸려 있었다. 창백한 달빛은
순교자의 후광처럼 어두운 십자가의 그늘에 걸려 있었다. 창백한 죽은 빛이 회
색의 쇠와 같은 하늘에서 소리없이 울부짖고 있었다. 만월이 파리의 오델 앵테
르나쇼날 그의 방 창문의 나무 십자가에 걸려 있었다. 라빅은 일어나 앉았다.
대체 이게 어찌된 일일까? 여름 저녁에 피를 흘리며, 피투성이의 선로 위를 미
친 듯 달리고 있는 피를 가득 실은 열차――다시 독일에 돌아가서, 살인을 합법
화시킨 잔학한 제도의 관리들에 둘러싸여 박해당하고 쫓기고 있는, 벌써 몇 번
이나 되풀이하여 꾼 꿈. 이 꿈을 이미 얼마나 많이 꾸었던가! 그는 달을 쳐다보
았다. 남빛으로, 온 세계의 색채라는 색채를 모조리 빨아들이고 있는 창백한 흡
혈귀다! 강제수용소의 공포로 가득찬 꿈, 학살당한 친구들의 굳어버린 얼굴로
가득찬 꿈, 살아남은 사람들의 눈물도 마른 화석처럼 마비된 고통, 모든 비탄을
넘어선 견딜 수 없는 이별과 고독, 그런 것으로 가득찬 꿈……. 낮에는 자기 눈
보다도 높은 담을, 벽을 쌓아올릴 수가 있다. 오랜 세월에 걸쳐, 갖은 고생을 하
며 간신히 쌓아올린 것이다. 소망은 비웃음으로 목졸라 죽이고, 기억은 냉혹의
껍질 속에 묻어 짓밟아버리고, 모든 것을, 자신의 이름까지도 자기에게서 벗겨

버리고, 자신의 감정을 시멘트로 덮어버렸던 것이다. 그런데도 가끔 방심하고 있을 때 자신의 과거가 창백한 얼굴을 불쑥 내밀고 달콤하게 망령처럼 부르기라도 하면, 정신을 잃을 때까지 술을 마시고는 그것을 흘려버리곤 했던 것이다. 낮에는 그럴 수가 있다. 하지만 밤이 되면 다시 꿈의 포로가 되고 마는 것이다. 수면에 의한 브레이크는 느슨해져서, 차바퀴는 미끄러지기 시작한다. 의식의 지평선 저편에서, 과거는 다시 얼굴을 쳐들고, 무덤을 파헤치고 나타난다. 얼어붙은 쥠쇠는 느슨해지고, 망령들은 다시 돌아오고, 피가 끓어오르고, 옛상처는 피를 뿜고, 암흑의 폭풍이 모든 둑과 바리케이드를 쓸어가 버리는 것이다! 망각……. 그것은 의지의 등불이 세계를 비추는 동안은 쉬운 일이다. 그러나 그 등불이 꺼지고, 구더기들의 시끄러운 소리가 들리게 되고, 파괴된 세계가 가라앉은 비네타처럼 홍수 속에서 떠올라 다시 되살아나면 사정은 달라진다. 그런 것을 이겨내기 위하여, 밤마다 납덩이처럼 흐리멍덩하게 곤드레로 취할 수도 있다. 밤을 낮으로 바꾸고, 낮을 밤으로 바꿀 수도 있다. 낮에는 밤과는 다른 꿈을 꾼다. 모든 것에서 단절되어 그렇게 적적하지 않아도 된다. 그도 그렇게 해오지 않았던가? 새벽의 회색빛이 거리로 기어들기 시작할 무렵에 호텔로 돌아온 적이 얼마나 많았던가? 또 상대해 주는 사람이면 누구하고든지 카타콤에서 술을 마시며, 모로소프가 돌아오면, 가짜 종려나무 밑에서 그와 함께 계속 술을 마시는 것이다. 창문이 없는 그 방에서는, 벽시계만이 바깥 세상의 빛이 얼마나 밝아졌는가를 말해 줄 뿐이다. 마치 잠수함 속에서 술에 취해 있는 격이다.

머리를 가로젓고, 인간은 이성을 잃어서는 안된다고 선언하기란 간단한 일이다. 하지만 고약하게도 그렇게 간단하지가 않은 것이다. 생명은 생명이다. 아무 가치도 없는 것이지만, 그러면서도 온갖 가치를 지니고 있는 것이다. 집어던져버릴 수는 있다. 그것도 간단하다. 그러나 그렇게 하면 복수까지도 함께 내던져버리는 결과가 되지 않을까? 그리고 또 조롱당하고 침을 뒤집어쓰고 날마다 계속 멸시를 당하면서도, 그래도 인간미라든가 인간성에 대한 신뢰라고 불려지는 것도 내던져버리는 결과가 되지 않을까?

허무한 생명이다. 하지만 그것을 다 써버린 탄피처럼 내버릴 수는 없다. 때가 와서 그것이 필요하게 되면, 다시 싸우기 위하여 소용이 있는 것이다. 개인적인 이유에서가 아니다. 복수 때문에도 아니다. 설령 복수가 아무리 깊이 핏속에 맺혀 있다고 해도. 이기주의라서도 아니고, 이타적인 이유에서도 아니다. 수레바퀴의 한 회전만큼, 이 세상을 피와 자갈 속에서 밀어내는 데에 그것이 얼마쯤 도움이 된다 할지라도……. 결국 인간은 싸운다는, 그리고 숨이 끊어질 때까지 싸울 기회가 오기를 기다리고 있다는, 단지 그 이유 때문이다. 하지만 기다린다는

것은 마음을 좀먹어들어가는 것이며, 결국은 절망적인 것이다. 더구나 정작 그
때가 왔다 해도, 벌써 너무나 으스러지고, 좀먹고, 기다리다가 썩어 문드러지
고, 독방에서 지쳐버려서, 이제는 남들과 함께 행진을 할 수가 없을지도 모른다
는 남모르는 공포가 뒤따르고 있는 것이다. 신경을 좀먹는 모든 것을 망각 속에
짓밟아버리는 것도 그때문이 아니었던가? 가차없이 냉혹하게 조소와 냉소, 그
뿐만 아니라(逆)감정을 섞어서, 남의 자아 속으로 도피하여 그것을 근절해 버리
는 것도 그 공포를 없애버리기 위해서가 아니었던가? 그때까지는, 잠과 망령의
포로가 되어 있는 동안에까지 무자비한 무력함이 되살아올 것이다.
　창문의 창살 밑에서 달은 숨어들어왔다. 이제는 십자가에 걸린 후광이 아
니다. 방안과 침대를 들여다보는 개기름이 흐르고 음탕한 변태자이다. 라빅은
완전히 잠이 깼다. 지금 꾼 꿈은 별로 악몽은 아니었다. 다른 꿈을 얼마든지 알
고 있다. 그러나 아뭏든, 꿈을 꾼 것은 퍽 오랜만이다. 그는 생각에 잠겼다. 혼
자 자지 않게 된 후로는, 거의 꿈을 꾼 일이 없다. 그는 침대 곁을 더듬었다. 침
대 곁엔 술병이 없었다. 그곳에 놓아두지 않게 된 지 이미 오래다. 병은 방 구석
의 테이블 위에 놓아두었다. 그는 잠시 망설였다. 별로 마실 필요도 없다. 그건
알고 있다. 그렇다고 해서 마시지 않을 필요도 없다. 그는 일어나서 맨발로 테
이블 쪽으로 걸어갔다. 잔을 찾아, 병마개를 뽑고 따랐다. 그 오래 묵은 칼바도
스의 나머지였다. 그는 잔을 창문 쪽으로 비춰보았다. 달빛을 받아, 그것이 오
팔같이 보였다. 브랜디는 빛을 쬐게 하면 안된다, 하고 그는 생각했다. 햇빛에
도, 달빛에도 안된다. 부상병이 밤중에 보름달 아래 누워 있으면, 다른 날 밤
보다 더욱 쇠약해진다. 그는 머리를 흔들고 잔을 비웠다. 그리고 다시 한잔을
따랐다. 슬쩍 쳐다보니, 조앙은 눈을 뜨고 이쪽을 보고 있었다. 그는 멈칫했다.
여자가 눈을 뜨고 정말로 자기를 보고 있는지, 알 수가 없었던 것이다.
　「라빅.」하고 그녀가 말했다.
　「응.」
　그녀는 지금 막 눈을 뜬 모양이었다. 「라빅.」하고 그녀는 노한 다른 목소리로
말했다. 「라빅, 거기서 뭘 해요?」
　「술을 마시고 있어.」
　「아니, 왜…….」그녀는 몸을 일으켰다. 「왜 그래?」그녀는 얼떨떨한 듯이
물었다. 「무슨 일이 있었어요?」
　「아무것도 아냐.」
　그녀는 머리를 뒤로 쓸어넘겼다. 「아이 참, 깜짝 놀랐어요 !」
　「놀라게 할 생각은 아니었어. 그냥 자는 줄 알았지.」

「느닷없이 그런데 서있으니 말이에요. 그런 구석에……, 전혀 다른 모습으로요.」

「미안해, 조앙. 잠을 깰 줄은 몰랐어.」

「당신이 없어진 것을 곧 느꼈어요. 추워서요. 바람이 분 것 같았어요. 무서웠어요. 그런데 당신이 거기 서있지 않겠어요? 무슨 일이 있었어요?」

「아니, 아무일도 없었어, 조앙. 잠이 깼길래 좀 마시려고 했어.」

「저도 좀 주세요.」

라빅은 잔에 술을 따라서 침대 쪽으로 걸어갔다. 「마치 어린애 같은 얼굴을 하고 있군.」 하고 그는 말했다.

그녀는 두손으로 잔을 받아서 마셨다. 천천히 마시면서, 잔 너머로 그를 쳐다보았다. 「왜 잠이 깼죠?」

「모르겠어. 아마 달 때문이겠지.」

「전 달이 싫어요.」

「안티브에 가면, 싫어하지 않게 될걸.」

그녀는 잔을 내려놓았다. 「우리 정말로 가는 거예요?」

「가야지.」

「이 안개와 비를 피해서요?」

「그래, 이 지겨운 안개와 비를 피해서!」

「한 잔 더 주세요.」

「그만 잘 거야.」

「잠자기엔 아까와요. 자는 동안에 인생을 얼마나 놓쳐버릴는지 몰라요. 잔을 이리 주세요. 이건 그 고급품이에요? 거기 가지고 갈 것 아닌가요?」

「무엇이든 가지고 갈 필요는 없어.」

그녀는 그를 쳐다보았다. 「결코?」

「결코.」

라빅은 창가로 가서 커튼을 쳤다. 커튼은 반쯤밖에 닫히지 않았다. 달빛이 그 사이로 한 줄기 띠가 되어 비쳐들어왔다. 그때문에 방이 두 개의 어둠으로 갈라졌다. 「왜 침대로 오시지 않죠?」 하고 조앙이 물었다.

라빅은 달빛 건너편에 있는 소파 옆에 서있었다. 일어나 침대에 앉아 있는 조앙의 모습이 어렴풋이 보였다. 그녀는 벌거벗고 있었는데, 머리카락이 목덜미에 늘어져서 희미하게 빛나고 있었다. 그와 여자 사이에는, 마치 어두운 기슭과 기슭 사이를 흘러가듯, 차가운 빛이 흐르고 있었다. 어디로 흘러가는 것도 아니고 오직 자기 자신 속으로 흘러들어가서, 그것은 무한한 저쪽에서 칠흑의 진공

에테르를 뚫고 나와, 훈훈하고 잠의 냄새로 가득찬 각진 방안으로 흘러들어
온다. 아득한 사멸해 버린 별에 부딪쳐서, 마치 마술처럼 뜨거운 태양 광선에서
납덩이 같은 차가운 강으로 변하는 부서진 광선……. 그것은 끊임없이 흐른다.
그러면서도 그대로 조용히 머물러서, 결코 방안을 가득 채우지 않는다.

「왜 이리 오시지 않아요?」조앙이 다시 물었다.

라빅은 어둠에서 빛 속으로, 다시 어둠 속으로 방을 건너질러 왔다. 불과 몇
발짝에 지나지 않았지만, 그에게는 먼 곳으로 생각되었다.

「병을 가지고 오셨어요?」

「웅.」

「잔을 드릴까요? 몇 시나 되었을까요?」

라빅은 자기 시계의 작은 야광 문자판을 보았다. 다섯 시쯤 됐어.」

「다섯 시. 세 시면 어때요. 일곱 시라도 상관 없어요. 밤에는 시간이 정지해서
움직이지 않아요. 움직이는 것은 시계뿐이에요.」

「그렇지. 모든 일은 밤에 일어나거든. 아니면 그것 때문인지도 모르지만.」

「뭐가요?」

「낮이 되면 눈에 보이게 되는 것 말이야.」

「겁주지 마세요. 그러니까 자고 있는 동안에 미리 일어난다는 말씀이에요?」

「그렇지.」

그녀는 그에게서 잔을 받아들고 마셨다. 그녀는 매우 아름다왔다. 그는 자기
가 그녀를 사랑하고 있다는 것을 느꼈다. 그 아름다움은 조각이나 그림의 아
름다움은 아니었다. 그것은 마치 바람이 부는 목장과 같은 아름다움이었다. 그
녀의 내부에서 맥박치고 있는 것, 그리고 신비로운 방법으로 그녀를 형성한 것,
즉 두 개의 세포가 부딪쳐서 자궁 속에서 무로부터 그녀를 형성한 것, 그것은 생
명이다. 그것은 작은 한 알의 씨앗 속에서 응고하고, 미세한 모습을 이루면서,
이미 가지가 되고 과실이 되고 4월 아침의 꽃보라가 될 한 그루의 나무 전체가
숨어 있는 것과 같은, 알 수 없는 수수께끼였다. 그리고 또 사랑의 하룻밤과, 소
량의 점액과 점액이 부딪쳐서 얼굴이 생기고, 바로 이 눈과 어깨가 생긴 것과 같
은, 알 수 없는 수수께끼. 그것이 어딘가, 세계의 어딘가에서 수백만의 사람들
사이에 섞여 있다가 동짓달의 어느 날 밤, 그가 파리의 알마교 위에 서있을 때
다가올 것 같은 알 수 없는 수수께끼였다.

「왜 밤에 그렇게 될까요?」조앙이 물었다.

「그건, 당신, 좀더 이리 다가와요. 잠의 심연에서 되돌아온 나의 애인. 그건
밤과 잠은 배반자이기 때문이야. 당신은 우리가 오늘밤 서로 바싹 붙어서 잤다

는 걸 알고 있지? 우리들은 인간으로선 더할 수 없을 만큼 바싹 붙어 있었지. 이마와 이마, 피부와 피부, 생각과 생각, 숨과 숨, 모두가 서로 닿고, 섞여 있었어. 그러자 회색의 빛깔도 없는 잠이 우리 사이에 차차 스며들기 시작했거든. 처음엔 한 두 개의 얼굴에 지나지 않았지만, 이윽고 수가 많아져서 우리들의 생각에 딱지처럼 덮여서, 핏속으로 들어와, 무의식의 맹목을 우리들 속에 쏟아넣는단 말이야. 그러면 갑자기 우리들은 제각기 고독해지고, 외로이 어두운 운하를 어디론가 흘러내려가고, 알지 못할 힘과 온갖 무형의 공포에 사로잡히는 거야. 나는 잠이 깼을 때, 당신을 보았어. 당신은 자고 있었지. 당신은 아직도 먼 곳에 있었지. 나로부터 완전히 빠져나가 있었지. 그리고 내게 대해선 아무것도 몰랐어. 당신은 내가 도저히 따라갈 수 없는 곳에 가 있었던 거야.」 그는 그녀의 머리에 키스했다. 「밤마다 잘 때, 당신을 잃어버린다고 한다면 그런 사랑이 어떻게 완전하다 할 수 있을까?」

「전 당신에게 꼭 붙어서 잤어요. 당신 곁에서. 당신의 팔에 안겨서……. 」

「당신은 미지의 세계에 가 있었어. 물론 당신은 내 곁에 있었지. 하지만 당신은 시리우스 별보다도 더 먼 곳에 있었어. 낮에 당신이 어디 갔다 해도 그건 문제가 아냐. 낮엔 나는 모든 것을 알고 있으니까. 그러나 밤에는 누구든 아무것도 모르지.」

「전 당신 곁에 있었어요.」

「아니 당신은 나와 함께 있지 않았어. 다만 내 곁에 누워 있었을 뿐이야. 자기 맘대로 되지 않는 나라에서 어떻게 돌아올 수 있는가를 그 누가 알겠어? 모르는 사이에 변한 거야.」

「당신도 마찬가지예요.」

「그야 물론이지. 자, 이젠 그 잔을 이리 줘요. 내가 시시한 말을 지껄이고 있는 동안에 당신은 혼자 마시고 있었군.」

그녀는 잔을 넘겨주었다. 「당신이 잠을 깨서 잘됐어요, 라빅. 달님에게 감사해야겠어요. 달이 없었더라면 우리는 잠든 채로 서로 아무것도 몰랐을 테니까요. 아니면 우리가 모르는 사이에, 우리들 중의 한 사람에게 이별의 씨앗이 뿌려져 있었을지도 모르죠. 그렇게 되면 눈에 보이지 않게 점점 커져서, 결국은 터져나오게 되었을 테니까요.」 그녀는 조용히 웃었다.

라빅은 그녀를 쳐다보았다. 「당신은 설마 이걸 진정으로 받아들이진 않겠지?」

「그래요. 당신은?」

「나도 그래. 하지만 거리엔 무엇인가가 있어. 그래서 우리는 진정으로 그걸 받아들이지 않는 거야. 그게 인간의 위대한 점이지.」

그녀는 다시 웃었다.「전 그런 건 무섭지 않아요. 우리의 머리속에서 일어나는 여러 가지 생각들보다도 자기가 원하고 있는 걸 더 잘 알고 있거든요.」

라빅은 잔을 비웠다.「그렇지.」하고 그는 말했다.「맞는 말이야.」

「오늘밤은 그만 자기로 해요.」

라빅은 달빛의 은빛 띠에 술병을 비추어보았다. 아직 3분의 1은 남아 있었다.「얼마 남지 않았군. 하지만 그렇게 해보기로 하지.」

그는 병을 침대 옆의 테이블에 올려놓았다. 그러고는 조앙을 돌아다보았다.「당신은 남자가 원하는 것을 모두 가지고 있는 것 같아. 그리고 남자가 여태 모르고 있는 것도 한 가지 더 가지고 있어.」

「좋아요.」하고 그녀는 말했다.「우리 매일 밤 잠을 깨기로 해요, 라빅. 밤에 보는 당신은 낮에 보는 당신과는 좀 달라요.」

「더 좋아보이나?」

「아뭏든 달라요. 밤에 보는 당신은 놀랄 만큼 달라요. 당신은 언제나 어딘가에서, 어딘가 아무도 모르는 곳에서 와요.」

「낮엔 안 그렇고?」

「낮엔 늘 그렇지는 않고, 가끔 그래요.」

「사랑스러운 고백이군. 두어 주일 전이었다면 내게 그런 말을 하지 않았을 텐데.」

「그래요, 지금처럼 당신을 잘 알지 못했으니까요.」

그는 눈을 들어 그녀를 쳐다보았다. 그녀의 얼굴에 애매한 그림자는 조금도 보이지 않았다. 단순하게 그렇게 생각하고, 극히 자연스러운 것으로 알고 있는 것이다. 그의 기분을 상하게 하려는 생각도 아니고, 그럴 듯한 말을 하려는 것도 아닌 것 같았다.

「그렇다면 잘되어 갈 거야.」하고 그는 말했다.

「왜요?」

「두어 주일만 더 지나면, 당신은 나를 더 잘 알게 될 테니까. 그럼 나는 당신을 지금보다 더 놀라게 하진 않을 테니까 말이야.」

「꼭 저 같이요.」하고 조앙은 웃었다.

「당신은 안 그래.」

「왜?」

「그것은 5만 년의 생물학에 근거가 있는 거야. 사랑은 여자의 눈을 날카롭게 하고, 남자의 머리를 혼란시키기 때문이지.」

「절 사랑하세요?」

「응, 사랑하고 있어.」

「그런 말은 별로 하지 않으시더군요.」 그녀는 몸을 쭉 폈다. 만족한 고양이 같다고 라빅은 생각했다. 제물을 확실하게 확보한, 만족한 고양이 같았다.

「난 가끔 당신을 창밖으로 내던지고 싶어져.」

「그런데 왜 그렇게 안하죠?」

그는 말없이 그녀를 쳐다보았다.

「그렇게 하실 수 있겠어요?」하고 그녀는 물었다.

그는 대답하지 않았다. 그녀는 베개를 베고 반듯이 누웠다. 「사랑하기 때문에 없애버리나요? 너무 사랑하기 때문에 죽이는 거예요?」

라빅은 손을 내밀어 병을 집었다. 「나 참.」하고 그는 말했다. 「어쩌다 이렇게 됐지? 밤중에 잠을 깨서 이런 말을 들어야 하다니…….」

「하지만 그렇지 않아요?」

「그렇지, 그런 일은 결코 당하지 않을 삼류 시인이나 여자에겐 그렇지.」

「그렇게 하는 사람에게도 마찬가지예요.」

「그래, 그래.」

「당신은 할 수 있어요?」

「조앙,」하고 라빅은 말했다. 「그런 하녀 같은 잔소리는 그만둬. 난 그런 생각은 못하는 사람이야. 지금까지도 많은 사람을 죽였어. 아마튜어로서도 그렇고, 직업인으로서도 그래. 그리고 군인으로서도, 의사로서도. 그때문에 생명에 대해서 경멸과 무관심과 존경을 갖게 되는 거야. 사람을 죽였다고 해서 그것으로 일이 다 끝나는 건 아니야. 여러 번 살인을 한 사람은 결코 사랑 때문에 살인을 하진 않아. 살인을 하지 않음으로써, 죽음을 우습게 여기고, 하찮은 걸로 만드는 거야. 하지만 죽음이란 결코 하찮은 것이거나, 우스운 건 아니야. 죽음은 여자와는 상관이 없어. 남자만의 문제야.」그는 잠시 말을 끊었다가 이었다. 「대체 우리는 무슨 말을 하고 있지?」하며 그는 그녀 위에 몸을 구부렸다. 「당신은 나의 뿌리 없는 행복이 아닐까? 구름 속에 있는 나의 행복……. 서치라이트의 행복이 아닐까? 자, 키스를 하게 해줘. 오늘처럼 생명이 소중하게 생각되었던 적은 없었어. 생명 같은 건 조금도 가치가 없는 오늘날이긴 하지만 말이야.」

16

　빛, 항상 새로운 빛, 빛은 바다의 짙은 남색과 하늘의 연한 푸른색 사이에서 생겨나는 하얀 거품처럼 수평선 저쪽에서 날아온다. 숨도 쉬지 않고, 그러면서도 아주 깊은 숨을 쉬며 빛나고 반사하며, 이렇게도 밝고 이렇게도 반짝이는 행복, 아무런 실체도 없이 떠다니는 단순하고도 태고적 그대로의 행복을 가득 싣고 날아온다.

　이 여인의 머리 위에서 얼마나 아름답게 빛나고 있는가, 하고 라빅은 생각했다. 마치 빛깔이 없는 후광과 같다! 원경이 없는 공간이다. 어깨 위로 흐르는 모양을 보라! 카나안의 우유빛으로 짠 비단이다! 이런 햇빛 속에선 아무도 벌거벗지 못한다. 살갗이 햇빛을 받아 반사한다. 마치 저 멀리 있는 바위와 바다처럼, 햇빛의 거품, 지극히 투명한 혼란, 지극히 밝은 안개로 짜낸 지극히 얇은 옷.

　「여기 온 지 벌써 며칠이 되지요?」하고 조앙이 물었다.

　「8일쯤 되었지.」

　「그런데 8년은 된 것 같아요. 그렇지 않아요?」

　「아니,」하고 라빅은 말했다. 「여덟 시간밖에 안된 것 같아. 여덟 시간과 삼천 년. 지금 당신이 서있는 자리에 삼천 년 전에 에트루리아의 젊은 여인이 똑같은 자세로 서있었을 거야. 그리고 바람이 꼭 이렇게 아프리카에서 빛을 쫓아 바다를 건너 불어왔을 거야.」

　조앙은 그의 옆에 있는 바위에 쪼그리고 앉았다. 「파리로 언제 돌아가시겠어요?」

　「오늘밤, 카지노에서 알게 되겠지.」

　「우린 땄나요?」

　「많이는 못 땄어.」

　「당신은 언제나 노름을 해본 사람처럼 보이곤 해요. 아니 분명히 그럴 거예요. 당신은 정말 모르겠어요. 크루피에(도박장의 지배인)는 당신이 돈 많은 군수품 제조업자나 되는 것처럼 인사를 했는데, 무슨 이유죠?」

　「나를 군수품 제조업자로 잘못 본 거야.」

　「아니, 당신도 그 사람을 알고 있는 것 같던데요.」

　「아는 체하는 것이 예의니까.」

　「전에 오신 게 언제지요?」

「기억이 없어. 몇 년 전에 한번 왔었지. 당신은 햇볕에 많이 탔군! 늘 이렇게 갈색이면 좋겠어.」

「그러자면 줄곧 여기서 살아야 하게요?」

「그러고 싶어.」

「내내 여기서 사는 건 싫어요. 하지만 우리가 지금 여기서 살고 있는 것처럼 이렇게 늘 살고 싶어요.」그녀는 머리카락을 어깨 너머로 쓸어넘겼다.「아마 당신은 저를 매우 천박한 여자라고 생각하시겠죠, 그렇죠?」

「아니.」하고 라빅이 말했다.

그녀는 생글 웃고는 그에게로 몸을 돌렸다.「제가 천박하다는 건 알고 있어요. 하지만 우리들의 비참한 생활에는 천박한 점이 정말이지 너무 없어요! 전쟁과 굶주림과 동란과 혁명과 인플레이션은 지긋지긋하리만큼 많았어요. 그렇지만 약간의 안정이든가, 가벼운 기분이나 휴식, 또는 여유 같은 것은 한번도 없었어요. 그런데 당신은 또 전쟁이 일어날 것이라고 하시니, 정말이지 우리들의 부모가 살던 때가 훨씬 더 편했던 것 같아요, 라빅.」

「그렇지.」

「우리에겐 짧은 인생이 단 한번 있을 뿐이에요. 그런데 그건 마구 지나버리잖아요.」그녀는 두손을 따뜻한 바위 위에 놓았다.「저는 대단치 않은 여자예요, 라빅. 저 역사적인 시대에 살려고는 생각지 않아요. 다만 행복하고 싶어요. 그리고 세상만사가 이렇게 귀찮고 괴롭지만 않았으면 좋겠다고 생각해요. 그것뿐이에요.」

「누구든지 그렇게 생각하지, 조앙.」

「당신도요?」

「물론.」

저 푸른 빛, 하고 라빅은 생각했다. 하늘이 바다속으로 가라앉은 수평선의 거의 무색이라고 해도 좋을 푸른빛. 그리고 바다와 천정(天頂)과 함께 점점 짙어져서, 드디어 이 눈, 파리에 있을 때보다도 여기에서가 훨씬더 푸른 이 눈이 되어버린, 이 폭풍.

「그렇게 살 수만 있다면 얼마나 좋겠어요?」하고 조앙은 말했다.

「지금 그렇게 하고 있잖아. 지금은.」

「지금은 그렇지요, 며칠 동안은. 하지만 다시 파리로 돌아가야 하잖아요. 아무런 변화도 없는 그 나이트 클럽으로. 더러운 호텔의 그 생활도…….」

「당신은 과장하고 있어. 당신의 호텔은 더럽지 않아. 내가 있는 호텔은 꽤 더럽지만……. 하기야 내 방만은 예외지.」

그녀는 두 팔을 무릎 위에 괴었다. 바람이 그녀의 머리 위를 스쳐갔다. 「모로소프가 당신은 의사라고 그랬어요. 정말 애석해요. 그렇지만 않다면 당신은 돈을 많이 벌 수가 있을 텐데. 더구나 외과 의사라면 말이예요. 닥터 뒤랑은……」

「뒤랑을 어떻게 알지?」

「가끔 세라자드에 와요. 지배인 르네의 말로는 1만 프랑 이하로는 손 하나 까딱하지 않는대요.」

「르네 녀석, 그런 일을 잘도 알고 있군.」

「그리고 하루에 수술을 두세 번이나 하는 수도 있대요. 굉장한 저택이 있고 패카드(자동차의 한 종류-역주)를……」

라빅은 묘하다고 생각했다. 이 여자의 얼굴은 조금도 변하지 않는다. 천 년이나 전부터의 어리석기 짝이 없는 수다를 떨고 있는 때가 다른 때보다 더 매혹적이다. 생식 본능으로 은행가의 이상을 설교하고 있을 때의 이 여자는 바다의 눈을 가진 아마존처럼 보인다. 하지만 이 여자의 말이 옳지 않을까? 이렇게 아름다운 것은 언제나 옳은 것이 아닐까? 그리고 이 세상의 모든 존재 이유를 가지고 있는 게 아닐까?

그는 모터 보트가 파도를 일으키며 다가오는 것을 보았다. 그는 움직이지 않았다. 왜 오는지를 알고 있었다. 「당신 친구들이 오는군.」하고 그는 말했다.

「어디요?」조앙은 벌써 그 보트를 보고 있었다. 「어째서 제 친구라고 하시죠?」하고 그녀는 말했다. 「저 사람들은, 사실은 당신 친구들이에요. 저보다도 당신을 먼저 알았잖아요?」

「10분 먼저 알았다고?」

「아뭏든 먼저지 뭐예요?」

라빅은 웃었다. 「알았어, 조앙.」

「전 갈 필요가 없어요. 아주 간단해요. 전 안 가겠어요.」

「물론 가지 않겠지.」

라빅은 바위 위에 몸을 쭉 뻗고 누워서 눈을 감았다. 태양이 곧 따뜻한 황금의 담요가 되었다. 지금부터 무슨 일이 일어날지 그는 알고 있었다.

「우리가 좀 실례되는 일을 하는 것 같아요.」잠시 후에 조앙이 말했다.

「애인들은 언제나 실례가 많은 법이야.」

「저 두 사람은 우리 때문에 온 거예요. 우리를 데리러 온 거예요. 보트를 타고 싶지 않으면 내려가서 당신이 이야기라도 해야 하지 않을까요?」

「알았어.」그는 눈을 반쯤 떴다. 「간단히 처리하기로 하지. 당신이 내려가서, 나는 할일이 있어서 그런다고 말하고, 당신은 그들과 함께 가요. 어제처럼.」

「일을 한다고요? 이상하게 들리지 않을까요? 저 두 사람들은 당신을 좋아하고 있어요. 어제도 당신이 오지 않았다고 몹시 실망하고 있었어요.」

「원, 참!」 라빅은 눈을 떴다. 「어째서 여자들은 누구나 할것없이 이런 시시한 이야기를 좋아할까? 당신은 보트를 타고 싶지? 내게는 보트가 없단 말이야. 인생은 짧고, 우리들은 그저 며칠 동안 여기 있을 뿐이야. 대체 무엇 때문에 내가 당신에게 관대한 체해야 되는 거지? 그리고 아무래도 결국 당신이 그렇게 할 것을 내가 하라고 강요할 필요가 있을까? 그저 당신의 기분을 좋게 하려고 말이야.」

그녀는 그를 쳐다보았다. 그녀의 눈도 마찬가지로 격렬한 빛을 띠고 있었다. 다만 그 입매가 일순간 일그러졌다. 그것은 슬쩍 스치고 지나간 표정이었다. 곧 사라졌기 때문에 라빅은 자기가 잘못 본 것이라고 생각할 수도 있었다. 그러나 그는 자기가 잘못 본 것이 아니라는 것을 알고 있었다.

파도는 방파제의 바위에 철썩거리며 밀려오고 있었다. 물보라가 높이 솟아올랐다. 그러자 바람이 번쩍이는 물보라를 날려보냈다. 라빅은 그것을 순간적으로 오싹하게 피부에 느꼈다.

「저것이 당신의 파도군요.」 하고 조앙은 말했다. 「파리에서 제게 들려준 동화 속의 파도군요.」

「그것 기억하고 있었나?」

「그럼요. 하지만 당신은 바위가 아니에요. 당신은 콘크리트 덩어리예요.」

그녀는 부두로 내려갔다. 하늘이 온통 그녀의 아름다운 어깨를 누르고 있는 것 같았다. 마치 그녀가 하늘을 짊어지고 있는 것 같았다. 그녀는 납득할 만한 이유를 가지고 있다. 그녀는 흰 보트 안에 앉을 것이다. 머리카락이 바람에 나부끼겠지. 그 친구들과 함께 가지 않다니, 어지간히 미련하다고 라빅은 생각했다. 그러나 나는 아직 그런 역할을 할 입장이 아니다. 이것도 잊어버린 옛날의 어리석기 짝이 없는 자존심이다. 돈 키호테적인 성격이다. 하지만 이것 외에 무엇이 남아 있단 말인가? 달 밝은 밤에 꽃피는 무화과나무, 세네카와 소크라테스의 철학, 슈만의 바이올린 협주곡, 그리고 남보다도 빠른 손실에 대한 계산.

아래쪽에서 조앙의 목소리가 들려왔다. 그리고 모터의 나직한 발동소리가 들렸다. 그는 누운 채로 있었다. 그녀는 뱃머리에 앉을 것이다. 바다 저쪽 어딘가에 수도원이 있는 섬이 있다. 거기서 가끔 닭 우는 소리가 들려온다. 눈꺼풀을 통해서 태양은 어쩌면 그렇게 시뻘겋게 빛나고 있을까! 기다림에 찬 피의 꽃으로 붉게 물든 청춘의 부드러운 목장, 옛날부터의 파도의 자장가, 비네타의 종소리, 아무것도 생각지 않고 있는 요술 같은 행복……. 그는 곧 잠이 들었다.

오후에 그는 차고에서 차를 꺼내왔다. 파리에서 삯 몰 내고 모로소프가 빈 탈 보트이다. 그것을 타고 조앙과 함께 여기 온 것이다.

그는 해안을 따라 차를 몰았다. 하늘이 맑게 개어 눈이 부셨다. 중부 코르니슈를 지나, 니스, 몽테카를로, 그리고 빌 프랑슈로 달렸다. 그는 이 오래된 작은 항구가 마음에 들어, 선창가의 술집 앞에 잠시 앉아 있었다. 몽테카를로의 카지노 앞에 있는 공원이나, 멀리 밑으로 바다를 내려다보는 자살자들의 공동묘지를 서성거렸다. 묘지 하나를 찾아서, 오랫동안 그 앞에 서서 미소를 지었다. 구(舊) 니스의 비좁은 거리를 지나고, 신시가의 기념탑이 여러 개 서있는 광장들을 빠져나와 차를 달렸다. 그러고는 칸으로 돌아와서, 거기서 다시 붉은 바위와 성자의 이름이 붙은 어촌으로 갔다.

조앙에 대한 것은 잊고 있었다. 자기 자신도 잊어버리고 있었다. 그는 다만 맑게 갠 날에, 바닷가에는 꽃들을 피우면서도 그 위의 산길에는 아직도 눈을 가득 쌓아놓은, 태양과 바다와 육지의 3화음에 그대로 잠겨 있을 뿐이었다. 비는 프랑스를 덮고, 폭풍우는 전 유럽에 몰아치고 있다. 그러나 이 가느다란 해안만은 그런 것은 아랑곳없는 것 같다. 완전히 잊고 있는 듯하다. 여기서는 생명이 다르게 맥박치고 있다. 등뒤에 있는 나라가 불행과 흉조와 위험의 안개 때문에 차차 회색으로 변하고 있는데, 여기선 태양이 빛나고 맑게 개어 죽어가는 세계의 마지막 포말이 모여 찬연하게 빛나고 있었다.

마지막 불빛을 둘러싸고, 나방과 하루살이가 추는 일순간의 무도——하루살이의 춤처럼 무의미하며 카페에서 흘러나오는 경음악처럼 시시하다——자그마한 여름의 심장 속에 벌써 서리가 내려 있는 10월의 나비처럼, 세상은 무용한 것이 되고 말았다. 이리하여 세상은 사신(死神)의 큰 낫과 태풍이 불어오기 전의 한때를 춤추고, 지껄이고, 희롱하고, 사랑하고, 배반하고, 스스로 자기 자신의 눈을 어지럽히고 있는 것이다.

라빅은 생 라파엘로 차를 돌렸다. 작고 네모진 항구는 범선과 모터 보트로 가득했다. 부둣가의 카페에는 화려한 5색의 비치 파라솔이 펼쳐져 있었다. 햇빛에 그을은 여자들이 테이블에 앉아 있었다. 옛날과 똑같다고 라빅은 생각했다. 안이하고 온화한 생활 풍경, 즐거운 유혹, 해방된 자유, 노름……. 잊어버렸던 먼 옛날의 일도, 보면 다시 생각난다. 언젠가는 자기도 이런 나비와 같은 생활을 한 적이 있었고, 그것으로 만족하다고 생각했던 때가 있었다. 차는 길 모퉁이를 슬쩍 돌아서, 타는 듯한 저녁놀 속으로 달려갔다.

호텔에서는 조앙의 연락이 기다리고 있었다. 전화로 저녁 식사에는 오지 못하겠다는 것이었다. 그는 에텐로크로 내려갔다. 손님은 몇 사람 없었다. 대개는 주앙 레 팽이나 칸으로 간 것이다. 그는 바위 위에 배의 갑판처럼 만든 테라스의 난간 옆에 자리를 잡았다. 아래를 내려다보니, 암벽에 파도가 부서지고 있었다. 파도는 저녁놀의 주홍빛과 초록빛이 섞인 붉은빛과 오렌지빛으로 변했다가, 이윽고 그 날씬한 등에 황혼을 지고 바위에 부딪쳐, 오색찬란한 황혼의 거품이 되어 부서졌다.

라빅은 한참 동안 테라스에 앉아 있었다. 싸늘하고 깊은 고독을 느꼈다. 앞으로 어떻게 될 것인가를 잘 알고 있었다. 그러나 아무런 느낌도 일어나지 않았다. 잠깐 동안이라면 막아낼 길도 있다는 것을 알고 있었다. 임기응변이나 좋은 수를 쓸 수도 있다. 그런 것을 알고는 있었지만 쓸 생각은 없었다. 그러기에는 이미 때가 늦었다. 임기응변은 작은 사건에만 소용이 있는 것이다. 남은 수는 단 하나, 직접 부딪치는 것이다. 정직하게, 자기를 속이지 않고, 주저하지 않고 부딪쳐가는 것이다.

라빅은 투명하고 가벼운 프로방스 와인의 잔을 밝은 빛에 비추어보았다. 싸늘한 밤, 바다에 둘러싸인 테라스, 이별을 고하는 석양의 웃음소리와 아득한 별들의 방울소리로 가득찬 하늘…… 그리고 내 마음도 차갑고 조용하다. 다가올 말 없는 세월을 휙 비치고는 다시 암흑 속에 남겨놓은 한 가닥의 싸늘한 서치라이트. 나는 잘 알고 있다. 아직은 아무런 아픔도 없다. 그러나 언제까지나 아픔이 없지 않으리라는 것도 알고 있다. 그리하여 내 생활은 다시 한번, 내 손에 쥐어진 투명하고 낯선 술이 담긴 잔처럼 되어버리는 것이다. 그 술을 언제까지나 잔에 남겨둘 수는 없다. 향기가 날아가서 죽어버린, 정열의 썩어빠진 초가 되어버리기 때문이다.

오래 계속될 리가 없다. 오래 계속되기에는 처음에 이와 다른 생활을 너무나 많이 해왔다. 마치 식물이 광선을 향하듯이, 좀더 편안한 생활과 다채로운 풍요에, 순진하게, 아무런 생각도 없이 마음이 끌리는 것이다. 미래가 필요한 것이다. 그러나 내가 믿을 수 있는 것이라고는 보잘것없는 현재의 단편밖에 없는 것이다. 아직까진 아무일도 일어나지 않았다. 하지만 그럴 필요는 없다. 일은 일어나기 훨씬 전에 이미 결정되어 있는 것이다. 대개는 그것을 모르고서, 유난스럽게 눈에 띄는 결과를 결정이라고 오해하는 것이다. 사실 그 결정은 몇 달 전에, 침묵 속에서 이미 내려져 있는 것이다.

라빅은 잔을 비웠다. 가벼운 포도주는 전과는 다른 맛이 나는 것 같았다. 그는 다시 한 잔을 부어서 마셔보았다. 포도주는 다시 전처럼 부드럽고 맑은 향기를 풍겼다.

이윽고 그는 칸의 카지노로 차를 몰았다.

그는 천천히, 조금씩 돈을 걸었다. 아직도 마음속은 냉냉했다. 이것이 계속되고 있는 한은 돈을 딸 수 있다는 것을 알고 있었다. 그는 마지막 12번, 27번의 제곱과 27번에 걸었다. 한 시간 후에는 3천 프랑쯤 따고 있었다. 그는 공배의 판돈을 곱으로 해서 4번에도 걸었다.

그는 조앙이 들어온 것을 알고 있었다. 조앙은 옷을 갈아입고 있었다. 그렇다면 그가 호텔을 나온 뒤 바로 돌아왔음에 틀림없다. 모터 보트로 데리러 왔던 두 남자와 함께였다. 한 사람은 벨기에 사람인 클레르, 또 한 사람은 미국 사람인 뉴젠트였다. 조앙은 무척 아름답게 보였다. 커다란 회색 꽃무늬의 흰 야회복을 입고 있었다. 파리를 떠나기 전날, 그가 사준 것이다.

그녀는 그것을 보자, 소리를 지르며 달려들었던 것이다. 「당신은 정말 야회복을 잘 고르는군요! 제 것보다 훨씬 낫군요.」 하고 그녀는 말했다. 「그리고 더 비싸고요.」

참새 같다고 생각했다. 아직은 내 가지에 앉아 있지만, 날개는 벌써 날아갈 자세를 취하고 있다.

크루피에가 칩을 여러 장 그에게로 밀어 주었다.

공배에 건 것이 맞은 것이다. 그는 딴 몫은 집어넣고, 판돈은 그대로 두었다. 조앙이 자기를 보았는지 어떤지는 몰랐다. 노름을 하지 않고 있는 사람 중에는 조앙의 뒷모습을 바라보는 자도 있었다. 그녀는 언제나 가벼운 미풍을 안고, 아무런 목표도 없는 사람처럼 걷는다. 뉴젠트 쪽으로 얼굴을 돌리고, 무엇인가 이야기를 하고 있었다. 라빅은 별안간 칩을 쓸어버리고, 자기 자신도 이 초록 테이블을 밀어제치고 일어나서, 조앙을 데리고 이 작자들 사이를 재빨리 헤치고 나가, 어떤 섬으로, 저 안티브의 바다 멀리 수평선에 떠있는 섬으로 가고 싶었다. 이 모든 것에서 그녀를 떼어내어, 자기 것으로 만들고 싶은 충동을 느꼈다.

그는 다시 걸었다. 7번이 나왔다. 섬으로 가도 떼어놓을 수는 없을 것이다. 불안정한 마음은 잡아둘 수가 없는 것이다. 자기 팔에 안고 있는 것이 가장 잃기 쉬운 것이다. 이쪽이 버린 것은 결코 잃는 법이 없다. 공은 천천히 구르다가 멈춰섰다. 12번. 그는 다시 걸었다.

고개를 들자 바로 조앙의 눈과 마주쳤다. 그녀는 테이블 건너편에 서서 그를 보고 있었다. 그는 그녀에게 고개를 끄덕여보이고, 싱긋 웃었다. 그녀는 눈을 크게 뜨고 그를 뚫어지게 쳐다보았다. 그는 룰렛의 바퀴를 가리키면서 어깨를 으쓱했다. 19번이 나왔다.

그는 판돈을 걸고, 다시 고개를 들었다. 조앙은 이미 없었다. 그는 억지로 앉아 있었다. 옆에 둔 담뱃갑에서 담배를 한 개 뽑았다. 심부름꾼 하나가 불을 붙여 주었다. 뚱뚱하고 머리가 벗겨진 사나이로, 제복을 입고 있었다.

「세상이 많이 변했지요.」하고 그 사나이가 말했다.

「그렇군.」하고 라빅은 말했다. 모르는 사람이었다.

「29년경에는 달랐지요.」

「달랐었지.」

라빅은 1929년에 칸에 온 적이 있는지 없는지, 혹은 사나이가 그저 그런 말을 하고 있을 뿐인지, 도무지 기억이 없었다. 어느 겨를에 4번이 나와 있었다. 그는 좀더 정신을 집중시키려고 했다. 그러나 이틀 동안의 체류비를 벌려고 이런 데서 푼돈을 걸고 있는 것이 문득 어리석게 생각됐다. 대체 무엇 때문에 이런 짓을 하고 있는 걸까? 대체 무엇 때문에 이런 곳에 온 걸까? 어줍잖게 마음이 약한 탓이다. 그외에 딴 이유는 없다. 이런 약한 마음이 소리도 없이 사람의 마음을 차차 좀먹어가는 것이다. 이제 정신을 차려야겠다고 생각하면 뚝 부러져버려, 비로소 그것을 알게 되는 것이다. 모로소프가 말한 그대로이다. 여자를 잃는 가장 좋은 방법은 그저 2, 3일밖에 보여 줄 수 없는 그런 생활을 여자에게 보여 주는 것이다. 그러면 여자는 그런 생활을 다시 찾으려 한다. 그러나 그것을 영원히 해줄 수 있는 다른 남자에게서. 나는 저 여자에게, 이제 헤어져야겠다고 말해 줘야지, 하고 그는 생각했다. 파리로 돌아가면 늦기 전에 헤어져야겠다.

그는 다른 테이블에서 더 계속해 보려고 했다. 그러나 갑자기 싫어졌다. 한번 크게 놀아본 일은, 소규모로 해서는 안된다. 그는 주위를 둘러보았다. 조앙은 보이지 않았다. 그는 바에 들어가서 코냑을 마셨다. 그리고 차를 타고, 한 시간쯤 드라이브나 하려고 주차장으로 나갔다.

차에 발동을 걸려고 하는데, 조앙이 오는 것이 보였다. 그는 차에서 내렸다. 그녀는 급히 다가왔다.「저를 내버려두고 가시려는 건가요?」

「한 시간쯤 드라이브하고 돌아올 생각이었어.」

「거짓말! 돌아올 생각은 없어요! 저를 저 바보들과 함께 내버려둘 생각이었어요!」

「조앙,」하고 라빅은 말했다.「당신은 저 바보들과 같이 있은 것을 내 탓으로 돌리고 싶은 모양이군.」

「당신 탓이에요! 전 화가 나서 그 사람들하고 보트를 탄 거예요! 제가 돌아왔을 때, 왜 호텔에 안 계셨지요?」

「당신은 당신의 바보들과 저녁 약속을 하지 않았나?」그녀는 순간 움찔했다. 「돌아와보니 당신이 안 계시니까, 약속했을 뿐이에요.」

「좋아, 조앙.」하고 라빅은 말했다. 「이런 얘기는 그만두기로 하지. 그래, 재미있었나?」

「아뇨.」

그녀는 격한 표정으로 그의 앞에 서있었다. 달빛이 그녀의 머리카락을 비추고 있었다. 창백하고 대담한 얼굴에 입술이 새빨개서 검게 보였다. 지금은 1939년 2월이다. 파리에 돌아가면 도저히 피할 수 없는 일이 시작될 것이다. 천천히, 슬금슬금, 온갖 하찮은 거짓말과 굴복과 말다툼으로. 그렇게 되기 전에 이 여자와 헤어지고 싶다. 그런데 여자는 아직 여기에 있다. 이제 며칠 남지도 않았는데.

「어디로 가시려고 했죠?」

「정한 곳은 없어. 그저 돌아다닐 뿐이야.」

「저도 함께 가요.」

「하지만 당신의 바보들이 어떻게 생각할까?」

「괜찮아요. 벌써 작별인사를 하고 왔으니까요. 당신이 기다리고 있다고 말했어요.」

「나쁘지 않군.」하고 라빅은 말했다. 「당신은 제법 신중한 어린애야. 뚜껑을 닫을 테니 좀 기다려요.」

「그대로 두세요! 외투가 있어서 춥지 않아요. 천천히 모세요. 별로 하는 일 없이 그저 즐기기만 하면 되는 사람들이 말다툼 같은 것은 안하고 앉아 있는 카페 앞을 모조리 지나가요.」

그녀는 그의 옆자리에 미끄러지듯 들어와서, 그에게 키스를 했다. 「전 리비에라에 처음 왔어요, 라빅. 못살게 굴지 말아요. 네? 당신하고 정말로 함께 지내는 것도 이번이 처음이에요. 밤도 이젠 춥지 않고 전 행복해요.」

그는 차가 붐비고 있는 길을 빠져나와, 오델 카르통을 지나서, 주앙 레 팽 쪽으로 달렸다.

「처음이에요.」하고 그녀는 되풀이했다. 「처음이에요, 라빅. 당신이 말하는 것은 듣지 않아도 모두 알고 있어요. 그런 것은 아무 상관 없어요.」그녀는 그에게 몸을 찰싹 붙이고 그의 어깨에 머리를 얹었다. 「오늘 있었던 일은 잊어 주세요! 아무말도 하지 마세요! 운전을 참 잘하시는군요. 정말 멋있어요. 그 바보들도 그런 말을 했어요. 어제 당신이 운전하는 걸 보고 있었대요. 하지만 당신은 무서운 분이에요. 과거라는 것을 안 가지고 있으니까요. 당신에 대해선 아는 게 하나도 없어요. 그 바보들의 생활이라면 전 벌써 당신 생활의 몇백 배를 알고 있어요. 어디서 칼바도스를 마실 수 없을까요? 오늘밤처럼 흥분한 뒤에는 그게 필요해요. 당신과 함께 살기는 참 어려워요.」

차는 마치 낮게 날아가는 새처럼 달려갔다.

「너무 빠른 것 같아?」하고 라빅은 물었다.

「아니, 좀더 빨리 몰아도 괜찮아요. 바람이 나무 사이를 지나가듯이 말예요. 밤바람이 귓전에 울려요. 저는 사랑에 벌집처럼 구멍이 뚫려 있어요. 사랑 때문에 저는 투명하게 속이 들여다보이게 됐어요. 당신을 너무 사랑하기 때문에, 제 마음은 부풀어올라와요. 마치 옥수수 밭에서, 자기를 바라보고 있는 남자 앞에 선 여자같이 말이에요. 제 마음은 흙 위에서 뒹굴고 싶어하고 있어요. 풀밭에서 뒹굴고, 뛰고 싶어하고 있어요. 미쳤어요. 제 맘은 차를 몰고 있는 당신을 사랑해요. 파리 같은 곳엔 돌아가지 말아요. 보석이 가득 든 트렁크를 훔치든가, 은행 강도를 해요. 그리고 이 차를 훔쳐서, 다시는 돌아오지 말아요.」

라빅은 조그마한 바 앞에서 차를 세웠다. 모터의 웅웅거리던 소리가 그치고, 갑자기 멀리서 깊은 바다의 숨소리가 들려왔다.

「자, 내리지.」하고 그는 말했다. 「당신의 칼바도스가 여기 있을 거야. 벌써 꽤 마셨지?」

「지나칠 정도로요. 당신 때문이에요. 그리고 갑자기 그 바보들의 지껄이는 소리를 더 참고 들을 수가 없었어요.」

「그럼 왜 내게로 오지 않았지?」

「이렇게 왔잖아요.」

「그렇지, 내가 돌아가려고 했을 때지. 뭘 먹기는 했나?」

「약간. 배가 고파요. 많이 땄어요?」

「응.」

「그럼 제일 비싼 레스토랑으로 가서 캐비아를 먹고 샴펜을 마시기로 해요. 그리고 전쟁이라는 것이 없었던 옛날의 우리 부모들처럼 지내봐요. 태평스럽고 센티멘탈하게, 걱정도 없이, 속박을 받지 않고, 매우 천하게, 그리고 눈물과 달님과 협죽도와 바이올린과 바다와 사랑으로! 그리고 전 믿고 싶어요. 우린 어린애와, 정원과, 집을 가질 것이라고. 당신은 여권도 있고, 장래의 희망도 있으며, 저는 당신을 위해서 대단히 출세할 수 있는 걸 포기했다고요. 그리고 20년이 지나도 여전히 서로 사랑하고, 질투를 하는 거예요. 당신은 여전히 저를 아름답다고 생각하고, 저는 당신이 하룻밤이라도 집에 돌아오지 않으면 잠을 잘 수 없다고요. 그리고……..」

그는 그녀의 얼굴에 흐르는 눈물을 보았다.

그녀는 생긋 웃었다. 「이것은 모두가 그 천한 취미의 일부예요, 라빅. 모두가 그 천한 취미의 일부예요.」

「자,」하고 그는 말했다. 「샤토마드리드로 가지. 산 위에 있어. 러시아 사람들의 집시가 있고, 당신이 좋아하는 건 뭐든지 있지.」

이른 아침. 아래쪽으로 내려다보이는 바다는 회색빛이었다. 파도는 없었다. 하늘에는 구름 한 점 없었고, 빛깔도 없었다. 수평선 위에 가느다란 은빛 금이 한 줄기 물에 떠올라 있었다. 너무 조용해서 서로의 숨소리를 들을 수 있을 정도였다. 두 사람이 마지막 손님이었다. 집시들은 낡은 포드 차를 타고 뱀처럼 꼬불꼬불한 산길을 먼저 내려갔다. 보이들은 시트로엥을 타고 내려갔고, 요리사는 1929년 형인 6인승 들라에이로 장보러 가고.

「어느새 날이 새는군.」하고 라빅은 말했다. 「밤은 이제 지구의 반대쪽으로 가버렸어. 얼마 안 가서, 밤을 쫓아갈 수 있는 비행기가 나올 거야. 지구의 회전과 같은 속도로 나는 거지. 그렇게 되면 당신이 새벽 4시에 나를 사랑한다고 말한다면, 우리는 영원히 4시로 해둘 수가 있어. 우리는 시간과 함께 지구의 주위를 날고만 있으면 되거든. 시간은 멈춰서 움직이지 않을 테니까.」

조앙은 그에게 몸을 기댔다. 「멋지군요. 참 멋있어요! 너무너무 멋있어요. 당신은 웃겠지만……. 」

「아냐, 정말 멋있어, 조앙.」

그녀는 그를 쳐다보았다. 「그 비행기는 어디 있죠? 그런 비행기가 발명될 때쯤은, 우리는 늙어버렸을 거예요, 라빅. 전 늙고 싶지 않아요. 당신은?」

「늙고 싶어.」

「정말이에요?」

「가능한 한 빨리.」

「아니, 왜?」

「이 지구가 어떻게 되는가 보고 싶어서.」

「전 늙고 싶지 않아요.」

「당신은 늙지 않을 거요. 생활은 당신의 얼굴을 뛰어넘어가고, 당신 얼굴은 점점 예뻐질 거야. 늙었다는 것을 느끼지 못할 때, 사람은 비로소 늙는 거야.」

「그렇지 않아요. 사랑을 하지 않게 되었을 때예요.」

라빅은 대답하지 않았다. 너와는 헤어진다, 하고 그는 생각했다. 너와 헤어진다! 도대체 나는 불과 몇 시간 전에 칸에서 무슨 생각을 했을까?

그녀는 그의 품속에서 몸을 움직였다. 「이제 파티는 끝났어요. 저는 당신과 함께 집으로 돌아가서, 함께 자는 거예요. 얼마나 좋아요! 사람이 자기 자신의 일부만으로 살지 않고 전체로 살고 있을 때 얼마나 아름다와요! 사람이 언저리까지 가득차서, 더는 집어넣을 수가 없어서 조용히 안정되어 있을 때, 얼마나 아름다와요. 자, 돌아가요. 임시로 빈 우리의 집으로요. 시골의 별장처럼 보이는 하얀 호텔 말이에요.」

차는 발동을 걸지 않고, 그대로 꼬불꼬불한 언덕길을 미끄러지듯 내려갔다. 날이 차츰 밝아왔다. 땅은 이슬냄새를 풍기고 있었다. 라빅은 헤드라이트를 껐다. 코르니슈를 지날 때, 야채와 꽃을 실은 커다란 짐차와 마주쳤다. 니스로 가는 길이었다. 그 다음에 알제리 토인 기병의 일개 중대를 앞질렀다. 모터의 웅웅거리는 소리 사이로 기마대의 말발굽소리가 들렸다. 자갈을 깐 길에서는 말발굽소리가 뚜렷하게, 거의 인공적으로 울렸다. 기병들의 얼굴은 외투의 두건 속에서 검게 보였다.

라빅은 조앙을 바라보았다. 그녀는 생긋 웃어보였다. 그 얼굴은 파리하고 지쳐 있어서, 전보다 가냘프게 보였다.

어제라는 날은 먼 저쪽으로 가라앉아버리고, 아직 제대로 시간이라는 것을 갖지 않은 이 마술과도 같은, 어둡고 조용한 아침, 그대로 둥실 떠있는, 정적에 싸인, 공포도 의심도 없는 이 아침에 곱게 지친 그녀의 창백한 얼굴이 그에겐 지난 어느 때보다도 아름답게 보였다.

안티브 만이 커다란 호(弧)를 그리며 두 사람에게로 다가왔다. 새벽은 차츰 밝아졌다. 세 척의 구축함과 한 척의 순양함으로 편성된 네 척의 군함, 그 철회색 그림자가 차차 밝아가는 새벽의 빛 속에서 뚜렷이 떠올랐다. 밤중에 항구에 들어온 듯했다. 그것은 차차 멀어져가는 하늘을 배경으로, 낮게, 위협하듯이 묵묵하게 정박하고 있었다.

라빅은 조앙을 보았다. 그녀는 그의 어깨에 기댄 채 잠들어 있었다.

17

리비에라에서 돌아온 지 벌써 일 주일이 지났다. 병원으로 가는 도중, 그는 갑자기 걸음을 멈추었다. 그는 마치 어린애들의 장난 같은 일을 보았다. 새로 짓는 빌딩이 마치 모델 케이스로 지어놓은 것처럼 햇빛을 받아 빛나고 있었다. 발판이 마치 은빛 철사의 세공처럼 맑게 갠 하늘에 뚜렷하게 보였다. 그런데 그 발판 중 하나가 빠져서, 사람이 하나 달라붙은 각목이 천천히 기울기 시작했다. 마치 파리 한 마리가 달라붙은 성냥개비가 떨어지는 것처럼 보였다. 그것은 자꾸만 떨어져내려, 끝없이 떨어지는 듯했다. 사람의 모습이 그 각목을 놓았다. 그러자 이번에는 마치 작은 인형이 두 팔을 활짝 벌리고 어설프게 공중을 헤엄쳐 내려오는 듯이 보였다. 일순간 세상이 죽은 듯이 얼어붙어 정지해 버린 것 같았다. 아무것도 움직이는 것이 없었다. 다만 작은 모습과 단단한 각목만이 자꾸만 떨어져내려왔다.

다음 순간 온갖 것이 웅성거리고 움직이기 시작했다. 라빅은 자기가 숨을 죽이고 있었다는 것을 깨달았다. 그는 뛰어갔다.

희생자는 길바닥에 누워 있었다. 일 초 전까지만 해도 거리에는 사람의 그림자가 거의 없었다. 지금은 사람들이 들끓고 있었다. 라빅은 사람들을 밀어젖히고 들어갔다. 두 사람의 노동자가 희생자를 들어 일으키려 하고 있었다.

「일으키면 안돼! 그대로 둬요!」하고 라빅은 소리쳤다.

주위에 있던 사람들과, 앞을 막고 있던 사람들이 모두 물러섰다. 두 노동자는 희생자를 반쯤 일으키다 말고 멈추었다.

「살짝 내려놔! 조심해서! 살며시!」

「당신은 뭐요?」노동자 중 한 사람이 물었다.「의사요?」

「그렇소.」

「됐어.」

노동자들은 희생자를 길바닥에 눕혔다. 라빅은 그 곁에 꿇어앉아 귀를 기울였다. 땀에 젖은 작업복을 조심스럽게 풀어헤치고, 몸을 만져봤다. 그러고는 일어섰다.

「어때요?」아까의 노동자가 물었다.「기절했죠?」

라빅은 고개를 저었다.

「그럼?」

「죽었소.」하고 라빅은 말했다.

「죽었다고요?」

「그렇소.」

「하지만…….」하고 그 사나이는 믿을 수 없다는 듯이 말했다.「조금 전에 함께 점심을 먹었는데요.」

「여기 의사가 있소?」하고 입을 멍하니 벌리고 둘러서 있는 사람들 뒤에서 누가 말했다.

「무슨 일이오?」라빅이 물었다.

「저 여자가…….」

「어떤 여자 말이오?」

「각목에 얻어맞았는데 피를 흘리고 있어요.」

라빅은 사람들을 헤치고 빠져나왔다. 커다란 푸른 앞치마를 두른 키 작은 여자가, 석회 구렁 옆의 모래밭에 쓰러져 있었다. 얼굴은 주름이 잡히고, 새파랗게 질려서, 눈이 석회 덩어리처럼 움직이지 않았다. 목덜미 아래쪽에서 피가 작은 분수처럼 비스듬히 선을 그으며 세차게 솟아오르고 있었다. 그것이 몹시 지저분해 보였다. 머리 밑에 시커먼 피가 홍건히 괴었다가는, 이내 모래 속으로 스며들어갔다.

라빅은 손가락으로 동맥을 눌렀다. 그리고 호주머니에서, 늘 가지고 다니는 붕대와 작은 구급대를 꺼냈다.

「이걸 좀 잡아 주시오!」하고 그는 곁에 있는 남자에게 말했다.

네 개의 손이 한꺼번에 구급대를 잡으려고 덤볐다. 구급대는 모래 위에 떨어져서 풀렸다. 그는 가위와 막대기를 끄집어내고, 붕대를 찢었다.

여자는 아무말도 하지 않았다. 눈도 움직이지 않았다. 뻣뻣이 굳어서 전신의 근육이 긴장되어 있었다.

「괜찮아요, 아주머니. 괜찮아요.」하고 라빅은 말했다.

각목이 여자의 어깨와 목덜미를 쳤던 것이다. 어깨는 으스러져 있었다. 쇄골이 부러지고 관절도 으깨어져 있었다. 관절은 이제 움직이지 않을 것이다.

「왼쪽 팔이로군.」하고 라빅은 조심스럽게 목덜미를 살펴보았다. 피부가 찢어져 있었지만, 그외에는 상처가 없었다. 한쪽 발이 삐어 있었다. 그는 뼈마디와 다리를 두드려보았다. 회색 양말은 조각조각 기운 것이었지만 그래도 완전했고, 무릎 아래에 검은 밴드를 매고 있었다. 그야말로 꼼꼼하게 차렸군! 검은 목구두. 그것도 기운 혼적이 있었다. 구두끈은 이중매듭으로 되어 있고, 구두코는 손질이 되어 있었다.

「누구 전화로 구급차를 불러 줄 수 있겠소?」하고 라빅은 말했다.

아무도 대답이 없었다.

「아마 순경이 걸었을걸.」하고 잠시 후에 누군가 대답했다.

라빅은 얼굴을 들었다. 「순경? 지금 어디 있소?」

「저기요. 어떤 사람과 함께…….」

라빅은 일어섰다. 「그럼 모두 끝났군.」

그는 가려고 했다. 그때 그 순경이 사람들을 헤치고 나타났다. 수첩을 손에 든 젊은 순경이었다. 홍분한 듯, 짧고 끝이 뭉뚝한 연필에 침을 발랐다.

「잠깐 기다려 주시오.」하고 그는 적기 시작했다.

「응급치료는 다 해놓았소.」하고 라빅은 말했다.

「잠깐만 기다려 주시오!」

「난 지금 아주 급해요. 긴급한 일이 있어서요.」

「잠깐이면 됩니다. 선생님은 의사신가요?」

「동맥을 매두었소. 그뿐이죠. 이제 구급차가 오는 것만 기다리면 됩니다.」

「잠깐 기다려 주세요, 선생님. 성함을 적어두어야겠어요. 증인이시니까 중요합니다. 여자가 죽을지도 모르고요.」

「죽지 않을 거요.」

「모를 일이죠? 배상 문제도 있고.」

「구급차는 불렀소?」

「그것은 제 동료가 합니다. 자, 방해하지 맙시다. 시간만 더 걸릴 테니까요.」

「저렇게 다 죽어가는데, 당신은 가려고 하는 거요?」하고 한 노동자가 책망하듯이 라빅에게 말했다.

「내가 없었더라면 여자는 죽었을 거요.」

「그러니까 말이오.」하고 노동자는 분명한 이유도 없이 말했다.「가서는 안되지요.」

사진을 찍는 소리가 들렸다. 모자를 쓴 남자가 앞쪽에 나타나서 싱긋 웃었다.

「붕대 감는 장면을 다시 한번 해주시지 않겠읍니까?」하고 그는 라빅에게 말했다.

「싫소.」

「신문에 낼 겁니다.」하고 사나이는 말했다.「당신 사진이 주소와 함께. 당신이 저 여자의 생명을 구했다는 타이틀로 신문에 날 겁니다. 좋은 선전이 될 거예요. 미안하지만 이쪽으로 좀…… 이쪽이 광선이 좋아요.」

「제발 좀 비켜요!」하고 라빅은 말했다.「이 여자에겐 구급차가 급하단 말이오. 붕대가 언제까지나 견디지는 못해요. 구급차가 오는 거나 잘 보아 주시오.」

「우선 조서를 끝내야겠읍니다.」하고 순경은 말했다.

「저 죽은 사람은 당신에게 이름을 대주었소?」하고 점잔을 빼는 듯한 한 젊은이가 물었다.

「잠자코 있어!」하고 순경은 젊은이의 발치에 침을 뱉았다.

「이쪽에서 한 장 더 찍어 주시오.」하고 누군가가 카메라맨에게 말했다.

「왜 그러시오?」

「저 여자가 통행금지 구역에 들어왔다는 것을 알 수 있도록 말이오. 이 길은 차단되어 있었단 말이오. 저기를 보시오.」그는 비스듬히 서있는, 『주의! 위험!』이라고 쓴 팻말을 가리켰다.「저게 잘 보이도록 한 장 찍어 주시오. 우리가 필요해서 그래요. 손해 배상은 여기선 문제가 되지 않소.」

「난 신문사의 사진반이오.」하고 모자를 쓴 사나이가 거절했다. 「난 재미있다고 생각하는 것만 찍는단 말이오.」

「하지만 이건 재미있는 일이오! 이보다도 재미있는 게 어디 있소? 배경에 팻말이 들어간단 말이오!」

「팻말 같은 건 재미없소. 생동감이 있어야지.」

「그럼 당신이 조서에 기록해 주시오.」그 사나이는 순경의 어깨를 두드렸다.

「대체 당신은 누구요?」하고 순경은 화를 내며 물었다.

「난 건축 회사의 대표요.」

「알았소.」하고 순경은 말했다. 「당신도 좀 있어 주시오……. 당신 이름이 뭐죠? 이름쯤은 알고 있을 테지!」하고 그는 여자에게 물었다.

여자는 입술을 움직였다. 눈두덩이 떨리기 시작했다. 나비 같다. 몹시 지쳐 있는 회색 나비 같다, 하고 라빅은 생각했다. 그와 동시에 나는 정말 바보구나! 어떻게든 달아나야지, 하는 생각이 들었다.

「제기랄.」하고 순경이 말했다. 「미쳐버렸을지도 모르지. 귀찮게 되어가는데. 이래가지고야 어디 조서나 꾸미겠나. 3시면 근무 시간이 끝나는데…….」

「마르셀…….」

「뭐라고? 잠깐 기다려봐요. 뭐라고요?」순경은 다시 몸을 구부렸다.

여자는 말이 없었다.

「뭐라고 했소?」순경은 소리쳤다. 「다시! 다시 한번 말해봐요!」

여자는 그래도 말이 없었다.

「당신이 쓸데없이 지껄이는 바람에,」하고 순경은 건축 회사 대표에게 쏘아붙였다. 「이래가지고야 어디 조서나 꾸미겠나.」

그 순간 셔터를 누르는 소리가 들렸다.

「고맙소.」하고 카메라맨이 말했다. 「그야말로 생동감이 충분하오.」

「여보, 우리 팻말도 함께 찍었소?」하고 건축 회사 대표가 순경의 말을 듣지도 않고 물었다. 「당장 여섯 장을 주문하겠소.」

「거절하겠소.」하고 카메라맨이 단호하게 말했다. 「난 사회주의자요. 즉시 보험금이나 지불하시지. 이 재벌의 사냥개!」

사이렌 소리가 요란하게 울렸다. 구급차였다. 지금이다, 하고 라빅은 생각했다. 그는 조심스럽게 한 발을 내디뎠다. 그러나 순경이 그를 붙잡았다. 「경찰서까지 함께 가셔야겠읍니다. 죄송합니다만, 기록을 완벽하게 해야 하니까요.」

이번엔 또 다른 순경마저 그의 옆에 섰다. 이제 어쩔 도리가 없다. 어떻게 잘

되겠지, 하고 라빅은 생각했다. 그러고는 그들을 따라갔다.

경찰서의 담당 직원은 형사와 조서를 꾸민 순경의 이야기를 잠자코 듣고 있다가 라빅 쪽으로 몸을 돌렸다.

「당신은 프랑스 사람이 아니군요.」하고 그는 말했다. 묻는 것이 아니라 사실을 확인하는 듯한 말투였다.

「아니오.」하고 라빅은 말했다.

「그럼 어디 사람이죠?」

「체코 사람이오.」

「여기서 의사 노릇을 하고 있다니, 어떻게 된 일이요? 외국인은 귀화하기 전엔 개업할 수가 없을 텐데.」

라빅은 싱긋 웃었다. 「난 개업하지 않았소. 여행자로서 와있을 뿐이오. 놀러 온 거요.」

「여권을 가지고 왔소?」

「그런게 필요한가, 페느낭?」하고 다른 직원이 물었다. 「이분은 그 여자의 생명을 구해 주셨고, 주소도 알고 있으니 그것으로 충분하잖아. 게다가 다른 증인도 있어.」

「흥미있는 일이야. 당신, 여권 가지고 있소? 아니면 신분증명서라도?」

「물론 없소.」하고 라빅은 말했다. 「누가 여권을 늘 가지고 다닌답니까?」

「그럼 어디 있소?」

「영사관에 있소. 일 주일 전에 제출했죠. 기간을 연장하려고.」

라빅은 여권을 호텔에 두었다고 하면 순경이 호텔로 따라올 것이고, 그러면 곧 탄로가 난다는 것을 알고 있었다. 그리고 안전을 기하기 위해 주소도 엉터리로 댔던 것이다. 영사관이라고 해두면 혹 잘 될지도 모른다.

「어느 영사관이오?」페르낭이 다시 물었다.

「체코 영사관이오.」

「전화를 걸어보면 곧 알겠지.」페르낭은 라빅을 쳐다보았다.

「그렇겠죠.」

페르낭은 잠시 무엇인가 생각하다가 「좋아.」하고 말했다. 「한번 전화해 봅시다.」

그는 일어서서 옆방으로 갔다. 다른 직원 한 사람이 매우 난처해 하였다. 「미안하게 되었읍니다.」하고 라빅에게 말했다. 「물론 그럴 필요가 전혀 없어요. 곧 해명이 되겠죠. 도와주셔서 정말 감사합니다.」

해명이라, 하고 라빅은 생각했다. 그는 담배를 꺼내면서 태연히 주위를 둘러보았다. 입구에 그 형사가 서있었다. 그렇지만 우연히 거기 서있을 뿐이었다. 아무도 그를 정말로 의심하고 있는 사람은 없었다. 형사를 밀치고 나갈 수 있을지도 모른다. 그러나 그밖에도 건축 회사 사람과 두 사람의 노동자가 있었다. 그는 단념했다. 빠져나가기는 힘들다. 아마 문 밖에도 두서너 명의 경관이 서있을 것이다.

이윽고 페르낭이 돌아왔다. 「영사관에 당신 이름으로 된 여권은 없어요.」

「그럴 수도 있겠죠.」하고 라빅은 말했다.

「그게 무슨 소리요?」

「전화를 받은 사람이 무엇이든 다 알고 있다곤 할 수 없죠. 이런 문제를 취급하는 직원이 여러 명이니까요.」

「하지만 그 직원은 알고 있던데요?」

라빅은 대답하지 않았다.

「당신은 체코 사람이 아니지요?」하고 페르낭이 말했다.

「여보게, 페르낭.」하고 다른 직원이 끼어들었다.

「당신의 말에는 체코 사람의 말투가 없소.」

「아닐는지도 모르죠.」

「당신은 독일 사람이야.」하고 페르낭은 의기양양하게 말했다. 「그러니까 여권이 없는 거요.」

「천만에.」하고 라빅은 대답했다. 「난 모로코 사람이고, 이 세상의 프랑스 여권은 모두 가지고 있소.」

「이봐요!」하고 페르낭은 소리를 버럭 질렀다. 「당신은 프랑스의 식민지 제국을 모욕하는 거요?」

「빌어먹을!」하고 노동자 하나가 말했다. 건축 회사의 대표는 마치 박수라도 보내고 싶은 듯한 얼굴을 하고 있었다.

「페르낭, 그만해 두게.」

「당신은 거짓말을 하고 있어! 당신은 체코 사람이 아냐. 도대체 여권이 있는 거요, 없는 거요? 대답 좀 해봐요!」

사람의 껍질을 쓴 쥐새끼로군, 하고 라빅은 생각했다. 물속에 집어넣든, 달리 어찌하든, 쉽게 죽지 않을 사람의 탈을 쓴 쥐새끼다. 내게 여권이 있거나 없거나 그게 이 멍청이 같은 놈과 무슨 상관이 있단 말인가? 그러나 이 쥐새끼는 무슨 냄새를 맡고, 구멍에서 기어나온 것이다.

「대답 좀 해보라니까!」페르낭은 씩씩거리며 소리를 질렀다.

한 장의 종이 조각! 그것을 가지고 있느냐 없느냐. 만약 내가 그 종이쪽지를 가지고 있다면, 이 녀석은 내게 용서를 빌며 고개를 숙일 것이다. 가령 내가 일가족을 몰살하든, 은행을 털든 그런 것은 문제가 되지 않는다. 이 녀석은 내게 절을 할 것이다. 그러나 여권이 없으면, 그리스도일지라도 오늘날에는 감옥에서 죽어야 할 것이다. 어떻든간에 그리스도는 서른 세 살이 되기 전에 학살을 당했을 것이다.

「그게 분명해질 때까지 당신은 여기 있어야겠소.」하고 페르낭이 말했다.「내가 조사를 하겠소.」

「좋을 대로 하시오.」라빅은 말했다.

페르낭은 발을 구르며 나가버렸다. 다른 직원은 자기의 서류를 뒤적이고 있었다.「정말 죄송합니다. 저 친구는 이런 일엔 제정신이 아니라서요.」

「괜찮소.」

「우린 끝났소?」하고 노동자 하나가 물었다.

「끝났소.」

「그럼 됐군.」하고 그는 라빅에게 몸을 돌렸다.「세계혁명이 일어나면, 여권 같은 건 필요없을 거요.」

「양해하셔야겠읍니다.」하고 직원은 말했다.「페르낭의 부친은 세계 대전중에 죽었읍니다. 그래서 저 친구는 독일 사람을 미워하죠.」그는 잠깐 난처한 듯이 라빅을 쳐다보았다. 어떤 사정인지 짐작이 가는 모양이었다.「참 안됐읍니다. 저 혼자였더라면…….」

「괜찮아요.」라빅은 주위를 둘러보았다.「그 페르낭이라는 사람이 돌아오기 전에 전화를 좀 쓸 수 없을까요?」

「좋습니다. 저기 책상에 있읍니다. 빨리 거십시오.」

라빅은 모로소프에게 전화를 했다. 그는 독일어로 사건에 대한 이야기를 했다. 그리고 베베르에게 알려달라고 부탁했다.

「조앙에게는 어떻게 할까?」하고 모로소프는 물었다.

라빅은 망설였다.「아직은 알리지 말게. 내가 잡혀 있다고, 그렇게만 전해 주게. 하지만 2, 3일이면 잘 될 거라고 해주고, 좀 돌보아 주게나.」

「알았어.」하고 모로소프는 대답했지만, 별로 신이 나지 않는 것 같았다.

페르낭이 들어왔을 때, 라빅은 수화기를 놓았다.

「지금 어느 나라 말을 했소?」하고 그는 히죽 웃으며 물었다.「체코 말이오?」

「에스페란토요.」하고 라빅은 대답했다.

이튿날 오전, **베베르가 찾아왔다.「지독한 곳이군.」**그는 사방을 둘러보며 말했다.

「프랑스의 감옥은 아직은 진짜 감옥이지.」하고 라빅은 대답했다. 「아직은 인도주의 때문에 부패되진 않았어. 18세기 그대로 훌륭하고 냄새나는 곳이지.」

「괘씸하군.」하고 베베르는 말했다. 「이런 데다 자네를 집어넣다니, 정말 괘씸하군.」

「인간은 착한 일을 해서는 안되겠어. 이렇게 곧 벌을 받게 되거든. 그 여자를 그대로 피를 흘리게 내버려둘 걸 그랬어. 우리는 철의 시대에 살고 있어, 베베르.」

「무쇠 시대지. 그런데 저 친구들은 자네가 불법 입국했다는 것을 알아냈나?」

「물론.」

「주소도?」

「주소는 물론 안댔지. 앵테르나쇼날의 이름은 절대로 댈 수 없지. 호텔 여주인이 계출도 안하고 손님을 받았다고 벌을 받게 될 테니까. 그리고 당장 임검을 해서, 피난민 열 명쯤은 쉽게 붙잡을 테니까. 이번엔 주소를 오델 랭커스터로 했어. 비싸고, 훌륭하고, 자그마한 호텔이지. 언젠가 한번 묵은 적이 있었어.」

「그런데 자네의 새 이름은 보제크란 말이지?」

「블라디미르 보제크지.」하고 라빅은 빙긋 웃었다. 「네번째 이름일세.」

「제기랄! 그런데 어떻게 하면 좋지, 라빅?」

「가장 중요한 건 내가 전에도 두어 번 여기 들어온 일이 있다는 것을 그들이 알지 못하도록 하는 일이야. 그렇지 않으면, 6개월 징역을 살게 된단 말이야.」

「빌어먹을!」

「사실, 세상은 나날이 인간적으로 되어가고 있어. 위험하게 살라고 니체는 말했지. 피난민은 누구나 그렇게 살고 있어. 본의는 아니지만.」

「그럼 만일 알아내지 못한다면?」

「두 주일 정도지. 그러면 전례대로 추방이겠지.」

「그리고 그 다음은?」

「다시 돌아오지.」

「다시 붙잡힐 때까지 말인가?」

「응. 이번은 상당히 길었어. 2년이나 됐어. 일생이라고도 할 수 있지.」

「무슨 도리를 강구해야지. 언제까지 이럴 수는 없잖은가?」

「할수없지. 다른 도리가 있어야지.」

베베르는 생각에 잠겼다. 그러다가 느닷없이 「뒤랑이면 되겠군.」하고 말했다. 「됐어. 뒤랑은 아는 사람이 많고, 유력자니까.」하고 말을 끊었다. 「그렇

지, 자넨 거물급 환자 한 사람을 수술해 주지 않았나 ! 왜 그 담낭을 수술한 사
람 말이야 !」

「그건 내가 아냐. 뒤랑이…….」

베베르는 웃었다. 「물론 그 늙은이에게 그런 말을 할 수 없지. 하지만 무슨 대
책을 세울 수는 있을 거야. 내가 한번 부탁해 보지.」

「소용이 없을 거야, 얼마 전에 2천 프랑을 우려냈으니까. 그런 타입의 사람은
그런 일을 좀처럼 잊어버리지 않거든.」

「잊어버릴 거야.」하고 베베르는 재미있는 듯이 말했다. 「그는 자네가 그런
유령 수술에 대한 이야기를 하지 않을까 겁을 먹을 거란 말이야. 자네는 그 사람
대신 여러 번 수술을 해주었으니까. 게다가 그는 자네가 없으면 아주 곤란하거
든 !」

「누구든 다른 사람을 곧 찾아내겠지. 비노든가 아니면 피난민 의사를 말이야.
얼마든지 있지.」베베르는 수염을 쓰다듬었다. 「자네만한 솜씨를 가진 사람은
없어. 아뭏든 한번 이야기해 보기로 하지. 오늘이라도 해보겠어. 지금 내가 해
줄 일은 없나 ? 식사는 어떤가 ?」

「형편없어. 하지만 가져오라고 할 수 없어.」

「담배는 ?」

「괜찮아. 내게 정말 필요한 것은 자네로선 어떻게 할 수 없는 일이야. 목욕을
하고 싶어.」

라빅은 거기서 두 주일을 지냈다. 유태인 연관공, 유태계 작가, 그리고 폴란
드 사람 하나와 함께였다. 연관공은 베를린에 향수를 느끼고 있었다. 작가는 베
를린을 미워하고 있었다. 폴란드 사람은 그런 것엔 무관심했다. 라빅은 담배를
나눠 피웠다. 작가는 유태인들의 농담을 지껄였다. 연관공은 냄새를 없애는 전
문가로서, 없어서는 안될 인물이었다.

두 주일 후에 라빅은 불려나갔다. 맨 먼저 서장 앞으로 끌려갔다. 서장은 그
가 돈을 가지고 있는가를 물었다.

「가지고 있소.」

「그럼 됐어. 택시로 가시지.」

직원 하나가 따라왔다. 거리엔 밝은 햇빛이 내리쬐고 있었다. 다시 한번 밖으
로 나오게 되어 기뻤다. 노인 하나가 문 앞에서 풍선을 팔고 있었다. 왜 감옥 앞
에서 그런 것을 팔고 있는지 라빅은 알 수가 없었다. 직원은 택시를 불렀다.

「어디로 가는 거요 ?」하고 라빅이 물었다.

「장관에게.」

어떤 장관인지 알 수가 없었다. 하지만 독일의 강제수용소 장관이 아니라면, 어떤 장관이든 상관이 없었다. 이 세상에서 정말로 무서운 것은 꼭 한 가지밖에 없다. 즉 잔학한 테러의 손아귀에 완전히 들어가서, 어쩔 수도 없게 되는 일이다. 그에 비하면 이런 것쯤은 아무것도 아니었다.

택시에는 라디오가 달려 있었다. 라빅은 스위치를 넣었다. 야채 시장 뉴스에 이어서 정치 뉴스가 나왔다. 직원은 하품을 했다. 라빅은 다이얼을 돌렸다. 음악이었다. 유행가였다. 직원의 얼굴이 밝아졌다.

「샤를 트레네로군.」하고 그는 말했다.「메닐 몽탕, 일류급이지.」

택시가 멈췄다. 라빅은 돈을 치렀다. 그는 대기실로 끌려갔다. 세계 어느 곳의 대기실이나 다 마찬가지겠지만, 여기도 기대와 땀냄새와 먼지냄새가 뒤섞여 있었다.

그는 누군가 방문객이 놓고 간 낡은 〈파리생활〉을 읽으며 반 시간쯤 앉아 있었다. 두 주일이나 책을 읽지 않은 뒤라 그것이 무슨 고전처럼 생각되었다. 그러다가 장관 앞으로 끌려갔다.

잠시 후에야 그 키가 작고 뚱뚱한 사나이가 누구인가를 알 수 있었다. 대개 수술할 때, 그는 얼굴 같은 것은 보지도 않았다. 얼굴은 번호와 같은 것이어서, 관심이 없었다. 그저 환부에만 주의를 기울였다. 그런데 이 얼굴만은 호기심을 느껴서 바라보았던 것이다. 바로 그 사나이가 지금, 제법 건강한 듯, 담낭을 잘라낸 뚱뚱한 배를 다시 불룩하게 하고 앉아 있는 것이다. 르발이었다. 라빅은 베베르가 뒤랑에게 한번 부탁해 보겠다고 한 것을 완전히 잊고 있었다. 설마 르발 앞에 끌려올 줄은 꿈에도 생각지 못했다.

르발은 그를 아래위로 훑어보았다. 그렇게 해서 여유를 갖는 것이다. 이윽고 그는 으르렁대듯 말했다.「물론 당신 이름은 보제크가 아니겠지?」

「아닙니다.」

「그럼 뭐라고 하오?」

「노이만입니다.」라빅은 베베르와 그렇게 짜놓았던 것이다. 베베르는 뒤랑에게 그렇게 말한 것이다. 보제크는 너무 이상한 이름이었다.

「당신은 독일 사람이지?」

「그렇습니다.」

「피난민이오?」

「그렇습니다.」

「알 수 없군. 그렇게 보이지는 않는데.」

「피난민의 전부가 다 유태인은 아닙니다.」하고 라빅은 말했다.

「왜 속였소? 이름 말이오.」

라빅은 어깨를 으쓱했다. 「달리 어떻게 할 도리가 없지 않습니까? 될 수 있는 대로 우리는 거짓말을 안합니다. 우리는 어쩔 수 없이……. 아니, 우리들이 재미로 거짓말을 하는 줄 아십니까?」

르발의 표정이 굳어졌다. 「도대체 당신은 우리가 재미삼아 당신들 때문에 고생을 한다고 생각하오?」

회색 머리다, 하고 라빅은 생각했다. 그때는 머리가 희끗희끗한 회색이었다. 누선(淚腺)은 지저분한 푸른색이었고, 입은 반쯤 열린 채였지. 그때는 말을 하지 못했다. 그때의 이 녀석은 썩어빠진 담낭을 속에 담고 있는 커다란 고깃덩어리였지.

「어디 살고 있소? 주소도 속였지?」

「여기저기서 살았지요. 오늘은 여기, 내일은 저기 하는 식으로.」

「얼마 동안이오?」

「3주일쯤입니다. 3주일 전에 스위스에서 돌아왔읍니다. 거기서 국경 밖으로 쫓겨났지요. 법적으로 말해서, 우리들은 서류가 없는 한 어디서도 살 권리가 없다는 것, 그리고 대부분이 아직도 자살할 결심을 못하고 있다는 것을 당신도 아시겠지요? 우리가 당신들을 괴롭히게 되는 것도 이런 이유서입니다.」

「독일에 있었으면 좋았지.」 르발은 물어뜯듯이 말했다. 「독일도 그렇게 심하진 않아. 모두들 과장해서 말하고 있어.」

조금만 잘못 잘랐더라면, 너는 지금 여기서 이런 수작을 하고 있지 못했을 것이다, 하고 라빅은 생각했다. 구더기 같으면 여권 없이도 네 국경선을 넘었을 것이다. 혹은 너는 한 움큼의 재가 되어, 지금쯤 유골 단지 속에 들어가 있을것이다.

「여기서는 어디서 살았소?」 르발이 물었다.

다른 친구들을 잡기 위해선 그게 알고 싶겠지, 하고 라빅은 생각했다.

「일류 호텔을 돌아다녔지요.」 하고 그는 말했다. 「늘 딴 이름으로 하루나 이틀씩만 묵었지요.」

「거짓말!」

「잘 알면 어째서 물으시죠?」 라빅은 문득 염증이 느껴져서 말했다.

르발은 울컥 화가 치민 듯 손바닥으로 책상을 꽝 쳤다. 「뻔뻔스러운 소리 말라고!」 그리고 그는, 곧 자기의 손바닥을 자세히 들여다보았다.

「가위를 친 겁니다.」 하고 라빅이 말했다.

르발은 그 손을 호주머니에 넣었다. 「당신은 자신을 뻔뻔스럽다고 생각지 않소?」하고 그는 갑자기 침착한 태도를 보이며 말했다. 상대편이 완전히 자기를 의지하고 있다는 것을 알기 때문에, 자신을 억제할 수 있는 여유가 생긴 것이다.

「뻔뻔스럽다고요?」라빅은 놀라며 그를 쳐다보았다. 「당신은 그것을 뻔뻔스럽다고 하십니까? 우리는 학교에 들어와 있는 것도 아니고, 잘못을 뉘우쳐 감화원에 들어온 것도 아닙니다! 나는 자위 수단을 취하고 있을 뿐입니다. 당신은 나에게 형의 선고를 너그럽게 해달라고 탄원하는 범죄인의 기분을 가지라고 하시는 겁니까? 그것도 내가 나치가 아니고, 따라서 여권이 없다는 이유만으로 그런 기분이 되라는 겁니까? 우리들은 다만 살기 위해서 온갖 종류의 감옥과 경찰과 굴욕을 모조리 경험해 왔읍니다만, 그렇다고 해서 스스로를 범죄인이라고는 아직 생각하지 않습니다. 다만 그것만으로 우리들은 의연할 수가 있읍니다. 그것을 당신은 이해하지 못하십니까? 그게 뻔뻔한 것과는 전혀 다르다는 것을 하나님은 아십니다.」

「당신은 여기서 개업하고 있었소?」르발이 물었다.

「아뇨.」

흉터는 지금쯤은 조그맣게 되어 있을 것이다, 하고 라빅은 생각했다. 그때는 정말 깨끗이 꿰맸으니까. 그렇게 지방이 많았으니, 정말 힘든 일이었지. 이 작자는 그후에 다시 처먹은 것이다. 처먹고 처마시고 한 것이다.

「그게 가장 위험하단 말이오.」르발은 단정적으로 말했다. 「시험도 안 치르고, 취체도 받지 않고서 돌아다니고 있으니, 언제부터 그렇게 해왔는지 알 수가 없지! 당신이 말하는 3주일을 내가 그대로 믿는다고 생각하면 오산이오. 당신이 지금까지 무슨 일을 해왔는지, 불법적인 일을 얼마나 해왔는지 누가 알겠소?」

너의 뱃속에서 동맥은 경화되고, 간장은 부어오르고, 담낭은 발효하고 있었어, 하고 라빅은 생각했다. 만약 내가 그것에 손을 대지 않았더라면, 너의 친구 뒤랑은 아마도 엉터리 방법으로 아프지 않게 너를 죽였을 것이다. 그리고 그때문에 외과 의사로서의 명성을 더욱 올리고, 요금을 인상했을 것이다.

「그게 가장 위험하단 말이오.」하고 르발은 되풀이했다. 「당신은 개업할 수 없게 되어 있소. 그러니까 닥치는대로 무엇이든 맡는 거지. 이건 명백하지. 그것에 대해서 우리들의 권위자 한 사람과 이야기를 해보았는데, 그분도 나와 완전히 같은 의견이었소. 만약 당신이 조금이라도 의학에 대해서 소양이 있다면 그분의 이름을 잘 알고 있을 거요.」

설마, 하고 라빅은 생각했다. 그럴 리가 없지. 설마 여기서 뒤랑의 이름을 대진 않겠지. 세상에 이런 농담은 있을 수 없지.

「뒤랑 교수요.」하고 르발은 뽐내듯이 말했다. 「그분 말이 치료사들이나, 갓 졸업한 의학생, 마사지사, 조수 따위가 프랑스에 오면 모두 독일에선 대단한 의사였다고 떠벌인다는 거요. 대체 누가 그것을 취체할 수 있겠소? 법을 어긴 수술, 낙태, 산파와 한패가 되는가 하면, 엉터리 치료, 그밖에도 무슨 일을 저지르고 있는지 알 수가 없지! 아무리 엄중하게 다루어도 불충분해!」

뒤랑이라, 하고 라빅은 생각했다. 이것이 2천 프랑에 대한 그 녀석의 복수다. 그건 그렇고, 지금 그 녀석의 수술을 누가 해주고 있을까? 틀림없이 비노겠지. 다시 그전대로 해나가고 있을 것이다.

그는 자기가 벌써 르발의 말을 듣고 있지 않다는 것을 깨달았다. 베베르의 이름이 나올 때까지 전혀 주의를 하지 않았다.

「베베르라는 의사가 당신의 일을 부탁해 왔소. 그 사람을 알고 있소?」

「네, 좀 알지요.」

「그 사람이 여길 왔었소.」르발은 잠깐 동안, 똑바로 앞을 쳐다보았다. 그러고는 크게 재채기를 한 다음, 손수건을 꺼내어 코를 풀고, 그것을 들여다보고, 손수건을 접어서 다시 호주머니에 집어넣었다. 「하지만 당신을 위해서 어떻게 해줄 수도 없소. 우리는 엄격해야 하오. 당신은 추방이오.」

「알고 있소.」

「전에도 프랑스에 있은 적이 있소?」

「없소.」

「되돌아오면 6개월 징역이오. 알겠소?」

「알고 있읍니다.」

「될 수 있는 대로 빨리 추방되도록 주선하겠소. 내가 할 수 있는 일은 그것뿐이오. 돈을 가지고 있소?」

「있읍니다.」

「됐소. 그럼 국경까지의 호송 경관과, 당신 여비는 당신이 지불해야 하오.」

라빅은 고개를 끄덕였다.

「지정된 시간까지 돌아가야 하오?」하고 라빅은 호송 경관에게 물었다.

「정해져 있진 않소. 사정에 따라 다르죠. 왜 그러시오?」

「아페리티프를 한 잔 마시고 싶어서요.」

경관은 그를 쳐다보았다.

「달아나진 않을 테니까.」하고 라빅은 말했다. 그리고 호주머니에서 25프랑짜리 지폐를 한 장 꺼내들고, 만지작거렸다.

「좋소. 2, 3분 정도라면. 아무래도 마찬가지니까.」

그들은 다음 술집 앞에서 택시를 세웠다. 어느새 테이블 여러 개를 밖에 내놓고 있었다. 시원하긴 했으나, 햇볕은 뜨거웠다.

「뭘 드시겠소?」하고 라빅이 물었다.

「아메르 피콩을 하겠소. 이런 시간엔 다른 것을 할 수 없지.」

「난 휜느를 주시오. 물을 타지 말고.」

라빅은 편안하게 앉아서 깊이 숨을 들이쉬었다. 공기! 얼마나 고마운 것인가! 길가의 가로수 가지에는 갈색의 새싹이 빛나고 있다. 갓 구워낸 빵과 새 포도주의 냄새가 흘러온다. 보이가 잔을 둘 가지고 왔다.

「전화는 어디 있지?」하고 라빅은 물었다.

「안쪽에 있읍니다. 오른쪽, 화장실 옆입니다.」

「그렇지만…….」하고 경관이 말했다.

라빅은 25프랑짜리 지폐를 구겨서 경관의 손에 쥐어 주었다. 「내가 누구에게 전화를 걸려고 하는지, 대강 짐작하시겠죠? 도망가지는 않을 거요. 함께 가도 좋소. 자!」

경관은 오래 망설이지는 않았다. 「아, 알았소.」하고 그는 일어났다.

「조앙…….」

「라빅! 아니! 어디 계세요? 나오게 됐어요? 어디 계신지 말해 줘요.」

「술집이야.」

「진짜로 어디 계신지 말해 줘요!」

「정말 술집에 있어.」

「어디예요? 이젠 유치장에서 나온 거예요? 지금까지 어디 계셨어요? 모로 소프는…….」

「그 친구는 당신에게 사정을 그대로 말했던 거야.」

「그 사람은 당신이 어디로 끌려갔는지도 말해 주지 않았어요. 알았으면 곧장 달려갔을 텐데…….」

「그러니까 당신에게 말하지 않은 거야, 조앙. 그렇게 하는 편이 좋았어.」

「왜 술집 같은 데서 전화를 걸죠? 어째서 이리로 오시지 않아요?」

「안돼. 2, 3분밖에 시간이 없어. 경관에게 부탁해서 겨우 여기서 잠시 동안 쉬고 있는 거야, 조앙. 2, 3일 중에 스위스로 추방될 거야. 그러면…….」라빅은 창 밖을 힐끗 내다보았다. 경관은 카운터에서 기대 서서 이야기를 하고 있었다. 「그러면 곧 돌아오겠어.」그는 기다렸다. 「조앙…….」

「가겠어요. 곧 가겠어요. 거기 어디죠?」

「안돼. 거기서 오자면 30분은 걸릴 거야. 지금 2, 3분밖에는 시간이 없어.」

「경관을 꼭 잡아두세요! 돈을 줘요! 제가 돈을 가지고 갈 테니까!」

「조앙,」하고 라빅은 말했다. 「소용 없어. 뻔한 거야. 이제 전화를 끊어야겠어.」

「저를 만나고 싶지 않으세요?」그녀가 말했다.

난처하게 됐군. 괜히 전화를 걸었는데. 얼굴도 보지 않고 어떻게 설명해 줄 수가 있단 말인가?

「얼마나 당신을 만나고 싶은지 몰라, 조앙.」

「그럼 오세요! 그 사람도 함께 데리고 오면 돼요.」

「그렇게는 안돼. 이제 전화를 끊어야 해. 지금 당신이 뭘 하고 있는지 빨리 말해 줘.」

「뭐라고요? 그건 무슨 뜻이죠?」

「지금 뭘 입고 있어? 어디 있지?」

「제 방이에요. 침대예요. 어젯밤 늦게 돌아왔어요. 곧 갈아입고 가겠어요.」

어젯밤엔 늦었다. 물론이지! 내가 유치장에 들어앉아 있어도, 모든 일은 잘 되어가지. 그런 건 잊어버리고, 침대에서 반쯤 잠이 들어 베개 위에 물결치는 머리카락, 의자에 내던진 양말, 야회복…… 오만가지가 어지럽게 흔들린다. 자신의 입김으로 반쯤 흐려진 무더운 전화실의 창문, 마치 수족관 속에서 헤엄치고 있는 것처럼 그 창 속에서 아득한 곳에 있는 듯한 경관의 머리가 흔들린다 ……. 그는 마음을 다잡았다. 「그만 끊어야겠어, 조앙.」

조앙의 당황한 목소리가 들려왔다. 「아니, 그런 법이 어디 있어요! 그렇게 가실 수는 없어요. 제게 아무 말도 해주지 않고. 어디로 가는지도. 안 그래요?」 벌떡 일어나서 베개를 밀치고, 전화기를 무기처럼, 원수처럼 손에 움켜잡고, 떨리는 어깨, 깊고 어두워진 눈…….

「전쟁하러 가는 것도 아니잖아. 그저 스위스로 여행갈 뿐이야. 곧 돌아올 거야. 국제연맹에 기관총을 한 차 팔러 가는 상인이라고 생각하면 돼.」

「그렇다면 돌아와도 역시 마찬가지가 아녜요. 전 무서워서 살아갈 수가 없어요.」

「마지막에 한 말을 다시 한번 해봐.」

「정말이에요.」그녀의 목소리엔 노기가 어려 있었다.

「제겐 맨 나중에 가서야 말해 주는군요. 베베르는 당신을 면회할 수 있어도, 저는 안돼요! 모로소프에게는 전화를 걸면서도 제게는 안했어요! 그래 놓고서는 이제 떠나버리다니…….」

「원, 참.」하고 라빅은 말했다. 「싸움은 그만두기로 하지, 조앙.」

「싸우는 게 아니에요. 잘못을 잘못이라고 말하고 있을 뿐이에요.」

「알았어. 이제 그만 끊어야겠어, 조앙.」

「라빅! 라빅!」

「왜 그러지?」

「다시 돌아오세요! 돌아오세요! 당신이 없으면 전 살 수 없어요!」

「돌아오겠어.」

「그래요. 그래요…….」

「잘 있어, 조앙. 곧 돌아오겠어.」

그는 잠시 동안 후덥지근한 전화실 속에 서있었다. 이윽고 그는 수화기를 그대로 쥐고 있다는 것을 알았다. 그는 문을 열었다. 경관은 눈을 들고 쳐다보았다. 그는 선량한 미소를 지었다. 「끝났소?」

「끝났소.」

두 사람은 밖에 있는 그들의 테이블로 돌아왔다. 라빅은 자기 잔을 비웠다. 괜히 전화를 걸었다, 하고 그는 생각했다. 걸기 전에는 마음이 안정되어 있었다. 그런데 지금은 말할 수 없이 혼란스럽다. 전화로 말을 하면 이렇게 되기 마련이다. 그들은 처음부터 알고 있었어야 할 게 아닌가. 내게도 조앙에게도 아무런 도움이 되지 않는 일이다. 그는 다시 한번 전화실로 들어가서, 조앙을 불러내어 그녀에게 정말로 하고 싶었던 말을 죄다 털어놓고 싶은 충동을 느꼈다. 내가 왜 그녀를 만날 수 없는가를 말해 주고 싶었다. 지저분하고 감금된 지금의 자기 모습을 그녀에게 보이고 싶지 않다는 것을 말해 주고 싶었다. 하지만 전화를 걸고 나온다 해도 역시 전과 마찬가지일 것이다.

「이제 슬슬 가봐야겠는걸.」하고 경관이 말했다.

「그럽시다.」

라빅은 보이를 불렀다. 「코냑 작은 병 둘하고 신문 모조리, 카포랄 한 다스를 주게. 그리고 계산도 해주고.」그는 경관을 쳐다보았다. 「괜찮겠죠?」

「인간은 역시 인간이니까.」하고 경관은 말했다.

보이가 병과 담배를 가져왔다.

「마개를 따주게.」하고 라빅은 조심스럽게 담뱃갑을 여기저기 호주머니에 갈라넣었다. 그리고 오프너가 없어도 쉽게 뽑을 수 있도록 병마개를 다시 닫아서, 외투 안주머니에 넣었다.

「아주 익숙한데요.」하고 경관이 말했다.

「훈련이 되어 있죠. 한심하게도 어렸을 때는, 늙어서까지 이런 인디언놀이를 하게 될 줄은 꿈에도 생각 못했지.」

코냑을 보더니 폴란드 친구와 작가는 미친 듯 좋아했다. 연관공은 독한 술은 마시지 않았다. 그는 맥주를 좋아해서 베를린의 맥주 맛이 얼마나 좋은가를 장황하게 늘어놓았다. 라빅은 마룻바닥에 드러누워서 신문을 읽었다. 폴란드 친구는 읽지 않았다. 프랑스 말을 몰랐기 때문이다. 그저 담배를 피우며 좋아했다. 밤이 되자, 연관공이 훌쩍훌쩍 울기 시작했다. 라빅은 잠이 깨어 있었다. 그는 숨을 죽여 흐느끼는 소리를 들으며, 작은 창 너머로 창백한 하늘을 멍하니 내다보고 있었다. 아무래도 잠을 이룰 수가 없었다. 밤 늦게 연관공이 울음을 그친 후에도, 잠은 오지 않았다. 지나치게 편한 생활을 한 것이다. 이제 없어서 고통스러운게 벌써 너무 많아졌다.

18

라빅은 정거장에서 나왔다. 몹시 피곤했다. 마늘냄새 나는 사람, 개를 데리고 있는 사냥꾼, 닭과 비둘기가 든 바구니를 품에 안은 여자들과 함께 푹푹 찌는 듯한 기차 속에서 13시간을 지낸 것이다. 그 이전은 국경에서 그럭저럭 3개월을 보냈다.

황혼 속에서 번쩍번쩍 빛나는 것이 있었다. 눈을 들어 쳐다보았다. 마치 롱포앙의 주위에 거울로 피라밋이라도 세워서, 5월의 회색으로 저물어가는 마지막 햇살을 반사하고 있는 것 같았다.

그는 걸음을 멈추고 자세히 살펴보았다. 정말로 거울의 피라밋이 서있는 것이었다. 튤립의 화단 뒤에 여기저기 마치 유령처럼 늘어서 있었다.

「저게 대체 뭐요?」그는 옆에 있는, 파헤친 화단을 매만지고 있는 정원사에게 물었다.

「거울이지요.」정원사는 고개도 들지 않고 대답했다.

「그건 알고 있읍니다만, 요전에 왔을 때는 저런 것이 없었는데요.」

「오랫동안 여기 안 계셨나요?」

「3개월 동안이오.」

「3개월! 이건 요 두 주일 사이에 세워진 겁니다. 영국의 임금님을 위해서요.

오시게 됐답니다. 저기에 얼굴을 비쳐보신단 말이지요.」

「어처구니없군.」

「정말 그래요.」 정원사는 별로 놀라는 기색도 없이 대답했다.

라빅은 다시 걸어갔다. 3개월——3년——3일. 시간이란 무엇인가? 무(無)이며 일체이다. 밤나무에는 지금 꽃이 만발하고 있다. 그때는 이파리 하나 달려 있지 않았는데……. 독일은 또 협정을 어기고, 체코슬로바키아 전부를 점령해 버렸다. 제네바에서는 망명객 요제프 블루멘탈이 국제연맹 회관 앞에서 신경질적인 웃음의 발작을 일으키며 권총 자살을 했다. 벨포르에서 폐렴에 걸려, 귄터라는 가명으로 간신히 목숨을 건질 수 있었던 때의 자국이 지금도 가슴 속 어딘가에서 쑤시고 있다. 그리고 지금 마치 여자의 가슴과도 같이 부드러운 이 저녁에, 나는 다시 돌아온 것이다. 그러나 이런 일은 그에겐 조금도 놀라운 것이 못되었다. 무엇이든 그렇지만, 숙명적인 차분한 마음으로 받아들이는 것이다. 이것이야말로 의지할 데 없는 인간의 유일한 무기이다. 하늘은 어디서나 마찬가지다. 나무들은 어떤 회의도 품지 않고 해마다 새로운 꽃을 피운다. 살구처럼 푸른 황혼은 여권이나 배반, 절망이나 희망에 시달리지 않고, 변화하고, 그리고 왔다가 간다. 다시 파리에 올 수 있었다는 것은 고마운 일이다. 은회색으로 싸인 이 거리를 아무런 생각도 하지 않고 천천히 걸어간다는 것은 즐거운 일이다. 집행유예 기간은 아직도 충분히 남아 있고, 모든 사물의 경계가 부드럽게 녹아서, 먼 옛날의 슬픔과 아직도 살아있다는 오직 그것뿐인, 늘 되새겨지는 절실한 행복이, 지평선처럼 서로 얽혀 있는 이런 시간을 가질 수 있다는 것은 얼마나 즐거운 일이냐. 지금 막 도착했을 뿐, 다시 칼이나 화살에 찔릴 때까지의 이 한때. 이런 묘한 동물적인 느낌. 멀리까지 닿고, 멀리에서 오는 이 숨결. 마음속의 거리를 따라, 사실의 음울한 불꽃, 지나간 나날을 못박은 십자가, 미래의 가시 철망을 아직 아무런 감동도 없이 불고 가는 이 미풍, 이 정지의 상태, 움직임 속의 침묵, 정지의 일순간, 개방된 그러면서도 굳게 닫힌 존재형식, 순간적인 허망한 세상에서 조용한 시각을 새기는 영원…….

모로소프는 앵테르나쇼날의 『종려나무의 방』에 앉아 있었다. 그의 앞엔 포도주 병이 놓여 있었다.

「여보게, 보리스.」 하고 라빅은 말했다. 「마침 때맞추어 돌아온 것 같군. 부브레인가?」

「늘 똑같지. 34년에 제조한 거야. 이건 좀 달콤하고 독하지. 돌아와서 반갑네. 3개월쯤 됐지?」

「응, 다른 때보다는 길었어.」

모로소프는 구식인 탁상 초인종을 흔들었다. 좋은 마을 교회의 종소리처럼 울렸다. 카타콤에는 전등은 달려 있어도 벨은 없었다. 벨을 달아보아야 소용이 없었다. 피난민으로서 벨을 누를 만한 자신을 가진 사람은 거의 없었기 때문이다.

「이번엔 이름이 뭐지?」모로소프가 물었다.

「그대로 라빅이야. 경찰에서 이 이름을 쓰지 않았으니까. 보제크, 노이만, 귄터 등으로 해두었지. 아무렇게나 생각나는 대로. 라빅이란 이름은 버리기가 싫었어. 이 이름은 마음에 들거든.」

「여기 살고 있다는 건 폭로되지 않았겠지?」

「물론.」

「그런 것 같아. 그렇지 않았더라면 틀림없이 뒤졌을 거야.」

「다시 여기서 살 수 있겠군. 자네 방은 비어 있어.」

「여주인이 사건을 알고 있나?」

「아니, 아무도 몰라. 자넨 르왕에 갔다고 해두었어. 자네 짐은 내 방에 있어.」

하녀가 쟁반을 들고 들어왔다.

「클라리스, 라빅 선생에게 잔을 갖다드려요.」모로소프가 말했다.

「아니, 라빅 선생님!」하녀는 누런 이빨을 드러냈다.「돌아오셨어요? 반년 이상이나 떠나 계셨지요?」

「3개월이야, 클라리스.」

「그럴 리가……. 저는 반 년이 넘은 줄 알고 있었어요.」

하녀는 발을 질질 끌며 나갔다. 그러자 바로 뒤이어 카타콤의 건강한 보이가 포도주 잔을 들고 들어왔다. 쟁반에 받쳐들지 않고 그대로 들고 있었다. 이미 여기에서 오래 일을 하고 있었기 때문에, 아무렇게나 자기 멋대로 굴 수가 있는 것이다. 모로소프는 그 표정에서 무슨 말을 하고 싶어하는가를 읽었기 때문에 앞질러 입을 열었다.「그래, 장. 라빅 선생이 얼마나 오랫동안 떠나 있었는지 맞혀보게. 어때, 알 수 있겠어?」

「그야, 모로소프 씨! 물론 알고 있어요! 하루도 틀리지 않아요. 꼭……,」보이는 일부러 말을 끊고, 미소를 띠며 말했다.「꼭 4주일 반이지요.」

「맞았어.」라빅은 모로소프가 대답하기 전에 말했다.

「맞았어.」하고 모로소프도 대답했다.

「당연하죠. 한번도 틀려본 적이 없으니까요.」장은 나가버렸다.

「저 녀석을 실망시키고 싶지 않았던 거야, 보리스.」

「나 역시 마찬가지야. 나는 다만 자네에게, 시간이라는 것이 일단 과거가 되어버린다면 얼마나 어처구니없는 것이 되는가를 보여 주고 싶었을 뿐이야. 최소한 위안도 되고, 놀랍기도 하며, 아무래도 좋은 것이기도 하지. 난 1917년에 모스크바에서 네오브라센스크 근위연대의 빌스키 중위의 모습을 잃어버리고 말았어. 우리는 친구였지. 그 녀석은 핀란드를 지나서, 북쪽으로 빠져나갔어. 난 만주에서 일본으로 나오는 길을 택했지. 그리고 8년 후에 여기서 다시 만났었는데, 그때 나는 그 녀석과 1919년 5월에 하르빈에서 만났었다고 생각했고, 그 녀석은 그 녀석대로 나를 1921년에 헬싱키에서 만났다고 생각하고 있더란 말이야. 2년, 그리고 3, 4천 마일이나 틀렸지.」 모로소프는 술병을 들어 잔에 따랐다. 「아뭏든 이곳 사람들이 자네를 기억하고 있으니, 마치 집에 돌아온 것 같은 기분이 들겠군.」

라빅은 마셨다. 포도주는 순하고 차가왔다. 「그동안 나는 독일 국경 아주 가까이에 가있었어.」 하고 라빅은 말했다. 「아주 가까이에. 바젤의 남쪽이지. 도로의 한쪽은 스위스고 한쪽은 독일이야. 나는 스위스 쪽에 서서 버찌를 먹었지. 씨를 뱉으면 독일 쪽에 떨어지는 거야.」

「고향에 돌아간 기분이던가?」

「아니, 그때처럼 고향에서 멀리 떨어져 있다는 기분을 느껴본 적은 없었네.」 모로소프는 빙긋 웃었다. 「알 만해. 그래, 도중은 어떻던가?」

「여전하더군. 그저 점점 어려워질 뿐이야. 국경은 전보다도 엄중하게 경비를 하고 있어. 한 번은 스위스 국경에서, 한 번은 프랑스 국경에서 붙잡혔지.」

「어째서 한번도 편지를 안했나?」

「경찰이 어디까지 손을 뻗치고 있는지 알 수가 있어야지. 그 작자들, 이따금 정력적인 면을 보여 주니까. 남을 위험하게 하는 일은 하지 않는 것이 상책이야. 그렇잖아도 우리들의 알리바이는 별로 좋지 않거든. 『가만히 누워 있다가 꺼져 버려라.』 이건 옛부터 내려오는 전쟁터의 격언이야. 달리 무슨 도리가 있다고 생각했나?」

「아니.」

라빅은 그를 빤히 쳐다보았다. 그러다가 「편지라.」 하고 말했다. 「대체 편지란 뭔가? 편지 같은 것은 아무 소용이 없는 거야.」

「하긴 그래.」

라빅은 호주머니에서 담뱃갑을 꺼냈다. 「이상해. 다른 곳에 가있으면, 모든 것이 변해 버리니 말야.」

「자신을 속이지 말게.」

「속이는 게 아냐.」

「떠나 있으면 잘 보이지. 돌아와보면 다르게 보이지. 그래서 다시 시작되는 거야.」

「그럴는지도 모르지. 그렇지 않을는지도 모르고.」

「꽤 엉큼하군. 좋아, 그렇게 생각하는 것도 좋지. 그런데 체스나 한판 둘까? 그 교수님은 죽었어. 해볼 만한 유일한 적수였는데. 레이비는 브라질로 가버렸어. 보이 자리를 얻어서 말이야. 요즘 세상 돌아가는 게 여간 빠르지 않거든. 무엇에고 정이 들어서는 안되겠어.」

「정이 들면 안되지.」

모로소프는 라빅을 조심스럽게 쳐다보았다. 「그런 뜻으로 말한 게 아니야.」

「나도 그래. 그런데 이 곰팡내나는 종려 묘지에서 이제 그만 떠날 순 없을까? 3개월이나 떠나 있었는데도 여전히 같은 냄새가 나는군. 주방, 먼지, 그리고 걱정 냄새. 언제 나가나?」

「오늘은 안 나가도 돼. 오늘밤은 쉴 차례야.」

「그것 잘됐군.」 라빅은 미소를 지었다. 「멋과 옛 러시아와 커다란 잔으로 마시는 저녁이군.」

「함께 가지 않겠나?」

「아니, 오늘은 그만두겠네. 피곤해. 2, 3일 밤을 잘 못잤어. 한 시간쯤 나가서, 어디 앉기로 하지. 벌써 오랫동안 그렇게 해보지 못했으니까.」

「부브레?」 하고 모로소프가 물었다. 두 사람은 카페 콜리제의 길 쪽에 앉아 있었다.

「왜? 아직 일러. 보드카 시간이야.」

「그렇군. 그래도 부브레로 하겠어. 난 그것으로 충분해.」

「왜 그래? 휘는 정도도 괜찮잖아?」 라빅은 고개를 저었다.

「사람은 어딘가에 도착하면, 그날 밤은 크게 취해야 하는 거야.」 하고 모로소프가 말했다. 「과거의 그림자의 슬픈 얼굴을 맑은 기분으로 바라본다는 건 부질없는 영웅주의가 아닐 수 없지.」

「그런 것을 쳐다보고 있진 않아, 보리스. 나는 인생을 조심스럽게 즐기고 있는 거야.」

라빅은, 모로소프가 자기 말을 믿지 않고 있다는 걸 알 수 있었다. 그는 길에 가장 가까운 줄의 테이블에 조용히 앉아서 술을 마시며, 초저녁에 산책 나온 사람들의 무리를 바라보고 있었다. 파리를 떠나 있던 동안에는 그의 마음속의 모든 것이 확실하고 석연했다. 그것이 지금은 희미해지고, 부옇게 퇴색되어 기분 좋게 흘러간다. 하지만 너무 급히 산에서 골짜기로 내려왔기 때문에, 소음이 틀어막은 솜을 통해서 들리듯 아득하게만 들릴 뿐, 모든 것이 멍한 상태였다.

「호텔로 오기 전에 어디 다른 데 들렀었나?」하고 모로소프가 물었다.

「아니.」

「베베르가 여러 차례 자네 소식을 묻더군.」

「전화를 해야겠군.」

「자네 태도가 아무래도 이상해. 무슨 일이 있었는지 말해보게.」

「별로 이상할 것도 없어. 제네바 국경은 경비가 엄해서 허탕을 쳤지. 처음에 거기서 해보았지. 그 다음은 바젤에서 해보고. 하지만 거기도 어려웠어. 결국 넘긴 했지만. 덕분에 폐렴에 걸렸지. 아뭏든 밤에 들판에서 비와 눈을 맞았으니 ……. 벨포르의 어떤 의사가 병원에 넣어 주었어. 몰래 넣었다가 몰래 꺼내 주었어. 그러고는 그후에 열흘이나 자기 집에 숨겨 주었지. 돈을 보내 주어야겠어.」

「지금은 어때?」

「꽤 좋아졌어.」

「그래서 독한 술을 마시지 않는군.」

라빅은 미소를 지었다. 「왜 이런 이야기를 하고 있을까? 난 좀 피곤해. 우선 푹 쉬어야겠어. 이상한 일이야. 여기 오는 도중에는 여러 가지 생각을 했는데, 정작 와보니 아무것도 생각나지 않아.」

모로소프는 눈으로 말을 막고는 「라빅,」하고 인자한 아버지와 같은 투로 말했다. 「자네는 아버지인 보리스에게 말을 하고 있는 거야. 산전수전 다 겪은 이 보리스에게 말이야. 겉돌지 말고, 솔직하게 물어보게.」

「좋아, 조앙은 어디 있나?」

「잘 모르겠네. 그녀의 소식은 벌써 몇 주일이나 듣지 못했어. 보지도 못했고.」

「그럼 그전에는?」

「그전에는 얼마 동안 자네 소식을 묻더군. 그러고는 그만이야.」

「그럼, 이제 세라자드에는 안 나오나?」

「안 나와. 5주일쯤 전에 그만두었어. 그만둔 후에 한두 번 왔었지. 그러고는 그만이야.」

「이젠 파리에 없단 말인가?」

「아마 없을 거야. 아무래도 그런 것 같아. 그렇지 않다면 가끔 세라자드에서 보았을 텐데.」

「뭘 하고 있는지 알고 있나?」

「무슨 영화 관계가 아닌가 해. 모르긴 해도 접수를 보는 여자에게 그렇게 이야기를 했다더군. 자네도 알겠지만 그런 건 부질없는 구실이야.」

「구실 ?」

「그렇지, 구실이지.」모로소프는 화가 난 듯이 말했다.「그밖에 뭐가 있겠나. 라빅, 자네는 다른 무엇을 기대하고 있었나 ?」

「그래.」

모로소프는 입을 다물었다.

「기대한다는 것과 안다는 건 별개의 것이야.」하고 라빅은 말했다.

「답답한 로맨티시스트나 할 소리지. 자, 제대로 된 걸 마시게. 이런 레몬이 아니라, 고급 칼바도스라도 말이야.」

「칼바도스는 곤란해. 코냑으로 하지. 그걸로 자네가 만족한다면 말이야. 하긴 칼바도스라도 상관 없어.」

「이제 됐네.」하고 모로소프는 말했다.

창문. 즐비한 지붕들의 푸른 실루엣, 퇴색한 붉은 소파, 침대. 이것으로 견뎌야 한다는 것을 라빅은 알고 있었다. 그는 소파에 앉아 담배를 피웠다. 모로소프가 그의 짐을 갖다주면서, 만나고 싶으면 찾아오라고 행선지를 일러주었다.

지금까지 입고 있던 낡은 옷을 벗어던졌다. 목욕도 했다. 뜨거운 물로 비누를 듬뿍 써서 오랫동안. 3개월 동안의 때를 벗겨내고, 피부에서 밀어냈다. 깨끗한 내의를 입고, 다른 옷으로 갈아입고서, 면도를 했다. 무엇보다도 터키탕에 가고 싶었지만 너무 늦어서 그럴 수가 없었다. 모두 끝내고 나니 기분이 상쾌했다. 그런 몸치장을 좀더 오랜 시간에 걸쳐서 했어도 좋았을걸, 하고 그는 생각했다. 창가에 앉아 있자, 갑자기 공허한 기분이 구석구석에서 기어나왔기 때문이다.

그는 술잔에 칼바도스를 가득 따랐다. 짐 속에서 마개를 딴 칼바도스 병이 나왔던 것이다. 아직 조금 남아 있었다. 조앙과 함께 마시던 그날 밤이 생각났다. 하지만 아무런 느낌도 없었다. 너무 오래 전의 일이다. 아주 고급인, 아주 오래 묵은 칼바도스였다는 것만이 생각났을 뿐이다.

달이 서서히 지붕 위로 올라왔다. 건너편의 지저분한 마당이, 그림자와 은빛의 궁정으로 변했다. 약간의 공상력을 발동시키기만 하면, 모든 것을 먼지에서 은으로 변화시킬 수가 있다. 꽃향기가 창으로 흘러들어왔다. 밤의 카네이션의 코를 찌르는 향기. 라빅은 창에서 몸을 내밀고, 아래쪽을 내려다보았다. 바로 밑의 창턱에 화초 상자가 하나 놓여 있었다. 아직도 저기에 살고 있다면, 저것은 비젠호프의 것이다. 라빅은 언젠가 그 친구의 위장을 청소해 준 적이 있었다.

년 전의 크리스마스 때였다.

병이 비었다. 그는 그것을 침대 위에 내던졌다. 병은 침대 위에, 마치 검은 태아처럼 나둥그러져 있었다. 그는 일어섰다. 나는 왜 침대 같은 것을 노려보고 있는 것일까? 여자가 없다면, 하나 데리고 오면 그만이다. 파리에는 여자가 얼마든지 많은 것이다.

그는 비좁은 거리를 빠져나와, 에트와르로 갔다. 밤의 대도시의 따뜻한 생명감이 샹젤리제 쪽에서 엄습해 왔다. 그는 급히 돌아서서, 천천히 오델·밀랑으로 갔다.

「재미 좋으십니까?」그는 수위에게 인사했다.

「아니, 선생님!」수위는 자리에서 일어났다.「정말 오랜만이군요.」

「그래, 오랜만이오. 파리에 없었거든.」

수위는 재빨리 작은 눈으로 그를 훑어보았다.「그 부인은 이제 여기 안 계십니다.」

「알고 있소. 벌써 오래 됐겠지.」

수위는 눈치가 빠른 친구였다. 상대가 무엇을 묻고 싶어하는지 벌써 알고 있었다.「벌써 4주일이 됩니다. 4주일 전에 옮기셨죠.」

라빅은 담뱃갑에서 담배를 한 대 꺼냈다.

「부인께서는 이제 파리에 안 계신가요?」수위가 물었다.

「칸에 있소.」

「칸이라!」수위는 커다란 손으로 얼굴을 쓰다듬었다.「이래봬도 18년 전에는 저도 니스의 오델 루르에서 수위 노릇을 했지요. 믿으실는지 모르지만.」

「왜 안 믿겠소.」

「그땐 정말 좋았지요! 팁도 굉장하고! 전쟁 후의 황금 시절이었지요! 그런데 지금은…….」

라빅은 눈치가 빠른 손님이었다. 너무 노골적으로 암시하지 않아도, 호텔 고용인의 기분은 알고 있었다. 그는 호주머니에서 5프랑짜리 지폐를 꺼내어, 테이블 위에 놓았다.

「고맙습니다. 재미 많이 보십시오. 전보다 젊어보이십니다, 선생님.」

「나도 그런 기분이오. 잘 있어요.」

라빅은 거리로 나왔다. 대체 무엇 때문에 그 호텔에 갔단 말인가? 지금은 오직 세라자드에 가서, 정신을 잃을 정도로 취하기만 하면 되는 것이다.

그는 멍하니 하늘을 쳐다보았다. 하늘에는 별이 많았다. 일이 이렇게 된 것을 나는 기뻐해야 한다. 덕택으로 산더미 같은 쓸데없는 분쟁을 면한 셈이다. 나는 그것을 알고 있었고, 조앙도 알고 있었지. 최소한 마지막에 가선 그렇게 되지. 그녀는 단 한 가지, 옳은 일을 한 것이다. 설명 같은 건 필요가 없다. 설명은 둘째 문제이다. 감정 속에는 설명 같은 것이 있을 수 없다. 오직 행동이 있을 뿐이다. 모랄이라는 윤활유가 쳐지지 않은 것만도 다행이다. 다행히도 조앙은 그런 것은 전혀 모른다. 그녀는 행동했다. 끝났다. 그만이다. 옥신각신할 아무것도 없다. 나도 해냈다. 도대체 무엇 때문에 나는 이런 데서 어물대고 있는 걸까? 아마 공기 탓이겠지. 파리의 5월과 초저녁이 빚어낸 이 부드러운 비단 때문이다. 그리고 물론 밤 때문이다. 밤이 되면 사람은 언제나 낮과는 달라진다.

그는 호텔로 돌아왔다. 「전화 좀 쓸 수 있을까?」

「네. 그런데 전화실이 없습니다. 여기 전화기는 있읍니다만…….」

「그러면 됐어.」

라빅은 시계를 보았다. 베베르는 병원에 있을지도 모른다. 마침 밤의 마지막 순회 시간이다.

「닥터 베베르 계신가요?」간호원의 목소리는 귀에 설었다. 새로 온 간호원인 모양이다.

「닥터 베베르께선 지금 말씀하실 수가 없읍니다.」

「안 계신가?」

「계세요. 하지만 지금 말씀하실 수가 없어요.」

「이봐요.」하고 라빅은 말했다. 「라빅에게서 전화가 왔다고 말해요. 빨리 가서 전해요. 중요한 일이니까. 기다리고 있겠소.」

「알겠읍니다.」간호원은 망설이며 대답했다. 「말씀은 드리겠읍니다만, 아마 오시진 못할 거예요.」

「알 수 없지. 어쨌든 물어봐요, 라빅이라고.」

잠시 후 베베르가 전화를 받았다. 「라빅! 어디 있나?」

「파리야. 오늘 도착했어. 지금부터 수술을 하나?」

「그래 20분 후에. 급성맹장이야. 조금 후에 만날 수 있겠지?」

「내가 그쪽으로 가지.」

「잘됐어. 언제 오겠어?」

「지금 곧.」

「좋아, 그럼 기다리겠어.」

「자, 고급 술이야.」하고 베베르는 말했다. 「신문도 있고, 의학 잡지도 있어.

마음 편히 쉬게.」

「한잔 주게. 그리고 수술복과 장갑도.」

베베르는 라빅을 쳐다보았다. 「간단한 맹장이야. 자네 위신이 떨어지네. 간호원을 데리고 곧 끝내겠어. 자넨 몹시 피곤할 테니까.」

「베베르, 부탁이야. 그 수술을 내게 맡겨 줘. 피곤하지 않아. 아무렇지도 않다니까.」

베베르는 소리를 내어 웃었다. 「일을 다시 시작하는 것을 꽤 서두르는군. 좋아, 맘대로 하게. 이해하네.」

라빅은 손을 씻고, 수술복을 입은 다음, 장갑을 꼈다. 수술실. 그는 에테르 냄새를 깊이 들이마셨다. 으제니가 수술대의 머리맡에 서서 마취를 시키고 있었다. 또 한 사람, 아주 예쁜 젊은 간호원이 기구를 늘어놓고 있었다.

「잘 있었소, 으제니?」하고 라빅은 인사했다.

으제니는 하마터면 점적기를 떨어뜨릴 뻔하였다. 「안녕하세요, 라빅 선생님?」하고 그녀는 말했다.

베베르는 싱긋 웃었다. 그녀가 라빅에게 이런 식으로 인사한 것은 이번이 처음이었다. 라빅은 환자 위에 몸을 굽혔다. 강렬한 수술등이 희고 강하게 내리비치고 있었다. 그것은 주위의 세계를 차단하고 상념을 막아냈다. 그것은 객관적이고, 냉혹하고, 무자비하여 마음에 들었다. 라빅은 예쁜 간호원이 넘겨주는 메스를 받아들었다. 얇은 장갑을 통해서 강철이 차갑게 느껴졌다. 그 감촉이 좋았다. 불안하고 불확실한 기분에서 벗어나 명석하고 정확한 세계로 돌아가는 것이 기분좋았다. 그는 메스로 찔렀다. 가늘고 붉은 핏줄기가 메스를 따랐다. 문득 모든 것이 단순해진다. 파리로 돌아온 후 처음으로 자기 자신으로 돌아온 것을 느낀다. 소리도 없이 타고 있는 불빛, 본래의 세계로……

19

「와있네.」하고 모로소프가 말했다.

「누구 말인가?」

모로소프는 제복의 구김살을 폈다. 「모르는 척하지 말게. 대로상에서, 이 애비 보리스를 화나게 하는 게 아냐. 왜 자네가 두 주일 동안에 세 번이나 세라자드에 왔는가를 내가 모르는 줄 아나? 한 번은 눈이 파란, 검은 머리의 굉장한 미인하고 왔지만, 두 번은 혼자 오지 않았나? 인간이란 약한 거야. 약하지 않다면 매력이 없지.」

「그만두게.」하고 라빅은 말했다.「창피는 그만 주게. 지금 나는 전력을 다해야 할 때야. 이 말 많은 문지기 녀석아.」

「내가 말을 하지 말 걸 그랬나?」

「물론이지.」

모로소프는 옆으로 비켜서서, 두 사람의 미국인을 들여보냈다.

「그럼 돌아가게나. 그랬다가 언제든지 다른 날 밤에 오라고.」

「혼자 와있나?」

「우리 집은 설사 여왕님이라도 혼자는 들여놓지 않네. 그런 것쯤은 알고 있지 않나. 지그문트 프로이드에게 자네 질문을 들려주면 좋아할 거야.」

「지그문트 프로이드를 자네가 어떻게 알아? 자네 취했군. 매니저인 체드세네제에게 일러바쳐야겠어.」

「체드세네제 대위는 내가 중령이었던 연대의 소위였어. 매니저는 지금도 그걸 기억하고 있지. 어디 잘해보라고.」

「라빅!」모로소프는 믿음직스러운 두손을 그의 어깨에 얹었다.「못난 짓 하지 말게! 그 파란 눈의 미인에게 전화를 걸어서, 함께 오도록 하게. 꼭 들어가야 되겠다면 말이야. 경험 많은 늙은이의 단순한 충고야. 대단한 건 아니지만. 그대신 효과는 클 거야.」

「사양하겠어, 보리스.」하고 라빅은 그를 쳐다보았다.「지금 계략을 써봐야 아무 소용도 없어. 난 그런 짓은 질색이야.」

「그럼 집으로 돌아가게.」하고 모로소프는 말했다.

「그 곰팡내 나는 종려나무의 방으로 말인가, 아니면 내 골방으로 말인가?」

모로소프는 라빅을 두고, 택시를 잡으려는 두 손님을 안내하여 걸어갔다. 라빅은 그가 돌아올 때까지 서있었다.

「자넨 생각했던 것보다는 사리가 밝군.」하고 모로소프는 말했다.「그렇지 않다면 벌써 안으로 들어갔을 거야.」

그는 금실이 달린 모자를 뒤로 젖혔다. 그러고는 말을 이으려 할 때, 하얀 턱시도를 입은, 술취한 젊은 남자가 입구에 나타났다.「대령님! 경기용 마차를 부탁하오!」

모로소프는 줄지어 서있는 택시 중 맨 앞의 것에 손짓을 하고, 약간 비틀거리는 그 사나이를 안내해서 태웠다.

「웃지 않으시는군.」하고 취한은 말했다. 「대령님이란 꽤 멋진 놈이었지, 그렇잖가?」

「매우 훌륭하셨읍니다. 경기용 마차라고 하신 건 더욱 좋았읍니다.」

「나도 생각해 보았네.」하고 모로소프는 돌아오자 말했다. 「들어가게. 다른 놈들은 상관 말고. 나라도 그렇게 하겠어. 아뭏든 언젠가는 일어나야 할 일이 지금 일어났다고 해서 안될 것은 없지. 결판을 내는 게 좋아. 치기가 없어졌을 땐 우린 늙어 있는 거야.」

「나도 생각해 봤어. 어디 다른 데로 가겠어.」

모로소프는 재미있다는 듯이 라빅을 쳐다보았다.

「좋지.」이윽고 그는 말했다. 「그럼 30분 후에 다시 만나세.」

「안될걸.」

「그럼 한 시간 후에.」

두 시간 뒤, 라빅은 클로세 도르에 앉아 있었다. 아직도 손님이 없었다. 창녀들은 홰에 앉은 앵무새처럼, 긴 바에 앉아 떠들고 있었다. 그 곁에 가짜 코카인을 파는 장사가 몇 명 서성거리며, 여행자를 기다리고 있었다. 이 층에는, 짝지은 손님 몇 쌍이 양파 수프를 먹고 있었다. 라빅의 반대쪽 구석 소파에는 동성연애를 하는 여자가 둘 앉아서 세리 브랜드를 마시며 소곤거리고 있었다. 한 여자는 남자 같은 옷을 입고, 넥타이를 매고, 모노클을 끼고 있었다. 다른 한 여자는 붉은 머리의, 살집이 좋은 여자였다. 가슴과 등을 깊이 판 화려한 야회복을 입고 있었다.

말할수없이 어리석었다고 라빅은 생각했다. 나는 왜 세라자드에 들어가지 않았던가? 도대체 뭐가 두렵단 말인가? 어째서 도망쳐나왔을까? 더해졌다. 그건 알고 있다. 석 달이라는 시간은, 그것을 지워버리지 않고 더욱 열렬하게 했다. 언제까지나 자신을 속여보아야 별수가 없다. 국경을 몰래 기어넘었을 때도 남모르는 방에서, 이국의 별도 없는 밤의 방울방울 떨어지는 고독 속에서 그렇게 기다리고 있던 때에도, 늘 머리속에서 떠나지 않던 것은 거의 이것 하나뿐이었다. 헤어져 있었기에 더욱 강렬해졌다. 그녀와 함께 살고 있었더라면, 이렇게까지는 되지 않았을 것이다. 지금쯤은…….

억제한 듯한 비명이 일어나서, 그는 문득 생각에서 깨어났다. 어느 틈엔가 여자가 몇 사람 들어와 있었다. 그중 흑인의 피가 얼마쯤 섞인 듯한 여자, 꽃으로 장식한 모자를 뒤로 젖혀쓴 한 여자가 몹시 술에 취해서, 식탁용 나이프를 내던지고, 천천히 계단을 내려갔다. 아무도 그녀를 붙잡는 사람은 없었다. 보이가 계단을 올라갔다. 다른 한 여자가 거기 서있다가 그의 길을 막았다.

「아무것도 아네요.」하고 그녀는 말했다.「아무것도 아네요.」

보이는 어깨를 으쓱하고는 돌아섰다. 구석에 앉아 있던 붉은 머리 여자가 일어서는 것을 라빅은 보았다. 그와 동시에, 보이의 앞을 막던 여자가 아래층 바로 급히 내려갔다. 붉은 머리 여자는 풍만한 가슴을 손으로 누른 채 가만히 서있었다. 그녀는 조심스럽게 손가락 두 개를 펴고는 들여다보았다. 야회복이 3, 4 센티쯤 찢어져 있고, 그 밑으로 입을 벌린 상처가 보였다. 피부는 조금도 보이지 않고, 다만 청록의 무지개빛 야회복 속에 입을 벌린 상처가 보일 뿐이었다. 붉은 머리 여자는 믿을 수 없다는 듯이 그 상처를 들여다보고 있었다.

라빅은 자기도 모르게 일어섰으나, 다시 주저앉고 말았다. 추방은 한 번으로 족하다. 그는 남자 차림의 여자가 붉은 머리 여자를 소파에 끌어앉히는 것을 보았다. 그때 두번째 여자가 바에서 브랜드 잔을 들고 계단을 올라왔다. 남자 차림의 여자는 의자 위에 무릎을 얹고, 한손으로 붉은 머리 여자의 입을 틀어막으며, 상처를 누르고 있던 손을 떼어냈다. 다른 한 여자는 브랜디를 상처에 들이부었다. 원시적인 소독법이라고 라빅은 생각했다. 붉은 머리 여자는 신음소리를 내며 몸을 떨었다. 하지만 상대편 여자는 강철같이 꽉 눌러서 움직이지 못하게 했다. 두 여자가 다른 손님에게 보이지 않도록 몸으로 테이블을 가리고 있었다. 모든 일을 아주 순식간에, 재치있게 해치웠다. 이 사건을 본 사람은 거의 없었다. 1분 후에는 마치 마술을 부려 부르기나 한 것처럼, 여자 동성연애자들이 한꺼번에 여러 쌍 들이닥쳤다. 그러고는 구석의 테이블을 둘러싸고, 붉은 머리 여자를 일으켜 부축하고 있었다. 다른 사람들은 웃고 떠들며 그들을 엄호했다. 그러고는 아무일도 없었던 것처럼 모두 밖으로 나가버렸다. 대부분의 손님들은 아무것도 눈치채지 못하고 있었다.

「깨끗하죠? 안 그렇습니까?」누군가 라빅의 등뒤에서 말을 걸었다. 그 보이였다.

라빅은 고개를 끄덕였다.「어떻게 된 거지?」

「질투죠. 저 사람같지 않은 치들은 걸핏하면 흥분을 하거든요.」

「어디서 그렇게들 빨리 모여들지? 마치 천리안을 가진 것 같군.」

「저치들은 냄새로 알죠.」하고 보이는 말했다.

「아마 누군가 전화를 걸었겠지만, 아뭏든 지독히 빠르군.」

「냄새를 맡는 겁니다. 저치들은 마치 송장과 귀신처럼, 서로 달라붙어서 떨어지지 않거든요. 서로 고발하는 일은 결코 없지요. 경찰만은 피하죠. 그것이 그치들의 유일한 소원이에요. 저희들끼리 처리해 버립니다.」보이는 테이블에서 라빅의 잔을 집어들었다. 「한 잔 더 하시겠어요? 뭘 드셨지요?」

「칼바도스.」

「알았읍니다. 칼바도스 한 잔 더.」

보이는 발을 끌며 물러갔다. 라빅은 얼굴을 들었다. 그러자 조앙이 두어 개 떨어진 저쪽 테이블에 앉아 있는 것이 보였다. 그가 보이와 이야기를 하고 있는 사이에 들어온 것이다. 들어오는 것은 보지 못했다. 그녀는 두 남자와 함께 앉아 있었다. 그가 알아본 것과 동시에 그녀도 그를 보았다. 순간 햇볕에 그을은 얼굴이 창백해졌다. 그녀는 그에게서 눈을 떼지 않고, 얼마간을 그대로 앉아 있었다. 이윽고 거칠게 테이블을 밀치고 일어나서 그에게로 다가왔다. 걸어오는 동안에 표정이 달라졌다. 긴장이 풀리고 부드러워졌다. 눈동자만은 움직이지 않고, 수정처럼 투명했다. 그 눈은 격렬한 힘을 지니고 있었다.

「돌아오셨군요.」 그녀는 낮은 목소리로 말했다.

그녀는 그의 앞에 아주 가까이 서있었다. 순간적으로 그를 포옹할 듯한 몸짓을 했으나 그렇게 하진 않았다. 악수도 하려 하지 않았다.

「돌아오셨군요.」 하고 그녀는 되풀이했다.

라빅은 대답하지 않았다.

「언제 돌아오셨어요?」 이윽고 그녀는 전처럼 나지막한 목소리로 물었다.

「2주일 전에.」

「2주일 전이라고요? 그런데 저는……. 당신은 한번도…….」

「당신이 어디 있는지 아는 사람이 없었어. 당신의 호텔에서도, 세라자드에서도.」

「세라자드……. 하지만 저는…….」 그녀는 말을 끊었다. 「왜 한번도 편지를 하지 않았어요?」

「쓸 수가 없었어.」

「거짓말!」

「그래, 쓰고 싶지 않았어. 다시 돌아올 수 있을지 어떨지 몰라서.」

「또 거짓말을 하시는군요. 그런 건 이유가 되지 않아요.」

「왜 안돼. 돌아올 수 있거나 없거나, 둘 중의 하나였어. 이해 못하겠어?」

「이해 못하겠어요. 하지만 이것만은 알고 있어요. 당신은 돌아온 지 2주일이나 되는데도, 무엇 하나 저에게…….」

「조앙,」 하고 라빅은 침착하게 말했다. 「당신의 어깨는 파리에서 그을은 게 아냐.」

보이가 코를 킁킁거리며 지나갔다. 그리고 조앙과 라빅을 슬쩍 쳐다보았다.

조금 전의 사건으로 아직도 흥분하고 있는 것이다. 무관심한 척, 빨강과 원색의 체크 무늬 식탁보에서 쟁반과 함께 두 벌의 나이프와 포크를 치웠다. 라빅은 그 것을 눈치챘다.

「아무것도 아니야.」하고 그는 말했다.

「뭐가 아무것도 아녜요?」하고 조앙이 물었다.

「아무것도 아니야. 조금 전에 무슨 일이 있었어.」

그녀는 그를 빤히 쳐다보았다. 「당신, 여기서 여자를 기다리고 있어요?」

「천만에, 그런 게 아냐. 어떤 사람들이 싸움을 했어. 한 사람이 피를 흘렸지. 그런데 이번엔 나서지 않았어.」

「나서다뇨?」그녀는 문득 깨달았다. 얼굴 표정이 확 달라졌다.「당신은 여기 서 뭘 하고 있어요? 또 붙잡힐 게 아녜요? 전 다 알고 있어요. 이번엔 6개월 징 역이에요. 도망가야 해요! 당신이 파리에 계신 줄은 전혀 몰랐어요. 다신 돌아 오지 않을 줄 알았어요.」

라빅은 대답하지 않았다.

「당신이 다신 돌아오지 않을 줄 알았어요.」하고 그녀는 되풀이했다.

라빅은 여자를 쳐다보았다.「조앙…….」

「아녜요! 모두 사실이 아니에요! 모두 거짓말이요! 거짓말!」

「조앙,」하고 라빅은 조심스럽게 말했다.「당신 자리로 돌아가요.」

갑자기 그녀의 눈이 젖었다.

「어서 당신 자리로 돌아가요.」

「당신이 나빠요.」그녀는 불쑥 말했다.「당신 책임이에요! 당신 혼자의 책임 이에요!」

그녀는 갑자기 돌아서서 가버렸다. 라빅은 테이블을 한쪽으로 밀치고 앉 았다. 그리고 칼바도스의 잔을 보며, 마시려는 몸짓을 했다. 그러나 마시지는 않았다. 조앙과 이야기를 하고 있는 동안은 마음이 평온했다. 그런데 지금은 문 득 흥분을 느꼈다. 묘한 일이었다. 가슴의 근육이 피부 밑에서 부들부들 떨 렸다. 어째서 여기만 떨리는 걸까? 그는 잔을 들고 자기 손을 살펴보았다. 손은 떨리지 않았다. 그는 잔을 반쯤 비웠다. 마시고 있는 동안에도 조앙의 시선을 느꼈다. 그는 두번 다시 조앙이 있는 쪽을 보지 않았다. 보이가 지나갔다.

「담배 좀 주게.」하고 라빅은 말했다.「카포랄이야.」

그는 담배에 불을 붙이고, 잔에 남은 술을 단숨에 들이켰다. 조앙의 시선을 다시 느꼈다. 도대체 저 여자는 뭘 기대하고 있는 걸까? 내가 지금, 저 눈앞에 서 비참하게도 취해서 쓰러질 것을 기대하고 있는 걸까? 그는 보이를 불러 계산을 했다. 그가 일어나자, 그녀는 함께 온 남자 하나와 신나게 이야기를 했다. 라빅이 테이블 옆을 지나갔을 때도 그녀는 눈을 들지 않았다. 그 얼굴은 험악하고, 차갑고, 무표정했다. 그리고 꾸민 듯한 미소를 짓고 있었다.

라빅은 거리를 헤매다 다시 세라자드 앞으로 갔다.
모로소프가 미소를 짓고 있었다. 「좋아, 과연 군인이야! 자네는 이제 틀렸는가 하고 단념하고 있었지. 예언이 들어맞으면 늘 기쁘거든.」
「기뻐하긴 일러.」
「자네도 마찬가지야. 오는 게 너무 늦었어.」
「알고 있어. 우연히, 벌써 만나고 오는 길이야.」
「뭐라고?」
「클로세 도르에서.」
「아니……,」 하고 모로소프는 어처구니없어 하며 말했다. 「운명의 여신은 늘 새로운 계교를 꾸미고 있는 모양이지?」
「여긴 언제 끝나지, 보리스?」
「2, 3분이면 돼. 이미 손님은 없어. 옷을 갈아입어야지. 그동안 좀 들어오게. 보드카를 한 잔 내지.」
「아니, 여기서 기다리겠어.」
모로소프는 그를 쳐다보았다. 「기분이 어떤가?」
「매스꺼워.」
「그렇지 않을 줄 알았나?」
「물론. 인간이란 항상 딴 것을 기대하지. 옷 갈아입고 나오게.」
라빅은 벽에 기댔다. 그의 곁에서, 꽃 파는 노파가 꽃을 치우고 있었다. 그러나 사라고는 하지 않았다. 실없는 생각이지만, 꽃을 사라고 해주면 좋겠다고 생각했다. 이 사람에게는 꽃이 필요 없다고 생각하는 것 같았다. 그는 죽 늘어선 집들을 바라보았다. 두서너 개의 창에는 아직도 불이 켜져 있었다. 택시가 천천히 지나갔다. 도대체 나는 뭘 기대하고 있었을까? 분명히 알 수가 없다. 조앙이 선수를 칠 줄은 꿈에도 생각하지 않았다. 하지만 그렇다고 안될 것은 없지 않은가? 공격을 하는 이상, 누구나 그렇게 할 권리가 있는 것이다.

보이들이 나왔다. 그들은 하룻밤 내내, 붉은 상의를 입고 장화를 신은 코카서스 인이며, 체르케스 인이었다. 그런데 그것이, 지금은 지쳐버린 평범한 사람이 된 것이다. 모두 몸에 잘 맞지 않는 일상복을 입고, 슬금슬금 집으로 돌아간다. 맨 나중에 모로소프가 나왔다.

「어디로 갈까?」하고 그는 물었다.

「오늘은 여러 군데 다녔어.」

「그럼 호텔에 가서 체스나 두지.」

「뭐라고?」

「체스 말이야. 나무 말로 두는 것 말이야. 기분전환이 되고, 정신을 집중할 수 있지.」

「좋아.」하고 라빅은 말했다. 「그게 좋겠군.」

라빅은 눈을 떴다. 방안에 조앙이 있다는 것을 곧 알았다. 아직 어두워서 그녀의 모습은 보이지 않았다. 하지만 그녀가 있다는 것을 알 수 있었다. 방도, 창문도, 공기도 달라져 있었다. 그 자신까지도 달라져 있었다.

「실없이 놀지 마!」하고 그는 말했다. 「불을 켜고, 이리 와요.」

그녀는 움직이지 않았다. 숨소리마저 들리지 않았다.

「조앙,」하고 그는 말했다. 「숨바꼭질 같은 것은 그만두지.」

「그래요.」하고 그녀는 낮은 목소리로 말했다.

「그럼 이리 와.」

「제가 오리라는 것을 알고 계셨어요?」

「아니.」

「문이 열려 있던데요?」

「문은 거의 언제나 열려 있지.」

그녀는 잠시 말이 없었다. 그러다가 「당신이 아직 돌아오지 않은 줄 알고 있었어요.」하고 말했다. 「저는 그저……, 당신은 아직도 어딘가에 앉아서, 술을 마시고 있을 줄 알았어요.」

「나도 그럴 생각이었지. 하지만 그대신 체스를 두었지.」

「뭐라고요?」

「체스 말이야. 모로소프하고 아래층의 물 없는 수족관 같은 굴 속에서.」

「체스라고요!」그녀는 구석에서 나왔다. 「체스라고요! 아무리 그렇지만, 체스를 두다니, 누가…….」

「나도 설마 체스를 두리라곤 생각지도 않았어. 하지만 그렇게 됐어. 잘 되더군. 한 판 이겼지.」

「당신은 정말 냉정하고 매정한 분이군요.」

「조앙,」하고 라빅은 말했다. 「싸움은 그만두자고. 난 좋은 싸움은 찬성이지만, 하지만 오늘만은 싫어.」

「전 싸움을 하는 게 아녜요. 전 아주 불행해요.」

「좋아. 그럼 이런 것은 모두 그만두기로 하지. 대체로 싸움이라는 것은, 사람이 어느 정도 불행할 때만 하는 것이지. 내가 아는 어떤 친구는 아내가 죽은 순간부터 장례가 끝날 때까지, 자기 방을 잠그고 틀어박혀서 체스 문제를 연구했어. 모두들 그 친구를 매정한 사람이라고 생각했지만, 나는 그 친구가 자기 아내를 세상의 어느 무엇보다도 가장 사랑하고 있었다는 것을 알고 있어. 그 친구는 달리 어떻게 할 수가 없었던 거야. 그 일을 생각지 않으려고, 낮이나 밤이나 체스 문제를 생각하고 있었던 거야.」

조앙은 이제 방 한가운데 서있었다. 「그래서 당신도 그렇게 했다는 거예요, 라빅?」

「아니지. 다른 사람 이야기라고 하지 않았나. 나는 당신이 들어왔을 때, 자고 있었어.」

「그래요, 자고 있었죠! 잘 수가 있단 말이죠!」

라빅은 팔꿈치를 괴고, 몸을 반쯤 일으켰다.

「또 한 사람을 알고 있었는데, 그 사람 역시 아내가 죽었었지. 그 친구는 자리에 누워서 이틀간이나 잠만 잤어. 그 친구가 그런 짓을 했다고 해서, 죽은 아내의 어머니는 펄펄 뛰며 화를 냈지. 인간이란 여러 가지 모순된 짓을 하면서도 완전히 절망하고 있는 일이 있는데, 그 어머니는 그걸 전혀 이해하지 못했던 거야. 불행만을 위한 에티켓이 얼마나 많이 고안되어 있는지, 정말이지 이상한 느낌이 들어! 만약 내가 정신없이 취해 있었다면, 만사는 격식대로 되었을 테지. 체스를 두고 자버렸다는 것은, 내가 거칠고 매정하다는 증거가 되겠지. 실로 간단한 문제지. 어때?」

쨍그랑 하고 유리 조각이 튀는 소리. 조앙이 꽃병을 들어서 방바닥에 던진 것이다.

「잘됐어.」하고 라빅은 말했다. 「그렇지 않아도 싫증이 나던 참이었어. 하지만 유리 조각을 밟지 않도록 조심해.」

그녀는 유리 조각을 발길로 찼다. 「라빅, 당신은 왜 그런 짓을 하죠?」

「왜 그럴까? 용기를 북돋우기 위해서지. 그걸 모르겠나, 조앙?」

그녀는 그에게로 얼굴을 돌렸다. 「그런 것 같군요. 하지만 당신이라는 사람은 어떻게 된 사람인지 아무래도 알 수가 없어요.」

그녀는 조심스럽게 흩어진 파편 위를 걸어와서, 그의 침대에 걸터앉았다. 이번에는 밝아오는 새벽녘의 빛을 받아, 그녀의 얼굴이 뚜렷이 보였다. 그는 그녀가 피곤한 얼굴이 아닌 것을 보고 놀랐다. 그 얼굴은 젊고, 맑고, 몹시 긴장하고 있었다. 그녀는 지금까지 본 적이 없는 가벼운 외투에다, 클로셰 도르에서 입고 있던 것과는 다른 옷을 입고 있었다.

「당신이 다시는 돌아오지 않을 줄 알았어요, 라빅.」

「더 빨리 오고 싶었지만 그렇게 되지가 않았어.」

「왜 편지를 안하셨죠?」

「편지가 무슨 소용이 있었을까?」

그녀는 눈을 돌렸다. 「그래도 그랬더라면 좋았을 거예요.」

「차라리 내가 돌아오지 않았으면 좋았을 것을 그랬지. 하지만 여기밖에는 이제 내 몸을 담을 나라도 도시도 없어. 스위스는 너무 좁고, 다른 나라는 어디나 파시스트 투성이야.」

「그렇지만 여기도 경찰이…….」

「경찰은 전번처럼, 좀체 나를 붙잡을 수가 없지. 그땐 운이 나빴던 거야. 그 문제는 이제 다시 생각할 필요가 없어.」 라빅은 손을 내밀어 담뱃갑을 집었다. 담배는 침대 옆의 테이블 위에 있었다. 그것은 그다지 크지 않은, 편리한 테이블이었다. 침대 옆에는 대개 인조 대리석 판이 붙은 작은 테이블이나 까치발이 달린 테이블이 놓여 있는 법인데, 라빅은 그것을 매우 싫어했다.

「저도 한 대 주세요.」

「뭘 마시겠나?」

「네, 마시겠어요. 그냥 누워 계셔요. 제가 가져 올 테니까.」

그녀는 술병을 들어 두 개의 잔에다 따랐다. 그러고는 하나를 그에게 건네주고, 남은 하나는 자기가 집어들더니 단숨에 마셔버렸다. 마시는 동안에, 어깨에서 외투가 조금씩 떨어져내렸다. 차차 밝아오는 새벽녘의 훤한 빛으로 그녀가 입고 있는 옷을 볼 수 있었다. 그것은 안티브에 갈 때, 그가 그녀에게 선물로 준 옷이었다. 어째서 이것을 입었을까? 이것이 내가 이 여자에게 사준 유일한 옷이다. 이런 것은 한번도 생각해 본 적이 없었다. 이런 것은 생각해 보고 싶다고 생각해 본 적도 없었다.

「전 당신을 보았을 때, 라빅……. 문득…….」 하고 그녀는 말했다. 「아무것도 생각할 수가 없었어요. 아무것도. 그리고 당신이 가버렸을 때는 다시는 당신을 만날 수 없을 거라고 생각했어요. 곧 그렇게 생각한 건 아니지만. 처음엔 당신이 클로셰 도르로 돌아오길 기다렸어요. 반드시 돌아올 줄 알았어요. 왜 돌아오지 않으셨지요?」

「왜 내가 돌아가야 하지?」

「제가 당신하고 함께 나갔어야 했어요.」

그것이 진실이 아니라는 것을 그는 알고 있었다. 그러나 지금은 그런 것을 생각하고 싶지 않았다. 조앙이 내 곁에 앉아 있다. 지금은 그것으로 충분하다. 그것으로 충분하다고 전에는 생각해 본 적이 없었다. 이 여자가 어째서 왔으며, 그리고 대체 뭘 원하고 있는지 그는 알 수가 없었다. 그러나 뜻밖에 그녀가 여기 와 있는 것만으로도 충분했다. 이상하게도 마음속 깊이 안도감이 느껴졌다. 이건 어떻게 된 일일까? 벌써 그렇게까지 되어버렸을까? 자제심을 잃어버린 걸까? 어둠, 끓어오르는 피, 공상의 협박과 폭력이 시작되는 지경에까지 이르렀단 말인가.

「전 당신이 저를 버리려는 줄 알았어요.」하고 조앙은 말했다. 「정말 그렇게 생각하셨지요? 솔직이 말해 주세요!」

라빅은 대답하지 않았다.

그녀는 그를 쳐다보았다. 「전 알고 있었어요! 알고 있었어요!」그녀는 굳은 확신을 가지고 이렇게 되풀이했다.

「칼바도스를 한 잔 더.」

「칼바도스였어요?」

「응, 몰랐나?」

「몰랐어요.」그녀는 술을 따랐다. 그녀가 술병을 쥐고 따르는 동안, 팔이 그의 가슴에 닿아 있었다. 그녀의 감촉이 늑골 사이로 스며들어왔다. 그녀는 자기 잔을 비웠다.

「그렇군요, 칼바도스군요.」그러고 나서 그녀는 다시 그를 쳐다보았다. 「오길 잘 했어요. 전 알고 있었어요. 정말 오길 잘 했어요.」

날이 차츰 밝아왔다. 덧문이 나직이 삐걱거리기 시작했다. 아침 바람이 불기 시작한 것이다.

「제가 온 것이 잘된 건가요?」

「모르겠어, 조앙.」

그녀는 그에게로 몸을 굽혔다. 「알고 있어요. 모를 리가 없어요.」

그녀의 얼굴이 그의 얼굴에 맞닿을 만큼 가까와져서, 그녀의 머리카락이 그의 어깨에 닿았다. 그는 그녀의 얼굴을 빤히 들여다보았다. 그것은 그가 알고 있는, 전혀 낯선 얼굴이면서도 동시에 무척 정이 든 얼굴, 언제나 똑같으면서도 동시에 끊임없이 변화하는 얼굴이다. 이마의 피부가 벗겨져 있고, 윗입술에 칠한 루즈가 말라 있는, 제대로 화장도 하지 않은 얼굴…… 지금 자기의 얼굴에 맞닿을 만큼 다가와서, 이 순간 다른 세계를 완전히 차단하고 있는 이 얼굴을 신비스럽게 여긴 것은 공상에 지나지 않았다는 것을 그는 알았다. 이보다도 더 아름다운 얼굴, 더 총명한 얼굴, 더 청순한 얼굴이 있다는 것을 알았다. 그러나 그와 동시에 이 얼굴은 또한 다른 얼굴이 가지고 있지 않은 힘을 자기에 대해 가지고 있다는 것도 알았다. 그 힘은 그 자신이 이 얼굴에 준 것이다.

「그래.」하고 그는 말했다. 「아뭏든 잘됐어.」

「저는 아무래도 견딜 수가 없었어요, 라빅.」

「뭘 말이야?」

「당신이 멀리 가버렸다는 것 말이에요.」

「당신은 내가 다시는 돌아오지 않을 줄 알았다고 했잖아.」

「그건 딴 문제예요. 당신이 다른 나라에 살고 있다면 그건 별문제예요. 그럼 우리는 그저 헤어져 있을 뿐이거든요. 언제든 저는 당신에게 갈 수가 있지요. 아니면 늘 그렇게 믿고 있을 수가 있고요. 하지만 같은 도시에 있으면서도……. 모르겠어요?」

「알 수 있지.」

그녀는 몸을 일으켜서 머리를 매만졌다. 「당신은 저를 혼자 내버려두어서는 안돼요. 당신은 제게 대해 책임이 있어요.」

「당신은 지금 혼자 있나?」

「당신은 제게 책임이 있어요.」하고 그녀는 생긋 웃었다.

그 순간, 그는 그녀가 미워졌다. 그녀의 미소와 그럴 때의 말투가.

「시시한 소리 하지 마, 조앙.」

「제가 아니라 당신이에요. 그때부터. 당신 없이는…….」

「좋아. 체코슬로바키아의 점령도 내게 책임이 있어. 자, 이젠 그만두지. 날이 밝았어. 당신은 곧 가야 할 테니까.」

「뭐라고요?」그녀는 그를 빤히 들여다보았다.

「제가 여기 있으면 안되나요?」

「안되지.」

「그렇군요.」그녀는 갑자기 화가 치민 듯, 낮은 목소리로 말했다. 「그렇군요! 당신은 이제 저를 사랑하지 않는군요!」

「이거 참,」하고 라빅은 말했다. 「또 그 소리군. 몇 달 동안 당신은 어떤 바보들하고 같이 있었지?」

「바보들이 아녜요. 제가 달리 어떻게 할 수 있었겠어요? 오델 밀랑에 앉아서, 벽만 쳐다보다가 미쳐버리라는 거예요?」

라빅은 반쯤 몸을 일으켰다. 「고백할 것 없어. 고백 같은 건 듣고 싶지도 않아. 난 다만 이야기의 수준을 좀 높이고 싶었을 뿐이야.」

그녀는 그를 쳐다보았다. 입도 눈도 맥이 풀려 있는 듯했다.

「당신은 왜 언제나 저에게 트집을 잡는 거예요? 다른 사람들은 저에게 트집을 잡지 않아요. 당신은 사소한 일도 곧잘 문제로 삼아요.」

「맞았어.」 라빅은 칼바도스를 한 모금 꿀꺽 마시고는 벌렁 드러누웠다.

「정말이에요.」 하고 그녀는 말했다. 「당신은 어떻게 대해야 할지 모르겠어요. 당신은 사람이 말하고 싶지 않은 것을 억지로 말하게 하고는 사람을 못살게 굴거든요.」

라빅은 깊은 한숨을 쉬었다. 조금 전에 나는 뭘 생각했던가? 사랑의 어둠, 공상의 힘……. 어쩌면 이렇게도 빨리 변할 수가 있을까! 모두 스스로가 그렇게 하는 것이다. 끊임없이 스스로가. 그것들이 바로 열성적인 꿈의 파괴자인 것이다. 그러나 그밖에 어떻게 할 수가 있겠는가? 정말이지 어떻게 할 수 있단 말인가? 어딘가 땅속 깊숙이 거대한 자석……. 그 위에 있는 가지각색의 모습은, 모두가 자기의 의지와 운명을 가지고 있다고 생각한다. 하지만 그들이 달리 어떻게 할 수 있단 말인가? 나 자신도 이런 것들 중의 하나가 아닌가? 의심을 품은 채, 어느 정도의 답답한 조심과 값싼 풍자에 매달려 있지 않은가. 더구나 마음속으로는 별수없이 어떻게 되어 가리라는 것을 알고 있으면서 말이다.

조앙은 침대 아래쪽에 쪼그리고 앉았다. 화가 난 아름다운 청소부 같기도 하고, 달세계에서 내려와서 어리둥절하고 있는 것 같기도 했다.

새벽녘의 어스름은 붉은 햇살로 변해서 두 사람을 비추었다. 이른 아침은 집집의 지저분한 뒤뜰이나 연기로 그을은 지붕을 넘어서, 멀리에서 창문 안으로 맑은 입김을 보내오고 있다. 그속에는 아직도 숲과 생명의 입김이 깃들어 있다.

「조앙,」 하고 라빅은 말했다. 「당신은 여기 왜 왔지?」

「왜 그런 걸 묻죠?」

「글쎄, 내가 왜 물었을까?」

「당신은 왜 늘 묻기만 하죠? 저는 여기 와있어요. 그것으로 충분하지 않아요?」

「그렇지, 조앙. 당신 말이 옳아. 그걸로 충분해.」

그녀는 얼굴을 들었다. 「이제야 겨우! 하지만 당신은 우선 남의 기쁨을 몽땅 빼앗아버려야만 속이 시원한 모양이군요.」

기쁨! 이 여자는 기쁨이라고 했다! 무수한 검은 프로펠러로 다시 되찾으려는, 숨찬 욕망의 돌풍에 몰리는……. 기쁨? 바깥은 창가의 이슬과 같은 순간적인 기쁨에 차있다. 대낮이 발톱을 펴기 전의, 10분간의 정적이다.

그러나 제기랄! 그게 어떻다는 말인가? 이 여자의 말이 옳지 않은가? 이슬이나, 참새나, 바람이나, 피가 옳은 것과 마찬가지로 이 여자가 옳은 게 아닌가? 왜 나는 묻는 걸까? 도대체 나는 뭘 알고자 하는 건가? 여자는 여기에 와 있다. 마치 밤나방처럼, 박각시나방처럼, 공작새처럼 아무런 망설임도 없이, 얼른 이리로 날아온 것이다. 그리고 나는 드러누워서, 그 날개의 무늬나 찢어진 자리를 세어보며, 약간 퇴색한 그 윤기를 유심히 들여다보고 있는 것이다. 어째서 이런 허세를 부리고 있는 걸까? 어째서 이런 숨바꼭질을 하고 있는 걸까? 이 여자는 찾아왔다. 그런데 여자가 찾아온 것만으로 나는 바보처럼 잘난 체 버티고 있다. 만약 이 여자가 찾아오지 않았다면 나는 여기 누워서 생각에 잠겨 있을 것이다. 자신을 속이려고 열심히 애를 쓰면서, 사실은 여자가 와주기를 남몰래 기다리고 있을 것이다.

그는 담요를 걷어치우고, 침대에 걸터앉아 슬리퍼를 신었다.

「왜 그래요?」조앙은 깜짝 놀란 듯 물었다. 「저를 내쫓을 작정이세요?」

「아냐. 당신에게 키스를 하려고. 진작 그랬어야 했어! 난 바보야, 조앙. 실없는 소리만 했어. 당신이 와줘서 아주 기뻐!」

그녀의 눈에서 불꽃이 튀었다. 「일어나지 않아도 키스를 할 수 있어요.」하고 그녀는 말했다.

집들 저쪽에 아침의 붉은 해가 높이 솟아 있었다. 하늘 위쪽은 연한 푸른빛. 구름이 한두 점 잠들어 있는 플라밍고(두루미과에 속하는새—역주)처럼 둥실 떠 있다. 「저걸 봐, 조앙! 날씨가 정말 좋지! 비만 오고 있던 걸 기억하나?」

「네, 기억하고 있어요. 매일 비만 왔지요. 하늘은 잿빛으로 변하고, 비는 오고…….」

「내가 떠났을 때도 여전히 오고 있었지. 비가 자꾸 와서 당신은 우울해 했지. 그런데 지금은…….」

「그래요. 그런데 지금은…….」

그녀는 그에게 바싹 붙어 누워 있었다.

「지금은 모든 게 다 있어.」하고 그는 말했다. 「꽃밭도 있어. 피난민인 비젠호프의 창가에는 카네이션이 있고, 저 밑의 밤나무엔 새들이 있어.」

그는 그녀가 울고 있는 것을 알았다. 「라빅, 당신은 어째서 제게 묻지 않으세요?」

「벌써 많이 물어보았지. 당신 자신이 아까 그렇게 말하지 않았나?」

「그건 딴 이야기예요.」

「아무것도 물어볼 게 없어.」

「그동안에 일어났던 일들 말이에요.」

「아무일도 일어나지 않았잖아.」

그녀는 고개를 저었다.

「조앙, 당신은 날 대체 어떻게 생각하고 있나? 밖을 내다봐요. 저 주홍빛과 금빛과 푸른빛을. 저 태양에게 물어봐요. 어제 비가 왔는지 어떤지를. 중국이나, 아니면 스페인에 전쟁이 일어났는지 어떤지를. 지금 이 순간에 1천명의 인간이 죽었는지, 아니면 태어났는지를. 해는 떴어. 점점 솟아오르지. 그것뿐이야. 그런데도 당신은 내가 묻기를 바라고 있는 건가? 지금 이 햇살을 받아, 당신의 어깨는 구리빛을 하고 있어. 그런데도 나는 당신에게 물어야만 하나? 이 붉은 아침 놀 속에서, 당신의 눈은 그리스의 바다처럼 보라빛과 포도주빛을 하고 있어. 그런데도 나는 지나간 그 무엇을 물어야만 하나? 당신은 돌아왔어. 나는 바보가 되어서, 과거의 마른 나뭇잎을 헤치며 뒤져봐야만 하나? 대체 당신은 나를 뭘로 알고 있지, 조앙?」

그녀는 눈물을 그쳤다. 「그런 말은 오랜만에 듣는 것 같아요.」

「그렇다면 당신은 머리가 둔한 사람들과 살아온 거야. 여자라는 건 찬양을 받든가, 아니면 버림을 받아야 하는 거야. 그 중간은 있을 수 없어.」

그녀는 그에게 몸을 찰싹 붙이고 잤다. 다시는 놓치지 않으려는 듯……. 그녀는 깊이 잠들었다. 그는 그의 가슴 위에서, 그녀의 규칙적이고 가벼운 숨소리를 들었다. 그리고 잠시 눈을 뜬 채 누워 있었다. 호텔에서는 아침의 소음이 들리기 시작했다. 쫙쫙 내려가는 물소리, 퉁탕거리는 문소리. 아래층에서는 피난민 비젠호프가 창가에서 콜록콜록 기침을 하고 있었다. 그는 조앙의 양쪽 어깨를 품에 느꼈고, 그녀의 따스하고 잠든 피부를 느꼈다. 고개를 돌려보니, 완전히 긴장이 풀려 깊이 잠든 그녀의 얼굴은 순진하고 무심해 보였다. 찬양을 하든가, 버리든가. 엄청난 말이다. 그런 것을 누가 할 수 있겠는가! 누가 감히 그런 것을 생각이나 할 수 있겠는가!

20

그는 눈을 떴다. 조앙은 이미 곁에 누워 있지 않았다. 욕실에서 물소리가 났다. 그는 몸을 일으켰다. 이내 잠이 완전히 깼다. 요 몇 달 동안에 다시 이 버룻이 붙은 것이다. 곧 잠이 깰 수 있는 사람은 아직도 탈출할 가능성을 가지고 있다. 그는 시계를 보았다. 아침 10시다. 조앙의 야회복이 외투와 함께 방바닥에 떨어져 있다. 그녀의 구두는 창 앞에 놓여 있다. 한 짝이 옆으로 쓰러져 있다.

「조앙.」하고 그는 불렀다.「한밤중에 샤워를 하다니, 웬일이야?」

그녀는 문을 열었다.「당신을 깨우고 싶지 않았어요.」

「괜찮아, 나는 언제고 잘 수 있으니까. 그런데 당신은 왜 벌써 일어났지?」

그녀는 목욕용 모자를 쓰고 있었다. 그녀의 몸에선 물방울이 뚝뚝 떨어졌다. 번쩍거리는 어깨는 밝은 갈색이었다. 마치 꼭 끼는 투구를 쓴 아마존의 여자 무사처럼 보였다.

「전 이제 올빼미가 아니에요, 라빅. 세라자드엔 안 나가요.」

「알고 있어.」

「누구에게 들었죠?」

「모로소프.」

그녀는 잠시 동안 살피는 듯한 눈초리로 그를 쳐다보았다.

「모로소프.」하고 그녀는 중얼거렸다.「그 늙은 수다장이 영감, 그 사람이 무슨 다른 말은 안하던가요?」

「아무말도 안했어. 다른 할말이 있나?」

「밤의 문지기가 지껄일 만한 건 아무것도 없어요. 그 자들은 소지품 예치소의 여자들과 같아요. 수다를 떠는 것이 직업인 걸요.」

「모로소프의 욕은 하지 마, 조앙. 밤의 문지기와 의사는 직업적인 염세주의자야. 둘 다 인생의 그늘에서 살고 있거든. 하지만 입은 무거워. 그 사람들은 신중한 태도를 취할 의무가 있으니까 말이야.」

「인생의 그늘.」하고 조앙은 말했다.「누가 그런 걸 원하죠?」

「아무도 원하는 사람은 없어. 하지만 인간은 대개 이 그늘 속에서 살고 있는 거야. 게다가 모로소프는 당신을 위해서 세라자드에 일자리를 구해 주었으니까.」

「하지만 저는 그것을 언제까지나 눈물을 흘리며 그 사람에게 감사하고 있을 수는 없어요. 저는 그 사람들을 실망시키진 않았어요. 받는 보수만큼은 일을 했어요. 그렇지 않았다면 저를 붙들어둘 리가 없잖아요? 그리고 그 사람은 당신을 위해서 한 거예요. 저를 위해서가 아니에요.」

라빅은 담배를 집었다.「당신은 어째서 그 친구를 못마땅하게 생각하는 거지?」

「이유는 없어요. 그냥 싫을 뿐이에요. 그 사람은 사람을 늘 노려보아요. 전 그런 사람은 절대로 믿지 않아요. 당신도 믿어서는 안돼요.」

「뭐라고?」

「그 사람을 믿어서는 안된단 말예요. 아시겠죠? 프랑스의 문지기는 모두가 경찰의 끄나불이에요.」

「그리고 또?」하고 라빅은 조용히 물었다.

「물론 당신은 제 말을 믿지 않을 거예요. 하지만 세라자드에서는 누구나 알고 있어요. 누가 알아요. 혹시…….」

「조앙!」라빅은 이불을 걷어차고 일어났다.「시시한 소리 작작해! 당신, 어떻게 된 거 아니야?」.

「아무렇지도 않아요. 제가 어떻게 되다뇨? 전 그 사람이 싫어요. 그뿐이에요. 그 사람은 나쁜 영향을 주어요. 그런데 당신은 언제나 그 사람과 같이 어울려 다니거든요.」

「허어.」하고 라빅은 말했다.「그래서·그러는군.」

느닷없이 여자가 깔깔거리고 웃었다.「네, 그래서 그러는 거예요.」

라빅은 이유가 그것만은 아니라는 것을 느꼈다. 그밖에 또 무엇이 있다.

「아침 식사는 뭘로 하겠어?」하고 그는 물었다.

「당신, 화나셨어요?」그녀는 물었다.

「아니.」

그녀는 욕실에서 나와 그의 목에 두 팔을 감았다. 그는 파자마의 얇은 천을 통해서, 그녀의 젖은 살결을 느꼈다. 그는 여자의 육체를 느끼고, 자신의 피를 느꼈다.

「제가 당신 친구를 욕한다고 화내는 거예요?」하고 그녀는 물었다.

그는 머리를 저었다. 투구, 아마존의 여자 무사. 대양에서 올라온 요정. 이 매끄러운 살결에서 아직도 물과 청춘의 향기가 풍기고 있다.

「놔, 조앙.」하고 그가 말했다.

그녀는 대답이 없었다. 높은 광대뼈에서 턱에 이르는 선. 입매. 무거운 눈까풀. 풀어헤친 파자마 속의, 그의 벌거숭이 살갗에 찰싹 와닿은 젖가슴……

「저리 비켜, 안 비키면…….」

「안 비키면, 어쩌지요?」하고 그녀는 물었다.

창문 밑으로 벌 한 마리가 윙윙거리고 있었다. 라빅은 그것을 눈으로 쫓았다. 아마 피난민 비젠호프의 카네이션에 이끌려왔다가, 이번에 다른 꽃을 찾고 있는 모양이다. 벌은 방안으로 날아들어와서, 씻지 않고 창가에 놓아둔 칼바도스 잔에 앉았다.

「제가 없어서 쓸쓸하셨어요?」조앙이 물었다.

「응.」

「무척?」

「그래.」

벌은 다시 날아올라, 술잔 둘레를 몇 번이고 돌았다. 그러다가 윙윙거리고 창문에서 태양 속으로, 피난민 비젠호프의 카네이션으로 돌아가버렸다.

라빅은 조앙 곁에 누워 있었다. 여름, 하고 그는 생각했다. 여름, 아침의 목장, 마른 풀 냄새가 가득한 머리카락, 클로버와 같은 살결——시냇물처럼 소리도 없이 흐르는 감사에 찬 피가 부풀어올라 욕망도 없이 모래밭에 넘친다. 매끄러운 수면에 하나의 얼굴이 비쳐서, 생글생글 웃는다. 빛나는 일순간, 마른 것이나 죽은 것은 하나도 없다. 자작나무와 포플러 나무, 정적, 아득한, 잃어버린 하늘에서 메아리처럼 울려와서 혈관을 뛰게 하는 아련한 속삭임…….」

「전 여기 있고 싶어요.」조앙은 그의 어깨에 기댄 채 말했다.

「그럼 있어. 잠이나 자요. 둘 다 잠을 덜 잤으니까.」

「안돼요. 전 가야 해요.」

「지금 이 시간에 야회복을 입고선 아무데도 갈 수 없지.」

「다른 옷을 가지고 왔어요.」

「어디?」

「외투 밑에 넣고 왔어요. 신도. 제 물건 속에 있을 거예요. 모두 갖고 왔어요.」

그녀는 어디에 간다고도 말하지 않았다. 왜 가는지도 밝히지 않았다. 라빅도 묻지 않았다.

벌이 다시 나타났다. 이번엔 목표도 없이 이리저리 날아다니지는 않았다. 곧장 술잔으로 날아가서 그 언저리에 앉았다. 칼바도스의 맛을 조금은 아는 것 같았다. 아니면, 과즙의 달콤한 맛을.

「정말 여기 있을 작정이었나?」

「그래요.」조앙은 꼼짝도 않고 말했다.

롤랑드는 술병과 잔을 쟁반에 얹어서 가지고 왔다.

「술은 필요 없어.」하고 라빅은 말했다.

「보드카를 조금 드시지 않겠어요? 수브로브카예요.」

254

「오늘은 안하겠어. 코피로 하지. 진하게 끓여 줘.」

「알겠어요.」

그는 현미경을 옆으로 치웠다. 그러고는 담배에 불을 붙이고, 창가로 갔다. 플라타너스엔 나뭇잎이 무성했다. 전번에 왔을 때는 벌거숭이였다.

롤랑드가 코피를 들고 왔다.

「여자들이 전보다 많아졌군.」하고 라빅은 말했다.

「20명이나 늘었어요.」

「장사가 잘 되는 모양이지? 이제 6월인데.」

롤랑드는 그와 마주앉았다. 「어째서 이렇게 영업이 잘 되는지, 우리도 알 수가 없어요. 모두가 좀 돈 것 같아요. 오후부터 시작되거든요. 그러다 밤이 되면……..」

「날씨 때문인지도 모르지.」

「날씨 때문이 아니에요. 예년에는 오뉴월에 이렇지는 않았어요. 이건 아무래도 미친 짓이에요. 바의 꼴은 믿을 수 없을 지경이에요. 우리 집에서 프랑스 사람이 샴펜을 마시다니, 상상이나 할 수 있겠어요?」

「할 수 없지.」

「외국 사람이라면 이해가 돼요. 외국 사람을 위해서 샴펜을 마련해 두니까요. 그런데 프랑스 사람이! 그것도 파리 사람까지도! 샴펜이라니! 그것도 현금을 치르고서요! 뒤보네나 맥주나 휜느가 아니고 말이에요. 이런 일을 믿을 수 있으세요?」

「직접 보기 전에야 믿을 수 없지.」

롤랑드는 그에게 코피를 따라 주었다. 「그 활기를 말하자면, 귀가 멍멍할 지경이에요. 아래층에 내려가면 보시게 될 거예요. 이런 시각부터 벌써! 당신이 검진 오기를 기다리는, 조심스러운 베테랑들만이 아니에요. 벌써 떼지어 몰려와서 앉아 있어요! 도대체 어찌된 걸까요, 라빅 선생님?」

라빅은 어깨를 으쓱했다. 「침몰해 가는 대양 항해의 기선 이야기가 있지.」

「그런데 우리 집은 침몰 정도가 아니에요! 영업이 대성황이에요.」

문이 열렸다. 니네트가 들어왔다. 스물 한 살이다. 핑크색의 짧은 실크 바지를 입었는데, 소년처럼 날씬하다. 마치 성녀와 같은 얼굴을 하고 있었다. 이 집에서 가장 잘 팔리는 아이다. 니네트는 빵, 버터, 잼 병 두 개를 쟁반에 받쳐서 가지고 왔다.

「선생님이 코피를 들고 계시다는 것을 마담이 듣고,」하고 그녀는 쉰 목소리로 낮게 말했다. 「잼 맛을 좀 보시라고 보냈어요. 집에서 만든 거예요.」 니네트는 갑자기 이빨을 보이며 히죽 웃었다. 천사 같은 얼굴이 허물어지고, 부랑아의 찡그린 상이 되었다. 니네트는 쟁반을 테이블에 놓고는 춤추는 듯한 걸음걸이로 나가버렸다.

「저렇다니까요.」하고 롤랑드는 한숨을 쉬었다.「곧 건방져 버리거든요! 자기가 필린다는 것을 알고 있거든요.」

「그야 그렇지.」하고 라빅은 말했다.「지금 안 그러고 언제 그러겠나? 그런데 이 쟘은 어떻게 된 거지?」

「마담의 자랑거리죠. 리비에라의 소유지에서 손수 만든 거예요. 정말 좋아요. 맛 좀 보세요.」

「쟘은 싫어. 더구나 백만장자가 만든 건.」

롤랑드는 병 뚜껑을 돌려서 열더니 쟘을 몇 숟가락 듬뿍 퍼내어 두꺼운 종이에 바르고, 거기에다 버터 한 덩어리와 토스트 몇 조각을 놓고, 그것을 단단히 말아서 라빅에게 주었다.

「나중에 버리세요.」하고 그녀는 말했다.「마담의 기분을 맞춰 주기 위해서예요. 마담은 당신이 먹었는지, 나중에 살펴볼 거예요. 나이가 들어 꿈이 사라진 여자의 마지막 자랑이죠. 예의상 그렇게 하세요.」

「알았어.」라빅은 일어나서 문을 열었다. 그러자 아래층에서 말소리, 음악소리, 웃음소리, 떠드는 소리가 들려왔다.

「아우성들이군. 저게 모두 프랑스 사람인가?」

「저 사람들은 아네요. 거의 외국 사람이에요.」

「미국 사람인가?」

「아뇨. 이상하게도 저 사람들은 대개 독일 사람들이에요. 독일 사람이 저렇게 많이 온 적이 전엔 한번도 없었거든요.」

「이상할 것도 없지.」

「그런데 그 대부분이 프랑스 말을 썩 유창하게 해요. 2,3년 전에 독일 사람들이 쓰던 것과는 완전히 달라요.」

「그럴 줄 알았어. 혹 프랑스 군인들이 오는 게 아냐?」

「언제나 와있어요.」

라빅은 고개를 끄덕였다.「그리고 독일 사람들은 마구 돈을 뿌리지?」

롤랑드는 웃었다.「그래요. 마시고 싶어하는 사람이면 누구에게나 술을 사주죠.」

「특히 군인들에게 한턱 내겠지. 하지만 독일은 통화의 반출을 금지하고, 국경을 폐쇄했어. 정부의 허가 없이는 국외로 나올 수가 없어. 돈을 잔뜩 가지고, 프랑스 말을 유창하게 하는, 쾌활한 독일인이라니, 이상하지 않나?」

롤랑드는 어깨를 으쓱했다. 「아무러면 어때요. 돈만 가짜가 아니라면…….」

집으로 돌아온 것은 8시가 넘어서였다.

「어디서 전화가 없었나?」하고 그는 수위에게 물었다.

「아뇨.」

「오후에도 없었나?」

「없었어요. 온종일 없었어요.」

「찾아온 사람은?」

수위는 고개를 저었다. 「없었읍니다.」

라빅은 계단을 올라갔다. 1층에서는 골트베르크 부부의 말다툼소리가 들렸다. 2층에서는 어린애가 울고 있었다. 그 아이는 태어난 지 1년 2개월이 되는, 프랑스 시민인 루시앙 질버만이었다. 어린애의 부모인 코피상인 지크프리트 질버만과 그 아내 넬리의 경애와 높은 희망의 대상이 되고 있었다. 넬리의 본성(本姓)은 네비로, 프랑크푸르트 암마인 태생이었다. 어린애는 프랑스에서 출생했기 때문에, 부부는 어린애 덕택에 규정보다 2년은 빨리 프랑스 시민권을 받을 수 있을 것이라는 희망을 품고 있었다. 그 결과, 루시앙은 만 한 살의 지혜로 집안의 폭군이 되어버렸다. 3층에서는 축음기소리가 들렸다. 그것은 전에 오라니엔부르크 강제수용소에 있은 적이 있는 피난민 볼마이어의 것으로서, 그는 그것으로 독일민요를 틀고 있었다. 복도에선 양배추와 저녁 어스름의 냄새가 나고 있었다.

라빅은 책이라도 읽으려고 방으로 들어갔다. 언젠가 세계사를 몇 권 사둔 것이 있어서 그것을 꺼냈다. 그것은 특별히 재미있는 읽을거리는 아니었다. 단 한 가지 취할 점은 오늘날 일어나고 있는 일이 결코 새로운 것은 아니라는, 이상하게 우울해지는 만족감을 얻는 것이었다. 모든 일이 지금까지 수십 번이나 거듭해서 일어났던 것이다. 거짓말, 약속의 파기, 살인, 바르솔로뮤의 대학살, 권력욕에서 생기는 부패, 그칠 줄 모르는 전쟁의 연속……. 인류의 역사는 피와 눈물로 점철되어 있는 것이다. 수천을 헤아리는 피에 젖은 과거의 모습 중에서 은빛 후광으로 빛나고 있는 것은 그야말로 얼마 되지 않는다. 데마고그(선동정치—역주), 사기꾼 아버지와 친구를 죽인 자, 권력에 도취된 이기주의자, 칼을 들고 사랑을 설교하는 광신적인 예언자. 어느 시대나 마찬가지다. 그리고 언제나 참을성 있는 국민들이 황제, 국왕, 종교, 광인들을 위하여, 의미도 없는 살육을 위하여 서로 끌려가는 것이다……. 언제 끝날는지 알 수가 없다.

그는 다시 책을 옆으로 치웠다. 열어젖힌 창문으로 아래층에서 떠드는 소리가 들려왔다. 누구의 목소리인지 알 수 있었다. 비젠호프와 골트베르크의 아내였다.

「지금은 안돼요.」하고 루트 골트베르크가 말했다. 「그이가 곧 돌아올 거예요. 늦어도 한 시간 안에는.」

「한 시간이면 충분하지.」

「어쩌면 더 일찍 돌아올지도 몰라요.」

「어디 갔지?」

「미국 대사관에 갔어요. 저녁마다 가요. 밖에 서서, 가만히 쳐다보고만 있어요. 그뿐이에요. 그러고는 돌아오는 거예요.」

비젠호프가 뭐라고 했는데, 라빅은 듣지 못했다.

「당연하죠.」루트 골트베르크가 대들듯이 대답했다. 「돌지 않은 사람이 어디 있어요? 그이가 늙었다는 건 저도 알고 있어요.」

비젠호프가 뭐라고 대답했다.

「그만둬요.」잠시 후에 그녀가 말했다. 「전 지금 하고 싶지 않아요. 그런 기분이 아니에요.」

비젠호프가 뭐라고 대답했다.

「말로야 못할 게 없지요. 그이는 돈을 가지고 있어요. 그런데 저는 한푼도 없어요. 그리고 당신은…….」

라빅은 일어났다. 그리고 전화를 쳐다보았으나, 망설였다. 거의 10시가 가까왔다. 조앙에 대해서는, 오늘 아침에 그녀가 나가버린 후로 아무런 소식도 듣지 못했다. 밤에 돌아올 것인가 물어보지도 않았다. 돌아올 것으로 생각했기 때문이다. 지금에 와서는 그런 확신이 전혀 없었다.

「당신에겐 아무것도 아니겠죠! 당신은 그저 재미만 보자는 거죠. 다른 생각은 하나도 없고요.」하고 골트베르크 부인이 말했다.

라빅은 모로소프를 찾아갔다. 그의 방은 잠겨 있었다. 카타콤으로 내려갔다.

「전화가 오거든……, 밑에 있을 테니까.」하고 그는 접수계에 일러두었다.

모로소프는 거기 있었다. 그는 붉은 머리의 사나이와 체스를 두고 있었다. 구석에는 여자들이 두서넛 앉아 있었다. 여자들은 처량한 얼굴로 뜨개질을 하거나 책을 읽고 있었다.

라빅은 잠시 체스판을 들여다보고 있었다. 붉은 머리의 사나이는 무심한 표정으로 척척 잘 두었다. 모로소프가 질 것 같았다.

「이것 좀 보게. 형편없이 되어버렸어. 어때?」하고 그는 물었다.

라빅은 어깨를 으쓱했다. 붉은 머리의 사나이가 얼굴을 들었다.

「이분은 휜켄쉬타인 씨야.」하고 모로소프가 말했다.

「독일서 금방 오셨네.」

라빅은 고개를 끄덕였다. 그러고는「지금 그쪽은 어때요?」하고 아무런 흥미도 없이, 그저 형식적으로 물었다.

붉은 머리의 사나이는 어깨를 으쓱했을 뿐 아무말도 하지 않았다. 라빅도 그가 대답하리라고는 생각지도 않았다. 그런 일은 처음 두어 해 동안만이었다. 성급한 질문, 기대, 열병에 걸린 듯이 귀를 기울이며 기다리던 붕괴의 뉴스. 전쟁이 일어나지 않는 한 그렇게 될 수 없다는 것을 지금은 누구나 다 알고 있다. 그리고 또 군수공업을 일으켜서 그것으로 실업자 문제를 해결하는 정부는, 전쟁이 아니면 국내의 파국이라는 두 가지의 가능성밖에 없다는 것도 어느 정도 이성이 있는 사람이면 누구나 다 알고 있다. 그러니까 전쟁밖에 없다.

「외통(단 한번의 장군에 꼼짝 못하게 되는 형편—역주)이군.」하고 휜켄쉬타인은 열의 없이 말하며 일어섰다. 그리고 라빅을 보았다. 「어떻게 하면 잠을 잘 수 있을까요? 여기 온 후로는 통 잠을 못 자요. 잠이 들었는가 하면 곧 깨거든요.」

「술을 마시면 되지.」하고 모로소프가 말했다. 「버건디를. 버건디나 맥주를 잔뜩 마시면 돼.」

「술은 못합니다. 쓰러질 만큼 지쳤다고 느낄 때까지 몇 시간이고 거리를 헤매 보았지만, 그래도 소용이 없어요. 잠이 오지 않아요.」

「약을 몇 알 드리지요.」라빅이 말했다. 「함께 위층으로 올라가시죠.」

「라빅, 돌아와야 해.」모로소프가 그의 등에다 대고 소리쳤다. 「나를 여기 혼자 내버려두면 안돼.」

여자 두어 사람이 얼굴을 들고 흘끗 쳐다보았다. 그러고는 다시 뜨개질과 독서를 시작했다. 마치 그것에 자기들의 생명이 달려 있는 것처럼. 라빅은 휜켄쉬타인과 함께 자기 방으로 왔다. 문을 열자 밤기운이 서늘한 파도처럼 창문에서 이쪽으로 밀려들어왔다. 그는 깊이 숨을 쉬고, 전등을 켠 다음 재빨리 방안을 둘러보았다. 아무도 없었다. 그는 휜켄쉬타인에게 수면제를 몇 알 주었다.

「고맙소.」휜켄쉬타인은 얼굴의 근육을 움직이지 않은 채 말하고는 그림자처럼 사라졌다.

라빅은 문득 조앙이 오지 않는다는 것을 알았다. 그리고 자기는 오늘 아침에 그것을 예상하고 있었다는 것도 알았다. 자기는 다만 그것을 믿고 싶지 않았을 뿐이다. 그는 누가 등뒤에서 부르기나 한 것처럼 획 돌아섰다. 갑자기 모든 것이 지극히 명백한 것으로 생각되었다. 그녀는 나에게서 얻고자 하는 것을 얻어

목적을 달성한 것이다. 그리고 지금은 늑장을 부리고 있는 것이다. 도대체 나는 그밖에 무엇을 기대하고 있었던가? 나를 위해 그녀가 모든 것을 내던질 것이라고 생각했단 말인가? 먼저와 마찬가지로 내게로 돌아오리라는 것을 말인가? 얼마나 어리석은가! 물론 다른 남자가 있었던 것이다. 아니, 다른 남자뿐만이 아니라, 포기하고 싶지 않은 다른 생활도 있을 것이다!

그는 아래층으로 내려갔다. 어쩐지 비참한 기분이 들었다. 「전화 온 데 없나?」

마침 출근한 야간 접수계는 고개를 저었다. 그는 볼이 미어져라 마늘 소시지를 입에 넣고 있었다.

「전화를 기다리고 있어. 아래로 내려가 있겠네.」하고 그는 모로소프에게로 돌아갔다.

그들은 체스를 한판 두었다. 모로소프가 이기고는 만족스러운 듯이 주위를 둘러보았다. 어느 틈엔가 여자들은 소리도 없이 사라져버렸다. 그는 종을 흔들었다. 「클라리스, 빨간 포도주 한 병!」

「저 휜켄쉬타인 녀석은 마치 재봉틀처럼 장기를 둔단 말이야.」하고 그는 말했다. 「속이 울렁거려! 수학자래. 완전무결하다는 건 좋은 게 아냐. 인간적이 못되거든.」하고 그는 라빅을 쳐다보았다. 「이런 밤에 왜 호텔에 있나?」

「전화를 기다리고 있어.」

「과학적인 살인을 할 약속이라도 있나?」

「어제, 어떤 사람의 위장을 도려냈어.」

모로소프는 두 사람의 잔을 가득 채웠다. 「자넨 여기 앉아서 술을 마시고 있고,」하고 그는 말했다. 「거기서는 자네의 희생자가 누워서 헛소리를 하고 있지. 그건 약간 비인간적이군. 자네의 위장도 아파야 하는데.」

「옳은 말이야.」하고 라빅은 말했다. 「그래서 이 세상은 불행한 거야, 보리스. 우리는 남에게 무슨 짓을 하고도 자기는 그것을 조금도 느끼지 못하거든. 그런데 자네는 왜 자네의 개혁을 의사로부터 시작하려고 하나? 그건 정치가나 장군들이 훨씬 어울리지. 그러면 세계평화가 온다는 거야.」

모로소프는 몸을 뒤로 젖히고 라빅을 빤히 쳐다보았다. 「의사라는 건 개인적으로 친할 게 못되는군.」하고 그는 말했다. 「의사에 대한 신뢰감이 없어진단 말이야. 난 자네하고 함께 술에 취했었지. 그런 자네에게 어떻게 수술을 받을 수 있겠나? 나는 자네가 내가 모르는 다른 누구보다도 훌륭한 외과 의사라는 건 알고 있는지도 몰라. 하지만 설령 알고 있다 해도 나는 역시 다른 외과 의사에게 가겠네. 모르는 게 약이라는 격이지. 이것이 깊은 인정이라는 거야. 여보게!

의사는 병원 안에 살고 있어야지, 속세로 나오는 게 아냐. 자네들의 선배인 마술사나 마법사는 그것을 잘 알고 있었지. 나는 수술을 받을 때는 초인적인 힘을 믿겠네.」

「나도 자네를 수술하기는 싫네, 보리스.」

「왜?」

「자기 형제를 수술하기 좋아하는 의사는 없어.」

「아뭏든 나는 자네에게 수술을 받지 않겠어. 자다가 그대로 심장마비로 죽을 테야. 나는 기쁜 마음으로 그 준비를 하고 있지.」

모로소프는 행복한 어린애처럼 라빅을 빤히 쳐다보았다. 그러고는 일어섰다. 「가야겠어. 문화의 중심지 몽마르트르에서 문이나 열어야지. 도대체 인간은 무엇 때문에 살고 있을까?」

「그걸 생각하기 위해서지. 그밖에 다른 질문은 없나?」

「있지. 인간은 그것을 생각하다가 조금은 현명해졌다고 여기는 순간에 죽어 버리는데, 어째서 그럴까!」

「현명해지지 않고 죽는 사람도 있어.」

「대답을 피하지 말게. 그리고 영혼의 윤회에 대한 이야기는 꺼내지 말게.」

「내가 먼저 자네에게 한 가지 질문하겠네. 사자는 노루를 죽이고, 거미는 파리를 죽이고, 여우는 닭을 죽이지. 그런데 세상에서 단 하나, 늘 저희들끼리 전쟁을 하고, 서로 싸우고 죽이고 하는 것은 뭐지?」

「그런 건 어린애에게 묻는 거야. 물론 만물의 영장인 인간이지. 사랑이라든가, 친철이라든가, 자비라든가 하는 말을 발명해 낸 인간이지.」

「좋아. 그리고 세상에서 단 하나, 자살을 할 수 있고, 또 실제로 자살을 하는 동물은 뭐지?」

「그것도 인간이지. 영원이라든가, 신이라든가, 부활이라든가 하는 것을 발명한 인간이지.」

「훌륭해.」 하고 라빅은 말했다. 「우리들이 얼마나 모순에 차있는가를 알았겠지? 그런데 자네는 왜 우리가 죽는가를 알고 싶어하지?」

모로소프는 깜짝 놀란 듯 얼굴을 들었다. 그러고는 숨을 몰아쉬었다.

「이 소피스트 같은 녀석.」 하고 그는 말했다. 「미꾸라지 같은 녀석.」

라빅은 그를 쳐다보았다. 조앙, 하고 그의 내부의 그 무엇이 생각했다. 지금 저 지저분한 유리문을 밀고 들어온다면 얼마나 좋을까!

「잘못은 말이야, 보리스.」 하고 그는 말했다. 「우리가 생각을 시작했다는 데에 있어. 만약 우리가 정욕과 식욕의 행복에만 잠겨 있었다면, 이렇게는 되지 않았을 거야. 누군가 우리를 실험하고 있는 자가 있어. 하지만 아직 결론을 내리지 못한 것 같아. 불평은 안하겠어. 실험 재료가 되고 있는 동물이라 할지라도 직업상의 긍지는 가지고 있는 법이거든.」

「백정들은 그렇게 말하겠지. 하지만 소는 결코 그런 소리를 안해. 과학자는 그런 소리를 하지만, 모르모트는 결코 그렇지 않아. 의사는 그런 소리를 하지만, 흰쥐는 결코 하지 않지.」

「옳아. 충족(充足) 이유의 법칙 만세! 자, 보리스, 아름다움을 위해서 한 잔 드세. 일순간의 아름다운 영원을 위하여, 그밖에 인간만이 할 수 있는 것을 알고 있나? 웃고, 그리고 우는 거야.」

「그리고 취하는 거지. 브랜디에 취하고, 포도주에 취하고, 철학과 계집과 회망과 절망에 취하는 거야. 또 하나 인간만이 알고 있는 것이 있는데, 자네 그걸 아나? 죽어야 한다는 거야. 그 해독제로서 상상력이 부여되었지. 돌은 현실이지. 식물도 그렇고, 동물도 마찬가지야. 모두 다 제각기의 목적에 들어맞는 거야. 그들은 죽어야 한다는 걸 모르고 있어. 그런데 인간은 그걸 알고 있거든. 영혼이여, 높이 솟아라! 그리고 날아라! 울지 마라, 합법적인 살인자여! 우리는 지금 막 인류의 찬가를 불렀지 않느냐?」

모로소프는 회색의 종려나무를 흔들었다. 그러자 먼지가 뿌옇게 일었다. 「남국에의 서러운 희망을 지닌 씩씩한 상징이여, 프랑스의 호텔 안주인의 꿈의 나무여, 잘 있거라! 그리고 자네도. 고향이 없는 사나이, 땅이 없는 덩굴, 죽음의 소매치기여, 잘 있게! 낭만주의자라는 것을 자랑으로 여기게!」

그는 라빅을 보고 빙긋 웃었다.

라빅은 따라 웃지 않고, 문 쪽을 보았다. 문이 열렸다. 야근의 접수계가 들어왔다. 그리고 두 사람의 테이블로 다가왔다. 전화가 왔다고 라빅은 생각했다. 마침내 왔다! 역시! 그러나 그는 일어서지 않았다. 기다렸다. 몸이 죄어드는 것 같았다.

「담배를 사왔읍니다. 모로소프 씨.」하고 접수계는 말했다. 「보이가 지금 가지고 왔군요.」

「고맙네.」모로소프는 러시아 담배가 든 갑을 호주머니에 집어넣었다. 「그럼 라빅, 실례하네. 나중에 만날 수 있겠지?」

「아마 그렇게 되겠지. 다녀오게, 보리스.」

위가 없는 사나이는 라빅을 빤히 쳐다보고 있었다. 속이 메슥메슥했지만, 토할 수가 없었다. 토해낼 것이 없었기 때문이다. 마치 다리가 없는데도 발끝이 아픈, 그런 사람 같았다.

그는 어쩔 줄 몰라했다. 라빅은 주사를 한 대 놓아 주었다. 이자가 살아날 가망은 거의 없었다. 심장이 좋지 않았고, 한쪽 폐는 유착(癒着)된 공동(空洞)투성이였다. 서른 다섯 해의 일생을 통해서, 건강했던 적은 별로 없었다. 벌써 몇 해 동안을 위궤양에다 유착성 폐병을 앓았고, 지금은 암에 걸려 있다. 병원의 보고에 의하면, 이 사람은 결혼 생활 4년에 아내가 해산하다 사망했고, 태어난 애는 3년 후에 폐병으로 죽었다. 친지도 없었다. 지금 그는 여기 누워서, 빤히 라빅을 쳐다보고 있다. 죽고 싶지 않은 것이다. 참을성이 있고 씩씩하다. 지금부터는 장을 통해서만 영양을 섭취해야 된다는 것도, 이제는 인생의 얼마 안되는 즐거움의 하나인 겨자에 절인 오이도, 요리한 쇠고기도 먹을 수가 없다는 것을 모른다. 그리고 냄새를 풍기며, 난도질을 당하고도 이렇게 누워 있는 것이다. 그런데도 그는 그의 눈을 움직이게 하는 영혼이라고 불리는 것을 가지고 있는 것이다. 낭만주의자라는 것을 자랑으로 여겨라! 인류의 찬가!

라빅은 체온과 맥박의 도표를 걸었다. 간호원은 일어서서 기다리고 있다. 옆에 있는 의자 위에는 간호원이 짜다 만 붉은 스웨터가 놓여 있다. 바늘은 스웨터에 꽂혀 있고 실은 방바닥에 뒹굴고 있다. 스웨터는 마치 피를 흘리고 있는 것 같고, 늘어져 있는 가느다란 털실은 가느다란 혈관과도 같다.

이 사나이는 여기에 누워 있다, 하고 라빅은 생각했다. 그 주사를 맞았다 해도, 통증과 움직이지 못하는 몸과 호흡 곤란과 악몽으로 밤새도록 고통을 겪어야 할 것이다. 그런데 나는 여자를 기다리고 있는 것이다. 그리고 만약 여자가 오지 않으면, 밤새도록 괴로와할 것이라고 생각하고 있는 것이다. 이 죽어가고 있는 사나이나 한쪽 팔이 으스러져서 옆방에 누워 있는 바스통 페리에르, 수천을 헤아리는 다른 사람들, 그리고 오늘밤에 세상에서 일어나는 여러 가지 일 등과 비교해 본다면, 그것이 얼마나 우스꽝스러운 일인가를 난 알고 있다. 알고 있으면서도 어쩔 수가 없는 것이다. 아무짝에도 쓸모가 없다. 아무런 도움도 되지 않는다. 아무것도 달라지지 않는다. 여전히 마찬가지다. 모로소프가 뭐라고 했지? 자네의 위장도 아파야 하지 않는가, 그랬던가? 그렇지, 어째서 아프지 않을까?

「무슨 일이 있거든 전화를 걸어요.」하고 그는 간호원에게 말했다. 그녀는 케이트 헤그슈트룀에게서 전축을 선사받은 그 간호원이었다.

「이분은 체념하고 있어요.」그녀가 말했다.

「뭐라고?」라빅은 깜짝 놀라서 물었다.

「완전히 체념하고 있어요. 참 좋은 분이에요.」

라빅은 주위를 둘러보았다. 간호원이 선물로 얻을 만한 물건이라고는 없었다. 완전히 체념했다……. 간호원도 이따금 어처구니없는 표현을 하는군! 이 불쌍한 사나이는 자기의 혈구와 신경 세포를 모조리 동원해서, 죽음과 싸우고 있는 것이다. 전혀 체념하고 있지 않다.

라빅은 호텔로 돌아왔다. 문 앞에서 골트베르크와 마주쳤다. 희끗희끗한 턱수염을 기르고, 금시계의 굵은 줄을 조끼에 걸고 있었다.

「멋진 밤이군요.」하고 골트베르크는 말했다.

「네.」라빅은 비젠호프의 방에 있을 여자를 생각했다. 그래서「좀더 산책을 하지 않으렵니까?」하고 물었다.

「벌써 다녀왔지요. 콩코르드까지 갔다오는 길입니다.」

콩코르드까지라고? 그곳엔 미국 대사관이 있다. 별빛 아래, 희끄무레하게, 묵묵하고 공허하게, 비자를 찍어 주는 스탬프가 있는 노아의 방주이다. 그러나 손에는 들어오지 않는다. 골트베르크는 그 앞에 서있었던 것이다. 바깥 크리용 곁에. 그리고 출입문과 어두운 창문을 멍하니 쳐다보고 있었던 것이다. 마치 렘브란트의 그림이나 코이 누르의 다이아몬드라도 바라보듯이…….

「어떻습니까, 좀더 거닐지 않으시렵니까? 개선문까지 갔다오면 어떨까요?」하고 물으며 라빅은 생각했다. 만약 내가 위층에 있는 두 사람을 구해 준다면 조앙은 내 방에 와있을 것이다. 그렇지 않다면, 그동안에 올 것이다.

골트베르크는 고개를 저었다.「전 올라가보아야 합니다. 아마 집사람이 기다리고 있을 겁니다. 벌써 두 시간 이상이나 나와 있었거든요.」

라빅은 자기의 시계를 보았다. 벌써 12시 30분이 다 되었다. 구해 줄 필요도 없다. 골트베르크의 아내는 벌써 오래 전에 자기 방으로 돌아와 있을 것이다.

그는 골트베르크가 천천히 계단을 올라가는 것을 바라보다가 접수계가 있는 곳으로 갔다.「어디서 전화 온 데 없나?」

「없읍니다.」

그의 방은 휘황하게 전등이 켜져 있었다. 전등을 켜둔 채 나왔었다는 것에 생각이 미쳤다. 침대는 마치 뜻하지 않던 눈이 내린 것처럼 빛나고 있었다. 그는 나올 때 테이블 위에 놓아두었던 쪽지를 집어들었다. 쪽지에는 반 시간 후면 돌아온다고 적혀 있었다. 그는 쪽지를 잘게 찢었다. 마실 것이 없나 하고 찾아보았다. 아무것도 없었다. 그는 다시 밑으로 내려갔다. 접수계는 칼바도스를 가지고 있지 않았다. 코냑이 있을 뿐이다. 라빅은 에네시 한 병과 부브레 한 병을 집어들었다. 그리고 접수계와 잠깐 동안 말을 주고받았다. 그 친구는 생크루에서 이번에 열리는 두 살짜리 말들의 경마에서는 루르 2세가 가장 희망이 있다고 말했다. 스페인 사람인 알바레스가 지나갔다. 그는 아직도 조금 절름거리고 있다. 라빅은 신문을 사들고 자기 방으로 돌아왔다. 이런 밤은 참으로 길게 여겨질 것이다. 사랑을 하면서도 기적을 믿지 않는 사람은 구원할 수 없다고, 변호사 아렌센이 1933년에 베를린에서 말했었지. 그리고 두 주일 후에 그는 애인의 밀고로 강제수용소로 끌려갔다. 라빅은 부브레의 병마개를 따고, 테이블에서 플라톤을 한권 집어들었다. 몇 분 후, 그는 책을 옆에 밀어놓고, 창가로 가서 앉았다.

그는 전화기를 노려보았다. 시커먼 기계 ! 조앙에게 전화를 걸 수는 없었다. 전화번호를 모르기 때문이다. 어디 살고 있는지조차 모른다. 그녀에게 물어보지도 않았고, 그녀 또한 아무말이 없었다. 아마도 일부러 말하지 않았을 것이다. 그러고 보니 그녀는 또하나 변명의 구실을 가지고 있는 셈이 되는군.

그는 순한 포도주를 한 잔 마셨다. 어리석기 짝이 없다. 겨우 오늘 아침에 여기서 헤어진 여자를 기다리고 있다. 석 달 동안이나 그녀를 보지 못했지만, 그래도 하루를 만나지 못한 오늘처럼 여자가 그리웠던 적은 없었다. 다시 만나지 않았더라면, 훨씬 간단했을 텐데, 나는 그것에 만성이 되어 있었던 것이다. 그런데 지금은……

그는 일어섰다. 그렇지도 않다. 내 마음을 좀먹고 있는 것은 우유부단한 성격이다. 차츰 마음속으로 깊이 스며드는 불신감이다.

그는 문 앞까지 갔다. 잠그지 않았다는 것은 알고 있었지만, 그래도 다시 한 번 확인하였다. 신문을 읽기 시작했다. 하지만 마치 베일을 통해 읽고 있는 것 같았다. 폴란드의 소요, 피할 수 없는 충돌, 회랑(回廊)에 대한 요구, 영국과 프랑스와 폴란드의 동맹, 코앞에 닥친 전쟁. 그는 신문을 방바닥에 팽개치고 불을 껐다. 그리고 어둠 속에 누워서 기다렸다. 그러나 잠이 오지 않는다. 다시 스위치를 돌려 불을 켰다. 에네시 병이 테이블에 놓여 있었다. 그것을 따지 않고, 다시 일어나 창가로 가서 앉았다. 밤은 시원하고, 하늘은 높고 별이 총총히 반짝이고 있다. 고양이 몇 마리가 뜰에서 울고 있다. 바지만 걸친 사나이가 건너편 발코니에 서서, 몸을 긁적거리고 있다. 커다란 소리로 하품을 하고는 불이 켜져 있는 자기 방으로 되돌아갔다. 라빅은 침대를 바라보았다. 잠이 오지 않으리라는 건 뻔한 사실이다. 책을 읽어보아야 소용이 없다. 조금 전에 무엇을 읽었는지 기억에 남아 있지 않다. 밖으로 나가는 것, 그게 제일 좋은 방법이다. 그러나 어디로 가지 ? 어디로 가나 마찬가지이다. 밖으로 나가는 것도 싫다. 무엇인지 알고 싶다. 제기랄 ! 그는 코냑 병을 들었다가 다시 내려놓았다. 그러고는 호주머니를 뒤져서 수면제 두어 알을 꺼냈다. 빨간 머리의 휜켄쉬타인에게 준 것과 같은 것이다. 그 친구는 곧 잠들었겠지. 라빅은 그것을 꿀꺽 삼켰다. 자기에게 효력이 있을지 의심스럽다. 다시 한 알을 삼켰다. 만약 조앙이 오면, 잠을 깰 수 있겠지.

조앙은 그날 밤 오지 않았다. 다음 날 밤에도…….

21

위가 없는 사나이가 누워 있는 방에 으제니가 얼굴을 들이밀었다. 「전화예요.」

「누구지?」

「글쎄요, 물어보지 않았어요. 교환수가 밖에서 온 거라고 하더군요.」

라빅은 그것이 조앙의 목소리라는 것을 처음엔 몰랐다. 목소리가 흐리고, 아주 멀었다.

「조앙,」 하고 그는 말했다. 「어디에 있지?」

그녀의 목소리는 파리에서 멀리 떨어져 있는 곳에서처럼 들렸다. 틀림없이 리비에라 근처의 지명이라도 댈 것이라고 생각했다. 지금까지 병원으로 전화를 걸어온 일은 한번도 없었다.

「저의 집에 있어요.」 하고 그녀는 말했다.

「파리에 있나?」

「물론이죠.」

「몸이라도 아픈가?」

「아뇨. 왜요?」

「병원으로 전화를 걸었으니 말이야.」

「호텔로 걸었더니 벌써 나가시고 없더군요. 그래서 병원으로 전화를 걸었죠.」

「무슨 일이 있나?」

「별일은 없어요. 그냥 어떻게 지내는지 알고 싶어서요.」

그녀의 목소리가 이제는 분명해졌다. 라빅은 담배와 성냥을 꺼냈다. 그리고 위쪽을 팔꿈치로 누르고, 한 개비의 성냥을 뜯어내어 불을 붙였다.

「여긴 병원이야, 조앙.」 하고 그는 말했다. 「여기선 전화가 걸려오면, 언제나 사고든가 병이라고 생각하지.」

「전 아프지 않아요. 자리에 누워 있긴 하지만, 아픈 건 아네요.」

「그럼 됐어.」라빅은 기름먹인 흰 테이블 클로드에 놓인 성냥을 이리저리 움직였다. 그리고 다음 말을 기다렸다.

조앙도 기다리고 있었다. 그녀의 숨소리가 들렸다. 그녀는 그에게 먼저 입을 열게 하고 싶은 것이다. 그편이 편한 것이다.

「조앙,」하고 라빅은 말했다.「난 지금 전화통에 오래 매달려 있을 수가 없어. 환자의 붕대를 풀어놓고 왔거든.」

그녀는 잠시 말이 없었다.「왜 전화를 걸지 않으셨죠?」이윽고 그녀는 말했다.

「난 당신의 전화번호를 몰라. 어디 살고 있는지도 모르고.」

「제가 가르쳐 드렸잖아요.」

「안 가르쳐 줬어, 조앙.」

「아네요, 가르쳐 드렸어요.」그녀는 이제 안전한 입장에 있다.「분명히 제가 기억하고 있어요. 당신이 잊어버렸을 뿐이에요.」

「좋아. 내가 잊어버렸어. 다시 한번 말해 줘. 연필을 가지고 있으니까.」

그녀는 그에게 주소와 전화번호를 가르쳐 주었다.「정말 당신에게 가르쳐 드렸어요, 라빅. 틀림없어요.」

「알았어, 조앙. 이제 가봐야 해. 오늘 저녁에 식사나 같이 할까?」

그녀는 잠시 말이 없었다. 그러다가「어째서 저의 집에 한번도 오시지 않지요?」하고 물었다.

「좋아, 가도 좋아. 오늘 저녁 여덟 시면 어때?」

「지금 오시면 안되나요?」

「지금은 일을 해야 해.」

「얼마나 걸려요?」

「앞으로 한 시간쯤.」

「그럼 끝나고 오세요!」

밤에는 시간이 없는 모양이군, 하고 생각하며 그는 물었다.「밤에는 왜 안되지?」

「라빅,」하고 그녀는 말했다.「당신은 가끔 아주 간단한 것을 모르시는군요. 지금 당장 당신을 만나고 싶은 거예요. 저녁까지 기다리고 싶지 않아요. 그렇지 않다면, 이런 시간에 왜 병원으로 전화를 걸겠어요?」

「알았어. 일이 끝나는 대로 가지.」

그는 생각에 잠겨, 쪽지를 접으며 돌아섰다.

조앙은 파스칼 거리의 모퉁이 건물 맨 위층에 살고 있었다.
그녀가 문을 열었다. 「어서 오세요.」하고 그녀는 말했다. 「와주셔서 기뻐요! 들어오세요.」
그녀는 남자 옷처럼 간단한 검은 가운을 입고 있었다. 이것은 라빅이 좋아하는 이 여자의 한 가지 특징이었다. 그녀는 성긴 무명이나 비단 옷은 결코 입지 않는다. 그녀의 얼굴은 여느때보다 창백하고, 약간 흥분되어 보였다.
「어서 들어오세요. 기다리고 있었어요. 제가 어떻게 사는지 보여 드리지요.」
그녀는 앞장을 섰다. 라빅은 미소를 지었다. 이 여자는 빈틈이 없다. 질문을 하지 못하게 미리 막아버리는 것이다. 그는 그녀의 아름다운 어깨를 바라보았다. 그녀의 머리카락엔 햇빛이 머물러 있었다. 순간 그는 숨이 막혀버릴 만큼 그녀가 사랑스러웠다.
그녀는 커다란 방으로 그를 안내했다. 그것은 스튜디오였다. 대낮의 햇살이 가득 들어와 있었다. 라파엘 거리와 프루돈 거리 사이에 있는 공원을 향해 높고 넓은 창문이 나있었다. 오른쪽은 포르트 드 라뮈에트까지 내다볼 수가 있었다. 그 너머에는 숲의 일부가 황금빛과 초록빛으로 반짝이고 있었다.
방은 준(準) 현대식으로 꾸며져 있다. 짙은 청색 커버를 씌운 커다란 긴의자. 보기보다는 편하지 않은 의자가 몇 개, 지나치게 낮은 테이블, 고무나무, 미제 전축, 구석엔 조앙의 트렁크가 하나. 그다지 조화를 깨뜨릴 만한 건 없었다. 하지만 마음에 들진 않았다. 썩 좋든가, 썩 나쁘든가, 어중간한 것은 그에게는 의미가 없었다. 그리고 고무나무는 도저히 참을 수가 없었다.
그는 조앙이 자기를 지켜보고 있다는 것을 알았다. 그녀는 그가 어떻게 생각하고 있는지, 확신은 할 수 없었지만, 그러나 한번 부딪혀볼 만한 확신은 있었던 것이다.
「좋군.」하고 그는 말했다. 「넓어서 좋군.」
그는 전축의 뚜껑을 열어보았다. 훌륭한 트렁크식 기계였다. 자동식으로 레코드를 바꾸는 장치가 되어 있었다. 옆에 있는 테이블에는 레코드가 잔뜩 놓여 있었다.
조앙은 그중 한 장을 집어서 걸었다. 「어떻게 움직이는지 아세요?」
그는 알고 있었다. 「모르겠는데.」하고 그는 말했다.
그녀는 단추 하나를 눌렀다. 「멋져요. 몇 시간이고 돌아가요. 일부러 일어나서 레코드를 갈거나 다시 틀 필요가 없어요. 그냥 누워서 들을 수가 있어요. 그

268

리고 밖이 점점 어두워지는 것을 내다보며, 꿈을 꾸는 거예요.」

전축은 훌륭한 것이었다. 라빅은 그 상표를 알고 있었다. 그리고 2만 프랑쯤의 값이 있다는 것도 알고 있었다. 파리의 감상적인 노래가, 부드럽고 감미로운 음악이 방안 가득 퍼졌다. 〈나는 기다리겠어요……〉였다.

조앙은 몸을 앞으로 굽힌 채, 귀를 기울이고 있었다. 「맘에 드세요?」하고 그녀는 물었다.

라빅은 고개를 끄덕였다. 그는 전축을 보고 있는 게 아니라 조앙을 보고 있었다. 황홀하게 음악에 도취되어 있는 그녀의 얼굴을 보고 있었다. 이 여자는 어쩌면 이렇게도 무사태평할 수가 있을까. 그리고 나는 나에게 없는 저 무사태평 때문에, 얼마나 이 여자를 사랑했던가! 끝나버렸다, 하고 그는 아무런 쓰라림도 없이 생각했다. 이탈리아를 떠나서, 안개 자욱한 북극으로 돌아가는 사람 같은 심정으로…….

그녀는 몸을 일으키고, 생긋 웃었다. 「이리로 오세요. 아직 침실을 보지 못했잖아요.」

「봐야 하나?」

그녀는 잠시 살피듯이 그를 쳐다보았다. 「보고 싶지 않으세요? 왜요?」

「그럼 볼까? 아니, 물론 봐야지.」

그녀는 그의 얼굴에 스치듯이 키스를 했다. 라빅은 그녀가 왜 그러는가를 알고 있었다.

「자, 오세요.」하고 그녀는 그의 팔을 잡았다.

침실은 프랑스식으로 꾸며져 있었다. 루이 16세 식인, 일부러 고풍이 감돌게 꾸민 커다란 침대. 콩팥 모양을 한, 같은 종류의 화장대, 모조품인 바로크풍의 경대. 현대식 오뷔송 융단. 의자와 안락의자……. 모두 다 값싼 영화의 세트 같은 물건뿐이다. 그중에, 썩 훌륭한, 채색한 16세기 플로렌스의 트렁크가 하나 있었다. 그것은 주위의 물건과는 전혀 조화가 되지 않았으며, 마치 벼락부자가 된 문지기의 자식들 틈에 낀 공주와 같은 인상을 주었다. 그것은 아무렇게나 구석에 밀쳐져 있었다. 오랑캐꽃이 꽂힌 모자와 은빛 구두가 한 켤레, 그 값진 뚜껑 위에 놓여 있었다.

침대는 자다가 빠져나온 그대로 손질이 되어 있지 않았다. 라빅은 조앙이 어디 누워 있었던가를 알 수 있었다. 화장대에는 향수병이 여러 개 놓여 있었다. 옷장이 하나 열려 있었다. 속에는 옷이 여러 벌 걸려 있었다. 전보다 훨씬 많았다. 조앙은 라빅의 팔을 놓지 않았다.

그녀는 그에게 몸을 기댔다. 「마음에 드세요?」

「좋아, 당신에게 어울려.」

그녀는 고개를 끄덕였다. 그는 그녀의 팔, 그녀의 가슴을 느꼈다. 그리고 자기도 모르게 그녀를 끌어당겼다. 그녀는 가만히 있었다. 그녀의 어깨가 그의 어깨에 닿았다. 그녀의 얼굴은 이제 안정되어 있었다. 처음에 보였던 아련한 흥분의 기색은 흔적도 없었다. 차고, 청명했다. 거기에는 억누른 만족감뿐만 아니라, 거의 눈에 띄지 않지만, 희미한 승리의 그림자까지도 있는 것같이 라빅에게는 생각되었다.

우리에게 천박한 것이 맞다니, 참으로 이상하다고 그는 생각했다. 나는 여기서 일종의 2류급 기둥서방 같은 것이 되어야 하는 것이다. 그리고 순진한 뱃심을 가지고서, 여자의 애인이 여자를 위해서 꾸며 준 방을 구경해야 하는 것이다. 더구나 여자는 그렇게 하면서도, 마치 사모트라케 섬의 승리의 여신 니케처럼 보이는 것이다.

「당신도 이런 것을 가질 수 있었으면 좋겠어요.」하고 그녀는 말했다. 「집 말이에요. 여기 있으면 완전히 다른 사람이 된 기분이에요. 그 을씨년스러운 호텔 방에 있을 때와는 달라요.」

「그렇겠지. 이렇게 모두 보여 줘서 고마와. 난 이제 가겠어, 조앙.」

「가신다고요? 벌써? 방금 오시지 않았어요?」

그는 그녀의 두손을 잡았다. 「난 가겠어, 조앙. 영원히. 당신은 딴 사람하고 살고 있어. 그런데 나는 사랑하는 여자를 다른 남자와 나누어 가질 수는 없어.」

그녀는 그가 쥐고 있던 손을 뿌리쳤다. 「뭐라고요? 그게 무슨 말씀이죠? 저는……. 누가 그런 말을 했죠?」그녀는 그를 노려보았다. 「짐작이 가요! 물론 모로소프죠. 그런…….」

「모로소프가 아냐! 누구에게 들을 필요도 없어. 보면 알 수 있으니까.」

여자의 얼굴은 노여움 때문에 창백해졌다. 그녀는 완전히 안심하고 있었다. 그런데 지금에 와서 일이 벌어진 것이다.

「알아요! 제가 이런 방을 가지고 있고, 이젠 세라자드에서 일을 하지 않으니까 그러시죠! 물론 누군가 저를 돌보아주고 있어요! 그렇지 않을 리가 없죠!」

「누가 당신을 돌보아주고 있다고는 말하지 않았어.」

「마찬가지예요! 다 알아요! 당신은 처음에 저를 그 비참한 나이트 클럽으로 데리고 가고, 그러고는 저를 혼자 내버려두었어요. 그러고는 제가 누구하고 이야기를 하거나, 누가 저를 걱정해 주면, 그것으로 제가 남의 그늘에 있다고 하시는군요! 그런 문지기는 치사한 상상이나 했지, 다른 할일이 없는 모양이죠! 사람은 떳떳하게, 직접 일을 함으로써 제구실을 할 수 있다는 것을 술값이나 버는 사람의 머리로는 생각할 수가 없지요! 그런데 당신이, 다른 사람도 아닌 당신이 그것을 믿다니! 부끄럽지도 않으세요?」

라빅은 그녀의 몸을 빙그르 돌려서 팔을 잡고, 높이 안아올려, 침대 발치 쪽에서 침대로 내던졌다.

「자!」하고 그는 말했다.「이제 그런 헛소리 작작하라고!」

그녀는 깜짝 놀라서, 그대로 쓰러져 있었다.

「저를 때리지는 않아요?」이윽고 그녀는 물었다.

「천만에! 그저 입을 틀어막고 싶었을 뿐이야.」

「이상할 것도 없어요.」하고 그녀는 나직하게 목소리를 죽여가며 말했다.「이상할 것도 없어요.」

그녀는 말없이 거기 누워 있었다. 그 얼굴은 공허하고, 하얗고, 입술은 새파랗게 질리고, 눈은 유리알처럼 흐릿하게 죽은 사람처럼 반짝이고 있었다. 가슴은 반쯤 헤쳐지고, 드러난 한쪽 다리는 침대에서 늘어져 있었다.

「전 무심코 당신에게 전화를 했어요. 당신하고 함께 지낼 수 있다고 생각해서, 기쁜 마음으로…… 그런데 이렇게 되어버리다니! 이렇게 말예요!」그녀는 멸시하는 듯한 어조로 되풀이했다.「저는 당신은 남과는 다른 분이라고 생각했어요!」

라빅은 침실 입구에 서있었다. 그는 모조품으로 꾸며진 방을 바라보고, 침대에 쓰러져 있는 조앙을 바라보고, 그 모든 것이 참으로 잘 어울린다고 생각했다. 실없는 말을 한 자기 자신에 대해 화가 났다. 아무말도 말고 떠났어야 했던 것이다. 그것으로 끝장을 냈어야 했던 것이다. 그러나 그렇게 하면 여자가 나를 찾아올 것이다. 그러면 결국 마찬가지가 되고 만다.

「설마 당신이,」하고 그녀는 되풀이했다.「설마 당신이 이러실 줄은 몰랐어요. 당신은 평범한 사람들과는 다른 분이라고 생각했어요.」

그는 아무말도 하지 않았다. 모든 것이 너무 천박하고, 아무래도 참을 수가 없었다. 만약 여자가 찾아오지 않으면, 나는 잠을 이루지 못할 것이라고, 왜 나는 사흘 동안이나 생각하고 있었을까? 문득 그는 모든 것을 이해할 수 없게 되었다. 도대체 이런 일이 나와 무슨 상관이 있단 말인가? 그는 호주머니에서 담배를 꺼내, 불을 붙였다. 입안이 바싹 말라 있었다. 전축은 여전히 돌아가고 있었다. 맨 처음의 그 〈나는 기다리겠어요……〉를 되풀이하고 있었다. 그는 옆방으로 가서 그것을 꺼버렸다.

그가 돌아왔을 때도, 그녀는 꼼짝않고 누워 있었다. 몸을 움직인 흔적은 보이지 않았다. 그러나 가운을 전보다 더 풀어헤치고 있었다.

「조앙,」하고 그는 말했다. 「그런 건 될 수 있는 대로 말하지 않는 편이 좋아.」

「제가 시작한 게 아니에요.」

그는 그녀의 머리에다 향수병을 내던지고 싶은 생각이 들었다.

「알고 있어.」하고 그는 말했다. 「내가 먼저 시작했지. 그러니 이제 그만두겠어.」

그는 홱 돌아서서 나가려 했다. 그러나 스튜디오의 입구까지 가기도 전에 그녀가 그의 앞을 가로막았다. 그녀는 문을 쾅 닫고, 그 앞에 서서, 손과 팔로 문을 누르고 있었다.

「그렇군요!」하고 그녀는 말했다. 「당신은 이제 그만둔단 말이죠? 그만두고 가시겠단 말이죠? 그렇게 간단하게 말예요. 하지만 전 아직도 할말이 있어요! 할말이 많아요! 당신이 직접 클로세 도르에서 저를 보셨잖아요. 제가 누구와 같이 있었는가를 보셨잖았어요? 제가 그날 밤 당신에게 갔을 때도 당신은 아무렇지 않았어요. 당신은 저하고 같이 잤잖아요. 다음날 아침에도 당신은 아무렇지도 않았어요. 그래도 당신은 만족 못하고 다시 저하고 잤잖아요. 저는 당신을 사랑했고, 당신은 정말 좋았어요. 그리고 아무것도 물으려고 하지 않았어요. 그래서 저는 당신을 사랑한 거예요. 당신은 으레 그래야 하며, 그와 달라서는 안된다는 것을 저는 잘 알고 있었어요. 당신이 주무시고 있는 동안에도 저는 눈물을 흘리고, 당신에게 키스하며 무척 행복했어요. 그리고 집에 돌아와서, 당신을 그리워했어요. 그런데 이제 와서 저하고 잤던 그날 밤에는 너그럽게 손을 저으며 잊고 있었는데, 그것을 당신은 지금 여기 오셔서 문제삼아서 저를 나무라시는군요! 지금에 와서 그것을 꺼내서, 제 얼굴에 내던지는군요! 당신은 지금, 마치 모욕당한 미덕의 수호자 같은 얼굴을 하고 있어요. 그리고 질투하는 남편처럼 야단을 치시는군요! 도대체 저를 어쩌자는 거예요? 당신에게 무슨 권리가 있어요?」

「없지.」하고 라빅은 말했다.

「그것을 아신다니 다행이에요. 그렇다면 왜 오늘 저에게 오셔서, 저의 얼굴에 그것을 내던지는 거예요. 왜 그날 밤 제가 당신에게 갔을 때 그러지 않으셨어요? 물론 그때는…….」

「조앙.」하고 라빅은 말했다.

그녀는 입을 다물었다. 세차게 숨을 몰아쉬며 그를 노려보았다.

「조앙,」하고 라빅은 말했다. 「그날 밤 당신이 나를 찾아왔을 때, 나는 당신이 다시 나에게로 돌아온 줄 알았어. 나는 기왕에 있었던 일은 아무것도 알고 싶지 않았어. 당신이 돌아온 것으로 충분했어. 하지만 그것은 내가 잘못 생각했던 거야. 당신은 돌아온 게 아니었어.」

「제가 돌아간 게 아니었다고요? 그럼 뭐란 말예요? 당신에게 간 것은 유령이었던가요?」

「물론 당신은 내게 왔었어. 하지만 돌아온 것은 아니었지.」

「당신의 말은 어려워서 잘 모르겠어요. 도대체 그게 어떻게 다르다는 거예요?」

「당신은 알고 있어. 그때는 나는 몰랐었지. 오늘은 나도 알았어. 당신은 딴 남자와 살고 있는 거야.」

「그래요. 저는 다른 남자와 살고 있어요! 또 그 이야기로군요! 저에게 남자 친구 한두 사람이 있다고 해서 그게 다른 남자하고 살고 있다는 거예요? 하루 종일 안으로 문을 잠그고 들어앉아서, 누구하고도 말을 해서는 안된다는 말이죠? 그렇다면 제가 다른 남자하고 살고 있다고는 아무도 말할 수 없을 테니까요.」

「조앙,」하고 라빅은 말했다. 「어리석은 소리는 그만해!」

「어리석은 소리라고요? 도대체 누가 어리석은 소리를 하고 있지요? 당신이야말로 어리석은 소리를 하고 있군요!」

「좋을 대로 생각해. 그리고 비켜 줘. 완력으로 당신을 그 문에서 밀어내기 전에.」

그녀는 움직이지 않았다. 「설사 제가 다른 남자와 살고 있다 해도, 그것이 당신하고 무슨 상관이 있어요? 당신은 알고 싶지 않다고, 자기 입으로 말씀하시지 않았어요?」

「그래, 알겠어. 나는 정말 알고 싶지 않았어. 이미 끝난 것이라고 생각했지. 끝나버린 것은 나와는 상관이 없지. 하지만 그게 아니었거든. 난 좀더 잘 알았어야 했어. 어쩌면 나는 나 자신을 속이려고 했는지도 모르지. 마음이 약한 탓이야. 하기야 그렇다고 해서 달라질 것은 없지만.」

「어째서 달라질 게 없어요? 당신은 자기가 잘못 생각했다고 하시면서…….」

「이것은 잘못되었다든가 아니라든가 하는 문제가 아냐. 당신이 다른 남자와 살고 있었다는 것뿐만이 아니야. 지금도 살고 있단 말이야. 그리고 앞으로도 그 남자와 살 작정이란 말이야. 난 그때만 해도 이런 줄은 몰랐어.」

「거짓말!」그녀는 갑자기 조용한 어조로 그의 말을 막았다. 「당신은 알고 있었어요. 그때도 말이에요.」

그녀는 그의 얼굴을 정면으로 쳐다보았다.

「좋아,」하고 그는 말했다. 「알고 있었다고 해두지. 하지만 나는 그것을 알고 싶지 않았어. 알고는 있었지만, 사실이라고는 생각하고 싶지 않았던 거야. 이런 기분을 당신은 모를 거야. 이런 것은 여자에게는 없는 거야. 그리고 그것과 이 것은 아무런 관계가 없어.」

그녀의 얼굴에 절망적인 공포가 떠올랐다. 「하지만 저는 저에게 아무런 나쁜 짓을 하지 않는 사람을 대뜸 쫓아낼 수는 없어요. 다만 당신이 느닷없이 다시 나 타나신 것뿐이에요! 당신은 모르겠어요?」

「알겠어.」하고 라빅은 말했다.

그녀는 마치 궁지에 몰려 뛰어오르려고 하는데, 갑자기 땅이 꺼져버린 고양이 처럼 우뚝 서있었다.

「알겠다고요?」하고 그녀는 깜짝 놀라서 되물었다. 눈에서 긴장한 빛이 사라 졌다. 그녀는 어깨를 떨어뜨렸다. 「아신다면서 왜 저를 괴롭히죠?」하고 그녀 는 기진맥진한 듯이 말했다.

「그만 문에서 비키지.」라빅은 보기보다는 편하지 못한 의자 하나에 앉았다. 조앙은 머뭇거렸다. 「자,」하고 그는 말했다. 「난 도망가진 않아.」

그녀는 천천히 그에게로 걸어와서, 긴의자에 털썩 주저앉았다. 그녀는 아주 피곤한 듯이 움직였다. 그러나 라빅은 그녀가 피곤하지 않다는 것을 알고 있 었다.

「뭐 마실 것 좀 주세요.」하고 그녀는 말했다.

그는, 그녀가 시간을 끌려고 한다는 것을 알았다. 그로서는 아무래도 좋았다. 「술병이 어디 있지?」그는 물었다.

「저 찬장 안에 있어요.」

라빅은 아래쪽의 찬장을 열어보았다. 술병이 몇 개 들어 있었다. 거의 모두가 흰 크렘 드 망트였다. 그는 그것을 불쾌한 듯 들여다보고는 옆으로 밀어붙였다. 한쪽 구석에 반쯤 마시다 남은 마르텔 병과 칼바도스 병이 하나 있었다. 칼바도 스 병은 마개를 따지 않은 것이었다. 그는 그것을 그대로 두고, 코냑 병을 집어 들었다.

「당신은 요즘 페퍼민트 브랜디를 마시나?」하고 그는 어깨 너머로 물었다.

「아뇨.」하고 그녀는 긴의자에서 말했다.

「좋아, 그럼 코냑을 갖다 주지.」

「칼바도스가 있을 거예요.」하고 그녀는 말했다. 「칼바도스를 주세요.」

「코냑도 괜찮아.」

「칼바도스를 주세요.」

「언젠가 다음 날에 마시기로 하지.」

「코냑은 싫어요. 칼바도스를 마시고 싶어요. 제발 병을 따주세요.」

라빅은 찬장 안을 다시 한번 들여다보았다. 오른쪽에는 다른 남자를 위한 칼바도스. 모두가 그야말로 살뜰한 주부처럼 잘 정리되어 있다. 정말 갸륵한 생각이 든다. 그는 칼바도스 병을 집어들어, 마개를 땄다. 결국 아무래도 상관이 없지. 이것은 어리석은 이별의 장면을 감상적으로 채색하는, 좋아하는 술의 멋진 상징이다. 그는 잔을 두 개 꺼내서, 테이블 쪽으로 돌아갔다. 그가 칼바도스를 따르는 동안, 조앙은 그를 물끄러미 쳐다보고 있었다.

밖에선 오후의 햇살이 황금빛으로 빛나고 있었다. 빛은 보다 선명해지고, 하늘은 밝아졌다. 라빅은 시계를 보았다. 세 시를 조금 지나 있었다. 그는 초침을 보았다. 시계가 멈춰 있다고 생각한 것이다. 그러나 초침은 자그마한 황금의 부리처럼 뚜렷한 점을 재깍거리며 돌아가고 있었다. 그래, 여기 와서 겨우 30분밖에 지나지 않았다. 크렘 드 망트, 하고 그는 생각했다. 대단한 취미로군!

조앙은 푸른 긴의자에 쪼그리고 앉아 있었다.

「라빅,」하고 그녀는 부드러운 목소리로 말했다. 지친, 그러나 조금도 빈틈없는 목소리였다. 「당신이 알겠다고 한 것은 트릭인가요? 아니면 이해하신다는 게 사실인가요?」

「사실이야.」

「당신, 아세요?」

「알고 있지.」

「전 알고 있었어요.」그녀는 그에게 미소를 보였다. 「전 알고 있었어요, 라빅.」

「그런 건 곧 알 수 있는 일이지.」

그녀는 고개를 끄덕였다. 「시간이 필요해요. 당장에 할 수는 없어요. 그 사람이 저에게 아무런 나쁜 짓을 하지 않았으니까요. 당신이 돌아오실지 어떨지도 전 몰랐어요! 지금 곧 그 사람에게 말할 수는 없어요.」

라빅은 칼바도스를 꿀꺽꿀꺽 들이마셨다. 「자세한 이야기를 할 필요는 없어.」

「당신이 들어 주셔야 해요. 당신이 이해해 주셔야 해요. 당신이 이해해 주셔야 해요. 저……. 그 사람이 어떤 일을 저지를는지 몰라요. 그 사람은 저를 사랑하고 있어요. 그리고 제가 필요해요. 이것도 저것도 모두 그 사람의 죄가 아니에요.」

「물론. 시간이라면 얼마든지 써도 좋아, 조앙.」

「아니에요. 잠시 동안이면 돼요. 하지만 지금 당장은 안돼요.」그녀는 긴의자의 쿠션에 몸을 기댔다. 「그리고 이 집. 라빅, 당신이 생각하고 있는 것과는 달라요. 전 직접 돈을 벌고 있어요. 전보다도 많이. 그 사람이 도와줬어요. 배우예요. 전 영화에서 작은 역을 맡고 있어요. 그 사람이 주선해 줬어요.」

「그럴 줄 알았어.」

그녀는 그 말에 개의치 않았다. 「전 별로 재능은 없어요. 저는 자신을 속이지는 않아요. 그렇지만 그런 나이트 클럽에서 빠져나오고 싶었어요. 거긴 장래성이 없어요. 그런데 지금 하는 일에는 장래성이 있어요. 재능이 없어도요. 전 독립하고 싶어요. 당신은 시시하다고 생각하시겠지만…….」

「그렇게 생각하진 않아.」하고 라빅은 말했다. 「당연한 일이지.」

그녀는 그를 쳐다보았다.

「당신은 처음부터 그럴 생각으로 파리에 온 게 아냐?」

「그랬어요.」

저렇게 저 여자는 앉아 있다. 조용히 하소연하는 죄없는 여인……. 생활과 그리고 나에게 시달리면서. 여자는 안정되어 있다. 처음의 폭풍우는 가라앉았다. 저 여자는 나를 용서할 것이다. 만약 내가 어물어물하지 않고, 곧장 도망치지 않는다면, 지나간 두서너 달 동안의 일을 자세하게 늘어놓을 것이다. 이 강철로 된 난초꽃. 나는 이 꽃에서 깨끗하게 손을 떼려고 찾아왔는데, 너무나 빈틈이 없어서, 네가 옳다고 인정하지 않을 수 없는 처지가 될 것 같다.

「잘됐어, 조앙.」하고 그는 말했다. 「그만큼 됐으니까, 틀림없이 성공할 거야.」

그녀는 몸을 내밀었다. 「그렇게 생각하세요?」

「물론이지.」

「정말이에요, 라빅?」

그는 일어섰다. 3분만 더 있다가는, 영화에 관한 전문적인 이야기를 듣게 될 것이다. 이런 여자와 토론이라도 하다가는 그야말로 큰일이다. 결국은 이쪽이 지게 마련이다. 이런 여자의 손에 걸리면 논리 같은 것은 밀초처럼 녹아버리고 만다. 행동으로 끝장을 내야 한다.

「난 그런 뜻으로 말한 것이 아니야.」하고 그는 말했다. 「그런 건 당신들의 전문가에게 물어보는 것이 좋겠지.」

「벌써 가세요?」하고 그녀는 물었다.

「가야 해.」

「어째서 좀더 있지 않으세요?」

「병원으로 가야 해.」

그녀는 그의 손을 잡고, 그를 쳐다보았다.「당신은 오시기 전에 병원 일을 끝냈다고 하셨어요.」

다시 오지 않을 것이라고 말을 해야 할지 어떨지 그는 생각했다. 하지만 오늘은 이걸로 충분하다. 이 여자에게나 나에게나 이것으로 충분하다. 말하려고 하는 것을 그녀는 계속 못하게 막아 왔다. 하지만 언제고 말할 날이 올 것이다.

「여기 계세요, 라빅.」하고 그녀는 말했다.

「그럴 수는 없어.」

그녀는 일어서서 그에게 몸을 기댔다. 이런 짓까지 하는군, 하고 그는 생각했다. 낡은 수작이다. 가치없고 실험이 끝난. 하나도 빼놓지 않는군. 하지만 고양이가 풀을 먹는다고는 아무도 생각하지 않겠지.

그는 그녀에게서 떨어졌다.「가야 해. 병원에 다 죽어가는 환자가 있어.」

「의사는 항상 좋은 구실이 있군요.」그녀는 천천히 말하면서 그를 쳐다보았다.

「여자처럼 말하지, 조앙. 우리는 죽음을 지배하고 당신들은 사랑을 지배하지. 거기에 세상의 모든 이유와 모든 권리가 있는 거야.」

그녀는 대답하지 않았다.

「우리는 또 튼튼한 위장을 가지고 있지.」하고 라빅은 말했다.「우리에겐 그게 필요한 거야. 튼튼한 위장이 없으면 일을 할 수가 없지. 우리는 다른 사람이 실신할 때부터 힘을 내기 시작하는 거야. 잘 있어, 조앙.」

「다시 오시겠죠, 라빅?」

「그런 건 너무 생각하지 않는 게 좋아. 여유를 갖도록 해요. 저절로 알게 될 테니까.」

그는 급히 문 쪽으로 걸어가며, 뒤돌아보지 않았다. 그녀는 쫓아오지 않았다. 하지만 그녀가 바라보고 있다는 것은 알고 있었다. 그는 이상하게 마비된 것 같은 느낌이 들었다. 마치 물속을 걷고 있는 것 같았다.

22

　골트베르크 부부의 창문에서 비명소리가 들려왔다. 라빅은 귀를 기울였다. 설마 골트베르크 영감이 아내에게 무엇을 내던진다든가 때리리라고는 생각할 수도 없었다. 더이상 아무 소리도 들리지 않았다. 다만 사람이 뛰어가는 소리가 났고, 그리고 피난민 비젠호프의 방에서 짤막하고 홍분된 말소리가 들리고, 문을 쾅 닫는 소리가 났을 뿐이었다.
　바로 다음 순간, 그의 방문을 두드리는 소리가 나고, 여주인이 헐레벌떡 뛰어들어왔다. 「빨리, 빨리요. 골트베르크 씨가……. 」
　「무슨 말입니까 ? 」
　「목을 맸어요. 창가에서. 빨리 와주세요. 」
　라빅은 책을 내던졌다. 「경관이 와있소 ? 」
　「아뇨, 오지 않았어요. 와있다면 당신을 부르러 오지 않아요. 지금 막 부인이 발견했어요. 」
　라빅은 여주인과 함께 아래층으로 뛰어내려갔다. 「줄을 끊고 내려놓았소 ? 」
　「아직. 그대로 받쳐들고 있어요. 」
　어둑어둑한 방의 창가에, 한떼의 사람들이 시커멓게 서서 웅성거렸다. 루트 골트베르크, 피난민 비젠호프. 그밖에도 누군가 있었다. 라빅은 스위치를 돌려서 불을 켰다. 비젠호프와 루트 골트베르크가 마치 인형처럼 골트베르크 영감을 안고 있었다. 다른 한 남자는 창문 손잡이에 매어놓은 넥타이의 매듭을 풀려고 애쓰고 있었다.
　「끊어서 내려요. 」
　「칼이 없어요. 」 하고 루트 골트베르크가 찢어지는 듯한 목소리로 말했다.
　라빅은 자기 가방에서 가위를 꺼내어 넥타이를 자르기 시작했다. 넥타이는 두껍고 매끄러운 비단이라, 잘라내는 데 시간이 약간 걸렸다. 잘라낼 때 골트베르크의 얼굴이 라빅의 바로 앞에 닿을 듯 매달려 있었다. 불쑥 튀어나온 두 눈, 헤벌린 입, 많지 않은 흰 턱수염, 늘어진 혓바닥, 여윈 목에 깊숙이 파고들어간 흰 물방울 무늬의 짙은 초록빛 넥타이……. 몸은 비젠호프와 루트 골트베르크의 팔에 안겨서 흔들거리고 있었다. 마치 무시무시한, 얼어붙은 웃음을 터뜨리며 소리도 없이 이리저리 흔들리고 있는 것처럼.
　루트 골트베르크의 얼굴은 벌겋게 달아 있었다. 눈물이 비오듯 흘렀다. 공포에 질려 흐느끼고 있는 온통 젖은 두 얼굴. 소리도 없이 이빨을 드러내고 먼 저쪽을 응시하며 조용히 흔들거리고 있는 머리. 라빅이 넥타이를 자르자, 머리가 루트 골트베르크 쪽으로 힘없이 떨어지는 통에 그녀는 비명을 지르고 얼른 뒤로 물러나며 팔을 놓아버렸다. 그러자 시체는 두 팔을 늘어뜨린 채, 한쪽으로 기울어졌다. 마치 그로테스크한 어릿광대와 같은 모습을 하고, 그녀를 뒤쫓고 있는 것 같았다. 라빅은 그것을 붙잡아서, 비젠호프의 도움을 받아 방바닥에 눕혔다. 그리고 목을 졸라맨 넥타이를 풀고, 검시를 시작했다.

「영화관에 갔었어요.」하고 루트 골트베르크는 말했다. 「이 사람이 영화를 보고 오라고 했어요. 『루트, 당신은 정말 낙이라곤 하나도 없어. 쿠르셀 극장이나 가보면 어때. 지금 가르보의 영화를 하고 있어. 〈크리스틴 여왕〉이야. 한번 가 보는 것이 어때.』라고 했어요. 『좋은 자리를 잡도록 해요. 안락의자의 좌석이나 간막이 좌석을 잡아요. 보고 와요.』 불행에서 두 시간쯤 도망칠 수 있다는 것은, 아뭏든 좋지 않느냐는 거예요. 이 사람은 태연하고 정답게 그런 말을 하면서 제 등을 두드렸어요. 그리고 『끝나면, 몽소 공원의 카페에서 초콜렛과 바닐라 아이스크림을 먹고 와요. 즐겁게 놀다 와요, 루트.』라고 했어요. 그래서 저는 갔다 왔지요. 그리고 돌아와보니…….」

라빅은 일어섰다. 루트 골트베르크는 입을 다물었다. 「아마 당신이 나가자, 곧 한 모양이오.」하고 그는 말했다.

그녀는 두 주먹을 입에 댔다. 「이 사람은…….」

「아뭏든 해봅시다. 우선 인공호흡을 하지. 당신, 할 줄 아오?」라빅은 비젠호프에게 물었다.

「아니, 잘 모릅니다.」

「자, 봐요.」

라빅은 골트베르크의 두 팔을 잡고 뒤로 돌려서 방바닥에 대고, 다시 앞으로 끌어당겨 가슴을 눌렀다가, 도로 뒤로 돌렸다가, 다시 앞으로 당겼다.

골트베르크의 목구멍에서 꾸르륵꾸르륵 소리가 났다. 「아, 살아있군요!」하고 여자는 소리를 쳤다.

「아니오, 기관이 압착된 거요.」

라빅이 이런 운동을 두서너 번 더 해보였다. 「자, 이런 식으로 해보시오.」하고 그는 비젠호프에게 말했다.

비젠호프는 망설이면서도 골트베르크의 뒤에 무릎을 꿇고 앉았다.

「자, 시작하시오.」하고 라빅은 조바심을 내며 말했다. 「팔목을 잡아야 돼. 아니, 팔뚝을 잡는 편이 낫겠군.」

비젠호프는 땀을 흘리고 있었다.

「좀더 세게.」라빅이 말했다.「폐 속에 있는 공기를 모조리 뽑아내야 하오.」

그는 여주인 쪽으로 몸을 돌렸다. 어느 틈에 다른 사람들이 방안에 들어와 있었다.

그는 여주인에게 밖으로 나오라고 눈짓을 했다. 그리고 복도에 나오자「죽었어요.」하고 말했다.「방에서 하고 있는 일은 쓸데없는 짓이오. 형식적으로 한번 해보는 건데, 소용없어요. 이쯤 되면 기적이나 일어나지 않는 한 무슨 짓을 해도 소용이 없죠.」

「어떻게 해야 하죠?」

「늘 하던 대로 해야지요.」

「구급차를 불러요? 아니면 응급처치? 그렇게 하다가는 10분 내에 경찰이 달려올 텐데.」

「어차피 경찰은 불러야 할 게 아니오. 골트베르크는, 서류는 가지고 있소?」

「있어요. 제대로 된 것을. 여권도, 신분증명서도.」

「비젠호프는?」

「체류허가서를 가지고 있어요. 기간을 연장한 비자도.」

「그럼 저 사람들은 괜찮겠군. 내, 여기에 왔었다는 말을 하지 않도록 두 사람에게 일러주시오. 부인이 돌아와서 그것을 발견하고 비명을 질렀다, 비젠호프가 끈을 잘라 내려서 구급차가 올 때까지 인공호흡을 하고 있었는데, 마침 구급차가 달려온 것으로 해둬요. 할 수 있겠소?」

여주인은 새 같은 눈으로 그를 쳐다보았다.「물론 할 수 있죠. 경찰이 오면 어차피 저는 방에 있어야 할 테니까요. 한층더 조심을 하겠어요.」

「됐소.」

두 사람은 다시 방으로 들어갔다. 비젠호프는 골트베르크 위에 몸을 구부리고 인공호흡을 계속하고 있었다. 얼핏 보기에는, 마치 두 사람 다 방바닥에서 체조를 하고 있는 것 같았다.

「여러분,」하고 여주인은 말했다.「구급차를 불러야겠읍니다. 구급차를 따라오는 위생원이나 의사는 사실을 곧 경찰에 보고해야 합니다. 경찰은 늦어도 30분 후엔 여기에 도착할 것입니다. 서류가 없는 분은 지금 곧 짐을, 적어도 밖에 내놓은 물건만이라도 챙겨서, 카타콤으로 가시는 게 좋겠읍니다. 경찰이 방을 수색하거나 증인을 요구할지도 모르니까요.」

방안은 이내 텅 비었다. 여주인은 루트 골트베르크와 비젠호프에게 말을 하겠다는 뜻으로 라빅에게 고개를 끄덕여보였다. 그는 잘라낸 넥타이와 함께 방바닥에 놓여 있던 가방과 가위를 집어들었다. 넥타이는 상표가 보이도록 놓여 있

280

었다. 〈S·페르더, 베를린〉 이것은 적어도 10마르크는 나가는 물건이다. 골트베르크의 경기가 좋던 시절에 산 것이다. 라빅은 그 가게를 알고 있었다. 자기도 거기서 물건을 산 적이 있었던 것이다.

그는 재빨리 자기의 물건을 두 개의 트렁크에 챙겨, 모로소프의 방으로 가지고 갔다. 조심을 하자는 것이다. 아마 경찰은 별로 문제삼지는 않을 것이다. 하지만 이렇게 해두는 편이 나을 것이다. 페르낭의 기억이 아직도 라빅의 골수에 깊이 사무쳐 있었던 것이다. 그는 카타콤으로 내려갔다.

많은 사람들이 흥분에 싸여 이리 뛰고 저리 뛰고 있었다. 모두가 서류가 없는 피난민들뿐이었다. 비합법적인 부대다. 하녀 클라리스와 보이인 장이 트렁크들을 카타콤의 옆에 있는 지하실 같은 방에다 감추는 것을 지휘하고 있었다. 마침 저녁 식사가 준비되어 있었다. 식기가 늘어져 있고, 빵을 담은 바구니가 여기저기 놓여 있었다. 주방에서는 기름과 생선 냄새가 풍기고 있었다.

「시간은 충분해요,」하고 장은 조바심을 내는 피난민들에게 말했다. 「경찰은 그렇게 빨리 오진 않을 거예요.」

피난민은 만일이라는 것을 믿지 않고 있었다. 운이 좋았던 적이 없었기 때문이다. 그들은 약간의 소지품을 가지고 허둥지둥 지하실로 밀려들어왔다. 스페인 사람인 알바레스도 있었다. 여주인은 경찰이 온다는 것을 호텔 전체에 알렸던 것이다. 알바레스는 라빅을 보더니 마치 미안하다는 듯이 미소를 지었다. 라빅은 왜 그러는지 알 수가 없었다.

몹시 여윈 친구가 침착한 태도로 그에게 다가왔다. 언어학·철학 박사인 에른스트 자이덴바움이었다. 「연습인가요?」하고 그는 라빅에게 물었다. 「무대 연습이군요. 당신은 카타콤에 계실 작정인가요?」

「아뇨.」

과거 6년간의 베테랑인 자이덴바움은 어깨를 움츠렸다. 「난 이대로 여기 남아 있겠소. 도망칠 기분이 나야 말이지. 사건의 증거만 수집하면 그만일 거요. 늙어서 죽은, 독일의 유태인에게 누가 흥미를 가지겠소?」

「그 사람에겐 갖지 않겠죠. 하지만 살아있는 비합법적인 피난민에겐 가질 테죠.」

자이덴바움은 코걸이 안경을 고쳐썼다. 「나는 아무래도 좋아요. 전번에 임검이 있었을 때, 내가 어떻게 한 줄 아시오? 그때는 경사가 이 카타콤까지 내려왔지요. 벌써 2년 이상이나 지난 일이지만. 나는 장의 흰 자켓을 입고 급사 노릇을 했죠. 경관에게 브랜디를 날랐죠.」

「그건 좋은 생각이었군요.」자이덴바움은 고개를 끄덕였다. 「더이상 도망다니는 것에 진저리가 날 때가 오는 법이오.」그는 태연자약하게 저녁 식사에 무엇이 나오는가를 보러 어슬렁어슬렁 주방으로 들어갔다.

라빅은 카타콤의 뒷문으로 빠져나와, 안마당을 가로질러갔다. 고양이 한 마리가 그의 발을 뛰어넘어 도망쳤다. 모두가 그를 앞질러 걸어가고 있었다. 그들은 길에 나서자, 곧 사방으로 흩어져 보이지 않게 되었다. 알바레스는 약간 절름거리고 있었다. 수술을 하면 고칠 수 있을지도 모르겠다고, 라빅은 어렴풋이 생각했다.

라빅은 플라스 드 테르느에 앉아 있었다. 갑자기 조앙이 오늘밤에 찾아올지도 모르겠다는 생각이 들었다. 왜 그런지는 알 수가 없었다. 그저 문득 그런 생각이 들었던 것이다.

그는 저녁 식사의 계산을 하고, 천천히 호텔로 돌아갔다. 따뜻한 밤이었다. 비좁은 길엔 시간제로 방을 빌려 주는 호텔의 간판이, 초저녁의 어둠 속에 붉게 반짝이고 있었다. 커튼 틈으로 방안의 밝은 불빛이 새어나왔다. 선원들이 떼를 지어 몇몇 창녀들을 따라가고 있었다. 그러다가 어떤 호텔로 사라져버렸다. 어디선가 하모니카 소리가 들려왔다. 한 가지 생각이 마치 조명탄처럼 라빅의 마음속에서 치솟아올라, 퍼지고, 둥실 떠서, 어둠 속에 마술의 광경을 활짝 펴놓았다. 호텔에서 기다리고 있는 조앙의 모습. 모든 것을 다 뿌리치고, 나에게로 돌아왔노라고 말하기 위하여……. 나를 기쁨에 넘치게 하고, 압도하면서…….

그는 걸음을 멈추었다. 내가 도대체 왜 이러는 걸까? 나는 왜 이런 곳에 서있는 걸까? 내 손은 왜 목덜미나 물결 같은 머리카락을 쓰다듬듯이, 공기를 어루만지고 있는 걸까? 너무 늦었다. 지나간 것을 되찾을 수는 없다. 아무도 되돌아오진 않는다. 일단 지나간 시간이 결코 돌아오지 않듯이.

그는 호텔로 돌아왔다. 안마당을 지나서, 카타콤의 뒷문 쪽으로 왔다. 방안에는 많은 사람들이 있었다. 자이덴바움도 있었다. 보이로서가 아니고, 호텔의 손님으로서. 위험은 지나간 듯했다. 그는 안으로 들어갔다.

모로소프는 자기 방에 있었다. 「지금 막 나가려는 참이야. 자네 트렁크를 보고, 또 스위스로 날았나 했지.」

「다 잘 됐나?」

「잘 됐어. 경찰은 다시 오지 않을 거야. 시체도 벌써 자유방면이 됐지. 분명한 사건이니까. 위층에 눕혀놓았어. 아마 싣고 나갈 준비가 다 되었을 걸.」

「잘됐군. 그럼 이제 내 방으로 돌아가도 되겠군.」

모로소프는 웃었다. 「그 자이덴바움이란 녀석!」하고 그는 말했다. 「그 녀석이 줄곧 거기 남아 있었어. 서류인지 뭔지 하고 그 코걸이 안경이 든 자기 가방을 들고 말이야. 자기는 변호사이며, 보험회사의 대리인이라는 거야. 경관에게 상당히 세게 나오더군. 그리고 골트베르크 영감의 여권은 내주지 않았어. 이것은 회사에서 필요한 것이며, 경찰은 신분증명서밖에 가져갈 권리가 없다고 하면서. 그것으로 통했어. 그 녀석, 무슨 서류라도 갖춰 가지고 있나?」

「종이쪽지 한장도 없지.」

「대단한데. 그 여권은 그야말로 황금 같은 가치가 있지. 앞으로 2년이나 유효 기간이 남았거든. 그것으로 누군가 살 수 있으니까 말이야. 파리에서는 어려울지 모르지만. 자이덴바움처럼 대담하지 않은 이상은 말이야. 사진을 바꾸는 거야 문제가 없지. 만약 새로 생기는 아론 골트베르크가 본인보다 젊다면, 생년월일을 값싸게 고쳐 주는 전문가도 있지. 현대식 영혼의 윤회지. 여권 하나로 여러 사람의 생명이 구제되거든.」

「그럼 자이덴바움은 이제부터 골트베르크라고 부르기로 했나?」

「자이덴바움이 아니지. 그 녀석은 사양하더군. 자기의 위신이 깎인다는 거야. 그 녀석은 지하생활을 하고 있는 세계 시민 중에서는 돈 키호테야. 자기 같은 타입의 인간이 어떻게 될 것인가 하는 데 대해, 지나치게 숙명론적인 호기심을 가지고 있어서, 남의 여권으로 그것을 속이고 싶지가 않은 거야. 자넨 어때?」

라빅은 고개를 저었다. 「역시 필요 없어. 나도 자이덴바움 편이야.」

라빅은 자기 트렁크를 집어들고 위층으로 올라갔다. 골트베르크 부부가 살고 있던 복도에서, 나이먹은 유태인과 지나쳤다. 그 유태인은 검은 캐프턴을 입고, 턱수염을 길렀으며, 머리를 양쪽으로 길게 드리워, 마치 성경에 나오는 장로와 같았다. 노인은 마치 고무창의 신발을 신은 듯이 소리를 내지 않고 걸었다. 그리고 침침한 복도를, 희미하고 창백하게 둥실둥실 떠가는 듯 움직였다. 그는 골트베르크의 방문을 열었다. 그 순간 촛불과 같은 불그스름한 빛이 안에서 새어 나왔다. 그리고 이상한, 반쯤 억제한 듯한, 반쯤 미친 듯한, 우울한 단조로운 통곡소리가 들려왔다. 직업적으로 곡하는 여자들이구나, 하고 그는 생각했다. 그런 것이 지금도 남아 있었던가? 그렇지 않다면, 루트 골트베르크의 곡성이었을까?

라빅은 방문을 열었다. 그리고 조앙이 창가에 앉아 있는 것을 보았다. 여자는 벌떡 일어났다. 「아, 당신이군요! 무슨 일이에요? 왜 트렁크를 들고 계시지요? 또 떠나야 돼요?」

라빅은 트렁크를 침대 옆에 놓았다. 「아무것도 아니야. 그저 조심을 했을 뿐이지. 사람이 죽었는데 경찰이 왔잖아. 하지만 이젠 다 끝났어.」

「전화를 걸었지요. 누군지 전화를 받은 사람이, 당신은 이제 여기 안 계신다고 하잖아요.」

「여주인이야. 조심하느라고 둘러댄 거지.」

「그래서 달려왔어요. 방문은 열려 있고, 텅텅 비었으니. 당신 물건도 없고요. 저는 또……. 라빅!」그녀의 목소리는 떨렸다.

라빅은 억지로 미소를 지었다.「이젠 알겠지? 나는 의지할 만한 사람이 못돼. 전혀 믿을 수가 없지.」

문을 두드리는 소리가 났다. 모로소프가 술병 두 개를 들고 들어왔다.「라빅, 자넨 탄약을 잊어버렸네.」

그는 조앙이 어두운 곳에 서있는 것을 보고도 못 본 체했다. 라빅은 그가 조앙을 알아보았는지 어떤지 알 수가 없었다. 그는 라빅에게 병을 넘겨주자, 안에 들어오지도 않고 가버렸다.

라빅은 칼바도스와 부브레를 테이블에 올려놓았다. 열어놓은 창문으로, 복도에서 들었던 소리가 들려왔다. 죽은 사람을 슬퍼하는 곡성이다. 점차 커지다가, 차차 낮아지고, 다시 커지곤 했다. 아마 골트베르크의 방문도 밤공기가 따뜻해서 열어놓았을 것이다. 마호가니 가구가 놓인 방에서 늙은 아론의 굳어버린 시체는 지금 서서히 썩어들기 시작했을 것이다.

「라빅,」하고 조앙이 말했다.「전 몹시 슬퍼요. 왜 그런지 모르지만. 하루 종일 슬펐어요. 여기 있게 해주세요.」

그는 당장엔 대답하지 않았다. 기습을 당한 느낌이었다. 이렇게 나오리라고는 생각하지 않았던 것이다. 이렇게 단도직입적으로 나올 줄은 정말 몰랐다.

「언제까지?」

「내일까지요.」

「그건 너무 짧은데.」

그녀는 침대에 걸터앉았다.「우린 그것을 결코 잊어버릴 수가 없나요?」

「없어, 조앙.」

「전 다른 욕심은 없어요. 그저 당신 옆에서 자고 싶을 뿐이에요. 안되면, 소파에서라도 자게 해주세요.」

「그럴 수 없어. 난 또 나가야 해. 병원에.」

「괜찮아요. 기다리겠어요. 지금까지도 여러 번 그랬으니까요.」

그는 대답하지 않았다. 그리고 자기의 이렇게 태연한 태도에 놀랐다. 돌아오는 길에서 느꼈던 그런 열정과 흥분은 사라지고 없었다.

「그리고 당신은 병원에 꼭 가지 않아도 되잖아요.」

그는 잠시 잠자코 있었다. 만약 이 여자와 함께 자면, 그것은 자기의 패배라는 것을 알고 있었다. 돈도 없으면서, 수표에 사인을 하는 것과 같은 것이다. 그녀는 몇 번이고 찾아올 것이다. 그리고 일단 자기가 획득한 것을 권리로 주장할 것이다. 그때마다 자기 쪽에서는 조금도 양보하지 않고 조금씩 더 많은 것을 요구할 것이다. 그리고 결국은 나를 완전히 자기 수중에 넣고 말 것이다. 그 결과로 나 자신의 무기력과 부서져버린 욕망의 희생이 되어 싫증을 내고 무기력해지고, 썩어문드러져서, 버림받기가 고작이다. 그녀는 그럴 생각은 없다. 그런 것은 느끼지도 못하고 있다. 하지만 그렇게 되고 말 것이다. 하룻밤쯤 아무렇게 된들 상관이 없다고 생각하기는 간단하다. 그러나 한번 치를 때마다 자기의 저항력의 일부를 잃고 인생에 있어서 절대로 부패시켜서는 안될 것을 잃어버리고 마는 것이다. 가톨릭 교회의 교리서는 기묘하고도 조심성 있는 공포심으로, 이것을 영혼에 대한 죄라고 하고, 그리고 전체 교리에 모순되면서도, 이 죄는 이 현세에서도 내세에서도 용서받지 못한다고 음침하게 덧붙이고 있는 것이다.

「그래.」하고 라빅은 말했다. 「나는 병원에 가지 않아도 돼. 하지만 당신이 여기 있겠다는 것은 달갑지가 않아.」

그녀가 발끈 화를 내리라고 생각했다. 그러나 그녀는 다만 조용히 「왜 안되지요?」하고 말할 뿐이었다.

그걸 설명해 줘야 하나? 도대체 내가 그것을 설명할 수 있을까? 「당신은 이제 여기 와서는 안될 사람이야.」

「전 여기 사람이에요.」

「그렇지 않아.」

「왜요?」

그는 입을 다물었다. 정말로 능란한 여자구나! 다만 그에게 질문만 함으로써, 어쩔 수 없이 설명을 하게 한다. 그런데 설명을 하게 된 자는, 이미 우세에 놓여 있는 것이다.

「당신은 그걸 알고 있어.」하고 그는 말했다. 「그렇게 바보같이 묻지 마.」

「당신은 이제 제가 필요 없으세요?」

「필요 없어.」하고 그는 대답하고는 자기도 모르게 이렇게 덧붙였다. 「이런 식으로는.」

골트베르크의 방에서 흘러나오는 단조로운 목소리가 창문으로 흘러들어왔다. 죽은 사람을 슬퍼하는 소리다. 파리의 뒷골목에서 들려오는 레바논의 양치기들의 슬픔이다.

「라빅,」하고 조앙이 말했다. 「당신은 저를 도와주셔야 해요.」

「당신에게 간섭을 안하는 것이 당신을 돕는 가장 좋은 방법이야. 그리고 당신도 나를 내버려두란 말이야.」

그녀는 그 말을 듣고 있지 않았다. 「당신은 저를 도와주셔야 해요. 전 당신에게 거짓말을 할 수도 있어요. 하지만 이젠 거짓말을 하고 싶지 않아요. 그래요, 딴 남자가 있어요. 그러나 당신과의 관계와는 달라요. 만약 같다면, 저는 여기 오지 않았을 거예요.」

라빅은 호주머니에서 담배를 꺼냈다. 그는 바싹 마른 종이를 느꼈다. 이것이다. 이제 알겠다. 그것은 마치 베어도 아프지 않은 차가운 메스와 같았다. 확실히 조금도 아프지 않다. 다만 처음과 나중에 아플 뿐.

「결코 같을 수 없지.」하고 그는 말했다. 「그러면서도 항상 같단 말이야.」

나는 왜 유치한 소리를 하고 있을까. 신문에서나 볼 수 있는 역설이다. 진실이라는 것은 일단 입밖에 내어버리면 이렇게도 초라한 것이 되고 마는구나.

조앙은 일어섰다. 「라빅,」하고 그녀는 말했다. 「사람이 단 한 사람밖에 사랑할 수 없다는 것이, 진실이 아니라는 것을 당신은 아실 거예요. 그런 사람은 행복해요. 그러나 뒤죽박죽이 되어버리는 사람도 있어요. 당신도 아실 거예요.」

그는 담배에 불을 붙였다. 조앙을 쳐다보진 않았지만 지금 그녀가 어떤 얼굴을 하고 있을지 짐작이 갔다. 창백하고, 암담한 눈을 하고, 말없이, 골똘히, 거의 애원하듯이, 마음이 여리게……. 하지만 절대로 패배하는 일이 없다. 그날 오후, 그녀의 집에서도 그런 얼굴을 하고 있었지. 마치 수태고지의 천사처럼, 신앙과 빛나는 확신에 가득차서, 사람을 구원하겠노라고 말하고 있는 것이다. 사실은 자기에게서 벗어나지 못하도록, 서서히 십자가에 못박으려고 하면서도.

「알고 있어.」하고 라빅은 말했다. 「그것은 구실의 하나지.」

「구실이 아니에요. 그래서는 행복할 수가 없어요. 어쩔 수 없이 그렇게 되는 거예요. 그건 무서운 일이에요. 헝클어진 실뭉치예요. 발작이에요. 어떻게든 뚫고 나가야 할 것이에요. 도망칠 수는 없어요. 도망쳐도 쫓아오거든요. 쫓아와서 붙잡는 거예요. 그건 싫어요. 하지만 이쪽보다 강한 걸요.」

「어째서 그런 걸 꼬치꼬치 캐고 있는 거야? 당신보다 강하다면, 그것을 따라가면 될 게 아닌가.」

「그렇게 하고 있어요. 달리 어떻게 할 수 없다는 것을 잘 아니까요. 하지만,」하고 그녀의 목소리가 변했다. 「라빅, 전 당신을 놓치고 싶지 않아요.」

라빅은 잠자코 있었다. 담배를 빨았지만 맛은 알 수가 없었다. 너는 나를 놓치고 싶지 않겠지. 문제는 여기에 있다. 네가 나를 그렇게 할 수 있다니! 그렇기 때문에 나는 너에게서 도망쳐야 하는 것이다. 문제는 한 사람의 남자에게 있는 것이 아니다. 그것이라면 당장에라도 잊을 수가 있다. 너는 그것에 대해서 얼마든지 변명을 할 수 있겠지. 하지만 네가 완전히 덜미를 잡혀, 거기에서 도저히 벗어나지 못한다는 것이 문제이다. 물론 너는 거기서 벗어날 수도 있겠지. 그러나 똑같은 일이 또 일어날 것이다. 몇 번이고 일어날 것이다. 네겐 그런 소질이 있으니까. 훨씬 전이라면, 나도 그랬을는지 모른다. 너와는 그럴 수가 없다. 그러니까 나는 네게서 도망쳐야 하는 것이다. 지금이라면 그래도 도망칠 수가 있다. 그러나 다음 번에는…….

「당신은 그게 무슨 특별한 것인 줄 알지만,」하고 그는 말했다. 「하지만 세상에 흔히 있는 일이야. 남편과 애인의 문제지.」

「그렇지 않아요!」

「그렇다니까. 여러 가지 형태가 있지. 당신도 그중의 하나야.」

「어떻게 그런 말을 할 수 있어요!」그녀는 벌떡 일어났다. 「결코 그런 것이 아니에요. 지금까지도 절대로 그렇지 않았고, 앞으로도 절대로 그렇지 않아요. 다른 사람은 훨씬더…….」그녀는 말을 끊었다. 「아니에요. 그렇지도 않아요. 전 설명을 못하겠어요.」

「안전과 모험이라고 해둘까. 그게 낫겠군. 마찬가지야. 한쪽은 그대로 가지고 있고 싶고, 다른 한쪽은 놓치고 싶지 않다는 말이지.」

그녀는 고개를 저었다. 「라빅,」하고 그녀는 어둠 속에서, 마음을 움직이게 하는 목소리로 말했다. 「그것은 좋은 말로 할 수도 있고, 나쁜 말로 할 수도 있어요. 어느 쪽이든 다를 게 없어요. 전 당신을 사랑하고 있어요. 그리고 제가 살아있는 한 당신을 사랑할 거예요. 전 그것을 알고 있어요. 당신은 저의 지평선이에요. 저의 모든 생각은 당신으로 가득차 있어요. 무슨 일이 일어나도, 그것은 모두 당신의 범위 내의 일이에요. 이것은 거짓말이 아니에요. 무슨 일이 일어나도, 당신에게서 무엇 하나 빼앗지는 않아요. 제가 몇 번이고 당신을 찾아오는 것은 그때문이에요. 제가 그것을 뉘우칠 수 없는 것도, 죄악이라고 느낄 수 없는 것도 그때문이에요.」

「감정엔 죄가 없는 거야, 조앙. 어째서 그런 생각을 하지?」

「저는 그것을 골똘히 생각해 보았어요. 몇 번이고 생각해 보았어요, 라빅. 당신에 대해서, 그리고 저에 대해서요. 당신은 저를 완전히 자기 것으로 만들려고 한 적은 한번도 없었어요. 아마 당신 자신은 그것을 모르실 거예요. 언제나 저에게 무엇인가 보여 주지 않는 것이 있었지요. 저는 당신 속에 한번도 완전히 들어가볼 수가 없었지요. 저는 그렇게 하고 싶었어요! 얼마나 그걸 원했는지 몰라요 ! 당신이 당장에라도 떠나가버릴 것만 같은 생각이 늘 들었어요. 전 아무래도 안심할 수가 없었어요. 경찰이 당신을 추방하고, 당신을 떠나지 않을 수 없었지만——그와 같은 일이, 다른 방법으로 일어났을지도 몰라요——어느 날 당신이 스스로 가버렸을지도 몰라요. 불연듯 없어져서, 어디론가 가버리고 …….」

라빅은 자기 눈앞의, 어슴푸레한 어둠에 싸인 얼굴을 물끄러미 쳐다보았다. 그녀의 말에는 짚이는 데가 있었다.

「늘 그랬어요.」하고 그녀는 말을 이었다.「언제나요. 그러자 마침 저를 원하는 사람이 나타났어요. 오직 저만을, 진심으로, 영원히, 그저 이것저것 따지지 않고 원하는 사람이. 저는 웃었어요. 그런 것은 싫었어요. 그래서 가볍게 생각하고 있었어요. 별로 해로울 게 없다고 생각한 거예요. 언제든지 다시 쫓아버릴 수 있을 것 같았어요. 그러다가 갑자기 그것이 그 이상의, 어쩔 수 없는 힘이 되어버렸어요. 그리고 또, 저에게도 그것을 바라는 마음이 생겼어요. 저는 저항해 보았어요. 하지만 아무 소용이 없었어요. 저는 거기 있을 사람이 못되었어요. 제 마음속의 모든 것이 그것을 바랐던 건 아니에요. 저의 작은 일부분만이 그것을 바랐을 뿐이에요. 그러나 그것이 저를 밀고 갔던 거예요. 마치 서서히 일어나는 눈사태처럼. 처음에는 웃고 있지만, 어느 틈엔가 갑자기 붙잡을 것이 없어져버려서, 더 저항할 수가 없게 되는 거예요. 하지만 저는 거기 있을 사람이 아니에요, 라빅. 저는 당신 거예요.」

그는 창밖으로 담배를 내던졌다. 담배는 반딧불처럼 안마당에 떨어져갔다.

「기정 사실은 어쩔 수가 없는 거야, 조앙. 이제 와서 그것을 고칠 수는 없어.」

「전 아무것도 고치고 싶지 않아요. 그냥 모르는 사이에 지나가버릴 거예요. 저는 당신 거예요. 제가 왜 다시 돌아왔겠어요 ? 왜 당신의 방문 앞에 와서 있겠어요 ? 왜 여기서 당신을 기다리고 있겠어요 ? 당신이 내쫓는데도, 왜 다시 돌아오겠어요 ? 이렇게 말해도 당신은 저를 믿지 않겠죠 ? 무슨 다른 이유가 있어서 그런다고 생각하시겠지요 ? 저는 알고 있어요. 그렇다면 어떤 이유가 있다는 거예요 ? 만약 이외의 어떤 것이 저를 만족시켜 준다면, 저는 돌아오지 않았을 거예요. 당신을 잊어버리고 있을 거예요. 당신은 제가 당신에게서 바라고 있는 것은 안전이라고만 말하지만, 그건 사실이 아니에요. 제가 당신에게서 바라는 건 사랑이에요.」

다만 말에 불과하다고 라빅은 생각했다. 달콤한 말. 상냥하고, 믿음성 없는 향유. 구원, 사랑, 서로의 것, 다시 돌아왔다……. 말에 지나지 않는다. 달콤한 말. 말에 지나지 않는 두 개의 육체가 서로 끌어당기는, 이 단순하고 격렬하고 잔혹한 힘! 상상과 거짓말, 감정과 자기 기만의 무지개가 그 위에 걸려 있는 것이다! 드디어 이별을 고하는 오늘 저녁, 나는 이 어둠 속에 조용히 버티고 서서, 이 달콤한 말들이 내 머리 위에 비오듯 쏟아지는 것을 마냥 맞고 섰다. 오직 이별, 이별, 이별이라는 의미밖에 없는 말의 비를. 그것에 대해 말을 하면, 그것은 이미 흩어지고 만다. 사랑의 신은 피에 젖은 이마를 하고 있다. 말은 하나도 모른다.

「자, 이제 가봐야지, 조앙.」

그녀는 일어섰다. 「전 여기 있고 싶어요. 있게 해주세요. 오늘밤만요.」

라빅은 머리를 저었다. 「당신은 나를 뭘로 알고 있어? 나는 자동 인형이 아니야.」

그녀는 그에게 몸을 기대었다. 그녀는 떨고 있었다.

「괜찮아요. 있게 해주세요.」

그는 조심스럽게 여자를 밀어냈다. 「당신은 나를 상대로 해서 다른 남자를 속이기 시작해서는 안돼. 그렇지 않아도, 그 남자는 괴로운 맛을 실컷 보아야 할 테니까.」

「전 지금 혼자서 집으로 돌아갈 수 없어요.」

「오래 혼자 있는 건 아니겠지.」

「아니에요, 전 혼자예요. 벌써 며칠 동안이나. 그 사람은 집에 없어요. 파리에 없어요.」

「그래,」 라빅은 조용히 대답했다. 그리고 그녀를 쳐다보았다. 「아뭏든 당신은 정직하군. 당신을 어떻게 생각해야 좋을지 알 수 있으니 말이야.」

「제가 온 것은 그때문이 아니에요.」

「물론 아니겠지.」

「그런 말은 할 필요도 없지만.」

「그렇지.」

「라빅, 저 혼자서 집으로 돌아가긴 싫어요.」

「그럼 내가 바래다 주지.」

그녀는 슬금슬금 물러섰다.

「당신은 이제 저를 사랑하지 않는군요.」 그녀는 나직하고도 거의 위협하는 듯한 목소리로 말했다.

「당신은 그걸 알고 싶어서 왔나?」

「네, 그것도 있어요. 그뿐만은 아니지만…… . 하지만 그것도 있어요.」

「조앙,」 하고 라빅은 초조하게 말했다. 「그렇다면 당신은 방금, 그야말로 솔직한 사랑의 고백을 듣지 않았나?」

그녀는 말없이 빠히 그를 쳐다보았다.

「만약 그렇지 않다면, 가령 당신이 누구하고 살고 있든 그런 것은 개의치 않고, 당신을 여기 붙잡아두리라고 생각했나?」

그녀는 미소를 띠었다. 그것은 사실 미소가 아니었다. 마치 누가 그녀의 내부에서 램프에 불을 켜놓기나 한 것처럼, 속에서 번져나오는 불빛이었다. 불빛은 서서히 올라와서, 드디어 그녀의 눈에 번졌다.

「고마와요, 라빅.」하고 그녀는 말했다. 그리고 잠시 후에, 여전히 그를 바라보며 조심스럽게 말했다.「저를 버리진 않겠죠?」

「어째서 그런 걸 묻지?」

「저를 기다려 주시겠죠? 저를 버리진 않겠죠?」

「그런 염려는 안해도 괜찮을 것 같아. 당신과의 경험으로 보아서.」

「고마와요.」그녀는 달라졌다. 어떻게 이렇게 빨리 마음이 가라앉는지 모르겠다고 그는 생각했다. 그러나 그것도 당연한 일이다. 여기서 묵지도 않고, 자기가 바라던 것을 성취한 줄 알고 있는 것이다.

그녀는 그에게 키스를 했다.「이럴 줄 알았어요, 라빅. 당신은 이러시지 않고는 못배긴다는 것을 알고 있었어요. 그럼 전 가겠어요. 바래다 주지 않아도 좋아요. 이젠 혼자서도 갈 수 있어요.」

그녀는 문 앞에서 걸음을 멈추었다.

「다시 와서는 안 돼.」하고 그는 말했다.「그리고 아무 생각도 하지 말고.」

「그래요. 안녕히 주무세요, 라빅.」

「잘 가요, 조앙.」

그는 벽 쪽으로 가서 불을 켰다. 당신은 이러시지 않고는 못배겨요? 그는 약간 몸을 떨었다. 진흙과 황금으로 만들어진 여자다, 라고 그는 생각했다. 거짓말과 감동으로, 기만과 철면피한 진실로 말이다. 그는 창가에 가서 앉았다. 아래층에서는 아직도 그 나직하고 단조로운 곡성이 들려왔다. 자기 남편을 속이고서, 그 남편이 죽으니까 통곡하는 여자. 그것도 아마, 여자가 믿고 있는 종교가 그렇게 정해 놓았기 때문일 것이다. 라빅은 자기가 좀더 불행한 기분이 되지 않는 것이 의아스러웠다.

23

「돌아왔어요, 라빅.」하고 케이트 헤그슈트뢰이 말했다.

그녀는 오뎰 랭커스터의 자기 방에 앉아 있었다. 전보다 많이 여위어 있었다. 피부 밑의 살은, 마치 무슨 정교한 기구로 속을 도려낸 듯이 푹 꺼져보였다. 얼굴의 선이 더욱 두드러져 보이고, 살결은 조금만 건드려도 찢어질 것처럼 보였다.

「난 당신이 아직 플로렌스에 있는 줄 알았지. 그렇지 않으면 칸이든가. 아니, 지금쯤은 벌써 미국에 가있을 것이라고 생각했지.」하고 라빅은 말했다.

「쭉 플로렌스에 있었어요. 휘에졸레에 말이에요. 그런데 더이상 참을 수가 없게 되었어요. 제가 함께 가자고 열심히 권하던 것을 아직도 기억하세요? 책이니, 난로니, 저녁이니, 평화니 하면서……. 라빅, 아시지의 프란체스코 거리도 소란스러워졌어요. 그곳은 무엇이나 다 그렇지만, 소란스럽고 불안해요. 프란체스코가 새들에게 사랑을 설교하던 곳에, 지금은 제복을 입은 사람들이 대열을 지어서 이리저리 행진을 하고 있고, 호언장담이나 하며, 그럴 듯한 말과 이유 없는 증오심에 취해 있어요.」

「전에도 그랬는걸.」

「하지만 그런 식은 아니었어요. 2, 3년 전까지만 해도, 우리 집 집사는 맨체스터 바지에 인피(靭皮) 구두를 신은 사근사근한 사람이었어요. 그런데 지금은, 장화에다 검은 셔츠를 입고, 황금 장식을 한 단검을 찬 영웅이 되어 있어요. 그리고 지중해는 이탈리아의 것이 되어야 한다느니, 영국을 처부수어야 한다느니, 니스와 코르시카와 사보이는 이탈리아에 반환되어야 한다느니 하고 떠들어대고 있어요. 라빅, 수십 년 동안 전쟁에서 이겨본 일이 없는 이 귀여운 국민은, 이디오피아와 스페인에 이기고나서부터는 정신이 돈 것 같아요. 제 친구들은 3년 전까지는 그래도 분별 있는 사람들이었는데, 지금 와서는 3개월이면 영국을 정복할 수 있다고, 정말 믿고 있어요. 나라 안이 온통 들끓고 있어요. 도대체 어떻게 된 일일까요? 갈색 셔츠의 야만성이 싫어서 빈에서 도망쳐나왔는데, 이번에는 검은 셔츠의 미친 것이 싫어서 이탈리아에서 도망쳐나왔어요. 아직은 어딘가에 초록색 셔츠도 있다는군요. 미국은 물론 은빛 셔츠지요. 온 세상이 모두 셔츠에 미쳐 있는 것일까요?」

「그런 것 같아. 하지만 곧 달라질 거요. 그리고 붉은빛 하나로 되어버리겠지.」

「그래, 피처럼 붉은빛으로.」

케이트 헤그슈트룀은 안뜰을 내려다보았다. 밤나무 잎사귀 사이로 부드러운 오후의 햇살이 쏟아져내리고 있었다.

「도무지 믿을 수가 없어요.」하고 그녀는 말했다.「20년도 지나지 않아 전쟁이 두 번이나 일어나다니, 너무해요. 아직 전번 전쟁의 피로가 가시지도 않았는데.」

「승리자에겐 그렇지. 하지만 패한 자에겐 달라요. 이기면 관심이 없어지거든.」

「그런 것 같아요.」그녀는 그를 쳐다보았다.「그럼 멀지 않겠군요?」

「그리 멀지 않을 것 같아.」

「제겐 넉넉한 시간이라고 생각하세요?」

「물론.」라빅은 눈을 들었다. 그녀는 그의 시선을 피하지 않았다.「휘올라를 만나보았소?」하고 그는 물었다.

「네, 한두 번요. 그 사람은 아직도 페스트에 걸리지 않은, 얼마 안되는 사람 중의 하나였어요.」

라빅은 대답을 하지 않았다. 그는 기다리고 있었다.

케이트 헤그슈트룀은 테이블 위의 진주 목걸이를 집어들어, 두손 사이로 미끄러뜨렸다. 여위고 긴 손가락에 건 목걸이는 마치 값진 로사리오처럼 보였다.

「저는 마치 방랑하는 유태인 같은 생각이 들어요. 어느 정도의 평화를 찾아다니는. 하지만, 전 좋지 못한 시기에 떠난 것 같아요. 평화는, 이제 어디에 가도 없어요. 그런데 여기만은 아직도 그 찌꺼기가 남아 있어요.」

라빅은 진주를 보았다. 진주는, 무형의 회색 연체동물이, 조개 속에 들어온 이물질인 한 알의 모래에 자극되어 만든 것이다. 저렇게 부드러운 빛을 내는 아름다움이, 우연의 자극에서 생겨나는 것이다. 이것은 주목할 만한 일이었다.

「당신은 미국으로 갈 생각이었지 않소, 케이트. 유럽을 떠날 수 있는 사람은 떠나야 해요. 무엇을 하려 해도, 이젠 너무 늦었소.」

「저를 쫓아내고 싶으세요?」

「아니, 하지만 전번에 당신은 뒤처리를 하고 나서 미국으로 갈 생각이라고 하지 않았소?」

「그래요. 하지만 이젠 가고 싶지 않아요, 아직은요. 좀더 여기 있겠어요.」

「파리의 여름은 무덥고 불쾌한데.」

그녀는 진주를 옆으로 치웠다.「이게 마지막 여름이라고 생각하니 그렇지도 않아요, 라빅.」

「마지막?」

「그래요. 돌아가기 전의 마지막 여름이에요.」

라빅은 말하지 않았다. 도대체 이 여자는 어디까지 알고 있는 걸까? 휘올라는 무슨 말을 했을까?

「세라자드는 어때요?」하고 그녀는 물었다.

「얼마 동안 가지 않아서 모르겠소. 모로소프 말로는, 매일 밤 만원이라더군. 어디나 다 그렇지만.」

「여름인데도요?」

「그래요, 여름엔 대개 문을 닫는데. 놀랐소?」

「아뇨. 마지막이 오기 전에, 모두들 가질 수 있는 것은 무엇이든 가지려고 하나 보죠.」

「그렇지.」하고 라빅은 말했다.

「언제 한번 거기 데리고 가주시겠어요?」

「그러지, 케이트. 언제든지 당신이 좋을 때. 나는 당신이 다시는 그런 곳에 가고 싶어하지 않을 줄 알았지.」

「저도 그렇게 생각했어요. 하지만 생각을 고쳤어요. 저도 제가 가질 수 있는 것은 무엇이든지 가지려고 해요.」

그는 그녀를 다시 쳐다보았다. 그러다가「좋소, 케이트.」하고 그는 말했다. 「언제든 당신이 좋을 때.」

그는 일어섰다. 케이트는 그와 함께 문 앞까지 갔다. 그러고는 가냘프게 문에 기댔다. 건드리기만 하면 사락사락 소리를 낼 것 같은, 메마르고 비단결 같은 살결을 하고. 눈은 몹시 맑아서, 전보다도 크게 보였다. 그녀는 그에게 손을 내밀었다. 그 손은 뜨겁고 메말라 있었다.

「제 몸의 어디가 나쁜지, 당신은 왜 말해 주지 않았죠?」하고 그녀는 마치 날씨라도 묻는 것처럼 가벼운 어조로 물었다.

그는 그녀를 바라보며 아무 대답도 하지 않았다.

「저는 참을 수가 있었어요.」하고 그녀는 말했다. 전혀 나무라는 빛이 없는, 빈정대는 듯한 미소의 그림자 같은 것이 그녀의 얼굴을 스치고 지나갔다. 「안녕히 가세요, 라빅.」

위가 없는 사나이는 죽었다. 사흘 동안을 줄곧 신음하다가. 그때는 이미 모르핀도 효과가 없었다. 라빅과 베베르는 그가 죽을 것을 알고 있었다. 그들이 하려고 했다면, 이 마지막 사흘간의 고통을 겪지 않도록 해줄 수도 있었다. 그렇게 해주지 않은 것은, 종교가 이웃에 대한 사랑을 주장하고, 이웃의 고통을 덜어 주는 것을 금하고 있기 때문이다. 그리고 그것을 지지하는 법률이 있는 것이다.

「가족에게 전보를 쳤나?」하고 라빅은 물었다.

「가족이 없어.」하고 베베르가 말했다.

「그럼 연고자에게라도?」

「아무도 없어.」

「전혀?」

「전혀 없어. 아파트의 수위가 왔었지. 통신판매의 카탈로그라든가, 알콜중독과 폐병, 성병에 대한 팜플렛 같은 것 외에는, 편지 한장 온 적이 없다는군. 찾아오는 사람도 없었대. 수술비와 4주일치 입원비는 선불이 되어 있어. 두 주일치의 입원비가 남은 셈이지. 수위 여편네는, 그 사람의 병 구완을 해왔기 때문에 가진 것을 모두 얻기로 약속이 되어 있다고 하는 거야. 두 주일치 입원비를 물러 달라고 청구했어. 그 사람에게 친어머니처럼 해주었다는 거야. 자네에게 그 어머니라는 것을 보여 주고 싶었어. 그 사람의 온갖 경비를 다 대주었다는 거야. 집세도 내주었다는 거야. 그래서 수위 여편네에게 이렇게 말해 주었지. 죽은 사람은 우리 병원에서 선불을 했소, 그러니 아파트에서도 그렇게 하지 않았을 리가 없지 않느냐고 말이야. 그랬더니 그 여자는 내게 욕설을 퍼붓더군.」

「돈이야.」하고 라빅은 말했다. 「돈이 그런 지혜를 낳게 하는 거야.」

베베르는 웃었다. 「경찰에 연락해 두지. 경찰이 좋은 방향으로 처리하겠지. 그리고 장례 문제도.」

라빅은 연로자도 위도 없는 사나이에게 다시 눈길을 돌렸다. 그는 거기에 누워 있었다. 그 얼굴은 이 한 시간 동안에, 35년의 생애에서도 볼 수 없었을 만큼의 심한 변화를 일으키고 있었다. 그의 마지막 호흡이 굳어진 경련에서, 죽음의 엄숙한 얼굴이 서서히 나타나고 있었다. 우연적인 것은 녹아 없어지고 단말마의 표정도 사라져, 엄숙하게 말없이 영원의 마스크가 형성되어 가고 있었다. 앞으로 한 시간만 지나면 영원의 마스크만 남을 것이다.

라빅은 방에서 나왔다. 복도에서 야근 간호원을 만났다. 간호원은 방금 출근한 모양이었다. 「12호실 남자는 죽었어.」하고 그는 말했다. 「30분 전에 죽었어. 이제 일어나 있지 않아도 돼.」그러고는 간호원의 얼굴을 보며 물었다. 「기념품이라도 남겨 주던가?」

간호원은 망설였다. 「아뇨. 그분은 매우 냉담한 분이었어요. 그리고 마지막 며칠간은 거의 말도 하지 않았는 걸요.」

「참, 그랬었지.」

간호원은 살뜰한 주부 같은 표정으로 라빅을 쳐다보았다. 「그분은 참으로 멋진 화장 상자를 갖고 있었어요. 전부 은으로 된 거예요. 사실 남자용으로는 지나치게 예뻐요. 오히려 부인용으로 어울릴 거예요.」

「그 사람에게 그렇게 말해보았나?」

「그런 말을 한번 하기는 했어요. 화요일 밤에. 그때 마침 그분이 약간 진정이 되었거든요. 하지만 그분은 은은 남자에게도 어울린다고 했어요. 그리고 솔이 모두 아주 고급품이라서, 요즘은 그런 물건을 살 수 없을 거라고도 했어요. 그밖에는 별로 말이 없었어요.」

「이젠 그 은상자는 국가의 것이 될 거야. 연고자가 없으니까.」

간호원은 알았다는 듯이 고개를 끄덕였다. 「정말 아까와요! 시커멓게 죽어버릴 거예요. 그리고 솔도 말끔히 해두지 않고, 쓰지 않으면 못쓰게 돼요. 미리 씻어두어야 해요.」

「그래, 정말 아깝게 됐군.」하고 라빅은 말했다. 「당신이 얻어두었더라면 좋있을 걸. 그랬다면 적어도 누군가 기꺼이 쓸 사람이 있었을 텐데.」

간호원은 감사의 미소를 지었다. 「괜찮아요. 제가 뭘 바랐던 것은 아니니까요. 죽어가는 사람은 좀처럼 무엇을 주지 않아요. 회복되어 가는 사람들만이 주지요. 죽어가는 사람은, 자기가 죽어야 한다는 것을 믿고 싶지 않은가봐요. 그래서 아무것도 주지 않는 거예요. 그리고 또, 악의로 안 주려는 사람도 있고요. 선생님은 믿지 않으시겠지만, 죽는 사람이란 정말 무서워요! 죽기 전에 정말 무서운 말을 해요.」

볼이 붉은 어린애 같은 그녀의 얼굴은 순진하고 맑았다. 그녀는 자기의 조그마한 세계에 들어맞지 않는 한, 자기 주위에서 무슨 일이 일어나든 아무 관심도 갖지 않는 것이다. 죽어가는 사람은 버릇없는 어린아이라든가, 어찌할 바를 모르는 어린아이다. 그것을 죽을 때까지 돌보아주는 것이다. 다시 새로운 환자가 온다. 어떤 사람은 건강을 되찾아 감사해 하고, 어떤 사람은 그러지 않는다. 또 어떤 사람은 그대로 죽어간다. 그런 것이다. 그다지 놀랄 것은 없다. 봉마르세 백화점의 바겐세일에서 값이 25퍼센트로 할인될 것인가, 또는 사촌인 장이 재봉사인 안과 결혼할 것인가 하는 것이 훨씬 중대한 것이다.

사실 그것이 더 중요하다고 라빅은 생각했다. 혼돈에서 우리를 보호해 주는 작은 둘레. 만약 그것이 없다면 우리는 어떻게 될 것인가?

라빅은 카페 트리몽프 앞에 앉아 있었다. 밤하늘은 흐려 있었다. 후덥지근하다. 어디선가 소리도 없이 번개가 번쩍였다. 길은 사람들로 더욱 붐비고 있었다. 푸른 공단 모자를 쓴 여자가 그의 테이블에 와서 앉았다.

「베르무트 한 잔 사주시겠어요?」하고 여자가 말했다.

「좋아. 하지만 날 혼자 있게 해줘. 사람을 기다리고 있으니까.」

「함께 기다리죠.」

「그만두는 게 좋을걸. 난 스포츠 광장의 여자 레슬러를 기다리는 거야.」

여자는 미소를 지었다. 화장이 너무 짙어서 미소는 입술 언저리에만 나타났다. 그외에는 온통 흰 마스크였다.

「저와 힘께 가요.」하고 여자는 말했다. 「전 깨끗한 아파트를 가지고 있어요. 그리고 전 솜씨가 좋거든요.」

라빅은 고개를 저었다. 그는 5프랑짜리 지폐를 한 장 테이블에 놓았다. 「자, 잘 가요. 그리고 잘해 봐.」

여자는 지폐를 집어서, 그것을 접어가지고 양말 대님 밑에 쑤셔넣었다.

「우울하신가요?」하고 여자는 물었다.

「아니.」

「우울증이라면 금방 고쳐드릴 수 있어요. 아주 좋은 친구가 있어요. 아직 어려요.」하고 여자는 잠시 말을 끊었다가 덧붙였다. 「에펠 탑 같은 유방을 갖고 있어요.」

「다음에 가지.」

「네, 좋아요.」여자는 일어나서, 두어 개 떨어진 테이블로 가서 앉았다. 그리고 다시 두어 번 그를 쳐다보았다. 그러고는 스포츠 신문을 사서, 경마의 결과를 읽기 시작했다.

라빅은 테이블 앞을 쉴새없이 지나가는 군중들을 멍하니 바라보고 있었다. 카페 안에서는 밴드가 비엔나 왈츠를 연주하고 있었다. 번개불은 점점 심해져 갔다. 교태를 부리며 떠들어 대는 젊은 동성연애자 한 패가 마치 앵무새 떼처럼 옆자리에 모여들었다. 모두가 최신 유행인 콧수염을 기르고 있었다. 어깨가 너무 벌어지고 허리가 유난히 잘룩한 재킷을 입고 있었다.

한 처녀가 라빅의 테이블 곁에서 걸음을 멈추고 그를 쳐다보았다. 막연하나마 어디선가 본 기억이 있는 듯한 얼굴이었다. 그러나 본 적이 있는 사람은 너무나 많다. 처녀는 의지할 데 없는 사람이 풍기는 매력을 지닌, 연약한 창녀처럼 보였다.

「저를 못 알아보시겠어요?」하고 처녀는 물었다.

「물론 알고 있지.」하고 라빅은 말했다. 그는 전혀 짐작이 가지 않았다. 「재미

296

가 어때?」

「좋아요. 그런데 정말 저를 모르시겠어요?」

「난 이름을 잘 기억하지 못해. 하지만 너는 잘 알고 있어. 전번에 만난 후로, 정말 오랜만이군.」

「그래요. 그때는 보보를 몹시 혼내 주셨죠.」처녀는 미소를 지었다.「제 생명을 구해 주시고도 벌써 저를 몰라보시는군요.」

보보, 생명을 구했다, 산파…… 라빅은 겨우 생각이 났다.「뤼시엔느로군.」하고 그는 말했다.「물론 그렇지. 그때 넌 병을 앓고 있었는데, 지금은 건강해. 그거야. 그래서 금방 알아볼 수가 없었던 거야.」

뤼시엔느의 얼굴이 환해졌다.「정말? 정말 기억하고 계시군요! 산파에게서 백 프랑을 도로 찾아 주셔서 정말 고마왔어요.」

「그건……. 아, 그래 그래.」마담 부셰에게 실패한 후, 그는 자기 호주머니에서 얼마간의 돈을 보내 주었던 것이다.「전액이 아니라서 미안했어.」

「그것으로 충분했어요. 전 전부 잃어버린 걸로 알고 있었거든요.」

「좋아. 뭘 좀 함께 마실까, 뤼시엔느?」

그녀는 고개를 끄덕이고 조심스럽게 그의 곁에 앉았다.「소다수를 탄 친자노를 마시겠어요.」

「요즘은 어떻게 지내지, 뤼시엔느?」

「잘되어가고 있어요.」

「아직도 보보와 함께 있나?」

「네. 하지만 그이는 지금은 많이 달라졌어요. 좋아졌어요.」

「잘됐군.」

별로 물을 것도 없다. 작은 재봉사가 작은 창녀가 된 것이다. 일껏 꿰매 주었는데, 이 모양이다. 뒤치다꺼리는 보보가 적당히 한 것이다. 이 아이는 임신할 염려가 없다. 그것도 한 가지 이유겠지. 이 아이는 방금 시작했을 뿐이다. 앳된 티가 나는 것이 노련한 중년들에게는 아직도 매력적인 것이다. 아직은 닳고 닳아서 윤기가 가시지 않은 도자기이다. 그녀는 참새처럼 조심스럽게 마셨다. 그러나 그 눈은 벌써 주위를 두리번거리고 있었다. 그다지 유쾌한 일은 아니다. 그렇다고 크게 섭섭한 것도 아니다. 그냥 흘러가는 한 조각의 생명.

「만족하고 있나?」하고 그는 물었다.

그녀는 고개를 끄덕였다. 정말로 만족하고 있다는 것을 알 수 있었다. 만사가 잘되어가고 있다고 믿고 있는 것이다. 연극적인 말을 할 그 무엇이 하나도 없다.

「혼자세요?」하고 그녀는 물었다.

「응, 뤼시엔느.」

「이런 밤에요?」

「그래.」

그녀는 수줍은 듯이 그를 쳐다보고는 생긋 웃었다. 그러고는「전 지금 한가해요.」하고 말했다.

도대체 난 어떻게 된 거야, 하고 라빅은 생각했다. 창녀란 모두 나에게 상업화한 애정의 한 조각을 떠맡기려고 한다. 그래 나는 그렇게도 굶주린 얼굴을 하고 있단 말인가?

「너의 집은 너무 멀어, 뤼시엔느. 그럴 시간이 없어.」

「저의 집으로는 못 가요. 보보가 알면 안되니까요.」

라빅은 그녀를 쳐다보았다.「보보는 아무것도 모르고 있나?」

「알고 있어요. 다른 사람과의 일은 모두 알고 있어요. 뒤를 밟거든요.」그녀는 미소를 지었다.「그이는 아직도 몹시 어려요. 그렇게 하지 않으면, 제가 자기에게 돈을 주지 않을 거라고 생각하고 있어요.」

「그러니까 보보가 알아서는 안된다는 말인가?」

「그래서가 아녜요. 하지만 그이가 질투를 하거든요. 그럴 땐 미친 듯이 날뛰어요.」

「언제나 질투하나?」

뤼시엔느는 놀란 듯이 쳐다보았다.「물론 그렇진 않아요. 다른 사람과는 영업이니까요.」

「그럼 돈을 받지 않을 때만 그렇단 말이지?」

뤼시엔느는 우물쭈물했다. 그러더니 얼굴이 붉어졌다.「그런 건 아니에요. 다만 다른 무엇이 있다고 생각했을 때만 그래요.」그녀는 다시 얼굴을 붉혔다.「제가 기분을 낸다는 걸 말이에요.」

그녀는 눈을 들지 않았다. 라빅은 테이블 위에 놓인 그녀의 손을 잡았다.

「뤼시엔느.」하고 그는 말했다.「기억해 줘서 고마와. 그리고 함께 가자고 해줘서. 아가씬 귀여우니까, 나도 함께 가곤 싶어. 하지만 난 내가 한번 수술한 적이 있는 여자와는 같이 잘 수가 없어. 무슨 말인지 알겠어?」

그녀는 긴 속눈썹을 치켜세우고 급히 고개를 끄덕였다.「알아요.」그러고는 일어났다.「그럼 그만 가보겠어요.」

「잘 가요, 뤼시엔느. 잘해. 병 안 걸리도록 주의하라고.」

「네.」

라빅은 종이쪽지에다 무엇인가를 적었다. 「아직 병에 걸리지 않았거든 이걸 사용해. 제일 잘 들으니까. 그리고 돈을 전부 보보에게 주어서는 안돼.」

그녀는 생긋 웃으며 고개를 저었다. 그런 말을 들어도 역시 돈을 주어버린다는 것을 그녀는 알고 있었고, 그도 알고 있었다. 라빅은 그녀가 사람들 사이로 사라질 때까지 지켜보다가 보이를 불렀다.

푸른 모자를 쓴 여자가 옆으로 지나갔다. 여자는 처음부터 끝까지 지켜보고 있었던 것이다. 여자는 신문을 접은 것으로 부채질을 하면서 틀니투성이의 입을 벌려보였다. 「당신은 고자가 아니라면 숙맥이군요, 아저씨.」여자는 지나치면서 상냥하게 말했다. 「재미 많이 보세요. 정말 고마와요.」

라빅은 포근한 밤공기 속을 걸어갔다. 번개불이 지붕 위를 번쩍 비추었다. 바람 한 점 없다. 루브르의 입구에 불이 켜져 있었다. 문이 열려 있기에 그는 안으로 들어갔다.

야간 전시일이었다. 일부 진열실에 불이 켜져 있었다. 그는 이집트 전시장을 지나갔다. 이집트 전시장은 밝게 조명된 거대한 무덤 같았다. 3천 년 전의 석조의 왕들이 쭈그리고 앉았거나 선 채로, 어슬렁어슬렁 구경하고 다니는 학생들과, 지난 해의 모자를 쓴 여자들, 권태로운 듯한 중년 남자들의 무리를 꼼짝도 하지 않고 화강암의 눈으로 물끄러미 바라보고 있었다. 먼지와, 탁한 공기와 불사(不死)의 냄새가 풍기고 있었다.

그리스 전시장에서는 밀로의 비너스 앞에 여신과는 전혀 닮지도 않은 한 떼의 처녀들이 소곤소곤 이야기하며 서있었다. 라빅은 걸음을 멈추었다. 화강암과 초록의 섬장암으로 된 이집트인의 석상을 보고 난 다음에 보는 대리석은 퇴폐적이고 연약하다. 부드럽고 적당히 살찐 비너스는, 어느 정도 만족스러운 기분으로 목욕을 하고 있는 가정 주부같은 느낌을 준다. 아름답고 사상이 없다. 도마뱀을 죽이는 아폴로는 운동 부족의 남창(男娼)이다. 하지만 이것은 모두 방안에 서있다. 그래서 죽어있는 것이다. 이집트의 석상들은 죽어 있지 않다. 이집트의 석상은 무덤이나 신전을 위해서 만들어져 있기 때문이다. 그리스의 석상에는 태양과 공기와 아테네의 황금빛 햇볕이 틈새에서 스며들어오는 원주(圓柱)가 필요하다.

라빅은 걸었다. 계단이 있는 커다란 홀이 차츰 다가온다. 그리고 문득 모든 것 위에 우뚝 솟는 승리의 여신 사모트라케의 니케가 나타났다.

니케는 오랜만에 본다. 전번에 온 것은 잿빛으로 흐린 날이었다. 대리석이 초라하게 보였다. 박물관의 우중충한 겨울 햇빛 속에서 승리의 여신은 무엇인가 미지근하고 얼어붙은 듯이 보였다. 그것이 지금은 계단 위, 대리석으로 만든 깨어진 뱃머리에 높이 서서, 조명등에 밝게 드러나 찬란하게 빛나고, 양쪽 날개를 활짝 벌리고 씩씩하게 나아가는 몸에 바람에 불린 옷자락이 휘감긴 채, 환하게 빛나면서 금방이라도 날아갈 듯이 보인다. 여신의 뒤에는 포도주빛을 한 살라미스 해의 물결이 도도히 굽이치는 듯하고, 하늘은 기대(期待)의 빌로도로 어둡게 덮여 있었다.

여신은 모랄에 대해서는 아무것도 모른다. 문제 같은 것은 전혀 모른다. 폭풍우도 모르거니와 피의 검은 배경도 모른다. 알고 있는 것은 승리와 패배뿐이다. 이 두 가지는 거의 같은 것이다. 여신은 유혹이 아니라 비상(飛翔)이다. 매혹이 아니고 무관심이다. 여신에게 비밀은 없다. 더구나 성(性)을 가리고서, 오히려 그것을 암시하고 있는 비너스보다 더 사람의 마음을 흥분시킨다. 여신은 새나 배나 바람이나 파도나 수평선과 같다. 여신에게는 고향이 없다.

여신에겐 고향이 없다, 하고 라빅은 생각했다. 하지만 고향 같은 것은 필요가 없다. 모든 배가 여신의 집이다. 용기와 투쟁이 있는 곳이라면 어디건. 뿐만 아니라 만약 절망만 없다면 패배가 있는 곳이라 할지라도 여신의 집인 것이다. 여신은 승리의 여신일 뿐만 아니라 모든 모험가의 여신이며, 피난민의 여신이다. 그들이 단념하지 않는 한은.

그는 주위를 둘러보았다. 방안에는 이제 아무도 없었다. 학생들과 베데커의 여행 안내서를 손에 든 사람들은 모두 집으로 돌아가버렸다. 집으로……. 그러나 돌아갈 데가 없는 사람에게는, 잠시 동안 타인의 가슴속에 생겨나는 폭풍우와 같은 격렬한 집 이외에, 도대체 어떤 집이 있단 말인가? 사랑이 집 없는 사람들의 마음을 때릴 때, 그들은 밑바닥부터 뒤흔들리고, 완전히 사로잡히는 것은 그때문이 아닐까? 그들은 그밖에는 아무것도 가진 것이 없기 때문이다. 내가 사랑을 피하려고 한 것도 이때문이 아니었을까? 더구나 사랑은 나를 뒤쫓고, 달라붙어 쓰러뜨리지 않았던가? 낯익고 정든 고장보다도, 타향의 미끄러지기 쉬운 빙판 위에서 다시 한번 일어서기란 더욱 어려운 일이다.

얼핏 무엇인가 그의 눈에 띄었다. 무엇인가 조그맣게 펄럭이는 흰 것이. 나비다. 열어놓은 출입구의 문으로 날아들어온 것이 분명하다. 아마도 한 쌍의 연인들 때문에 향기로운 잠을 깨고, 튈리의 따뜻한 장미꽃 잠자리에서 날아올라, 무수한 어지러운 낯선 태양과도 같은 불빛에 눈이 부셔, 이 문 안으로, 커다란 문짝 뒤의 안전한 어둠 속으로 도망쳐들어온 것이다. 그리고 지금 어리둥절하면서 기특하게도 이 넓은 홀을 하늘하늘 날아다니고 있는 것이다. 그러다가 지쳐서 여기에서, 대리석의 박공에서, 창문의 돌출부에서, 또는 높다랗게 찬란히 빛나고 있는 여신의 어깨 위에서 잠들고 죽어갈 것이다. 아침이 되면 꽃을, 생명을, 화초의 단 꿀을 찾을 것이다. 하지만 찾아내지 못하고, 이윽고 다시 맥이 풀려서 천 년 묵은 대리석 뒤에서 잠들 것이다. 결국은 화사하면서도 단단한 다리의 힘도 빠져서, 가을도 오기 전에 지는 작은 나뭇잎처럼 마룻바닥에 떨어질 것이다.

센티멘털이다, 하고 라빅은 생각했다. 승리의 여신과 피난민의 나비. 값싼 상징이다. 그러나 값싼 것, 값싼 상징, 값싼 감정, 값싼 센티멘털보다도 사람의 마음을 깊이 울리게 하는 것이 또 있을까? 도대체 그런 것을 값싸게 만든 것은 뭘까? 그런 것이 지닌 너무나도 명백한 진실이 아닐까? 어떤 일이 생사의 문제가 될 때, 신사연하는 속물 근성은 사라지고 만다. 나비는 둥근 천장의 어둠 속으로 사라져갔다. 라빅은 밖으로 나왔다. 바깥의 따뜻한 공기가 그를 맞았다. 목욕물처럼 미적지근했다. 그는 걸음을 멈추었다. 값싼 감정! 내 자신이 온갖 값싼 감정 중에서도 가장 값싼 감정에 사로잡혀 있는 게 아닐까? 그는 널찍한 안뜰을 바라보았다. 거기엔, 몇 세기 동안의 망령들이 쪼그리고 앉아 있었다. 느닷없이 그는 주먹으로 얻어맞고 있는 것 같은 기분이 들었다. 그리고 이 공격에 쓰러질 뻔했다. 지금 바야흐로 날려고 하던 하얀 니케가, 아직도 망령처럼 그의 눈앞에 어른거린다. 그러나 그 뒤쪽에, 이 망령에서 다른 얼굴이 나타났다. 값싼 얼굴이다. 고귀한 얼굴이 아니고, 마치 가시투성이의 장미 덤불에 인도 인의 베일처럼 그의 공상이 엉겨붙어 있는 얼굴이다. 그는 베일을 잡아찢으려고 했다. 하지만 가시가 꼭 붙잡고 놓지를 않았다. 가시는 비단과 황금빛 올을 붙잡고 있었다. 가시는 이미 비단이나 황금빛 올에 단단히 얽혀 있어서, 가시 돋친 가지와 반짝반짝 빛나는 베일은, 이제 눈으로 보아도 명백하게 식별할 수 없게 되었다.

얼굴! 얼굴! 도대체 값싼 얼굴인가, 고귀한 얼굴인가를 누가 묻겠는가? 단 하나밖에 없는 얼굴인가, 얼마든지 볼 수 있는 얼굴인가, 하고 누가 묻겠는가? 미리 그런 질문을 할 수도 있을 것이다. 그러나 일단 사로잡히고 말면, 이제는 모르게 되어버린다. 사람은 사랑의 포로가 되어버리는 것이다. 어쩌다가 그런 사랑의 포로가 되는 것이 아니다. 공상의 불길로 하여 장님이 되어버리는데, 어떻게 판단할 수가 있겠는가? 사랑은 가치라는 것은 모른다.

이제는 하늘이 낮게 드리워 있었다. 가끔 소리도 없는 번개불이 번쩍 하며 밤의 어둠 속에서 유황 같은 구름을 찢어 놓는다. 수천의 보이지 않는 눈을 가진 형체 없는 열기가 지붕 위에 누워 있다. 라빅은 리볼리 가를 걸어갔다. 아치형의 길에는 상점의 쇼윈도가 휘황하게 번쩍이고 있었다. 사람의 물결이 움직이고 있다. 나는 이와 같이 몇천 명 중의 한 사람으로서, 두손을 호주머니에 넣고, 번쩍거리는 값싼 물건과 귀중품을 잔뜩 진열한 쇼윈도 앞을 천천히 걷고 있다. 초저녁의 산책자이다. 그러나 나의 내부에서는 피가 떨고 있고, 뇌수라고 불려지는 두 주먹 정도밖에 되지 않는 해파리 같은 덩어리의 잿빛과 하얀 맥박이 치는 미로 속에서는 눈에 보이지 않는 싸움이 일고, 현실이 비현실로, 비현실이 현실로 보이고 있다. 나는 팔이 닿고, 몸이 서로 스치고, 눈이 응시하는 것을 느낄 수 있다. 나는 자동차소리, 말소리, 거친 현실의 떠들썩한 소리를 들을 수가 있다. 나는 그 한가운데에 있다. 더구나 달보다도 먼 별의 세계에, 논리와 사실의 피안에 있는 것이다. 나의 내부에서 무엇인가 부르짖고 있는 것이 있다. 그것이 이름이 아니라는 것을 알면서도 그래도 큰 소리로 부르짖고 있다. 부르짖으면서 그것을 침묵 속으로 보내고 있다. 늘 존재하고, 이미 무수한 부르짖음이 그 속으로 사라져간 침묵, 일찌기 하나의 대답도 돌아오지 않은 침묵으로. 그것을 알면서도, 그래도 계속 부르짖는다. 사랑의 밤과 죽음의 밤의 부르짖음, 황홀과 무너져내리는 의식의 부르짖음. 밀림과 사막의 부르짖음. 나는 수천의 대답을 알 수도 있으리라. 하지만 이 하나의 대답만은 나의 힘이 미치지 못한다. 나는 그 대답은 얻을 수가 없는 것이다.

　사랑! 이 이름은 얼마나 많은 것을 나타내지 않으면 안되었던가! 지극히 부드러운 살결의 애무를 비롯하여, 영혼의 아득한 격동에 이르기까지. 지극히 단순한 가정적인 소망을 비롯하여, 죽음의 경련에 이르기까지. 정신을 잃을 만큼의 욕정을 비롯하여, 야곱과 천사의 격투에 이르기까지. 난 나이 사십을 넘었고, 많은 학교에서 교육을 받고, 경험을 쌓고, 지식을 쌓고, 맞고 쓰러졌다가 다시 일어나고, 세월의 여과기에 여과되어 더욱 굳어지고, 비판적이 되고, 냉정해진 사나이다. 나는 그것을 바라지 않았고, 믿지 않았고, 그것이 다시 되살아나리라고는 생각해 보지도 않았다. 그것이 지금 다시 되살아난 것이다. 그리고 나의 온갖 경험도 아무런 도움이 되지 않고, 모든 지식은 그저 그것을 더욱 불타오르게 할 뿐이다. 그런데 감정의 불길 속에서, 바싹 마른 냉소와 위기의 세월이 쌓아올린 장작보다 더 타기 좋은 것이 어디 또 있겠는가!

　그는 한없이 걸었다. 밤은 아득하고 반향이 있다. 몇 시간이 지났는지, 몇 분이 지났는지도 모르고 무턱대고 걸었다. 어느 사이엔가 라파엘 거리 안쪽의 공원에 와있는 것을 깨달았으나 놀라지는 않았다.

　파스칼 가의 그 집. 위쪽의 희미하게 보이는, 맨 꼭대기에 있는 스튜디오, 그 한두 군데는 불이 켜져 있다. 조앙의 스튜디오 창문은 곧 알아낼 수 있었다. 환히 빛나고 있다. 그녀는 집에 있는 것이다. 어쩌면 집에 없고, 그냥 불만 켜놓았는지도 모른다. 그녀는 어두운 방으로 돌아가는 것을 싫어한다. 바로 나처럼. 라빅은 그쪽 길까지 건너갔다. 집 앞에 자동차 서너 대가 멈춰 있었다. 그중 노란 로드스터가 한 대 있었다. 보통 차를 경주용 차처럼 만든 것이다. 저것이 그딴 사내의 차인지도 모르겠다. 배우가 탈만한 자동차이다. 빨간 가죽의 좌석, 비행기와 같은 계기판, 불필요한 기구가 잔뜩 붙어 있다. 물론 그 사내의 것임에 틀림이 없다. 나는 질투를 하고 있는 걸까, 하고 생각하고 그는 깜짝 놀랐다. 그녀와 결합되어 있는 우연한 대상을 질투하고 있는 걸까? 나와는 아무런 관계도 없는 것을? 배반하고 떠난 사랑을 질투할 수는 있다. 하지만 사랑이 쏠려 있는 그 대상을 질투할 수는 없을 것이다.

그는 다시 공원으로 되돌아갔다. 어둠 속에서, 흙과 시원한 푸른 잎의 향기에 섞여 달콤한 꽃향기가 풍겼다. 꽃향기는 소나기가 내리기 전처럼 강했다. 그는 벤치를 찾아서 앉았다. 이것은 내가 아니다. 나를 버린 여자의 집 앞 벤치에 앉아서, 여자의 집 창문을 올려다보고 있는 때늦은 이 연인은 내가 아니다! 철망에 뒤흔들리고 있는 이 사나이는 내가 아니다! 시간을 되돌려서, 자신의 귀에 의미도 없는 말을 지껄여대는 블론드의 허망한 여자를 되찾을 수가 있다면, 몇 년의 세월이라도 기꺼이 내던지려고 하고 있는 이 어리석은 자는 내가 아니다! 여기에 앉아서——변명을 하지 마라——질투에 불타고, 풀이 죽고, 비참한 기분에 젖어, 차라리 당장 저 자동차에 불이라도 지르고 싶다고 생각하고 있는 자는 내가 아니다!

그는 담배에 불을 붙였다. 소리 없는 연소, 눈에 보이지 않는 연기, 성냥불의 짧은 혜성의 궤도. 나는 어째서 저 스튜디오로 올라가지 않는가? 아직 아무일도 없다. 지금이라도 늦지는 않다. 아직 불이 켜져 있다. 그 자리에서 벌어지는 일은 처리할 수가 있다. 나는 어째서 그녀를 데리고 나오지 않는가? 이제는 모든 것을 다 알지 않았는가? 그녀를 데리고 나와서, 함께 살며, 다시는 놓치지 않도록 왜 못하는가?

라빅은 어둠 속을 응시하고 있었다. 그런 짓을 해서 무슨 소용이 있나? 어떻게 된 것인가? 너는 다른 사내를 내쫓을 수는 없다. 너는 다른 사람의 마음에서 무엇 하나, 누구 한 사람 쫓아낼 수가 없다. 그녀가 나에게로 왔을 때, 그녀를 빼앗을 수는 없었을까? 나는 어째서 그렇게 하지 않았을까?

그는 담배를 내던졌다. 그것만으로는 충분치가 않았기 때문이다. 그것이다. 나는 더 많은 것을 바라고 있는 것이다. 설사 그녀가 찾아와도, 그것으로는 충분치가 않은 것이다. 가령 그녀가 되돌아오고, 다른 일은 모두 잊고, 모두 가라앉혀버린다 해도, 그것만으로는 이제 결코 충분치가 않은 것이다. 이상스럽고 무서운 일이기는 하지만, 이제는 결코 충분치가 않은 것이다. 무엇인가 뒤틀리고 만 것이다. 어느 한 곳에서 내 상상력의 광선이 거울에 비치지 않았던 것이다. 광선을 받아, 더욱 강렬하게 도로 내던지는 거울에 말이다. 광선은 거울을 넘어서 맹목적인, 충족시킬 수 없는 세계로 흘러가버리고 만 것이다. 이제 와서는 아무것도 이 광선을 되찾아올 수 없다. 어떤 거울이라도, 설령 수천의 거울을 가졌다 하더라도……. 거울은 광선의 일부만을 잡을 수가 있다. 하지만 광선을 되찾을 수는 없다. 광선의 망령은 사랑의 허공을 홀로 헤메고, 광선의 안개로 이것을 충족시키고 있을 뿐이다. 그것은 이제 아무런 형체도 없고, 사랑하는 사람의 머리 둘레에 다시는 무지개를 걸 수도 없는 것이다. 마법의 고리는 깨졌다. 슬픔은 남았지만, 희망은 산산이 부서지고 만 것이다.

　누군가가 집에서 나왔다. 남자다. 라빅은 일어섰다. 여자가 뒤따라나왔다. 두 사람은 웃고 있다. 그들이 아니다. 차가 한 대 움직여서 떠나버렸다. 그는 다시 담배 한 대를 꺼냈다. 나는 그녀를 붙잡아둘 수가 있었을까? 그런데 무엇을 붙잡아둘 수가 있단 말인가? 오직 환영뿐이다. 그밖의 것은 할 수가 없다. 그러나 환영만으로도 족하지 않은가? 도대체 그 이상의 것을 얻을 수가 있을까? 이름도 없이 우리들의 감각 밑을 넘쳐흐르고 있는 생명의 캄캄한 소용돌이를 누가 알 수 있겠는가? 감각이 허망한 웅성거림에서 사물로, 테이블로, 램프로, 가정으로, 너로, 사랑으로 변화시키는 생명의 소용돌이를. 있는 것은 오직 예감과 무서운 박명(薄明)이다. 그걸로 족하지 않은가?

　그것으로는 충분하지 않다. 그것을 믿었을 때, 비로소 충분해지는 것이다. 수정(水晶)이 의혹의 망치로 일단 부서지면, 그것을 풀로 붙일 수는 있겠지만, 그 이상은 어쩔 수가 없다. 그것을 풀로 붙이고 거짓으로 다졌을 때, 한때는 하얗고 찬란하게 빛나던 것이, 지금은 산산조각이 나있는 빛을 지켜보라! 무엇 하나 되돌아오지 않는다. 무엇 하나 이전의 형태로 되돌아오지 않는다. 무엇 하나도. 설사 조양이 되돌아온다 해도, 본래대로는 아닌 것이다. 풀로 붙인 수정. 때는 이미 늦은 것이다. 되찾아올 수 있는 건 하나도 없다.

　그는 가슴을 에는 듯한, 견딜 수 없는 고통을 느꼈다. 무엇인가 그의 내부에서 찢어졌다. 갈기갈기 찢어졌다. 무슨 꼴이냐, 이렇게 괴로와하다니, 하고 그는 생각했다. 그것 때문에 이렇게 괴로와하다니. 나는 어깨 너머로 나 자신을 보고 있다. 그러나 그렇게 했다고 해서 무엇 하나 변하지 않는다. 설사 손에 넣는다 해도 분명히 다시 놓쳐버리고 만다는 것을 잘 알고 있다. 그러나 그것을 알고 있어도 이 그리움을 가라앉힐 수는 없다. 나는 그것을, 시체 공시소의 테이블 위에 올려놓은 시체처럼 해부한다. 하지만 그렇게 해도, 다만 천 배나 더 생생해질 뿐이다. 언젠가는 지나가버린다는 것을 알고 있다. 그렇다고 해서 나에게 아무런 도움도 되지 않는다. 그는 창문을 노려보았다. 그리고 무서울이만큼 어리석은 생각이 들었다. 하지만 그렇다고 해서 어떻게 되는 것도 아니었다.

그때 거리의 상공에서 굉장한 우뢰소리가 울렸다. 빗방울이 수풀을 때렸다. 라빅은 일어섰다. 그리고 가로에 검은 은빛이 생기는 것을 보고 있었다. 비는 좍좍 소리를 지르기 시작했다. 굵은 빗방울이 따스하게 얼굴에 와닿았다. 그러자 갑자기, 자기가 어리석은 것인지, 그렇지 않으면 비참한 것인지, 괴로와하고 있는지, 괴로와하지 않고 있는지 도대체 분간할 수가 없어졌다. 나는 살아있다 ! 나는 여기에 있다. 그것이 다시 나를 사로잡고 뒤흔든다. 나는 이제 방관자가 아니다. 국외자가 아니다. 억누를 수 없는 감정의 위대한 광휘가, 마치 항아리 속에서 불이 번쩍 일어나듯이 그의 혈관 속을 달려갔다. 내가 행복하건, 불행하건, 그런 건 아무래도 좋다. 나는 살아있다. 그리고 내가 살아있다는 것을 분명히 느낀다. 그것으로 족하다 !

라빅은 쏟아지는 빗속에 있었다. 비는 마치 하늘의 기관총 포화처럼 그의 머리 위에 쏟아졌다. 그는 그대로 서있었다. 비와, 폭풍우와, 물과, 땅이 하나가 되었다. 지평선에서 번쩍이는 번개불이 그의 내부를 휙 스쳐갔다. 그는 창조물이며, 원소이다. 이제는 아무것도 이름이 없고, 이름이 없어도 괴로와지지 않는다. 모든 것은 동일하다. 사랑도, 퍼붓는 비도, 옥상에서 번쩍이는 창백한 불빛도, 부풀어오르는 듯한 대지도 모두가 동일하다. 이제는 아무데도 경계선이 없다. 그는 이들 모든 것에 속한다. 행복도 불행도, 살아있다고 하는, 그리고 살아있다는 것을 느낀다는 강렬한 감정에 의해서 버림받은, 텅 빈 껍데기에 불과하다.

「거기 있는 그대여.」하고 그는 불이 켜져 있는 창문을 향하여 말하고 웃었다. 그러나 자기가 웃었다는 것은 깨닫지 못했다. 「그대, 작은 빛이여, 신기루여. 수십만의 다른 얼굴, 보다 좋고 보다 아름답고 보다 총명하고 보다 상냥하고 보다 성실하고 보다 이해성이 있는 얼굴이 수십만이나 있는 이 별 위에서, 이 나에게 이상한 힘을 발휘하는 얼굴이여. 밤에 내 앞에 내던져지고, 나의 생활에 굴러들어온 그대. 우연히도 밀려들어서 내가 잠들고 있는 동안에 내 살갗 밑으로 기어들어 달라붙은 감정이여. 이 나에게 대해서는 다만 저항했다는 것 이외에는 거의 아무것도 모르고, 그래서 더이상 내가 저항하지 않을 때까지 이 나에게 몸을 내던져왔다가는, 저항을 하지 않게 되자 이제 가버리려고 하는 그대여. 나는 그대에게 인사를 보내노라 ! 나는 지금 여기에 서있다. 다시 한번 이렇게 여기 서게 되리라고는 생각조차 하지 않았다. 비는 나의 내의를 적시고 흘러들어온다. 비는 그대의 손이나 피부보다도 따스하고, 차갑고, 부드럽다. 나는 지금 여기 서있다. 견딜 수 없이 비참한 기분으로 명치에 질투어린 날카로운 발톱을 숨기고, 그대를 그리며, 그대를 멸시하며, 그대를 찬미하며, 그대를 사모하며. 그대가 번개불을 풀어서 나를 타오르게 했기 때문이다. 모든 자궁 속에 숨겨져 있는 번개불, 생명의 불꽃, 검은 불을 말이다. 나는 여기 서있다. 하찮은 냉소와 야유와 약간의 용기를 가진, 휴가를 얻은 사자(死者)가 이제는 아니다. 이제 차갑지는 않다. 다시 한번 살아있는 것이다. 괴로와하고 있다 해도 좋다. 하지만 삶의 모든 뇌우를 향하여 개방되고, 삶 그 자체의 단순한 힘으로 다시 소생한 것이다. 축복받을지어다, 변덕스러운 마음을 가진 마돈나, 루마니아 사투리의 니케여. 꿈과 거짓, 암흑의 신의 깨어진 거울. 아무런 의심도 갖지 않는 그대여! 그대에게 감사한다! 나는 그대에게 절대로 말하지 않을 것이다. 만약 말하면, 그대는 그것을 무자비하게 이용할 테니까. 그러나 그대는 플라톤도, 별과 같은 국화도, 도망도, 자유도, 모든 시(詩)도, 모든 자비심도, 절망도, 높고 참을성 있는 희망도 줄 수 없었던 것을 내게 되돌려 주었다. 두 개의 커다란 파국 사이에 끼어 있는 이 시대. 내게는 죄악이라고도 생각되던, 단순하고 강렬한 직접적인 생명이다! 나는 그대에게 인사를 보낸다. 그대에게 감사한다! 나는 이것을 배우기 위하여, 그대를 잃지 않으면 안되었던 것이다! 나는 그대에게 인사를 보낸다!」

비는 번쩍이는 은빛 장막으로 변해 있었다. 수풀은 훈훈한 향기를 풍겼다. 강렬한 흙냄새가 반가왔다. 누가 맞은편 집에서 뛰어나와, 노란빛의 로드스터에 덮개를 씌웠다. 그런 것은 아무래도 괜찮다. 아무것도 아니다. 밤은 별의 세계에서 비를 뿌리고 있다. 신비스럽게 열매를 맺게 하면서, 비는 골목과 정원이 있는 돌의 도시 위에 쏟아진다. 수백만을 헤아리는 꽃이 각양각색의 성(性)을 비 쪽으로 돌려서, 그것을 수태한다. 비는 수백만의 수목이 벌린, 날개와도 같은 품속으로 뛰어들어, 땅속으로 스며들어서, 기다리고 있는 수백만의 뿌리와 어둠 속에서 혼인한다. 비, 밤, 자연, 생장. 이러한 것이 파괴, 죽음, 죄인, 거짓 성자, 승리나 패배와는 상관없이 지금 여기에 있다. 해가 가고 달이 가도 항상 같다. 오늘밤, 그는 이들과 일체가 되어 있다. 껍질이 깨어져서 벌어지고 생명이 자라 나온 것이다. 생명, 생명. 인사를 드린다! 축복을 드린다!

그는 공원을 나와 바삐 걸어갔다. 뒤를 돌아보지 않았다. 그저 걷고 또 걸었다. 숲의 나뭇가지가 웅웅거리는 거대한 벌집처럼 그를 맞았다. 비는 나뭇가지를 두드리고, 가지는 크게 흔들리며 이것에 대답하고 있었다. 그는 자기가 다시 한번 젊어져서, 여자의 집에 처음으로 찾아가고 있을 때와 같은 기분이 들었다.

24

「뭘 드릴까요?」하고 보이가 라빅에게 물었다.

「그걸로 한 잔…….」

「뭘로 말입니까?」

라빅은 대답하지 않았다.

「잘 모르겠는데요.」하고 보이는 말했다.

「아무거나 좋아. 뭐든 가져오게.」

「페르노로 할까요?」

「좋아.」

라빅은 눈을 감았다가 천천히 다시 떴다. 사나이는 아직 그 자리에 앉아 있다. 이번엔 절대로 틀림이 없다.

하케는 출입구 옆의 테이블에 앉아 있었다. 혼자 식사를 하고 있다. 새우를 둘로 썰어서 담은 은접시와 얼음그릇에 채운 샴펜 한 병이 테이블에 놓여 있다. 테이블 옆에 보이가 서서, 토마토가 섞인 초록빛 샐러드를 버무리고 있다. 라빅은 그것이, 마치 눈속의 망막에 새겨진 것처럼 너무나 또렷하게 보였다. 그는 하케가 얼음그릇에서 샴펜 병을 집어들었을 때, 빨간 돌에 문장(紋章)을 새긴 반지를 보았다. 그의 기억 속에 이 반지와, 포동포동 살찐 흰 손가락이 남아 있었다. 그는 이 손을, 고문대 곁에서 기절한 후 실신 상태에서 다시 휘황한 불빛 속으로 되던져졌을 때, 조직적인 광란의 소용돌이 속에서 보았다. 라빅의 앞에는 하케가 있었다. 그에게 끼얹는 물에 단정한 제복이 젖지 않도록, 조심스럽게 뒤로 물러나면서…….

그는 포동포동 살찐 손을 내밀어 라빅을 가리키며, 부드러운 목소리로 말했다. 「이건 그야말로 시작에 불과해. 여태까지는 아무것도 아냐. 자, 어때, 이름을 대겠나? 아니면 더 계속할까? 아직도 방법은 많아. 보아하니 네 손톱은 아직 아무렇지도 않군.」

하케는 눈을 들었다. 그리고 라빅의 눈을 똑바로 쳐다보았다. 라빅은 그대로 가만히 앉아 있는 것만도 온몸의 힘을 다하지 않으면 안되었다. 그는 페르노 잔을 들어 한 모금 마시고는, 샐러드를 만드는 법이 재미있다는 듯이 태연하게 샐러드 접시를 보고 있었다. 하케가 그를 알아보았는지 어떤지는 알 수 없었다. 일순간에 등줄기가 땀으로 촉촉히 젖었다는 것을 느낄 수 있었다.

잠시 후, 그는 다시 그 테이블에 눈길을 보냈다. 하케는 새우를 먹고 있었다. 그는 자기 접시를 보고 있었다. 그의 벗겨진 머리가 광선을 되쏘고 있었다. 라빅은 주위를 둘러보았다. 식당은 붐비고 있었다. 어떻게 해볼 수도 없다. 무기라고는 전혀 가진 것이 없다. 설사 하케에게 덤벼들어보았자, 다음 순간에는 열 명의 사람들이 자신을 떼어놓고 말 것이다. 2분 후에는 경찰이 올 것이다. 기다렸다가 하케의 뒤를 밟을 수밖에 없다. 어디에 살고 있는지 알아내는 것이다.

그는 억지로 담배를 피웠다. 그리고 다 피울 때까지는 하케 쪽을 쳐다보지 않기로 했다. 천천히, 마치 누구를 찾고 있는 듯이 그는 주위를 둘러보았다. 하케는 마침 새우를 다 먹고 난 참이었다. 냅킨을 두손에 들고 입언저리를 닦고 있었다. 그는 한쪽 손으로 닦지 않고, 두손으로 닦고 있었다. 냅킨을 단정하게 집어들고 가볍게 입술에 댔다. 처음에 한쪽 입술을, 다음에 다른쪽 입술을……. 여자가 루즈를 닦아내는 것 같았다. 그 순간, 그는 라빅을 똑바로 쳐다보았다.

라빅은 급히 다른 데로 눈길을 돌렸다. 그는 하케가 아직도 자기를 쳐다보고 있다는 것을 느꼈다. 그는 보이를 불러서 페르노를 한 잔 더 주문했다. 다른 보이가 하케의 테이블에서 바쁘게 움직이고 있었다. 먹다 남은 새우의 찌꺼기를 치우고, 빈 잔에 술을 따르고, 치즈가 담긴 접시를 날라왔다. 하케는 스트로의 받침 위에 놓인, 녹기 시작한 브리를 가리켰다.

라빅은 담배를 한 대 더 피웠다. 잠시 후, 그는 다시 얼굴에 하케의 시선이 와 닿는 것을 느꼈다. 이쯤 되면 이것은 우연한 일은 아니다. 그는 피부가 오그라드는 것을 느꼈다. 만약 하케가 눈치를 챘다면……. 그는 지나가는 보이를 불렀다.

「페르노를 밖으로 갖다주지 않겠나? 테라스로 나가고 싶어. 그쪽이 시원해.」

보이는 우물쭈물했다. 「여기서 계산을 해주시면 간단하겠읍니다만. 밖엔 따로 보이가 있었어요. 그렇게 해주시면, 잔을 밖으로 내다 드리겠읍니다.」

라빅은 고개를 흔들고는, 호주머니에서 지폐를 한 장 꺼냈다. 「이것은 여기서 마시고, 밖에 나가서는 따로 주문을 하지. 그렇게 하면 되겠지?」

「좋습니다. 고맙습니다.」

라빅은 그다지 서두르지도 않고 잔을 비웠다. 하케가 엿듣고 있다는 것을 느낄 수 있었다. 라빅이 말을 하고 있는 동안, 그는 먹는 일을 중지하고 있었다. 그러다가 지금 다시 먹기 시작하고 있다. 라빅은 잠시 동안 조용하게 앉아 있었다. 만약 하케가 눈치를 챘다면, 방법은 하나밖에 없다. 모르는 척하고 몸을 숨긴 채 감시를 계속하는 일이다.

잠시 후 그는 일어나 어슬렁어슬렁 밖으로 나갔다. 바깥 테이블은 거의 차있었다. 라빅은 선 채로 기다리다가 이윽고 하케의 테이블 일부를 지켜볼 수 있는 좌석을 발견했다. 그리고 라빅 쪽에서라면, 하케가 일어나서 가는 것도 볼 수 있을 것이다. 그는 페르노를 주문하고, 곧 계산을 했다. 당장에라도 뒤를 밟을 수 있게 해두고 싶었기 때문이다.

「라빅.」 누군가 그의 곁에서 말했다.

그는 누구에게 얻어맞은 듯 깜짝 놀랐다. 조앙이 그의 옆에 서있었다. 그는 조앙을 멍하니 쳐다보았다.

「라빅,」 하고 여자는 다시 불렀다. 「당신은 벌써 저를 못 알아보세요?」

「알지, 물론.」 그의 눈은 하케의 테이블을 보고 있었다. 보이가 거기 서있었다. 코피를 가져온 것이다. 그는 숨을 삼켰다. 아직 시간은 있다.

「조앙,」 하고 그는 앉으며 말했다. 「어떻게 여길 왔지?」

「무슨 엉뚱한 질문을 하세요! 푸케에는 누구나 날마다 오지요.」

「혼잔가?」

「그래요.」

그는 자기는 앉아 있는데 여자는 아직도 서있다는 것을 깨달았다. 그는 하케의 테이블을 계속 곁눈질로 바라볼 수 있게끔 일어났다. 「난 여기 볼일이 있어, 조앙.」 하고 그는 여자 쪽은 보지도 않고 급히 말했다. 「이유는 말할 수 없어. 하지만 나를 방해하지 말아 주어야겠어.」

「기다리고 있겠어요.」 조앙은 자리에 앉았다. 「어떤 여자인지 한번 보겠어요.」

「여자?」 라빅은 어리둥절한 표정으로 반문했다.

「당신이 기다리고 있는 여자 말이에요.」

「여자가 아니야.」

「그럼 누구예요?」

그는 그녀를 바라보았다.

「당신은 저를 못 알아보시더군요.」 하고 여자는 말했다. 「저를 쫓아버리고 싶겠군요. 홍분하고 있어요. 알아요. 누가 있군요. 그러니까 누가 오는지 지켜보겠어요.」

5분, 하고 라빅은 생각했다. 코피를 마시는 데 어쩌면 10분이 걸릴지도 모르지. 하케는 담배를 한 대 더 피우겠지. 시가일는지도 모른다. 그때까지 조앙을 어떻게 하지 않으면 안된다.

「좋아.」하고 그는 말했다. 「그걸 막지는 않겠어. 하지만 어디 딴 자리에 가서 앉아 있어 줘.」

여자는 대답을 하지 않는다. 눈초리는 날카로와지고, 얼굴은 긴장되었다.

「여자가 아냐.」하고 그는 말했다. 「하지만 설사 여자라고 해도, 도대체 당신과 무슨 상관이 있어? 자기는 배우 따위와 돌아다니면서 질투를 하다니, 어리석은 짓은 그만두라고.」

조앙은 대답하지 않았다. 그가 보고 있는 쪽으로 몸을 돌려 누구를 보고 있는가를 알려고 했다.

「보면 안돼.」하고 그는 말했다.

「그 여자가 다른 남자와 함께 왔나요?」

갑자기 라빅은 자리에 앉았다. 자기가 테라스로 나가서 앉겠다고 한 말을 하케는 들었다. 만약 나를 알아보았다면 수상하게 생각하고 내가 어디에 있는가를 살피려 할 것이다. 그렇다면 여기서 여자와 함께 앉아 있는 편이 자연스럽고, 악의없이 보일 것이다.

「좋아. 여기 있어요. 하지만 당신이 생각하고 있는 것은 어리석기 짝이 없는 거야. 나는 갑자기 일어나서 나가게 될 거야. 당신은 택시까지 함께 와서, 거기서 헤어지는 거야. 그렇게 해줄 수 있겠어?」

「어째서 그런 수수께끼 같은 말을 하세요?」

「수수께끼 같은 말이 아냐. 오랫동안 만나지 못한 사나이가 여기에 와있어. 그자가 어디에 살고 있는가를 알고 싶은 거야. 그것뿐이야.」

「여자는 아니죠?」

「여자가 아냐, 남자야. 하지만 그 이상은 말할 수가 없어.」

보이가 테이블 옆에 서있었다. 「뭘 들겠어?」하고 라빅은 물었다.

「칼바도스.」

「칼바도스 한 잔.」

보이는 발을 끌면서 가버렸다.

「당신은 안 마셔요?」

「아니, 나는 이걸 마시고 있어.」

조앙은 물끄러미 그를 쳐다보았다. 「이따금 당신이 얼마나 미워지는지 당신은 모를 거예요.」

「그럴지도 모르지.」라빅은 하케의 테이블을 힐끗 쳐다보았다. 글래스, 하고 그는 생각했다. 떨리고, 넘치고, 번쩍번쩍 빛나는 글래스. 길거리, 테이블, 사람들……. 모든 것들이 젤리처럼 떨리는 글래스 속에 잠겨 있다.

「당신은 냉정하고 이기주의고…….」

「조앙,」하고 라빅은 말했다.「그런 얘기는 다음에 하기로 해.」

여자는 보이가 잔을 자기 앞에 놓는 동안 잠자코 있었다. 라빅은 즉시 계산을 했다.

「당신이 절 이렇게 만든 거예요.」하고, 이윽고 여자는 덤빌 듯이 말했다.

「알고 있어.」

그 순간 하케의 손이 테이블 위에 보였다. 설탕을 집으려고 내민, 하얗고 포동포동한 손이다.

「당신이에요! 다름아닌 당신이에요! 당신은 한번도 저를 사랑한 적이 없었어요. 당신은 저를 농락했을 뿐이에요. 당신은 제가 당신을 사랑하고 있다는 것을 알면서도, 진정으로 대해 주지 않았어요.」

「사실이야.」

「뭐라고요?」

「사실이라니까.」하고 라빅은 여자를 쳐다보지도 않고 말했다.「하지만 나중에는 달라졌어.」

「그래요. 나중에는! 나중에 가서는! 그때는 이미 늦었어요. 당신이 나빠요.」

「알아.」

「제발 그런 식으로 말하지 마세요!」여자의 얼굴은 새파랗게 질리고, 노여움에 타오르고 있었다.「당신은 제 말을 듣고 있지 않아요!」

「듣고 있어!」그는 여자를 보았다. 말을 하라고. 무슨 말이든 해. 무슨 말이든 좋아.「당신의 배우 씨하고 싸움이라도 했나?」

「그래요.」

「곧 잊게 돼.」

구석에서 푸른 연기. 보이가 또 코피를 따르고 있다. 하케 녀석, 바쁘지 않은 모양이다.

「전, 아니라고 말할 수 있었어요.」하고 조앙은 말했다.「우연히 이곳에 왔다고 할 수도 있었어요. 하지만 그렇지가 않아요. 전 당신을 찾고 있었어요. 전 그 사람하고 헤어질 생각이에요.」

「언제나 그런 기분이 드는 법이야. 그런 거야.」

「전 그 사람이 두려워요. 저를 위협해요. 그 사람은 저를 쏘아 죽이겠다는 거예요.」

「뭐라고?」 갑자기 라빅은 얼굴을 쳐들었다. 「지금 뭐라고 했지?」

「그 사람이 저를 쏘아 죽이겠다고 해요.」

「누가?」 그는 지금까지 반쯤밖에 듣고 있지 않았다. 이제야 겨우 알아들었다. 「아, 그래! 당신은 그런 말을 정말이라고는 생각지 않지, 그렇지?」

「그 사람은 무서울 정도로 신경질적이에요.」

「그런 말을 하는 녀석은 결코 그렇게 하지 못해. 배우란 특히 그래.」

내가 무슨 말을 하고 있는가? 도대체 이게 어떻게 된 일인가? 이 여자는 여기서 어쩌자는 것인가? 윙윙거리는 소음 너머로, 누군가의 목소리, 누군가의 얼굴. 그것이 나에게 무슨 상관이 있단 말인가?

「어째서 나에게 그런 말을 하지?」

「전 그 사람하고 헤어질 생각이에요. 당신에게 돌아가고 싶어요.」

만약 저 녀석이 택시를 탄다면, 내가 차를 잡을 때까지는 적어도 몇 초가 걸릴 것이다. 내가 탄 차가 움직일 즈음에는 이미 늦을는지도 모른다. 그는 일어섰다. 「여기서 기다려요, 조앙. 금방 돌아올 테니까.」

「어쩔 셈이죠?」

그는 대답하지 않았다. 급히 길을 가로질러서 택시를 불러세웠다.

「자, 10프랑. 몇 분 동안 기다려 줄 수 있겠지? 안에서 할일이 아직 남아서 그러오.」

운전수는 돈을 보고, 다음엔 라빅을 보았다. 라빅은 윙크를 했다. 운전수도 윙크를 했다. 그리고 지폐를 천천히 뒤적거렸다.

「그건 덤이오.」 하고 라빅은 말했다. 「알겠지?」

「알았읍니다.」 운전수는 이빨을 드러내고 웃었다. 「좋습니다. 여기서 기다리죠.」

「곧 떠날 수 있도록 해두어야 하오.」

「알았읍니다, 선생님.」

라빅은 인파를 헤치고 테이블로 돌아왔다. 갑자기 목이 졸리는 듯했다. 하케가 입구에 서있었던 것이다. 조앙이 무슨 말을 하고 있는지 귀에 들어오지 않았다.

「기다려!」 하고 그는 말했다. 「기다려! 금방 올께! 잠깐이야!」

「싫어요!」

여자는 일어섰다. 「당신은 후회할 거예요!」 여자는 거의 흐느끼고 있었다.

그는 겨우 싱긋 웃었다. 그리고 여자의 손을 꼭 쥐었다. 하케는 아직도 그 자리에 서있다.

「앉아요, 조앙.」 하고 라빅은 말했다. 「잠깐이야!」

「싫어요!」

그가 쥐고 있는 여자의 손이 죄어왔다. 그는 손을 놓았다. 남의 눈에 띄는 짓은 하고 싶지가 않았다. 여자는 입구에 가까운 테이블 사이를 빠져서 총총히 가버렸다. 하케는 여자를 눈으로 좇았다. 그러고는 천천히 라빅 쪽을 뒤돌아보고, 다시 조앙이 가버린 쪽을 보았다. 라빅은 자리에 앉았다. 갑자기 관자놀이에서 피가 쾅쾅 울렸다. 그는 지갑을 꺼내서 무엇을 찾는 척했다. 하케가 천천히 테이블 사이를 걷고 있는 것을 알 수 있었다. 그는 모르는 척하고, 반대쪽을 보고 있었다. 하케는 틀림없이 그가 보고 있는 쪽을 지나갈 것이다.

그는 기다렸다. 시간이 한없이 흘러가는 듯했다. 그는 문득 심한 불안에 사로잡혔다. 만약 하케가 돌아서 가버리면 어쩌지? 그는 당황해서 뒤돌아보았다. 하케는 이미 그 자리에 없었다. 그 순간 모든 것이 빙빙 돌았다.

「실례합니다.」 하고 누가 그의 곁에서 말했다.

라빅의 귀에는 들어오지 않는다. 그는 출입구를 보았다. 하케는 안으로 들어가지는 않았다. 일어서야지. 쫓아가야 해. 붙잡아야지. 그 순간 등뒤에서 또 말소리가 들렸다. 그는 고개를 돌리고, 눈을 크게 떴다. 하케가 옆에 서있었다.

그는 조앙이 앉아 있던 자리를 가리켰다. 「실례합니다. 다른 데 빈자리가 없어서.」

라빅은 고개를 끄덕였다. 아무말도 할 수가 없었다. 머리에서 피가 싹 가시는 기분이었다. 피가 점점 가셨다. 마치 의자 밑으로 흘러서, 몸뚱이가 빈 자루처럼 되어버리는 것 같았다. 그는 의자 등에 힘껏 등을 밀어붙였다. 눈앞에는 아직도 잔이 놓여 있다. 밀크와 같은 액체. 그는 잔을 들어 마셨다. 무겁다. 그는 잔을 보았다. 손 안에서 가만히 있다. 뛰고 있는 것은 혈관 속의 피다.

하케는 휜느 샴펜을 주문했다. 오래 묵은 휜느 샴펜이다. 그는 지독한 독일 사투리로 프랑스 말을 했다.

라빅은 신문팔이 소년을 불렀다. 「〈파리 소와르〉를 줘.」

신문팔이 소년은 출입구 쪽을 힐끗 보았다. 신문팔이 노파가 거기 서있는 것을 알고 있었기 때문이다. 소년은 우연히 그렇게 한 것처럼, 접은 신문을 라빅에게 주고, 동전을 받아들자 황급히 사라졌다.

이 녀석은 틀림없이 나를 알아보았을 것이다. 그렇지 않다면 이 자리에 올 이유가 없다. 이렇게 되리라고는 생각조차 못했다. 이렇게 된 이상, 하케가 어떻게 나오나 잠자코 보고 있다가, 그에 따라서 행동할 수밖에 없다.

그는 신문을 집어들고 헤드라인을 읽은 다음, 다시 테이블 위에 놓았다.

하케는 그를 쳐다보았다. 그리고「좋은 저녁이군요.」하고 독일어로 말했다.

라빅은 고개를 끄덕였다.

하케는 빙긋 웃었다.「제 눈이 제법이죠, 어떻습니까?」

「그런 것 같군요.」

「저 안에 있을 때부터 당신을 보고 있었죠.」

라빅은 정신을 바짝 차리고, 그러나 무관심한 듯이 고개를 끄덕였다. 마음은 극도로 긴장해 있었다. 하케가 어떻게 할 것인지 생각할 수 없었다. 라빅이 비합법적으로 프랑스에 있다는 것을 하케가 알 리 없다. 하지만 게쉬타포는 거기까지 알고 있을지도 모른다. 그렇다고 해도, 아직 시간은 있다.

「당신이 곧 눈에 들어오더군요.」하고 하케는 말했다.

라빅은 그를 쳐다보았다.「그 상처도.」하고 하케는 라빅의 이마를 가리켰다. 「학생조합의 학생이라고 생각했죠. 그러니까 독일 사람이 분명하다, 그렇지 않으면 독일에서 공부한 사람이 분명하다고요.」

그는 웃었다. 라빅은 여전히 그를 쳐다보았다. 이런 일이 있을 수 있을까! 너무나 엉뚱하다! 그 순간 그는 안도의 숨을 내쉬었다. 하케는 그가 누군지 전혀 모르고 있는 것이다. 그의 이마의 상처를 결투에 의해 생긴 상처라고 생각하고 있는 것이다. 라빅은 웃었다. 히케도 웃었다. 그리고 라빅은 손바닥에 손톱이 박히도록 움켜쥐고는 겨우 웃음을 참았다.

「내 말이 맞았죠?」하케는 자못 유쾌한 듯 어깨를 으쓱대며 말했다.

「네, 정확하게 맞았읍니다.」

이마의 상처. 이 상처는 게쉬타포 본부의 지하실에서, 하케가 지켜보고 있는 앞에서 두들겨맞았을 때 생긴 것이다. 보고 있는 그의 눈과 입 속에 피가 튕겨들어갔던 것이다. 그 하케가 지금 여기 앉아서, 그것을 결투의 상처로 잘못 알고, 득의양양해 하는 것이다.

보이가 하케가 주문한 퓐느를 가져왔다. 하케는 제법 술에 밝은 사람처럼 코로 킁킁 냄새를 맡았다.「과연 이 나라의 술이군요!」하고 그는 말했다.「좋은 코냑이오! 하지만 다른 것은,」그는 라빅에게 윙크를 했다.「모조리 썩었지요. 연금 생활의 국민이죠. 안전과 편안한 생활밖에 생각하지 않으니. 도저히 우리를 상대할 수가 없읍니다.」

라빅은 잠자코 있었다. 섣불리 입을 놀리다가는, 잔을 집어들어 테이블 머리에 깨뜨려 그 예리한 파편으로 하케의 두 눈을 푹 찌르게 될 것이라고 생각했다. 그는 조심스럽게 잔을 들어 비우고는, 다시 조용히 내려놓았다.

「그건 뭐죠?」하고 하케가 물었다.

「페르노입니다. 압생트의 대용품이오.」

「아, 압생트! 프랑스 사람을 임포텐쯔로 만들고 있는 물건이군요, 그렇죠?」하케는 빙긋 웃었다.「아, 실례했읍니다! 개인적인 의미로 말한 건 아닙니다.」

「압생트는 금지되어 있죠.」하고 라빅은 말했다.「이건 해가 없는 대용품입니다. 압생트는 어린애를 못 낳게 한다는 것이지, 임포텐쯔로 만들지는 않습니다. 그래서 금지되어 있죠. 이건 아니스입니다. 감초즙 같은 맛이 나죠.」

라빅은 잘되어간다고 생각했다. 잘되어간다, 더구나 별로 흥분도 하지 않고 말이다, 나는 거리끼지 않고 쉽게 대답을 할 수가 있다. 그의 마음속 밑바닥은 으르렁거리며 시커멓게 들끓고 있었다. 그러나 표면상으론 차분하게 하고 있었다.

「여기 살고 계신가요?」하고 하케가 물었다.

「그렇습니다.」

「얼마나 되었읍니까?」

「줄곧.」

「그렇군요.」하고 하케는 말했다.「외국 태생의 독일 사람이시군요. 여기서 태어나셨나요?」

라빅은 고개를 끄덕였다.

하케는 퀸느를 마셨다.「우리들 중의 가장 우수한 인물들 중에도 외국 태생의 독일 사람이 있읍니다. 우리들의 총통대리는 이집트 태생이죠. 로젠베르크는 러시아고요. 달레는 아르헨티나에서 왔읍니다. 요는 정치적 신념이죠. 그렇지 않습니까?」

「오직 그거죠.」하고 라빅은 대답했다.

「그러실 줄 알았읍니다.」하케의 얼굴은 만족으로 빛났다. 그리고 테이블 너머로 약간 고개를 숙였다. 그와 동시에 테이블 밑에서 발뒤꿈치를 찰싹 맞댄 것 같았다.「그런데…… 실례입니다만……, 폰 하케라고 합니다.」

라빅도 똑같이 예를 차렸다.「호른이라고 합니다.」호른이라는 이름은, 전에 사용했던 가명 중 하나였다.

「폰 호른이십니까?」하고 하케는 물었다.

「그렇습니다.」

하케는 고개를 끄덕였다. 그리고 전보다도 친밀감을 보였다. 자기와 같은 계급의 사람을 만났다고 생각하고 있는 것이다. 「아마도 파리를 잘 알고 계시겠죠?」

「꽤 알고 있죠.」

「박물관 같은 것 말고 말입니다.」하케는 제법 세상 물정을 아는 사람처럼 히죽 웃었다.

「무슨 뜻인지 알겠읍니다.」

이 아리안 민족의 귀인은 아마도 외도를 하고 싶은 모양이신데, 어디로 가야 할지 모르는 모양이다. 어디 남의 눈에 띄지 않는 구석진 곳으로, 외딴 요리집이나 매음굴에라도 데리고 갈 수 있다면……. 그러나 그는 황급히 고개를 저었다. 어디든 훼방을 당하거나 방해를 받지 않는 장소라야 되겠는데.

「이곳에는 여러 가지 재미있는 곳이 얼마든지 있겠지요?」하고 하케는 물었다.

「파리에 오래 계시지 않았나요?」

「1주일 간격을 두고 2, 3일씩 다녀갑니다. 일종의 감독 같은 거지요. 약간 중요한 일입니다. 작년 한 해에 이곳에서 여러 가지를 조직했죠. 그것이 말입니다, 거짓말처럼 잘되어 나가거든요. 내용을 말씀드릴 수는 없지만…….」하케는 웃었다. 「어쨌든 이곳에서는 뭐든 돈으로 살 수가 있으니까요. 모두 썩어 있어요. 우리가 알고 싶어하는 건 거의 모두 알고 있읍니다. 정보 같은 것을 애써 찾아다닐 필요가 없을 정도죠. 저쪽에서 가지고 오니까요. 조국에 대한 배반이 일종의 애국심이 되어 있거든요. 정당정치의 결과죠. 어느 정당이나 자기들의 이익을 위해서는 다른 정당이나 나라를 배반합니다. 덕택에 이쪽의 도움이 되지만요. 이곳엔 우리 동지가 굉장히 많습니다. 아주 유력한 방면에요.」그는 잔을 들고 바라보다가 비어 있는 것을 알고 다시 내려놓았다. 「여기 사람들은 군비(軍備)조차 하고 있지 않아요. 군비만 하지 않으면, 우리가 아무 요구도 하지 않으리라고 생각하는 모양이죠. 만약 당신이 녀석들의 비행기나 탱크의 숫자를 아신다면……, 이 자살 지망자들을 죽도록 웃어 줄 수 있을 겁니다.」

라빅은 잠자코 듣고 있었다. 그는 모든 주의력을 집중하고 있었다. 그런데도 마치 꿈을 꾸다가 바야흐로 깨어나려고 할 때처럼 주위의 모든 것이 빙글빙글 돌았다. 테이블도, 보이도, 삶의 달콤한 밤의 흥분도, 줄지어 미끄러져 가는 자동차도, 지붕 위에 걸린 달도, 상점들 앞을 오색으로 장식하는 네온사인도……. 그리고 자기 앞에 앉아 있는, 자기의 일생을 망쳐놓은 말 많은 이중 삼중의 살인자도.

몸에 착 달라붙은, 남자 같은 옷을 입은 여자 둘이 옆으로 지나갔다. 여자들은 라빅에게 웃음을 보냈다. 오시리스의 이베트와 마르트였다. 오늘은 둘 다 휴일인 것이다.

「멋지군요, 놀랐읍니다!」하고 하케는 말했다.

골목이다, 하고 라빅은 생각했다. 비좁고 인기척이 없는 골목이다. 그곳으로 끌고 갈 수만 있다면, 아니면 숲속으로.

「사랑을 팔아서 살아가는 여자들이지요.」하고 라빅은 말했다.

하케는 눈으로 두 여자의 뒷모습을 쫓았다. 「미인이군. 당신은 저 방면의 일을 속속들이 알고 계시겠죠?」그는 휜느를 한 잔 더 주문했다. 「당신도 한 잔, 어떻습니까?」

「아니, 괜찮습니다. 전 역시 이걸로 하겠읍니다.」

「여기엔 굉장한 유곽이 있다던데요. 쇼 같은 것도 하는 신나는 곳이.」하케의 눈은 번쩍번쩍 빛났다. 몇 년 전, 그 게쉬타포 지하실의 차가운 광선 속에서 빛나던 것과같이.

그것을 생각해서는 안된다. 지금은 안돼. 「가보신 적이 없읍니까?」

「두어 군데 가보았죠. 물론 견학을 위해서지만. 대체 국민이란 어디까지 타락할 수 있는가를 꼭 보아두고 싶어서요. 하지만 아마 진짜는 못 보았을 겁니다. 물론 저로선 조심해야 합니다. 아뭏든 오해받을 염려가 있으니까요.」

라빅은 고개를 끄덕였다. 「그런 건 조금도 걱정할 필요가 없읍니다. 여행자가 결코 출입하지 않는 곳도 있으니까요.」

「그런 곳을 아십니까?」

「물론 잘 알고 있죠.」

하케는 두 잔째의 휜느를 마셨다. 그러고는 전보다도 더욱 친밀감을 보였다. 독일에서 걸려 있던 브레이크가 풀린 것이다. 이 녀석 전혀 눈치채지 못했구나, 하고 라빅은 생각했다.

「마침 저도 오늘밤엔 한번 돌아볼까 하던 참입니다.」하고 그는 말했다.

「정말입니까?」

「네, 가끔 가죠. 가능한 한 무엇이든 모두 알아두어야 하니까요.」

「옳은 말씀! 정말 옳은 말씀입니다!」

하케는 한순간 그를 똑바로 쳐다보았다. 취하게 해야겠다고 라빅은 생각했다. 달리 도리가 없다면, 취하게 해서 어디로든지 끌어내야지.

하케의 표정이 변했다. 그는 취한 것이 아니라, 단지 무엇을 생각하고 있었다. 「유감이군요,」하고 마침내 말했다. 「함께 가고 싶긴 하지만.」

라빅은 대답하지 않았다. 하케에게 의심을 살 만한 일은 피하고 싶었다.

「전 오늘밤에 베를린으로 돌아가야 합니다.」하케는 자기 시계를 들여다보았다.「한 시간 반 후에는.」

라빅은 침착했다. 나는 이 녀석과 함께 가야 해, 하고 그는 생각했다. 이 녀석은 분명히 호텔에 묵고 있을 것이다. 아파트는 아니다. 함께 이 녀석 방까지 가서, 거기서 결말을 내야 한다.

「여기서 친구 두 사람을 기다리고 있읍니다.」하고 하케는 말했다.「이제 올 때가 되었읍니다. 함께 돌아가지요. 짐은 벌써 역에 가있읍니다. 우린 여기서 곧장 역으로 나갑니다.」

틀렸구나. 어째서 권총을 가지고 오지 않았을까? 전에 있었던 일이 착각이었다고, 요즈음에 와서 왜 생각하게 되었을까. 그야말로 어처구니가 없다! 바깥에서 쏘아 죽이고, 지하철 입구로 도망칠 수도 있었을 것이다.

「유감이로군요.」하고 하케는 말했다.「하지만 다음번에는 아마 가능할 것입니다. 두 주일 후에 다시 돌아오니까요.」

라빅은 다시 숨을 내쉬었다.「좋습니다.」

「어디서 사시죠? 다음번엔 전화를 걸죠.」

「프린스 드 갈입니다. 바로 저 맞은편입니다.」

하케는 수첩을 꺼내어 주소를 기입했다. 라빅은 보들보들한 빨간 러시아 가죽의 표시를 보았다. 연필은 금으로 만든 가느다란 것이었다. 저 속에 뭐가 적혀 있을까, 하고 그는 생각했다. 아마 고문과 죽음으로 인도하는 정보일 것이다.

하케는 수첩을 집어넣었다.「당신이 좀전에 이야기하던 여자는 아주 멋지던데요.」하고 그는 말했다.

라빅은 잠시 후에야 겨우 생각해 냈다.「아, 네……. 그렇지요, 아주 멋있지요.」

「영화배운가요?」

「그와 비슷하죠.」

「친한 사이인가요?」

「아, 그저 그런 사입니다.」

하케는 조용히 명상하듯이 똑바로 앞을 바라보고 있었다.「이곳에서는 그게 꽤 어렵거든요, 예쁜 여자와 사귀는 일 말입니다. 시간이 충분치 못한데다가 좋은 기회가 없으니…….」

「어떻게 될 겁니다.」하고 라빅은 말했다.

「정말입니까? 당신은 흥미가 없으십니까?」

「무슨 말씀입니까?」

하케는 멋적은 듯이 웃었다. 「그러니까, 그 당신이 이야기하던 부인 말입니다.」

「전혀 없읍니다.」

「이럴 수가! 그 여자는 프랑스 사람인가요?」

「이탈리아 사람일 겁니다. 그리고 다른 피도 많이 섞였을 겁니다.」

하케는 히죽 웃었다. 「나쁘지 않군. 물론 고향에서는 이럴 수 없지만요. 하지만 여기서는 암행이니까요, 어느 정도는 말입니다.」

「그런 분이신가요?」 하고 라빅은 물었다.

그 순간 하케는 움찔했다. 그러고는 히쭉 웃었다. 「네, 그렇습니다! 물론 동료들에게는 그렇지 않습니다만. 하지만 그밖의 경우는 엄격한 비밀입니다. 그리고 문득 생각이 났는데, 피난민들과 무슨 연락이 있으신가요?」

「거의 없읍니다.」 하고 라빅은 조심스럽게 대답했다.

「그거 유감이군! 될 수 있으면 무엇이든……. 아시겠지요? 정보를 얻고 싶어요. 돈은 내지요.」 하케는 손을 들어 가로저었다. 「물론 당신의 경우는 문제가 아닙니다! 하지만 그렇다 해도 지극히 사소한 뉴스라도…….」

라빅은 하케가 자기를 줄곧 지켜보고 있는 것을 알았다.

「어쩌면,」 하고 하케는 말했다. 「알 수 없는 일이니까요. 혹시나 알게 되면 말입니다.」 하케는 의자를 앞으로 당겨 앉았다. 「저의 일 중의 하나입니다. 내부에서 외부로의 연락이죠. 그것이 접선하기가 아주 어려울 때가 곧잘 있어서요. 이곳에는 훌륭한 친구들이 일하고 있습니다.」 그는 의미깊게 눈썹을 치켜세웠다. 「당신과 저 사이는 물론 다릅니다. 명예 문제죠. 결국은 조국이죠.」

「물론입니다.」

하케는 얼굴을 들었다. 「아, 친구들이 왔군요.」 그는 계산서를 훑어보고는 접시에다 지폐를 두어 장 놓았다. 「값이 언제나 접시에 적혀 있으니 편리하군요. 우리도 실시했으면 좋겠군.」 그는 일어나서 손을 내밀었다. 「그럼 안녕히 계십시오. 폰 호른 씨. 만나뵈어 아주 유쾌했읍니다. 두 주일 후에 전화하겠읍니다.」 하고 그는 미소를 지었다. 「물론 비밀리에.」

「염려 마십시오. 잊지나 마십시오.」

「전 어떤 일이든 절대로 잊지 않습니다. 사람의 얼굴도, 약속도. 잊어서는 안되지요. 직업이니까요.」

라빅은 그의 앞에 서있었다. 마치 팔로 시멘트의 벽이라도 뚫어내지 않으면 안될 것 같은 기분이었다. 그리고 하케의 손을 자신의 손아귀에 느꼈다. 그것은 작고, 놀랄 만큼 보드라왔다.

그는 결심을 못하고 그대로 서서, 하케의 뒷모습을 눈으로 쫓았다. 이윽고 그는 다시 자리에 앉았다. 갑자기 몸이 부들부들 떨리기 시작했다. 잠시 후에 계산을 하고 밖으로 나왔다. 그는 하케가 사라진 방향으로 걸어갔다. 그리고 하케와 동행인 두 사람이 택시에 타는 것을 보았던 일이 생각났다. 차로 뒤쫓아가보았자 소용이 없다. 하케는 벌써 호텔에서 나온 후다. 혹시 어디선가 다시 눈에 띄게 되면, 그야말로 의심스럽게 생각할 것이다. 그는 휙 돌아서서 앵테르나쇼날로 갔다.

「잘 했군.」하고 모로소프는 말했다. 두 사람은 롱 포앙의 어느 카페에 앉아 있었다.

라빅은 자기의 오른손을 보았다. 몇 번이고 알콜로 씻어냈던 것이다. 그런 짓을 하는 것이 어리석다고는 생각했지만, 그래도 씻지 않을 수 없었다. 지금은 피부가 마치 양피지처럼 꺼칠꺼칠해져 있었다.

「만약 무슨 짓을 했다면, 그야말로 미친 거지.」하고 모로소프는 말했다. 「무기 같은 것을 갖고 있지 않아서 다행이었어.」

「그랬어.」라빅은 확신도 없이 이렇게 대답했다.

모로소프는 그를 쳐다보았다. 「설마 살인이나 살인미수로 재판을 받고 싶을 정도로 바보는 아니겠지?」

라빅은 대답하지 않았다.

「라빅,」모로소프는 병을 쾅 하고 테이블에 놓았다. 「몽상가가 되면 안돼.」

「난 그런 사람이 아니야. 하지만 그런 기회를 놓친 것이 골수에 사무친다는 것은 알 수 있겠지? 두 시간만에 말이야. 그렇게 못했다 하더라도, 어떻게든 할 수 있었어.」

모로소프는 잔 둘을 가득 채웠다. 「마시게! 보드카야. 다시 붙잡을 수 있을 거야.」

「혹시 못 잡을지도 모르지.」

「잡을 수 있어. 녀석은 돌아올 거야. 그런 녀석은 돌아오는 법이야. 녀석은 완전히 자네 낚시에 걸렸어. 프로지트!」

라빅은 잔을 들어 술을 들이켰다.

「지금이라도 북부 정거장에 가볼 수도 있어. 정말 떠나는가 어떤가를 보러 말이야.」

「그렇고말고. 그리고 그 자리에서 탕 하고 쏘아버릴 수도 있지. 가볍게 잡아서 20년 징역이야. 그럴 생각이 있나?」

「있지. 정말 떠나는가 어떤가를 살펴볼 수도 있어.」

「그리고 녀석에게 발각되어 모든 일을 망쳐버리는 수도 있지.」

「어느 호텔에 묵고 있는지 물어볼 걸 그랬어.」

「그래서 녀석에게 의심을 산단 말이지.」모로소프는 다시 두 사람의 잔을 채웠다.「알겠나, 라빅? 자네는 지금 그렇게 앉아서, 모든 일을 잘못했다고 생각하고 있어. 알 수 있어. 하지만 그런 생각은 버려! 만약 원한다면 무엇이든 산산이 두들겨 부수어버리게. 큼직하면서도 과히 비싸지 않은 것으로 말야. 앵테르나쇼날의 종려나무 화분이라도 괜찮지.」

「다 쓸데없는 짓이야.」

「그럼 지껄이는 거야. 싫증이 날 때까지 마구 지껄이는 거야. 완전히 토해버리는 거야. 마음이 가라앉을 때까지. 자네가 러시아 인이라면 그쯤은 알 텐데.」

라빅은 몸을 꼿꼿이 세웠다.「보리스,」하고 그는 말했다.「쥐랑 놈은 없애버려야 하는 것이지. 이놈과 서로 물어뜯기를 해서는 안된다는 것쯤은 나도 알고 있어. 하지만 그 일에 대해서 이야기하기는 싫어. 이야기를 하는 대신, 생각을 하겠어. 어떻게 해치우면 좋은가를 생각하겠어. 수술할 때처럼 준비를 하겠어. 준비 같은 것을 할 수 있다면 말야. 난 그 일에 익숙해져야 해. 아직 두 주일이나 시간이 있어. 잘됐어. 정말 잘됐어. 난 침착할 수 있도록 습관이 들 거야. 자네 말이 옳아. 사람은 지칠 때까지 마구 지껄여서, 그래서 진정하고, 신중해질 수가 있지. 그러나 또한 녹초가 될 때까지 골똘히 생각을 하고서, 그와 같은 목적을 달성할 수도 있어. 증오를 말야, 냉정하게 계획적으로 생각하는 거야. 머리속에서 몇 번이고 죽인단 말이야. 그렇게 하면 녀석이 돌아올 때쯤은, 이미 죽이는 것이 습관이 되어 있는 거야. 첫번째보다도 천번째가 더욱 신중하게 냉정하게 행동할 수 있어. 그럼 이제 이야기를 하기로 하지. 하지만 무슨 다른 이야기라야 돼. 저기 있는 저 장미꽃이라도 좋아! 보라고! 이렇게 무더운 밤인데도 마치 눈처럼 보이는군. 밤의 일렁이는 파도가 부서지며 생긴 흰 거품 같군. 어떤가, 이만하면 됐나?」

「아니.」하고 모로소프는 말했다.

「좋아. 이 여름을 잘 보게. 1939년의 여름을 말이야. 유황냄새가 나고 있어. 장미는 다가올 겨울의 공동묘지에 쌓이는 눈처럼 보이고. 그런데도 우린 신이 나서 떠들어대고 있지 않나. 어때? 국외(局外) 중립의 세기 만세! 도덕 감정의 화석화의 세기 만세! 오늘밤에도 많은 살인이 있단 말이야, 보리스. 매일! 수없는 살인. 도시가 불타고, 유태인은 어딘가에서 목놓아 울고 있어. 체코 사람들은 숲속에서 쓰러져 죽고, 중국 사람은 일본 군인의 휘발유에 타죽고 있어. 매맞아 죽은 사람은 강제수용소 안을 기어다니고 있어. 살인자 하나를 없애버린다는 것만으로, 여자처럼 감상적이 되어야 하나? 우리는 그 녀석을 붙잡아서 숨통을 끊어놓는 거야. 그것뿐이야. 지금까지도, 입고 있는 제복이 다르다는 것만으로 죄없는 인간을 수없이 죽여온 거야.」

「좋아.」하고 모로소프는 말했다.「차라리 그게 좋겠어. 자네 비수 쓰는 법을 배운 적이 있나? 비수라면 소리가 나지 않지.」

「오늘밤엔 그 얘기는 말아 주게. 난 어떻게든 잠을 자야겠어. 완전히 침착한 체는 하지만, 과연 잠을 잘 수 있을지 모르겠어. 내 기분 알 수 있겠지?」

「알 수 있어.」

「오늘밤에 나는 죽이고, 죽이고, 또 죽이겠네. 두 주일 후에는, 나는 자동 기계가 되어 있을 거야. 문제는 그때까지 어떻게 견뎌내느냐는 것이지. 비로소 잠을 잘 수 있게 될 때까지의 시간을 말이야. 술에 취해보았자 소용이 없어. 주사를 맞아도 마찬가지야. 몸도 마음도 녹초가 되어서 자야겠어. 그래도 다음날은 말짱하겠지.」

모로소프는 잠시 잠자코 있다가「여자를 부르게.」하고 말했다.

「그게 무슨 도움이 되겠어?」

「되지. 여자와 잔다는 건 좋은 거야. 조앙에게 전화를 걸게. 분명히 올 거야.」

조앙, 그렇지, 그녀는 아까 나와 함께 있었다. 뭐라고 지껄이고 있었다. 무슨 이야기였는지 하나도 기억이 안났다.「난 러시아 사람이 아냐.」하고 라빅은 말했다.「그밖에 무슨 좋은 수가 없을까? 아주 간단한 걸로. 가장 간단한 거라야 돼.」

「그렇게 까다롭게 굴지 말게! 여자와 손을 끊는 가장 간단한 방법은, 그녀와 가끔 자는 일이야. 망상을 하지 않게 말이야. 자연적인 행위를 드라마틱하게 하는 녀석이 어디 있나?」

「그렇지. 누가 그렇게 하겠다고 하던가?」하고 라빅은 말했다.

「그럼 내가 전화를 걸어 주지. 전화를 걸어서 하나 불러 주지. 이래봬도 괜히 도어맨을 하고 있는 게 아냐.」

「그냥 앉아 있게, 이대로. 술이나 마시며 장미꽃을 보세. 기총소사 후에 보름달이 비추는 송장의 얼굴이, 바로 저렇게 하얗게 보였지. 언젠가 스페인에서 보았어. 천국 따위는 파시스트가 생각해 낸 거라고, 그때 금속공인 파블로 노나스가 말했지. 녀석의 한쪽 다리를 잘라버리지 않을 수가 없었지. 녀석은 그 잘라낸 한쪽 다리를 알콜에 담가두지 않았다고 나를 몹시 원망했었지. 자기 몸뚱이의 4분의 1을 무덤에 파묻어버린 것 같은 기분이 든다는 거야. 개가 훔쳐내다 먹어버린 것을 녀석은 몰랐던 거야.」

25

베베르가 붕대실로 들어와 라빅에게 눈짓을 했다. 두 사람은 방에서 나왔다.
「뒤랑이 전화를 했더군. 자네더러 자동차로 곧 와달라는 거야. 무슨 특별한 사정이 있다는 거야. 무슨 특별한 경우로서, 특별한 사정이 있다는 거야.」
라빅은 그를 쳐다보았다. 「말하자면 녀석이 수술을 잘못하고 그것을 내게 떠 맡기겠다는 말이지?」
「그렇지 않은 것 같아. 몹시 흥분했어. 어떻게 해야 좋을지 모르는 모양이야.」
라빅은 머리를 저었다. 베베르는 말이 없었다.
「내가 돌아왔다는 것을 대체 어떻게 알았을까?」
베베르는 어깨를 으쓱했다. 「모르겠어. 아마 간호원에게서 들었겠지.」
「어째서 비노에게 전화를 하지 않지? 비노라면 틀림없을 텐데.」
「그렇게 말했지. 그런데 이건 특히 까다로운 수술이고, 바로 자네 전문이라는 거야.」
「터무니없는 소리군. 파리엔 어떤 전문 분야에도 훌륭한 의사가 얼마든지 있어. 왜 마르텔을 부르지 않나? 마르텔은 세계에서 가장 우수한 외과 의사 중 한 사람이야.」
「그 이유를 모르겠나?」
「그야 알지. 그 녀석은 동료 앞에서 창피를 당하고 싶지 않은 거야. 숨어다니는 피난민 의사라면 문제가 다르지. 이쪽은 입을 다물고 있어야 하니까.」
베베르는 그를 빤히 쳐다보았다. 「급한 일인 모양이야. 가겠나?」
라빅은 수술복의 끈을 잡아 끊었다. 「물론이지.」 하고 그는 성이 난 듯 말했다. 「달리 도리가 없지 않나. 하지만 자네도 같이 간다면 가겠네.」
「좋아. 내 자동차로 가세.」
그들은 계단을 내려갔다. 베베르의 차는 병원 앞에서 햇빛을 반사하고 있었다. 두 사람은 차를 탔다. 「난 자네가 입회한다는 조건이라면 해주겠어. 그렇지 않았다간 엉뚱한 누명을 쓰게 되거든.」

「이번엔 녀석도 그런 생각을 하고 있진 않을 거야.」

차는 달리기 시작했다.

「난 온갖 꼴을 다 보아왔어.」하고 라빅은 말했다. 「베를린에 있을 때 조수로 일하는 젊은 의사를 알고 있었어. 홀륭한 외과 의사가 될 수 있는 모든 소질을 갖추고 있었지. 그 친구의 교수가, 술이 거나하게 취한 채 수술을 하다가 잘못 잘랐단 말이야. 그런데 아무말도 하지 않고, 뒷일을 그 조수에게 시킨 거야. 조수는 아무것도 몰랐어. 반 시간쯤 지나자, 그 교수는 야단을 치기 시작하고 잘못자른 책임을 그 젊은 의사에게 뒤집어씌웠어. 환자는 수술중에 죽어버렸어. 그 젊은 의사도 하루 뒤에 그 뒤를 따랐지. 자살을 한 거야. 교수는 여전히 수술을 하고, 여전히 술을 마시고 있었어.」

두 사람은 마르소 가에서 차를 세웠다. 트럭의 행렬이 갈릴레 가를 덜커덩거리며 달리고 있었다. 뜨거운 태양이 창으로 비쳐들어왔다. 베베르는 계기판의 단추를 눌렀다. 차의 덮개가 서서히 뒤로 이동해 갔다. 베베르는 자랑스러운 듯이 라빅을 쳐다보았다.

「최근에 장치했지. 자동식이야. 대단하지 않나 ! 인간이란 무엇이든 생각해 낸단 말이야 !」

열린 지붕으로 바람이 불어들어왔다. 라빅은 고개를 끄덕였다. 「그렇지. 대단하지. 최신 발명은 자기기뢰와 자기어뢰야. 어제 어디서 읽었지. 목표에서 벗어나면 커브를 틀어서 방향을 바꾸어, 부딪칠 때까지 쫓아간다는 거야. 인간이란 정말 경탄할 만큼 건설적인 동물이야.」

베베르는 벌겋게 달아오른 얼굴을 라빅에게로 돌렸다. 그의 얼굴은 호인답게 빛나고 있었다. 「또 전쟁 이야기가 시작됐군, 라빅 ! 전쟁은 달세계만큼이나 먼 앞날의 문제야. 전쟁 문제가 자꾸 입에 오르내리고 있지만, 그런 것은 정치적 압력을 거드는 수단에 불과해. 그것뿐이야. 정말이야…….」

피부는 푸른빛을 띠고 있다. 얼굴은 잿빛으로 창백하다. 그 주위에는, 수많은 수술등의 흰 불꽃을 받아 풍성한 황금빛의 붉은 머리카락이 타고 있는 듯하다. 잿빛의 창백한 얼굴 둘레에서, 거의 음란하게 보일 만큼 강렬한 빛으로 타오르고 있다. 그것만이 오직 살아있다. 번쩍번쩍 살아서 소리치고 있다. 마치 생명이 이미 육체를 떠나서, 지금은 오직 머리카락에만 매달려 있는 듯하다.

누워 있는 젊은 여자는 매우 아름답다. 날씬하고 키가 크다. 깊은 혼수 상태의 그림자조차도 그 아름다움을 조금도 상하게 할 수 없는 얼굴, 사치와 사랑을 위해 만들어진 여자…….

여자는 아주 조금밖에 출혈을 하고 있지 않다. 너무나 적다.

「자궁을 절개하셨군요?」하고 라빅은 뒤랑에게 말했다.

「그래.」

「그래서요?」

뒤랑은 대답하지 않았다. 라빅은 얼굴을 들었다. 뒤랑은 그를 빤히 쳐다보았다.

「좋습니다.」하고 라빅은 말했다. 「현재로선 간호원이 필요없을 것 같군. 의사가 셋이나 있으니까, 그것으로 충분합니다.」

뒤랑은 눈짓을 하고 고개를 끄덕였다. 간호원과 조수가 방에서 나갔다.

「그래서요?」하고, 모두 나가버리자 라빅은 다시 물었다.

「자네가 보는 바와 같지.」

「못 보았는데요.」

라빅은 이미 보고 있었다. 그러나 베베르가 있는 앞에서 뒤랑에게 말을 시키고 싶었다. 그것이 안전하기 때문이다.

「임신 3개월. 출혈. 소파수술의 필요가 있음. 소파수술. 내벽에 상처가 생긴 것 같아.」

「같다니요?」

「보는 바와 같아. 그럼 좋아, 내벽에 상처.」

「그래서요?」라빅은 물고 늘어졌다.

그는 뒤랑의 얼굴을 빤히 쳐다보았다. 그 얼굴은 무력한 증오로 가득차 있었다. 이것으로 나를 언제까지나 미워하겠지. 더구나 베베르가 듣고 있는 앞이니까.

「천공(穿孔)이 생겼어.」하고 뒤랑은 말했다.

「둥근 메스로?」

「물론.」하고 잠시 후에 뒤랑은 말했다. 「그밖에 무엇으로 그랬겠나?」

출혈은 완전히 멈춰 있었다. 라빅은 잠자코 조사를 했다. 이윽고 그는 허리를 폈다.

「당신은 천공을 내고도 그것을 몰랐다. 구멍이 뚫렸을 때 창자가 그 구멍으로 끌려나왔다. 당신은 그게 무엇인지 몰랐다. 아마도 태아막의 일부일 거라고 생각하고 그것을 긁어냈다. 그래서 거기에 상처를 냈다. 이상과 같죠?」

뒤랑의 이마는 땀으로 번들거렸다. 마스크로 덮인 턱수염이, 무엇인가 입안 가득히 우물거리고 있는 것같이 움직였다.

「그렇다고 할 수 있지.」

「시간이 얼마나 걸렸죠?」

「자네가 올 때까지, 모두 45분 걸렸어.」

「내출혈. 소장에 상처. 패혈증의 위험성이 극히 많음. 장을 봉합하고, 자궁을 떼어내야 합니다. 자, 곧 시작하십시오.」

「뭐라고?」뒤랑은 되물었다.

「당신 자신이 알고 있을 것입니다.」하고 라빅은 말했다.

뒤랑의 눈이 흔들렸다.「그래, 알고 있어. 그것을 가르쳐 달라고 자네를 부른 게 아니야.」

「저로선 그것밖에 할 수 없읍니다. 곧 간호원과 조수를 불러들여 일을 계속하십시오. 빨리 하시기를 권합니다.」

뒤랑은 이를 악물었다.「난 너무 흥분하고 있어. 나 대신 수술을 해주었으면 좋겠어.」

「안됩니다. 아시다시피 전 비합법적으로 프랑스에 와있기 때문에 수술을 할 권리가 없읍니다.」

「자네는…….」뒤랑은 말을 하다 말고 입을 다물었다.

돌팔이 의사, 공부를 하다 만 의학생, 안마사, 조수, 그것들이 모두 독일의 의사라고 나서고 있다고 뒤랑이 르발에게 한 말을 라빅은 잊지 않고 있었다.

「르발 씨가 말해 주더군요.」하고 라빅은 말했다.「제가 추방당하기 전에 말입니다.」

그는 베베르가 머리를 드는 것을 보았다. 뒤랑은 대답하지 않았다.

「닥터 베베르가 당신 대신 해줄 겁니다.」하고 라빅은 말했다.

「자네는 지금까지 여러 번 내 대신 해주었어. 만약 보수가…….」

「보수 같은 건 상관 없읍니다. 저는 돌아온 후로는 수술은 하지 않고 있읍니다. 특히 이러한 수술은 환자의 동의가 없는 한 결코 하지 않습니다.」

뒤랑은 그를 노려보았다.「이제 와서 환자의 마취를 풀고 물어볼 수는 없지.」

「물어볼 수는 있죠. 하기야 패혈증의 위험성은 있읍니다만.」

뒤랑의 얼굴은 땀에 젖어 있었다. 베베르는 라빅을 쳐다보았다. 라빅은 고개를 끄덕였다.

「간호원은 믿을 수 있읍니까?」하고 베베르는 뒤랑에게 물었다.

「믿을 수 있어.」

「조수는 필요 없어.」하고 베베르는 라빅에게 말했다.「의사 세 사람에 간호원이 둘이나 있으니까.」

「라빅…….」하다가 뒤랑은 입을 다물었다.

「비노를 부를 걸 그랬죠?」하고 라빅은 잘라 말했다. 「아니면 말롱이나 혹은 마르텔을 말입니다. 모두가 일급 외과 의사지요.」

뒤랑은 대답이 없었다.

「당신은 베베르 앞에서, 천공을 만들었고, 창자를 태아막으로 잘못 알고 거기에 상처를 냈다고 말할 수 있읍니까?」

잠시 시간이 흘렀다.

「좋아.」이윽고 뒤랑이 쉰 목소리로 말했다.

「그리고 또, 베베르에게 마침 와있던 저를 조수로 하여 자궁 절제와 장 절제, 그리고 봉합 수술을 하도록 의뢰했다고 말할 수 있읍니까?」

「말하지.」

「당신은 수술과 그 결과에 대해서 책임을 지고, 그리고 또, 환자는 그것을 알지도 못했고 동의도 하지 않았다는 사실에 대해서, 모든 책임을 지겠읍니까?」

「물론이지.」뒤랑은 쉰 목소리로 말했다.

「좋습니다. 간호원을 불러 주십시오. 조수는 필요없읍니다. 조수에게는, 특별히 까다로운 경우에는 당신을 도울 허가를 베베르와 저에게 주었다고 말해 두십시오. 전부터 그런 약속이었다든가, 뭐 적당히 말입니다. 마취는 당신이 직접 하십시오. 간호원은 다시 한번 소독을 해야 할 필요가 있읍니까?」

「그럴 필요는 없어. 간호원은 안심이야. 아무것도 만진 게 없으니까.」

「좋습니다.」

복강이 절개되어 있었다. 라빅은 극히 조심하면서, 자궁이 뚫린 구멍으로 장관을 끄집어냈다. 상처난 곳이 나올 때까지 그것을 조금씩 소독한 붕대로 싸서, 패혈증에 걸리지 않도록 했다. 그리고 자궁을 붕대로 완전히 싸버렸다.

「자궁외 임신이야.」하고 그는 베베르에게 속삭였다. 「여기를 보게……. 반은 자궁 속에 있고, 반은 장관 속에 있어. 이런 형편이라면 저 녀석을 과히 나무랄 수도 없지. 약간 보기 드문 경우야. 그렇기는 하지만…….」

「뭐라구?」뒤랑은 수술대의 머리 쪽 간막이 뒤에서 물었다. 「뭐라고 했지?」

「아무것도 아니오.」

라빅은 장을 집어서 절제했다. 그리고 벌어진 끝을 얼른 갖다 붙여서 옆으로 봉합했다.

그는 수술의 긴장을 느꼈다. 그리고 뒤랑의 일은 잊어버렸다. 그는 자궁관과 혈관을 묶어두고, 자궁관의 끄트머리를 잘라냈다. 그리고 자궁을 도려내기 시작했다. 이런 것이 심장보다 더 많이 출혈을 하지 않는 것은 무슨 까닭일까? 생명의 기적과 생명을 전하는 능력을 잘라내는데…….

　지금 여기 누워 있는 이 아름다운 여인은 이제 죽어버린 것이다. 이 여인은 앞으로 살아는 있겠지만, 그러나 죽어버린 것이다. 연연히 이어나가는 세대의 나무에 남는 하나의 죽은 가지이다. 꽃은 피어 있지만 열매의 비밀은 지니고 있지 않다. 거대한 원인(猿人)들은 수천 년의 세대를 거듭하여 싸워나오면서, 지금은 석탄으로 변한 원시림을 빠져나왔다. 이집트 사람은 신전을 만들고, 그리스 인은 번영을 누렸다. 그리고 피는 신비하게도, 앞으로 앞으로 내달아서, 마침내 지금 여기에 석녀가 되어 누워 있는 이 인간을 창조한 것이다. 속 빈 이삭처럼 열매를 맺을 능력이 없고, 자신의 피를 아들딸에게 전할 수 없는 석녀가 되어서 ……. 뒤랑의 서투른 의술에 의해 사슬은 절단된 것이다. 그러나 수천 년의 세대는 또한 뒤랑에게도 작용하고 있지 않았을까? 그리스와 르네상스는 또한 그를 위해서도 꽃을 피워서, 그 괴상하고 뾰족한 턱수염을 만들어내지 않았을까?

　「구역질이 나는군.」하고 라빅은 말했다.

　「뭐가?」

　「모두.」

　라빅은 몸을 똑바로 세웠다. 「끝났어.」그리고 마취 간막이 저쪽에 있는, 눈부실 정도로 번쩍이는 머리카락을 가진 창백하고 귀여운 얼굴을 보았다. 그는 그릇 속을 들여다보았다. 그속에는 여자의 얼굴을 그렇게도 아름답게 하던 것이, 피투성이가 되어 담겨 있었다. 그리고 뒤랑을 바라보았다.

　「끝났읍니다.」하고 다시 한번 되풀이했다.

　뒤랑은 마취를 중단했다. 그는 라빅을 쳐다보지 않았다. 간호원들이 수술대를 밖으로 밀고 나가기를 기다렸다가, 아무 말도 없이 그 뒤를 따라나갔다.

　「내일이면, 녀석은 저 여자에게 목숨을 구해 주었다고 말할 거야.」하고 라빅은 말했다. 「그리고 5천 프랑을 더 요구하겠지.」

　「지금으로서는 그렇게 보이지 않는군.」

　「하루는 길고, 후회는 짧은 거야. 더구나 그것이 장사가 되는 경우에는.」

　라빅은 손을 씻었다. 세면대 곁의 유리창 너머로 건너집의 창문이 보였다. 그 창문의 화분대에 붉은 제라늄꽃이 피어 있었다. 꽃 아래에 회색 고양이 한 마리가 앉아 있었다.

　라빅은 그날 밤 한 시에 뒤랑의 병원에 전화를 걸었다. 전화는 세라자드에서 걸었다. 야근 간호원이 여자분은 잠들었다고 갈했다. 두 시간쯤 전에는 괴로운 것 같았으나, 베베르가 와있어서 가벼운 수면제를 주었고, 만사가 순조로운 것 같다는 것이었다.

라빅은 전화실의 문을 열고 나왔다. 강렬한 향수냄새가 코를 찔렀다. 탈색해서 머리를 노랗게 만든 여자가 거만하고 도전적인 자세로 옷자락소리를 내며 여자 화장실로 들어갔다. 병원에 누워 있는 여자는 진짜 블론드였다. 눈부실 정도로 번쩍이는, 붉은빛이 감도는 블론드!

그는 담배에 불을 붙여 물고, 세라자드로 돌아갔다. 변함없는 러시아 합창단이 변함없이 〈검은 눈동자〉를 부르고 있었다. 그들은 이 노래를 이 세상에서 20년이나 부르고 있다. 20년이나 계속되면 비극도 익살맞은 것으로 변할 가능성이 있다고 라빅은 생각했다. 비극은 짧아야 하는 것이다.

「미안하오.」하고 그는 케이트 헤그슈트룀에게 말했다. 「전화를 걸어야 할 일이 있어서.」

「만사가 잘 되어가고 있나요?」

「지금까지는.」

어째서 그런 걸 물을까, 하고 신경을 쓰며 그는 생각했다. 이 여자 자신은 분명히 만사가 잘되어 간다고는 말할 수 없다.

「여기서 원하던 것을 발견했소?」

그는 보드카 병을 가리켰다.

「아뇨, 틀렸어요.」

「틀렸다니?」

케이트 헤그슈트룀은 고개를 저었다.

「여름이니까 그렇지.」하고 라빅은 말했다. 「도대체 여름에 나이트 클럽에 앉아 있다니, 말이 안되지. 여름에는 테라스에 앉아 있어야지. 나무 곁에 말야. 아무리 폐병을 앓는 것 같은 나무라도 좋아. 철책으로 둘러놓았어도 괜찮아.」

그는 눈을 들고, 똑바로 조앙의 눈을 바라보았다. 그가 전화를 걸고 있는 동안에 왔음에 틀림없다. 그때까지는 거기에 없었기 때문이다. 그녀는 맞은편 구석에 앉아 있었다.

「어디 다른 곳으로 가고 싶지 않소?」하고 그는 케이트 헤그슈트룀에게 물었다.

여자는 고개를 저었다. 「아뇨, 당신은? 어디 폐병을 앓는 나무 곁으로라도?」

「그런 곳이라면, 보드카도 대개 폐병장이같지. 이 술은 좋군.」

합창단은 노래를 그만두고, 음악으로 바뀌었다. 오케스트라가 블루스를 연주하기 시작했다. 조앙은 일어나서 댄스홀 쪽으로 갔다. 라빅에게는 그녀가 분명히 보이지 않았다. 춤추고 있는 상대도 잘 알 수 없었다. 다만 스포트라이트가 창백한 푸른빛으로 댄스홀을 휙 비출 때만 여자의 모습이 불빛 속에 나타났다가 는 이윽고 다시 어두컴컴한 속으로 사라져 갔다.

「오늘 수술은 하셨나요?」케이트 헤그슈트룀이 물었다.

「응.」

「그런 후에 나이트 클럽에 앉아 있으면, 어떤 기분이 드세요? 전쟁터에서 도 시로 돌아온 기분인가요? 아니면 중병에서 다시 살아난 기분인가요?」

「항상 그렇다고는 할 수 없지만, 공허한 기분이 되는 수가 많아요.」

조앙의 눈은 창백한 불빛을 받아서 투명하게 보였다. 그녀는 그를 보고 있 었다. 뒤흔들리는 것은 심장이 아니다. 위장이다. 태양신경군의 충격이다. 그 것에 대해서 수천 편의 시가 씌어져 있다. 이 충격은 너에게서, 가볍게 땀을 흘 리며 춤을 추고 있는, 아름다운 한 조각의 고깃덩이인 너에게서 오는 것은 아 니다. 그것은 나의 뇌수의 암실에서 오는 것이다. 네가 한 줄기의 불빛 속을 미 끄러지듯 지나갈 때마다, 그 충격이 한층더 날카로와지는 것은, 그저 우연한 가 벼운 접촉 때문이다.

「저 여자는 언젠가 여기서 노래를 부르던 사람 아녜요?」케이트 헤그슈트룀 이 물었다.

「맞았어.」

「이젠 여기서 노래하지 않아요?」

「아마 안할걸.」

「미인이에요.」

「그래?」

「그래요. 아름다움 이상의 것이 느껴져요. 저 얼굴에는, 모두가 볼 수 있듯 이, 생명이 넘쳐요.」

「그럴지도 모르지.」

케이트 헤그슈트룀은 눈을 가늘게 뜨고 라빅을 살폈다. 그러고는 생긋 웃 었다. 그것은 눈물이 되었을지도 모를 미소였다.

「보드카를 한 잔 더 주세요. 그리고 그만 가요.」하고 그녀는 말했다.

라빅은 자리에서 일어나며 조앙의 눈초리를 느꼈다. 그는 케이트 헤그슈트룀 의 팔을 잡았다. 그렇게 할 필요는 없었다. 그녀는 혼자서 걸을 수가 있었던 것 이다. 그러나 조앙이 그것을 본다면 속이 시원하겠다는 생각이 들었다.

「제 청을 하나 들어 주시겠어요?」두 사람이 오델 랭커스터의 그녀의 방으로 돌아오자 케이트 헤그슈트룀은 이렇게 말했다.

「들어 드리지.」하고 라빅은 다른 데 정신을 팔며 말했다.「가능한 일이라면.」

「저와 함께 몽포르의 댄스 파티에 가주시지 않겠어요?」

그는 얼굴을 들었다.「그건 어떤 거지, 케이트? 처음 듣는 말이군.」

그녀는 소파에 앉았다. 소파는 여자에게 너무 큰 것 같았다. 거기에 앉아 있으니, 참으로 연약하게 보였다. 마치 중국의 무희 인형처럼, 눈 위의 피부가 전보다도 느슨해 보였다.

「몽포르의 댄스 파티는, 파리의 여름철 사교계 행사예요. 이번 금요일에 루이 몽포르의 저택과 정원에서 열리는 거예요. 당신에겐 물론 별 흥미가 없겠지만요. 그렇죠?」

「전혀 없지!」

「함께 가주시겠어요?」

「내가 가도 되는 데요?」

「당신 초대장은 제가 마련하겠어요.」

라빅은 그녀를 빤히 쳐다보았다.「왜 그러지, 케이트?」

「전 가고 싶어요. 하지만 혼자서는 싫어요.」

「내가 안 가면, 혼자서 가야 되나?」

「그래요. 전에 알고 있던 사람과는, 누구도 같이 가고 싶지 않아요. 그 사람들은 이제 참을 수가 없어요. 아시겠어요?」

「알겠어.」

「해마다, 파리 여름철의 제일 마지막이고 제일 화려한 원유회예요. 지난 4년 동안 해마다 갔었지요. 부탁이에요. 같이 가주시겠어요?」

라빅은 그녀가 자기와 함께 가고 싶어하는 이유를 알고 있었다. 그러는 것이 안심이 되었다. 그것을 거절할 수는 없다.

「좋아요, 케이트.」하고 그는 말했다.「일부러 나에게 초대장을 보내게 할 필요는 없어. 당신이 누구를 데리고 간다는 것을 그쪽에서 알고만 있으면 된다고 생각되는데.」

그녀는 고개를 끄덕였다.「물론 그래요. 고마와요, 라빅. 내일 소피 몽포르에게 전화를 걸어두겠어요.」

그는 일어섰다.「그럼 금요일에 오겠어. 무엇을 입고 가지?」

그녀는 그를 쳐다보았다. 찰싹 빗어붙인 머리에서 불빛이 날카롭게 반사되고 있었다. 도마뱀의 머리같다. 가느스름하고, 건조하고 딱딱한, 살이 붙지 않은 우아한 완전성……. 건강으로론 도달할 수 없는 완전성.

「그걸 아직 말하지 않았군요.」하고 그녀는 잠깐 망설이다가 말했다.「가장무도회예요, 라빅. 루이 14세의 궁정에서 열리는 원유회예요.」

「놀랐는데!」라빅은 다시 자리에 앉았다.

케이트 헤그슈트룀은 소리내어 웃었다. 갑자기 아주 자유스럽고 어린아이 같은 웃음소리가 되었다.「저기 오래된 좋은 코냑이 있어요. 드시겠어요?」

라빅은 고개를 저었다.「굉장한 것을 생각해 냈군!」

「해마다, 그와 비슷한 것을 해요.」

「그럼 나도…….」

「제가 모두 준비하겠어요.」하고 그녀는 급히 그를 가로막았다.「당신은 아무 걱정 안해도 돼요. 의상은 제가 준비해 두겠어요. 간단한 걸로요. 입어볼 필요도 없어요. 그저 치수만 가르쳐 주세요.」

「이렇게 되면, 아무래도 코냑이 필요한걸.」

케이트 헤그슈트룀은 그에게로 병을 밀어놓았다.「이제 못 간다고 하면 안돼요.」

그는 코냑을 마셨다. 아직도 12일, 하고 그는 생각했다. 하케가 파리로 돌아올 때까지는 아직도 12일 남았다. 남은 12일을 어떻게든지 보내야 한다. 12일……. 그의 생애는 이제 12일밖에 남지 않았다. 그 다음 일은 생각할 수가 없다. 12일, 그 다음은 심연이 커다랗게 입을 벌리고 있다. 어떻게 시간을 보내든, 그런 것은 문제가 안된다. 가장무도회, 어차피 불안정한 두 주일이다.

「좋아, 케이트.」

라빅은 다시 뒤랑의 병원으로 갔다. 붉은 기가 감도는 황금빛 머리의 여자는 자고 있었다. 그 이마에는 구슬 같은 땀이 잔뜩 내배어 있었다. 얼굴에는 화색이 감돌고 입을 조금 벌리고 있었다.

「열은?」하고 그는 간호원에게 물었다.

「37도 8분이에요.」

「됐어.」그는 젖은 얼굴 위에 몸을 굽혔다. 여자의 숨결을 느낄 수 있었다. 이제 호흡에 에테르 냄새는 없었다. 그것은 백리향처럼 시원한 숨결이었다. 백리향. 그렇다, 쉬바르츠발트 산 속의 목장, 뜨거운 태양 아래서 숨도 못 쉬고 기고 있었다. 어딘가 아래쪽에서 추적자들의 고함소리, 그리고 취해 버릴 것만 같은 백리향의 향기. 이상하다. 모든 것을 다 잊어버렸는데도 풀냄새만은 기억에 남아 있다. 백리향. 20년이 지난 후에도 그 냄새는 먼지가 쌓인 기억의 주름 속에서, 쉬바르츠발트를 도망쳐다니던 그날의 광경을 찢어서, 마치 어제의 일인 것처럼 생생하게 되살려 줄 것이다. 아니, 20년 후가 아니다. 12일 후이다.

그는 무더운 거리를 걸어서 호텔로 돌아왔다. 그러저럭 새벽 3시가 되어 있었다. 그는 계단을 걸어올라갔다. 문 앞에 흰 봉투가 놓여 있었다. 그는 그것을 집어들었다. 그에게 온 것이었다. 그런데 우표는 붙어 있지 않았고, 소인도 찍혀 있지 않았다. 조앙이구나, 하고 그는 뜯어보았다. 수표가 한 장 떨어졌다. 뒤랑이 보낸 것이었다. 라빅은 관심없이 숫자를 보았다. 그리고 다시 한번 자세히 들여다보았다. 도무지 믿을 수가 없었다. 여느때와 같은 2백 프랑이 아니었다. 2천이었다. 그렇다면 상당히 혼이 난 모양이로군, 하고 그는 생각하였다. 뒤랑이 자진해서 2천 프랑을 내놓는다, 그야말로 세계의 여덟번째 불가사의다.

그는 수표를 수첩에 끼어넣고, 책을 한아름 침대 곁의 테이블에 올려놓았다. 잠을 못 이룰 때 읽으려고 이틀 전에 산 것이다. 책이란 이상한 것이다. 자기에게 점점 소중한 것이 되어온다. 책이 모든 것을 대신할 수는 없지만, 그러나 다른 것으로는 이를 수 없는 어떤 곳에 도달하게 한다. 처음 두어 해 동안, 그는 책에는 일체 손을 대지 않았다. 실제로 일어난 일에 비하면, 책이란 생명이 없는 것이었다. 그것이 지금은 하나의 벽이 되어 주고 있다. 설령 보호는 해주지 못하더라도, 적어도 그것에 기댈 수는 있다. 큰 도움은 되지 못한다. 하지만 암흑을 향하여 마구 역행하고 있는 시대에, 최후의 절망에서 보호해 주고 있다. 이것으로 충분하다. 일찌기 숭상되던 사상도 지금은 멸시되고, 조소당하고 있다. 그러나 그런 사상은 일찌기 숭상되었던 것이며, 언제까지나 살아있을 것이다. 그것으로 충분하다.

책을 채 펼치기도 전에 전화 벨이 울렸다. 그는 수화기를 들지 않았다. 벨은 오랫동안 울렸다. 몇 분 후, 벨이 그치고 나서 그는 수화기를 들고, 수위실에 누구에게서 걸려왔으냐고 물어보았다.

「이름은 대지 않았읍니다.」하고 수위실의 사나이는 말했다. 무엇인가 먹고 있는 소리가 들렸다.

「여자던가?」

「네.」

「사투리를 쓰는?」

「그건 모르겠는데요.」사내는 아직도 먹고 있다.

라빅은 베베르의 병원을 불렀다. 거기서는 아무도 전화를 걸지 않았다. 뒤랑의 병원에서 건 사람도 없다. 그는 오델 랭커스터에도 걸어보았다. 교환수는 이쪽에서 전화를 건 사람은 없읍니다, 라고 했다. 그렇다면 조앙임에 틀림 없다.

아마도 세라자드에서 걸었을 것이다.

한 시간 후에 전화가 다시 울렸다. 라빅은 책을 내던지고 일어나서 창가로 갔다. 창문턱에 팔꿈치를 괴고 기다렸다. 부드러운 바람이 백합 향기를 실어 온다. 피난민 비젠호프가 창가에 있는 화분대의 시든 카네이션을 백합으로 바꾸어놓은 것이다. 그래서 요즘은 따뜻한 밤이면 집 전체에 장례소나 수도원의 안 뜰 같은 냄새가 나는 것이었다. 비젠호프가 골트베르크 노인에 대한 경건한 정에서 그랬는지, 아니면 그저 나무 상자에는 백합이 잘 자라기 때문에 그랬는지는 잘 알 수가 없었다. 전화 벨이 그쳤다. 오늘밤은 틀림없이 잠들 수 있겠지. 그는 침대로 돌아갔다.

자고 있는 동안에 조앙이 왔다. 조앙이 들어서자 대뜸 천장의 불을 켜고, 문간에 우뚝 서있었다. 그는 눈을 떴다.

「당신 혼자예요?」하고 그녀는 물었다.

「아냐. 불은 끄고, 돌아가라고.」

그녀는 잠시 망설였다. 그러고는 욕실로 가서 문을 열었다.

「거짓말장이.」하고 그녀는 생긋 웃었다.

「제기랄, 난 피곤하단 말이야.」

「피곤하다고요? 왜요?」

「피곤하다니까. 잘 가.」

그녀는 다가섰다. 「당신은 지금 막 돌아왔군요. 전 10분마다 전화를 했어요.」

그녀는 살피듯이 빤히 그를 바라보았다. 그는 그 말을 거짓말이라고는 하지 않았다. 그녀는 옷을 갈아입고 있었다. 이 여자는 그 사내와 같이 자고는 사내를 보낸 다음 나를 갑자기 습격해서 여기에 와있을 케이트 헤그슈트룀에게, 나라는 사람은 창녀나 상대하는 엄청난 호색가로서 밤이면 여자들이 드나든다, 이런 남자는 피하는 것이 좋다는 것을 가르쳐 주려고 이런 시각에 찾아온 것이다. 그는 자기도 모르게 미소를 지었다. 빈틈없는 행동에는 유감스럽게도 언제나 감탄하지 않을 수 없다. 그것이 그녀 자신을 향한 경우일지라도.

「왜 웃죠?」그녀는 격한 어조로 물었다.

「그냥 웃었을 뿐이야. 불을 꺼. 불빛 아래서 당신을 보니 소름이 끼쳐. 그리고 돌아가 줘.」

그녀는 그 말을 들은 체도 하지 않았다. 「당신과 함께 있던 그 잡년은 누구죠?」

라빅은 몸을 반쯤 일으켰다. 「얼른 나가. 안 나가면 무엇이든 집어던질 테야.」

334

「아, 그렇군요.」 그녀는 살피듯이 그를 쳐다보았다. 「그렇군요! 벌써 그렇게 되었군요.」

라빅은 담배를 집어들었다. 「웃기지 마! 자기는 다른 남자와 살면서, 여기 와서는 질투하는 체 하고 있어. 자, 그만 당신의 배우 씨에게 돌아가라고. 그리고 나를 가만히 내버려두란 말이야.」

「그건 전혀 다른 일이에요.」

「물론!」

「물론 다른 일이에요!」 그녀는 갑자기 감정을 폭발시켰다. 「그게 다르다는 건 당신도 잘 알고 있을 거예요. 그건 저에게 책임이 없어요. 전 그것 때문에 조금도 행복하지 않아요. 그렇게 되이버린 거예요. 어쩌다가 그렇게 되었는지 저도 모르겠어요.」

「일이란 언제나, 어쩌다가 그렇게 되는지 모르게 일어나는 법이야.」

그녀는 그를 뚫어지게 바라보았다. 「당신은, 당신은 늘 그렇게 시치미를 떼고 있었어요! 시치미를 떼고 있어서, 사람을 미치게 해요! 무슨 일이 일어나도 언제나 아무렇지도 않은 얼굴을 하고 있었어요! 당신의 그 잘난 체 하는 얼굴이 전 제일 싫었어요! 그것이 견딜 수 없게 싫었던 적이 얼마나 많았는지 몰라요! 전 열중하지 않고는 못배겨요! 전 저에게 미쳐 주는 사람이 필요해요! 제가 없으면 살 수가 없는 사람이 필요해요. 당신은 제가 없어도 살아갈 수가 있어요! 당신은 항상 그랬어요! 당신은 제가 없어도 되었던 거예요! 당신은 냉정해요! 정이 없어요! 당신이란 사람은 사랑이 어떤 건지 전혀 몰라요! 당신은 진정으로 저를 위해 준 적이 한번도 없었어요! 제가 전번에, 당신이 두 달 동안이나 돌아오지 않으니까 이렇게 되어버렸다고 말했지만, 그건 거짓말이에요! 설령 당신이 여기 있었다 해도 그렇게 되었을 거예요! 웃지 마세요! 두 경우가 다르다는 것은 알고 있어요. 모두 알고 있어요. 다른 한 사람이 똑똑하지 못하다는 것도, 당신과 같지 않다는 것도 잘 알고 있어요. 하지만 그 사람은 제게 완전히 미쳐 있어요. 저 이외의 것은 전혀 생각지 않고, 전혀 탐하지 않고, 아무것도 몰라요. 저에게는 그것이 필요한 거예요!」

그녀는 격하게 숨을 쉬며 침대 앞에 서있었다. 라빅은 칼바도스 병을 집어들었다.

「그럼 어째서 여기 왔지?」 하고 그는 물었다.

그녀는 금방 대답하지 않았다. 「당신이 더 잘 아실 거예요.」 이윽고 그녀는 나직하게 말했다. 「왜 물으시죠?」

그는 술을 잔에 가득 부어서 그녀에게 내밀었다.

「마시고 싶지 않아요.」하고 그녀는 잘라 말했다. 「그 여자, 어떤 사람이에요?」

「환자야.」라빅은 거짓말을 할 생각은 없었다. 「병이 아주 중한 여자야.」

「거짓말. 거짓말을 하려면 좀더 그럴 듯하게 해요. 환자라면 병원에 있어야죠. 나이트 클럽 같은 데는 오지 않아요.」

라빅은 잔을 도로 놓았다. 진실이란 때로 터무니없는 거짓으로 오해받는 것이다. 「정말이야.」

「사랑하고 있나요?」

「그게 당신과 무슨 상관이야?」

「그 사람을 사랑하고 있나요?」

「그런 건 당신과 상관 없잖아, 조앙?」

「관계가 있어요! 당신이 아무도 사랑하지 않는 한…….」그녀는 망설였다.

「당신은 조금 전에 그 여자를 잡년이라고 했잖아?」

「그렇게 말해 봤을 뿐이에요. 그 여자가 그렇지 않다는 것은 금방 알 수 있었어요. 그래서 그렇게 말한 거예요. 정말 잡년이라면 제가 이렇게 오지도 않았어요. 당신도 그 여자를 사랑하고 있나요?」

「불을 끄고 돌아가 줘.」

그녀는 곁으로 다가왔다. 「전 알고 있었어요. 보고서 알았어요.」

「그만둬.」하고 라빅은 말했다. 「난 피곤해. 당신은 자신의 말장난을 천하일품으로 생각하고 있겠지만, 그런 값싼 짓은 그만두라고. 한 남자는, 도취 때문이든가, 확 달아오른 애정 때문이든가, 아니면 출세를 위한 남자. 더 깊이 사랑한다든가, 다른 방법으로 사랑하고 있다든가 하는 또 하나의 남자는, 사이사이 안식처로 삼는다……. 단, 그 얼간이가 그것으로 만족한다면 말이야. 그만해 주었으면 좋겠어. 도대체 당신은 사랑의 종류가 너무 많아.」

「그건 사실이 아녜요. 당신이 말하는 것과는 달라요. 틀려요. 그건 사실이 아니에요. 전 당신에게 돌아오고 싶은 거예요. 전 돌아오겠어요.」

라빅은 다시 잔을 가득 채웠다. 「하기야 당신은 그러고 싶은지도 모르지. 하지만 그건 환상에 불과해. 유감스럽지만 그건 당신이 자신을 위로하기 위해 자신을 속이고 있는 환상이야. 당신은 절대로 돌아오지 않을 거야.」

「천만에요, 돌아오겠어요!」

「아냐, 설령 돌아와도 잠깐 동안이지. 그러다가 또 누군가 당신 이외의 것은 아무것도 바라지 않는 다른 남자가 나타나면, 다시 제자리로 돌아가게 되는 거야. 내 장래가 실로 암담하지.」

「틀려요, 틀려요! 전 언제까지나 당신 곁에 있겠어요.」

라빅은 웃었다. 「조앙,」하고 그는 애정어린 목소리로 말했다. 「당신은 내 곁에 있지 않을 거야. 바람은 잡아둘 수 없어. 물도 그렇지. 만약 그렇게 하면 썩어버리고 말지. 바람을 잡아두면 김빠진 공기가 되어버리거든. 당신은 어디고 머물러 있을 수 없게 되어 있어.」

「당신도 그렇죠.」

「내가?」라빅은 잔을 들이켰다. 아침에는, 붉은 기가 감도는 황금빛 머리의 여자. 그 다음에는, 뱃속에 죽음을 품고, 찢어지기 쉬운 비단 같은 살결을 가진 케이트 헤그슈트룀. 그리고 지금은, 이 여자다. 무분별하고, 탐욕스러울이만큼 생활욕으로 가득찬, 자기 자신에 대해서는 아무것도 모르면서도 어떤 남자도 불가능할 정도로 자기 자신을 잘 알고 있는 것이다. 순진하고, 교활하고, 묘한 의미로는 성실하고, 그러나 그녀를 낳은 자연처럼 불성실하고, 쫓는가 하면 쫓기기도 하고, 단단히 매달려 있고자 하면서도 동시에 떠나버리는 여자…….

「내가?」하고 라빅은 되풀이했다. 「대체 당신은 내게 대해서 무엇을 알고 있지? 모든 것을 의심하지 않을 수 없게 된 하나의 생명에 애정이 싹튼다면, 어떻게 되는지 당신은 알고 있나? 그것에 비한다면, 당신의 값싼 도취 따위가 뭐야? 마구 떨어져내리다가 갑자기 멈추고, 끝없이 계속되는 『왜?』가 『당신』으로 변할 때, 침묵의 사막 위에 갑자기 신기루와 같은 감정이 솟아올라 형체를 이루고, 피의 망상이 사정없이 선명한 풍경이 되고, 그 풍경에 비하면 모든 꿈도 생기가 없는 평범하고 비속한 것으로 생각될 때 말이야. 은빛 풍경, 타오르는 피가 눈부신 반사광처럼 빛나는 은빛 금빛의 선세공과 홍수정의 도시…….그것에 대해서 당신은 뭘 알고 있다는 거지? 그렇게 쉽게 입밖에 낼 수 있는 것이라고 생각하나? 술술 돌아가는 가벼운 혓바닥이 그것을 재빨리 압착해서, 말이나 감정까지도 스테레오 판으로 만들 수 있다고 생각하나? 무덤이 입을 떡 벌리고, 언제라도 무수한 빛이 없는 공허한 밤에 겁을 집어먹고 있다는 것이 어떤 것인지, 당신은 알고 있나? 더구나 무덤이 입을 벌리는 거야. 무덤 속에는 해골은 하나도 없고, 다만 흙이 남아 있을 뿐이야. 흙과 풍요한 씨앗, 그리고 벌써 움튼 푸른 싹이. 이러한 것에 대해서 대체 당신은 무엇을 알고 있지? 당신이 사랑하고 있는 것은, 도취하는 거야. 정복하는 거야. 당신은 『또 하나의 당신』을, 당신 속에서 죽고 싶어하면서도 결코 죽을 수 없는 『또 하나의 당신』을 사랑하고 있는 거야. 당신은 사납게 포효하는 피의 기만을 사랑하는 거야. 그러나 당신의 마음은 언제나 공허하게 비어 있어. 사람이란 자신의 내부에서 생장하지 않는 것은 무엇 하나 지니고 있을 수가 없기 때문이야. 게다가 폭풍우 속에서는 아무것도 생장하지 않는 거야. 사물은 허전하고 고독한 밤에 생장하는 거야. 그것도 인간이 절망하지 않는다면 말야. 당신은 이런 것에 대해서 뭘 알고 있지?」

그는 조앙을 완전히 잊어버린 듯이 그쪽은 보지도 않고 천천히 말했다. 그러다가 비로소 그녀를 쳐다보았다. 「대체 내가 무슨 말을 하고 있는 걸까. 케케묵고 어리석은 군소리야. 오늘은 술을 너무 마셨어. 자, 당신도 한 잔 들고, 그리고 돌아가요.」

그녀는 침대 곁에 걸터앉아 잔을 받았다.

「알았어요.」하고 그녀는 말했다. 얼굴빛이 달라져 있었다. 마치 거울 같다고 그는 생각했다. 언제나 누가 말하는 것을 무엇이든 되비추는. 지금은 진정하고 있어서 아름답다.

「알았어요.」하고 그녀는 다시 말했다. 「그리고 몇 번이고 그렇게 느꼈어요. 하지만 라빅, 당신은 사랑을 위한 사랑, 생활에 대한 사랑 때문에 항상 저를 잊고 있었어요. 저는 하나의 동기가 되었을 뿐이에요. 그리고 당신은 당신의 은빛 도시로 들어가버리고, 저에 대해선 거의 잊어버리고 있었어요.」

그는 한참 동안 그녀를 쳐다보고 있었다. 「그런지도 모르지.」

「당신은 자신의 일에 완전히 몰두하고, 당신 속에서만 여러 가지 것을 찾아내고 있어서, 덕택에 저는 언제나 당신 생활의 언저리에만 있었던 거예요.」

「그런지도 모르지. 하지만 조앙, 당신은 무엇을 쌓기 위한 토대가 될 사람은 아냐. 그건 당신도 알고 있겠지?」

「당신은 그걸 원했나요?」

「아니.」라빅은 잠시 생각한 후에 말했다. 그리고 미소를 지었다. 「인간이 단단하게 안정된 모든 것에서 도망쳐 피난민이 되면, 때때로 기묘한 일을 당하게 되는 거야. 그리고 이상한 짓을 하게 되지. 아니, 물론 무엇을 쌓고 싶다고는 생각지 않았어. 하지만 새끼양을 한 마리밖에 가지고 있지 않으면, 이따금 그것을 여러 방면에 써보고 싶은 마음이 드는 법이야.」

갑자기 밤이 아주 평화스러워졌다. 지금은 먼 영원한 과거, 조앙이 자기 곁에 붙어 자던 그 시절의 밤으로 다시 한번 되돌아간 것 같다. 거리는 멀고 아득해지고, 지평선 위에서 술렁거리는 조용한 소리에 지나지 않는다. 시간의 사슬이 풀어지고, 때가 딱 멈춘 것처럼 소리없이 고요하다. 이 세상에서 가장 단순한, 가장 불가사의한 일이 다시 되살아났다. 서로 이야기를 주고 받는 두 인간, 서로가 제 소리만 하고 있다. 그래도 말이라고 하는 음성이 두개골 속의 고동하는 덩어리 속에 똑같은 이미지와 똑같은 감정을 형성한다. 그리고 아무런 의미도 없는 성대의 진동과, 이 진동이 끈적거리는 잿빛 소용돌이에 일으키는 불가사의한 반응에서, 갑자기 다시 하늘이 생겨나서 그 하늘에 구름과 실개천과 과거, 전성과 조락, 냉정한 예지가 깃들게 된다.

「당신은 저를 사랑하고 있지요, 라빅?」하고 조앙은 말했다. 그것은 반은 물음이었고, 반은 긍정이었다.

「사랑해. 하지만 있는 힘을 다해서 당신에게서 달아나겠어.」

그는 조용히, 마치 두 사람에게는 아무런 관계도 없는 것처럼 그렇게 말했다. 그녀는 그 말을 귀담아 듣지도 않았다.

「우리가 다시는 함께 살 수 없다는 걸, 저는 도저히 상상할 수 없어요. 일시적이라면 그럴 수도 있어요. 하지만 영원히는 절대로 안돼요.」그녀는 되풀이해서 말했다. 그러자 그녀의 피부가 떨렸다. 「절대로 라는 말은 무서워요, 라빅. 우리가 절대로 함께 살 수 없다는 것을, 저는 상상할 수 없어요.」라빅은 아무말도 하지 않았다. 「전 다시는 돌아가고 싶지 않아요. 절대로요.」

「내일이면 다시 돌아갈 거야. 당신 자신도 그걸 알고 있어.」

「여기 이렇게 있으면, 언제까지나 여기 있을 수 없다는 게 저는 믿어지지가 않아요.」

「같은 말이야. 그것도 알고 있을 테지.」

시간의 한가운데에 뚫린 공허한 공간. 또다시 자그마하고 불이 켜져 있는 선실 같은 방. 전과 똑같다. 게다가 사랑하던 사람까지 있다. 더구나 그 사람은, 이상하게도 이미 이전의 사람이 아니다. 팔을 내밀기만 하면 붙잡을 수는 있다. 하지만 다시는 붙잡을 수가 없는 것이다.

라빅은 잔을 내려놓았다. 「다시 나를 두고 가버릴 거라는 걸, 자신도 알고 있잖아. 내일이나 모레나, 언제가는…….」

조앙은 머리를 수그렸다. 「그래요.」

「설사 되돌아와도 틀림없이 다시 가버릴 거라는 걸, 당신 자신이 알고 있잖아.」

「그래요.」그녀는 얼굴을 들었다. 눈물이 흐르고 있었다. 「도대체 왜 그럴까요, 라빅? 왜 그럴까요?」

「나도 모르겠어.」그는 가볍게 미소를 지었다. 「사랑이란 별로 즐거운 게 못 되는군. 때로는 말이야. 그렇지?」

「그래요.」그녀는 그를 바라보았다. 「우린 왜 이럴까요, 라빅?」

그는 어깨를 으쓱했다. 「나도 모르겠어, 조앙. 우리에겐 꽉 붙잡고 있을 것이 하나도 없어서 그런 모양이야. 이전에는 여러 가지 것이 있었어. 그런데 지금은 하나도 가지고 있지 않아. 겨우 가지고 있는 것이라곤 약간의 절망과 약간의 용기 정도고, 나머지는 안팎이 모두 낯선 것뿐이야. 거기에 사랑이 날아든다는 것은 바싹 마른 짚더미 속에 횃불을 던지는 것과 같아. 사랑밖에는 아무것도 없어. 그때문에 사랑은 딴 것이 되지. 보다 격렬하고, 보다 소중하고, 보다 파괴적인 것이 되어버리지.」그는 다시 자기 잔을 가득 채웠다.「사랑 같은 건 너무 생각 않는 게 좋아. 도대체 우리는 생각을 깊이 할 수 있는 처지가 아니니까. 너무 깊이 생각을 하면, 사람이 못쓰게 될 뿐이야. 우리는 망하고 싶지는 않거든. 그렇잖아 ?」

조앙은 고개를 저었다.「그렇게 되고 싶진 않아요. 그 여자 누구죠, 라빅 ?」

「한자야. 전에도 거기 함께 간 적이 있어. 당신이 아직 거기서 노래를 부르고 있을 때였어. 백 년이나 지난 옛날 일이야. 지금 당신은 무슨 일을 하고 있지 ?」

「하찮은 단역이에요. 전 제가 훌륭한 배우라고는 생각지 않아요. 하지만 혼자 살아갈 만큼은 벌고 있어요. 언제라도 그만둘 수 있게 되었으면 해요. 야심 같은 건 전혀 없어요.」

여자의 눈은 말라 있었다. 자기의 칼바도스 잔을 들이켜고는 일어섰다. 피곤한 것 같았다.「인간이란 왜 이렇지요, 라빅 ? 왜 이래요 ? 무슨 이유가 있을 거예요. 그렇지 않다면, 왜 그러냐고 묻지는 않을 거예요.」

라빅은 침울하게 미소를 지었다.「그거야말로 인류가 아주 옛날부터 가지고 있던 문제야, 조앙 왜 그럴까 ? 오늘날까지 모든 논리, 모든 철학, 모든 과학이 이 문제에 부딪쳐서는 산산이 부서지고 말았어.」

「전 이제 가겠어요.」여자는 그를 쳐다보지 않고 말했다. 그리고 침대 위에 놓았던 자기 물건을 집어들고 문쪽으로 걸어갔다.

여자가 가버린다. 여자가 가고 있다. 이미 문 있는 데까지 갔다. 라빅의 마음 속에서 무엇인가 솟아올랐다. 여자는 간다. 가버린다. 그는 몸을 일으켰다. 모든 것을 견딜 수가 없었다. 꼭 하룻밤만, 오늘밤만이라도, 다시 한번 그녀의 잠든 머리를 이 어깨 위에 올려놓고 싶다. 내일이면 싸울 수가 있다. 다시 한 번만 여자의 숨결을 나의 곁에서 느끼고 싶다. 무너져가면서 다시 한번 상냥한 환상과 달콤한 기만을. 가면 안된다, 안돼. 우리들은 괴로움 속에 죽고, 괴로움 속에 사는 것이다. 가면 안된다, 안돼. 네가 가버리면 내게 뭐가 남는단 말인가 ? 나의 보잘것없는 용기 따위가 무슨 소용이 있겠는가 ? 우리는 대체 어디에 떠밀려가 있을까 ? 오직 너만이 진실이다 ! 빛나는 꿈이다 ! 불멸의 꽃이 피는 망각의 목장이다. 다시 한 번, 다시 한 번만 영원한 불꽃을 ! 대체 누구를 위해서 나는 내 자신을 소중하게 간직하려는 건가 ? 어떤 절망적인 것을 위해서 ? 어떤 어두운 불안을 위해서냐? 묻히고, 버림받고서. 나의 생애는 이제 열 이틀밖에 남지 않았다. 열 이틀, 그 다음은 무(無)다. 열 이틀과, 오늘 하룻밤뿐이다. 빛나는 피부여, 하필이면 너는 왜 오늘밤 수없이 많은 별 중에서 떨어져, 방황하며 옛날의 꿈에 싸여 찾아왔느냐? 우리 두 사람밖에는 아무도 살아있지 않는 오늘밤의 성채와 바리케이드를 어째서 파괴해 버렸느냐? 파도가 높이 일지 않는가? 높이 치솟아서 부서지지 않느냐?

「조앙,」하고 그는 말했다.

여자는 뒤를 돌아보았다. 그 얼굴에 갑자기 격렬하고 숨막히는 빛이 스쳐갔다. 여자는 손에 쥐고 있던 것을 바닥에 떨어뜨리고 라빅에게로 달려들었다.

26

자동차가 보지라르 가의 모퉁이에서 섰다.

「어떻게 된 거지?」하고 라빅은 물었다.

「데모 행렬입니다.」운전사는 뒤돌아보지도 않고 말했다. 「이번엔 공산당이군요.」

라빅은 케이트 헤그슈트룀을 쳐다보았다. 그녀는 루이 14세 궁정의 시녀로 가장하고, 구석에 옹색하고 연약하게 앉아 있었다. 얼굴은 분으로 짙게 화장을 하고 있었다. 그러나 창백한 인상을 주었다. 관자놀이와 볼의 뼈가 유난히 두드러져보였다.

「나쁘지 않군.」하고 라빅은 말했다. 「1939년 7월 바로 5분 전에는 파시스트인 불의 십자군 데모, 이번에는 공산당의 데모. 그런데 우리 두 사람은 위대한 17세기의 모습을 하고 있어. 나쁘지 않군, 케이트.」

「상관 없어요.」그녀는 미소를 지었다.

라빅은 자신의 무도화를 내려다보았다. 기막힌 운명의 장난이다. 더구나 경관에게 체포당할 걱정이. 없다.

「다른 길로 갈까요?」케이트 헤그슈트룀의 운전수가 물었다.

「이제는 돌릴 수도 없지.」하고 라빅은 말했다. 「뒤에도 차가 잔뜩 밀려 있어.」

데모 행렬은, 그들이 서있는 거리와 직각으로 교차하는 거리를 조용히 행진하고 있었다. 그들은 깃발과 플래카드를 들고 있었다. 아무도 노래를 부르는 사람은 없었다. 수많은 경관이 행렬을 감시하고 있었다. 보지라르 가의 모퉁이에 다른 한 패의 경관이 사람들의 눈에 띄지 않게 서있었다. 그들은 자전거를 가지고 있었다. 그중의 한 사람이 거리를 순찰하고 있었다. 그는 케이트 헤그슈트룀의 차 속을 들여다보았으나, 놀라는 기색도 없이 저쪽으로 가버렸다.

케이트 헤그슈트룀은 라빅의 눈을 바라보았다. 「놀라지 않아요. 알고 있거든요. 경관들은 몽포르의 댄스 파티라고 하면 다 알고 있어요. 여름철의 대행사니까요. 저택도 정원도 경관들이 둘러싸고 있어요.」

「그 말을 들으니 정말 안심이 되는군.」

케이트 헤그슈트룀은 웃었다. 그녀는 라빅의 처지에 대해서는 아무것도 몰랐다. 「그만큼 많은 보석이 파리에서 일시에 모이는 일은 드물어요. 진짜 의상에 진짜 보석. 경찰은 절대로 모험을 하지 않아요. 손님들 속에도 틀림없이 형사가 끼어 있을 거예요.」

「가장을 하고?」

「아마 그럴 거예요. 왜요?」

「알아두는 게 좋지. 난 로스차일드의 에메랄드라도 훔쳐볼까 하고 있거든.」

케이트 헤그슈트룀은 손잡이를 돌려서 창을 내렸다. 「당신은 아마도 지리할 거예요. 하지만 오늘은 할 수 없어요.」

「지리하지 않을걸, 케이트. 그 반대야. 난 달리 어떻게 시간을 보내야 할지 모르던 참이야. 술이 많이 나올까?」

「나올 거예요. 하지만 제가 집사장에게 적당히 눈짓을 하죠. 잘 아는 사이니까요.」

보도를 울리는 데모대의 발소리가 들려왔다. 그들은 행진을 하고 있는 것이 아니었다. 아무렇게나 뒤섞여서 걸어가고 있을 뿐이었다. 마치 지친 동물들의 무리가 지나가고 있는 것 같았다.

「라빅, 당신은 어느 세기에 살고 싶으세요? 마음대로 선택할 수 있다면.」

「지금의 세기야. 그렇지 않으면 나는 죽어 있고, 다른 미련한 녀석이 내 옷을 입고 이 파티에 나갈 테니까 말이야.」

「그런 의미가 아니에요. 저는, 만약 당신이 다시 태어날 수 있다면, 어느 세기에 태어나고 싶은가를 묻고 있는 거예요.」

라빅은 자신의 옷소매를 보았다. 「역시 마찬가지야. 지금의 세기야. 지금까지로는 가장 한심스럽고, 가장 피비린내가 나고, 가장 썩었고, 가장 색채가 없고, 비겁하고, 지저분한 세기지……. 그러나 그래도 역시 지금 세기야.」

「저는 싫어요.」케이트 헤그슈트룀은 손이 시린 듯 손을 서로 비볐다. 그 가느다란 손목에 금란이 부드럽게 번쩍였다. 「이 세기예요, 17세기요. 그렇지 않다면, 그보다도 앞선 세기. 어느 세기든 좋지만……, 다만 지금 세기만은 질색이에요. 이것을 알게 된 것은 불과 두어 달 전이에요. 그전에는 이런 것을 한번도 생각해 본 적이 없었어요.」그녀는 창을 완전히 내렸다. 「정말 덥군요! 게다가 습하고요. 데모대는 아직 있나요?」

「끝나는군. 저기 마지막 패들이 오고 있어.」

총소리가 들렸다. 캉브론느 가의 방향이다. 다음 순간, 모퉁이에 대기하고 있던 경관대가 자전거에 뛰어올랐다. 한 여자가 찢어지는 듯한 소리를 질렀다. 갑자기 군중의 노한 목소리가 그것에 이어졌다. 사람들은 도망치기 시작했다. 경관대는 페달을 밟고 곤봉을 휘두르며 군중 속으로 뛰어들었다.

「어떻게 된 일이에요?」케이트 헤그슈트룀은 깜짝 놀라며 물었다.

「아무것도 아냐. 타이어가 터진 거야.」

운전수가 뒤를 돌아보았다. 안색이 변해 있었다. 「저것은…….」

「가자고.」하고 라빅은 운전수의 말을 막았다. 「이젠 지나갈 수 있어.」

네거리는 마치 돌풍이 지나간 후처럼 사람 하나 없었다.

「자, 가자고.」하고 라빅은 말했다. 캉브론느 가의 방향에서 부르짖는 소리가 들려왔다. 두번째의 총소리가 일어났다. 운전수는 자동차를 몰았다.

두 사람은 정원으로 향한 테라스에 서있었다. 어디를 보나 가장 의상으로 가득차 있었다. 나무들 사이 짙은 저녁 어둠 속에 장미꽃이 피어 있었다. 등피 속의 촛불이 하늘하늘 따스한 불빛을 던지고 있었다. 정자에서는 작은 악단이 미뉴에트를 연주하고 있었다. 모든 것이, 마치 살아있는 와토의 그림 같았다.

「아름답죠?」하고 케이트 헤그슈트룀이 물었다.

「그렇군.」

「정말?」

「정말이야, 케이트. 적어도 멀리서 바라보면 말야.」

「오세요. 정원을 걸어봐요.」

아름드리 고목 밑에는 마치 꿈 같은 정경이 펼쳐지고 있었다. 수많은 촛불의 아련한 불빛이 금실 은실의 금란에, 값지고 해묵어서 퇴색한 푸른빛, 장미빛, 바다와 같은 초록빛 빌로도에 반짝반짝 흔들리고 있다. 그리고 긴 가발과 화장을 한 드러낸 어깨 위에 부드러운 빛을 던지고 있다. 그 주위에 바이올린의 상냥한 선율이 희롱하고 있다. 사람들이 짝을 지어, 혹은 작은 무리를 지어 점잖은 걸음걸이로 여기저기 천천히 거닐고 있다. 장검의 손잡이가 번쩍이고, 샘물은 살랑이고, 잘라 준 회양목 숲이 격에 어울리게 어두운 배경을 이루고 있다.

하인들까지도 의상을 입고 있다는 것을 라빅은 알았다. 이 지경이라면, 형사도 가장을 하고 있는 게 당연하다. 몰리에르나 라신에게 붙잡히는 것도 나쁘지는 않으리라. 아니면 기분전환을 위해 궁정의 난장이에게라도 좋다.

그는 하늘을 우러러보았다. 미지근하고 커다란 빗방울이 하나 손에 떨어졌다. 붉은 하늘이 어두워져 있었다.

「비가 오겠는데, 케이트.」

「무슨 비가 오려고요…….」

「틀림없어. 자, **빨리 와요 !**」

그는 그녀의 팔을 잡고 테라스로 급히 데리고 왔다. 그들이 테라스에 닿기가 무섭게 비는 억수로 퍼붓기 시작했다. 빗물은 폭포처럼 내리퍼붓고, 촛불은 등피 속에서 꺼져버리고, 테이블의 장식은 얼마 가지 않아 퇴색한 누더기처럼 힘없이 축 늘어지고, 야단법석이 일어났다. 공작 부인과 백작 부인 그리고 시녀들은 금란의 의상을 높이 치켜들고 테라스로 뛰어들었다. 공작과 각하와 원수님들도 가발을 적시지 않으려고, 마치 형형색색의 놀란 수탉들처럼 뒤섞여서 서로 밀치고 있었다. 비는 가발과 깃과 드러낸 어깨로 흘러들어와서, 분과 루즈를 씻어내렸다. 번개불의 창백한 섬광은 실체가 없는 빛의 홍수를 정원에 범람시키고, 이어서 우뢰소리가 요란스레 울려퍼졌다.

케이트 헤그슈트룀은 라빅에게 몸을 바싹 붙이고 테라스의 차양 밑에 꼼짝도 않고 서있었다.

「이런 일은 한번도 없었어요.」하고 그녀는 힘없이 말하였다. 「여러 번 여기에 왔었지만 이런 일은 처음이에요. 어느 해에도 없었어요.」

「에메랄드를 훔치기에는 절호의 찬스군.」

「정말 그렇군요.」

레인코트를 입고 우산을 든 하인들이 정원을 이리 뛰고 저리 뛰고 있었다. 그들의 비단 덧신이 레인코트 밑으로 삐져나와 있는 것이 기묘하게 보였다. 그들은 흠뻑 젖은 채 남아 있던 마지막 시녀들을 테라스로 데리고 왔다. 그러고는 다시, 떨어뜨린 솔이나 물건들을 찾아다녔다. 어느 하인은 황금빛 신발을 한 짝 들고 왔다. 우아한 신발이었다. 그는 그것을 커다란 두손으로 소중하게 받쳐들고 왔다. 비는 아무것도 없는 테이블 위에 마구 쏟아졌다. 번개가 마치 하늘이 수정 북채로 알지도 못하는 기상신호를 두드리듯이, 쳐놓은 차양 위를 요란스럽게 두드리고 있었다.

「안으로 들어가요.」하고 케이트 헤그슈트룀이 말했다.

　방의 수는 손님의 수에 비하면 적었다. 아무도 날씨가 나빠지리라고는 생각지 못했던 것 같다. 방안에는 대낮의 무더위가 아직도 남아 있었다. 그것이 사람들의 훈김으로 더욱 후덥지근했다. 자리를 넓게 차지하는 부인들의 의상은 짓눌려서 쭈글쭈글해졌으며, 비단 옷자락은 발에 밟혀 찢어져 있었다. 거의 움직일 수가 없었다.
　라빅은 케이트 헤그슈트룀과 입구 쪽에 서있었다. 그의 앞에서 땋아늘인 머리를 흠뻑 적신, 오동통한 몽테스탕 후작 부인이 숨을 할딱이고 있었다. 털구멍이 크게 나있는 부인의 목덜미에는 배 모양의 다이아몬드 목걸이가 걸려 있었다. 그런 꼴을 하고 있으니, 마치 카니발에서 흠뻑 비를 맞은 채소장수 마누라 같았다. 라빅은 그 사나이를 기억하고 있었다. 콜베르로 분장한 외무부의 블랑셰였다. 옆모습이 그레이하운드 같은, 날씬하고 아름다운 두 부인이 블랑셰 앞에 서있었다. 그 옆에는 온통 보석투성이의 모자를 쓴, 목소리가 카랑카랑하고 통통하게 살이 찐 유태인 남작이 서서, 그녀들의 어깨를 사뭇 기분좋은 듯이 어루만지고 있었다. 시동으로 분장한 남아메리카 사람 두서너 명이 어이없다는 듯이 그것을 유심히 바라보고 있었다. 그 사이에, 라 발리에르로 분장한 밸랭 백작 부인이 하늘에서 추방당한 천사와 같은 모습으로, 수많은 루비를 달고 서있었다. 라빅은 2년 전에 뒤랑의 진찰로 부인의 난소를 절제한 일을 생각해 냈다. 이들은 모두가 뒤랑의 단골손님일 것이다. 그는 그곳에서 두어 걸음 떨어진 곳에 젊고 돈이 굉장히 많은 랑플라르 남작 부인이 있는 것을 알았다. 부인은 영국 사람과 결혼했지만, 이미 자궁을 갖고 있지 않다. 라빅이 잘라낸 것이다. 뒤랑의 오진이었다. 5만 프랑의 수술비. 뒤랑의 여비서가 그에게 살짝 가르쳐 주었던 것이다. 라빅은 2백 프랑을 받았다. 이리하여 부인은 생명을 10년은 줄였고, 아이 낳는 능력을 잃은 것이다.
　비냄새, 향수와 피부와 젖은 머리카락 냄새가 뒤섞인, 죽은 듯이 괸 답답한 무더위……. 비에 씻긴 얼굴은 가발을 쓰고 있기 때문에 가장하지 않은 때보다도 더 드러나보였다. 라빅은 주위를 둘러보았다. 그의 주위에는 아름다운 여인들이 많았다. 재치와 회의적인 총명도 엿보였다. 그러나 단련되어 있는 그의 눈에는 그러한 것과 동시에, 아주 미미한 병의 징조도 발견할 수 있었다. 겉모습이 아무리 완전하게 보여도, 그것으로 쉽게 속아넘어가지는 않았다. 그는 어느 일정한 상류사회는, 위대한 세기이든 그렇지 않은 세기이든, 모든 세기를 통하여 늘 같다는 것을 알고 있었다. 그러나 한편, 열병이나 붕괴가 어떤 것이라는 것도 알고 있었고, 그 징후를 알아볼 수도 있었다. 미적지근한 난혼, 유약한 자들의 관용, 힘이 없는 스포츠, 분별없는 재치, 위트를 위한 위트, 그리고 아이러니, 하찮은 모험, 인색한 탐욕, 세련된 숙명론, 허탈한 무목적 속에서 빛을 잃어버린 피곤한 피. 세계는 이러한 자들에 의해서 구원되지는 않을 것이다. 그렇다면 누가 구원할 것인가?

그는 케이트 헤그슈트룀을 건너다보았다.

「마시기는 틀렸어요.」하고 그녀는 말했다.「하인들이 도무지 뚫고 다닐 수가 있어야죠.」

「상관 없어.」

두 사람은 차츰 다음 방으로 밀려갔다. 벽 가에 테이블이 있고, 샴펜이 놓여 있었다. 서둘러 준비한 것이다.

몇 군데에 샹들리에가 켜져 있었다. 그 부드러운 불빛 속으로 번개불이 들어와, 일순간 사람들의 얼굴을 창백하고 유령과 같은 찰나의 죽음으로 몰아넣었다. 이어서 우뢰가 울려퍼져서 말소리를 지우고, 사방을 지배하고 위협했다. 이윽고 다시 부드러운 불빛이 되돌아오고, 동시에 생명과 숨막힐 듯한 무더위가 되돌아왔다.

라빅은 샴펜이 놓여 있는 테이블을 가리켰다.「뭘 좀 갖다드릴까?」

「싫어요. 너무 더워요.」케이트 헤그슈트룀은 그를 쳐다보았다.「글쎄, 이게 저의 잔치로군요.」

「아마 곧 그칠 거야.」

「그치지 않을 거예요. 설령 그친다 해도 이젠 틀렸어요. 제 기분 아시겠죠? 이제 그만 가요.」

「찬성이야. 나도 가고 싶어. 이건 마치 프랑스 혁명 직전 같군. 상퀼로트가 언제 뛰어들지도 모르겠어.」

두 사람이 입구까지 빠져나오는 데는 한참 걸렸다. 거기까지 나왔을 때, 케이트 헤그슈트룀의 옷은 입은 채로 몇 시간이나 잠을 잔 것처럼 몹시 구겨져 있었다. 밖에는 비가 폭포처럼 좍좍 퍼붓고 있었다. 건너편 건물은 마치 물을 잔뜩 뿌린 꽃집의 창문을 쳐다보는 것 같았다.

자동차소리가 다가왔다.

「어디로 갈 거지?」하고 라빅은 물었다.「호텔로 돌아가겠소?」

「아직은 싫어요. 하지만 이런 옷으로는 아무데도 갈 수가 없겠군요. 차를 타고 좀 돌아다녀요.」

「그럼 그러지.」

차는 파리의 밤거리를 미끄러져 갔다. 비가 천장을 때리고, 그 소리 때문에 다른 소리는 잠겨버렸다. 개선문이 억수같이 퍼붓는 빗발 속에서 희미하게 회색으로 떠올랐다가는 다시 사라졌다. 불이 켜져 있는 창이 즐비한 샹젤리제가 미끄러져 나갔다. 롱 포앙은 꽃과 시원한 향기에 가득 차 짙은 안개 속의 오색 파도와도 같았다. 반인반어(半人半魚)의 해신 트리톤과 바다의 괴물이 있는 콩코르드 광장은 바다처럼 광활하게 어렴풋이 보였다. 티볼리 가가 헤엄치듯 다가온다. 그 밝은 아치형 거리는 베니스의 모습을 연상시킨다. 그러다가 루브르 박물관의 회색인 영원한 모습이 우뚝 솟아나왔다. 안뜰은 끝없이 뻗어 있고, 창문은 모두가 불빛에 반짝이고 있다. 그리고 강변과 다리가 조용한 물결 속에 꿈처럼 일렁이고 있다. 거룻배, 따뜻한 등불이 하나 켜져 있는 예인선. 그 불빛이 수천의 고향집을 내장하고 있는 것처럼 따사롭다. 센 강, 불바르, 버스, 사람들 무리, 소음, 상점, 뢰상부르 궁의 철책, 그 안에 있는 릴케의 시와 같은 정원, 고요하고 적적한 몽파르나스의 묘지, 양쪽이 서로 맞닿을 만큼 비좁은 옛 도로의 거리, 집들, 문득 눈앞에 펼쳐져서 놀라게 하는 침묵의 광장, 줄지어 늘어선 수목, 집들의 굽은 정면, 교회, 풍화한 기념비, 빗속에 깜박거리는 가로등, 작은 성채처럼 지면에서 우뚝 솟아 있는 공중변소, 시간제로 방을 대여하는 호텔이 즐비한 골목길, 그러한 골목에 끼어 있는 순 로코코 양식과 바로크 양식의 옛 거리, 그런 건물의 정면이 미소를 띠며 굽어보고 있다. 프루스트의 소설에나 나올 듯한 어둑어둑한 대문……

케이트 헤그슈트룀은 구석에 앉은 채 말이 없었다. 라빅은 담배를 피웠다. 그는 담배불을 보았다. 그러나 맛을 알 수 없었다. 마치 차 안의 어둠 속에서 실체가 없는 담배를 피우고 있는 것 같다. 차츰 온갖 것이 꿈 같은 생각이 든다. 이런 드라이브. 빗속을 소리도 없이 미끄러져 가는 자동차, 뒤에 남는 거리, 옛날 옷을 입고 구석에서 말이 없는 여자. 그 옷에 반짝반짝 불빛이 반사된다. 이제 다시는 움직이지 않을 듯이 금란 위에 가만히 놓여 있는, 이미 죽음의 낙인이 찍힌 이 손. 아직은 결론을 내리지 못한 생각과, 입밖에는 내지 않는 까닭없는 이별이 가득 스며 있는, 유령과 같은 파리에서의 유령과 같은 드라이브.

라빅은 하케를 생각했다. 어떻게 해치울까를 생각해 보려고 했다. 그는 수술을 한, 붉은 기가 감도는 블론드 머리의 여자를 생각했다. 지금은 이미 잊어버린 여자와 함께 지낸, 로텐부르크 오프 데어 타우버에서의 비 내리던 밤을 생각했다. 호텔 아이젠후트를, 어딘지도 모르는 창문에서 흘러나오던 바이올린의 선율을 생각했다. 1917년, 플랑드르의 양귀비꽃이 피어 있는 밭에서, 뇌우 속에서 전사한 롬베르크가 떠올랐다. 마치 신이 인간에게 진저리가 나서 대지를 포격하고 있는 듯싶을 만큼, 뇌성은 마구 요란스럽게 불을 뿜는 기관총소리에 섞여 유령처럼 울려퍼졌다. 그는 후툴스트에서 해병대 병사 하나가 켜던, 통곡하는 듯한, 그러면서도 서툴고, 견딜 수 없는 향수에 가득찬 아코디언을 생각했다. 비오는 날의 로마가 떠올랐다. 르왕의 질펀한 국도, 강제수용소의 바라크 지붕을 때리던 언제 그칠 지 모르는 11월의 장마, 헤벌린 입속에 물이 괴어 있는 스페인 농부의 시체, 죽기 직전의 축축히 젖은 클레르의 밝고 맑은 얼굴, 라일락의 짙은 향기가 감도는 헤이델베르크 대학으로 가는 길, 지난 날의 환등(幻燈), 지나간 모습들의 끝없는 행렬. 원한과 위안이 하나가 되어, 창밖의 거리처럼 미끄러져 지나간다……

그는 담배불을 끄고 몸을 일으켰다. 그만두자. 지나치게 옛날을 되새기면, 무심결에 무엇에 부딪치든가, 절벽에서 떨어지고 만다.

차는 몽마르트르 거리를 올라간다. 비는 그쳤다. 은빛 구름이, 육중하게 황급히 하늘을 가로질러간다. 한 조각의 달빛을 낳으려고 서두르고 있는 임신한 어머니들.

케이트 헤그슈트룀은 차를 세웠다. 두 사람은 차에서 내려, 모퉁이를 돌아서 두서너 골목을 올라갔다.

문득, 파리가 두 사람의 발밑에 전개되었다. 끝없이 퍼지고 젖어서 깜박이고 있는 파리. 거리, 광장, 밤, 구름과 달의 파리, 불바르의 꽃다발, 창백하게 아련히 빛나고 있는 비탈, 탑, 지붕, 어둠과 빛이 부딪치고 있는 파리. 지평선 저쪽에서 불어오는 바람, 평원에 반짝이고 있는 불빛, 명암이 자아내는 다리, 센 강의 먼 저쪽으로 달아나는 소나기, 수없이 많은 자동차의 헤드라이트, 파리. 밤으로부터 억지로 빼앗아서 수백만의 하수구 위에 세워진, 윙윙거리는 생활의 거대한 벌집, 지하의 그 자체가 악취 위에 피어나는 불빛의 꽃. 암(癌)과 모나리자, 파리.

「잠깐, 케이트.」하고 라빅은 말했다. 「뭘 좀 사가지고 오겠어.」

그는 가까운 술집으로 들어갔다. 신선한 붉은 소시지와 간 소시지의 훈훈한 냄새가 코를 찔렀다. 아무도 그의 분장을 눈여겨보는 사람은 없었다. 그는 코냑 한 병과 잔 두 개를 샀다. 가게 주인은 병마개를 따고, 코르크 마개를 헐겁게 다시 막아 주었다.

케이트 헤그슈트룀은 그가 물건을 사러 들어가기 전과 같은 자세로 밖에 서있었다. 그녀는 17세기 의상을 걸친 채, 구름이 어지럽게 움직이고 있는 하늘을 배경으로 가냘프게 서있었다. 스웨덴 계의 보스턴 태생 미국 여자가 아니라, 지나간 세기가 남겨두고 간 여인처럼.

「자, 케이트. 추위와 비, 그리고 지나친 정적에서 오는 혼란에는 이게 제일 좋은 약이야. 저 아래 보이는 도시를 위해서 한잔 듭시다.」

「네, 좋아요.」그녀는 잔을 받아들었다. 「여기까지 드라이브하길 살 했어요, 라빅. 세계의 어떤 파티보다도 좋아요.」

그녀는 잔을 비웠다. 달이 그녀의 어깨와 옷과 얼굴을 비추었다. 「코냑이로군요, 그것도 고급으로.」하고 그녀는 말했다.

「맞았어. 그것을 알 수 있는 한, 모든 게 정상이지.」

「한 잔 더 주세요. 그리고 다시 자동차로 돌아가요. 저도 옷을 갈아입을 테니까 당신도 옷을 갈아입고 세라자드로 가요. 전 감상에 젖어 한번 실컷 놀고 나서, 제 자신을 불쌍하게 여기고, 그리고 이 더없이 멋있는 피상적인 생활 모두에 작별을 고하겠어요. 그리고 내일부터는 철학자가 쓴 책을 읽고, 유언장을 쓰고, 내 처지에 맞게 살아가겠어요.」

라빅은 호텔 계단에서 여주인을 만났다. 여주인은 그를 붙잡았다. 「잠깐 뵐 수 있을까요?」

「그러죠.」

여주인은 그를 이 층으로 데리고 가서, 열쇠로 어떤 방의 문을 열었다. 누가 아직 살고 있다는 것을 알 수 있었다.

「무슨 일입니까? 왜 남의 방에 함부로 들어가죠?」하고 그는 물었다.

「이 방에 로젠펠트가 살고 있어요. 그 사람이 나간다는 거예요.」

「난 방을 바꾸고 싶지 않은데요.」

「그 사람은 나간다면서, 아직 석 달치나 방세를 치르지 않았어요.」

「아직 물건이 남아 있군요. 이걸 잡으면 되지 않소?」

여주인은 침대 곁에 열린 채로 놓여 있는 낡아빠진 가방을 사뭇 멸시하듯이 발로 걷어찼다. 「속에 뭐가 들어 있는 줄 아세요? 서 푼어치도 안돼요. 인조 가죽이에요. 낡아빠진 내의. 옷이래야, 저기 보이지요? 단 두 벌밖에 없어요. 모두 백 프랑도 되지 않아요.」

라빅은 어깨를 으쓱했다. 「그 사람이 나가겠다고 했나요?」

「아뇨. 그렇지만 그런 것쯤은 알아요. 맞대놓고 그렇게 말해 줬어요. 그러니까 그 사람도 좋다고 했죠. 내일까지 지불해야 한다고 분명히 말했어요. 방세도 내지 않는 손님을, 이렇게 언제까지나 둘 수는 없어요.」

「그런데 나더러 어쩌란 말이오?」

「저 그림 말예요. 저것도 그 사람 거예요. 값어치가 있다는 거예요. 저거면 방세를 치르고도 많이 남는다는 거예요. 어디 한번 보세요!」

　그때까지 라빅은 벽은 주의해서 보지 않았다. 그는 벽을 보았다. 그의 앞에
있는 침대 위에, 반 고호가 전성기에 그린 아를르의 풍경화가 걸려 있었다. 그
는 한 걸음 다가섰다. 그림이 진짜라는 것은 의심할 여지가 없었다.

　「형편없는 건가요?」하고 여주인은 물었다. 「저 비뚤어진 것이 나무라는군
요! 그리고 저걸 좀 보세요!」

　그것은 세면대 위에 걸려 있었다. 고갱의 그림이었다. 열대지방의 풍경을 배
경으로 한, 벌거벗은 남양 토인 여자의 그림이었다.

　「저 다리 좀 보세요! 마치 코끼리 같은 발꿈치를 하고 있지요. 그리고 저 얼
굴은 꼭 백치 같고요! 저 서있는 꼴을 보세요! 그리고 저기도 한 장 있는데,
그건 아직 완성되지도 않았어요.」

　미완성의 그림은, 세잔이 그린 세잔 부인의 초상화였다.

　「저 입! 비뚤어져 있어요. 뺨에는 핏기도 없고요. 그 사람은 이걸로 나를 속
이려 드는 거예요! 당신은 내 그림을 보셨죠! 그게 그림이라는 거예요! 자연
그대로고, 진짜고, 정확해요. 식당에 걸려 있는, 그 사슴이 있는 설경화 말이에
요. 그런데 이 엉터리 그림들은……. 마치 그 사람 자신이 그린 것 같아요. 그렇
게 생각지 않으세요?」

　「그런 모양이군요.」

　「난 그 말을 듣고 싶었던 거예요. 당신은 교육받은 분이라서, 이런 걸 아실 테
니까요. 액자에조차 끼워져 있지 않아요.」

　석 장의 그림은 액자 없이 걸려 있었다. 우중충한 벽지 위에서, 마치 다른 세
계로 난 창문처럼 빛나고 있었다. 「하다못해 금테 액자에라도 끼워 있다면야!
그렇다면 잡아둬도 좋아요. 그렇지만 이런 꼴로야! 하지만 결국은 이런 엉터리
를 받아두게 될 거예요. 그러고는 다시 속아넘어가는 거지요. 친절을 베푼 댓가
가 이거예요.」

　「그림을 잡지 않아도 될 것 같은데요.」하고 라빅은 말했다.

　「다른 수가 있을까요?」

　「로젠펠트는 돈을 마련해 올 겁니다.」

　「어떻게요?」그녀는 재빨리 그를 쳐다보았다. 안색이 변했다. 「이 그림들이
조금은 값어치가 있나요? 바로 이런 것들이 값이 나가는 수가 가끔 있거든요.」
여주인의 누런 이맛살에서 여러 가지 생각이 오락가락하고 있는 것이 눈에 선
했다. 「전달치로, 아무말 않고, 이중의 한 장을 잡아도 좋아요. 어떤 게 좋을까
요? 침대 위의 저 커다란 것이 좋을까요?」

「어느 것도 안됩니다. 로젠펠트가 돌아올 때까지 기다려요. 꼭 돈을 마련해 가지고 올 겁니다.」

「난 그렇게 생각지 않아요. 난 호텔 주인이니까요.」

「그럼 왜 그렇게 오랫동안 기다렸죠? 보통때는 안 그러지 않았읍니까?」

「말주변 때문이지요! 말주변에 속아넘어간 거예요! 우리집 형편은 당신도 아실 거예요.」

그때 로젠펠트가 문간에 나타났다. 말이 없고 키가 작고 침착했다.

여주인이 미처 무슨 말을 하기도 전에 그는 호주머니에서 돈을 꺼냈다. 「자, 이게 내 계산서입니다. 영수증을 만들어 주실까요?」

여주인은 깜쪽 놀라며 지폐를 바라보았다. 그러고는 그림을 보고, 다시 돈을 보았다. 하고 싶은 말이 많으나 말이 나오지 않는 것 같았다.

「거스름돈이 남아요.」하고 그녀는 마침내 말했다.

「알고 있읍니다. 지금 주실 수 있겠읍니까?」

「그럼요, 드리지요. 하지만 여긴 가진 게 없어요. 금고는 밑에 있으니까요. 바꾸어 오겠어요.」

여주인은 몹시 모욕을 당한 사람처럼 방에서 나갔다. 로젠펠트는 라빅을 쳐다보았다.

「실례했읍니다.」하고 라빅은 말했다. 「저 늙은이에게 끌려왔어요. 저 늙은이가 무슨 생각을 하고 있는지 몰라서요. 당신 그림의 가치를 알고 싶었던 거죠.」

「그래, 말씀하셨읍니까?」

「아뇨.」

「그것 잘됐군요.」로젠펠트는 묘한 미소를 띠며 라빅을 쳐다보았다.

「이런 그림을 어떻게 이런 곳에 걸어둡니까?」하고 라빅은 물었다. 「보험에 드셨나요?」

「아뇨. 하지만 그림이란 건 도둑맞는 것이 아닙니다. 기껏해야 20년에 한 번쯤, 미술관에서 도둑맞을 정도죠.」

「이 호텔에 불이 나지 않는다고도 할 수 없지요.」

로젠펠트는 어깨를 으쓱했다. 「만일의 위험은 할 수 없지요. 보험금이 비싸서, 저로서는 들 수가 없어요.」

라빅은 반 고호의 그림을 자세히 들여다보았다. 적어도 백만 프랑은 간다. 로젠펠트는 그의 시선을 좇았다.

「당신이 생각하고 있는 바를 알 수 있읍니다. 이런 것을 가지고 있는 사람은,

그것에 보험을 걸 돈을 가지고 있어야 마땅하지요. 하지만 저는 그럴 돈이 없읍니다. 저는 이 그림들로 살고 있읍니다. 파는 것을 서둘진 않습니다. 팔고 싶지 않으니까요.」

세잔의 그림 아래에 있는 테이블에는 알콜 풍로가 놓여 있었다. 그 곁에는 코피 통, 빵, 버터, 그릇 그리고 종이 봉지가 서너 개 놓여 있었다. 방은 좁고 썰렁했다. 그러나 그 벽에서는 세계의 광휘가 번쩍이고 있었다.

「이해하겠읍니다.」하고 라빅은 말했다.

「어떻게 되리라고 생각했읍니다.」하고 로젠펠트는 말했다. 「모든 것을 지불할 수가 있었읍니다. 기차 요금도, 배표도, 모두 말입니다. 단지 석 달치 방세만을 치를 수가 없었읍니다. 거의 아무것도 먹지 못했지만, 그래도 어쩔 수가 없었어요. 비자를 얻는 데 시간이 너무 걸려서요. 오늘밤에 모네를 팔지 않을 수 없었읍니다. 베토이유의 풍경화였죠. 그것도 가지고 갈 수 있다고 생각했었지만요.」

「하지만 결국은 어디선가 팔지 않을 수 없었을 게 아닙니까?」

「그렇긴 합니다. 그러나 달러로 팔고 싶었던 거예요. 두 배는 되었을 테니까요.」

「아메리카로 가십니까?」

로젠펠트는 고개를 끄덕였다. 「이젠 여기서 떠날 때가 되었어요.」

라빅은 그를 쳐다보았다.

「『죽음의 새』도 떠납니다.」하고 로젠펠트는 말했다.

「『죽음의 새』라뇨?」

「아, 마르쿠스 마이어 말입니다. 우리는 그를 『죽음의 새』라고 부르고 있지요. 그는 도망갈 시기를 냄새로 알아내거든요.」

「마이어라니요?」하고 라빅은 말했다. 「가끔 카타콤에서 피아노를 치는, 그 머리가 벗겨지고, 키가 작은 사람 말입니까?」

「그렇습니다. 우리는 프라하 이래 그를 『죽음의 새』라고 불러왔읍니다.」

「재미있는 이름이군요.」

「항상 냄새를 맡지요. 그는 히틀러가 정권을 잡기 두 달 전에 독일에서 도망쳐나왔지요. 빈은 나치가 오기 석 달 전에, 프라하는 놈들이 침입하기 6주일 전에 말입니다. 저는 그에게 매달려서 떨어지지 않았읍니다. 줄곧 그랬읍니다. 그는 냄새로 알아냅니다. 그 덕분에 그림을 살릴 수가 있었죠. 독일에서는 이미 돈을 가지고 나올 수가 없었어요. 마르크가 봉쇄된 거예요. 투자한 돈이 백 오십만 가량 있었지요. 현금으로 바꿔보려고는 했읍니다만, 그러던 차에 나치가 들이닥쳐 이미 때가 늦었읍니다. 마이어는 현명하게 했지요. 재산의 일부를 몰래 가지고 나왔어요. 저는 그만한 용기가 없었읍니다. 그 마이어가 이번에는 아메리카로 가는 거예요. 그래서 저도 가는 겁니다. 모네는 아깝게 되었읍니다.」

「그러나 그것을 판 나머지 돈은 가지고 갈 수 있지요. 아직 프랑은 봉쇄되지 않았으니까요.」

「그렇긴 합니다. 하지만 저쪽에 가서 팔면, 더 오래 살아갈 수가 있겠지요. 이렇게 나가다가는 곧 고갱도 희생시키지 않을 수가 없게 될 것 같군요.」로젠펠트는 알콜 풍로를 매만졌다. 「이제 저것이 마지막입니다. 저 석 장이 남았을 뿐입니다. 저것으로 살아가야 합니다. 일……, 그런 것은 기대도 하지 않습니다. 그런 것을 얻게 된다면, 그야말로 기적입니다. 이제 이 석 장뿐입니다. 한 장이 없어지면, 그만큼 생명이 줄어드는 셈이죠.」

그는 가방 앞에 맥없이 서있었다. 「빈에는 5년 동안 있었읍니다. 그무렵엔 별로 돈이 들지 않았읍니다. 생활비가 적게 들었지요. 그래도 르노와르를 두 장, 드가의 파스텔화를 한 장 팔았읍니다. 프라하에서 시슬리를 한 장, 그밖에 스케치 다섯 장으로 먹고 살았읍니다. 아무도 스케치에는 돈을 내려고 하지 않거든요. 드가 것이 두 장, 르노와르의 초크화가 한 장, 들라크르와의 세피아화가 두 장이었지요. 그곳이 아메리카였더라면 그것으로 일 년은 더 살 수가 있었을 거예요. 보다시피,」하고 그는 사뭇 절망적으로 말했다. 「이제는 이 유화 석 장밖에 남지 않았읍니다. 어제까지는 아직 넉 장이었지만요. 이 비자로, 적어도 2년의 생활비가 날아가버렸읍니다. 3년까지는 안되지만!」

「하지만 팔아서 살아갈 수 있는 그림이 한 장도 없는 사람도 많습니다.」

로젠펠트는 여윈 어깨를 으쓱했다. 「그렇게 생각해도, 아무런 위안이 되지 않습니다.」

「그야 그렇겠죠.」

「이것으로 전쟁 동안을 살아나가야 합니다. 그런데 이번 전쟁은 오래 갈 것입니다.」

라빅은 대답하지 않았다.

「그 『죽음의 새』가 그렇게 말하고 있읍니다.」하고 로젠펠트는 말했다. 「그리고 그는, 아메리카도 언제까지나 안전할지 알 수 없다는 거예요.」

「그렇게 되면, 어디로 갑니까?」하고 라빅은 물었다. 「이젠 별로 남은 곳도 없을 텐데.」

「그도 아직은 잘 몰라요. 아이티를 생각하고는 있지만, 설마 흑인 공화국은 참전하지 않을 거라는 거지요.」

로젠펠트는 매우 진지했다. 「아니면 온두라스지요. 남아메리카의 작은 공화
국입니다. 산살바도르, 그리고 아마 뉴질랜드도.」
「뉴질랜드? 거긴 너무 멀지 않을까요?」
「멀다고요?」하고 로젠펠트는 말하고 나서, 슬픈 듯이 미소를 지었다. 「어디
서 말입니까?」

　　　　　27

바다. 뇌성에 뒤흔들리는 암흑의 바다. 파도소리가 귓전을 울린다. 그리고 귀
청이 찢어질 듯이 울리는 벨 소리가, 울부짖으며 배가 침몰하는 것을 알리고
있다. 그리고 밤, 물러가는 잠 속으로 밀려드는 낯익은 창문, 여전히 울리고 있
는 벨 소리. 전화가 온 것이다.
라빅은 수화기를 들었다. 「여보세요…….」
「라빅…….」
「웬일이죠? 누구죠?」
「저예요. 모르시겠어요?」
「아, 알았어. 무슨 일이야?」
「와주세요! 빨리! 지금 곧!」
「무슨 일이야?」
「와주세요, 라빅! 큰일났어요!」
「무슨 일이냐니까?」
「큰일났어요! 전 무서워요! 와주세요! 지금 곧! 도와주세요! 라빅! 도
와주세요!」
전화가 뚝 끊어졌다. 라빅은 기다리고 있었다. 전화의 끊어진 소리가 윙윙 울
리고 있었다. 조앙이 수화기를 놓은 것이다. 그는 수화기를 놓고 어슴푸레한 어
둠 속을 응시했다. 약을 먹고 청한 잠이 아직도 약간 이맛살에 남아 있다. 하
케다, 하고 처음에는 생각했다. 하케다……. 그러나 차차 자기 방의 창문이라는
것을 알고, 여기는 앵테르나쇼날이며, 프린스 드 갈이 아니라는 것을 알았다.
그는 시계를 보았다. 야광침이 4시 20분을 가리키고 있었다. 갑자기 그는 침대
에서 튀어나왔다. 내가 하케와 만나던 날 밤, 조앙은 무슨 말을 했었지. 무엇인

가 위험하다고, 무섭다고. 혹시……, 무슨 일이 일어났는지도 모르지！ 지금까지도 어리석기 짝이 없는 일을 많이 보아왔다. 그는 얼른 가장 필요한 기구를 가방에 넣고 옷을 갈아입었다.

다음 모퉁이에서 택시를 잡았다. 운전사는 조그마한 레핀셔 종의 개를 데리고 있었다. 개는 마치 털목도리처럼 그의 목덜미에 매달려서, 택시의 움직임에 따라 흔들렸다. 라빅은 그것이 비위에 거슬렸다. 개를 좌석에다 내동댕이치고 싶었다. 그러나 라빅은 파리의 택시 운전수를 잘 알고 있었다.

차는 후덥지근한 7월의 밤을 덜거덕거리며 달렸다. 수줍은 듯이 숨쉬는 나뭇잎들의 아련한 냄새, 꽃이 피어 있다. 어딘가에 보리수가 있는 것이다. 그림자, 별을 뿌려놓은 재스민의 하늘, 그속을·반딧불의 무리에 섞인 불길하고 무서운 투구풍뎅이처럼, 비행기 한 대가 붉은빛과 초록빛을 반짝거리며 날고 있다. 회색의 거리, 귓속을 울리는 공허, 두 주정뱅이의 노랫소리, 지하실에서 켜고 있는 아코디언, 그리고 갑자기 엄습하는 주저, 불안, 참을 수 없는 가슴이 찢어질 듯한 초조감……. 어쩌면 이미 늦었을지도 모른다.

이 집이다. 미지근한 졸고 있는 어둠. 엘리베이터가 기어내려왔다. 마치 기듯이 느릿느릿 움직이는, 불이 켜진 벌레다. 라빅은 벌써 첫 계단의 충계참까지 올라가 있었으나, 거기에서 생각을 바꾸어서 다시 되돌아왔다. 아무리 늦더라도 역시 엘리베이터가 빠르다.

이 장난감 같은 파리의 엘리베이터！ 덜거덕거리고, 기침을 하고, 천장도 벽도 없고, 그저 바닥과 두서너 개의 쇠창살이 있을 뿐이다. 전구가 하나, 반은 그을은 채 음울하게 깜박거리고 있다. 또하나의 전구는 소켓에 엉성하게 끼워져 있다. 간신히 맨 위층에 닿았다. 그는 문을 밀어젖히고, 벨을 눌렀다.

조앙이 문을 열었다. 라빅은 그녀를 유심히 쳐다보았다. 피는 흐르지 않았다. 얼굴도 여느때와 같다. 이상이 없다.

「어떻게 된 거야？」하고 그는 물었다.「어디…….」

「라빅, 오셨군요！」

「어디야？ 무슨 일이야？」

그녀는 뒤로 물러섰다. 그는 두어 걸음 앞으로 나갔다. 그러고 방안을 둘러보았다. 아무것도 없다.「어디야？ 침실인가？」

「뭐가요？」

「침실에 누가 있나？ 누가 와있나？」

「아뇨, 왜 그러세요？」

그는 그녀를 쳐다보았다.

「당신이 오신다는데, 어떻게 다른 사람과 함께 있겠어요?」하고 그녀는 말했다.

그는 그녀를 쳐다보고 있었다. 그녀는 건강한 모습으로 서서, 그에게 미소를 보내고 있다.

「어째서 그런 생각을 하셨죠?」그녀의 미소가 더욱 깊어 갔다. 「라빅.」하고 그녀는 말했다.

마치 얼굴에 우박을 맞은 것처럼, 그는 깨달았다. 이 여자는 내가 질투를 하고 있는 줄 알고 좋아하고 있다는 것을. 기구가 든 가방의 무게가 갑자기 1톤이나 되는 것처럼 무겁게 느껴졌다. 그는 그것을 의자 위에 놓았다.

「이런 빌어먹을 거짓말장이!」하고 그는 말했다.

「뭐라고요? 왜 그래요?」

「빌어먹을.」하고 그는 되풀이했다.

「거기에 걸려들다니, 내가 어리석었어.」

그는 가방을 집어들고 문으로 향했다.

그녀가 얼른 그의 곁으로 왔다. 「왜 그러세요? 가면 안돼요! 저를 혼자 두고 가면 안돼요! 무슨 일이 일어날지 몰라요!」

「이 거짓말장이! 치사스러운 거짓말장이! 당신이 거짓말을 하는 건 좋지만, 그렇게 값싸게 거짓말을 하다니, 구역질이 날 것 같아. 사람을 놀려도 분수가 있지!」

그녀는 문간에서 그를 밀어넣었다. 「하지만 왜 방안을 보지 않으세요? 굉장했어요! 직접 보면 알 게 아녜요! 보세요, 그 사람이 얼마나 미쳐 날뛰었나를! 틀림없이 다시 돌아올 거예요! 그 사람이 어떻다는 걸 당신은 모를 거예요.」

의자가 하나 바닥에 나둥그러져 있었다. 램프, 유리 조각.

「걸어다닐 때는 신발을 신어.」하고 라빅은 말했다. 「다친단 말이야. 내 충고는 이것뿐이야.」

유리 조각에 섞여서 사진이 한 장 뒹굴고 있었다. 그는 구둣발로 유리 조각을 헤치고 사진을 집어들었다.

「자.」그는 그것을 테이블 위에 놓았다. 「자, 이젠 내게 간섭하지 말아 줘.」

그녀는 그의 앞에 섰다. 그러고 그를 빤히 쳐다보았다. 얼굴빛이 변해 있었다.

「라빅,」하고 그녀는 나직하고 억누른 목소리로 말했다. 「당신이 뭐라고 하든 좋아요. 전 몇 번이고 거짓말을 했어요. 앞으로도 거짓말을 하겠어요. 당신들은 모두 거짓말을 듣고 싶어하니까요.」

　그녀는 사진을 옆으로 밀어놓았다. 사진은 테이블 위에서 미끄러져 땅바닥에 떨어져서 라빅이 볼 수 있게끔 뒹굴었다. 그 사진은 클로세 도르에서 조앙과 함께 있는 것을 본 적이 있는, 그 남자의 사진이 아니었다.

　「모두들 거짓말을 듣고 싶어해요.」그녀는 사뭇 경멸하듯이 말했다. 「거짓말을 하지 마라! 거짓말을 하지 마라! 참말만 하라! 그래서 그렇게 하면, 아무도 그것을 참지 못해요. 아무도 말이에요! 하지만 당신에게는 거짓말을 자주 하지 않았어요. 당신에게는 말이에요. 당신에게는 그러고 싶지…….」

　「알았어. 그 이야기는 안해도 괜찮아.」갑자기 이상스럽게도 그의 마음이 움직였다. 무엇인가 마음을 찔렀다. 그는 화가 치밀었다. 더이상 마음이 움직이는 것은 원하지 않았다.

　「그래요. 당신에게는 거짓말을 할 필요가 없어요.」하고 그녀는 말했다. 그러고는 거의 애원하듯이 그를 쳐다보았다.

　「조앙…….」

　「그리고 지금도 거짓말을 하고 있지 않아요. 전혀 거짓말이 아네요, 라빅. 전 정말 무서워서 전화를 건 거예요. 다행히 그 사람을 문 밖으로 내쫓고, 문을 닫아걸었어요. 그 사람은 문 밖에서 고함을 지르고 문을 두들겨댔어요. 그래서 당신에게 전화를 건 거예요. 맨 먼저 생각한 게 그것이었어요. 그게 그렇게 잘못됐나요?」

　「그래서 내가 왔을 때, 당신은 그렇게도 태연하게, 아무렇지도 않은 얼굴을 하고 있었군.」

　「그 사람이 가버렸기 때문이죠. 그리고 당신이 도와주러 올 것이라고 믿었기 때문이죠.」

　「됐어. 그럼 이제 만사가 잘된 셈이군. 나는 가도 괜찮겠군.」

　「그 사람은 다시 올 거예요. 다시 오겠다고 소리질렀으니까요. 지금쯤 어디 앉아서 술을 마시고 있을 거예요. 그 사람은 취해서 돌아오면 당신하곤 달라요. 술을 마실 줄 몰라요.」

　「이젠 그만!」하고 라빅은 말했다. 「그만두라고. 허튼소리가 지나치군. 당신 방문은 아주 든든해. 두번 다시 그런 짓은 하지 말아 줘.」

　그녀는 그대로 서있었다. 「그럼 어떻게 하란 말이에요?」갑자기 그녀는 덤벼들 듯이 말했다.

　「그대로 있어.」

　「전화를 걸었어요. 세 번, 네 번……. 그런데 당신은 대꾸가 없었어요. 그리고 겨우 대답이 있구나 했더니, 자기를 가만히 내버려두라는군요. 그건 대체 어떤 뜻이죠?」

「바로 그대로지.」

「바로 그대로라고요? 왜 그래요? 대체 우리가 움직였다 멈추었다 할 수 있는 자동 기계란 말이에요? 하룻밤, 모든 게 근사하고, 사랑으로 가득차 있었는가 하면, 갑자기…….」

그녀는 라빅의 얼굴을 보고는 입을 다물었다.

「그런 말을 하리라고 생각하고 있었지.」하고 그는 나직하게 말했다. 「당신이 그걸 이용하리라고 생각하고 있었어. 과연 당신이로군! 그게 마지막이고, 그것으로 만족하고, 그만 끝났어야 한다는 것을, 그때 당신은 알았을 거야. 당신은 나와 함께 있었어. 그것이 마지막이었기 때문에 그렇게 된 거야. 그것은 즐거웠어. 이별이었지. 우리는 서로 상대방의 생각으로 가득차 있었어. 그리고 언제까지나 두 사람의 기억에 남아 있었어야 했어. 그런데 당신은 마치 장사꾼처럼 그걸 이용하지 않을 수 없었던 거야. 그것을 새로운 요구의 구실로 삼고, 무엇인가 특이한 것, 날개를 가진 것으로 하여, 질질 끌고 가려고 하지 않을 수 없었던 거야. 아무래도 내가 그런 수에 넘어가지 않으니까, 이런 구역질나는 속임수를 쓴 거야. 덕택에, 입에 담기조차 창피한 말을 자꾸 되풀이하지 않을 수 없단 말이야.」

「저는…….」

「당신은 알고 있었어.」하고 그는 그녀의 말을 가로막았다. 「다시는 거짓말을 하지 마. 난 당신이 말한 것을 되풀이하고 싶진 않아. 또 그러지도 못한단 말야! 우리는 둘 다 알고 있었어. 당신은 다시 돌아오고 싶지 않았던 거야.」

「전 돌아가지 않았어요!」

라빅은 그녀를 빤히 쳐다보았다. 그는 겨우 자제할 수 있었다.

「알았어. 그럼 전화를 걸었다고 하지.」

「전 무서워서 전화를 걸었어요!」

「무슨 소리야, 어처구니가 없군! 그만둬.」

그녀는 미소를 지었다. 「저도요, 라빅. 전 그저 당신이 여기 계셔 주기만을 바라고 있다는 것을 모르세요?」

「그게 바로 내가 거절하고 싶은 거야.」

「왜요?」여자는 아직도 눈웃음을 치고 있다.

라빅은 깨끗이 졌다고 생각했다. 첫째 그녀는 전혀 그를 이해하려 들지 않는다. 설명이라도 하려고 한다면, 그야말로 어떻게 될 지 모를 일이다.

「저주받을 타락이야.」하고 마침내 그는 말했다. 「당신은 알 수 없는 일이야.」

「알아요.」하고 그녀는 천천히 말했다. 「그럴지도 모르죠. 하지만 어째서 전번 주일과는 다르세요?」

「그때도 마찬가지였어.」

그녀는 잠자코 그를 쳐다보았다. 「전 이름 같은 건 아무래도 괜찮아요.」

그는 대답하지 않았다. 그는 여자가 이겼다는 것을 느꼈다.

「라빅.」하고 그녀는 다가섰다. 「그래요. 전 그때 이것으로 끝장이라고 말했어요. 다시는 저의 소문이 당신 귀에 들어가지 않으리라고 말했어요. 당신이 그런 말을 듣고 싶어했기 때문에 그랬죠. 제가 그러지 않는다는 것을 당신은 이해하지 못하세요?」

「이해 못해.」하고 그는 거친 어조로 대답했다. 「내가 알 수 있는 것은, 당신은 두 남자와 자고 싶어한다는 것이야.」

그녀는 움직이지 않았다. 「아니에요.」하고 이윽고 그녀가 말했다. 「하지만 가령 그것이 사실이라 해도 그게 어떻다는 거예요?」

그는 그녀를 빤히 쳐다보았다. 「정말로 당신에게 어떻다는 거예요?」그녀는 되풀이했다. 「전 당신을 사랑하고 있어요. 그걸로 충분하지 않아요?」

「충분하지 않아.」

「당신은 질투할 필요가 없어요. 당신은 몰라요. 당신은 한번도…….」

「그래?」

「그래요. 당신은 질투가 어떤 건지도 모르거든요.」

「물론 모르지. 나는 당신처럼 그렇게 풋나기 같은 연극 소동은 벌이지 않으니까.」

그녀는 미소를 지었다. 「라빅,」하고 그녀는 말했다. 「질투는 말이에요, 다른 사람이 마시는 공기에서부터 시작하는 거예요.」

그는 대답하지 않았다. 그녀는 그의 앞에 서서 말없이 그를 쳐다보았다. 공기, 비좁은 복도, 어슴푸레한 불빛……. 갑자기 모든 것이 그녀로 가득찼다. 어떤 기대로. 탑 위의 낮은 난간에 기대고 현기증을 일으키고 있는 사람을 땅이 끌어당기는 그런 힘과 같은 숨막히고, 상냥하고, 억센 힘으로.

라빅은 그것을 느꼈다. 그리고 저항했다. 그는 그 힘에 붙잡히고 싶지 않았다. 이제는 돌아간다는 생각을 하고 있지 않았다. 만약 돌아간다면, 그 힘이 뒤쫓아올 것이다. 그는 뒤쫓기고 싶지 않다. 그는 분명하게 결말을 짓고 싶었다. 내일에는 분명히 해둘 필요가 있다.

「브랜디가 있나?」

「있어요. 뭘 드시겠어요? 칼바도스?」

「코냑으로 하지. 아니, 칼바도스라도 좋아. 어느 것이든 마찬가지니까.」

그녀는 급히 작은 찬장으로 달려갔다. 그는 그 뒷모습을 바라보았다. 맑은 공기, 눈에 보이지 않는 유혹의 방사선. 『여기에 우리 둘의 자그마한 집을 지어요.』 옛부터 내려오는 영원한 기만. 마치 하룻밤보다도 긴 평화가 피에서 생겨나듯이.

질투. 나는 질투에 대해서 아무것도 모를까? 그러나 사랑이란 불완전한 것임을 조금은 알고 있지 않을까? 그것이야말로 질투라는 사소한 개인적인 불행보다도 더 오래되고, 더 고치기 어려운 고통이 아닐까? 그것은 한 사람이 상대보다 먼저 죽어야 한다는 것을 앎과 동시에, 바로 시작되는 것이 아닐까?

조앙은 칼바도스가 아니고 코냑을 한 병 들고 왔다. 좋아, 하고 그는 생각했다. 이 여자는 가끔 현명한 데가 있다. 그는 사진을 밀치고, 자신의 술잔을 놓았다. 그러고는 다시 사진을 집어들었다. 여자의 매력을 깨뜨리는 가장 간단한 방법은 자기의 후계자를 보는 것이다.

「이상한데. 완전히 건망증에 걸려버렸군. 난 또, 당신의 그 애송이는 완전히 다른 얼굴을 하고 있는 줄 알고 있었지.」

그녀는 병을 내려놓았다. 「그건 그 사람이 아니에요.」

「그래, 벌써 남자를 바꾸었군.」

「그래요. 그래서 많은 일들이 일어났어요.」

라빅은 코냑을 단숨에 들이켰다. 「당신도 멍청하군. 예전 애인이 찾아올 때는, 사진 같은 것을 아무데나 놓아두는 게 아냐. 악취미야.」

「놓아둔 게 아니에요. 그 사람이 찾아낸 거예요. 뒤졌지요. 사진이란 가지고 있는 거예요. 당신은 몰라요. 여자는 알아요. 전 그 사람에게 보이고 싶지 않았어요.」

「그래서 싸움을 했군. 당신은 그 사람에게 매인 몸인가?」

「아뇨. 계약을 했어요. 2년간.」

「그 친구가 주선했나?」

「그러면 안되나요?」 그녀는 정말로 놀라는 듯했다. 「그게 중요한가요?」

「그렇지는 않지. 하지만 그런 일로 몹시 화를 내는 사람도 있지.」

그녀는 어깨를 으쓱했다. 그는 그것을 보았다. 기억. 향수. 한때 자기 곁에서 자고 있던 여자의, 부드럽고 규칙적인 숨결과 함께 오르내리던 어깨. 불그스름한 밤하늘을 반짝이며 날아가는 새들의 무리. 멀리? 얼마나 멀리? 말해 다오,

눈에 보이지 않는 장부계원이여 ! 다만 묻혀 있을 뿐일까, 아니면 이것은 정말로 사라지는 마지막 반사광일까 ? 하지만 누가 알 수 있겠는가 ?

창문은 활짝 열려 있었다. 무엇인가 하늘거리며 날아들어왔다. 검은 넝마조각, 위태롭게 하늘거리며 램프 갓에 멈춰서 날개를 펴고, 몸을 편다. 그와 동시에 보라와 파랑과 갈색의 환상……. 비단 갓에 붙은 밤의 휘장. 오색찬란한 산누에나방 ! 빌로도 날개가 여리게 숨을 쉬고 있다. 얇은 옷 밑에서 가슴이 숨쉬듯이 여리게. 대체 어느 사이에 무한한 세월, 백 년의 세월이 흘러가버렸을까 ?

루브르. 승리의 여신 니케. 아니, 그보다도 오래되었다. 먼지와 황금으로 된 태고의 여명기로, 황옥의 제단에서 피어오르는 향연. 불의 신 벌칸의 소음은 요란하고, 그림자와 정욕과 피의 장막은 어둡고, 인식의 거룻배는 작고, 소용돌이는 끓어오르고, 용암은 빛나고, 애착은 검은 손가락처럼 비탈을 기어내리고, 생명은 뒤엎고 탐식한다. 그리고 그것을 넘어서자, 시간의 모래 위에 쓴 두어 마리 덧없는 상형문자인 괴녀 메두사의 영원한 미소……. 정신.

나방은 몸을 일으키고 비단 갓 밑으로 미끄러져 내려서, 뜨거운 전구를 날개로 치기 시작했다. 보라빛 가루. 라빅은 나방을 잡아, 창문으로 들고 가서 밤의 어둠 속으로 내던졌다.

「다시 날아올 거예요.」

「안 올지도 모르지.」

「매일 밤마다 날아와요. 공원에서 날아오는 거예요. 항상 같은 나방들이에요. 두어 주일 전에는 레몬같이 노란 것이었어요. 지금 저런 것이지만.」

「그렇지. 늘 같은 거지. 그러면서도 늘 다르지. 그리고 늘 다르면서도 늘 같지.」

아니, 나는 무슨 말을 하고 있지 ? 무엇인가 내 등뒤에서 지껄이고 있는 것이다. 반향. 산울림. 아득히 먼 곳에서, 마지막 희망의 배후에서 울려온다. 대체 나는 무엇을 바랐나 ? 이렇게 방심하고 있을 때, 갑자기 나를 때려눕힌 것은 무엇인가 ? 오랫동안 건전한 근육이라고 믿고 있던 곳을 마치 메스처럼 쨴 것은 무엇인가 ? 묻히고, 유충이 되고, 고치가 되고, 줄곧 동면하면서……. 속이고 싶었던 기대가 아직도 생생하게 살아있었던가 ?

그는 테이블 위에 놓인 사진을 집어들었다. 얼굴. 누군가의 얼굴. 백만 명 중의 한 사람.

「언제부터지 ?」

「얼마 안되었어요. 함께 일하고 있어요. 이틀 정도 됐어요. 당신이 푸케에서 …….」

그는 손을 들었다. 「그래, 그래! 알고 있어! 만약 내가 그날 밤……. 그게 사실이 아니라는 건 당신도 알고 있잖아.」

그녀는 망설였다. 「그건 그렇지만…….」

「당신은 잘 알고 있어! 거짓말 마! 중요한 건 결코 그렇게 숨이 짧은 게 아냐.」

대체 나는 뭘 듣고 싶은 건가? 왜 이런 말을 하는가? 나는 역시 위안이 되는 거짓말을 듣고 싶은 게 아닐까?

「그것은 사실이기도 하고, 사실이 아니기도 해요. 저 자신도 어쩔 수가 없어요, 라빅. 전 가만히 있을 수가 없어요. 마치 무엇을 놓치고 있는 것 같아요. 그래서 그것을 붙잡는 거예요. 그것을 제 것으로 하지 않고는 못배겨요. 제 것으로 하고 나서 보면, 아무것도 아니에요. 그래서 다시 새로운 무엇을 붙잡으려고 해요. 그렇게 해보아도, 결국 전과 마찬가지라는 것은 미리 알고 있어요. 하지만 그것을 가만히 내버려둘 수가 없어요. 그것이 저를 몰아쳐서 내던지는 거예요. 그리고 잠시 동안 저를 가득 채워 줘요. 그러다가 저를 놓아버리는 거예요. 전 굶주린 듯이 속이 비어버려요. 그리고 다시 같은 일이 되풀이되는 거예요.」

끝장이다, 하고 라빅은 생각했다. 정말 이것으로 완전히 끝장이다. 이젠 분명하다. 이젠 말려들지도 않을 것이다. 각성할 필요도 없거니와, 되돌아올 필요도 없다. 그것을 알게 되어서 다행이다. 환상의 안개가 지혜의 렌즈를 다시 흐리게 했을 때, 그것을 알게 되어서 다행이다.

상냥하고, 냉혹하고, 위안이 없는 화학이여! 한때는 서로 하나가 되어서 흐르던 피도, 이제는 다시 같은 힘을 가지고 함께 흐를 수는 없다. 아직도 조앙을 붙잡아서, 때때로 내게로 몰아보내는 것은, 나의 어딘가에 아직도 저 여자가 파고들지 못한 데가 남아 있기 때문이다. 일단 그속에 들어가버리면, 이제 영원히 가버릴 것이다. 그렇게 되기를 누가 기다린단 말인가? 누가 그것에 만족한단 말인가? 누가 그렇게 되려고 몸을 내던진단 말인가?

「저도 당신처럼 강했으면 싶어요, 라빅.」

그는 웃었다. 한 술 더 뜨는구나.

「당신은 나보다도 훨씬 강해.」

「아녜요. 전 당신 뒤만 쫓고 있잖아요.」

「그게 증거야. 당신은 그렇게 할 수가 있어. 그런데 나는 그렇게 못한단 말이야.」

그녀는 잠시 동안 그를 주의깊게 바라보고 있었다. 이윽고 그녀의 얼굴에 퍼졌던 밝은 빛이 사라졌다.

「당신은 사랑할 수가 없는 거예요. 당신은 결코 남에게 자기를 내주지 않아요.」

「당신은 항상 주지. 그러니까 당신은 언제나 구원받는 거야.」

「당신은 저하고 진지하게는 이야기할 수 없나요?」

「난 당신과 진지하게 이야기하고 있는 거야.」

「가령 제가 언제나 구원받고 있다고 한다면, 왜 전 당신에게서 벗어날 수가 없지요?」

「당신은 틀림없이 내게서 벗어날 거야.」

「그만둬요! 그런 말이 아무 소용이 없다는 것을 아시지 않아요? 만약 제가 당신에게서 벗어날 수 있었다면, 당신 뒤를 쫓아다니진 않았을 거예요. 다른 사람은 잊어버렸어요. 하지만 당신은 잊을 수가 없어요. 어째서 그럴까요?」

라빅은 술을 한 모금 마셨다. 「아마 나를 당신 발밑에 완전히 깔아버릴 수 없었기 때문일 거야.」

그녀는 움찔했다. 그러고는 고개를 저었다. 「전 당신 말처럼, 그 사람들을 모두 발밑에 깔아버리지는 못했어요. 개중에는 전혀 그럴 수 없었던 사람도 있었어요. 그래도 전 모두 잊어버렸어요. 전 불행하게도 모두 잊어버렸어요.」

「나도 잊게 될 거야.」

「아니에요. 그렇게 말하니 전 불안해져요. 아니에요, 절대로 잊지 못해요.」

「인간이 얼마나 건망증이 심한가는, 도저히 믿을 수 없을 정도야. 그것은 커다란 축복이기도 하고, 답답한 불행이기도 하지.」

「왜 우리가 이런지, 당신은 아직도 들려주지 않는군요.」

「그건 아무도 설명할 수가 없는 거야. 언제까지나 하고 싶은 만큼 이야기를 할 수는 있어. 그러나 말을 하면 할수록, 점점더 혼동될 따름이야. 세상에는 어떻게 설명할 수 없는 일들이 있는 법이야. 그리고 아무래도 이해하지 못하는 사람도 있지. 우리 마음속에 있는 조그마한 정글은 고마운 거야. 이제 가야지.」

그녀는 급히 일어섰다. 「저를 혼자 두고 갈 수는 없어요.」

「당신은 나하고 자고 싶은가?」

그녀는 그를 쳐다보며 말이 없었다.

「난 싫어.」 하고 그는 말했다.

「왜 그런 말을 하죠?」

「좀 기운을 내려고. 자, 자요. 벌써 바깥은 날이 밝았어. 비극을 위한 시간이 아니야.」

「있고 싶지 않으세요?」

「그래. 그리고 이제 다시는 오지 않을 거야.」

그녀는 꼼짝하지 않고 서있었다. 「다시는?」

「다시는. 그리고 당신도 다신 내게 오지 마.」

그녀는 천천히 고개를 저었다. 그리고 테이블을 가리켰다. 「이것 때문이에요?」

「아냐.」

「전 당신 마음을 알 수 없어요. 하지만 우리는…….」

「안돼.」하고 그는 얼른 말했다. 「그것도 곤란해. 친구로서, 잃어버린 정열의 용암 위에 있는 조그마한 채소밭으로서. 안돼, 그런 것은. 우리는 그럴 수 없어. 하찮은 장난이었다면 모르지만. 그것도 불결하기는 마찬가지야. 사랑이라는 건 우정으로 더럽혀서는 안되는 거야. 최후는 역시 최후야.」

「하지만 왜 바로 지금이에요?」

「그렇긴 하군. 좀더 일찍 끝장을 냈어야 했어. 스위스에서 돌아왔을 때 말이야. 하지만 아무도 전지전능하지는 않거든. 그리고 샅샅이 알고 싶지 않을 때도 있지. 그것은…….」그는 말끝을 흐렸다.

「무엇이었죠?」그녀는 아무리 해도 이해되지 않는 것이 있어서, 그것을 당장 알아야겠다고 안달하듯이 그의 앞에 서있었다. 얼굴은 창백하고, 눈은 투명했다. 「우리 경우는 무엇이었죠, 라빅?」하고 그녀는 속삭이듯 말했다.

그녀의 머리카락 뒤에서 어슴푸레한 복도가 불빛 속에 흔들려 보였다. 마치 모든 약속이 몽롱해지고, 몇 세대 동안의 눈물과 언제나 새롭게 되살아나는 희망의 이슬에 젖어 있는, 아득한 갱도로 통해 있는 것처럼.

「사랑…….」하고 그는 말했다.

「사랑?」

「사랑이야. 그러니까 이걸로 끝장이지.」

그는 등뒤로 문을 닫았다. 엘리베이터. 그는 스위치를 눌렀다. 그러나 엘리베이터가 느릿느릿 기어올라올 때까지 기다리지는 않았다. 조앙이 뒤쫓아올까봐 두려웠던 것이다. 그는 급히 계단을 내려갔다. 방문을 여는 소리가 들리지 않아서 뜻밖이었다. 두번째의 층계참에서 걸음을 멈추고 귀를 기울였다. 아무것도 움직이지 않는다. 아무도 오지 않는다.

택시는 집 앞에 서있었다. 그는 택시를 완전히 잊고 있었다. 운전수가 모자에 손을 슬쩍 대고, 다 알고 있다는 듯이 히죽 웃었다.

「얼마지?」하고 라빅은 물었다.

「17프랑하고 50상팀입니다.」

라빅은 돈을 치렀다.

「타고 가실 게 아닙니까?」 운전수는 놀란 듯 물었다.

「아니, 걷고 싶어.」

「꽤 먼데요.」

「알고 있어.」

「그럼 공연히 기다리게 하실 필요가 없었죠. 11프랑이나…….」

「괜찮아.」

운전수는 갈색으로 눅눅해져서 윗입술에 달라붙어 있는 담배꽁초에 불을 붙이려고 했다. 「하긴 기다리게 한 보람이 있었겠죠.」

「맞았어!」

공원은 차가운 아침 햇살을 받고 있었다. 공기는 벌써 따스했지만, 햇살은 차갑다. 먼지로 잿빛이 된 라일락 덤불, 벤치. 그 하나에 한 사나이가 〈파리 소와르〉로 얼굴을 덮고 자고 있다. 그것은 언젠가 비오는 날 밤에 라빅이 앉아 있던 바로 그 벤치다.

그는 잠자고 있는 사나이를 보았다. 〈파리 소와르〉는 덮고 있는 얼굴 위에서 숨을 쉴 때마다 위아래로 움직이고 있었다. 마치 그 싸구려 신문이 넋이라도 있는 것처럼 보이고, 또 금세 중대한 뉴스를 가지고 하늘 높이 솟아오르려고 하는 한 마리의 나비 같기도 했다. 『히틀러는 폴란드 회랑(回廊) 이외, 영토적인 요구를 가지고 있지 않다』라는 커다란 헤드라인이 조용히 숨쉬고 있다. 그 밑에는 『세탁소 안주인이 다리미로 남편을 죽이다』라고 적혀 있다. 일요일의 나들이옷을 입은 오동통한 여자가 사진판 속에서 가만히 내다보고 있다. 그 곁에는 또 하나의 사진이 파도처럼 움직이고 있다. 『쳄벌린, 아직도 평화는 가능하다고 단언한다』 우산을 든 은행원 같고, 얼굴은 행복한 어미양 같다. 그의 발밑에는 작은 활자로, 그것도 조금 가리워서, 『수백 명의 유태인, 국경에서 학살당하다』라고 나와 있다.

사나이는 그것으로 밤이슬과 아침 햇살을 막으며 고요히 잠들어있다.

그는 낡고 해진 운동화와 갈색 털바지를 입고, 해진 자켓을 입고 있었다. 그런 사건들은 나와 상관없다는 모습이다. 너무나 영락했기 때문에, 그런 것에는 이제 관심이 없는 것이다. 마치 깊은 바다속에 사는 고기가 위에서 날뛰는 폭풍우에 전혀 개의치 않는 것과 마찬가지로…….

라빅은 앵테르나쇼날로 돌아갔다. 머리속은 또렷하고, 자유로운 기분이었다. 아무것도 뒤에 남긴 것이 없다. 아무것도 필요하지 않다. 나를 혼란케 하는 것은, 이제 무엇 하나 필요가 없다. 오늘 프린스 드 갈로 이사를 하자. 아직 이틀이나 이르다. 그러나 하케를 맞이할 준비는, 아주 늦은 것보다는 차라리 좀 **빠른** 편이 좋다.

28

라빅이 내려왔을 때, 프린스 드 갈의 로비는 텅 비어 있었다. 안내 데스크 위에서는 라디오 소리가 들렸다. 구석에는 청소부 두 사람이 일을 하고 있었다. 라빅은 급히, 사람의 눈에 띄지 않게 로비를 가로질렀다. 입구 반대쪽에 있는 시계를 보았다. 아침 다섯 시.

그는 조르주 5세 거리를 푸케까지 걸어갔다. 아무도 자리를 잡고 앉은 사람은 없었다. 레스토랑은 벌써 닫혀 있었다. 그는 잠시 동안 서있었다. 그러고는 택시를 잡아서 세라자드로 갔다.

모로소프가 문 앞에 서있다가, 어떻게 되었느냐는 듯이 그를 쳐다보았다.

「아무일도 없었어.」 하고 라빅은 말했다.

「그럴 줄 알았어. 오늘은 기다려야 소용 없지.」

「아니야, 오늘이 벌써 두 주일째야.」

「하루를 가지고 따질 수는 없지. 프린스 드 갈에 줄곧 있었나?」

「응, 아침부터 지금까지.」

「내일은 전화가 올 거야. 오늘은 다른 볼일이 있었는지도 모르고, 하루 늦게 떠났는지도 모르지.」

「내일 오전에 수술을 해야 해.」

「그렇게 일찍부터 전화하진 않을 거야.」

라빅은 대답하지 않았다. 그는 흰 턱시도를 입은 지골로(창녀의 정부)가 방금 내린 택시를 보고 있었다. 유난히 이빨이 크고 얼굴이 창백한 여자가 그 뒤에서 따라내렸다. 모로소프는 두 사람이 들어가도록 문을 열었다. 갑자기 거리에 샤넬 5번 향수의 냄새가 풍겼다. 여자는 다리를 약간 절었다. 지골로는 택시 요금을 치르고 여자 뒤를 어슬렁어슬렁 따라들어갔다. 여자는 문간에서 남자를 기다리고 있었다. 가로등 불빛에 여자의 눈이 초록색으로 보였다. 눈동자가 조그맣게 오므라져 있었다.

「이런 시각에 전화를 걸 리가 없지.」하고 다시 돌아와서 모로소프는 말했다.

라빅은 대답하지 않았다.

「열쇠만 준다면, 내가 여덟 시에 가주지.」하고 모로소프는 말했다. 「그리고 자네가 돌아올 때까지 기다려 줘도 되고.」

「자네는 자야 해.」

「쓸데없는 소리. 자고 싶으면 자네 침대에서 자면 되지. 아무도 전화를 걸지 않겠지만, 그걸로 자네가 안심한다면, 그렇게 해주지.」

「난 열 한 시까지 수술을 해야 해.」

「알았어. 열쇠를 이리 주게. 흥분해서 포부르생 제르맹의 귀부인 난소를 위장에다 꿰매놓진 말게. 아홉 달 후에 어린애를 입으로 토해낼지도 모르니까 말이야. 열쇠를 가지고 있나?」

「가지고 있어. 이거야.」

모로소프는 열쇠를 호주머니에 넣었다. 그러고는 박하 정제가 든 케이스를 꺼내어 라빅에게 권했다. 라빅은 머리를 저었다. 모로소프는 두어 개 집어서 자기 입에 넣었다. 정제는 마치 하얀 작은 새가 숲속으로 날아들듯이 그의 수염 속으로 사라져갔다.

「시원해.」하고 그는 말했다.

「자네는 벨벳의 구멍 속에 하루 종일 앉아서 기다려본 적이 있나?」하고 라빅이 물었다.

「더 오랫동안도 기다려봤지. 자네는 없었나?」

「있었지. 하지만 이번에는 달라.」

「뭐 읽을 걸 가지고 가지 않았나?」

「잔뜩 가지고 갔지. 그러나 아무것도 읽지 않았어. 몇 시까지 여기 있어야 하나?」

모로소프는 택시 문을 열었다. 미국 사람들이 잔뜩 타고 있었다. 그는 그들을 안으로 들여보냈다.

「적어도 두 시간은 더.」그는 되돌아와서 말했다. 「보는 바와 같아. 요 근래 볼 수 없었던, 미친 듯한 여름이야. 조앙도 와있어.」

「그래?」

「정말이야. 다른 남자하고 왔어. 흥미를 가지고 있다면 말이지만.」

「없어.」하고 라빅은 말했다. 그는 돌아서서 가려고 했다. 「그럼 내일 만나기로 하지.」

「라빅.」모로소프가 그의 등뒤에서 불렀다.

라빅은 되돌아왔다. 모로소프는 열쇠를 내밀었다.

「이걸 받게! 자넨 프린스 드 갈의 자네 방으로 돌아갈 거지? 난 내일까지는 만날 수 없으니까 말야. 나갈 때는 문을 그대로 열어두게나.」

「난 프린스 드 갈에서 자진 않을 거야.」라빅은 열쇠를 받았다.「앵테르나쇼날에서 자겠어. 되도록이면 거기선 얼굴을 보이지 않는 게 좋을 테니까.」

「거기서 자야지. 호텔에서 자지 않으면, 거기서 산다고는 할 수 없으니까. 그게 좋을 거야. 경찰이 와서, 안내에서 조사할 경우에 말이야.」

「그렇긴 하지만, 경찰이 조사를 할 때 줄곧 앵테르나쇼날에 살고 있었다는 걸 증명할 수 있다면, 그것도 좋은 거야. 프린스 드 갈 쪽은 잘 처리해 놓았어. 침대를 구겨놓고, 세면대도, 욕실도, 타월도. 모든 것을 사용한 것처럼 해놓고, 아침 일찍 나온 것처럼 해두었지.」

「됐어. 그럼 다시 열쇠를 이리 줘.」

라빅은 고개를 저었다.「자넨 거기 얼굴을 보이지 않는 게 좋아.」

「보여도 문제될 것 없지.」

「문제가 되지, 보리스. 우린 어리석게 굴어선 안돼. 자네 수염은 보통 수염이 아니야. 그리고 자네 말이 옳아. 특별히 눈에 띄지 않도록 행동하고, 생활해야지. 만일 하케가 내일 아침 일찍 정말로 전화를 건다면, 오후에도 다시 한번 걸겠지. 그걸 믿을 수 없다면, 난 하루 안에 신경쇠약에 걸릴 거야.」

「지금부터 어딜 가나?」

「자겠어. 아마 이런 시각에 전화를 걸어오진 않을 테니까.」

「필요하다면, 나중에 어디서 만나도 좋지.」

「아니, 괜찮아, 보리스. 여기 일이 끝날 무렵에는, 난 잠이 들었으면 해. 여덟시엔 수술을 해야 하니까.」

모로소프는 의심스러운 눈초리로 그를 바라보았다.「알았어. 그럼 내일 오후 프린스 드 갈에 들르지. 그때까지 무슨 일이 생기면 호텔로 전화를 걸어 주게.」

「그러지.」

거리, 도시, 불그레한 하늘. 건물 뒤에서 깜박깜박 흔들리고 있는 빨강, 하양, 파랑. 술집 근처에서 해롱거리고 있는 바람. 마치 고양이가 응석을 부리며 재롱을 떨고 있는 것 같다. 사람들. 후덥지근한 호텔방에서 하루를 보낸 후의 시원한 공기. 라빅은 세라자드의 뒤로 뚫린 큰길을 걸어갔다. 철책에 둘러싸인 나무들은 푸른 잎과 숲의 기억을 잿빛의 어둠 속으로 입김과 함께 주저하며 내뿜고 있었다. 그는 갑자기 허전한 기분이 들고, 기진맥진해서 쓰러질 것만 같았다. 만일 내가 그만둔다면, 하고 그의 마음속에서 그 무엇이 생각했다. 만약 내가 완전히 그만두고, 잊어버리고, 마치 뱀이 해묵은 껍질을 벗어버리듯 벗어버린다면! 이제는 거의 잊어버린 과거의 이런 멜로드라마가 내게 뭐란 말인가? 이 인간은 나에게 뭐란 말인가? 중세기의 어두운 한 조각, 중부 유럽의 일식의 어두운 한 조각, 이 작은 우연의 도구, 하찮은 이 도구가, 내게 어떻다는 말인가? 그런 것이 나에게 또한 어떻다는 것인가? 창녀가 그를 문 안으로 유혹하려 했다. 입구의 어둠 속에서 여자는 옷을 벌려보였다. 옷은, 허리띠를 풀면 잠옷처럼 양쪽으로 열리게 되어 있었다. 창백한 육체가 어렴풋이 빛나보였다. 검은 긴 양말, 시커먼 자궁, 시커먼 눈구멍. 그속에 이제 눈은 보이지 않는다. 벌써 인광을 발하고 있는 듯한, 흐무러지고 썩어들어가는 살덩이.

윗입술에 담배가 들러붙은 뚜쟁이 하나가 나무에 기대어 그를 빤히 쳐다보았다. 야채를 실은 마차가 두어 대 지나간다. 말은 목을 끄덕끄덕하고, 근육이 피부 밑에서 꿈틀꿈틀 움직이고 있다. 야채와, 푸른 잎사귀에 싸인 화석이 된 뇌수처럼 보이는 양배추와 맛좋은 냄새, 토마토의 빨간 빛, 콩과 양파와 버찌와 샐러리가 담긴 바구니.

그런 것이 또 나에게 뭐란 말인가? 인간이 하나 늘거나 줄 뿐이다. 몇십만이라는 똑같은 악당, 또는 그보다도 더 지독한 악당이 하나 늘거나 줄 뿐이다. 하나가 준다. 그는 문득 걸음을 멈추었다. 그렇다! 갑자기 그는 깨달았다. 그렇다! 그것이 녀석들을 강하게 만든 것이다. 지쳐버리고, 잊어버리고 싶어지고, 그것이 내게 어떻다는 것인가, 하고 생각하는 것. 바로 그것이다! 사람이 하나 준다! 그렇지, 하나가 준다. 하나가 줄었다 해서 별것은 아니다. 그러나 전부이기도 한 것이다! 전부다! 그는 호주머니에서 천천히 담배를 꺼내서, 천천히 불을 붙였다. 그러자, 산골짜기처럼 금이 간 굴 속 같은 손바닥을 노란 성냥불이 번쩍 비추고 있는 동안에 그는 갑자기, 나는 무슨 일이 있어도 하케를 죽인다, 그것을 방해할 수 있는 것은 아무것도 없다는 것을 깨달았다. 모든 것이 이상하게도 하케를 죽인다는 한 가지 사실에 귀착되어 있었다. 그것은 갑자기, 단순한 개인적인 복수가 아니라, 보다 큰 것이 되었다. 만약 그렇게 하지 않는다면, 그야말로 자기는 커다란 죄를 범하는 것 같은 생각이 들었다. 만약 자기가 실행하지 않는다면, 이 세상의 그 무엇이 영원히 상실되는 것 같은 생각이 들었다. 그와 동시에, 그는 그럴 리가 없다는 것을 분명하게 알고 있었다. 그러나 그럼에도 불구하고, 설명이나 논리를 훨씬 뛰어넘어서, 나는 해내지 않으면 안된다는 어두운 이해가 핏속에서 들끓었다. 마치 눈에 보이지 않는 파도가 거기서 생기고, 이어서 그보다도 훨씬 중대한 일이 일어날 것 같은 생각이 들었다. 하케는 공포정치의 보잘것 없는 하급 관리로서, 별로 중요한 인물이 아니라는 것을 그는 알고 있었다. 그러나 그는 또한, 하케를 죽인다는 것은 매우 중대한 일이라는 것을 깨닫고 있었다.

그의 오므린 손바닥의 불빛은 꺼졌다. 그는 성냥을 내던졌다. 어스름한 아침 햇살이 나무 위에 걸려 있었다. 잠을 깬 참새가 피치카토와 같이 지저귀는 소리로 엮어진 은빛 거미줄. 그는 깜짝 놀라 주위를 둘러보았다. 자기에게 무엇이 일어난 것이다. 눈에 보이지 않는 재판이 열려, 판결이 내린 것이다. 나무들, 집들의 누런 벽, 자기 곁의 회색 철책, 푸른 안개에 싸인 거리가 너무나도 또렷하게 보였다. 그는 결코 이것들을 잊지 않으리라는 생각이 들었다. 그리고 자기는 하케를 죽인다는 것, 하케를 죽이는 것은 이미 자기만의 사소한 문제가 아니고, 보다더 큰 문제라는 것을 비로소 알았다. 이제부터 시작이다.

그는 오시리스의 문 앞을 지나갔다. 주정뱅이 두어 명이 비틀거리며 나왔다. 눈은 유리알처럼 흐리멍덩하고 얼굴은 시뻘겋다. 그곳에 택시는 없었다. 그들은 그곳에서 잠시 욕지거리를 하다가 이윽고 뚜벅뚜벅 요란한 소리를 내며 힘차게 걸어가버렸다. 모두 독일말을 하고 있었다.

라빅은 호텔로 돌아갈 생각이었다. 하지만 생각이 달라졌다. 롤랑드가, 최근 수개월 동안은 독일 관광객이 노상 오시리스에 드나든다고 한 말이 생각났다. 그래서 안으로 들어갔다.

롤랑드는 검은 지배인 제복을 입고 침착하게 사방을 살피면서 바에 서 있었다. 자동 악기가 요란스럽게 울려퍼져, 이집트 식의 벽에 메아리치고 있었다.

「롤랑드.」하고 라빅은 말했다.

그녀가 뒤돌아보았다. 「아, 오랜만이군요. 마침 잘 오셨어요.」

「왜?」

그는 그녀와 나란히 바 안에 서서, 홀 안을 둘러보았다. 이젠 손님도 별로 없었다. 모두들 여기저기 테이블에 졸린 듯 쪼그리고 기대어 있었다.

「저, 여길 그만둬요. 일 주일 후에 떠나요.」

「아주 가는 건가?」

그녀는 고개를 끄덕이고, 도려낸 가슴팍의 옷깃 속에서 전보를 꺼냈다. 「보세요.」

라빅은 전보를 펴보고, 다시 돌려주었다. 「숙모님이? 결국 돌아가신 모양이군.」

「네, 돌아가셨어요. 마담에게는 이미 말해뒀어요. 몹시 화를 냈지만, 그래도 이해해 주었어요. 자네트가 제 일을 맡을 거예요. 아직도 많이 배워야겠지만요.」롤랑드는 웃었다. 「마담도 딱하게 됐어요. 올해는 칸에서 단단히 빛을 내볼 생각이었거든요. 별장은 벌써 손님으로 꽉 찼어요. 일 년 전에 백작 부인이 됐어요. 툴루즈의 젊은 애인과 결혼을 했거든요. 남자가 툴루즈를 떠나지 않는 한, 매달 5천 프랑씩 돈을 주고 있어요. 그런데, 여기 남아 있지 않을 수 없게 되었으니…….」

「카페를 시작할 생각인가?」

「네. 하루 종일 뛰어다니며 온갖 것을 주문하고 있어요. 파리가 물건 값이 싸거든요. 커튼 감으로 끊은 사라사예요. 어때요, 이 무늬가?」

그녀는 가슴팍에서 쭈글쭈글한 천조각을 꺼냈다. 노란 바탕에 꽃무늬가 있었다.

「괜찮군.」

「3할 할인으로 살 수 있었어요. 작년에 팔다 남은 거래요.」롤랑드의 눈은 따스하고 부드럽게 빛났다. 「375프랑이 절약돼요. 어때요, 괜찮죠?」

「굉장하군. 그래, 결혼을 하겠지?」

「네.」

「어째서 결혼을 하지? 왜 좀더 기다렸다가, 하고 싶은 것을 모두 하고 나서 결혼하지 않지?」

롤랑드는 웃었다. 「당신은 장사를 모르는군요, 라빅. 장사라는 건 남자가 없으면 잘 안되는 거예요. 남자가 있어야 해요. 전 제가 할 일을 잘 알고 있어요.」

그녀는 참으로 견실하고, 확고하고, 침착하다. 모든 것을 다 깊이 생각하고 있다. 장사에는 남자가 있어야 한다.

「당신의 돈을 금방 남자 명의로 바꾸어서는 안돼. 우선 어떻게 되어가는가, 형편을 보아야 해.」

그녀는 다시 웃었다. 「어떻게 될지, 전 벌써 알고 있어요. 서로 철이 들었으니까요. 장사를 하려면 서로가 힘을 합쳐야 해요. 여자가 돈을 쥐고 있으면, 사내가 사내 구실을 못하게 돼요. 전 기둥서방은 필요 없어요. 남편으로서의 체통을 세워 줘야죠. 사내가 늘 돈을 타서 쓰게 할 수야 없거든요. 아시겠어요?」

「알겠어.」라빅은 무엇인지 잘 모르면서도 말했다.

「아실 거예요.」그녀는 만족한 듯이 고개를 끄덕였다. 「뭘 좀 드시겠어요?」

「아무것도. 이제 가야겠군. 잠깐 들렸을 뿐이야. 내일 아침에 할일이 있어.」

그녀는 그를 쳐다보았다. 「전혀 마시지 않았군요. 계집애는 필요 없으세요?」

「필요 없어.」

롤랑드는 가볍게 여자 둘에게 손짓을 해서 의자에 앉아서 잠들어 있는 남자에게 보냈다. 다른 여자들은 여기저기서 법석을 떨고 있었다. 그중의 두서넛만이 홀 가운데의 통로를 따라 두 줄로 늘어놓은 나지막 한 의자에 그대로 앉아 있었다. 다른 여자들은 마치 겨울에 어린애들이 얼음판 위를 지치듯이, 미끄러운 마룻바닥 위를 지치고 있었다. 두 사람이, 쪼그리고 앉은 다른 여자 하나를 끌면서 긴 복도를 뛰어갔다. 머리카락이 나부껴 헝클어지고, 유방이 흔들거리고, 어깨는 번쩍이고, 비단 조각으로는 더이상 가릴 수가 없게 된 속살을 드러내고 계집애들은 신이 나서 환성을 질렀다. 오시리스는 순식간에 고대의 목가적인 이상향의 정경으로 변했다.

「여름에는,」 하고 롤랑드는 말했다. 「아침에는 조금 자유를 주지 않을 수 없어요.」 하며 그녀는 라빅을 쳐다보았다. 「이번 목요일은 저의 마지막 밤이에요. 마담이 저를 위해 파티를 열어 준다고 했어요. 오시지 않겠어요?」

「목요일?」

「네.」

목요일, 하고 라빅은 생각했다. 아직 일 주일 남았다. 일 주일. 마치 7년이나 남은 것 같다. 목요일. 그때까지는 끝장이 난다. 목요일. 누가 그렇게 먼 앞날의 일을 생각할 수 있을까?

「물론 오지. 어디서 하지?」

「여기서요. 여섯 시부터.」

「알았소. 오겠소. 잘 자요, 롤랑드.」

「안녕히 가세요.」

견인기를 삽입했을 때 라빅은 일어났다. 후다닥 일어났다. 깜짝 놀라서, 몸이 화끈 달아올랐다. 일순간, 그는 망설였다. 활짝 열린 붉은 복강, 장을 받치고 있는 뜨겁고 젖은 가제에서 피어나는 아련한 증기, 가느다란 혈관을 집게에 끼워 놓은 곳에서 피가 뚝뚝 떨어지고 있다. 그때 문득 그는, 으제니가 의아스러운 눈초리로 자기를 쳐다보고 있는 것을 보았다. 그리고 베베르의 커다란 얼굴을 보았다. 금속성의 불빛 아래서 털구멍의 하나하나, 콧수염의 한 가닥 한 가닥까지 보였다. 이윽고 그는 마음을 가다듬고 조용히 일을 계속했다.

그는 꿰맸다. 그의 손이 꿰맨다. 상처는 닫혀져간다. 겨드랑이 밑에서 땀이 흐르는 것을 느낀다. 땀은 몸을 타고 흘러내린다.

「자네가 좀 끝내 주겠나?」 하고 그는 베베르에게 물었다.

372

「그러지. 웬일이야?」

「더워서 그래. 수면 부족이야.」

베베르는 으제니의 표정을 살폈다. 「있을 수 있는 일이야, 으제니. 정상적인 사람일지라도 말야.」

그 순간 방이 빙글빙글 돌았다. 몹시 지친 것이다. 베베르는 계속 꿰매어 나갔다. 라빅은 기계적으로 그것을 도왔다. 혓바닥이 부풀었다. 입안은 숯 같았다. 그는 천천히, 천천히 숨을 쉬었다. 양귀비꽃, 하고 그의 마음속에서 그 무엇이 생각한다. 플랑드르의 양귀비. 새빨갛게 활짝 핀 양귀비꽃. 수치를 모르는 비밀. 생명, 그것이 메스를 든 손 바로 밑에 있다. 팔뚝에 전율이 흐른다. 아득히 먼 죽음으로부터의 자기(磁氣)의 접촉. 나는 이제 수술을 할 수 없다고 그는 생각했다. 우선 이것을 처리해야 한다.

베베르는 꿰맨 상처를 소독했다. 「끝났어.」

으제니는 수술대의 발치 끝을 내렸다. 들것이 소리도 없이 밀려나갔다.

「담배 줄까?」하고 베베르가 물었다.

「싫어. 곧 가야겠어. 해치워야 할 일이 있어. 할 일이 또 남았나?」

「없어.」베베르는 놀란 듯이 라빅을 쳐다보았다. 「왜 그렇게 서두르지? 베르무트 소다 같은 시원한 걸 마시지 않겠나?」

「아무것도 싫어. 가야 해! 이렇게 늦은 줄은 몰랐어! 잘 있게, 베베르.」

그는 황급히 밖으로 나왔다. 택시, 하고 그는 나와서 생각했다. 택시, 빨리.

시트뢴 한 대가 오는 것을 보고 불러 세웠다. 「오텔 프린스 드 갈로! 빨리!」

며칠 동안 나의 도움 없이 해 나가도록 베베르에게 말해야겠다고 그는 생각했다. 이래서는 안 된다. 수술 도중에, 이러고 있는 지금, 하케 녀석에게서 전화가 걸려올지도 모른다고 생각한다면, 그야말로 미치고 말 것이다.

그는 택시 요금을 치르고, 급히 홀을 질러갔다. 엘리베이터를 기다리는 시간이 몹시 길게 느껴졌다. 그는 넓은 복도를 걸어가서 문을 열었다. 전화다. 그는 무거운 것을 들어올리듯 수화기를 들었다. 「여긴 반 호른인데, 어디서 전화가 오지 않았소?」

「잠깐 기다리세요.」

라빅은 기다렸다.

교환수의 목소리가 다시 들려왔다. 「아무데서도 전화가 없었읍니다.」

「고맙소.」

오후에 모로소프가 찾아왔다. 「뭘 좀 먹었나?」

「아니, 자네를 기다리고 있었어. 여기서 함께 먹으려고.」

「바보 같은 소리! 사람들 눈에 띈단 말이야. 파리에선 병을 앓고 있지 않는 한, 방에서 식사를 하는 사람은 없어. 다녀오게. 내가 여기 있을 테니까. 이 시각에 전화 걸 사람은 없어. 모두들 식사중이야. 신성한 습관이지. 그런데 만약 전화가 걸려오면, 내가 자네 하인이 되어서, 녀석의 전화번호를 물어두고, 반시간 후엔 자네가 돌아올 거라고 말해놓겠네.」

라빅은 망설였다. 그러다가「자네 말이 옳아.」하고 말했다.「20분 후에 돌아오겠네.」

「천천히 하게. 진절머리가 나도록 기다렸으니까. 지금 신경질을 내면 안돼. 푸케로 가겠나?」

「그래.」

「37년의 부브레를 주문하게. 나도 지금 마시고 오는 참이야. 일급품이지.」

「알았어.」

라빅은 내려갔다. 그는 길을 걸어서, 테라스를 따라 걸었다. 그리고 식당 안을 한 바퀴 돌았다. 하케는 없다. 그는 조르주 5세 거리 쪽의 테라스에 빈 테이불을 찾아내어 자리를 잡고, 뵈프 아라 모드와 샐러드와 염소 치즈, 그리고 부브레를 한 잔 주문하였다.

그는 식사를 하면서 자신을 관찰하였다. 억지로 주의를 집중시켰다. 그리고 포도주 맛은 약하고 짜릿짜릿하다고 생각했다. 천천히 먹으며 주위를 둘러보았다. 하늘이 개선문 위에 푸른 비단 깃발처럼 드리워 있는 것이 보였다. 코피를 한 잔 더 주문해서, 그 쌉쌀한 맛을 즐기고, 그리고 천천히 담배에 불을 붙였다. 서두르고 싶지 않았다. 잠시 더 앉아서 지나가는 사람들을 바라보고 있었다. 그러고는 일어서서, 프린스 드 갈로 걸어 돌아오며 모든 일을 잊어버리고 말았다.

「부브레의 맛이 어떤가?」하고 모로소프가 물었다.

「괜찮더군.」

모로소프는 호주머니에서 조그만 장기판을 꺼냈다.「한판 두지 않겠나?」

「좋아.」

그들은 판 위에 말을 올려놓았다. 모로소프는 안락의자에 털썩 주저앉았다. 라빅은 소파에 앉아 있었다.

「여권도 없이, 이곳에 3일 이상은 묵을 수 없을 것 같아.」

「사무실에서 묻던가?」

「아니, 아직은. 도착했을 때 비자와 함께 여권을 달라고 하는 수가 간혹 있어.

그래서 나는 밤에 왔지. 밤 당번의 보이는 별로 묻지 않으니까. 방은 닷새 동안 필요하다고 해두었어.」

「일류 호텔에서는 그렇게 꼬치꼬치 캐진 않지.」

「여권을 보자고 하면 곤란한데.」

「당장엔 그러지 않아. 내가 조르주 5세와 리츠에 물어보았지. 자넨 미국으로 계출했나?」

「아니, 우트레히드의 네덜란드 사람으로 해두었어. 독일 이름으로는 좀 어울리지 않아서, 조심스럽게 이름을 바꾸었어. 반 호른이라고. 폰이 아니고 말야. 하케가 전화를 걸 때는 똑같이 들릴 거야.」

「잘했어. 난 아직도 잘 될 거라고 생각해. 이건 결코 싼 방이 아냐. 까다롭게 굴진 않을 거야.」

「그랬으면 좋겠는데.」

「호른이란 이름으로 한 것은 아까운데. 아직 일 년은 유효한, 완전한 신분증명서가 있어. 7개월 전에 죽은 내 친구 거야. 검시관이 물었을 때, 그 친구는 독일 피난민이라 여권 같은 건 없다고 했지. 그러고는 증명서를 그대로 두었는데, 당장에라도 유효하단 말이야. 그 친구가 요제프 바이스라는 이름으로 어디에 묻혔대도 문제가 아냐. 더구나 벌써 두 사람의 피난민이 그 증명서로 살아났어. 이반 크루게야. 러시아 이름이 아니야. 사진은 흐려 있고, 옆모습인데다가 도장도 찍히지 않아서, 금방 바꿔 붙일 수가 있어.」

「그대로 모든 게 좋겠어. 내가 여기를 나가면, 호른은 이미 존재하지 않게 되고, 증명서도 소용 없게 될 테니까.」

「경찰에 관한 한, 물론 그게 안전했을 거야. 하지만 경찰은 안올 거야. 작자들은 방 두 개에 백 프랑 이상이나 내는 호텔엔 들어오지 않아. 내가 아는 어느 피난민도 증명서 없이 벌써 5년간이나 리츠에 살고 있지. 그것을 밤 당번의 보이 밖에는 모르고 있어. 그렇지만 여기서 증명서를 보자고 한다면 어떻게 할 건가 생각해 두었나?」

「내 여권은 비자를 얻기 위해 아르헨티나 대사관에 가있으니, 내일 찾아오겠다고 말할 생각이야. 그러고는 트렁크를 여기 남겨두고는 다시 돌아오지 않을 생각이야. 그만한 여유는 있어. 처음에 물으러 오는 것은 경찰이 아니고, 호텔의 관리인일 테니까. 나는 그렇게 계산하고 있어. 다만……, 그렇게 되면 여기는 그만이지.」

「잘 될 거야.」

두 사람은 여덟 시 반까지 장기를 두었다.

「자, 저녁 식사를 하고 오게.」하고 모로소프가 말했다. 「내가 여기서 기다려 주지. 그리고 나도 가야 해.」

「나중에 여기서 먹겠어.」

「바보 같은 소리 말게. 자, 가서 든든하게 먹고 와야 해. 녀석에게서 전화가 온다면, 틀림없이 우선은 함께 술을 마셔야 할 게 아닌가. 그런 경우 충분히 먹어두는 게 좋지. 녀석을 어디로 끌고 갈 것인가는 정해 두었겠지?」

「정해 두었어.」

「내가 말하는 것은, 녀석이 뭘 좀더 보고 싶어하고, 마시고 싶어할 경우를 가리키는 거야.」

「알고 있어. 남의 일엔 아무도 간섭하지 않는 곳을 얼마든지 알고 있어.」

「그럼 이제 가서 무엇이든 먹고 오게. 술은 안돼. 든든하고 기름진 걸 먹어야 해.」

「알았어.」

라빅은 다시 길을 건너서 푸케로 갔다. 모든 것이 현실이 아닌 것 같았다. 나는 책이라도 읽고 있든가, 멜로드라마 영화를 보고 있든가, 아니면 꿈을 꾸고 있는 것이다. 그는 다시 푸케 양쪽을 걸어보았다. 테라스에는 사람들로 붐비고 있었다. 그는 테이블 하나하나를 살펴보았다. 하케는 없다.

그는 출입구 옆 작은 테이블에 자리를 잡았다. 거기라면 입구와 길 양쪽을 다 지켜볼 수가 있었다. 옆자리에서 여자 둘이 샤파레리와 맨보셰의 얘기를 하고 있었다. 엷은 수염을 기른 사나이가 묵묵히 함께 앉아 있었다. 반대쪽에서는 너덧 명의 프랑스 청년들이 정치를 논하고 있었다. 한 사람은 파시스트인 불의 십자가단을 지지하고, 다른 한 사람은 공산당을 지지하고, 나머지 사람들은 두 사람을 놀려대고 있었다. 그 사이사이에 모두들, 베르무트를 마시고 있는 아름답고 자신만만하게 보이는 미국 여자 두 사람을 유심히 바라보고 있었다.

라빅은 식사를 하며 길 쪽을 지켜보고 있었다. 그는 우연이라는 것을 믿지 않을 정도로 미련하진 않았다. 우연이 없는 것은 오직 훌륭한 문학뿐이다. 인생은 매일같이, 더없는 어리석은 일로 가득차 있다. 그는 푸케에 반 시간 동안 앉아 있었다. 이번엔 점심때보다도 마음이 편했다. 그는 다시 한번 샹젤리제의 모퉁이를 빙 돌아본 다음, 호텔로 돌아왔다.

「이게 자네 자동차의 열쇠야.」하고 모로소프가 말했다. 「교환해 두었어. 이번엔 가죽 좌석의, 푸른빛 탈보트야. 전번 것은 코르덴 직물이었지. 가죽이면 곧 씻어버릴 수가 있거든. 카브리올레 형으로 뚜껑을 열고 운전해도 좋고, 닫고 해도 돼. 하지만 창은 항상 열어놓아야 해. 문이 닫혀 있을 때 쏘려면, 탄환이 열어놓은 창으로 튀어나가도록 쏘아서, 탄환 자국이 차에 남지 않도록 해야 돼. 두 주일 기한으로 빌었어. 해치운 후에, 그대로 곧장 차고로 몰고 오지 말게. 어디든 차를 잔뜩 세워놓은 골목길에 세워두게. 환기를 해. 지금 랭커스터 건너편의 베리 가에 세워두었어.」

「알았네.」하고 라빅은 말했다. 그는 열쇠를 전화기 옆에 놓았다.

「이게 자동차등록증. 운전면허증을 마련하지 못했어. 너무 여러 사람에게 물어보고 싶지 않아서.」

「그런 건 필요 없어. 안티브에서는 면허증 없이 줄곧 몰고 다녔어.」

라빅은 자동차등록증을 열쇠 옆에 놓았다.

「오늘밤엔 차를 어디 다른 길에 세워두는 것이 좋을 거야.」하고 모로소프는 말했다.

멜로드라마라고 라빅은 생각했다. 그것도 시시한 멜로드라마다. 「그렇게 하지. 고맙네, 보리스.」

「나도 함께 가고 싶은데.」

「그만둬. 이런 일은 혼자 하는 법이야.」

「그렇지. 하지만 기회를 놓쳐서도 안되고, 주어서도 안돼. 철저히 해치우게.」

라빅은 웃었다. 「그 말은 벌써 여러 번 들었어.」

「수백 번 말해도 지나치지가 않아. 만일의 경우에 가서 어처구니없는 생각을 하게 된다면, 그야말로 문제야. 볼코브스키가 1915년에 모스크바에서 그랬으니까 말이야. 명예라든가 기병 정신이라든가 하는, 시시한 생각에 갑자기 사로잡힌 거야. 참혹한 살인을 해서는 안된다는 거였지. 그러다가 돼지 같은 새끼에게 맞아 죽었어. 그런데 담배는 충분히 가지고 있나?」

「많이 있어. 그리고 여기는 전화만 하면 뭐든지 가지고 오지.」

「내가 이미 세라자드에 없거든 호텔로 와서 깨워 주게.」

「아뭏든 가겠어. 무슨 일이 있든 없든.」

「좋아. 그럼 잘 있게, 라빅.」

「잘 가게, 보리스.」

라빅은 모로소프가 나간 후에 문을 닫았다. 갑자기 방안이 조용해졌다. 그는 소파 한구석에 앉았다. 벽걸이 융단을 본다. 푸른 천에 식서(飾緖)가 달려 있다. 그는 이 이틀 동안에 이 융단을, 몇 년 동안 보아온 어떤 융단보다도 더 잘 알게 되었다. 거울도 알게 되었다. 바닥에 깔린 회색 바탕의 빌로도도 알게 되었다. 창문 가까운 곳에 검은 얼룩이 져있다. 테이블, 침대, 의자 커버의 모든 선을 다 알게 되었다──모두 구역질이 날 만큼 환하게 알았다──오직 전화만이 걸려 오지 않았다.

29

탈보트는 르노와 메르세데스 벤츠 사이에 끼어 바사노 가에 서있었다. 메르세데스는 새것이고, 이탈리아의 번호판이 붙어 있었다. 라빅은 차를 몰아 거기서 빠져나오려고 했다. 너무 조바심이 나서, 충분히 조심할 수가 없었다. 탈보트의 뒤쪽 흙받기가 메르세데스의 왼쪽 흙받기에 걸려서 상처가 났다. 그는 개의치 않고, 그대로 불바르 오스만을 향해 차를 몰았다.

그는 굉장한 속도로 달렸다. 차를 모는 기분은 참으로 좋은 것이다. 위장 속에 시멘트처럼 깔려 있는 음울한 실망을 잊게 해준다.

새벽 네 시다. 그는 더 오래 기다릴 생각이었다. 그러나 갑자기 모든 것이 무의미한 것으로 생각되었다. 하케는 먼 옛날의 사소한 에피소드를 잊어버렸을지도 모른다. 혹은 파리에 다시 돌아오지 않을지도 모른다. 지금 그쪽에서 할일이 생겼는지도 모른다.

모로소프는 세라자드의 문 앞에 서있었다. 라빅은 다음 길 모퉁이에 차를 세워두고 되돌아왔다.

모로소프는 기다렸다는 듯이 그를 쳐다보았다. 「전화 연락을 받고 왔나?」

「아니, 무슨 일인데?」

「5분 전에 전화를 했지. 독일 사람 한 패가 안에 앉아 있어. 네 명이야. 그중의 하나가 아무래도….」

「어딘가?」

「오케스트라 옆이야. 남자 넷이 앉은 테이블은 그것밖에 없어. 입구에서 보일 거야.」

「알았어.」

「입구 옆의 작은 테이블에 앉게, 비워두었으니까.」

「알았네, 보리스.」

라빅은 입구에서 걸음을 멈추었다. 방안은 어두웠다. 스포트라이트는 댄스홀을 비추고 있었다. 은빛 드레스를 입은 가수 하나가 스포트라이트 속에 서있었다. 원추형의 불빛이 너무 강해서, 그 건너쪽은 전혀 분간할 수가 없었다. 라빅은 오케스트라 옆의 테이블을 뚫어지게 보고 있었다. 그러나 어리어리한 흰 불빛에 차단되어 보이지 않았다.

그는 입구 옆의 테이블에 앉았다. 보이가 보드카 병을 가지고 왔다.

오케스트라는 선율을 질질 끌고 있다. 달콤한 멜로디의 안개가, 마치 달팽이처럼 느릿느릿 기고 있다. 『나는 기다리리라……. 나는 기다리리라.』

가수는 허리를 굽혀 인사를 했다. 박수가 일어났다. 라빅은 몸을 앞으로 내밀었다. 그리고 스포트라이트가 꺼지기를 기다렸다. 가수는 오케스트라 쪽으로 몸을 돌렸다. 집시는 고개를 끄덕이고 바이올린을 집어들었다. 심벌즈의 억누른 급템포의 소리가 크게 울렸다. 두번째 노래다. 『달빛 어린 예배당…….』

라빅은 눈을 감았다. 기다린다는 건 참을 수 없는 일이었다.

그는 노래가 끝나기 훨씬 전에, 다시 자리를 고쳐앉았다. 스포트라이트는 꺼져 있었다. 테이블 위의 불빛이 밝아졌다. 처음 순간은 그저 어렴풋이 윤곽이 보일 뿐이었다. 스포트라이트를 너무 오래 바라보고 있었기 때문이다. 그는 눈을 감았다가 다시 얼굴을 들었다. 그러자 그 테이블이 곧 눈에 들어왔다.

천천히 뒤로 몸을 기댔다. 아무도 하케가 아니었다. 그는 그렇게 오랫동안 앉아 있었다. 문득 몹시 피로했다. 눈이 깔깔했다. 크고 작은 파도가 단속적으로 밀려온다. 호텔방의 정적과 새로운 실망 후의 음악, 가까와졌다 멀어졌다 하는 이야기소리, 그리고 억눌린 소음이 안개처럼 그를 감싼다. 결말도 없는 것을 생각하고, 불면에 시달리는 뇌세포를 감싸는 잠의 만화경, 부드러운 최면 상태와도 같다.

춤추는 사람들이 둘씩 짝을 지어 움직이고 있다. 엷은 불빛의 둘레 속에 조앙의 모습이 언뜻 보였다. 그녀의 개방한, 목마른 듯한 얼굴이 뒤로 젖혀지고, 머리는 사내의 어깨에 얹혀져 있었다. 그것을 보아도 아무런 생각이 일어나지 않는다. 예전에 사랑한 적이 있는 사람을 대할 때처럼 무관심해질 때는 없다. 그는 피곤한 기분으로 그렇게 생각했다. 상상과 상상의 대상을 연결하는 알 수 없는 탯줄이 끊어져내려도, 그래도 두 사이에 번개불이 번쩍일 수가 있을 것이다. 마치 유령 같은 별에서 나듯이, 반딧불이 반짝알 때도 있을 것이다. 그러나 그 빛은 죽어 있다. 마음을 설레이게는 하지만, 이미 불을 일으키지는 못한다. 서로의 사이에는 이제 아무것도 교류하는 것이 없다. 그는 의자 등에 머리를 기댔다. 심연 위에서의 순간적인 화합, 갖가지의 감미로운 이름을 가진 성의 암흑. 꺾으려 하는 자를 삼켜버리는, 물 위의 별꽃.

그는 몸을 일으켰다. 잠들기 전에 나가야지. 그는 보이를 불렀다. 「계산.」

「계산하실 게 없는데요.」하고 보이가 말했다.

「어째서?」

「아무것도 드시지 않았읍니다.」

「아, 그래, 그렇지.」

그는 보이에게 팁을 주고, 밖으로 나왔다.

「아니던가?」밖에서 모로소프가 물었다.

「아니야!」

모로소프는 그를 쳐다보았다.

「단념하겠어.」하고 라빅은 말했다. 「어처구니없고 우스꽝스러운 인디언놀이야. 난 벌써 닷새 동안이나 기다리고 있었어. 하케 녀석은 나에게, 파리에는 언제나 하루 이틀밖에 있지 않는다고 했어, 그렇다면 지금쯤은 이미 떠났을 거야. 왔다고 해도 말이야.」

「가서 자게.」하고 모로소프는 말했다.

「잘 수가 있어야지. 지금부터 프린스 드 갈로 돌아가서, 계산을 하고 철수하겠어.」

「좋아.」하고 모로소프는 말했다. 「그럼 내일 낮에 거기서 만나세.」

「어디서?」

「프린스 드 갈에서.」

라빅은 그를 쳐다보았다. 「그래, 물론이지. 어리석은 소리를 했군. 아니, 그렇지 않겠지. 아마 어리석은 소리가 아닐지도 모르지.」

「내일 밤까진 기다리게.」

「좋아. 어디 두고 보세. 잘 자게, 보리스.」

「잘 자게, 라빅.」

라빅은 오시리스 앞을 지나갔다. 모퉁이까지 가서 차를 세웠다. 앵테르나쇼날의 자기 방으로 돌아갈 생각을 하니, 소름이 끼쳤다. 여기서 두어 시간 잘 수 있을지도 모른다. 오늘은 월요일이다. 유곽으로서는 한가한 날이다. 문 앞에 도어맨은 이미 없었다. 이제 손님은 하나도 없을 것이다.

롤랑드가 문 가까이에 서서, 널찍한 홀을 지켜보고 있었다. 텅빈 홀에서 오르간이 요란스럽게 울리고 있었다. 「오늘밤은 한가한 것 같군.」

「한가해요. 다만 저 지긋지긋한 손님이 있을 뿐이에요. 마치 원숭이처럼 좋아하면서도, 이 층으로 올라가려고는 하지 않아요. 흔히 볼 수 있는 타입이죠. 자고 싶으면서도 겁이 나는 거예요. 역시 독일 사람이에요. 이제 계산을 했어요.

오래 걸리진 않아요.」

라빅은 무심코 그 테이블 쪽을 보았다. 사나이는 이쪽으로 등을 돌리고 앉아 있었다. 여자 둘이 함께 있었다. 한 여자의 양쪽 유방을 손에 쥐며 그쪽으로 기대었을 때, 라빅은 그 얼굴을 보았다. 하케였다.

롤랑드의 목소리가 마치 안개 속에서 이야기하고 있는 것처럼 들린다. 무슨 말을 하고 있는지 들리지 않았다. 다만 자기가 뒷걸음질을 쳐서, 저쪽이 모르게 테이블 모서리가 조금 보일 정도로, 문 옆에 서있다는 것을 깨달았다.

「코냑 한 잔 안 드실래요?」마침내 롤랑드의 목소리가 소용돌이를 뚫고 들려 왔다.

오르간의 요란한 소음. 여전한 주저. 횡격막의 경련. 라빅은 손톱이 박힐 만큼 주먹을 꽉 쥐었다. 여기서 하케에게 얼굴을 보여서는 안된다. 그리고 내가 녀석을 알고 있다는 것을 롤랑드가 알아서는 안된다.

「아니.」하고 말하는 자신의 목소리가 들린다.「벌써 실컷 마셨어. 독일 사람 이라고 했지? 아는 사람인가?」

「전혀 몰라요.」롤랑드는 어깨를 으쓱했다.「제게는 모두가 같은 사람으로 보여요. 저 사람은 한번도 온 적이 없는 것 같아요. 그건 그렇고, 조금 마시지 않겠어요?」

「그만두겠어. 그저 잠깐 들여다보고 싶었을 뿐이야.」

그는 롤랑드의 시선을 느끼고, 억지로라도 태연하려 했다.「단지 당신 파티가 언제였던가 알고 싶었을 뿐이야. 목요일이었던가, 아니면 금요일이었던가?」

「목요일예요, 라빅. 오시겠어요?」

「물론 오지. 그걸 분명하게 알아두고 싶었던 거야.」

「목요일 여섯 시예요.」

「알았어. 시간을 지키지. 그럼 이제 가야겠어. 잘 자요, 롤랑드.」

「안녕히 가세요, 라빅.」

갑자기 으르렁거리기 시작한 휘황한 밤. 이제 집은 보이지 않는다. 보이는 것은 오직 돌의 수풀과 창문의 정글뿐이다. 갑자기 다시 전쟁. 인기척 없는 거리를 살금살금 걸어가는 정찰대. 몸을 숨길 수 있는 엄호물인 자동차. 숨어서 적을 기다리며 붕붕거리고 있는 모터.

나오는 걸 쏘아 죽일까? 라빅은 거리를 둘러보았다. 몇 대의 자동차, 노란 불빛, 고양이 몇 마리. 멀리 가로등 밑에 경관인 듯한 사나이가 서있었다. 이 자 동차의 번호판, 총소리, 방금 나를 본 롤랑드.

『모험을 해서는 안돼, 절대로 안돼. 그렇게 해야 아무 소용이 없어.』 하고 말하는 모로소프의 목소리가 들린다.

도어맨은 없다. 택시도 없다! 월요일의 이 시각에는 마차도 없다. 그 순간, 시트뢴 형 택시 한 대가 소리를 내며 차 옆을 지나서 출입구 앞에 멎었다. 운전사는 담배에 불을 붙이고 나서, 아아 하고 하품을 했다. 라빅은 피부가 오므라드는 것 같았다. 그는 기다렸다.

차에서 나와서, 가게 안에는 이제 손님이 없다고 운전사에게 말할 것인가 말 것인가, 생각했다. 안되지. 요금을 지불하고, 어디로 심부름을 보내버릴까? 모로소프에게라도. 그는 호주머니에서 종이쪽지 한 장을 뜯어내어, 두어 줄 적다가는 찢어버리고 다시 적었다. 모로소프가 세라자드에서 자기를 기다리지 말도록 적고 엉터리 이름으로 서명했다.

택시가 기어를 넣고 사라졌다. 그는 유심히 살펴보았다. 차 안은 보이지 않았다. 쪽지를 적고 있는 동안에 하케가 자동차를 탔는지 어떤지는 알 수가 없다. 그는 재빨리 기어의 제 일 단을 넣었다. 탈보트는 택시 뒤를 쫓아서, 쏜살같이 모퉁이를 돌았다. 뒤쪽 창문으로 들여다보았지만, 아무도 보이지 않는다. 그러나 하케는 구석에 앉아 있는지도 모른다. 그는 천천히 택시 옆을 지나갔다. 차속은 어두워서 아무것도 보이지 않는다. 그는 뒤처져 있다가 다시 그 차를 스칠 듯이 앞질렀다. 운전사가 고개를 돌리고 그에게 소리를 질렀다. 「이 바보야! 죽고 싶은가?」

「당신 차에 친구가 타고 있어.」

「이 주정뱅이 얼간이!」 하고 운전사는 고함을 질렀다. 「차가 비어 있다는 걸 모르겠어?」

그 순간, 라빅은 미터기가 꺾여 있지 않다는 것을 알았다. 그래서 급커브로 돌아서 급속도로 되돌아왔다.

하케는 길가에 서있었다. 손을 흔들며 「여보, 택시!」 하고 불렀다.

라빅은 그의 옆으로 가서 브레이크를 밟았다.

「택시?」 하고 하케는 물었다.

「아닙니다.」 라빅은 창문으로 몸을 내밀었다. 그리고 「안녕하세요?」 하고 말했다.

하케는 그를 쳐다보았다. 그 눈이 가늘어졌다. 「네?」

「우린 서로 아는 사이라고 생각하는데요.」 라빅이 독일어로 말했다.

하케는 몸을 꾸부렸다. 얼굴에서 의심쩍은 빛이 사라졌다. 「아니, 이거……, 폰…….」

「호튼입니다.」

「맞았어! 맞았어! 폰 호른 씨. 그렇지! 정말 우연이군요! 그런데 그동안 어디 계셨지요?」

「파리에 있었지요. 자, 타십시오. 이렇게 빨리 돌아오실 줄은 몰랐읍니다.」

「여러 번 전화를 했읍니다. 호텔을 바꾸셨나요?」

「아뇨, 여전히 프린스 드 갈에 있읍니다.」 라빅은 자동차의 문을 열었다. 「타십시오, 모셔다 드리지요. 이런 시각에는 택시 잡기가 퍽 어렵죠.」

하케가 발판에 한쪽 발을 디뎠다. 라빅은 그의 숨소리를 들었다. 새빨갛게 달아오른 얼굴을 보았다.

「프린스 드 갈.」 하고 하케는 말했다. 「제기랄, 그랬었지! 전 계속 조르주 5세로만 전화를 걸었지요.」 그는 소리내어 웃었다. 「그곳이 아니었지! 이제 알았어! 프린스 드 갈, 물론 그곳이었지. 혼동을 했군요. 전번 수첩을 가지고 오지 않아서요. 기억하고 있는 줄로만 알았지요.」

라빅은 출입구 쪽을 살피고 있었다. 누가 나올 때까지는 약간 시간이 있을 것이다. 여자들은 우선 옷을 갈아입어야 한다. 아뭏든 하케를 빨리 차에 태워야 한다. 「들어가시려던 참이 아니었던가요?」 하케는 유쾌한 듯이 물었다.

「그럴 생각이었죠. 하지만 이젠 너무 늦었읍니다.」

하케의 숨소리가 거칠었다. 「그래요. 제가 마지막이었죠. 이제 문닫을 시간이지요.」

「상관 없어요. 어차피 거긴 따분한 곳이니까요. 어디 딴 곳으로나 가지요. 같이 가시죠.」

「아직도 열려 있는 곳이 있을까요?」

「물론입니다. 진짜 일류는 지금부터 문을 엽니다. 이런 곳은 관광객이나 상대하는 집이지요.」

「그래요, 전 또……. 이건 상당한 집이라고 생각했는데요.」

「천만에요. 훨씬더 좋은 곳이 있읍니다. 이런 집은 엉터리죠.」

라빅은 몇 번이나 가볍게 액셀을 밟았다. 엔진은 부르릉거리다가는 멈췄다. 계획대로 들어맞았다. 하케는 조심스럽게 그의 옆자리에 기어올랐다.

「다시 만나 뵙게 되어 반갑습니다. 정말 반갑습니다.」

라빅은 그의 앞으로 손을 내밀어 문을 닫았다. 「저도 반갑습니다.」

「재미있는 집이더군요! 벌거숭이 여자들이 잔뜩 있읍니다. 경찰이 용케 허락하는군요! 아마 대개는 병이 있겠죠?」

「그렇지요. 이런 곳은 절대로 안전하다고는 할 수 없지요.」

라빅은 차를 몰았다. 「절대로 안전한 곳이 있읍니까?」 하케는 담배 끝을 물

어뜯었다. 「병을 얻어서 고국으로 돌아가고 싶지는 않거든요. 그렇다고 인생이
두 번 있는 것도 아니고요.」

「그렇지요.」하고 라빅은 말하고, 전기 라이터를 넘겨주었다.

「어디로 갑니까?」

「우선 시작으로 메종 드 랑데부는 어떨까요?」

「그게 어디죠?」

「사교계의 귀부인들이 모험을 찾아서 오는 집입니다.」

「뭐라고요? 진짜 사교계의 부인이 말입니까?」

「그렇죠. 늙은 남편을 가진 여자라든가, 남편에 싫증이 난 여자라든가, 돈을
잘 벌지 못하는 남편을 가진 여자들이지요.」

「하지만 어떻게 그렇게……. 도대체 어떻게 속일 수가 있을까요?」

「한 시간이나 두 시간 정도 다녀가지요. 잠깐 칵테일 한 잔이라든가, 나이트
캡을 마시겠다든가 하는 식으로요. 그중에는 전화로 불러낼 수도 있읍니다. 물
론 몽마르트르에 있는 그런 유곽과는 다르지요. 숲 한 가운데 있는 아주 깔끔한
집을 알고 있읍니다. 그 집 주인은 마치 공작 부인 같아요. 모든 게 품위가 있
고, 은근하고, 우아하지요.」

라빅은 천천히 숨을 쉬며, 침착하게 느릿느릿 말했다. 그는 자기가 마치 관광
안내인처럼 말하고 있는 것을 들었다. 그러나 더욱 냉정해지려고 계속 지껄
였다. 두 팔의 혈관이 떨렸다. 「방을 보면, 정말 놀라실 겁니다. 가구는 진짜들
이죠. 양탄자에다, 유서 깊은 벽걸이. 포도주는 각별히 고른 것이고, 서비스도
만점이지요. 여자에 관한 한, 절대로 안심해도 좋습니다.」

하케는 담배 연기를 내뿜었다. 그리고 라빅 쪽을 돌아보았다. 「폰 호른 씨 이
야기를 들어보니, 모든 게 굉장하군요. 다른 한 가지 문제가 있어요. 그런 데는
아마도 굉장히 비싸겠지요?」

「절대로 비싸지 않습니다.」

하케는 약간 멋적은 듯이 쉰 목소리로 웃었다. 「비싸지 않다고 해도, 생각에
따라서는 다르지요! 외국 송금의 제한을 받고 있는 우리 독일인 입장으로서는
……..」

라빅은 고개를 저었다. 「그 집 주인을 잘 알고 있읍니다. 제게는 빚을 지고 있
죠. 특별히 대접해 줄 겁니다. 당신은 제 친구로서 가시는 거니까, 돈을 내도 아
마 받지 않을 겁니다. 다만 팁을 약간 주시면 됩니다. 오시리스의 한 병 값도 들
지 않습니다.」

「그게 사실입니까?」

「두고 보십시오.」

하케는 자리를 고쳐앉았다. 「놀랍군요. 정말 근사하군.」그는 라빅을 향해 싱긋 웃었다. 「상당히 정통하시군요! 그 여자에게 상당한 것을 해주신 모양이군요.」

라빅은 그를 쳐다보았다. 똑바로 눈을 들여다보았다. 「이런 장소는 무엇보다도 경찰 관계가 까다롭지요. 공갈을 치거든요. 아시겠지만.」

「알 수 있지요!」잠시 동안 하케는 무엇을 생각하고 있었다. 「당신은 여기서 그렇게 세력이 큰가요?」

「뭐 대단치는 않습니다. 그저 유력한 지위에 있는 친구가 두어 명 있죠.」

「대단하시군요! 그것을 우리가 서로 잘 이용할 수 있겠는데요. 언제 한번 의논해 볼 수 있을까요?」

「좋습니다. 파리에는 언제까지 계십니까?」

하케는 웃었다. 「왜 그런지 언제나 떠나려 할 때 만나게 되는군요. 오늘 아침 일곱 시에 떠납니다.」그는 차에 달린 시계를 보았다. 「이제 두 시간 반 남았읍니다. 그렇지 않아도 말하려고 했읍니다만, 그때까지 북부 정거장에 가있어야 합니다. 갈 수 있을까요?」

「문제 없읍니다. 그 전에 호텔에 들르지 않으셔도 됩니까?」

「아뇨, 트렁크는 벌써 정거장에 가있읍니다. 호텔은 어제 오후에 나왔지요. 그렇게 하면, 하루치의 방값이 절약되니까요. 그 외국 송금 제한이라는 것이 있어서…….」그는 또 웃었다.

문득 라빅은 자기도 함께 웃고 있다는 것을 알았다. 그는 핸들을 꽉 쥐었다. 이런 일이 있을 수 있을까? 무슨 방해가 또 끼어들지도 모른다. 이런 좋은 기회란 그리 흔한 것이 아니다.

서늘한 공기를 쐬자 하케는 알콜 기운이 돌아왔다. 목소리가 늘어지고, 혀가 무거워졌다. 그는 구석자리에 고쳐앉더니 꾸벅꾸벅 졸기 시작했다. 아래턱은 처졌고, 눈은 감겨 있다. 차는 숲속의 고요한 어둠 속으로 꺾어들어갔다.

헤드라이트가 차 앞을 소리없이 날아서 어둠 속에서 유령처럼 나무들을 헤치고 나간다. 아카시아 냄새가 열어놓은 창으로 스며들어온다. 아스팔트를 미끄러지는 타이어 소리는 영원히 그치지 않을 것처럼 부드럽게 끊임없이 계속된다. 귀에 익은 엔진 소리가 축축한 밤기운 속에 굵고 나직하게 울린다. 왼쪽에 어렴풋이 빛나는 작은 못, 뒤쪽의 시커먼 너도밤나무보다는 밝게 보이는 버드나무 그림자. 진주모 같은 검푸른 이슬에 덮인 잔디밭. 루트 드뷔이, 잠든 외딴집, 물

냄새, 센 강.

라빅은 불바르 드 라 센을 따라서 차를 달렸다. 달빛이 비치는 물 위에 화물선 두 척이 떠있다. 먼 쪽의 배에서 개가 짖고 있다. 말소리가 물을 건너 들려온다. 가까운 쪽의 화물선 갑판에 불이 반짝이고 있다. 라빅은 차를 세우지 않았다. 하케가 잠을 깨지 않도록, 같은 속도로 센 강을 끼고 달렸다. 처음에는 그곳에 차를 멈출 작정이었다. 그러나 그럴 수가 없었다. 화물선이 기슭에서 너무 가까왔기 때문이다. 그는 펨 거리로 꺾어서 강가에서 떨어졌다가 롱샹 거리로 돌아왔다. 그대로 레느 마르그리트 거리의 끝까지 조심스럽게 달려가서, 다시 더욱 좁은 길로 구부러졌다.

옆을 돌아다보니 하케가 눈을 뜨고 있었다. 하케는 그를 쳐다보았다. 몸은 움직이지 않고 얼굴을 들고 라빅을 보고 있다. 그 눈은 계기판이 반사하는 희미한 불빛에 푸른 유리알처럼 빛나고 있었다. 마치 전기의 충격처럼 느껴졌다.

「깨셨읍니까?」하고 라빅은 물었다.

하케는 대답하지 않았다. 그는 라빅을 쳐다보았다. 꼼짝도 하지 않는다. 눈조차 움직이지 않는다.

「여긴 어디죠?」마침내 그는 물었다.

「보아 드 불로뉴입니다. 카스카드 레스토랑 근처지요.」

「도대체 얼마나 달렸지요?」

「10분.」

「더 되는 것 같은데.」

「설마.」

「잠들기 전에 시계를 보았는데, 벌써 30분 이상 달리고 있어요.」

「그런가요?」하고 라빅은 말했다.「설마 그렇게 오래 달렸다고는 생각지 않았읍니다. 이제 다 왔읍니다.」

하케의 눈은 라빅에게서 떨어지지 않았다.「어디지요?」

「메종 드 랑데부입니다.」

하케는 몸을 움직였다.「돌아가 주시오.」

「지금 곧 말입니까?」

「그래요.」

그의 얼굴에선 이제 취기가 사라졌다. 정신도 말짱하고 졸음도 가셨다. 얼굴 빛이 달라져 있었다. 즐겁고, 호인다운 티는 사라지고 없었다. 지금 비로소 라빅은 전에 알고 있던 얼굴을 다시 한번 보았다. 게쉬타포의 공포의 방에서, 영원히 그의 기억에 새겨진 그 얼굴이다. 그러자 하케를 만난 후로 줄곧 느껴오던 불안, 나와는 아무런 상관도 없는 사람을 죽이려 하고 있다는 불안의 느낌이 갑자기 사라져버렸다. 자기 차에 태우고 있는 것은 빨간 포도주를 좋아하는 상냥한 한 사람의 호인이었을 뿐 그 사나이의 얼굴에서 이유를, 무엇을 생각해도 도무지 머리에서 떠나지 않는 이유를 찾아보았지만 헛수고였다. 그런데 갑자기 지금 그 눈은 언젠가 자기가 죽을 것 같은 고통 때문에 실신 상태에서 깨어났을 때 눈앞에 보았던 그 눈과 똑같아보였다. 꼭 같은 차가운 눈, 똑같이 차고, 나직하고, 찌르는 듯한 목소리⋯⋯.

라빅의 내부에서 뭔가 갑자기 빙글 돌았다. 마치 전류의 극이 바뀌는 것 같았다. 긴장은 계속되고 있다. 그러나 지금까지의 주저, 신경질이 단 하나의 목적을 가진 하나의 흐름으로 변하고, 그외에는 아무것도 남지 않았다. 몇 년의 세월은 무너져서 재가 되고 회색 벽의 방, 갓도 없는 전등의 하얀 불빛, 피비린내, 가죽 회초리, 땀, 고통, 공포가 다시 찾아왔다.

「왜 그러시죠?」라빅은 물었다.

「돌아가야 해요. 호텔에서 기다리고들 있으니까.」

「하지만 짐은 벌써 정거장에 가있다고 하시지 않았읍니까?」

「그렇지. 하지만 할일이 남아 있었소. 깜박 잊고 있었지. 돌아가 주시오.」

「알았읍니다.」

지난 주일에 그는 이 숲속을 십수 차례나 돌아보았던 것이다. 그는 지금 어디에 있는가를 알고 있었다. 2, 3분만 더. 그는 왼쪽으로 돌아서, 좁은 길로 들어섰다.

「돌아가고 있는 거요?」

「그렇습니다.」

낮에도 햇빛이 들지 않는 나무 그늘의 습기 머금은 향기. 더욱 짙어가는 어둠. 보다 밝아지는 헤드라이트의 불빛. 하케의 왼손이 조심스럽게 슬금슬금 문에서 떨어지는 것을 라빅은 거울 속에서 보았다. 우측 운전이다. 잘됐다, 이 탈보트는 우측 운전이다! 그는 커브를 꺾었다. 왼손으로 핸들을 잡고 돌았기 때문에 흔들린 것처럼 하고서, 직선 도로에 나서자 곧 액셀을 밟았다. 차는 쏜살같이 달린다. 2, 3초 후, 그는 힘껏 브레이크를 밟았다.

탈보트가 염소처럼 튀어올랐다. 브레이크가 끼익 하고 날카로운 소리를 냈다. 라빅은 한쪽 발로 브레이크를 밟은 채, 다른 발로 바닥을 버티고서 균형을 잡았다. 발로 버틸 만한 게 하나도 없었고, 이런 동요를 예기치 못했던 하케의 상반신이 무서운 힘으로 앞으로 고꾸라졌다. 호주머니에 넣은 손을 꺼낼 사이도 없이, 이마가 앞유리와 계기판의 모서리에 쾅 부딪쳤다. 그 순간, 라빅은 오른쪽 호주머니에서 꺼내들고 있던 육중한 만능 스패너로 두개골 바로 아래쪽의 목덜미를 내리쳤다.

하케는 다시 일어나지 않았다. 비스듬히 밑으로 미끄러져 내려갔다. 오른쪽 어깨가 걸려서, 밑으로 완전히 떨어지지는 않았다. 오른쪽 어깨가 몸을 계기판에 짓누르고 있었다.

라빅은 곧 다시 차를 몰았다. 큰 거리를 지나서 헤드라이트를 어둡게 했다. 차를 몰면서, 브레이크 소리를 들은 사람이 있는지 살펴보았다. 누가 혹 오면 하케를 차에서 끌어내어 수풀 속에 숨겨버릴까도 생각해 보았다. 이윽고 교차로 옆에서 차를 멈추고, 불과 엔진을 꺼버린 다음, 차에서 뛰어내려, 엔진의 뚜껑과 하케가 있는 쪽의 문을 열고서 귀를 기울였다. 만약 누가 오면 멀리서부터 볼 수 있고 소리를 들을 수가 있다. 그런 다음에도 하케를 수풀 속으로 끌어다놓고, 엔진이 고장난 것처럼 할 수 있는 시간의 여유가 충분히 있다.

고요는 마치 소음과 같았다. 너무나도 갑작스럽고, 이해할 수 없어서 웅성거리고 있었다. 라빅은 아플 정도로 두 손을 꽉 쥐었다. 귀가 윙윙거리는 것은 피로 때문이라는 것을 알고 있다. 그는 깊이, 그리고 천천히 숨을 쉬었다.

웅성거리던 소리가 시끄러운 소음으로 변했다. 그 소리 속에서 새된 소리가 들려오고, 그것이 차츰 높아갔다. 라빅은 온 정신을 모아서 귀를 기울였다. 새된 목소리가 더욱 커지고, 금속성이 되었다. 이윽고 그는 그것은 귀뚜라미가 우는 소리이고 소음은 이제 멎었다는 것을 문득 깨달았다. 그의 앞에 비스듬히 펼쳐져 있는 좁은 잔디밭에서 새벽녘의 귀뚜라미가 울고 있을 뿐이었다.

잔디는 아침 햇빛을 받고 있었다. 라빅은 엔진의 뚜껑을 닫았다. 지금이야말로 절호의 기회다. 너무 밝기 전에 끝내야 한다. 그는 사방을 둘러보았다. 이곳은 적합치가 않다. 숲속에는 좋은 장소가 없다. 센 강변은 너무 밝다. 이렇게 늦어질 줄은 몰랐다. 그는 깜짝 놀라서 뒤를 돌아보았다. 긁고 할퀴는 소리와 신음소리가 들린 것이다. 하케의 한쪽 손이 열어놓은 문에서 밖으로 기어나와 발판을 긁고 있었다. 그때 라빅은 자기가 아직도 만능 스패너를 들고 있음을 비로소 깨달았다. 그는 하케의 웃옷의 깃을 붙잡아 끌어내어 내민 머리를 두 번 내리쳤다. 신음소리가 멈추었다.

무엇인가 덜커덩 소리가 났다. 라빅은 그대로 가만히 서있었다. 그러다가 권총이 좌석에서 발판으로 떨어졌다는 것을 알았다. 하케는 브레이크를 밟기 전에 틀림없이 이것을 쥐고 있었을 것이다. 라빅은 그것을 차 속으로 도로 던져넣었다.

그는 다시 귀를 기울였다. 귀뚜라미, 잔디밭, 조금 전보다도 밝아져서, 멀어진 듯한 하늘. 곧 해가 떠오를 것이다. 라빅은 문을 열고 하케를 차에서 끌어내어, 앞좌석을 젖히고 뒷좌석과 앞좌석 사이의 바닥에 하케를 밀어넣으려고 했다. 하지만 아무래도 그렇게는 안되었다. 너무 비좁다. 그는 차 뒤로 가서 트렁크를 열고, 재빨리 속에 든 것을 끄집어냈다. 그러고는 하케를 다시 차에서 끌어내어 뒤쪽으로 끌고 갔다. 하케는 아직 죽지는 않았다. 몹시 무거웠다. 라빅의 얼굴에선 땀이 흘렀다. 겨우 몸을 트렁크에 밀어넣을 수가 있었다. 마치 태아처럼 무릎을 구부러뜨려서 억지로 쑤셔넣었다.

그는 땅바닥에 도구와 삽과 잭을 주워서 앞자리에 넣었다. 바로 옆에 서있는 나무에서 참새 한 마리가 울기 시작했다. 그는 깜짝 놀랐다. 지금까지 이렇게 큰 소리를 들어 본 적이 없었던 것 같았다. 잔디밭을 보았다. 한층더 밝아져 있었다.

요행을 바라며 모험을 해서는 안된다. 그는 차 뒤로 걸어가서 트렁크 뚜껑을 반쯤 열었다. 왼발을 뒤쪽 흙받기에 대고, 뚜껑 밑으로 두 손을 쉽게 집어넣을 수 있을 정도의 높이로 무릎까지 뚜껑을 받치고 반쯤 열어놓았다. 누가 오더라도, 무심히 무엇을 검사하고 있는 것처럼 보일 테고, 곧 뚜껑을 내릴 수도 있다. 지금부터 오랫동안 달려야 한다. 우선 하케를 죽여놓아야 한다.

머리는 오른쪽 구석 가까이에 있었다. 눈에 보였다. 목덜미는 부드럽고, 동맥은 아직 뛰고 있었다. 그는 두손으로 하케의 목을 꽉 조른 채, 그대로 힘껏 눌렀다.

영원히 계속되는 것 같았다. 머리가 약간 움직였다. 보일 듯 말 듯하게. 몸을 쭉 펴려고 한다. 입고 있는 옷이 걸리적거리는 듯했다. 입이 벌어진다. 새가 다시 날카로운 소리로 지저귄다. 혓바닥에 누런 더께가 끼어서 두툼하다. 갑자기 하케가 한쪽 눈을 떴다. 눈알은 튀어나왔고, 다시 한번 빛과 시력을 얻으려고 하는 것 같았다. 뿌리치고 라빅에게 달려들듯이 보였다. 그러나 이내 몸이 축 늘어졌다. 라빅은 그러고도 잠시 동안 목을 조르고 있었다. 끝났다.

뚜껑이 꽝 닫혔다. 라빅은 두어 발짝 걸었다. 그러고는 나무에 기대어 구역질을 했다. 마치 위장이 쥐어뜯기는 것 같았다. 멈추려고 했으나 소용이 없었다.

얼굴을 들자, 한 남자가 잔디밭을 건너오는 것이 보였다. 그 남자는 라빅을 찬찬히 훑어보고 있었다. 라빅은 그대로 가만히 서있었다. 남자가 다가왔다. 천천히, 한가로운 걸음걸이로. 정원사나 노동자 같은 풍채를 하고 있다. 그는 라빅을 쳐다보았다. 라빅은 침을 퉤 뱉고는 호주머니에서 담뱃갑을 꺼냈다. 한 대 피워물고 들이마셨다. 담배가 목구멍을 쿡 쏘았다. 남자는 길을 건너간다. 라빅이 토한 장소를 보고, 차를 보고, 그리고 라빅을 본다. 아무말도 하지 않는다.

라빅은 남자의 얼굴에서 아무것도 알아낼 수가 없었다. 남자는 천천히 교차로를 건너서 사라져버렸다.

라빅은 몇 초 동안 더 기다렸다. 그리고 트렁크를 잠그고 엔진을 걸었다. 숲속에서는 이제 할일이 없다. 너무 밝다. 생 제르맹까지 달려야 한다. 그곳 숲은 잘 알고 있다.

30

한 시간 후, 그는 작은 여관 앞에 차를 세웠다. 배가 몹시 고파서 머리가 흐릿했다. 그는 차에서 내렸다. 거기에는 테이블 둘에다 의자가 몇 개 놓여 있었다. 그는 코피와 브리오쉬를 주문하고 세수하러 갔다. 세면장은 퀴퀴한 냄새를 풍기고 있었다. 컵을 얻어서 입을 가셨다. 그리고 손을 씻고, 자리에 돌아왔다.

아침 식사가 테이블 위에 놓여 있었다. 코피는 세계 어느 나라의 것과 같은 향기를 풍겼고, 제비가 지붕 위를 날고 있었다. 태양은 최초의 황금빛 융단을 집집마다 벽에 걸어놓았다. 사람들은 일하러 나가고 있었다. 하녀 하나가 스커트를 걷어붙이고, 비스트로의 구슬로 엮은 발 안에서 마룻바닥을 박박 닦고 있었다. 라빅은 벌써 오랫동안 이런 평화로운 여름 아침을 본 적이 없었다.

그는 뜨거운 코피를 마셨지만, 아무래도 식사는 할 생각이 나지 않았다. 자신의 손으로 건드리기가 싫었다. 그는 손을 보았다. 바보 같군. 제기랄! 공포증 같은 것에 걸려서야 되겠는가. 나는 먹어야 한다. 그는 코피를 또 한 잔 마셨다. 담뱃갑에서 또 한 대를 뽑아서, 손이 닿았던 쪽을 입에 대지 않도록 조심했다. 이래서는 안되지. 그러나 역시 아무것도 먹지 못했다. 우선 저 녀석을 완전히 처치해 버려야 한다. 그렇게 생각하고 일어나서 계산을 했다.

한 떼의 젖소, 나비들, 밭 위에 높이 뜬 태양. 태양은 자동차의 유리에, 지붕에 비치고, 하케를 숨겨둔 트렁크의 번쩍이는 금속에도 비치고 있다. 왜 살해당하는지, 누구에게 맞아죽는지도 모르고 살해당한 하케. 좀더 다른 방법으로 죽였어야 했다.

『하케, 너는 나를 기억하고 있나? 내가 누군지 알겠나?』

눈앞에 붉은 얼굴이 떠올랐다. 『아니, 어떻게 알아? 넌 누구지? 전에 만난 적이 있나?』

『있지.』

『언제? 친한 사이였나? 아마 사관학교에서겠지? 기억이 없는데.』

『사관학교가 아니야, 하케. 그후의 일이야.』

『그후? 하지만 자네는 외국에서 살고 있지 않았나? 나는 독일에서 떠나본 적이 없어. 다만 2년 전부터 비로소 파리에 오게 되었을 뿐이야. 아마도 언젠가 신나게 같이 마신 적이…….』

『아니야, 우린 같이 마신 적이 없어. 그리고 여기서가 아냐. 독일에서였어, 하케!』

울타리, 선로, 장미와 협죽도와 해바라기가 잔뜩 피어 있는 작은 정원, 기다림, 끝없는 아침 속을 폭폭 연기를 뿜으며 달려가는 외로운 검은 열차. 트렁크 속에서 젤리처럼 되어 틈에서 들어오는 먼지로 가득찬 눈, 그 눈이 자동차의 앞유리에 비쳐서, 살아있다.

『독일에서? 아, 알았디! 어딘가의 당대회에서겠지. 뉘른베르크다. 생각이 나는 것 같아. 아마 뉘른베르크 호프지?』

『아니야, 하케.』 라빅은 앞유리를 향하여 느릿느릿 말하고 있다. 지나간 세월의 검은 물결이 다시 밀려오는 것 같다. 『뉘른베르크가 아냐, 베를린이야.』

『베를린?』 반사 때문에 흔들리는 영상의 얼굴은 들떠서 조바심을 낸다. 『자, 이젠 말하게, 친구. 그만하고 말하라니까! 그렇게 감추지만 말고. 고문은 이제 그쯤 해두게! 어디서였지?』

물결이 대지에서 부풀어올라, 이제 팔에까지 닿았다. 『고문이라고, 하케? 그거야! 바로 그 고문이야!』

애매하면서도 조심스러운 웃음. 『농담하지 말게, 이 사람.』

『고문이었어. 하케! 내가 누군지 이제 알겠나?』

보다 애매하고, 보다 조심스럽고, 위협하는 듯한 웃음. 『내가 어떻게 알아? 난 수천 명의 사람을 대했어. 일일이 기억하고 있을 수야 없지. 혹시 자네가 비밀 경찰에 대한 말을 하고 있다면…….』

『맞아, 하케. 게쉬타포야.』

어깨를 으쓱한다. 경계를 한다. 『자네가 거기에서 취조를 받은 적이 있다면…….』

『기억하고 있나?』

다시 한빈 어깨를 으쓱한다. 『어떻게 기억하고 있겠나? 우리는 수천 명의 사람을 취조하고 있어.』

『취조한다고! 실신할 때까지 두들겨맞고, 간은 맞아서 으스러지고, 뼈는 바스러지고, 부대처럼 지하실에 밀려 떨어졌다가 다시 끌려나와서는 얼굴을 찢기고, 불알은 짓밟히고……. 그것이 네가 말하는 취조라는 것이다. 이젠 울 수도 없게 된 인간의, 열에 들뜬 소름끼치는 신음소리……. 그것이 취조라고! 실신과 의식 사이의 흐느낌, 배를 걷어차는 것, 고무방망이와 회초리질. 그렇다, 네가 뻔뻔스럽게 취조라고 하는 것은 바로 이런 것들이다!」

라빅은 앞 유리창의 눈에 보이지 않는 얼굴을 뚫어지게 노려보았다――창 너머로 밀밭과 양귀비와 들장미와 풍경이 소리도 없이 미끄러져 간다――그는 그 얼굴을 노려보았다. 입술이 움직인다. 그는 말하고 싶었던 것을 못하고 갈았지만, 하지 않을 수 없었던 말을 지금 한다.

『움직이지 마! 움직이면 쏜다! 너는 그 키가 작은 막스 로젠베르크를 기억하고 있나? 그는 몸이 갈기갈기 찢겨서, 지하실의 내 곁에 쓰러져 있었다. 그는 다시 취조를 받지 않으려고 시멘트 벽에 머리를 부딪쳐서 부수이버리려고 했다. 취조라고? 왜? 민주주의자였기 때문이다! 그리고 빌만을 기억하고 있나? 그는 너에게 두 시간 취조를 받은 후 피오줌을 싸고, 이빨은 하나도 남지 않고, 눈은 한쪽밖에 남지 않았다. 취조라고? 왜 취조를 받았나? 그가 가톨릭 신자로 너의 총통이 새로운 구세주라는 것을 믿지 않았기 때문이다. 그리고 리젠펠트를 기억하고 있나? 머리와 등이 마치 고깃덩어리처럼 되어, 우리에게 혈관을 물어뜯어 달라고 조르던 그 리젠펠트 말이다. 네 취조를 받고 나서, 이빨이 송두리째 빠져서, 자기가 물어뜯을 수 없었기 때문이었다. 취조라고? 왜? 전쟁을 반대하고, 문화라는 것은 폭탄이나 화염 방사기로 가장 잘 표현된다는 것을 믿지 않았기 때문이다. 취조라고! 수천 명의 인간이 취조를 받았다고 했지? 그렇다. 손을 움직이지 마, 이 돼지새끼! 그런데 지금, 나는 가까스로 너를 붙잡았다. 우리는 지금 두꺼운 벽으로 싸인 집을 향해 달리고 있다. 우리는 단 둘이 되는 것이다. 내가 너를 취조하겠다. 천천히, 며칠이고 계속해서, 로젠베르크 식 요법으로, 빌만 식 요법으로, 리젠펠트 식 요법으로 취조하겠다. 바로 네가 우리에게 한 그대로 말이다. 그리고 그것이 모두 끝나면…….」

라빅은 자동차의 속력이 빨라졌다는 것을 문득 깨달았다. 그래서 액셀을 늦추었다. 집들, 마을, 개, 닭, 목장에 말이 뛰고 있다. 목을 늘이고, 머리를 높이 들고, 이교적인, 반인반마 같은 강렬한 생명. 빨래 바구니를 들고, 웃고 있는 여자. 줄에 매단 여러 가지 깨끗한 세탁물, 마음을 푹 놓은 행복의 깃발이다. 문 앞에서 놀고 있는 어린아이들. 그는 이런 광경을 아주 또렷하게, 그러나 유리벽을 통해서 보는 듯이 바라보았다. 가까우면서도, 믿을 수 없을 만큼 멀다. 아름다움과 평화와 무심에 가득차 있다. 쓰라릴 만큼 강렬하면서도, 지난밤의 일

392

때문에 그에게서 격리되어, 이제는 영원히 그의 손에 닿지 않는 것이 되어버렸다. 그는 아무런 후회도 느끼지 않는다. 그렇게 된 것이다. 그것뿐이다.

천천히 달려야지. 속력을 내어 마을을 달리면, 반드시 정지를 당한다. 시계. 벌써 두 시간이나 달렸다. 어떻게 이런 일을 할 수 있었을까? 전혀 느끼지 못했다. 아무것도 눈에 보이지 않았다. 눈에 보인 것은 오직 말을 건네던 그의 얼굴뿐이다.

생 제르맹 공원. 푸른 하늘을 배경으로 한 검은 울타리. 그리고 나무들, 가로수, 기다리고 바라던 수풀의 공원, 갑자기 숲⋯⋯. 차는 더욱 조용하게 달렸다. 초록빛과 금빛 파도를 이루며 숲이 나타난다. 오른편에도 왼편에도 활짝 펼쳐진다. 지평선에 범람하여, 모든 것을 감싼다. 휙 나는, 반짝이는 곤충이 숲속에서 이리저리 날아다닌다.

땅은 부드럽고 온통 덤불로 싸여 있다. 도로에서 멀리 떨어져 있다. 라빅은 차가 보이도록, 거의 백 미터쯤 떨어진 곳에 세워두었다. 그러고는 삽으로 흙더미를 파내기 시작했다. 일은 쉬웠다. 만약 누가 와서 차를 발견하면 삽을 감추고 무심하게 숲속을 산책하고 있는 선량한 사람처럼 하다가 되돌아가기만 하면 된다.

그는 시체를 덮을 수 있을 만큼의 흙이 생길 때까지 깊이 팠다. 그리고 그 근처까지 차를 몰고 왔다. 시체는 무거웠다. 하지만 그는 땅이 단단해서 타이어의 자국이 남지 않을 곳까지만 차를 몰고 와서, 그곳에다 세웠다.

시체는 아직도 축 늘어진다. 그는 그것을 구덩이까지 끌고 와서, 옷을 찢어 벗겨낸 후 한곳에 모았다. 생각했던 것보다 간단했다. 발가벗긴 시체는 그곳에 남겨두고, 옷을 자동차 트렁크에 집어넣은 후, 차를 본래 자리로 옮겼다. 문과 트렁크를 잠그고, 해머를 집어들었다. 자칫하다가 시체가 발견될지 모른다는 생각에서, 아무도 못 알아보게 하고 싶었다.

순간, 그 자리로 돌아가기가 괴로왔다. 시체를 그대로 버려두고, 차를 집어타고 가버리고 싶다는, 저항하기 힘든 충동을 느꼈다. 그는 우뚝 서서, 주위를 돌아보았다. 몇 미터 떨어져 있는 너도밤나무 줄기에 다람쥐 두 마리가 서로 쫓고 있었다. 빨간 털이 햇빛에 반짝였다. 그는 걸어갔다.

얼굴이 부풀어올라서 푸르스름해 보였다. 그는 기름에 적신 모포를 하케의 얼굴에 씌우고, 해머로 두들기기 시작했다. 한 번 치고는 중단한다. 소리가 너무 크게 난 듯하였다. 그러고는 다시 때리기 시작했다. 잠시 후에 모포를 들추어보았다. 얼굴은 검은 피가 엉겨붙은, 분간할 수 없는 고깃덩어리가 되어 있었다. 리젠펠트의 머리 그대로라고 그는 생각했다. 자기도 모르게 이가 악물렸다. 리젠펠트의 머리와는 다르다. 리젠펠트의 머리가 더 심했다. 그는 그래도 살아있 었지.

오른손의 반지. 그는 그것을 뽑아내고, 시체를 구덩이 속으로 밀어넣었다. 키에 비해 구덩이는 조금 짧았다. 무릎을 배 쪽으로 구부렸다. 그리고 삽으로 흙을 덮었다. 오래 걸리지는 않았다. 흙을 밟아서 편하게 하고, 이전에 괭이로 네모지게 떠놓았던 이끼를 그 위에 입혔다. 이끼는 마침 알맞게 입혀졌다. 구부리고 보기 전에는, 이은 곳을 알 수가 없다. 쓰러진 풀들을 일으켜세웠다.

해머, 괭이, 모포 조각 등을 옷과 함께 모두 트렁크에 집어넣었다. 그리고 다시 한번 천천히 되돌아가서, 증거가 될 만한 흔적은 없는가 살펴보았다. 거의 아무것도 없었다. 비라도 와서, 2, 3일 동안 풀이 자라면 될 것이다.

이상한 일이다. 죽은 사람의 구두, 양말, 내복. 겉옷은 좀 덜 그랬지만 양말, 셔츠, 내복들은 마치 그것을 입고 있던 사람과 함께 죽어버린 듯이 벌써 유령처럼 늘어져 있다. 그것을 만진다든가, 수놓은 이름이나 상표를 찾는 것은 몸서리나는 일이었다.

라빅은 재빨리 처리했다. 수놓은 것과 상표는 잘라냈다. 그리고 하나로 뭉쳐서 묻었다. 시체를 묻은 곳에서 약 10km 이상 떨어진 곳이다. 이쯤 떨어져 있으면, 양쪽이 함께 발견될 염려는 없다.

차를 몰고 가는 도중 개울이 나왔다. 그는 오려낸 상표를 꺼내서 종이에 쌌다. 그리고 하케의 수첩을 갈기갈기 찢고, 지갑을 열어보았다. 속에는 1만 프랑짜리 지폐 두 장, 베를린까지의 차표, 10마르크, 주소를 적은 쪽지, 그리고 하케의 여권이 들어 있었다. 라빅은 프랑스돈을 호주머니에다 집어넣었다. 아까 하케의 호주머니에서도 5프랑짜리 지폐를 몇 장 발견했었다.

그는 잠시 동안 기차표를 들여다보고 있었다. 베를린. 그것을 보고 있자, 이상한 기분이 들었다. 베를린. 그는 차표를 찢어서 다른 것과 함께 쌌다. 여권을 오랫동안 들여다보고 있었다. 아직도 3년간 유효한 것으로서, 거의 2년간이나 유효한 비자가 나와 있다. 두었다가 자기가 쓰고 싶은 생각이 들었다. 자기와 같은 생활에는 무엇보다도 귀중한 것이다. 위험하지 않았더라면 조금도 주저하지 않았을 것이다.

그는 여권을 찢었다. 10마르크짜리 지폐도 함께 찢었다. 하케의 열쇠, 권총, 반지, 트렁크의 예치증은 모두다 그대로 두었다. 트렁크를 찾아내서 파리에서의 흔적을 완전히 지워버려야할지 어떨지, 좀더 생각한 후에 결정하려 하였다. 호텔의 계산서는 이미 찾아내서 찢어버렸던 것이다.

모두 다 태워버렸다. 생각보다는 시간이 걸렸다. 그러나 신문지를 가지고 있었기 때문에, 그것으로 옷가지를 태웠다. 재는 개울에 던져버렸다. 그리고 차에 핏자국이 묻어 있지나 않은지 살펴보았다. 없다. 해머와 만능스패너를 조심스럽게 물에 씻고, 도구를 트렁크에 넣었다. 될 수 있는 대로 깨끗이 손을 씻고, 담배를 꺼내 잠시 앉아서 피웠다.

태양이 키큰 너도밤나무 사이로 비스듬히 비치고 있었다. 라빅은 앉아서 담배를 피우고 있었다. 허전한 기분이었다. 아무것도 생각하지 않았다.

성으로 통하는 길로 다시 되돌아왔을 때, 그는 처음으로 시빌을 생각했다. 성은 빛나는 여름의, 18세기의 영원한 하늘 아래 하얗게 드러나 있었다. 갑자기 시빌이 생각난 것이다. 그 일이 있은 후, 지금 처음으로 그는 기억에 저항하고, 그것을 밀치고 눌러버리려고 하지 않았다. 그는 하케가 그녀를 불러들인 그 날 이전의 일을 생각한 적은 한번도 없었다. 그녀의 얼굴에 나타났던 혐오와 광기어린 공포의 표정 이전의 것은 아무래도 생각나지 않았었다. 그 일 이외의 것은 모두 그 표정 때문에 지워지고 말았던 것이다. 그리고 그녀가 목매달아 죽었다는 소식 이전의 일은 생각할 수가 없었다. 그는 그 소식을 결코 믿지 않았다. 있을 수 있는 일이다. 그러나 그러기 전에, 그녀에게 무슨 일이 일어났는지, 누가 알 수 있겠는가? 그녀를 생각할 때마다 머리에 경련이 일어나는 듯하고, 두 손은 손톱이 되어 꺾쇠처럼 가슴을 죄고, 며칠 동안은 무력한 복수를 다짐하는 붉은 안개 속에서 벗어날 수가 없었던 것이다.

지금 라빅은 그녀가 문득 생각났다. 그러자 사슬과 경련과 안개가 갑자기 사라졌다. 그 무엇이 풀리고, 장벽이 제거되고, 응결된 공포의 환영이 움직이기 시작했다. 이제는 지나간 수년 동안처럼 얼어붙어 있지는 않았다. 일그러진 입은 바르게 다물어지고 빤히 쳐다보는 응시는 없어지고, 창백한 얼굴에는 핏기가 조용히 돌아왔다. 이제 그것은 굳어버린 공포의 마스크가 아니고, 다시 한번 옛날의 시빌이 되었다. 그와 함께 생활하던 시빌. 그 부드러운 유방을 그가 느끼고 그의 생애의 2년간을 마치 6월의 황혼처럼 가득 채우고 있던 시빌.

지나간 시절의 추억이 되살아났다——저녁마다의 추억이——아득한, 잊고 있던 불꽃이 갑자기 지평선 저쪽에 나타나듯이. 꺾쇠를 박고 자물쇠를 채운, 피로 엉긴 과거의 문이 지금 스르르 소리도 없이 열리고 그 안에 다시 한번 꽃밭이 나타났다. 게쉬타포의 지하실이 아니다.

라빅은 벌써 한 시간 이상이나 차를 몰고 있었다. 파리로 돌아가고 있는 게 아니었다. 생 제르맹 건너쪽의 센 강 다리 위에서 차를 멈추고, 하케의 열쇠와 권총을 강물 속에 집어던졌다. 그러고는 자동차의 지붕을 열고, 다시 달리기 시작했다.

그는 프랑스의 아침을 계속 달렸다. 지난밤의 일이 잊혀져서, 몇십 년 전의 일처럼 생각되었다. 바로 두어 시간 전에 일어났던 일이 어렴풋하게 되어버렸다. 그리고 몇 년 동안이나 묻혀 있던 일이 수수께끼처럼 되살아나서 친근한 것이 되었다. 이젠 땅의 균열에 의해 격리되어 있진 않았다.

라빅은 자기가 어떤 상태에 있는지 알 수 없었다. 아마도 나는 허전한 기분이 들 것이다, 지쳐서 무관심하게 되고 짜증을 낼 것이다, 하고 생각하고 있었다. 구토증을 느끼고 말없는 자기 변호를 하고 술을 마시고 싶다, 취해서 잊어버리고 싶다는 안타까운 기분이 될 것이다, 하고 생각하고 있었다. 설마 이런 기분이 되리라고는 예상하지 못했다. 그는 주위를 둘러보았다. 경치는 미끄러지듯 지나가고, 포플러 가로수는 마치 횃불처럼 초록의 환호성을 높이 올리고, 양귀비와 수레국화가 만발한 들판이 훤히 펼쳐지고, 자그마한 마을의 빵집에서는 구수한 빵냄새가 흘러나오고, 학교에서는 어린아이들의 목소리가 바이올린 소리와 섞여서 흘러나오고 있었던 것이다.

예전에 이곳을 지났을 때, 나는 무엇을 생각했을까? 예전에, 두어 시간 전에, 영원한 옛날에. 유리벽은 어디 갔을까? 격리되어 있다는 느낌은 어디 갔을까? 떠오르는 아침 햇살에 안개가 스러지듯 김이 되어 사라졌을까? 그는 또한 어린아이들이 현관의 층계에서 놀고 있는 것을 보았다. 잠들어 있는 고양이와 개를, 바람에 나부끼는 가지각색의 깨끗한 빨래들, 그리고 목장의 말들을 보았다. 여자는 아직도 빨래집게를 손에 들고 잔디밭에 서서 여러 갈래의 긴 줄에 내복을 널고 있었다. 그는 그것을 보고, 자기도 그런 것에 속한다고 느꼈다. 지금은 몇 년 전보다도 더욱 깊이 그렇게 느꼈다. 그의 내부에서 그 무엇이 녹아서, 부드럽게 물기를 머금고 되살아났다. 타버린 들판이 푸른빛을 되찾고, 그의 내부에 있는 그 무엇이 천천히 움직여 위대한 조화로 되돌아갔다.

그는 차 속에서 꼼짝도 하지 않고 조용히 앉아 있었다. 그것이 놀라서 도망칠까봐 거의 꼼짝도 할 수 없었다. 그것이 그의 주위에 차츰 불어나서, 아래도, 위에도, 진주처럼 거품이 일었다. 그는 조용히 앉아서 아직도 그것을 완전히는 믿지 않았다. 그래도 역시 그것을 느끼고, 그것이 왔다는 것을 알고 있었다. 그는 하케의 그림자가 자기 곁에 앉아서 자기를 빤히 쳐다보고 있으리라고 생각하고 있었다. 그런데 지금 그 자신의 생명이 그의 옆에 와서 앉아 있다. 그것이 돌아와서, 자기를 물끄러미 쳐다보고 있었다. 몇 년 동안이나 부릅뜬 채 말없이 무자비할이만큼 간청하고 비난하던 두 눈은 이제 감기고, 입 언저리에는 평화가 감돌고, 너무나 무서워서 앞으로 내밀었던 두 팔은 마침내 내려졌다. 하케의 죽음은 시빌의 얼굴에서 죽음의 형상을 해방시켰다. 갑자기 그 얼굴이 생생하게 되살아났다가 차츰 희미해지기 시작했다. 마침내 그 얼굴은 평화를 얻고, 다시 가라앉아버렸다. 다시는 되살아나지 않으리라. 포플러와 보리수나무들이 그것을 조용히 묻어버리고 말았다. 그 다음에는 단지 여름과 윙윙거리는 꿀벌소리와, 선명하게 느껴지는 깊은 피로감뿐이었다. 마치 며칠 동안이나 잠을 자지 못해서 이제는 아주 오랫동안 잠들어 있어야 하거나, 아니면 다시는 잠들지 못할 듯하였다.

그는 퐁슬레 가에 탈보트를 세웠다. 엔진을 끄고 차에서 내리는 순간, 그는 자신이 얼마나 지쳐 있는가를 느꼈다. 이미 그것은 차를 몰고 있을 때 느낀 그런 풀어진 피로가 아니라, 허전하고 텅 빈, 무작정 자고 싶기만 한 피로였다. 그는 앵테르나쇼날로 걸어갔다. 걷는 것이 고작이었다. 목덜미에 내리비치는 햇빛이 마치 대들보처럼 느껴졌다. 프린스 드 갈의 방을 철수해야 한다는 생각이 들었다. 그것을 까맣게 잊고 있었다. 너무 지쳐 있어서, 나중에 하면 안될까 하고 잠깐 생각했다. 그러고는 억지로 돌아서서, 택시를 잡아타고 프린스 드 갈로 갔다. 계산을 하고 나서, 하마터면 트렁크를 그냥 두고 올 뻔했다.

라빅은 썰렁한 홀에서 기다리고 있었다. 왼편의 바에 몇 사람이 앉아서 마티니를 마시고 있었다. 보이가 오기 전에 깜빡 잠들 뻔했다. 그는 보이에게 팁을 주고, 택시를 잡았다.

「동부 정거장으로 갑시다.」하고 그는 말했다. 도어맨과 보이에게 분명하게 들리도록 큰 소리로 그렇게 말했다.

그는 라 보에티 가의 모퉁이에서 택시를 세웠다.「한 시간이 틀렸군.」하고 그는 운전수에게 말했다.「너무 일러. 저 술집 앞에서 내려야겠어.」

그는 돈을 치르고, 트렁크를 들고 술집까지 가서, 택시가 사라지는 것을 지켜보았다. 그러고는 다시 되돌아와서 다른 택시를 잡아타고 앵테르나쇼날로 향했다.

아래층에는 보이가 혼자 졸고 있을 뿐, 아무도 없었다. 열 두 시였다. 주인은 점심 식사중이었다. 라빅은 트렁크를 자기 방으로 들고 갔다. 옷을 벗고 샤워를 틀었다. 오랫동안 꼼꼼하게 몸을 씻었다. 그러고 알콜로 몸을 문질렀다. 시원해졌다. 그는 트렁크에 든 것을 치웠다. 새 내복과 다른 옷으로 갈아입고, 모로소프의 방으로 내려갔다.

「지금 막 자네를 찾아갈 참이었어.」하고 모로소프가 말했다.「오늘은 나의 휴일이야. 프린스 드 갈에서 함께…….」그러다가 그는 말을 끊고, 친찬히 라빅을 쳐다보았다.

「이제 그럴 필요가 없어.」하고 라빅은 말했다.

「끝났어.」하고 라빅은 말했다.「오늘 아침에. 아무것도 묻지 말아 줘. 자고 싶으니까.」

「뭐 필요한 건 없나?」

「없어. 모든 일이 끝났어. 운이 좋았던 거야.」

「차는 어디에 두었지?」

「퐁슬레 가에. 모든 것을 다 끝냈어.」

「그밖에 할일은 없나?」

「없어. 머리가 몹시 아프군. 자고 싶어. 나중에 다시 오지.」

「좋아. 그밖에 할 일은 분명히 없지?」

「없어. 이제 없다니까, 보리스. 간단했어.」

「잊은 것은 없겠지?」

「없을 거야. 아니, 없어. 지금 다시 처음부터 되새겨볼 수는 없어. 우선 자야겠어. 나중에 생각하지. 자넨 계속 여기 있겠나?」

「물론.」

「됐어. 나중에 오지.」

라빅은 자기 방으로 돌아왔다. 갑자기 머리가 몹시 아팠다. 잠시 동안 창가에 서있었다. 피난민 비젠호프의 백합꽃이 아래층 창문의 화분에서 빛나고 있다. 건너편은 허전한 창문이 있는 회색 벽이다. 모든 것이 끝났다. 그것으로 정당하고, 그것으로 됐어. 그렇게 되었어야 했어. 어쨌든 끝이 났고, 이제 더 할일은 없다. 남은 일은 이제 아무것도 없다. 내가 할일은 이제 없다. 내일은 이제 내게 무의미하다. 창밖으로, 오늘이라는 날이 곧장 떨어져나갔다.

그는 옷을 벗고 다시 한번 몸을 씻었다. 두손을 오랫동안 알콜에 담갔다가 바람에 말렸다. 손가락 마디 주위의 피부가 굳어 있었다. 머리가 무겁고, 뇌수가 머리속에서 빙글빙글 돌고 있는 것 같았다. 그는 주사 바늘을 꺼내어 창가의 의자 위에 놓여 있는 조그마한 전기 주전자로 끓여서 소독을 했다. 물은 금방 끓었다. 그것을 쳐다보고 있으려니까, 그 개울이 생각났다. 그는 앰풀 두 개의 머리를 따서, 물처럼 맑은 약을 주사기에 빨아올렸다. 주사를 하고 나서 침대에 누웠다. 잠시 후에 낡은 가운을 가져다가 몸을 덮었다. 마치 자기가 열 두 살의 소년이며, 성장과 청춘의 이상스러운 고독 속에, 지쳐서 홀로 있는 듯한 생각이 들었다.

라빅은 해가 진 다음에야 잠이 깼다. 엷은 핑크색이 집집의 지붕 위에 걸려 있다. 비젠호프와 골트베르크 미망인의 이야기 소리가 아래층에서 들려왔다. 무슨 말을 하고 있는지 알아들을 수가 없었다. 또 알고 싶지도 않았다. 낮잠을 자본 적이 없는 사람이 낮잠을 잔 것 같고, 모든 관계에서 단절되어, 갑자기 아무런 동기도 없이 자살을 할 수 있을 것 같은 기분이다. 이럴 때 수술이라도 할 수 있었으면, 하고 그는 생각했다. 극히 어려운, 거의 절망적인 환자를 말이다. 문득 만 하루 동안 아무것도 먹지 않았다는 생각이 떠올랐다. 그러자 미칠 듯한 허기가 느껴졌다. 머리는 이제 아프지 않았다. 그는 옷을 입고 아래층으로 내려갔다.

모로소프는 내복바람으로 자기 방의 테이블에 앉아서, 체스의 묘수를 풀고 있었다. 방안은 썰렁하였다. 벽에는 군복이 걸려 있었다. 한쪽 구석에는 성자상이 놓여 있고, 그 앞에는 불이 켜져 있었다. 다른쪽 구석에는 사모바르가 있는 테이블이 놓여 있고, 세번째 구석에는 현대식 냉장고가 있었다. 이것은 모로소프가 자랑하는 사치품이었다. 그는 그속에 보드카나 식료품이나 맥주 같은 것을 넣어두고 있었다. 침대 곁에는 터키식 양탄자가 깔려 있다.

모로소프는 잠자코 일어서서, 잔 둘과 보드카 병을 집어왔다. 그리고 잔에 가득 부었다. 그러고는「수브로브카.」하고 말했다.

라빅은 테이블에 앉았다.「난 아무것도 마시고 싶지 않아, 보리스. 몹시 배가 고파.」

「알았어. 뭘 먹으러 가세. 그전에…….」모로소프는 냉장고 안을 뒤져서 러시아의 검은 빵과 오이, 버터 그리고 작은 깡통에 든, 철갑상어의 알젓을 꺼냈다.

「이걸 들게! 이 알젓은 세라자드의 주방장의 선물이야. 진짜지.」

「보리스, 연극은 그만해. 난 그 녀석을 오시리스 앞에서 만나, 숲으로 데려가서 생 제르맹에 묻고 왔어.」

「아무도 본 사람은 없나?」

「없어. 오시리스 앞에서도 없었어.」

「아무데서도?」

「한 사람, 숲속의 잔디밭을 건너온 자가 있었어. 일이 다 끝나고 나서야. 하케는 차 안에 있었지. 자동차와 토하고 있는 나밖에는 아무것도 못 보았어. 취했거나 속이 좋지 않은 것으로 보였겠지. 흔히 볼 수 있는 일이야.」

「녀석의 소지품은 어떻게 했지?」

「파묻었어. 상표는 도려내서, 녀석의 서류와 함께 태워 버렸지. 녀석의 돈과 북부 정거장에 맡긴 녀석의 수화물 예치증은 아직 가지고 있어. 그때 이미 녀석은 호텔의 계산을 끝내고 나와 있었어. 오늘 아침에 떠나려던 참이었어.」

「정말 운이 좋았어. 그런데 핏자국은?」

「없어. 피는 거의 나오지 않았어. 프린스 드 갈을 철수했어. 내 물건은 다시 이리로 가지고 오고. 여기서 녀석과 관계했던 놈들은 녀석이 떠났다고 생각하겠지. 녀석의 짐만 찾아오면, 이제 파리에는 녀석의 흔적이 남지 않게 되지.」

「베를린에서는 녀석이 도착하지 않았다는 것을 알게 될 테지. 그러면 이쪽으로 물어올 거야.」

「녀석의 짐이 여기에 없다면, 어디로 갔는지 알 수 없지.」

「알게 될걸. 녀석이 침대편을 사용하지 않았으니까 말야. 태워버렸겠지?」

「그래.」

「그럼 수화물 예치증도 태워버려.」

「수화물 예치계로 보내서, 트렁크를 베를린이나, 아니면 다른 곳으로, 운임은 선불로 해서 부칠 수도 있지.」

「그렇게 해도 결국은 마찬가지야. 태워버리는 게 좋아. 너무 빈틈없이 해놓으면 지금보다도 더 의심을 살 뿐이야. 녀석은 간단히 사라져버렸어. 파리에선 흔히 있는 일이지. 녀석들은 조사를 하겠지. 잘하면 마지막에 어디에 나타났던가를 알아내는지도 모르지. 오시리스였지. 거기에 들렀었나?」

「그래. 잠깐이야. 난 녀석을 보았지만, 녀석은 나를 못 보았어. 그래서 밖에서 녀석을 기다렸지. 밖에선 아무도 우리를 본 사람이 없어.」

「그때 오시리스에 누가 있었는가를 조사할지도 몰라. 롤랑드는 자네가 거기에 있었다는 것을 생각해 낼 거야.」

「나는 늘 그 집에 다니고 있어. 그것은 별 문제거리가 안돼.」

「아뭏든 조사를 받지 않는 게 좋지. 증명서가 없는 피난민은. 롤랑드는 자네가 어디에 사는가를 알고 있나?」

「아니. 하지만 베베르의 주소는 알고 있어. 당당한 공인 의사지. 롤랑드는 2, 3일 내에 그곳을 그만두게 되어 있어.」

「어디로 갔는지 알게 되지.」 모로소프는 자기 잔에 가득 부었다. 「라빅, 2, 3일 동안 자취를 감추는 게 어떻겠나?」

라빅은 그를 쳐다보았다. 「말은 쉽지만, 어디로 가지, 보리스?」

「사람이 많은 곳이라면 아무곳이든. 칸이나 도빌로 가게. 요즘은 많이들 그쪽으로 가니까, 쉽게 사람들 틈에 숨어버릴 수가 있지. 안티브도 괜찮아. 그곳이라면 자네도 낯익은 곳이고, 증명서를 보자고 하지도 않지. 그렇게 하면, 경찰이 증인 조사를 하려고 베베르나 롤랑드에게 자네에 대해 물었는지 어쨌는지를 내가 언제든지 알아보지.」

라빅은 머리를 저었다. 「가장 안전한 것은 지금 있는 곳에 그대로 있으며, 아무일도 없었던 것처럼 살아가는 거야.」

「그렇지 않아. 이번 경우는 달라.」

라빅은 모로소프를 바라보았다. 「나는 도망가지 않겠어. 그냥 여기 있겠어. 그럴 필요가 있어. 모르겠나?」

모로소프는 대답하지 않았다. 「우선 수화물 예치증을 태워 버리게.」

라빅은 호주머니에서 예치증을 꺼내, 불을 붙여서 재떨이 위에서 태웠다. 모로소프는 구리로 만든 그 재떨이를 받아들고, 자잘한 재를 창밖으로 털어버렸다.

「자, 이제 끝났어. 그밖에 녀석의 물건을 가진 건 없지?」

「돈이 있어.」

「어디 봐.」

그는 그것을 조사했다. 아무런 표시도 없다. 「이런 것은 간단히 처리할 수가 있어. 어떻게 할 생각인가?」

「익명으로 피난민 구원회에 보낼까 해.」

「내일 바꿔서, 두 주일 후에 보내게.」

「알았어.」

라빅은 지폐를 호주머니에 넣었다. 지폐를 접으면서 그 손으로 음식을 먹고 있다는 것을 깨달았다. 그는 홀끗 두 손을 쳐다보았다. 오늘 아침에는 어떻게 그런 묘한 생각을 했을까? 그는 검은 빵을 또 한 조각 집었다.

「어디서 식사를 할까?」하고 모로소프가 물었다.

「아무데서나.」

모로소프는 그를 쳐다보았다. 라빅은 미소를 지었다. 그가 미소를 지은 것은 이것이 처음이다.

「보리스,」하고 그는 말했다. 「간호원이 당장에 미쳐버릴 것 같은 사람을 보듯 그런 눈으로 날 쳐다보지 말게. 난 이보다도 몇천 배, 몇만 배나 혼을 내주어야 마땅할 짐승 한 마리를 없앴을 뿐이야. 난 나와는 아무 상관도 없는 사람을 수천 명이나 죽이고도, 그것으로 훈장을 받고 있던 자야. 그것도 정정당당하게 죽인 것이 아니고, 몰래 숨어들어가서, 전혀 눈치채지 못하고 있는 것을 뒤에서 찾아내어 죽이는 거야. 그것이 전쟁이고 명예로운 거야. 잠깐 동안이나마 아쉽게 생각했던 건, 처음에 맞대놓고 하케에게 말해 줄 수 없었다는 사실이야. 어리석은 생각이지. 녀석은 결말이 났어. 다시는 아무도 괴롭히지 못할 거야. 나는 그 생각을 하며 잤어. 이젠 아득한 옛날이 되어버렸어. 마치 신문에 난 기사라도 읽고 있는 듯한 기분이야.」

「됐어.」모로소프는 웃옷의 단추를 끼웠다.「자, 나가세. 난 마실 필요가 있어.」

라빅은 얼굴을 들었다.「자네가?」

「웅, 내가.」하고 모로소프는 말했다.「내가 말이야.」그는 잠시 망설였다. 「오늘 나는 처음으로 내가 늙었다는 것을 깨달았네.」

31

정각 6시에 롤랑드의 송별 파티가 시작되었다. 파티는 딱 한 시간 안에 끝나고, 7시에는 다시 영업이 시작되었다.

옆방에 테이블이 준비되어 있었다. 창녀들은 모두 성장하고 있었다. 대개는 검은 비단 드레스를 입고 있었다. 언제나 나체거나 혹은 한두 가지 얇은 것만 걸친 모습을 보아온 라빅에게는, 누구인지 알아보기 힘든 여자가 많았다. 홀에는 갑작스런 경우를 대비하여, 댓 명만 남아 있었다. 일곱 시가 되면 교대하고, 테이블로 나오기로 되어 있다. 영업할 때의 옷차림으로 오는 여자는 하나도 없었다. 이것은 마담이 그렇게 지시해서가 아니고, 여자들 스스로가 그렇게 하고 싶었던 것이다. 라빅에게도 이것은 당연하고, 조금도 이상하지가 않았다. 그는 창녀들 사이의 에티켓을 알고 있었다. 그것은 상류사회의 에티켓보다도 훨씬 엄격했다.

여자들은 서로 돈을 모아서, 롤랑드가 레스토랑을 개업하는 축하로 버들가지로 만든 의자 여섯 개를 선사했다. 마담은 금전등록기를, 라빅은 버들가지로 만든 의자와 잘 어울리는 대리석 테이블 둘을 선사했다. 그는 이 파티의 유일한 외부 손님이고, 또 유일한 남자 손님이었다.

식사는 6시 5분에 시작되었다. 마담이 주인 역할을 하였다. 롤랑드는 마담의 오른쪽에 앉고, 라빅은 왼쪽에 앉았다. 그 다음에, 새로 온 지배인과 부지배인의 순서로 앉고, 이어서 여자들이 나란히 앉았다.

오르되브르는 훌륭한 것이었다. 스트라스부르의 거위 간, 파테 메종, 거기다가 묵은 셰리 주가 나왔다. 라빅에게는 특별히 보드카 한 병을 내주었다. 그는 셰리 주를 싫어했기 때문이다. 이어서 최고급의 비시소아즈가 나왔다. 다음은

1933년제 뫼르소와 함께 넙치. 그 넙치는 막심에서 나오는 것과 똑같은 고급품이었다. 포도주는 상쾌하고 오래 묵지 않은 것이었다. 다음은 푸른 아스파라거스. 그리고 맛이 연한 로스트 치킨, 마늘냄새가 코를 쏘는 특별 셀러드, 거기에다 샤토 생 테밀리옹. 테이블 상좌에서는 1921년제의 로마네 콩티를 마시고 있었다.

「저애들은 이 맛을 몰라요.」 하고 마담이 말하였다. 라빅은 그 맛을 잘 알 수 있었다. 그에게는 한 병이 더 나왔다. 그대신 그는 샴펜과 크림 초콜렛에는 손을 대지 않았다. 그리고 마담과 함께 포도주의 입가심으로 녹인 브리치즈를 버터를 바르지 않은 신선한 흰 빵과 함께 먹었다.

식탁에서의 대화는, 마치 여학생 기숙사의 그것과 같았다. 버들가지로 만든 의자에는 리본이 장식되어 있었다. 금전등록기는 반짝반짝 빛났다. 대리석 테이블도 반짝이고 있었다. 애수가 방안에 감돌고 있었다. 마담은 검은 드레스를 입고, 보석으로 치장하고 있었다. 그것도 많지는 않았다. 목걸이와 반지가 하나. 파랑과 하양의 고급 보석이었다. 백작 부인이 되었지만 장식관을 쓰고 있지는 않았다. 고상한 취미였다. 마담은 능추형(菱錐形)으로 깎은 다이아몬드를 좋아했다. 루비나 에메랄드는 위험하지만, 다이아몬드라면 안전하다고 말하고 있었다. 그녀는 롤랑드나 라빅과 이야기를 했다. 책을 많이 읽어서 이야기가 재미있고, 쾌활하고, 재치에 넘쳐 있었다. 그리고 몽테뉴, 샤토브리앙, 그리고 볼테르를 인용했다. 희고, 약간 푸르스름한 머리카락이 총명하고 아이러닉한 얼굴 위에서 빛나고 있었다.

7시에 코피를 마시고 나자, 여자들은 기숙사에 있는 유순한 여학생들처럼 일어섰다. 그리고 공손히 마담에게 인사를 하고, 롤랑드에게 작별인사를 하였다. 마담은 잠깐 동안 더 남아 있었다. 그녀는 라빅이 한번도 마셔본 적이 없는 아르마냐의 브랜디를 가져오게 했다. 홀에서 일을 하던 예비부대가 얼굴을 씻고, 일할 때보다는 가벼운 화장을 하고서, 야회복으로 갈아입고 들어왔다. 마담은 여자들이 자리에 앉아서 넙치를 먹기 시작할 때까지 남아 있었다. 그리고 여자들 하나하나와 한두 마디 말을 나누며, 지금까지 한 시간 동안을 희생해 준 데 대해 인사를 했다. 그리고 상냥하게 작별인사를 하였다. 「떠나기 전에 또 만나요, 롤랑드.」

「네, 그러죠, 마담.」

「아르마냑은 두고 가죠.」 하고 그녀는 라빅에게 말했다.

라빅은 고맙다는 인사를 했다. 마담이 나갔다. 어느 모로 보나 나무랄 데 없는 상류계급의 귀부인이었다.

라빅은 병을 들고 롤랑드 곁으로 갔다.「언제 떠나지?」

「내일 오후 4시 7분에 떠나요.」

「나도 역까지 나가지.」

「아니, 괜찮아요, 라빅. 안돼요. 오늘 저녁에 약혼자가 와서 함께 떠나요. 안된다는 이유를 아시겠죠? 그이가 이상하게 생각할지도 모르니까요.」

「그렇군.」

「내일 오전중에 두어 가지 물건을 더 사서, 떠나기 전에 모두 부치려고 해요. 오늘밤에 오델 벨포르로 옮겨요. 깨끗하고 좋은 곳이에요.」

「약혼자도 그곳에 드나?」

「물론 안들어요.」롤랑드는 깜짝 놀라며 말했다.「우린 아직 결혼하지 않았으니까요.」

「옳은 말이야.」

라빅은 그것이 결코 말로만 그치는 것이 아니라는 것을 잘 알고 있었다. 롤랑드는 직업을 가졌던 중류계급의 사람이다. 그 직장이 여학생 기숙사인가, 유곽인가 하는 것은 문제가 아니었다. 그녀는 자기 직장의 일에 충실하였다. 이젠 그것이 끝나서 다른 세계의 그림자는 깨끗이 떨어버리고, 다시 본래의 중류계급 사회로 되돌아가는 것이다. 많은 창녀들도 마찬가지였다. 그중의 많은 여자는 훌륭한 아내가 되있다. 창녀가 되는 것은 악덕이 아니고, 착실한 직업이다. 그것이 그녀들을 타락에서 구해 주는 것이다.

롤랑드는 라빅을 쳐다보고 생긋 웃고는 아르마냑 병을 들어 그의 잔에 다시 가득 부어 주었다. 그러고는 핸드백에서 종이 쪽지 한 장을 꺼냈다.「만약 언젠가 파리를 떠나고 싶으시면……. 이게 우리집 주소예요. 언제든지 오셔도 돼요.」

라빅은 그 주소를 보았다.「이름이 두 개 적혀 있어요. 하나는 처음 두 주일 동안의 이름, 제 이름이에요. 그 다음은 약혼자의 이름이에요.」

라빅은 쪽지를 호주머니에 넣었다.「고마와요, 롤랑드. 당분간은 파리에 있겠어. 그리고, 만일 내가 불쑥 찾아가면 당신 약혼자가 틀림없이 깜짝 놀랄 거야.」

「제가 역에 나오시는 것을 거절했다고 그러시는 건가요? 그것과 이건 이야기가 달라요. 이것은 다만 당신이 갑자기 파리를 떠나지 않을 수 없게 되었을 때의 일이에요. 그때를 생각해서 드리는 거예요.」

그는 그녀를 쳐다보았다.「왜 떠나지?」

「라빅,」하고 그녀는 말했다.「당신은 피난민. 가끔 어려움을 당할 때가 있어

요. 그럴 때, 경찰을 걱정하지 않고 살 수 있는 곳을 알아둔다는 건 좋은 일이에
요.」

「내가 피난민인지 어떻게 알지?」

「알고 있어요. 하지만 아무에게도 말하지 않았어요. 우리가 알 일이 아니니까
요. 그 주소를 잘 간수하세요. 그리고 언젠가 필요하게 되면, 찾아오세요. 우리
집에 계시면 아무도 묻지 않을 테니까요.」

「알았어. 고마와, 롤랑드.」

「이틀 전에 경찰에서 누가 왔었어요. 어떤 독일 사람에 대해서 물었어요. 그
독일 사람이 여기에 왔던가를 알고 싶다고 했어요.」

「그래?」라빅은 조심을 하며 말했다.

「그래요. 그 독일 사람은 당신이 전번에 여기 왔을 때 와있었어요. 아마 당신
은 기억이 없으시겠지만. 뚱뚱한 대머리였어요. 이본느와 클레르가 함께 있었
죠. 경찰은 그 사람이 여기 왔었는가, 그밖에 누가 와있었는가를 물었어요.」

「전혀 기억이 없는데.」

「아마 당신은 그 사람을 못 보았겠지요. 물론 당신이 그날 밤 잠시라도 여기
에 왔었다는 말은 하지 않았어요.」

라빅은 고개를 끄덕였다.

「그러는 게 좋아요.」하고 롤랑드는 설명했다.「그래야만 형사들이 죄도 없는
사람에게 여권을 보자고 하지 않거든요.」

「물론이지. 그래, 그들은 어떻게 하겠다던가?」

롤랑드는 어깨를 으쓱했다.「아뇨. 그리고 우리와는 아무 관계 없는 일이잖아
요. 전 아무도 오지 않았다고 말했어요. 옛날부터 이 집의 관례예요. 우린 아무
것도 모르는 걸로 하고 있어요. 그게 좋아요. 그리고 경찰도 별로 흥미가 없어
보였어요.」

「그래?」

롤랑드는 생긋 웃었다.「라빅, 프랑스 사람 중에는 독일 관광객이 어떻게 되
든 그런 것은 조금도 개의치 않는 사람이 많아요. 우리가 할일만 해도 많으니까
요.」

그녀는 일어났다.「이제 가야겠어요. 안녕, 라빅.」

「잘 가요, 롤랑드. 당신이 없으면 이 집도 달라지겠지.」

그녀는 미소를 지었다.「당장에 달라지진 않겠죠. 하지만 얼마 후에는.」

그녀는 작별인사를 하러 여자들에게로 갔다. 나가다가 그녀는 다시 한번 금전
등록기, 의자, 테이블을 보았다. 모두 실용적인 선물이었다. 그녀는 그것이 벌

써 자기 카페에 놓인 것처럼 바라보았다. 특히 금전등록기를. 그것은 수입과 안전과 가정과 번영을 의미한다. 롤랑드는 잠시 망설였다. 그러나 더 참을 수가 없었다. 호주머니에서 동전을 두어 개 꺼내서, 번쩍이는 기계 옆에 놓고, 기계를 돌려보았다. 기계가 쩽그랑 하더니, 2프랑 50상팀의 숫자가 나왔으며, 서랍이 튀어나왔다. 롤랑드는 행복한 어린아이처럼 생글거리며 자기 돈을 집어넣었다.

여자들은 신기한 듯이 다가와서, 금전등록기를 둘러쌌다. 롤랑드는 다시 한번 돌렸다. 1프랑 75상팀.

「당신네 레스토랑에서는 1프랑 75상팀으로 무엇을 살 수 있죠?」하고 『말 (馬)』이라는 별명으로 통하는 마르구리트가 물었다.

롤랑드는 잠깐 생각을 해보고,「뒤보네 같으면 한 잔, 페르노면 두 잔.」하고 말했다.

「아메르 피콩과 맥주라면 얼마나 되죠?」

「70상팀.」하고 롤랑드는 70상팀의 숫자를 내보였다.

「싸군요.」하고 『말』이 말했다.

「아무래도 파리보다 싸게 받아야지.」하고 롤랑드는 말했다.

여자들은 버들가지로 만든 의자를 테이블 둘레에 갖다놓고, 조심스럽게 앉았다. 이브닝 드레스를 매만지며 갑자기 롤랑드가 내게 될 카페의 손님 행세를 하기 시작했다.

「홍차 셋에다 영국제 비스킷을 주세요, 마담 롤랑드.」하고 데이지가 말했다. 기혼 남자들이 특히 좋아하는 화사한 블론드 머리의 여자다.

「7프랑 80상팀.」롤랑드는 금전등록기를 분주하게 돌렸다. 「죄송합니다만, 영국제 비스킷은 비싸서요.」

옆테이블에서 『말』이 한참 생각한 끝에 고개를 쳐들었다. 「포메리를 두 병 주세요.」하고 그녀는 으쓱거리며 주문했다. 그녀는 롤랑드를 좋아했기 때문에 자기의 애정을 보이고 싶었던 것이다.

「90프랑. 고급 포메리예요.」

「그리고 코냑 네 병.」하고 『말』은 가쁘게 숨을 쉬었다. 「제 생일이에요.」

「4프랑 40상팀.」금전등록기가 쩽그랑거렸다.

「그리고 코피 넷과 크림 케잌은요?」

「3프랑 60상팀.」

신바람이 난 『말』은 눈을 크게 뜨고 롤랑드를 바라다보았다. 그녀는 그 이상 아무것도 생각해 낼 재간이 없었다.

여자들은 금전등록기 둘레에 몰려들었다.

「모두 얼마나 되죠, 마담 롤랑드?」

롤랑드는 인쇄된 숫자가 나와 있는 쪽지를 보였다. 「1백 5프랑 80상팀.」

「그럼 그중 이익은 얼마나 되죠?」

「30프랑 정도. 샴펜이 있어서 그래. 샴펜은 이익이 많이 남아요.」

「좋겠어요.」하고 『말』이 말했다. 「정말 좋겠어요! 언제나 그래야죠!」

롤랑드는 라빅에게로 돌아왔다. 그 눈은 사랑이나 일에 열중해 있을 때가 아니면 볼 수 없는 그런 빛으로 빛나고 있었다. 「안녕히 계세요, 라빅. 아까 한 말 잊지 마세요.」

「안 잊겠어. 잘 가요, 롤랑드.」

그녀는 가버렸다. 힘차고 정직하고 분명하게……. 그녀에게는, 미래는 단순하고 생활은 즐거운 것이다.

라빅은 모로소프와 함께 푸케의 오른쪽에 앉아 있었다. 밤 9시였다. 테라스는 사람들로 차 있었다. 멀리 개선문 저쪽에 가로등 둘이 희고 매우 차가운 빛을 던지고 있었다.

「쥐새끼들이 파리에서 도망치고 있어.」하고 모로소프가 말했다. 「앵테르나쇼날에도 방이 셋이나 비어 있어. 1933년 이래 일찌기 없었던 일이야.」

「다른 피난민이 와서, 다시 차게 될 거야.」

「어떤 피난민 말인가? 벌써 러시아 피난민도 있었고, 이탈리아 피난민도 있었고, 폴란드 사람도, 스페인 사람도, 독일 사람도 있었어.」

「프랑스 사람이지.」하고 라빅은 말했다. 「국경에서 올 거야. 피난민이지. 전번 전쟁 때처럼.」

잔을 든 모로소프는 그것이 비어 있는 것을 알았다. 보이를 부른다. 「푸이를 하나 더 주게.」그리고 그는 라빅에게 물었다.

「그래서 자네는 어때, 라빅?」

「쥐새끼로서 말인가?」

「그렇지.」

「요즘은 쥐새끼도 여권이나 비자가 필요해.」

모로소프는 못마땅한 눈초리로 그를 쳐다보았다. 「도대체 자네가 지금까지 그런 걸 가져본 일이 있나? 없으면서도 자네는 빈, 취리히, 스페인 그리고 파리에도 있었지 않나. 이제 여기서 사라질 때야.」

「어디로?」하고 라빅은 물었다. 그는 보이가 가지고 온 병을 받아들었다. 잔은 선뜩한 느낌이 들 정도로 차갑고, 서리가 서려 있었다. 그는 가벼운 포도주를 따랐다. 「이탈리아로? 게쉬타포가 국경에서 기다리고 있지. 스페인으로? 거긴 팔랑기스트(스페인의 파시즘정당 이름—역주)가 기다리고 있어.」

「스위스로 가게.」

「스위스는 너무 좁아. 스위스엔 세 번이나 갔었어. 그때마다 일 주일도 못돼서 경찰에 붙잡혀, 프랑스로 송환되었어.」

「그럼 영국이야. 벨기에에서 밀항하는 거지.」

「불가능해. 항구에 닿으면, 곧장 붙잡혀서, 벨기에로 송환될 뿐이야. 그 벨기에도 피난민이 갈 만한 나라가 못되지.」

「자넨 미국으로는 갈 수 없지. 멕시코는 어때?」

「초만원이야. 그것도 무슨 서류가 있어야 해.」

「자넨 아무것도 없나?」

「형무소에서 받은 석방증명서라면 가져본 적이 있지. 불법 입국죄로 여러 가지 이름으로 붙잡혀서, 들어가 있었지. 그런 것으론 어쩔 수도 없지. 물론 나도 그것을 당장 찢어버리고 말았지만.」 모로소프는 말이 없었다.

「도망다니는 것도 이젠 끝장이야, 보리스. 언젠가는 반드시 끝장이 나는 법이야.」

「전쟁이 일어나면 어떻게 된다는 것을 알고 있지?」

「물론이지. 프랑스의 강제수용소지. 아무것도 미리 준비해둔 게 없으니까, 지독할 거야.」

「그 다음은?」

라빅은 어깨를 으쓱했다. 「지나치게 앞일을 생각할 필요는 없지.」

「알았어. 하지만 자네가 수용소에 들어가 있을 때 이 나라가 쑥밭이 되어버리면 어떻게 되는지 아나? 독일군이 자네를 체포할지도 몰라.」

「나도 그렇지만, 다른 사람도 많이 붙잡힐 거야. 아마도 그렇게 될 거야. 그 전에 프랑스측에서 석방해 줄지도 모르지. 모르는 일 아닌가?」

「그리고 그 다음엔 어찌지?」

라빅은 호주머니에서 담배를 꺼냈다. 「오늘은 그 이야기는 하지 않기로 하지, 보리스. 난 프랑스에서 도망갈 수가 없어. 그리고 난 더이상 돌아다니고 싶지가 않아.」

「더 돌아다니고 싶지 않다고?」

「그래. 난 그것을 곰곰 생각해 보았었네. 자네에겐 설명할 수가 없지만 말이야. 설명할 수도 없는 일이야. 이제 더 돌아다니고 싶지가 않아.」

모로소프는 말이 없었다. 그는 사람들을 바라보았다. 「조앙이 와있어.」 하고 그는 말했다.

그녀는 훨씬 떨어진 곳에 있는 조르주 5세 거리를 향한 테이블에 남자와 함께 앉아 있었다.

「저 남자를 알고 있나?」 하고 모로소프는 라빅에게 물었다.

라빅은 건너다보았다. 「아니.」

「재빨리 바꾼 모양이군.」

「생활을 뒤쫓고 있는 거야.」 하고 라빅은 무관심하게 대답했다. 「대개가 그렇게 하듯이 말야. 숨을 헐떡이며, 무엇을 놓쳐버리지나 않을까 걱정하면서.」

「다르게 말할 수도 있지.」

「그럴 수도 있겠지. 하지만 결국 마찬가지야. 불안이라는 거야, 이 사람아. 지난 25년 동안의 병이야. 이젠 돈을 모아서, 노후를 평화롭게 지낼 수 있다고 믿는 사람은 하나도 없어. 누구나가 불냄새를 맡고는 닥치는대로 무엇이든 붙잡으려 하고 있어. 물론 자네는 다르지만. 자네는 단순한 향락 철학자이니까.」

모로소프는 대답하지 않았다.

「저 여자는. 모자 쓸 줄을 모른단 말이야.」 하고 라빅은 말했다. 「저 여자가 쓰고 있는 걸 좀 보게! 대체로 저 여자는 취미라는 게 없어. 그게 저 여자의 장점이거든. 교양이라는 건 인간을 약하게 하지. 결국은 언제나 노골적인 생의 충동으로 되돌아오니까. 자네 자신이 좋은 본보기야.」

모로소프는 빙긋 웃었다. 「자넨 구름 위의 방랑자야. 나는 저속한 쾌락이나 좋게 해주게! 단순한 취미의 소유자는 뭐든 좋아할 수 있어. 아무것도 없이 빈손으로 앉아 있진 않아. 예순이나 되어서, 사랑을 좇아다니는 녀석은 바보야. 표시를 해둔 속임수 카드를 쥐고 있는 사람을 상대로 해서 이겨보겠다는 자와 마찬가지야. 고급 유곽에 가면 마음이 가라앉지. 내가 늘 다니는 집에는 젊은 여자가 열 여섯 명이나 있어. 거기 가면 돈을 얼마 안 들이고도 터키의 총독이 될 수 있지. 내가 받은 상냥한 애무는 수많은 사랑의 노예들이 눈물 흘리는 애정보다도 훨씬 진실한 거야. 사랑의 노예보다도.」

「알겠네, 보리스.」

「좋아. 그럼 이것만 마시고 그만두기로 하지. 시원하고 가벼운 푸이를 말이야. 그리고 파리의 은빛 공기를 마시기로 하지. 아직 페스트로 더럽혀지기 전에 말이야.」

「좋지. 올해는 밤나무 꽃이 두 번 피었는데, 알고 있나?」

모로소프는 고개를 끄덕였다. 그는 어두운 지붕 위에 화성이 크게, 붉게 반짝이고 있는 것을 가리켰다. 「알고 있어. 그리고 저것이 몇 해만에 다시 우리 지구에 가까이 오고 있다는 것도.」 그는 웃었다. 「얼마 안 가서, 비수 모양의 점이 박힌 어린애가 어디서 태어났다는 기사가 나겠지. 그리고 다른 어디선가는 핏빛 비가 내렸다고도 하겠지. 여기에다 중세기의 불가사의한 혜성만 나타난다면, 불길한 징조는 모두 나타난 게 되지.」

「혜성은 나와 있어.」 라빅은 신문사 옥상의 끊임없이 글자가 글자를 뒤쫓고 있는 듯이 보이는 전광 뉴스와, 그 밑에 서서 목을 젖히고 말없이 그것을 쳐다보고 있는 군중을 가리켰다.

그들은 잠시 그대로 앉아 있었다. 아코디언 연주자가 길가에 서서 〈라 팔로마〉를 연주하고 있었다. 양탄자 장수가 비단 케샨을 어깨에 메고 나타났다. 한 소년이 테이블 사이로 돌아다니며 피스타치오의 열매를 팔고 있었다. 모든 것이 보통때와 마찬가지였다. 그때 신문팔이가 새로 나온 신문을 가지고 나타났다. 신문은 빼앗기듯이 팔렸다. 몇 초 후에는 신문들을 활짝 펴든 테라스가 마치 소리도 없이 날개를 펄럭이며 탐욕스럽게 제물 위에 앉아 있는, 엄청나게 큰, 희고 핏기 없는 나방 떼로 덮여 있는 것같이 보였다.

「저기 조앙이 가고 있군.」 모로소프가 말했다.

「어디?」

「저 건너편에.」

조앙은 비스듬히 길을 건너서 샹젤리제에 세워둔 초록색 오픈카 쪽으로 걸어갔다. 그녀는 라빅을 보지 않았다. 함께 가던 남자가 자동차를 빙글 돌아서 운전대에 앉았다. 모자도 쓰지 않은 아직 젊은 남자였다. 자기 차를 솜씨좋게 몰아서, 다른 차 사이에서 빠져나왔다. 들라에 형이었다.

「멋있군.」 하고 라빅은 말했다.

「멋있는 바퀴야.」 모로소프는 대답하고 나서 코방귀를 뀌었다. 「용감한 철갑 인간 라빅.」 하고 그는 화가 난 듯 덧붙였다. 「초연한 중부 유럽인이군. 멋지다고. 똥갈보야. 그렇다면 나도 이해가 돼.」

라빅은 미소를 지었다. 「그게 무슨 상관이야? 갈보건 성녀(聖女)건 그런 것은 인간이 마음대로 정할 따름이야. 열 여섯 명의 갈보가 있는 유곽을 평화롭게 드나드는 자네로서는 알 수 없는 일이지. 사랑은 돈을 투자해서 이득을 보자는 장사꾼이 아니야. 그리고 상상력이라는 것은 베일을 걸어둘 못이 두어 개 있으면 그것으로 족한 거야. 가시덤불이건 장미나무건 달과 진주모의 베일이 살짝 걸리기만 하면, 금방 아라비안 나이트의 동화가 되는 거야.」

모로소프는 포도주를 한 모금 마셨다. 「자넨 말이 너무 많아. 게다가 죄다 틀려.」

「알고 있어. 하지만 칠흑 같은 어둠 속에서는 도깨비불도 역시 불빛이거든.」

에트와르 쪽에서 냉기가 은빛 걸음으로 걸어오고 있다. 라빅은 서리가 낀 포도주 잔을 손으로 쥐었다. 쥐는 손바닥에 싸늘한 느낌이 감돈다. 그의 생명도 심장 밑에서 식어 있다. 그것은 밤의 깊은 숨결에 실려왔고, 그와 동시에 운명에 대한 깊은 무관심이 찾아든다. 운명과 미래. 전에도 이런 적이 있었는데, 그게 언제였지? 아, 안티브에서였지. 조앙이 자기를 떠나가리라는 걸 알았을 때였다. 고요한 심정이 되어버린 무관심, 도망가지 않겠다는 결심과 마찬가지다. 이제 더는 도망가지 않겠다는 결심과. 그 두 가지는 하나인 것이다. 나는 복수를 했고, 사랑을 했다. 그것으로 충분하다. 그것이 전부는 아니지만, 그러나 인간으로서 그 이상은 바랄 수 없을 정도의 것이다. 어느 한쪽도 기대하고 있었던 건 아니다. 나는 하케를 죽였고, 그러고도 파리를 떠나지 않았다. 이제 새삼스럽게 떠날 생각은 없다. 이것도 일부인 것이다. 우연히 기회를 얻은 자는 자신도 우연에 맡겨야 한다. 이것은 체념이 아니다. 결심에서 오는 고요한 안정으로서, 논리를 초월한 것이다. 마음의 동요가 마침내 멈추었다. 그 무엇이 깨끗이 정리되었다. 기다렸고, 정신을 가다듬었고, 주위를 살펴보았다. 정지 앞에서 존재가 도달하는 이상한 확신과 같다. 이제 중요한 것은 하나도 없다. 일체의 흐름이 정지한다. 호수는 밤을 향하여 거울을 추켜들어서, 아침이 어디로 흘러갈 것인지를 가르쳐 줄 것이다.

「이제 가야겠어.」 하며 모로소프는 시계를 보았다.

「좋아. 나는 더 있겠어, 보리스.」

「세계의 종말이 닥쳐오기 전에 최후의 만찬을 즐기자는 건가?」

「그렇지. 모든 건 다시 돌아오지 않으니까.」

「그게 그렇게 마음에 걸리나?」

「아냐. 우리도 다시 태어나지 못하거든. 어제는 지나가고 없어. 아무리 눈물을 흘려도 마술을 써도 다시 되찾을 수는 없지.」

「자네는 아무래도 말이 많아.」 모로소프는 일어섰다. 「감사하게. 자네는 지금 세기의 종말을 체험하고 있는 거야. 좋은 세기는 아니었지만.」

「그래도 우리들의 세기였지. 자넨 너무 말이 적어, 보리스.」

모로소프는 선 채로 잔을 들이켰다. 그러고는 마치 다이너마이트나 되는 것처럼, 잔을 조심스럽게 내려놓고, 수염을 문질렀다. 그는 평복 차림으로 당당하게 라빅 앞에 서있었다. 「파리를 떠나고 싶어하지 않는 자네 기분을 내가 모른다고 생각해서는 안돼.」 하고 그는 느릿느릿 말했다. 「운명론적인 접골사인 자네의,

더는 도망가고 싶어하지 않는 심정을 충분히 이해할 수 있어.」

　라빅은 일찍 호텔로 돌아왔다. 현관 홀에 어린 소년이 넋나간 표정으로 앉아 있는 것이 보였다. 그 소년은 그가 들어서자, 두 손을 이상하게 움직이며 안절부절 못하고 소파에서 일어섰다. 그의 한쪽 바지엔 다리가 없었다. 그대신 꺼칠꺼칠한 목제 의족이 밑으로 비어져나와 있었다.
　「선생님…….」
　라빅은 좀더 자세히 보았다. 홀의 희미한 불빛 아래, 반가움에 얼굴이 온통 일그러진 소년의 얼굴이 보였다.
　「잔노 아냐!」그는 깜짝 놀라서 말했다.「그렇지, 잔노지!」
　「그래요! 그 잔노예요! 저 여기서 저녁때부터 줄곧 기다리고 있었어요. 선생님 주소를 오늘 오후에야 겨우 알았어요. 지금까지 몇 번이나 그 늙은 여우에게 물어보았어요. 병원의 간호부장 말이에요. 그런데 그때마다 그 여자는 선생님은 파리엔 안 계신다고 했어요.」
　「잠시 파리에 없었지.」
　「간신히 오늘 오후에야, 여기 계신다고 가르쳐 주었어요. 그래서 곧장 왔지요.」잔노의 얼굴이 환해졌다.
　「다리가 어떻게 됐나?」
　「아뇨!」잔노는 마치 충직한 개의 등을 가볍게 두드리듯이 목제 의족을 두드렸다.「전혀 이상이 없어요. 완전무결해요.」
　라빅은 의족을 보았다.「네가 바라던 것을 얻은 모양이구나. 보험 회사와는 어떻게 됐지?」
　「잘 됐어요. 기계 의족을 사주기로 했어요. 15프로 할인으로 그만큼 가게에서 돈으로 받았지요. 모두 잘 됐어요.」
　「그래, 우유 가게는?」
　「그래서 왔어요. 우린 우유 가게를 열었어요. 작지만, 어떻게 잘해나갈 수 있어요. 엄마가 팔고 제가 물건을 사들이고, 장부를 맡았지요. 좋은 구입처가 있어요. 시골서 직접 들여와요.」
　잔노는 다리를 절며 허술한 소파로 되돌아가서, 갈색 포장지에 싸서 단단히 묶은 꾸러미를 집어들었다.「이거, 선생님! 선생님께 드리는 거예요! 제가 가지고 왔죠. 별것은 아니지만, 모두 우리 가게 물건이에요. 빵도, 버터도, 치즈도, 달걀도요. 밖에 나가시기 싫을 때는 이것으로 아주 훌륭한 저녁 식사가 될 거예요. 어때요?」

그는 라빅의 눈을 열심히 들여다보았다.

「이거면 언제라도 훌륭한 저녁 식사가 되지.」하고 라빅은 말하였다.

잔노는 만족한 듯이 고개를 끄덕였다. 「선생님이 이 치즈를 좋아하셨으면 해요. 브리예요. 그리고 퐁 레베크도 약간.」

「그건 내가 아주 좋아하는 치즈야.」

「잘됐다!」잔노는 너무 기뻐서 의족 아닌 다리로 쾅쾅 굴러댔다. 「퐁 레베크는 어머니가 생각해 낸 거예요. 저는 말이에요, 선생님은 틀림없이 브리를 좋아하실 거라고 생각했어요. 브리는 남자들에게 맞는 치즈니까요.」

「둘 다 일등품이야. 더이상 생각할 수 없을 정도로.」라빅은 꾸러미를 받아들었다. 「고맙다, 잔노. 환자가 의사를 기억해 준다는 건 그리 흔한 일이 아냐. 환자가 우리를 찾아온다면, 그것은 대개 치료비를 깎으러 올 뿐이지.」

「부자들이 그렇죠, 네?」잔노는 교활하게 고개를 끄덕였다. 「우린 달라요. 우리는 모두가 선생님 덕분이니까요. 만약 다리가 그냥 굳어버렸더라면, 정말이지, 배상금 같은 건 받을 엄두도 못 내었을 거예요.」

라빅은 그를 보았다. 이 아이는 내가 호의를 베풀어서 다리를 잘라 준 줄로 알고 있는 걸까? 「잘라낼 수밖에 도리가 없었던 거야, 잔노.」

「그럼요.」잔노는 눈을 깜박거려 보였다. 「뻔한 일이지요.」그는 모자를 깊숙이 눌러썼다. 「그럼, 이제 가겠어요. 어머니가 기다릴 거예요. 오랫동안 집을 비웠거든요. 그리고 또 새로운 로크포르 때문에도 누구와 의논을 해야겠고요. 안녕히 계세요, 선생님. 입에 맞으실 거예요.」

「잘 가라, 잔노. 고맙다. 성공을 빌겠다.」

「틀림없이 성공할 거예요!」

소년은 자신만만하게 손을 흔들고는   다리를   절뚝거리면서 홀 밖으로 사라졌다.

라빅은 자기 방으로 돌아와서 꾸러미를 풀었다. 벌써 여러 해 동안 쓰지 않던 낡은 알콜 버너를 찾아냈다. 그리고 다른 곳을 뒤져서 고체 알콜과 조그마한 남비도 찾아냈다. 그는 그 연료를 두 개 남비 밑에 넣고 불을 붙였다. 조그마한 푸른 불꽃이 한들한들 흔들렸다. 버터 한 조각을 남비에 넣고 계란 두 개를 깨뜨려서 휘저었다. 그러고는 신선하고 먹기 좋은 흰 빵을 자르고, 테이블 위에 올려놓고, 브리를 열고, 부브레를 한 병 들고 와서 식사를 시작했다. 이런 일은 벌써 오랫동안 하지 않았었다. 내일은 고체 알콜을 여러 갑 사야겠다고 생각했다. 알콜 버너는 쉽게 수용소에도 가지고 들어갈 수가 있다. 그것은 접을 수 있게 되어 있으니까.

라빅은 천천히 먹었다. 퐁 레베크의 맛도 보았다. 잔노가 말하던 대로다. 그 야말로 훌륭한 저녁 식사다.

32

「〈출애굽〉이죠.」언어학과 철학 박사인 자이덴바움이 라빅과 모로소프에게 말했다. 「모세는 없지만.」

야위고 누렇게 된 그는 앵테르나쇼날의 출입구 옆에 서있었다. 밖에서는 쉬테른 가족과 바그너 가족, 그리고 총각인 쉬톨츠가 짐을 싣고 있었다. 공동으로 화물차 한 대를 세낸 것이다.

화창한 8월의 오후, 많은 가구들이 길바닥에 내놓아져 있었다. 오뷔송 커버가 덮인 황금빛 소파, 그것과 짝이 되는 황금빛 의자 서너 개와 새로운 오뷔송 양탄자. 그것은 쉬테른 가족의 것이었다. 굉장히 큰 마호가니 테이블도 하나 있었다. 시든 얼굴에 빌로도 같은 눈을 한 쩰마 쉬테른이 마치 암탉이 병아리를 지키듯이 그것을 지키고 있었다.

「조심해요! 바닥을 긁히지 않도록! 조심해요, 조심해!」

테이블 바닥은 잘 닦여서 윤이 나고 있었다. 그것은 주부들이 생명처럼 소중히 여기는 신성한 물건의 하나였다. 쩰마 쉬테른은 허둥대며, 테이블과 두 사람의 짐꾼 주위를 이리저리 뛰어다니고 있었다. 짐꾼들은 전혀 무심하게 들고 나와서는 내려놓았다.

햇빛이 테이블 바닥을 비추었다. 쩰마 쉬테른은 그 위에 몸을 구부리고, 걸레 조각으로 닦아냈다. 그녀는 허둥지둥 모서리를 문질렀다. 테이블 바닥은 어두운 거울처럼 그녀의 창백한 얼굴을 비추었다. 마치 천 년 묵은 선조가 시간의 거울 속에서 그녀를 의아하게 바라보고 있는 듯이.

짐꾼들이 마호가니의 찬장을 들고 나왔다. 그것도 잘 닦여서 윤이 나고 있었다. 짐꾼 하나가 성급하게 돌았기 때문에 찬장의 한쪽 모서리가 앵테르나쇼날의 입구 문을 스쳤다.

쩰마 쉬테른은 소리를 지르지는 않았다. 다만, 걸레 조각을 쥔 손을 쳐들고 입을 반쯤 벌린 채, 넋을 잃고 서있었다. 마치 걸레 조각을 입에 넣으려던 순간에 돌로 변해버린 것 같았다.

작은 키에 안경을 쓰고, 아랫입술이 축 늘어진 남편 요제프 쉬테른이 다가 왔다. 「이봐, 젤마…….」

그녀는 그를 쳐다보지도 않았다. 그저 멍하니 허공을 바라보고 있었다. 「찬장 이…….」

「이봐, 젤마. 비자가 나왔어.」

「우리 어머니의 찬장. 우리 부모님의…….」

「이봐, 젤마, 좀 스쳤을 뿐이야. 조금 긁혔을 뿐이야. 중요한 건 비자를 얻 었다는 사실이야.」

「저건 언제까지 남을 거예요. 다신 지울 수가 없어요.」

「아주머니.」 하고 짐꾼이 말했다. 두 사람의 말을 알아들을 수는 없었으나, 무슨 뜻인지는 잘 알 수 있었다. 「당신이 직접 싣지 그래요. 입구를 저렇게 좁게 만든 것은 내가 아니니까요.」

「더러운 독일놈!」 하고 다른 하나가 말했다.

요제프 쉬테른은 힘이 솟았다. 「우린 독일놈이 아냐, 피난민이야.」

「더러운 피난민.」 하고 그자는 되받았다.

「이봐, 젤마, 난처한데.」 하고 쉬테른은 말했다. 「어떻게 하면 좋지? 당신 마호가니 때문에 몇 번이나 혼났잖아. 당신이 절대로 놓치고 싶지 않다 해서, 코플렌츠를 떠나는 것이 넉 달이나 늦어진 거야. 덕택에 우린 1만 8천 마르크나 더 피난민 세를 물었어! 그런데 또 이렇게 길바닥에 서있어야 하다니. 배는 기다려 주지 않아요.」

그는 고개를 갸우뚱하고, 난처한 듯이 모로소프를 쳐다보았다. 「어쩌면 좋 죠? 더러운 독일놈, 더러운 피난민! 우리가 유태인이라고 하면 틀림없이 더러 운 유태인이라고 하겠죠? 그럼 완전히 끝장입니다.」

「돈을 주시오.」 하고 모로소프는 말했다.

「돈을? 그렇게 하면 내 얼굴에 던질걸요.」

「아마 그러지 않을 겁니다.」 하고 라빅은 말했다. 「저렇게 욕을 해대는 자는 대개 뇌물받기를 좋아하는 법이죠.」

「그런 건 내 성미에 맞지 않아요. 모욕을 당하고, 사례금까지 줘야 하다니.」

「진짜 모욕은 그것이 개인적인 경우에 시작되는 거요.」 하고 모로소프는 말 했다. 「이건 일반적인 모욕이오. 팁을 주어서 녀석을 모욕해 주는 것이 좋지.」

쉬테른의 눈에 미소가 번졌다. 「좋습니다.」 하고 그는 모로소프에게 말했다. 「알았어요.」

그는 호주머니에서 지폐를 두어 장 꺼내서 짐꾼에 주었다. 두 사람 모두 멸시하듯 지폐를 받았다. 쉬테른 역시 멸시하듯이 지갑을 집어넣었다. 짐꾼은 서로 얼굴을 마주보았다. 그리고 오뷔송 의자를 화물차에 싣기 시작했다. 찬장을 일부러 맨 나중에 실었다. 찬장을 실을 때, 빙글 돌렸기 때문에 오른쪽이 차에 부딪쳐서 긁혔다. 젤마 쉬테른은 몸을 부들부들 떨었지만 아무말도 하지 않았다. 쉬테른은 그것을 알지도 못했다. 그는 다시 한번 비자와 그밖의 서류를 살피고 있었다.

「길바닥에 내놓은 가구처럼 비참한 건 없군.」하고 모로소프는 말했다.

이번에는 바그너 가족의 물건이 나왔다. 의자 서너 개와 침대 하나. 길 가운데에 내놓은 침대는 몹시 서글프게 보였다. 트렁크가 두 개――트렁크에는 여러 곳의 호텔 마크가 붙어 있었다――비아레지오, 그랜드 호텔 가르도네, 아들론 베를린. 금테의 회전식 경대에 거리가 비치고 있다. 부엌 살림. 도대체 미국으로 가면서, 왜 이런 것까지 가지고 가는지 알 수가 없다.

「친척이,」하고 레오니 바그너가 말했다.「시카고에 있는 친척이 모두 주선해 주었어요. 돈을 보내 주었죠. 비자도 얻어 주고요. 고작 관광용 비자에 불과하지만. 곧 멕시코로 가야 해요. 친척이지요. 우리 집안 사람이에요.」

그녀는 수치스럽게 생각하고 있었다. 뒤에 남는 사람들의 눈이 자기를 향하고 있다는 것을 느끼는 동안은 어쩐지 자기가 배반자 같은 생각이 들었다. 그래서 얼른 도망가고만 싶었다. 그래서 함께 거들어서 자기의 물건을 차에 밀어넣었다. 다음 모퉁이만 돌아가면 금방 자유롭게 숨쉴 수 있을 것이다. 그러고는 새로운 걱정이 생길 것이다. 과연 배가 떠날지 어떨지, 자신의 상륙이 허가될지 어떨지. 송환되지는 않을지 자꾸만 걱정거리가 잇따라 생길 것이다. 벌써 몇 년 동안 이 모양이다.

총각인 쉬톨츠는 책 이외에는 가진 것이 거의 없었다. 옷과 책을 넣은 트렁크가 하나, 초판본, 고본, 신간. 새우등에 붉은 머리를 가진 말수가 적은 사나이다.

뒤에 남게 되는 사람 몇몇이 호텔 입구와 문 앞에 모여들었다. 대개는 말이 없었다. 묵묵히 집과 화물차를 보고 있었다.

「그럼, 이제 아우프 비더젠.」하고 레오니 바그너는 신경을 쓰며 말했다. 이미 짐은 다 실려 있었다.「굿바이라고 해야 할지」그녀는 거북한 듯이 웃었다.「아니면 아듀가 맞을는지…. 뭐라고 해야 할지 모르겠어요.」그녀는 몇몇 사람의 손을 잡고 흔들었다.「거기 있는 친척이,」하고 그녀는 말했다.「친척이 말이에요. 물론 우리 자신의 힘만으론 도저히…….」

그녀는 곧 말을 중단했다. 에른스트 자이덴바움 박사가 그녀의 어깨를 가볍게 두드렸기 때문이다. 「상관 없어요. 운이 좋은 사람도 있고, 나쁜 사람도 있는 법이에요.」

「대개는 운이 나쁘죠. 신경쓰지 마세요. 즐거운 여행을 하십시오.」하고 비젠호프가 말했다.

요제프 쉬테른은 라빅과 모로소프, 그리고 나머지 사람들에게 작별인사를 하고는 멋적은 듯이 미소지었다.

쥘마 쉬테른은 벌써 차에 타고 있었다. 쉬톨츠는 작별인사도 하지 않았다. 그는 포로투갈로 가는 서류밖에 가지고 있지 않았다. 차가 움직이기 시작했을 때 그는 손만 흔들었을 뿐이었다.

뒤에 남은 사람들은 풀이 죽어 있었다.

「자, 가세. 카타콤으로 가서 칼바도스라도 마시세.」하고 모로소프가 말했다.

턱수염을 기른 창백한 얼굴의 두 랍비, 비젠호프, 골트베르크, 횐켄쉬타인, 자이덴바움, 두어 쌍의 부부, 대여섯 명의 아이들, 로젠펠트……. 그리고 젊은이 몇 명과 늙은이 몇명이 결국 떠나지 못했다.

저녁 식사를 하기엔 아직 일렀다. 하지만 쓸쓸한 자기 방으로 올라가고 싶은 사람은 아무도 없는 듯했다. 그들은 모두 말이 없었다. 거의 단념하고 있었던 것이다.

「귀족들은 가버렸어. 이제 여기 남은 사람은 사형이나 종신형을 선고받은 사람들뿐이지. 특히 학살을 위해서 말이오.」자이덴바움이 말했다.

「아직 스페인이 남아 있어.」하고 횐켄쉬타인이 말했다. 「스페인. 유태인이 가면 아마 파시스트들이 키스로 환영해 줄 거야.」

「우리들 중의 대부분은 그것도 할 수 없지요. 지금은 서류가 없으면, 멀리도 갈 수가 없으니까요.」하고 자이덴바움이 말했다.

「자, 한잔 합시다. 이 칼바도스는 고급입니다. 주인이 값을 올리기 전에.」모로소프가 말했다.

「전 마시지 않습니다.」자이덴바움은 고개를 저었다.

「저 사람은 누구죠?」하고 라빅이 거울과 여권을 번갈아보고 있는 한 사나이를 가리켰다.

「저건 새로운 아론 골트베르크예요.」하고 자이덴바움이 입술을 비죽거렸다.

「네? 벌써 재혼했나요?」

「아뇨, 죽은 골트베르크의 여권을 판 거예요. 골트베르크 노인은 수염이 희끗희끗하지 않았소. 그래서 저 새 골트베르크도 수염을 기르고 있죠. 수염이 비슷하게 자랄 때까지는 여권을 쓸 수가 없으니까요.」
「수염은 타버렸다고 하면 될 텐데.」
「아, 그것 좋은 생각이군요. 저 사람에게 알려주어야지.」
그는 일어서서 그 새 골트베르크에게로 걸어갔다.
카타콤의 공기는 무덥고 답답했다. 늙은 부부 한 쌍이 먼지를 뒤집어쓴 종려나무 아래 앉아 있었다. 두 사람은 슬픔에 잠겨 손을 마주잡고 꼼짝도 하지 않고 앉아 있어, 다시는 일어날 수 없을 것같이 보였다.
문득 라빅은 세상의 모든 불행이 이 어두운 지하실에 모두 갇혀 있는 것 같은 생각이 들었다. 침묵, 속삭임, 기다림. 어쩔 수 없이 최후가 오기만을 절망적으로 기다리고 있는 것이다.
그의 옆 테이블에 한 부부가 와앉았다. 여덟 살쯤 된 사내아이가 두 사람 앞에 서있다.
「우린 왜 유태인이야?」하고 여기저기서 애기를 엿듣고 있던 아이가 물었다. 그의 어머니는 대답하지 않았다.
「이제 가야겠어. 병원으로.」라빅이 모로소프를 쳐다보았다.
「나도 가야겠어.」
그들은 계단을 올라갔다.
「지나친 건 모자람만 못한 거야.」하고 모로소프가 말했다. 「과거에 반(反) 유태주의자였던 내가 자네에게 하는 말이야.」
병원은 그 카타콤에 비하면 그래도 희망이 있는 곳이었다. 여기에도 역시 고통과 병과 불행이 있지만, 적어도 여기에는 논리와 도리가 있다. 어째서 이렇게 되었는가 하는 이유를 알고 있고, 또 어떻게 해야 하며 어떻게 해서는 안되는가를 알고 있다. 그것을 눈으로 보고 어떻게 해볼 수가 있는 것이다.
베베르는 진찰실에 앉아서 신문을 읽고 있었다.
「팔자 좋군!」하고 어깨 너머로 라빅이 말했다.
「썩어빠진 놈들! 프랑스 정치가의 반은 교수형을 받아야 해.」베베르가 신문지를 방바닥에 내던졌다.
「90퍼센트는 그래.」하고 라빅이 그 말을 받았다. 「뒤랑의 병원에 있는 그 여자의 상태는 어때?」
「괜찮아.」베베르는 신경질적으로 담배를 입에 물었다. 「자네로선 간단하게 생각되겠지만, 라빅, 난 프랑스 사람이야.」
「난 아무렇지도 않아. 그러나 독일도 프랑스만큼 썩어 주었으면 해.」
「전쟁은 일어나지 않을 거야. 결코! 그저 으르렁대고 있을 뿐이지. 하지만 막판엔 무슨 일이 일어나겠지!」베베르는 담배에 불을 붙일 것도 잊고 있었다.

잠시 그는 말이 없다가「아직 마지노 선이 있으니까.」하고 간절히 바라는 듯이 말했다.

「물론이지.」하고 라빅도 무의미하게 대꾸했다. 프랑스 사람과 얘기하면 으레 끝에 그 말이 나오곤 했다.

「뒤랑은 미국으로 재산을 **빼돌렸어**.」베베르는 이마를 닦으며 말했다.

「그 녀석다운 짓이군.」

「그 녀석뿐만이 아냐. 내 처남도, 가스통 네레, 뒤퐁도……. 난 그러지 않겠어. 프랑스를 배반하고 팔아먹는다는 건 있을 수 없는 일이야. 하지만 위험이 닥치면 모두 일치단결할 걸세. 모두가.」

「모두가?」하고 라빅은 웃지도 않고 말했다.「지금 독일과 흥정을 하고 있는 기업가나 정치가들까지도 말이지?」

베베르는 자신을 억제했다.「라빅, 다른 이야기나 하지.」

「알았어. 난 케이트 헤그슈트룀을 전송하러 가겠어. 아마 한밤중에 돌아오게 될 거야.」

「좋지.」베베르는 한숨을 몰아쉬었다.「그런데 자넨 무슨 준비라도 해두었나?」

「아니, 그냥 프랑스의 강제수용소로 끌려갈 뿐이지. 독일의 강제수용소보단 낫겠지.」

「천만에. 프랑스는 피난민을 감금시키진 않아.」

「두고 봐야겠지만 뻔한 일이야.」

「라빅…….」

「알았어. 일단 자네 말이 옳다고 해두지. 자네는 루브르 박물관이 피난하기 시작했다는 걸 알고 있나? 훌륭한 그림은 모두 중부 프랑스로 운반되고 있어.」

「설마…….」

「오늘 오후에 그곳에 갔었어. 사르트르 대사원의 푸른 유리창도 포장되어 있었어. 비행장이 그곳에 너무 가깝다는 거야. 새 창문을 끼워놓았더군. 작년에 뮌헨 회의가 열렸을 때와 똑같아.」

「그것 보라고!」베베르는 당장 그 말꼬리를 잡았다.「그때도 아무일 없었지. 몹시 혼란스럽기는 했지만 그 얼마 후에 쳄벌린이 평화의 우산을 들고 왔었지.」

「그래. 평화의 우산은 아직 런던에 있어. 그리고 승리의 여신은 아직도 루브르에 서있고. 목이 없이 말이야. 이제 가야겠어. 케이트가 기다릴 거야.」

노르망디 호는 어둠 속에 불빛을 휘황하게 밝힌 채 모습을 부두에 드러내고 있었다. 바다 쪽에서 시원하고도 짠 바람이 불어오고 있었다. 케이트 헤그슈트룀은 털외투를 단단히 여몄다. 얼굴은 거의 뼈만 남았고, 뼈에 피부를 발라놓은 것 같았다. 눈은 엄청나게 커서 어두운 호수 같았다.

「그냥 여기 남아 있고 싶어요. 어쩐지 떠나기가 싫어요.」 하고 그녀는 말했다.

라빅은 그녀를 물끄러미 쳐다보았다. 거의 모든 사람들은 마지막 순간에 늦지나 않을까 겁을 먹고 서두르고 있었다. 궁전이 휘황찬란하게 떠있다. 그 이름은 이제는 『노르망디 호』가 아니라 『탈출』이며, 『도망』이며, 『구원』이다. 유럽에 있는 수천의 도시, 더러운 호텔, 지하실에서 사는 수만 명의 사람들에게 그것은 도저히 바랄 수도 없는 생명의 신기루이다. 그런데 지금 그의 곁에서, 눈앞에 그것을 보면서, 죽음에 내장을 갉아먹히고 있는 사람은 가냘프고 사랑스러운 목소리로 『그냥 여기 남아 있고 싶어요.』라고 말하고 있다.

모든 것이 무의미하다. 지금 앵테르나쇼날에 있는 피난민들에게는, 괴로움을 당하고 고문당하고 도망다니는 사람들에게는, 그녀의 손 안에서 펄럭이고 있는 배표를 그들의 손에 넣을 수가 있다면, 그야말로 쓰러져 울며 현문에 키스를 하고 기적을 믿을 것이다. 어차피 죽음을 향해서 떠나는 사람, 무심코 『그냥 여기 남아 있고 싶어요.』라고 말하는 사람의 배표를.

「자, 이제 타야지.」

「그래요……. 안녕, 라빅.」

「안녕, 케이트.」

「곧 뒤따라와요.」

「그러지, 곧.」

「라빅. 여러 가지로 고마왔어요……. 우리는 이제 서로 속일 게 아무것도 없어요. 저 위에 올라가서 손을 흔들겠어요. 배가 떠날 때까지 여기 계셨다가 제게 손을 흔들어 주세요.」

「그렇게 하지, 케이트.」

케이트는 천천히 현문을 올라갔다. 그녀의 몸이 좌우로 조금씩 흔들린다. 바싹 마른 그녀의 모습에는 죽음의 검고 우아한 아름다움이 있었다. 그녀의 얼굴은 이집트의 청동제 고양이 머리처럼 뚜렷했다.

땀을 비오듯 흘리며 거의 신경질적으로 고함을 지르며 마지막 승객들이 짐꾼둘을 데리고 뛰어온다. 이윽고 현문이 서서히 끌려올라간다. 기분이 묘하다. 일단 끌려올라가면 다시는 되부를 수가 없다. 마지막이다. 국경이다. 겨우 2미터의 물, 그러나 이미 유럽과 미국을 갈라놓는 국경이며, 구원과 파멸을 갈라놓는 경계선이다.

라빅은 케이트를 눈으로 찾았다. 그녀는 난간에 서서 손을 흔들고 있었다. 라빅도 손을 흔들어보였다.

배는 움직이는 것같이 보이지 않았다. 육지가 뒷걸음질치고 있는 듯했다. 그러다가 갑자기 휘황찬란한 배가 육지에서 떨어져나갔다. 이제 손은 닿지 않는다. 이제 아무도 알아볼 수가 없다. 뒤에 남은 사람들은 겸연쩍은 듯이, 혹은 억지로 쾌활한 듯 가장하면서 서로 말없이 마주보았다. 그러고는 서둘러, 혹은 망설이면서 총총히 사라져갔다.

그는 차를 파리로 돌렸다. 노르망디의 새 울타리와 과수원이 휙휙 뒤로 사라졌다. 안개낀 하늘에 타원형의 달이 크게 걸려 있었다. 배에 대한 것은 잊어버렸다. 지금은 절대로 변할 수 없는 것들의 정적과 깊은 평화가 있을 뿐이다.

마지막이며 완성이다. 전에도 이런 기분이 든 적이 몇 번 있었다. 그런데 이번에는 그것이 완벽하고 매우 강렬해서 빠져나올 수가 없었다.

모든 것이 둥실둥실 떴고, 무게라는 것이 없다. 미래와 과거가 하나가 되었다. 어느 쪽에도 소망도 고통도 없다. 이상한 이 순간, 존재의 저울은 균형이 잡혀 있었다. 운명은 태연하게 이것과 직면하는 용기보다는 절대로 강력하지 않다. 더이상 운명을 견디낼 수 없게 될 때, 인간은 자살할 수가 있다. 이것을 알아둔다는 것은 좋은 일이다. 그러나 인간은 살아있는 한, 완전히 망하는 일은 결코 없다는 것을 알아두는 것도 또한 좋은 일이다.

이것으로 좋은 것이다. 기왕에 있었던 일도, 그리고 앞으로 닥쳐올 일도, 그것으로 충분하다. 그는 한 사람을 사랑했고, 그리고 그 사람을 잃었다. 그는 다른 한 사람을 미워해서, 그 사람을 죽였다. 두 사람 모두 그를 자유롭게 풀어 주었다. 소망도 미움도 슬픔도 전혀 남아 있지 않다. 만약 새로운 시작이라는 것이 있다면, 그 시작이란 바로 이런 것일 게다. 사람들은 아무런 기대 없이 강해지긴 했으나, 산산이 부서지지 않았던 단순한 경험의 힘으로써 다시 시작하는 것이다. 재는 날아가버렸다. 마비되었던 부분은 되살아났다. 이젠 됐다.

칸을 지나자, 말들이 나타났다. 밤길에 긴 행렬, 말. 달빛에 뿌옇게 보인다. 그리고 짐과 판지 상자와 꾸러미를 짊어진 사람들. 동원이 시작된 것이다.

이야기소리는 거의 들리지 않는다. 노래를 부르는 사람도 없다. 그들은 묵묵히 밤길을 행진하고 있었다.

라빅은 한 사람 한 사람 스치며 지나갔다. 1914년, 그때와 똑같다. 탱크는 하나도 없다. 말뿐이다.

그는 주유소에서 차를 세우고 기름을 넣었다.

「저도 내일이면 갑니다.」주유소 남자가 말했다.「우리 아버지는 저번 전쟁 때 죽었읍니다. 할아버지는 1870년에 전사했고요. 저는 내일 갑니다. 이런 짓을 벌써 2백 년이나 해왔지만 아무 소용이 없지요. 우린 또 가야만 하지요.」

그의 눈길은 주위를 얼싸안을 듯 돌아갔다.「28프랑 30상팀입니다.」

다시 풍경. 달, 종대, 말, 침묵. 라빅은 작은 레스토랑 앞에서 차를 세웠다. 주인은 먹을 것은 아무것도 없다고 말했다. 그러나 간신히 부탁하여 샐러드와 코피 그리고 보통 포도주 한 병을 내오게 했다.

라빅은 장미빛 집 앞에 혼자 앉아서 식사를 했다. 안개가 목장 위를 흐르고 있다. 아주 조용했다. 그런데 맨 위층에서 스피커 소리가 들려왔다. 모두들 듣고는 있지만 믿는 사람은 아무도 없었다.

「파리는 등화관제라는군요.」하고 안주인이 말했다.「방금 라디오에서 방송 했어요.」

「정말이오?」

「네. 공습에 대비해서요, 조심하기 위해서라는군요. 전쟁은 일어나지 않을 것이며 지금부터 교섭을 한대요. 어떻게 될까요?」

「전쟁이 일어나진 않겠죠.」라빅은 달리 어떻게 말을 할 수가 없었다.

「제발 그렇게 돼야 할 텐데…. 하지만 독일은 폴란드를 뺏을 거예요. 그리고 알사스 로렌을 내놓으라고 하겠지요. 다음에는 또 무엇을 내놓으라고 할 거예 요. 결국 우리가 항복할 때까지 말예요. 그러니 어차피 할 바에야 차라리 지금 곧 시작하는 게 낫겠어요.」

안주인은 느릿느릿 집안으로 되돌아갔다. 새 종대가 도로를 행진해 왔다.

지평선에 빨갛게 비쳐 있는 파리. 등화관제. 파리가 등화관제를 한다. 마치 온세상의 불이 꺼지는 것 같다.

교외. 센 강. 개선문까지 곧장 뻗어 있는 큰 거리로 들어선다. 개선문은 안개 에 싸여 흐릿하게 불빛을 받으며 우뚝 솟아 있다.

라빅은 시내를 계속 달리다가 문득 암흑이 도시 위에 내리깔리고 있음을 깨달 았다. 휘황한 네온사인은 군데군데 잠식되고 있었다. 조르주 5세 거리에는 어느 새 불빛이 하나도 없었다. 몽테뉴 거리에도 불이 꺼져가고 있는 참이었다. 빅토 르 에마뉘엘 3세 거리의 반은 등화관제가 되어 있고 나머지 반은 아직 불이 있었 지만, 이것도 단말마의 고통을 겪고 있는 반죽음의 마비된 육체 같았다. 병은 곳곳에 퍼져 있었다. 콩코르드 광장으로 되돌아와보니 벌써 그 사이에 이 넓은 광장도 죽어 있었다.

라빅은 차를 돌려주고는 택시를 잡아타고 앵테르나쇼날로 갔다. 문 앞에 여주인의 아들이 사다리를 놓고 올라가 푸른 전구를 끼우고 있었다. 그렇잖아도 간신히 보이던 간판이 푸른 전등으로 더욱 잘 보이지 않았다.

「마침 돌아와서 다행이에요.」하고 여주인이 말했다. 「7호실에 정신이 돈 사람이 있어요. 미친 사람을 호텔에 둘 수는 없으니까 나가 주었으면 좋겠어요.」

「미치지 않았는지도 모르죠. 다만 신경이 쇠약해졌을 뿐인지도….」

「어쨌든 마찬가지예요. 만약 진정하지 않으면 정말로 내보내야겠어요. 다른 손님들이 잠을 자야 하니까요.」

「얼마 전에도 리츠에서 정신이 돈 사람이 있었죠. 그런데 그는 어느 나라의 왕자였지요. 그 방이 비게 되자, 미국 사람들이 모두 그 방으로 옮기겠다고 법석을 떨었지요.」

「그건 이야기가 달라요. 그분은 방탕한 생활 때문에 미친 거예요. 멋이 있어요. 가난해서 미친 게 아니니까요.」

「마담, 당신은 세상을 잘 아시는군요.」라빅이 말했다.

「알고 있어야 하거든요.」

미친 여자는 자기 아들로부터 왜 나는 유태인이냐는 질문을 받던 여자였다. 그녀는 침대 구석에 쪼그리고 앉아서 두손으로 눈을 가리고 있었다. 방안의 불이란 불은 모두 켜져 있고 게다가 촛대까지 테이블 위에 놓여 있었다.

「바퀴벌레! 저걸 봐요. 몇천 마리인지 셀 수도 없어요. 불을 켜요, 불을 켜줘요! 안 켜면 기어나와요. 불, 불을!」

그녀는 소리를 질렀다. 그리고 점점더 구석으로 피해 들어가며 두 팔을 앞으로 내밀고 다리를 높이 치켜들었다. 유리알 같은 두 눈을 부릅뜨고 있었다.

「저긴 아무것도 없다니까.」남편이 그녀의 손을 붙잡으려고 했다.

「불을 켜줘요! 불을! 기어나와요, 바퀴벌레가!」

「불은 켜져 있잖아, 여보! 촛불까지 말이야.」그는 호주머니에서 회중전등을 꺼내어 밝은 방안의 밝은 구석을 비추었다. 「구석엔 아무것도 없어. 자, 보라고. 아무것도 없어, 아무것도…….」

그러나 여자는 계속 발작을 했다.

「이런 상태가 얼마나 계속되었지요?」라빅은 남편에게 물었다.

「어두워진 후로 줄곧 이렇습니다. 전 아이티 영사관에 다녀왔지요. 애들을 데리고요. 역시 소용이 없었어요. 돌아와보니, 저렇게 쪼그리고 앉아서 고함을 지르고 있더군요.」

라빅은 주사 놓을 준비를 끝냈다.

「그전에 잠은 잘 잤나요?」

남편은 절망적인 표정으로 그를 쳐다보았다. 「글쎄요, 항상 조용했으니까요.」

「전에도 이런 적이 있었읍니까?」

「아뇨, 한번도 없었읍니다. 정말 모르겠어요. 대체 이 사람이 왜…….」

라빅은 손을 들어 막았다. 「몇 분 지나면 지쳐서 잠들 겁니다. 아마 꿈을 꾸다가 놀랐는지도 모릅니다. 내일 잠이 깨면 아무 기억도 없을는지 모릅니다. 생각나게 해서는 안됩니다. 아무일도 없었던 것처럼 해야 합니다.」

「바퀴벌레가…….」그녀는 졸린 듯이 중얼거렸다. 「살찌고 통통한…….」

「천장의 불은 끄세요. 다른 것은 깊이 잠들 때까지 그대로 두고. 잠들 겁니다. 약의 양이 많으니까. 내일 아침 열 한 시에 다시 오겠읍니다.」

「고맙습니다. 괜찮을까요? 설마…….」

「괜찮습니다. 요즘은 흔히 있는 일입니다. 앞으로 3, 4일은 잘 살펴야 합니다. 걱정거리를 너무 많이 알려주어선 안됩니다.」

말은 쉽다고 그는 자기 방으로 올라가며 생각했다. 불을 켰다. 침대 밑에 책 몇 권이 놓여 있었다. 대개 여행자들이나 떠돌아다니는 이들에게 알맞은 부피의 얇은 책들이다. 그는 가지고 가고 싶은 책을 골라냈다. 찢어버려야 할 것은 별로 없었다. 언제 끌려가도 좋도록 해놓고 있었다. 프랑스, 하고 그는 생각했다. 불안한 5년간의 불법 거주. 3개월의 감옥 생활, 네 번 추방당하고 네 번 다시 돌아왔다. 과히 나쁘지는 않았다.

33

전화가 울렸다. 잠결에 그는 수화기를 들었다.

「라빅?」

「그런데요.」

조앙이었다. 「좀 와주세요.」그녀는 천천히 나직한 목소리로 말했다.

「싫소.」

「꼭 좀…….」

「싫소. 날 이대로 내버려 둬.」

「도와 주세요 !」

「난 도울 수가 없어.」

「큰일났어요……. 꼭요, 지금 곧…….」

「조앙, 이젠 연극하고 있을 시간이 없어. 더이상 날 속이려 들지 마, 다른 사람에게 해보는 게 어때 ?」

그는 대답도 듣지 않고 수화기를 놓았다. 전화가 다시 울렸다. 받지 않았다. 전화는 회색의 외로운 밤 속에서 계속 울렸다. 그는 베개를 전화기 위에 얹었다. 억눌린 벨소리가 낮게 울리더니 이윽고 그쳤다.

라빅은 담배를 집어들었다. 조금도 맛이 없다. 마시다 남은 칼바도스가 테이블에 놓여 있다. 한 모금 꿀꺽 마시고는 옆으로 치웠다.

그는 시계를 보았다. 두 시간 동안 잔 셈이다. 그는 욕실로 들어가 샤워를 틀었다.

무슨 소리가 난다. 그는 물을 잠갔다. 문 두드리는 소리가 난다. 그는 가운을 걸쳤다. 노크 소리가 전보다 더 커졌다. 조앙은 아닌 것 같다. 조앙이라면 벌써 들어왔을 것이다. 경찰이 왔을까……?

라빅은 조심스럽게 문을 열었다. 문 앞에는 한 남자가 서있었다.

「라빅 선생이십니까 ?」모르는 남자였지만 누군가 닮은 것 같은 생각이 든다.

「무슨 일이죠 ?」

「당신이 라빅 선생이신가요 ?」

「그보다도 무슨 일인지나 말하시오.」

「만약 라빅 선생이시라면, 조앙 마두에게 곧 와주십시오.」

「네 ?」

「그녀가 다쳤읍니다.」

「어떻게 다쳤어요 ?」라빅은 믿을 수 없다는 듯이 물었다.

「총으로요. 쏘아버렸읍니다…….」

「그녀가 맞았나요 ?」라빅은 여전히 웃으며 물었다. 아마 자살미수를 꾸민 거겠지. 이 얼간이를 놀라게 하려고.

「오, 하느님, 그 사람은 죽습니다. 제발 가주십시오. 그녀가 죽어갑니다. 제가 쏘았어요 !」

「뭐라고 ?」

「네……, 제가…….」

라빅은 벌써 가운을 벗어던지고, 옷을 집어들고 있었다. 「아래 택시가 기다리고 있소?」

「제 차가 있읍니다.」

「빌어먹을.」라빅은 다시 가운을 어깨에 걸치고 가방을 집어들고, 구두와 셔츠와 옷을 집어들었다. 「차 안에서 입겠소. 자, 어서 갑시다!」

조앙은 자기 침대에 누워 있었다. 성장을 한 채였다. 야회복은 은빛인데 피에 젖어 있었다. 바닥에도 피…….

「가만히 있어!」하고 라빅은 말했다. 「가만히 있어! 이젠 염려할 것 없어. 대단친 않아.」

그는 야회복 어깨의 끈을 자르고, 조심스럽게 옷을 끌어내렸다. 상처는 목이었다. 목에 맞았을 리가 없다. 목에 맞았다면, 전화를 걸 수가 없었을 것이다. 동맥도 다치지 않았다.

「아픈가?」하고 그는 물었다.

「네…….」

「몹시?」

「네…….」

「곧 괜찮아질 거야.」

라빅은 총알이 박힌 상처를 보았다. 총알이 나간 흔적은 보이지 않는다. 그는 걱정되는 문제는 입밖에 내지 않았다.

그 남자가 다시 나타났다. 「병원이…….」

라빅은 급히 전화 있는 곳으로 달려갔다. 「누구지? 으제니? 방을 하나……. 그렇지. 그리고 베베르를 불러 줘요.」그는 침실 쪽을 쳐다보았다. 그러고는 나직하게 「준비를 해줘요. 곧 시작해야 하니까. 구급차는 불렀어. 사고야……. 그래……. 10분 후에.」

그는 수화기를 놓았다. 그러고는 잠시 그대로 서있었다. 모두가 사실 같지가 않다. 어째서 이런 생각을 하게 될까? 하지만 이건 사실이다. 이제는 자기를 데리러 온 남자가 누구인지 알아냈다. 어깨가 쭉 뻗은 옷, 포마드를 바르고 반지르하게 빗질을 한 머리, 차 안에서 신경을 건드리던 세발리르 도르세의 야릇한 냄새, 손에 낀 많은 반지……. 그 위협에 대해 자기가 웃어넘겼던, 바로 그 배우임에 틀림없다. 겨냥을 잘 했다고 그는 생각했다. 이건 도대체가 겨냥한 것이 아니다. 겨냥을 했다면 이렇게 적중했을 리가 없다. 그럴 생각이 전혀 없고, 맞힐 생각이 전혀 없는 경우가 아니면, 이렇게 정확하게 맞힐 수는 없다.

남자는 침대 밑에 꿇어앉아 있었다. 말을 하다가는 울고, 또 말을 한다.

「일어나요.」하고 라빅은 말했다.

그는 순순히 일어섰다. 그리고 넋을 잃은 얼굴로 바지의 먼지를 털었다. 그는 눈물까지 흘리고 있었다.

「그럴 생각이 아니었읍니다! 맹세코 저 사람을 쏠 생각은 없었읍니다. 우연한 사고입니다. 아무것도 모르는 불행한 사고입니다!」

라빅은 뱃속이 뒤틀렸다. 아무것도 모르는 사고라고! 이 녀석은 곧 그럴 듯한 말을 늘어놓겠지!「그건 알고 있소. 자, 밑에 내려가서 구급차를 기다려요!」

「…….」

「가라니까!」

「살려 줘요, 라빅.」조앙이 졸린 듯이 말했다.

「물론이지.」그는 아무런 희망도 없이 말했다.

「당신은 여기 계시겠죠. 당신이 있으면, 전 항상 마음이 가라앉아요.」

「베베, 난 결코…….」그 남자가 문 앞에서 말했다.

「어서 나가! 나가라면 나가야지!」라빅이 소리쳤다.

조앙은 잠시 잠잠하다가 다시 눈을 떴다.「저 사람은 바보예요.」그녀는 깜짝 놀랄 만큼 또렷하게 말했다.「그저 으쓱거리고 싶었던 거예요. 제가 좀 놀려 주었지요. 그랬더니…….」

「말을 하면 안돼.」

「놀려 주었어요……. 전 지금은 그런 여자예요, 라빅. 제 목숨은……., 저 사람은 쏠 생각이 아니었어요……. 쏘고, 그리고…….」

조앙의 눈이 완전히 감겼다. 미소가 사라졌다.

라빅은 얼굴을 들었다. 이젠 몸이 떨리지 않았다. 고무장갑을 낀 그의 손은, 이제 땀이 배어 있지 않았다. 두 번이나 장갑을 바꾸었던 것이다.

베베르는 그의 맞은편에 서있었다.

「라빅, 마르토를 부르면 어떤가? 15분이면 올 수 있을 거야. 자네가 도와주고, 그 친구를 시키지.」

「그러면 너무 늦어. 멍하니 바라보고만 있는 것보다는 그래도 이편이 나아.」

라빅은 숨을 내쉬었다. 이제는 마음이 가라앉았다. 일을 시작했다. 다른 사람의 피부와 다를 게 없지. 누구의 피나 똑같은 피다. 탐폰. 찢어진 근육. 탐폰. 신중하게. 은빛의 자수 실이 한 가닥. 상처의 개천. 총알의 파편. 개천이 뻗어나온다, 뻗어나온다.

라빅은 머리속이 텅비어 가는 것을 느꼈다. 「자, 이걸 보게. 일곱번째 척추골이야.」

베베르는 몸을 구부리고 절개부를 들여다보았다. 「힘들겠는데.」

「힘든 게 아니라 절망적이야. 어쩔 도리가 없다네.」

라빅은 자기의 두손을 보았다. 벌써 천 번이나 수술을 했고, 찢어진 육체를 본래대로 봉합해 왔다. 실패한 적도 있지만 불가능한 것을 가능하게 한 적도 몇 번이나 있었다. 그러나 지금, 이 손이 무력하다. 수술은 불가능하다. 그는 우뚝 서서 새빨간 절개부를 노려보고 있었다.

「무슨 수가 없을까?」베베르가 물었다.

「없어. 목숨을 단축시킬 뿐이야. 총알이 어디 박혀 있는지 자네도 보았지? 그걸 **빼낼** 수가 없단 말이야.」

「맥박이 불규칙하고 올라가고 있어요. 130.」으제니가 간막이 저쪽에서 말했다.

상처에 회색 그늘이 끼었다. 마치 어둠의 입김이 그 위를 스쳐간 것처럼. 라빅은 카페인 주사를 이미 손에 들고 있었다. 「코라민! 빨리! 마취는 중지!」

라빅은 두번째 주사를 놓았다. 「어때?」

「아무 변화가 없어요.」

피는 아직도 납빛을 띠고 있었다. 「아드레날린 주사와 산소호흡기 준비!」

피는 더욱더 검은 빛을 띠었다. 마치 창밖에 흐르는 구름이 그 그림자를 피에 던지고 있는 것 같았다. 아니면 누군가 창문 앞에 서서 커튼을 치고 있는 것처럼.

「피!」라빅은 절망적으로 말했다. 「수혈을 해야겠어. 그런데 혈액형을 알아야지.」

산소호흡기가 돌아가기 시작했다. 「아무렇지도 않나? 어때, 아무렇지도 않아?」

「맥박이 점점 떨어지고 있어요. 120. 아주 약해졌어요.」

생명이 되살아났다. 「이번엔? 좀 좋아졌나?」

「좋아졌어요. 전보다 규칙적이에요.」

그림자는 사라졌다. 절개부의 언저리에서 회색빛이 없어졌다. 피는 본래의 빛깔로 되돌아왔다. 산소가 효력을 발생한 것이다.

「눈꺼풀이 움직여요.」으제니가 말했다.

「괜찮아. 잠이 깨는 거겠지.」라빅은 붕대를 감으며 말했다.

「맥은 어때?」

428

「전보다는 규칙적이에요.」

「정말 위험했었어.」하고 베베르가 말했다.

라빅은 눈꺼풀이 무거웠다. 커다란 땀방울이 흘렀다. 산소호흡기가 윙윙거리고 있었다. 그는 수술대를 빙글 돌아서 잠시 거기에 서있었다. 아무것도 생각하지 않았다. 그는 산소탱크를 보고, 그리고 조앙의 얼굴을 보았다. 얼굴은 가늘게 떨리고 있었다. 아직은 죽지는 않았다.

「충격을 받은 거야. 이게 혈액의 견본이야. 곧 보내야겠어. 피는 어디서 구하지?」

「미국 병원에서.」베베르가 말했다.

「알았어. 아뭏든 해봐야지. 어차피 아무 소용도 없겠지만, 그저 연장시킬 뿐이지.」그는 산소호흡기를 지켜보았다. 「경찰에 알려야 하나?」

「물론.」하고 베베르가 말했다. 「알려야 해. 그렇게 되면 직원이 두 사람 와서 자네에게 질문을 할 거야. 상관없겠나?」

「싫은데.」

「좋아. 그건 낮에 생각하기로 하지.」

「이젠 됐어, 으제니.」하고 라빅은 말했다.

조앙이 관자놀이에 조금 생기가 돌았다. 맥박은 약하지만 또렷하게 규칙적으로 뛰고 있었다.

「소생시킬 수가 있을 것 같아. 난 여기 남아 있겠어.」

조앙이 몸을 움직였다. 오른쪽 손이 움직였다. 왼손은 움직이지 않았다.

「라빅.」하고 조앙이 말했다.

「응.」

「수술했어요?」

「아니, 그럴 필요가 없었어. 그저 상처를 씻어냈을 뿐이야.」

「여기 계시겠어요?」

「그러지.」

그녀는 눈을 감고, 다시 잠이 들었다. 라빅은 문 쪽으로 갔다.

「코피 좀 갖다줘요.」하고 아침 당번의 간호원에게 말했다.

「빵도 가지고 올까요?」

「아니, 코피만.」

그는 자리로 돌아와서 창문을 열었다. 집들 위에 아침 하늘이 밝게 빛나고 있었다. 추녀 끝에서 새들이 짹짹거리고 있었다. 라빅은 창가에 앉아서 담배를 피웠다. 밖으로 연기를 내뿜었다.

간호원이 코피를 가지고 왔다. 그는 그것을 마시고 담배를 피우며 창밖을 내다보았다. 그는 일어나서 조앙을 보았다. 자고 있었다. 깨끗이 닦아낸 그녀의 얼굴은 몹시 창백했다.

조앙이 신음하기 시작했다. 금방 잠이 깰 것이다. 고통 때문에. 고통은 심해질 것이다. 그녀는 몇 시간, 혹은 며칠 더 살 수 있을 것이다. 고통은 격심해져서 아무리 주사를 놓아도 별로 효력이 없을 것이다.

라빅은 주사기와 앰풀을 가지러 갔다. 돌아오니 조앙이 눈을 떴다. 그는 그녀를 바라보았다.

「두통이.」하고 그녀는 중얼거렸다. 그녀는 머리를 움직이려고 했다. 그녀는 겨우 눈알을 움직였다.「참을 수가 없어요.」

그는 주사를 주었다.「금방 나을 거야.」

「조금 전에는 이렇게 심하게 아프진 않았는데.」그녀는 머리를 움직였다.

「라빅, 전 고통을 받고 싶지 않아요. 제가 고통을 받지 않을 거라고 약속해 주세요. 우리 할머니는……. 그런 꼴을 당하고 싶지 않아요. 그렇게 시달리고도 별 수가 없었어요. 약속해 줘요, 라빅…….」

「약속하지, 조앙.」

「곧 약효가 있을까요?」

「그래, 곧.」

「어떻게 된 거예요, 제 팔이?」

「아무렇지도 않아. 지금은 움직일 수가 없지만 다시 움직이게 돼.」

「전 다른 생활을……, 막 시작하려고 하고 있었어요…….」그녀는 다시 안정을 잃고 목을 이리저리 돌렸다. 억양이 없는 괴로운 목소리.「당신이 와주셔서 다행이었어요. 당신이 없었더라면 어떻게 되었을까요?」

라빅은 아무말도 할 수 없었다. 마찬가지다. 이 지경이면 돌팔이 의사로도 충분하다. 내가 배운 모든 것을 가장 필요로 할 때, 그것이 아무런 도움이 되지 않는 것이다. 마찬가지가 아닌가. 아무것도 할 수가 없으니까.

정오에 조앙은 문득 깨달았다.「전 절름발이가 되고 싶진 않아요, 라빅. 제 다리가 어떻게 됐나요? 둘 다 움직일 수가 없어요.」

「아무것도 아냐. 다시 걸을 수 있게 된다니까.」

「왜 거짓말을 하죠, 라빅? 그럴 필요가 없어요.」

「거짓말이 아냐, 조앙.」

「거짓말이에요. 제가 고통밖에는 아무것도 모르게 되었을 때…… 당신은 저를 여기 내버려두고 가지 마세요. 약속해 주세요.」

「약속하지.」

「더 참을 수 없게 되거든, 무슨 약을 주세요. 우리 할머니는 닷새 동안이나 누운 채로 고함을 질렀어요. 전 그러고 싶지 않아요, 라빅.」

「염려 마. 별로 아프지 않을 테니까.」

「제가 의식이 없더라도…… 주셔야 해요. 제가 지금 말하고 있는 것은 중요해요. 꼭 약속해 주세요.」

「약속하지.」

조앙의 눈에서 공포의 빛이 사라졌다. 그녀는 곧 마음이 안정되어 누워 있었다.

「당신은 그렇게 해도 좋아요, 라빅.」하고 그녀는 속삭였다.「어차피 전 살아 있지 못할 테니까요.」

「그런 소리 마. 당신은 살아나게 돼.」

「아녜요. 전 우리가 맨 처음 만났을 때 각오를……. 금년 일 년은 당신이 제게 주신 거예요.」그녀는 천천히 그에게로 머리를 돌렸다.「어째서 저는 당신 곁에 있지 않았을까요?」

「내가 잘못했어, 조앙.」

「아녜요. 그건…….」

그녀는 꿈과 현실 사이를 헤매고 있었다. 때때로 완전히 무의식 상태가 되는가 하면, 다시 또렷하게 의식이 돌아왔다. 고통이 심해졌다. 그녀는 신음하기 시작했다. 라빅은 주사를 놓았다.

「머리가…… 점점더 심해져요.」

잠시 후에 그녀는 다시 말했다.「빛이, 빛이 너무 강해서 타는 것 같아요.」

라빅은 창가로 갔다. 차양을 내렸다. 그리고 커튼을 단단히 쳤다.

「정말…… 오래 걸리는군요. 이젠 소용이 없어요, 라빅…….」

「2, 3분만 기다려.」

「말해 두고 싶은 게…… 참 많아요…….」

「나중에 해, 조앙.」

「아뇨. 지금 해야 해요. 나중엔 시간이 없어요.」

「다 알아, 조앙.」

「알고 계세요?」

「알 것 같아.」

경련의 파도가 그녀를 엄습하는 것이 눈에 보였다. 마비되어간다. 온 육체가.

가슴만이 아직도 솟아 있었다.

「전 늘 당신하고만……. 알고 계실 거예요.」

「알고 있어, 조앙.」

「다른 사람은 그저, 불안해서…….」

「그래, 알고 있어.」

그녀는 잠시 동안 그대로 누워 있었다. 숨은 쉬는데 힘이 없었다. 「이상해요.」 이윽고 그녀는 아주 가느다란 목소리로 말했다. 「이상해요. 사랑하고 있을 때 죽어야 하다니…….」

라빅은 그녀에게로 몸을 굽혔다. 오직 어둠과, 그리고 그녀의 얼굴이 있을 뿐이었다.

「전 당신에게 어울리는 좋은 여자가 아니었어요…….」그녀는 소곤거렸다.

「당신은 내 생명이었어.」

「저는…… 당신을 안아보고 싶어요……. 그런데 제 팔이 도무지…….」

그녀는 팔을 들려고 애썼다.

「당신은 내 팔에 안겨 있어. 그리고 나는 당신의 팔 안에 있어.」

「Ti amo.」 하고 그녀가 말했다. 그녀는 너무 쇠약해서 말을 제대로 못했다. 라빅은 생명이 없어진 그녀의 두 손을 잡았다. 그의 내부에서그 무엇이 찢어져 나갔다.

「당신은 나를 살게 해주었어. 나는 하나의 돌멩이에 지나지 않았어. 그런 나를 당신이 살려낸 거야.」

「Mi ami(나를 사랑하세요)?」

그것은 잠들기 직전의 어린아이의 물음 같았다. 그것은 온갖 피로를 넘어선 최후의 피로였다.

「조앙.」 하고 라빅은 말했다. 「사랑이라는 말로는 표현할 수가 없어. 그것으로 부족해. 사랑은 아주 작은 일부분에 불과해. 강물 속의 물 한 방울, 나무 속의 잎 하나야. 그건 훨씬 더 이상의…….」

라빅은 그녀의 두손을 쥐고 있었다. 그러나 그 손은 이미 그의 손을 느끼지 못했다. 「당신은 언제나 나와 함께 있었어.」그는 자신도 모르게 독일어로 말하고 있었다. 「내가 당신을 사랑하고 있을 때도, 미워하고 있을 때도, 그리고 무관심하게 보였을 때도 말이야. 항상 내 마음속에 있었어.」

지금까지는, 그들은 남의 말로 서로 이야기하고 있었다. 지금 비로소 그들은 스스로도 모르게 서로 자기 자신의 말을 쓰고 있었다.

그는 그녀의 바싹 마른 뜨거운 입술에 입을 맞추었다. 「당신은 항상 나와 함께 있었어, 조앙. 언제나…….」

조앙은 죽어가고 있었다. 오직 눈만이 살아있었다. 그리고 입과 숨결이. 어느새 숨을 헐떡이고 있었다. 이는 악물리고 얼굴은 경련을 일으키고 있었다. 그녀는 그래도 말을 하려고 애썼다.「라빅! 살려 주세요. 살려 주세요! 지금 곧!」그녀는 혀가 꼬부라지는 소리로 말했다.

그는 재빨리 주사기를 들고 그녀의 피부에 찔렀다. 괴로와하면서 죽게 해서는 안된다. 의미도 없이 시달리게 해서는 안된다.

눈꺼풀이 실룩거렸다. 그러고는 움직이지 않게 되었다. 입술이 늘어졌다. 숨결이 멈추었다.

그는 커튼을 열고 차양을 올렸다. 그러고 침대 쪽으로 돌아갔다. 조앙의 얼굴이 굳어져서 다른 사람의 얼굴처럼 되어 있었다.

그는 문을 닫고, 사무실로 들어갔다. 으제니는 책상에 앉아서 병상일지를 살펴보고 있었다.

「죽었어.」하고 라빅은 말했다.

으제니는 고개만 끄덕였다.

「베베르 선생은 방에 계신가?」

「그럴 거예요.」

라빅은 복도를 걸어 베베르의 방으로 갔다.

「12호실의 환자가 죽었어, 베베르. 이젠 경찰을 불러도 좋아.」

「경찰은 다른 일로 바쁘게 됐어.」

「뭐라고?」

베베르는 〈마탱〉의 호외를 가리켰다.「독일군이 폴란드에 침입했다는 거야.」

라빅은 신문을 내려놓았다.「마침내 올 것이 왔군.」

「그래. 드디어 끝장이야. 불쌍한 프랑스.」

라빅은 잠시 그대로 앉아 있었다. 모든 것이 허전했다.

「자넨 어떻게 할 셈인가?」잠시 후 라빅이 물었다.

「글쎄, 모르겠어. 소속연대로 가게 되겠지.」

「여기 있게 될 거야. 전시에는 병원이 필요해. 이대로 여기 있게 할 거야.」

「난 여기 남아 있고 싶지 않아.」하고 베베르가 말했다.

라빅은 주위를 돌아보며 말했다.「내가 여기 있는 것은 오늘이 마지막일 거야.」

「왜?」베베르는 지친 듯이 물었다.

「선전포고가 나면 우리는 곧 검속되지. 우리 토론은 그만두지. 어쩔 수 없는 거야.」

베베르는 라빅이 무슨 말을 하고 싶어하는가를 알았다.

라빅은 일어섰다. 「저녁에 다시 오겠어. 그때까지 파리에 있으면 여덟 시에 오지.」

「알았어.」

라빅은 밖으로 나왔다. 대합실에 그 배우가 있었다. 그를 까맣게 잊고 있었다.

「어떻습니까?」그가 벌떡 일어서며 물었다.

「죽었어.」

「죽었다고요?」그는 비극적인 몸짓으로 한손을 가슴에 대고 휘청거렸다. 병신 같은 희극 배우 녀석, 하고 라빅은 생각했다.

「볼 수 있을까요?」

「뭘 하려고?」

「전 그 사람을 다시 한번 보아야 합니다. 이해해 주십시오! 저는 꼭…….」

그의 눈에는 눈물이 괴어 있었다.

「이봐요. 당신은 그만 사라지는 게 좋겠어. 여자는 죽었소. 그리고 지옥에라도 사라지란 말이오! 당신이 일 년 동안 징역을 살든지, 아니면 연극을 해서 무죄석방이 되든지 그런 건 내가 알 바가 아니오. 어서 나가, 이 얼간이 자식아!」

그는 남자를 문 쪽으로 밀어붙였다. 그는 망설이고 있다가 문에서 뒤돌아보았다. 「인정머리 없는 짐승 같은 놈! 더러운 독일놈!」

거리는 어디나 사람들로 붐비고 있었다. 모두들 신문사의 커다란 전광 뉴스 앞에 몰려 있었다. 라빅은 뤽상부르 공원으로 차를 몰았다. 붙잡히기 전에 그래도 두어 시간만이라도 혼자 있고 싶었다.

공원에는 아무도 없었다. 늦은 여름 오후의 따스한 햇빛이 비치고 있었다. 나무들은 가을의 첫 징후를 보이고 있었다. 햇빛은 황금빛이고, 푸른 하늘은 마지막 비단 깃발이었다. 이렇게 앉아 있는 지금이, 자기의 마지막 자유로운 시간이라는 것을 그는 알고 있었다. 일단 선전포고가 나면 앵테르나쇼날의 여주인은 아무도 숨겨 줄 수가 없다. 롤랑드도 마찬가지다. 이제 와서 도망을 다녀봤자 스파이 혐의만 받게 될 뿐이다.

그는 일곱 시에 공원을 나왔다. 거리로 나오자 호외가 나와 있었다. 선전포고였다. 그는 병원으로 돌아갔다. 베베르가 그를 맞았다. 「제왕절개를 하나 해주겠나? 지금 막 한 사람이 들어왔어.」

「좋아.」

제왕절개는 간단했다. 라빅은 아무것도 생각하지 않았다. 두어 번 으제니의 시선을 느꼈을 뿐이다. 무슨 일일까, 하고 그는 생각했다.

어린아이는 울고 있었다. 인간이라는 것은 웃으며 태어나는 것이 아니로구나, 하고 그는 생각했다. 사내아이였다.

「이 아이가 겪게 될 전쟁은 어떤 전쟁일까?」

그는 손을 씻었다. 베베르도 그의 곁에서 씻고 있었다. 「라빅, 만일 자네가 붙잡히게 되면, 있는 곳을 내게 알려주게.」

「왜 귀찮은 일에 끼어들려고 하나, 베베르? 이런 때에는 나 같은 인간은 모르는 게 훨씬 좋을 거야.」

「왜? 자네가 독일 사람이라서? 자넨 피난민이야.」

라빅은 서글프게 미소를 지었다. 「자넨 피난민이라는 것이 돌과 돌 사이에 낀 하나의 돌이라는 것을 모르나? 자기가 태어난 나라에선 배반자가 되고, 외국에선 자기가 태어난 나라의 국민이란 말이야.」

「그런 건 나와 상관없어. 내가 자네의 신원보증인이라고 말하게.」

「자네가 원한다면 그렇게 하지.」라빅은 자기가 그렇게 말하지 않으리라는 걸 알고 있었다.

그는 옷을 입었다. 「잘 있게, 베베르. 자네와 함께 일할 수 있어서 즐거웠네.」

「잘 가게, 라빅. 아직 제왕절개의 계산이 남았어.」

「그건 장례식 비용으로 쓰게. 모자라겠지만…….」

「어디다 묻어야 하나?」

「나도 몰라. 여기 그녀의 이름과 주소를 적어 두었어.」라빅은 병원의 계산서 용지에다 적었다.

「알았어. 자네가 없었더라면, 우린 수술을 별로 할 수가 없었을 거야.」그는 라빅과 함께 방을 나왔다.

「안녕히 가세요, 라빅 씨.」

「잘 있어, 으제니.」

「호텔로 돌아가시나요?」

「그래, 왜 그러지?」

「아니, 아무것도 아네요. 그저…….」

어두웠다. 호텔 앞에는 트럭이 한 대 서 있었다. 「라빅,」하고 모로소프가 호텔 근처의 어떤 집에서 나오며 불렀다.

「경찰이 와있어.」

「그럴 줄 알았어.」

「여기 이반 글루게의 신분증명서가 있어. 아직도 일 년 반이 유효해. 사진을 바꿔붙여서 러시아 망명객이라 하고 다른 호텔에 들면 돼.」

라빅은 고개를 저었다. 「위험해, 보리스. 전쟁 때는 아무것도 없는 게 오히려 낫지.」

「그럼…….」

「호텔로 가겠어.」

「신중히 생각한 건가, 라빅?」

「그래.」

「빌어먹을! 어디로 끌려갈지 누가 알아!」

「독일로는 추방하지 않겠지. 7년 만에 처음으로 경찰은 우리를 붙들어두고 싶어할 거야. 이렇게 되는 데는 전쟁이 필요했던 거야.」

「롱샹에 강제수용소를 만든다는 소문이 있어. 자네는 거기 들어가기 위해서 독일의 강제수용소를 빠져나온 셈이 됐어.」

「혹시 석방될지도 모르지.」

모로소프는 대답하지 않았다.

「보리스, 내 걱정은 말게. 전시에는 의사가 필요한 거야.」

「만약 붙잡히면 이름을 뭐라고 대겠나?」

「본명을 대지. 여기서는 본명을 한 번밖에 써보지 못했어. 5년 전에.」

라빅은 잠시 말없이 있다가 「보리스.」 하고 말했다. 「조앙이 죽었어. 남자가 쏘았어. 베베르 병원에 뉘어두었어. 베베르가 돌보아주겠다고 약속은 했지만, 그 전에 소집당할지 몰라. 자네가 좀 돌보아주겠나?」

「알겠어.」

「고마와. 잘 있게, 보리스.」

「제기랄!」 하고 모로소프는 말했다.

「전쟁이 끝나면 푸케에서 만나지.」

「어느 쪽에서? 샹젤리제 쪽인가, 조르주 5세 거리 쪽인가?」

「조르주 5세 쪽이지.」

모로소프는 라빅의 볼에 입을 맞추었다. 라빅은 호텔로 걸어갔다.

피난민들은 모두 카타콤에 있었다. 사복을 입은 남자가 책상에 앉아서 한 사람 한 사람의 인적 사항을 적고 있었다.

「여권은?」 경관이 라빅에게 물었다.

「없읍니다.」

「다른 서류는?」

「없읍니다.」

「불법 입국인가?」

「그렇습니다.」

「왜?」

「독일에서 도망왔읍니다.」

「당신의 성은?」

「프레젠부르크.」

「이름은?」

「루트비히.」

「유태인인가?」

「아닙니다.」

「직업은?」

「의사.」

「의사?」 하고는 그 사람은 쪽지 한 장을 집어들고 보았다. 「라빅이라는 의사를 알고 있소?」

「모릅니다.」

「여기 살고 있다는데. 고발장이 들어와 있어.」

라빅은 으제니가 한 짓이라고 생각했다.

「그런 이름을 가진 사람은 여기 살고 있지 않다고 제가 분명히 말하지 않았어요.」 하고 여주인은 딱 잘라 말했다.

「잠자코 있어.」 하고 남자는 못마땅한 듯 말했다. 「그렇지 않아도 당신은 이 사람들을 신고하지 않아서 벌을 받게 되어 있어요.」

「전 그걸 자랑스럽게 생각해요. 인정이 벌을 받아야 한다면 얼마든지 받겠어요.」

그 남자는 뭐라고 하려다가 그만두어버렸다. 여주인에게는 고위층의 후원자가 있기 때문에 겁날 것이 없었다.

「짐을 꾸리시오.」 하고 그는 라빅에게 말했다.

경관 한 사람이 그를 따라 올라왔다. 라빅이 트렁크와 모포를 집어들었다.

「다른 것은 없소?」 하고 경관이 물었다.

「아무것도 없읍니다.」

「저것도요?」경관은 침대 곁 테이블 위에 놓인 조그만 목각 성모상을 가리켰다. 조앙이 그에게 준 것이었다.

「그것도요.」

아래층으로 내려가자 하녀가 라빅에게 작은 꾸러미 하나를 주었다. 「먹을 거예요. 배가 고파서는 안되지요.」

여주인은 사복한 남자를 슬쩍 노려보았다.

「그렇게 떠들지 말아요. 내가 선전포고를 한 게 아니란 말이오.」남자는 화가 치민 듯이 말했다.

「이분들도 하지 않았어요.」

침통한 인간의 무리가 움직이기 시작했다. 바퀴벌레가 보인다던 여자와 그녀를 부축하고 있는 그녀의 남편도 보였다. 남자는 애원하는 눈초리로 라빅을 쳐다보았다. 라빅은 고개를 끄덕였다. 「걱정하지 말아요. 기구와 약을 가지고 있어요.」

그들은 트럭에 기어올라갔다.

「어디로 갑니까?」하고 누가 경관에게 물었다.

「모르겠소.」

라빅은 로젠펠트와 가짜 골트베르크 옆에 서있었다. 로젠펠트는 세잔과 고갱의 그림을 겨드랑이에 끼고 있었다. 「스페인의 비자가 기한이 다 되어버렸어요……. 『죽음의 새』는 떠나버렸지요. 마르쿠스 마이어는 어제 미국으로 떠났읍니다.」

트럭은 와그람 거리를 지나 에트와르 광장으로 갔다. 광장에는 침울한 어둠만이 깔려 있었다. 몹시 어두워서, 개선문조차 보이지 않았다.

■ 감상과 해설

레마르크의 생애와 작품

20세기의 가장 뚜렷한 특징이라면, 두 차례에 걸친 세계적인 전쟁과 전체주의적 공포정치의 위협을 들 수 있을 것이다. 레마르크(Erich Maria Remarque)는 그런 상황하에서 압제받는 대중의 고뇌를 역사적 시야에 입각하여 한 시대의 역사적 비극으로 포착, 묘사해 냈다.

레마르크는 1970년 72세를 일기로 세상을 떠날 때까지 유작(遺作)인 《그늘진 낙원》을 포함하여 모두 11편의 소설을 썼다. 이 얼마 안 되는 작품을 통하여 그만큼 시대와 국경을 초월하여 모든 사람들에게 사랑받고 있는 작가도 찾아보기 힘들 것이다. 이 사실은 한편 「지나친 대중성」이라는 것으로 레마르크 문학의 비평자에게 좋은 재료가 되고 있지만, 문학의 본질이 「읽히는 것」이고 많이 읽힌다는 것은 공감하는 독자가 많다는 것을 뜻한다면, 레마르크의 작품은 다른 어떤 작가의 그것보다 문학의 본질에 충실한 셈이 된다.

레마르크는 1898년 6월 22일, 독일 베스트팔랜의 오스나부루크 시(市)에서 프랑스 대혁명 당시 라인 지방으로 망명해 온 집안에서 태어났다.

1916년, 제1차 세계대전이 일어나자 그는 18세의 어린 나이로 참전해서 전쟁의 참상을 몸소 겪었다. 부상 당한 몸으로 귀향한 레마르크는 이때의 체험을 형상화시켜 처녀작이 된 《서부전선 이상 없다》를 썼다.

신문에 연재되었던 이 수기 형식의 소설은 연재 당시에도 호평을 받았지만, 1929년 단행본으로 출간되자 곧 폭발적인 반향을 불러일으켜, 그해 말에는 18개 국어로 번역되고 350만 부가 판매되어, 무명의 스포츠 소설 작가였던 레마르크는 일약 세계적인 문명(文名)을 얻었다.

감상(感傷)이나 의식을 극도로 억제한 담담한 필치로 전쟁의 와중에서 파괴되어 가는 한 세대의 비극을 그린 《서부전선 이상 없다》는 수백만의 독자들이 수십 년 동안 전쟁이라는 문학주제에 대해 가지고 있었던 상투적 편견을 일소하고 독자의 마음을 사로잡는데 성공했던 것이다. 그 성공은 전세계적으로 성서(聖書) 다음으로 많이 찍어낸 책이 바로 이 《서부전선 이상 없다》는 사실로 증명된다.

주인공 파울 보머는 레마르크 자신의 분신임과 동시에 그 당시 젊은이들의 전형이기도 했다. 젊은이들의 꿈은 전쟁으로 인해 산산이 부서지고, 그들은 삶에 대한 관념을 수정하지 않으면 안되었다. 파울 보머는 그토록 기다리던 종전(終戰) 직전에 죽어갔다.

당시 독일은 제1차 세계대전에서의 패전으로 기진한데다가 세계를 휩쓸던 대공황의 소용돌이에 휘말려, 사회적인 혼란이 위험수위에 육박했다. 이런 분위기 속에서 나찌즘이 꿈틀거리기 시작했다. 전쟁에 지친 국민들은 우유부단한 사회민주주의보다는 광적인 나찌의 설득에 귀가 솔깃했다.《서부전선 이상 없다》에 이은《귀로》로 반전작가(反戰作家)로 낙인이 찍힌 레마르크가 그런 사회 분위기에 불안을 느낀 것은 당연했다.

1932년, 레마르크는 나찌스 정권이 수립되기 직전에 스위스로 망명했다. 점증하는 정치적 과격화 분위기 속에서 반(反) 레마르크 캠페인은 극에 달했다. 나찌 정부의 선전상 괴벨스는 「모든 독일인 참전 용사들을 모독하고, 독일인의 세계적 사명을 의심하게 만들었다」고 매도하며 레마르크의 작품들을 베를린 오페라하우스에서 불태웠다.

1939년, 히틀러 정권은 레마르크의 국적을 박탈해 버렸다. 유럽은 점차 새로운 긴장감에 휩싸여 갔다. 더 이상 스위스도 안전지대가 아니라고 생각한 레마르크는 마침내 미국으로 망명했다.

《개선문》은 제2차 세계대전이 끝난 직후인 1946년에 발표되었는데, 레마르크의 다섯번째 작품이다. 그 이전의 네 작품 전체의 속편(續編)이라고도 할 수 있는 이 작품은, 나찌 독일의 도발로 제2차 세계대전이 일어나기 직전 유럽 각국에서 파리로 도망쳐 온 피난민들의 절망적인 몸부림을 3인칭 시각을 통해 자유분방하게 조감하고 있다.

이 소설의 주인공 라빅은 나찌 독일 정권의 희생자로서, 애인의 비참한 죽음을 뒤로한 채 강제수용소를 탈출해 프랑스에 밀입국한다. 그 무렵, 파리 시내에서는 국적도, 여권도 없는 각국의 피난민들이 불안과 절망 속에서 나날을 보내고 있었다.

라빅은 가명이고, 그의 본이름은 프레젠부르크로 베를린의 유명한 종합병원에서 이름을 떨치던 외과과장이었으나, 파리에서는 생활을 위해 무능한 의사들의 수술을 대신해 주고 있다. 즉, 환자를 마취시킨 후 수술실에 들어와 수술하고, 환자가 깨어나기 전에 사라지는 유령의사이다. 불법행위인만큼 라빅은 정당한 보수도 받지 못한 채 이용만 당한다. 그는 수술뿐만 아니라 창가(娼街) 매춘부들의 성병도 검진해 주면서 내일이 없는 생활을 영위해 간다.

그런 그 앞에 조앙 마두라는 떠돌이 여가수가 나타난다. 그녀와의 만남이 그의 삶에 변화를 가져온다. 과거의 정신적 상처로 다시는 사랑하는 마음을 가질 수 없을 것 같았는데 이상하게도 라빅은 그녀를 사랑하게 되고, 조앙 역시 순진한 열정으로 그를 사랑한다. 한때는 그에게 구원이 될 것도 같았지만, 그의 신분이 경찰에 노출되어 3개월쯤 국외에 추방되어 있는 사이에 조앙은 다른 사내와 동거하고 있었다. 라빅은 조앙을 사랑했지만, 흔들리는 그 마음을 믿을 수가 없다.

그런 가운데서도 라빅은 자기와 애인 시빌을 수용소에 몰아넣었던 비밀경찰 하케에 대한 복수심을 버리지 못한다. 러시아에서 망명해 온 보리스 모로소프의 도움으로 마침내 하케를 찾아내는 데 성공하는 라빅은 면밀한 계획 끝에 그를 인적 없는 숲으로 유인해서 살해한다. 그러나 허무감은 지워지지 않는다.

게다가 조앙 마두는 동거하던 사내의 권총을 맞고, 라빅의 온갖 노력에도 불구하고 그의 품에서 숨을 거둔다.

마침내 선전포고…… 유럽에서의 마지막 피난처였던 프랑스도 전쟁이 터지자 이미 안전지대가 아니다. 숱한 망명자들은 불안에 떨며 새로운 피난처를 찾아 떠나지만, 라빅은 자진해서 프랑스 경찰에 출두, 피난민 수용소행 트럭에 실려간다.

자신이 발을 디딘 사회와 역사로부터 외면당한 철저한 아웃 사이더 라빅. 때문에 그가 이 사회와 역사에 가질 수 밖에 없는 태도는 회의적이고 냉소적인 태도였다. 이 작품 전체에 일관된 라빅의 이런 태도는 조앙과 하케의 출현으로 점차 변화되어진다. 그러나 조앙에 대한 사랑과 하케에 대한 복수심은 서로 다른 형태의 죽음으로 각각 결론이 나게 되고, 그 결과 라빅은 다시 원상태로 돌아오게 된다. 즉 라빅의 내면적 변화는 그의 개인적인 한계에서 이루어진 것이었기 때문에 근본적인 문제에는 아무런 영향도 끼치지 못한다. 결론적으로 라빅은 역사의 필연적인 강요에서 행동하는 사회개혁자가 아니라, 오직 자기 내면의 목소리에만 귀를 기울이는 「인도주의적 냉소주의자」인 것이다.

레마르크의 작품 가운데서도 그 풍부한 시점(時點)과 냉소적인 비감(悲感)으로 세계 독자들의 가슴을 울린 이 작품은 그 소재의 우수성과 아울러 그의 작가로서의 성숙함을 엿볼 수 있게 하는 작품이다.

1947년 미국에 귀화, 미국 시민권을 획득한 레마르크는 비로소 안정된 생활가운데 창작에 전념할 수 있었다. 그러나 그후에도 그의 작품의 테마는 그 일관된 흐름에서 벗어나지 않고, 다만 구성이나 표현수법에 있어서 대가로서의 완숙한 면모를 더했다.

《개선문》 이후의 작품으로는 《생명의 불꽃(1952)》, 《사랑할 때와 죽을 때(1954)》, 《검은 오벨리스크(1956)》, 《종착역(1956)》, 《리스본의 밤(1963)》 등이 있다. 여기에 레마르크 자신의 전생애가 담겨 있다고 할 만한 자전적(自傳的) 소설 《그늘진 낙원》이 그의 사후(死後)인 1971년에 발견되어, 레마르크 문학을 당당히 세계 문학의 서열에 올려놓는 역할을 했다.

개 선 문

■저 자 / 레 마 르 크
■역 자 / 김 민 영
■발행자 / 남   용
■발행소 / 一信書籍出版社

주소 : ①②①－①①⓪ 서울 마포구 신수동 177－3
등록 : 1969. 9. 12. NO. 10－70
전화 : 영업부 703－3001～6
　　　편집부 703－3007～8
　　　FAX 703－3009

값 10,000원